70 YEARS

NEW CHINA
EXCELLENT LITERARY
WORKS LIBRARY

1949–2019

新 中 国 70 年
优 秀 文 学 作 品 文 库

中 篇 小 说 卷
NOVELLAS

梁 鸿 鹰 / 主 编

1

第 一 卷
1956–1982

中国言实出版社

图书在版编目（CIP）数据

新中国 70 年优秀文学作品文库 . 中篇小说卷 /
梁鸿鹰主编 . -- 北京 : 中国言实出版社，2019.3
ISBN 978-7-5171-3083-3

Ⅰ . ①新… Ⅱ . ①梁… Ⅲ . ①中国文学—当代文学—
作品综合集②中篇小说—小说集—中国—当代 Ⅳ . ① I217.1

中国版本图书馆 CIP 数据核字（2019）第 047054 号

出 版 人：王昕朋
策 划 人：王昕朋
总 监 制：朱艳华
责任编辑：史会美
　　　　　崔文婷
责任校对：代青霞
责任印制：佟贵兆
封面设计：柒拾叁号

出版发行　中国言实出版社
　　　　　地　　址：北京市朝阳区北苑路 180 号加利大厦 5 号楼 105 室
　　　　　邮　编：100101
　　　　　编辑部：北京市海淀区北太平庄路甲 1 号
　　　　　邮　编：100088
　　　　　电　话：64924853（总编室）　64924716（发行部）
　　　　　网　址：www.zgyscbs.cn
　　　　　E-mail：zgyscbs@263.net
经　　销　新华书店
印　　刷　北京中科印刷有限公司
版　　次　2019 年 5 月第 1 版　　2019 年 5 月第 1 次印刷
规　　格　710 毫米 ×1000 毫米　　1/16　　196 印张
字　　数　3200 千字
定　　价　498.00 元（全七卷）　　ISBN 978-7-5171-3083-3

总目录 （一至六卷）

本卷目录

铁木前传

孙 犁

一

在人们的童年里，什么事物，留下的印象最深刻？如果是在农村里长大的，那时候，农村里的物质生活是穷苦的，文化生活是贫乏的，几年的时间，才能看到一次大戏，一年中间，也许听不到一次到村里来卖艺的锣鼓声音。于是，除去村外的田野、坟堆、破窑和柳杆子地，孩子们就没有多少可以留恋的地方了。

在谁家院里，叮叮当当的斧凿声音，吸引了他们。他们成群结队跑了进去，那一家正在请一位木匠打造新车，或是安装门户，在院子里放着一条长长的板凳，板凳的一头，突出一截木楔，木匠把要刨平的木材，放在上面，然后弯着腰，那像绸条一样的木花，就在他那不断推进的刨子上面飞卷出来，落到板凳下面。孩子们跑了过去，刚捡到手，就被监工的主人吆喝跑了：

"小孩子们，滚出去玩。"

然而那咝咝的声音，多么引诱人！木匠的手艺，多么可爱啊！还有生在墙角的那一堆木柴火，是用来熬鳔胶和烤直木材的，那噼剥噼剥的声音，也实在使人难以割舍。而木匠的工作又多是在冬天开始，这堆好火，就更可爱了。

在这个场合里，是终于不得不难过地走开的。让那可爱的斧凿声音，响到墙外来吧；让那熊熊的火光，永远在眼前闪烁吧。在童年的时候，常常就有这样一个可笑的想法：我们家什么时候也能叫一个木匠来做活呢？当孩子们回到家里，在吃晚饭的时候，把这个愿望向父亲提出来，父亲生气了：

"咱们家叫木匠？咱家几辈子叫不起木匠，假如你这小子有福分，就从你这儿开办吧。要不，我把你送到黎老东那里做学徒，你就可以整天和斧子凿子打交道了。"

黎老东是这个村庄里的唯一的木匠，他高个子，黄胡须，脸上有些麻子。看来，很少有给黎老东当徒弟的可能。因为孩子们知道，黎老东并不招收徒弟。他自己就有六个儿子，六个儿子都不是木匠。他们和别的孩子一样，也是整天背着柴筐下地捡豆茬。

但是，希望是永远存在的，欢乐的机会，也总是很多的。如果是在春末和夏初的日子，村里的街上，就又会有叮叮当当的声音和一炉熊熊的火了。这叮叮当当的声音，听来更是雄壮，那一炉火看来更是旺盛，真是多远也听得见，多远也看得见啊！这是傅老刚的铁匠炉，又来到村里了。

他们每年总是要来一次的，像在屋梁上结窠的燕子一样，他们总是在一定的时间来。麦收和秋忙就要开始了，镰刀和锄头要加钢，小镐也要加钢，他们还要给农民们打造一些其他的日用家具。他们一来，人们就把那些要修理的东西和自备的破铁碎钢拿来了。

傅老刚被人们叫作"掌作的"，他有五十岁年纪了。他的瘦干的脸就像他那左手握着的火钳，右手抢着的铁锤，还有那安放在大木墩子上的铁砧的颜色一样。他那短短的连鬓的胡须，就像是铁锈。他上身不穿衣服，腰下系一条油布围裙，这围裙，长年被火星冲击，上面的大大小小的漏洞，就像蜂巢。在他那脚面上，绑着两张破袜片，也是为了防御那在锤打热铁的时候迸射出来的火花。

傅老刚是有徒弟的。他有两个徒弟，大徒弟抢大锤，沾水磨刃，小徒弟拉大风箱和做饭。小徒弟的脸上，左一道右一道都是污黑的汗水，然而他高仰着头，一只脚稳重地向前伸着，一下一下地拉送那呼呼响动的大风箱。孩子们围在旁边，对他这种傲岸的劳动的姿态，由衷地表示了深深的仰慕之情。

"喂！"当师父从炉灶里撤出烧炼得通红的铁器，他就轻轻地关照孩子们。孩子们一哄就散开了，随着叮当的锤打声，那四溅的铁花，在他们的身后飞舞着。

如果不是父亲母亲来叫，孩子们是会一直在这里观赏的，他们也不知道，到底要看出些什么道理来。是看到把一只门吊儿打好吗？是看到把一个套环儿接上吗？童年啊！在默默的注视里，你们想念的，究竟是一种什么境界？

铁匠们每年要在这个村庄里工作一个多月。他们是早起晚睡的，早晨，人们还躺在被窠里的时候，就听到街上的大小铁锤的声音了；天黑很久，他们炉灶里的火还在燃烧着。夜晚，他们睡在炉灶的边旁，没有席棚，也没有帐幕。

只有连绵阴雨的天气，他们才收拾起小车炉灶，到一个人家去。

他们经常的去处，是木匠黎老东家。黎老东家里很穷，老婆死了，留下六个孩子。前些年，他曾经下个狠心，把大孩子送到天津去学生意，把其余的几个，分别托靠给亲朋，自己背上手艺箱子，下了关东。在那遥远的异乡，他只是开了开眼界，受了很多苦楚，结果还是空着手回来了。回来以后，他拉扯着几个孩子住在人家的一个闲院里，日子过得越发艰难了。

黎老东是好交朋友的，又出过外，知道出门的难处。他和傅老刚的交情是深厚的，他不称呼傅老刚"掌作的"，也不像一些老年人直接叫他"老刚"，他总称呼"亲家"。

下雨天，铁匠炉就搬到他的院里来。铁匠们在一大间破碾棚里工作着。为了答谢"亲家"的好意，傅老刚每年总是抽时间给黎老东打整打整他那木作工具。该加钢的加钢，该磨刃的磨刃。这种帮助也是有酬答的，黎老东闲暇的日子，也就无代价地替铁匠们换换锤把，修修风箱。

"亲家"是叫得很熟了，但是，谁也不知道这"亲家"的准确的含义。究竟是黎老东的哪一个儿子认傅老刚为干爹了呢，还是两个人定成了儿女亲家？

"亲家，亲家，你们到底是干亲家，还是湿亲家？"人们有时候这样探问着。

"干的吧？"黎老东是个好说好笑的人，"我有六个儿子，亲家，你要哪一个叫你干爹都行。"

"湿的也行哩！"轻易不说笑的傅老刚也笑起来，"我家里是有个妞儿的。"

但是，每当他说到妞儿的时候，他那脸色就像刚刚烧红的铁，在冷水桶里猛丁一沾，立刻就变得阴沉了。他的老婆死了，留下年幼的女儿一人在家。

"明年把孩子带来吧。"晚上，黎老东和傅老刚在碾棚里对坐着抽烟，傅老刚一直不说话，黎老东找了这样一个话题。他知道，在这个时候，只有这样一把钥匙，才能通开老朋友的紧紧封闭着的嘴，使他那深藏在内心的痛苦流泻出来。

"那就又多一个人吃饭，"傅老刚低着头说，"女孩子家，又累手累脚。"

"你看我。"黎老东忍住眼里的泪说，"六个。"

这种谈话很是知心，可是很难继续。因为，虽然谁都有为朋友解决困难的热心，但是谁也知道，实际上真是无能为力。就连互相安慰，都也感到是徒然的了。

这时候，黎老东最小的儿子，名字叫六儿的，来叫父亲睡觉。傅老刚抬起

头来，望着他说：

"我看，你这几个孩子，就算六儿长得最精神，心眼儿也最灵。"

"我希望你将来收他做个徒弟哩。"黎老东把六儿拉到怀里说，"我那小侄女儿，也有他这么大？"

"六儿今年几岁了？"傅老刚问。

"九岁。"六儿自己回答。

"我那女儿也是九岁。"傅老刚说，"她比你要矮一头哩，她要向你叫哥哥哩。"

二

第二年头麦熟，傅老刚真的从老家把女儿带来了。他在小车的一边，给女儿安置了一个座位。这座位当然很小，小孩子用右手紧把住小车的上装，把脚盘起来，侧着身子坐在垫好的一小块破褥上。他们在路上走了五六天，住了几次小店，吃了很多尘土。然而，女孩子是很高兴的，她可以跟父亲，这唯一的亲人，长住在一起，对她说来，是最幸福的了。

到了村里，先投奔了黎老东家。黎老东很是高兴，招呼左邻右舍的女孩子们来和小客人玩。

"你叫什么名儿呀？"那些女孩子们问她。

"我叫九儿。"小客人回答。

"你姐妹九个？"女孩子们问。

"就我一个哩。"小客人说。

"那你为什么叫九儿？"女孩子们奇怪了，"在我们这里，谁是老几就叫几儿，比如六儿，他就是老六。"

"这是我娘活着的时候，给我起的名儿。"小客人难过地说，"我是九月初九的生日哩。"

"啊。"女孩子们明白了，"那么，你们那里还兴留小辫儿吗？"

"唔。"小客人有些害羞了，缠在她那独根大辫子上的绳儿，红得多么耀眼呀！

和女孩子们玩了几天，和六儿也就熟了。九儿看出，六儿和她很亲近，就像两个人的父亲在一起时表现得那样。傅老刚活儿忙，女孩子跟在身边不方便，他打夜作，给六儿和九儿每人打了一把拾柴的小镐儿，黎老东给他们拾掇上镐柄，白天就打发他们到野外去。六儿背着红荆条大筐，提着小镐儿，扬长走在前头，九儿背一个较小的筐子，紧跟在后面，走到很远很远的野地里去。

六儿不喜欢在村边村沿拾柴，他总是愿意到人们不常到、好像是他一个人发现的新地方去。可是，走出这样远，他并不好好地工作，他总是把时间浪费在路上。他忽然轰起一个窠卵儿鸟，那种鸟儿贴着地皮飞，飞不远又落下，好像引逗人似的，六儿赶了一程又一程。有时候，他又追赶一只半大不小的野兔儿，他总以为这是可以追上的，结果每次都失败了。

"我们赶紧拾柴吧。"九儿劝告地说。

"忙什么？"六儿说，"天黑拾满一筐回去就行。"

"我们不许一人拾两筐吗？"九儿说。

"就是一天拾三筐，也过不成财主！"六儿严肃地驳斥着。

他慢慢地走在草地里，注视着脚下。在一处做个记号，又察看着。后来，他把柴筐扔在一旁，招呼着九儿：

"你守住这个洞口，不要叫它从这里跑了。"

他回到做记号的那里，弯下腰，用小镐儿飞快地掘起来。

这天，他们高兴地捉住了一只短尾巴小田鼠，晚上带回家里来，装在一只小木匣里。木匠家总是有好多木匣子的。

第二天，风很大。他两个没有到地里去，在六儿家里玩。父亲出去做活了，六儿拿出小田鼠来，对九儿说：

"它在匣里住了一夜，一定很闷，我们叫它在地下跑跑吧。"

"捉不住了，怎么办？"九儿说。

"不要紧，你把水道守住就行了。"六儿把小田鼠放在地下。起初小田鼠伏在他的脚下，一动也不动。六儿"嘘"它，跺脚轰它，它跑开了，绕着房根儿转，突然钻进了一个洞。

六儿发急了，他命令九儿：

"你看瓮里有水没有？"

瓮里干着。六儿抓起瓢来，跑到咸菜缸那里，淘来一瓢盐水，灌进了鼠洞。看看不顶事，又要去淘。

"大叔回来要骂了，"九儿说，"盐是很贵的。"

六儿用力把瓢扔在地下，瓢摔裂了。

这一回，两个人玩得很不好。六儿失去了小田鼠，心里很难过。九儿心疼那一瓢盐水，她也是个穷人家的孩子，她在家里，是一针一线也不敢糟蹋的。

风越刮越大，他俩躲到破碾棚里去。那座不常有人使用的大石碾，停在中间。碾台上蒙着一层尘土，九儿坐在上面。六儿爬到那架大空扇车里面，蜷起身子像只虾米一样，仰天睡下了。他招呼九儿：

"你也进来吧，盛得下。"

"我不进去。"九儿说。

她在思考，面对着现实。外面的风，刮得天黑地暗，屋顶上的蜘蛛网抖动着，一只庞大的蜘蛛，被风吹得掉下来，又急遽地团回去了。她没有母亲，她的父亲，现时在外面的大风里工作着。她新结交的小伙伴，躺在扇车里睡着了。童年的种种回忆，将长久占据人们的心，就当你一旦居住在摩天大楼里，在这低矮的碾房里的一个下午的景象，还是会时常涌现在你沉思的眼前吧？

三

就在这一年，开始了抗日战争。这是在平原上急骤兴起的，动摇旧的生活基础的第一次大风暴。从这一年起，人们在战争的考验里，接受了阶级斗争的新道理，广大的劳苦半生的人们，包括他们那从前以为累赘、无法养教的儿女们，开始打破有形无形、传统久远的束缚和枷锁。黎老东在家的两个较大的儿子，都参军去了。

在兵荒马乱里，傅老刚没有能够按时回到老家去，好在女儿也在身边，他不想去冒那长远路途上的危险了。在这些年月里，木匠、铁匠除去为农业生产服务，还要为战争服务。傅老刚的两个徒弟，不久也参加了八路军附设的兵工厂。在这一年冬天，傅老刚和女儿，给来往不断和越聚越多的骑兵打钉马掌。九儿兴奋地工作着，有一次她只顾观望那过往的部队，被一匹性烈的马踢了一脚，从此在额角上留下一块小小的伤痕。当时，部队上的卫生员替她包扎好，她连一声也没哭。以后，大家公认，这块小伤痕，不但没有损害九儿的颜面，反而给她增加了几分美丽。

孩子们在风雨里，炮火里，饥饿和寒冷的煎熬里，战斗和胜利的兴奋里，完成了他们的童年，可珍贵的童年的历程。傅老刚在村里人缘很好，附近村庄的人们也都认识他。在逃难的时候，那些妇女们看到九儿，都自动地愿意带着她，跑到哪个村庄，人们一听说是铁匠的女孩子，也愿意收留吃饭和安排住宿。在战争的最后两年，因为年岁大些了，游击经验也丰富些了，九儿总是好和六儿一同走。六儿胆子很大，很机警，照顾九儿也很周到。当他们在一块儿的时候，在九儿那刚刚懂事的心里，除去有人做伴仗胆，感到幸福，还产生了一种相依相靠的感情。当她和六儿在一块的时候，也真的没有遇到什么大的危险。因此，她有时也真的相信六儿自我吹嘘的话了。

六儿常常对她说：

"你谁也不要跟着，就跟着我吧，日本鬼子不敢着我的边。"

"你净瞎说。"九儿跟在他身后边说。

"你跟着我，饥不着也渴不着，"六儿自信地说，"我会像一只大老家（雀），给你打食儿吃。"

在九儿的眼里，六儿的办法就是多一些。下雨的时候，他总是能很好地把九儿安置起来，就是在野地里，也淋不湿。在九儿感觉饿的时候，他能跑出多远，找些吃的东西回来。那时候，在野外躲藏的人很多，人们是愿意帮助孩子们的。而更重要的是，九儿从心里发生的那一种感激和喜欢的心情，也确实能战胜一时的饥饿和寒冷。

日本投降以后，因为多年不回老家，老铁匠急于要带女儿回去看望一下。

临走的那天晚上，黎老东打了一壶酒，给傅老刚送行。平日，傅老刚即使在喝酒的时候，话也是很少的；黎老东酒一沾唇，那话就像黄河开了口子一样，滔滔不绝。可是今天晚上，两个老朋友中间放上一盏菜油灯，一把酒壶，在快要分别的时候，黎老东只是勉强地说了几句普通话。以后，就也把头低下来，一直沉默着。

这是很稀奇的现象。傅老刚问：

"亲家，你心里有什么事？"

"有点事儿。"黎老东突然兴奋起来，他是单等着老朋友这句问话的，"亲家，我想向你请求一件事。你看，我有六个儿子，穷得这样，我这一辈子也不打算什么了。不过六儿这孩子，我看还许有些出息。"

"亲家，"傅老刚插断他的话，"你就是娇惯了他一些。孩子们是要管得严紧些的。"

"是这样。"黎老东急于要把话说完，"咱也别绕圈子，据我冷眼观看，九儿和六儿，两个人的感情还合得来。按说，像我这个穷光蛋，还想支使儿媳妇？不过，咳！"

他一口把壶里的酒喝干了，就又低下头去。

"我明白你的意思了。"傅老刚说，"你穷，我就富吗？"

"不过，不过，养女儿总是要攀个高枝儿的。"黎老东低着头说。

"孩子们年纪还小，等我们从老家回来再定规，你说好不好？"傅老刚这样冷漠地结束了这场本来应该激动人心的交谈，使得老朋友的心冷了半截。

这一晚上，九儿在附近的婶子大娘家里辞行。姐妹们留恋她，在这家停一会儿，又一群一伙地到另一家去。六儿也一直跟在后面，就有姐妹们说他：

"你老是跟着干什么？一个小子家。这又不是打游击的时候了。"

"人家也是来送九儿哩。"有的姑娘说。

"快回家去睡觉吧，六儿。"有的大娘斥责他。

"我就是跟着！"六儿有些气愤地在心里说，"我就是不去睡觉！你们管得着吗？"

九儿一直和别人说笑着。

第二天，打早起，六儿跟着父亲，帮九儿家收拾小车。在黑影儿里，九儿小声对他说："我们还要回来的呀。"

四

傅老刚和九儿走了以后，就一直没有音讯。听说在他们家乡那一带，是蒋匪军盘踞着。这两年，平原上进行着解放战争，人们又经历了许多重大的事件。土地改革以后，黎老东因为是贫农，又是军属，分得了较多较好的地。后来，二儿子在解放战争里牺牲了，领到一笔抚恤粮。天津解放了，在那里做生意的大儿子又捎来一些现款，家里的生活，突然好了很多。黎老东听到二儿子牺牲的消息以后，悲痛了一个时期。他想起这个老二从小没得过一点儿好，母亲死了以后，还曾带着四兄弟讨要过一个时期的饭。现在，黎老东是将近六十岁的人了，身边只有四儿和六儿。但是，不知道为什么，黎老东不大喜爱四儿，只喜爱六儿。老人的心里想：自己受了一辈子苦，没有过出头之日，几个大孩子，小的时候也没有赶上好年月，现在既然生活好了，应该叫六儿多享些福。

这样，六儿就越发娇惯起来了。他已经长大成人，他不愿意像四哥一样到地里去做活，起猪圈送粪这些事，他连边也不愿沾。可是，也不好净闲着，他就学做些小买卖。秋后，搓大花生仁儿，炒了到街上卖；冬天煮老豆腐，晚上在大街十字路口敲着梆子。卖不完的，就自己吃。每天夜里，父亲已经钻被窝了，他盛上一大碗老豆腐，多加蒜、姜，送到老人跟前说：

"爹，吃了吧，热的。"

老人爬起来，喝完老豆腐，心里想，这孩子多懂事儿，多孝顺呀！

有时，六儿也盛上一碗送给在夜里喂着牲口的四哥，老四是从小知道省细的，总是不愿意吃。他对六儿说："多卖一碗，就多赚一碗，我这就要睡觉了，喝一碗这个有什么用？"

　　这使得六儿有时想：这个人真不知好歹哩。

　　但是，不管卖花生仁儿，还是卖老豆腐，六儿总是赚不下钱。在街面上，他的朋友多，这个抓一把，那个喝一碗，就是记上账，六儿也拉不下脸皮儿去要，到年底，还是得老四去讨账。特别是那些姑娘们，看见六儿提着花生仁儿来了，就说："你这花生仁儿脆不脆？香不香？"

　　"你们尝尝呀！"六儿赶忙张开布袋口笑着说。

　　"尝"是不要钱的，可是姑娘们很多，又都下得手，一个人一大把不算，六儿还自己抓着送到她们手里，替她们装进那口虽小底儿却深的衣裳口袋里去。

　　六儿长得个儿适中，脸皮儿很白，脾气又好，他在街上成了姑娘们十分喜欢的对象。六儿已经能够自觉意识到这一点，他就更加注意去巩固和扩大这个良好的影响。战争结束以后，在这个村里，他第一个留起大分头，还不叫担挑的剃头匠理发，总是在集日跑到县城南关的理发店去。夜晚，村里只有他有一个手电筒，在街上一晃一晃的，姑娘们嬉笑着围着他：

　　"看你，六儿，照坏了我的眼！"

　　"来，六儿，给我拿拿！"

　　在雨天，他有一双双钱牌胶鞋，故意穿上去串门儿，谁家的姑娘好看，谁家庭院里积的雨水深，他就特别爱到谁家去。那家的姑娘在窗户眼儿里看见他进来，就赶紧爬下炕来说：

　　"六儿，你来得正好，来脱下给我穿穿，我正要到茅房里去！"

　　"你穿着正合适。"六儿说，一边脱下胶鞋来递给她，"你也该买一双。"

　　"我哪里有这些钱呀？"姑娘笑着说，"六儿，你什么时候再进城，给我捎一双袜子来吧！"

　　"什么色儿的？"六儿问。

　　"你看着吧，你常买东西，又懂眼。"姑娘信任地说，在腰里掏摸着，"你带着钱吧！"

　　"不用。"六儿说，"买回来，再说吧。"

　　等到买回来，姑娘们只称赞他买的货色好，尺寸合适，就再也不提钱的事了。

五

黎老东目前也顾不上管教他，老人正在为新兴的家业操心。新近他把那匹老灰驴换成了一匹红马。这匹马虽然口齿老一些，但蹄腿毛色都很好，架上那辆分来的破车，实在显得不调和。老人四处去观看，买回几棵榆树槐树，想自己打一辆大车。黎老东打的大车是远近知名的，一辈子给人家打了无数的车，现在年老了，也给孩子们打一辆吧，他的心情是十分愉快的。在转悠着买树的时候，他还得到一棵小檀木树的秧子，做木匠的最喜爱这种树，他把它栽到自己的窗台下，小心养护着，作为自己新的生活开始的标志。院里养了一群鸡，猪圈里新买来两个猪崽儿。

他叫老四和他解树，在院子里，被解的树木斜竖起来，像一架高射炮。老人蹬在上面，俯身向下，老四坐在地下，仰身向上，按着墨线拉那大锯，一推一送。老人总是埋怨老四笨，不是说他走了线，就是说他不会送锯。老四建议叫六儿来拉锯，老人又不肯。老四说他有偏心，父子两个争吵起来，老人甚至举起锛斧，绕院子追赶。

老四最不喜欢人家说他笨。他从抗日战争以来，学习很努力，每天看书看报上夜校，积极参加村里的青年工作，他觉得在家庭里，他比父亲和六儿都进步得多，懂事得多。

吵过架，老人又不甘寂寞，说：

"我像你这个年纪，早就出师了。我的手艺，不用说在这一县，就是在关外，在哈尔滨，那里有日本木匠，也有俄国木匠，我也没叫人比下去过。阿拉索，有钱的苏联人总是这样对我说。"

"那时他们不是苏联人，那时他们是白俄。"老四说。

"县城南关福聚东银号的大客厅的隔扇，是我做的。那些年，每逢十月庙会，远从云南广西来的大药商，也特别称赞那花儿刻得好。"老人越说越高兴，"这字号是卜家的买卖，老东家和我很合适。"

"卜家不是叫贫农团打倒了吗？"老四说，"你这话只能在家里说，在外边说，人家会说你和地主有拉拢。"

"南关西后街崔家的轿车，也是我打的。"老人说，"那车只有老太太出门才肯用。"

"那也是大地主。"老四说，"那辆车早分给贫农，装大粪用了。"

老人把锯用力往下一送，差一点没把老四顶个后仰。

大车的木工程序越是接近完成的时候，黎老东越是怀念他那老朋友傅老刚，因为还要有锻铁工程序，大车才能制造成功。附近当然也有其他的铁匠，但是这些人的手艺，都不中黎老东的意。过去，他是常常和傅老刚合打一辆大车的。而他们合打的大车，据说一上道，咯噔噔噔一响，人们离很远，就能判断出这是黎老东砍的轴，挑的键，傅老刚挂的车瓦。他很希望老朋友能来帮他把这一辆完成好，成为他们多年合作中的代表作品，象征他们终身不变的深厚友谊。现在家里又有吃有喝，他想给傅老刚捎上个信儿，叫他带女儿来。孩子们的年岁也到了，凭眼下这日子光景，再求婚也就理直气壮了。

　　可是，听说那边还在打仗，信儿也不好捎。

　　想起儿女的婚姻，黎老东就想起住宅的问题，现在住的这个破院，虽说村里已经固定给他，要是儿子们结婚，还是很不够住的。当父亲的赶上这个年月，还不能替孩子们安排下几间住处，也感觉于心有愧似的。今年一个麦季，一个秋季，收成都很好。他想把粮食合起来，换处宅院。原先，他是想多买几亩田地的，听人说，这年头田地总不牢靠，宅院到什么社会，终归是自己的，他就下了决心买宅子。

　　关于买宅子，老四提议要和军队上的哥哥商量一下，黎老东说："不用。他是革命干部，不同意我们置家业过活。"

　　他托了村里的说合人，替他物色宅院。很快，说合人就来告诉他，后街二寡妇那宅子要卖。这所宅子包括三间土坯抹灰北房，木架门窗都还很坚固，院子很大，以后可以盖三合房，现在就有一个大梢门洞儿。价钱不贵，十石麦子。另外，这所宅院距离黎老东现在住的地方很近，以后来往也方便。

　　黎老东想了想，很中意这宅子，就要下定钱。但是老寡妇有一个附带条件，要卖"养老腾宅"，就是说要等她死了，新主人才能搬进来。对于这一点，黎老东有些犹豫，谁知道老寡妇哪年死哩，看来她还很健康。不久，说合人又来说，老寡妇有个侄儿要争这宅院，出十二石麦。黎老东一听着急了，下了定钱，还和老寡妇那个侄儿闹了一场纠纷，经过村里调解，黎老东是军烈属，才买到了手。

　　买了宅子，黎老东操心的事情可就多了。他隔几天就要到那宅子里转转，看见院子里跑着一群别人家的鸡，他就轰出去，看见墙头又叫孩子们蹬倒了，他就垒起来，看见房墙上的泥皮掉了，就和泥抹上。他关心宅院的每一个细小部分，而老寡妇好像什么也不管，在东间屋里炕上咳嗽着。

　　冬天，黎老东想叫老四到这北屋西间来住，捎带喂牲口，马槽就安在外间。

他和老寡妇商量，老寡妇不同意，说马会把粪拉到她做饭的锅里。因为这个争吵起来，老寡妇一生气，收拾东西，到女儿家住去了，声言是黎老东把她逼走，在村里影响很不好。在军队里的儿子，不知怎么也知道了，来信批评了父亲。

黎老东为这件事也懊悔了好几天，觉得是找了麻烦。但是既然买了，就搬来住吧，选择了一个日子，他和六儿、四儿搬进了这一所新居。人们还要他请酒，他也只好应酬了一下。

夜里，六儿很晚才回来，黎老东一直没睡着，在等着他。

"我为什么买这个冤孽？"黎老东说，"不就是为了你？"

"嗯。"六儿把头蒙在被窠里，"新房子怎么这样冷呀？"

"你要学点好。"黎老东又规诫着，"不要整天瞎跑。"

而六儿已经呼呼入睡了，鼾声是那样匀称和舒心，老人是喜爱听这种声音的，年老的人，身边有个小儿子甜蜜地睡着，是会感到幸福的。

六

这一年冬天，六儿和村里的一家懒人，合伙卖牛肉包子。每天晚上，他背着一个小木柜子，在大街上来回游逛。

"牛肉包儿呀！好热的牛肉包儿呀！"

一直到深夜。

包子房设在村西头黎大傻家。黎大傻的老婆，原是县城东关一户包娼窝赌不务正业的人家的长女。这女人长得既丑且怪，右脚往里勾着，黑麻脸，左眼从小瞎了，有一大块萝卜花向外冒突着。她的性情很是刁泼，在新社会里，也长期改造不好，又非常好吃，为了满足她那馋嘴，她会想出一些奇奇怪怪别人绝想不到的办法。

黎大傻做什么事，也是要看着女人的眼色，听着女人的鼻息的。抗日战争以后，经过几次社会运动，他们每次都把分得的一些东西泼洒了。过程是：把分得的土地和一些粗粮变卖了，换回麦子卖面条儿，结果，一家人把本儿利全吃进肚里去。

今年和六儿卖包子，就是和面擀皮儿这些极为轻微的工作，黎大傻的老婆也是不愿意担负的。她不久就从娘家接了一个妹妹来，名义上是帮忙做活，她的实际目的在哪里，谁也猜得着。

这位妹妹，外表和姐姐长得非常不同，人们传说，这孩子原是那些年，从别人家领来的，和她的姐姐，并非一母所生。

她今年十九岁了，小名叫满儿。已经结了婚，丈夫长年在外面。小满儿一年比一年出脱得好看，走动起来，真像招展的花枝，满城关没有一个人不认识她，大家公认她是这一带地方的人尖儿。

刚到姐姐家来，小满儿表现得很安静。她不常出门儿，每天，姐姐出去串门儿，她就盘腿卧脚地坐在炕上剁馅儿，包包子，连头也不轻易抬起。黎大傻在地上来往，装着笼屉，兼在灶上烧火。六儿没事做，放一条板凳在炕沿儿下面，呆呆地望着她抽香烟。等到天黑，姐姐回来，小满儿问做什么吃，姐姐照例是说得很干脆的："还做什么吃？熬点米汤儿，就包子吃！"

"六儿不用回家，就在一块儿吃吧？"小满儿问。

"那还用你说吗？"姐姐笑着，"人家是咱们的大东家哩，要好好照应！"

现在，六儿就黑夜白日地在这一家鬼混。

渐渐，小满儿就不能安静地坐在炕上了。她每天要抽空儿到门口站一站。自从她搬到姐姐家，不知道是谁传播的消息，那些卖胭脂粉儿香胰子的小贩，也都跟踪到这村里来了。他们像上市一样，常常把三副几副的担子放在她姐姐家的门口，如果小满儿还没有出来，他们就用力摇动那小货郎鼓，用繁乱的、挑逗的节奏把她招引出来。

以后，小满儿又借口占碾子借磨，到大街上去。

每逢小满儿到街上来推碾，就会在这小小的村庄里引起一场动乱。当她还没有得到推碾的机会，只是放下一把笤帚在碾子旁边占着，自己一径回家去了，就有一些青年人赶到碾子附近来了。青年人越聚越多，常常使得那正在推碾的人家，感到非常的奇怪。

后来，碾子空下了，就有青年自动去给她报信。过了一会儿，小满儿从她姐姐家的胡同里转出来，青年们的眼睛就一齐转向她那里。青年们的眼神是多种多样的，有的勇敢些，有的怯弱些，然而都被内心的热情和狂想激动着，就像接连爆发的一片火焰。

小满儿头上顶着一个大笸箩，一只手伸上去扶住边缘，旁若无人地向这里走来。她的新做的时兴的花袄，被风吹折起前襟，露出鲜红的里儿；她的肥大的像两口大钟似的棉裤脚，有节奏地相互摩擦着。她的绣花鞋，平整地在地下迈动，像留不下脚印似的那样轻松。

她那空着的一只手，扮演舞蹈似的前后摆动着，柔嫩得像粉面儿捏成。她的脸微微红涨，为了不显出气喘，她把两片红润的嘴唇紧闭着，把脖子里的纽扣儿也预先解开了。

她通过这条长长的大街，就像一位凯旋的将军，正在通过需要他检阅的部队。青年们，有的后退了几步，有的上到墙根高坡上，去瞻仰她的丰姿。

小满儿来到石碾旁边，一转身，把大笸箩放在了地下。然后，她掠了掠齐肩的油黑的头发，向青年们扫射了一眼。

她是来碾米。她把谷子铺在碾盘上，等候着她的姐姐。她姐姐叫什么事耽搁住了，一直没有来，她就一个人推动了石碾。

她心里明白，不会没有人来帮她的忙。但是今天，青年们都在观望着，做着各种丑态，甚至互相推挤，却谁也没有勇气上前。

每当小满儿推着碾子转到街道旁边，她就转身向村西头望望，看看六儿来了没有。她很希望六儿在这个时候来，他比这些愣头们懂事，会跑着过来帮她的忙。

可是，六儿也好像忘记了和她约好的这回事儿似的，一直没影儿。她实在推不动了，又不愿意在这些青年人面前示弱，她装作碾得了头合，突地停下来往回折扫着，转身抓起了簸箕。

"怕还不行吧！"这时站在最前边的一个叫大壮的青年开了口。

这个名叫大壮而实际上非常胆小的青年，是耐不过这种沉寂的场面，又实在心疼对方，才鼓足勇气去抓起了那根闲着的推碾棍。他这种异乎寻常的举动，使得全体青年吃了一惊，连平日向他开玩笑的习惯都忘记了。但是，忽然从街东头传来一声喊叫，这一声喊叫，就像在冬天的夜晚，有黄鼬来拉鸡，孤处的女主人从梦中惊醒，喊叫出来的那种声音一样凌厉吓人。

这是大壮的媳妇。大壮早婚，她比丈夫足足大八岁。她熬过很长的一段岁月，自从大壮渐渐懂得事理，她就越发爱他，并且越发管教得严格了。大壮平日很怕她，他怕她就像怕自己的姐姐，甚至像怕自己的母亲一样。因为，在多年的印象里，她不只照顾了他的饮食起居，而且也教导着他的言语行动。但是大壮从来也没想到，在他偶尔同别的女人在一起的时候，会引起自己的女人这样大的愤怒。他扶着碾棍，呆呆地望着自己的女人。

"你这个不要脸的东西！"大壮的女人急急走过来说，"快做晚饭了，你不去担水，跑到这里来干什么？"

"唔？"在众人面前，在女人的盛怒之下，大壮不知道怎样回答才好。

"你是哑巴，是聋子？"大壮女人的声音更严厉了，"我问你跑到这里来干什么？你年下就十八岁了，不学正经！"

"他还小哩，原谅他这一次吧！"青年们在一边打哈哈。

"他还小？"大壮的女人最不喜欢别人说她的丈夫年纪小，"什么才叫大人？你们小吗？吃屎的孩子，也干不出这样没出息的事儿来！你们是一群狗，有一只小母狗，在街上夹着尾巴一溜达，就把你们都引出来了！就把你们的脖子勾引得硬了，就把你们的眼睛勾引得直了！我在那边瞧了老半天，看看你们那下流样子！你们自己不觉得？快到井台上，弄点儿水来照照吧！"

她这种不分敌友，一律混杂的教训，引起了青年们的极度不满，但是没有人愿意在这个时候和她起冲突。他们用眼睛、用咳嗽鼓励大壮，很希望大壮就手抽出那根大推碾棍来。但是大壮连丝毫反抗的意思也没有，他甚至移动脚步，要想回家去了。

青年们注视着小满儿，小满儿簸着米糠，脸涨得像块红布。这女孩子，过去在多少男人面前，也是号称难惹的，但是今天遇到这样的场面，她低着头，连一句话也没讲。

斗争总是要展开的，她的姐姐已经在西街口那里出现。她奔赴这里来，就像抢救水火一样迫切。因为肥胖，因为她的一只脚有点毛病，特别因为她的视力不能集中，她那奔跑的姿势，就像足球场上，带着球奋勇突击的前锋一样：一时佝偻着上身，一时弯架着胳膊，一时左右脚交攀着，一时在地下滚动着。

"你说谁是小母狗？"她离大壮的女人还有十码远，就发出了战斗的檄文。

"谁自认，我就说的是谁！"大壮的女人挺着身子说。

"我的妹妹是黄花少女！"黎大傻的女人说，"她的屁股也比你的脸干净！你管教你的小女婿行，欺侮我的亲戚就办不到！"

她跑到石碾那里抽出一根棍，但是叫小满儿给拦住了。

"你怎么变得这样老好子？"她吃喝着妹妹，"叫你把我的人都丢尽了！"

她举着大棍，奔向大壮媳妇，大壮媳妇以逸待劳，接住棍头，往怀里一带，黎大傻的老婆就来了个嘴啃地。

七

就在这个时候，久别的傅老刚父女，回到了这个村庄。

傅老刚还是推着他那铁匠炉，前面拉车的，是九儿。

傅老刚越显得年老和消瘦，小车已经破烂不堪，吱扭的声音，也没有了当年的气派。九儿长高了，但穿的衣服也很破旧。她的脸蛋儿很是干瘦，头发上挂满尘土，鞋面儿已经开裂，只有那一对大眼睛里射出的纯洁亲热的光芒，使人看出她对于回到这里来，是感到多么迫切和愉快。

把小车推到十字街口，傅老刚放下袢带，和人们问好。九儿拉下脖里围着的旧毛巾，擦着脸上的汗水。

"我们又回来了，"傅老刚说，"可是，你们为什么吵架呀？"

"不为什么，"青年们说，"两位女同志，吃饱了没事儿，在这里练把式。"

"不要这样。"傅老刚郑重地说，"你们一直生活在咱们的根据地，真是生活在天堂里了。你们看我们那里，在国民党占据着的时候，人们的生活困难到了什么地步！我同九儿回去，正好陷在网里。还好，总算是逃了个活命出来。"

"你们那里生产怎么样？"青年们问。

"正在恢复，今年又遇到荒年。"傅老刚说，"你们有好日子，不好生过，就对不起共产党和毛主席。这些年，我一直想念你们，我想这里是老解放区，工作一定进步得多。六儿哩，怎么不见六儿？"

傅老刚在人群里巡视着，转身望了望他的女儿。女儿好像已经寻觅过了，她现在只是站在那里，注视着正在推碾的那个长得极端俊俏，眉眼十分飞动的女孩子，她不认识这个女的，以为是谁家新娶的小媳妇。

"刚才，我看见六儿在村北边赶鸽子，这会儿，也许回家去了。"一个青年说，"你也该去看望看望你的老亲家了，黎老东这两年的生活，可提高大发了！"

傅老刚和人们告别，架起小车。九儿拉着牵绳，还不断地回头看小满儿。

见到老朋友，黎老东高兴极了。他带着亲家到他那新宅子里去看他打制的大车。

"亲家你看，就等你来了。"黎老东兴奋地说，"明天，咱们就在这院里支起炉灶来。你看，这院子多么豁亮，做起活儿来多醒脾？"

"真是好哩。"傅老刚说，"就是在这里开个木货厂，也满宽绰呢。"

"打上这辆车，我也就该休息了。"黎老东十分得意地说，"你知道，现在运销很赚钱，车轱辘儿一动，就是大把的票子。天津解放了，老大挣钱也多了，你看，刚一进冬天，就给我买来了这个。可是穿上这个，我还能做活吗？"

傅老刚打量着亲家高高翻起的新黑细布面的大毛羔皮袍，忽然觉得身上有些寒冷似的。黎老东还没有让远来的客人进屋休息的意思，他详细地说明了建设这所宅院的计划，又带着亲家去看猪圈。最后，推开北房门，叫亲家看马，这才顺便把客人让到里间坐下来。

当两个老人进了屋，九儿刚要跟进去的时候，她抬头看看，六儿站在房顶上向她招手，并且指给她上房的梯子所在。九儿轻轻上到房上，看见六儿躲在一排干树枝后面，引逗着一群鸽子玩儿。鸽子看到生人上来，都拍翅飞向天空，现在太阳西沉，西天的红霞映照到白灰抹平的房顶上。红色的、白色的鸽子在他们头顶上奋飞着，追逐着，翻腾着。

"我早就看见你来了。"六儿说，"有我父亲，我不敢大声叫你。"

"你喂这些鸽子干什么？"九儿问。

"好玩呗。"六儿说，"新近，杨卯儿从北京弄来一对纯白的外国种，实在好，我还想买来哩，人家就是贵贱不卖。"

"青年团不批评你吗？"九儿问。

"我不是青年团员。"六儿扬手引逗着天空的鸽子，使它们飞下来又飞上去，"你加入了吗？"

"我也是刚加入。"九儿说着沉默了。

"这东西玩熟了，最有意思。"六儿说着站立起来，向天空呼叫着，"鸽儿，鸽儿。"

鸽子们先后驯顺地落在房檐儿上。

"六儿，那个姑娘是谁？"九儿忽然看见，在西边隔几户人家的一间房上，站着刚才推碾的那个姑娘。那姑娘直直地望着这里，脸上带着那么一种逼人而又难以理解的笑容。

"那是黎大傻的小姨子小满儿。"六儿说，"包子蒸熟了，我该去装柜子了，我们下去吧。"

吃晚饭的时候，六儿也没有回家来。当四儿知道九儿也是个青年团员的时候，非常高兴地说：

"你的关系带来了吗？今天晚上，你先参加我们的学习会吧。"

"我一路上，把关系转了来。"九儿笑着说，"我很愿意参加你们的学习会，四哥在团支部负责吗？"

"我是宣传委员。"四儿说，"咱这一带地方风沙大，每年春天缺雨，上级号召人们打井栽树，变旱田为水田，这是好事儿。可是村里还有很多人认识不清楚。"

"就是他妈的你认识清楚，"黎老东说，"你少在外头给我挣骂吧。"

"六儿为什么不参加青年团？"九儿问。

"谁知道他为什么？"四儿说，"他说脑筋不好，一开会就头痛。你看他像脑筋不好的人吗？"

"你要帮助他。"九儿说,"我看他把心都用到旁处去了。"

"你劝劝他也许好些。"四儿叹气说,"他一点儿也瞧不起我。我在我们家里,威信太低。"

"胡说八道。"黎老东又斥责他,"你在外边威信高,高了什么来?"

"年轻人进步是好事。"傅老刚劝说着,"亲家,要不是这个世道,你的生活能过得这样好吗?"

"你说的这话对,"黎老东说,"时代是不断前进的,可是,我们过日子,还得按照老理儿才行。"

八

由于九儿表示十分关怀,四儿提议一同找六儿谈一谈。四儿把牲口喂上,叫两个老人在家看门,装好学习文件,又带上一个小油灯,同九儿出来。

"你带个油灯干什么?"九儿问。

"这是我们团里的学习灯。不敢放在讲堂上,怕浪费油。"

黎老东在屋里听到"油"字,就冲着窗台喊:

"四儿!你又添上了咱家的油?你们青年团真成了穷人团,哪里有赔着灯油做工作的?他妈的,你的威信高,还不是高在这点灯油上!"

四儿没答言,领着九儿出来,他在街上停了停,说:

"六儿晚上卖包子,不知道出来没有。"

今天晚上,六儿没有出来做买卖,代替他那清脆的声音,是黎大傻那大劈拉嗓子:

"牛肉包子咧!好热的牛肉包子咧!"

四儿问他六儿到哪里去了,他有些不屑于搭理地说:

"谁知道。我又不是他的掌柜的。"

当四儿和九儿转到西街口上,在村边一处大场院里,传来六儿说话的声音。场院的门虚掩着,隐约地看出:院里栽着很多树木,堆着几个柴垛,靠墙边,有一棵大杨树高高矗立着。在杨树下面,六儿和一个女人贴身站立着。

九儿在门口站住了。四儿性急,一推门进去,并且大声喊叫了一声:

"六儿!"

那女的好像从什么东西上撞了回来一样,很快地往旁边一闪。

"你喊叫什么!"六儿压低声音,愤怒地说。

"怎么啦？"四儿并没有调整自己的嗓门儿，"有什么秘密？"

"不许你嚷！"六儿更发急了。

四儿停止了说话。但是，忽然嚓的一声，他划着了一根火柴，把手里的小油灯点了起来，高高举起，向四下里照耀。

"天爷！"六儿跑上去，一口把他的油灯吹灭，说，"到处点你这穷灯干什么！"

"真的有什么见不得光明的勾当，在这里进行着吗？"四儿一边说着，一边大步地绕着杨树行进，冷不防撞在躲在杨树后面的小满儿的身上，两个人吵了起来。

"完了！"六儿一跺脚，大杨树上扑棱棱一响，"鸽子跑了！"

"只是跑了一只。"小满儿停止吵闹，往上观看着，"谁也别说话了！"

飞起的那只鸽子，不知是属于什么性别，它是留恋眷属的，在黑暗的天空里绕了一遭，又落到了杨树上。这时六儿才低声告诉他的四哥，杨卯儿那外国种鸽子跑出来了，他正想法上去抓住它。

在黑夜里看来，这杨树一直高到抚摸着群星，而它那树皮，又像女人的肌肤一样光滑。六儿已经脱下鞋袜，在手里唾着口沫，要攀登上去了。

"这样黑天，你要玩命？"四儿说，"我回家叫父亲去！"

"少在这里拿大哥架子吧！"小满儿说，"抓住一只三十万，抓住两只，你学习好，给算算是多少钱？"

"六儿，"九儿忍不住，说，"你不要冒这样的危险吧！"

"好。"小满儿啧着嘴说，"心疼你的人儿发言了。"

"你是什么人，"九儿说，"我们从来又不认识，和我犯嘴？"

"我是什么人？"小满儿冷笑着说，"我是和你一模一样的那种人。"

"别吵了。"六儿哀告着，"别再吓跑了我的鸽子，鸽儿，鸽儿。"

他很快地就上到了树的老杈那里。

"我们走吧！"四儿对九儿说，"没有办法，摔死了，怨他命里活该。"

九儿的心里非常气愤和极度不安，但她还是同四儿走出来了。

"也好像是一对儿哩！"小满儿放长声音说。

"你说什么？"六儿在树上问。

"我说的是鸽子啊！它们在靠南边的那一枝儿上。"

他们听见小满儿站在树下，不停地说着话，并指引着六儿的冒险行动。

九

在土地改革时没收的一家地主的宅子里，九儿和这村的青年团员们会面了。很多人原先是认识的，他们热情地问候九儿。四儿点着油灯，把人们招呼进西屋里，西屋原是三间，现在已经打通，青年团和本村的剧团都利用这个地方进行活动。屋子里十分寒冷，窗子都破碎了，顶棚上的花纸一块块带着灰尘蛛网垂下来，门子也缺了一扇。北墙上挂着一块小黑板，黑板前面放着一张破旧油腻的六人桌，地下用土坯和泥，垒成一堵堵的矮墙，也不知道是要人当作桌案还是当作座位。坐在上面，感到十分冰冷，那些女孩子们，穿的衣服很单薄，但是，她们还是安详地坐在上面了。

四儿和一个叫锅灶的青年是教员，他们守着油灯，给团员们讲解怎样向广大农民进行打井造林的宣传，讲完了一节就进行讨论。

夜深了，这屋子里实在比屋子外面还要冷一些。他们还是认真地讨论着。

"同志们，我们一定要把我们的村庄，建设成一个富裕繁荣的村庄。"四儿说，"到那个时候，我们青年团就不会再在这样冷的屋子里开会，我们要盖起一座很好的礼堂来。"

"离题太远了。"锅灶警告他说，"目前是研究怎样克服宣传上遇到的阻碍。"

"依我看，在我们村里，横在我们前进道路上的，有两大障碍。"四儿转回来说，"一是黎七儿的胶皮大车，运输很发财，助长着人们只看眼前，只顾个人的资本主义思想；一是黎大傻家的包子房，男女混杂，减低着人们的生产热情。如果要想宣传得好，就得限制黎七儿出车和取消黎大傻的包子买卖。不然，我们只是空口宣传，他们那里却有实际利益，我们是白费劲儿。"

"我同意你的看法。"锅灶说，"可是，第一，六儿是你兄弟，你应该首先叫他脱离那个坏环境。第二，你父亲正在打大车，也想要走个人发财的路。这两大障碍，不在别处，就在你们家里，你把克服它们的办法说一说吧。"

"困难就在这里。"四儿真诚地说，"我的父亲根本不听我的话。我问他：你反对党的号召吗？他说：我完全拥护。我说：我们今年冬天打一眼井吧！他说：现在还不忙。这就是我遇到的困难。但是，我绝不在困难面前低头。"

"我可以帮助你。"九儿说，"我的看法和你们不大一样，老人也是可以说服的。在老家，我的父亲就很喜欢我把新道理讲给他听。至于六儿，我们也应该帮助他进步。"

"是啊！"坐在她后面的那些姑娘们，半天没人言语，现在像有人指挥着的合唱队一样，一齐喊叫出来。

"帮助六儿进步，这又是一个难题。"锅灶笑着说，"那个叫小满儿的，对他的吸引力，要比团强烈得多。"

姑娘们反对他这种看法。

"不信，你们就去试试，看能不能把六儿从她那边拉过来。"锅灶无可奈何地从台上走下来说。

散会以后，他们歌唱着各自回到自己的家里去，九儿被姐妹们拉去一块儿睡觉。锅灶家里人口多，房屋少，每年冬天是和四儿做伴的，这样便于共同学习和互相辩论。他们一同回来，四儿喂好牲口，在灶台上捡了几块早饭剩下的凉山药，和锅灶分吃了，两个人就去钻被窠。

"被窠好凉啊！"锅灶笑着说，"既没有柴烧炕，又没有小媳妇给暖暖，我们太困难了！"

"战胜它吧！"四儿一边吸着冷气，一边说，"要想打光棍儿，就得有这样一种克服困难的精神！"

"你认为我们一定打光棍儿吗？"锅灶说，"据我看，那可不能过早地下结论哩！"

红马在外间屋里吃草，它虽然口齿老了，但那嚼草的声音，还像斩钉截铁一样铿锵。两个青年很快就睡着了，月亮把清水一样的光亮，洒到他们的窗子上来。

十

这时，六儿和小满儿，还没有离开那所空场院。鸽子，六儿早已抓到。他从树上滑下来，小满儿把他拉到一个大麦秸垛后边，两个人埋在绵软温暖的麦秸里。小满儿掏出红绒绳儿，把两只外国种鸽子的翅膀别起来，欢乐地抚弄着它们。一会儿叫它们亲嘴儿，一会儿，又叫它们配对儿。

"卖了它，给你买一件棉袄。"六儿对她说，"见面分一半，何况你帮了我不少的忙。"

"你和我的交情并不在吃穿上面。"小满儿认真地说，"给那位九儿，买一件吧。"

"为什么？"六儿问。

"就为她那脸蛋儿长得很黑呀，"小满儿忍着笑说，"真不枉是铁匠的女儿。"

"人家生产很好哩，"六儿说，"又是青年团员。"

"青年团员又怎样？"小满儿说，"我在娘家，也是青年团员。他们批评我，我就干脆到我姐姐家来住。至于生产好，那是女人的什么法宝？"

"什么才是女人的法宝？"六儿问。

小满儿笑着把头仰起来。六儿望着她那在月光下显得更加明丽媚人的脸，很快就把答案找了出来。

当黎明以前，天空弥漫着浓雾，树枝、草尖和柴垛的檐顶上结满霜雪的时候，六儿和小满儿才决定回家。他们站起身来，各自掸扫着头发和衣服上的草末儿，发现那珍贵的外国种鸽子，有一只压死在小满儿的身下了。那是一只大蓬头的雄鸽，六儿把它托在手里，表示了非常的沉痛。在这一时刻，他愿以任何代价挽回这只鸽子的逝去的生命，但是，它的心脏确实停止跳动了，翅膀下面的部分也发了凉。

回到黎大傻的家，大门和房门都是虚掩着。小满儿和六儿在这样晚的时候同时进来，也没有引起她姐姐的任何惊怪，而黎大傻好像根本就没有听见似的，在自己的被窠里呼呼地鼾睡着。

小满儿告诉姐姐，今天夜里，她同六儿捉鸽子去了，并且说六儿正为一只鸽子被压死难过哩！

"那有什么难过的？"姐姐在被窠里笑着说，"烫一烫，拔了毛剁剁，又省下四两牛肉！这样冷的天，我以为你两个抽空儿去干点正经事儿哩，倒去捉鸟儿玩了。唉！你们快到炕上来，钻进我这被窠里暖和暖和吧。"

她说着，把自己的热被窠让了出来，光着身子爬进黎大傻的被窠里去了。

等到天明，六儿从这一家出来，在门口遇到了鸽子的主人杨卯儿。

杨卯儿个子不高，打扮得很利落，他的脑袋很小很尖，戴一顶毡帽儿，还显得分量过重。他那脑袋不停地上下颤动着，两只又圆又小的眼睛，非常灵活地转动着：

"六兄弟，起来得早啊！"

"你也早。"六儿垂头丧气地说，"有什么事情吗？"

"来找你。"杨卯儿把两只手插进短袄上的褡包里，"咱弟兄平日交情不错，你把鸽子还给我吧。今年它们下了蛋，孵出第一窠，我就送给你，我这人说话算话。"

六儿没有答言。

"不然，"杨卯儿上前一步，"我近来玩好了一只抓兔子的鹰，现在正是行围射猎的时候，我可以把它送给你。"

六儿还是没有话。

"如果你要钱——其实咱兄弟们不过这个，"杨卯儿的嘴唇抖颤着，脑袋扭向一边，"也可以。你先把鸽子给我，我慢慢去筹划。"

"回头再说吧，"六儿拔腿就要走，"我吃饭去。"

"怎么！"杨卯儿的两眼急得发出蓝光，"你素日好交朋友，对我这样不讲交情？你趁早把鸽子还给我，不然，你就是霸占！"

"什么叫霸占？"六儿站住，回过头来问。

"霸占我的鸽子，还霸占有主儿的青年妇女。"

"你看见了？"六儿问。

"有人亲眼看见，不然，我们就抖搂出来！"杨卯儿喊叫着说。

"你抖搂出来，又怎样？"黎大傻家的门子一响，小满儿站了出来。她显然是刚刚梳妆打扮好，脸上的粉脂还没有擦匀，她倒背着手在门框上一靠，面对着杨卯儿。"我倒要看看你能抖搂出什么来？你有什么证据吗，你抓住了男的，还是抓住了女的？你说呀！别他妈的大清早起在这里满嘴喷粪了，小心我过去拿大耳光子拍你！"

十一

杨卯儿原先也是一个卖针头线脑儿的货郎小贩。过去，每年腊月，他到保定府贩些女人年节用的物品，过铁路到山地里去卖。关于他在西山做买卖，很有一些奇异的传说。这些传说，都带有很大的浪漫性质。但是，多年来他并没有发了财，现在，在他身边遗留下的，只有那时用过的一把沙胎蓝釉小水壶。

前几天，县里介绍了一位从省里来的干部到村里来。这位干部，从各方面看，都像一个高级干部。在解决住房问题的时候，却使得村干部们觉得他有些古怪和不近人情。按照习惯，像这样的干部，应该住在村干部或是积极分子的家里，那样在相互接近和负责保卫上，都会便利一些。但是，这位干部提出要住在一个普通的人家，并且说除去先进的方面，他还要看看村里落后的部分，这就使得村里的负责同志有些踌躇，以为他负有什么特殊的使命，前来私访。而那位惯出古怪主意的副村长，竟顺水推舟，把他领到杨卯儿的家里来了。

杨卯儿是个光棍儿，最初，对来客表示很欢迎，在炕上腾出一段地方，虽然那一段地方是属于炕的寒带。这位干部身体弱，在屋里又生起了一个小煤火炉。

"杨同志，火闲着也是闲着，能不能借把铁壶来，弄点开水喝呀？"干部说。

"不用去借，咱家里就有。"杨卯儿说着就从桌子底下的横板上，取出他那把水壶，到瓮里注上水，坐在炉口上。

"这是把瓷壶呀，能坐水吗？"干部问。

"这壶好就好在这里。"杨卯儿说，"瓷面沙胎，在火上坐水，就像沙吊儿一样，又快又不漏。"

但是炉口马上被水洇湿，一个劲儿嘶嘶地响。最初干部以为刚从瓮里提出，是带来的水。后来提起一看，壶底裂了好几道缝，这缝被火一烤，裂得更宽了，不但水喝不成，而且有火灭的危险。干部说：

"不行啊，杨同志，壶实在漏了，不能用。"

"不漏！"杨卯儿睁大一双小圆眼睛说，"我说不漏就不漏。"

"那不是明明在漏吗？"干部说。

"在我这屋里，你住着不合适。你搬到别人家去吧。"杨卯儿二话不说，就宣布了逐客令，这真使得干部大惑不解了。

干部指给杨卯儿看：一大滴一大滴的水，从壶底漏下来，漏到火里，嘶，嘶，嘶嘶！

杨卯儿连头也不转过来。

干部只好卷起铺盖，找了带他来的副村长去，把事情发生经过讲了一遍，副村长笑着说：

"同志，你要看村里的落后部分，我不知道杨卯儿，能不能算是一个典型？关于他的出身历史，我还可以向你介绍一些比较详细的材料。我年轻的时候，和杨卯儿搭伴儿做小买卖。像你看到的，和这样一个人做伙伴，是最困难不过的了。他抬硬杠，一根筋，死赖账，翻脸不认人。但是他对西山的地理很熟，哪一条道儿也摸得清，我就忍着气和他做伴。每年，他都是吃净赔光才肯回来的。他赔光，不是好吃懒做，也不是为非作歹，只是为了那么一股感情上的劲儿。他进了山，就像打猎的进了林一样，专门要找好看的女人。至于什么女人叫丑叫俊，那全看对不对他的眼光。这个人，凡是他的东西，都是好的，别人不能批评的。他喜欢的，死小鸡子也是凤凰。每年他总会遇到一个美人儿。一旦发现了这个美人儿，他就哪里也不再去，只到这个庄儿上来。不管刮风下雨，只坐在这家门口儿上去卖货。你想，一个小庄儿上，能销多少货物？坐吃山空，他就这样赔光了老本儿。一年冬天，他又发现了美人儿。这家人住在一个高山坡上，那女人我也见到一次背影儿，倒是长得不错，穿一身干净蓝衣服，头发梳得光光的，在后面盘成一朵圆花。杨卯儿被她迷住了，一直到腊月二十几，我要回家了，他还是每天到那庄儿上去，在人家门口，一坐就是一整天，饥了就吃些干粮，提起他那把小壶，喝些冷水。他一个劲儿地摇动他那小鼓，小鼓两边的皮都打穿了，人家那女的再也不出来。有一天，他实在忍不住，跑到院里去摇，正遇上人家男人从山上回来，扯起扁担把他赶出来，把他的货箱、水壶踢到山坡下面。他是从山上滚下来的，头破血流，摔晕了过去。我赶到那里，把他救活过来，替他拾掇好东西。看了看，别的东西损失不大，就是小水壶裂了缝。我说：杨卯儿你的壶破了。他当时就很不高兴地说：没破，顶多是有点裂纹儿。我说，对，是裂纹儿，就像你这脑袋上的裂口一样！同志，杨卯儿的性格就是这样。他直到现在，还在想念那个女人，说那女人对他是有心思的，只是那男的不愿意。你不要见怪，我们另找房子搬家吧！这村里还有一处落后的地方……"

杨卯儿一生，还从来没有看见过长得这样好看的女人，他立刻被小满儿那红白焕发的容光惊呆了。他的两只脚，像冬天雪地上的麻雀一样向前跃动着，上身不动，小脑袋直伸向前。他现在的形象，和他的名称相反，正像在木匠的斧头锤击下，亢奋地塞进木脐眼儿里去的尖锐的木楔一样。他上下反复地打量着小满儿的全身，他倾听着她的斥责，就像知罪的宗教徒接受天谴一般。

但是，对他说来像乐曲一样的声音，突然停止，小满儿一摔门子进去了。

十二

黎老东的大车的铁匠工序，正式开始了。铁匠炉安设在新买来的宅院里。早晨，天气很好，六儿的鸽群在天空飞翔着。

黎老东最后修整着车的上装，在他心里，只等铁匠完工，就可以开始上油漆了。傅老刚把铁匠炉点着，一股浓烟翻转着升向天空，然后折下来在庭院里散开。九儿拉着风箱，四儿被派去练习抢大锤。

黎老东把几年来积累的烂铁和新买来的铁料，搬到炉下来。

九儿今天穿得很单薄，上身只穿了一件蓝色夹袄，她把擦脸的毛巾绺起来，齐着脑门把头发捆住，就像绣影上孙悟空戴的戒箍一样。她的脸色是更显得明朗了，充满了工作的热情和虔诚，轻捷而又稳重地推动着风箱。

傅老刚炼好第一块铁，用大铁钳夹着放在铁砧上，四儿赶过去抢起大锤。傅老刚用小锤敲点着砧子边教导着他，他还是不能用最适当的力量打在最适当的地方，有时把锤空落在砧子上，有时竟打在傅老刚的小锤上。九儿放下风箱把，来打给他看，在她热心的示范和帮助下，四儿抢锤的技术，开始进步了。

黎老东在一边做着木匠活，注意力主要放在这边来了。他不断地斥责着四儿，说他笨，没有出息，唠叨不休。傅老刚在休息的时候，走到黎老东的身边说：

"亲家，我看你的脾气变坏了，对孩子们不能这样。这样不能使他工作得好，反会使他工作得更坏。他工作着，你一个劲儿斥责他，他的手脚就不知道往哪里放了。"

"你怎么说这样的话，你不是说管孩子应该严格些吗？"黎老东说，"打制这辆车是我心上的大事，早打成一天，好早一天用它去赚钱。亲家，让我们老兄弟把最好的手艺都施展出来吧！"

建立友情，像培植花树一样艰难。花树可以因为偶然的疏忽而枯萎。在黎老东和傅老刚这一次合作里，两个人心里都渐渐觉得和过去有些不一样。过去，两个人共同给人家做工，那是兄弟般的，手足般的关系。这一次，傅老刚越来越觉得黎老东不是同自己合作，而是在监督着。赶工赶得过紧，简直连抽袋烟，黎老东都在一旁表示着不满意。最使他气闷的是，自己远道赶来，黎老东却再也不说九儿和六儿的事，好像他从前没提过似的。

最后几天，黎老东只是穿着大皮袄，在院里察看着，指点着；六儿也打扮得像个客人似的，有时来在院里转悠一下，就不见了。傅老刚身体有些不舒服，在这样冷的天气里，他穿着一件破旧的小衫，还是辛勤地工作着。天天都有些参观的人，来到院里，这些人都是傅老刚的旧相识、老朋友。过去，他们来是同时观赏黎老东和傅老刚的手艺的；今天，在这些人的眼里，傅老刚的手艺，和黎老东的家业，被分别了出来。人们不再注意黎老东的木匠手艺，在新的形势下面，只在关心他的发家致富的前途。

两个老朋友，显然已经站在不同的地位上。黎老东完全感觉到了这一点，傅老刚很快也完全感觉到了，这就是我们的悲剧产生的根源。傅老刚感到，过去多年来，他和黎老东共同厌恶、共同嘲笑过的那种"主人"态度，现在是由他的老朋友不加掩饰地施展起来了，而对象就是自己。这当然不是新的社会制度的过错，而是传统习惯的过错。

当铁工也接近完成，一次吃饭的时候，黎老东忽然笑着说：

"亲家，我过日子越来越细了，你不要笑话我，我要积些钱给六儿他们把房子盖好。我想，你是不争这些的。"傅老刚以为他要说九儿和六儿的事了，抬起头来听着，谁知道下文却是这么一句："这些日子，就当你们是在老家度荒年吧！"

最后一句话，完全激怒了傅老刚，他把饭碗一推，立起身来，说：

"亲家，我不是到你这里来逃荒呀！"

他叫出女儿来，提起水桶，泼灭了炉灶。他打整好小车，推到了街上来。很多人来劝说，老头儿说什么也不回去。

两位老朋友的决裂，村里人都说不出那真正的道理。在四儿和九儿那经历较少的身世里，也还没有体验过这样伤心的事情。傅老刚是感到十分痛苦的，他把四儿叫到一边说：

"孩子，你看，这到底是怨谁呢？"

"这样正好。"四儿说，"你给我们解决了难题。"

"什么难题？"傅老刚问，"你这小子倒要看我们两个老头子的哈哈笑吗？"

"我们青年要组织一个钻井队。"四儿说，"在今年冬天，把我们村里能利用的水井都钻好下管。我们已经借到一杆锥。很多工具需要修理，我们想请你帮忙，又怕我爹不让。这样一闹，你就可以去帮助我们了。"

"你们有钢有铁？"傅老刚问。

"我们每人捐献一些，就够用了。"四儿说，"我们把小车，拉到青年团办公的大院里去吧。"

到了那里，青年们对老人说：

"大伯，我们是多么需要你啊！你再不要回山东老家。我们和村干部商量好了，把这院里的东屋给你拾掇出来，把窗子糊好。你就在这里常住吧，晚上我们抱柴来给你烧炕。"

十三

黎老东一个人呆呆地坐在院里一截木头上。当傅老刚决绝地推车出门的时候，他心里也曾经想：这样的交情，断绝了也好。你晒不了我黎老东的干儿，剩下的活，我会找别人来帮助，天下又不是只有一个铁匠。他拿起斧头来，气愤地锤击着车尾板上的大钉。但是，当他渐渐平静下来，听到只有他的斧头声音，在空旷的院落里回响，失去了亲切的钢铁的伴奏的时候，他忽然不能工作了，把斧头放在一边，坐了下来。他想，同傅老刚的交情，不是一年两年建立起来的，而且经过多次患难的考验。他用手抚摸着左边这一只脚。有一年，他同傅老刚给一家做活，他心情不好，一时失手，这只脚被锛砍伤了。那时离家在外，举目无亲，手里没有多少钱。在自己养伤的几个月的时间里，是傅老刚请医生，花药钱，背出背进，给水给饭。当然，这也报答过他了。同一年热天，傅老刚被热铁烫伤，自己曾经服侍了他。

他难过的是，究竟为了什么，傅老刚这样决绝？是他看我过得好些了，心里嫉恨？但想来想去，傅老刚从来也不是这样的人。是我变得嫌贫爱富，慢待了多年的朋友？他回忆着在这一段日子里，自己的言谈举动，他的痛苦就被惭愧的心情搅扰，变得更加沉重了。

这时六儿走了进来。黎老东抬头望着自己的儿子，在儿子的身上脸上，只能看见一层不成材的灰败的气象。他一时想到：自己这两年，一心要打车，要盖房，得罪亲友，都为的是他！而这个孩子，只知道自己玩乐，从来也没有想想当父亲的心情。

"做熟饭了，爹？"六儿站在窗台下太阳地里，懒洋洋地问。

"做熟了，就等你了！"老头儿跳了起来，抢着斧子赶过去。

六儿眼快，回头就跑。他刚才在街上又和杨卯儿争吵了一次，杨卯儿知道了那只雄鸽的死亡，要找黎老东来说理。六儿在门口碰上他，向他作个揖说：

"卯儿哥，咱们的事儿别闹了。你快去劝劝我爹，他要打死我哩。"

杨卯儿生来经不住别人半点奉承，一句好话。仓促之间，他把这个委托应承下来，他快步向前，在梢门洞里，举起胳膊拦住了黎老东。

"看在侄儿面上。"杨卯儿说，"回家去，有话慢慢说。"

他把黎老东推进院里，给他找了一个坐物，又递给他一支香烟，自己蹲在一边，慢慢劝说着：

"快把车装制起来，别错过这个冬季，正是赚好钱的时候啊！你看见黎七儿了，一趟定州就是几十万，除去人吃马喂，三趟就可以盖座大砖房。老东叔，西村有座砖房要卖，价钱公道，你倒是有意思没有？"

"没有意思。"黎老东说，"我的心凉了。"

"谁家的老人也是这样。"杨卯儿说，"最恨小人儿不争气。我爹活着时，你们交情好，是知道的，管我管得多么紧？在我身上费了多大力？我当然不能说给他老人家挣来了多少光荣，平心而论，一辈子也没有给他老人家丢过什么脸面呀！咱是个正直人，从小儿走南闯北，打抱不平，为朋友两肋插刀，花钱从不分你我。到老来没落下什么，不是我不能干，是命里穷苦。六儿兄弟，我看不错，为人聪明懂事，就是荒唐点儿，这也是年轻人必经之路，你快把车打整起来，交给他，一有正经事儿，他也就不胡跑了，你说是不是？"

黎老东的气渐渐消了，杨卯儿又把他引到原来的思路上。这时四儿回来了，他一声不言语，到屋里给牲口筛了些草，手里提着一件什么东西，叫棉袍掩盖着，躲躲闪闪地又要出去。

"你手里提的什么？"黎老东问。

"一把破铁锹。"四儿只好站住，把东西亮出来。

"哪里来的这个，我这些日子到处找烂铁，你怎么不言语？"黎老东又挂了火。

"这是那年拆日本炮楼，我捡来的，因为没有用，就扔在一边了。"四儿说，"现在上级号召打井，我想去修理修理它。"

"他妈的，整个儿的六国反叛！"黎老东说着站起来，"从哪里拿的，还给我放回哪里去。上级号召打井，我号召打车！人家不给我干了，你快去做饭，吃饱了帮我上钉子！"

杨卯儿又赶过来劝解，四儿只好先去抱柴做饭，再慢慢想法把铁锹运出去。

十四

九儿所想的，吸收六儿参加学习或是参加工作，都是很困难的事。他轻易不接近这些集会和活动。干部去找他，他会说现在是生产第一，装模作样地背上一副柴火筐，溜溜达达到地里去了。干部们也曾讨论先从改造小满儿入手。接近小满儿是容易的，但男青年们不愿意去，有的是胆怯，有的是避嫌疑。当然，女同志们也可以和她去谈。女同志去了，小满儿总是热情地招待着，如果抱着小孩，她总得给孩子弄些好吃的东西来，并且要接到怀里，不停地在孩子的脸上亲亲吻吻。任何认生或是任性的孩子，到了小满儿的怀里，也会高兴起来的，孩子的脸也会叫她的充满青春热情的面孔，陪衬得更为出色。她会说，说笑起来，嘴上像撩上油儿似的。在这种场合，女同志们都是有些喜欢她，在批评上，那口气就自然软和多了。

"小满儿，像你这样聪明伶俐的人儿，好好学习学习吧；晚上，我来叫你，我们一块到民校听课去。"女同志热心地说服着。

"那很好，"小满儿笑着说，"我愿意去学习呢。不用大姐来叫，黑灯瞎火，道路又不好走，你抱着个孩子，跌倒怎么办？我自己去吧，这个村子，街道都叫我磨平了，谁家我不认识呀！"

"你可一定去。"女同志又叮咛一句。

"一定。"小满儿把她送到门口，又和孩子招手耍笑着。等到女同志一拐弯儿，她把脸一沉，想了想，到家里换上件衣服，就进城回娘家去了。如果村里有什么运动，连续开会，她会几天几夜不露面儿。有时，她也到民校晃晃。她总是坐在灯光不亮的地方，在讲课刚开始，人们安静不下来的时候，她装作安静地听讲。当人们渐渐入神的时候，她就偷偷溜出来了。

无论在娘家或是在姐姐家，她好一个人绕到村外去。夜晚，对于她，像对于那些喜欢在夜晚出来活动的飞禽走兽一样。炎夏的夜晚，她像萤火虫儿一样四处飘荡着，难以抑止那时时腾起的幻想和冲动。她拖着沉醉的身子在村庄的围墙外面，在离村很远的沙岗上的丛林里徘徊着。在夜里，她的胆子变得很大，常常有到沙岗上来觅食的狐狸，在她身边跑过，常常有小虫子扑到她的脸上，爬到她的身上，她还是很喜欢地坐在那里，叫凉风吹拂着，叫身子下面的热沙熨帖着。在冬天，狂暴的风，鼓舞着她的奔流的感情，雪片飘落在她的脸上，就像是飘落在烧热烧红的铁片上。

每天，她在夜深人静的时候，才回到家里去。她熟练敏捷地绕过围墙，跳过篱笆，使门窗没有一点儿响动，不惊动家里任何人，回到自己炕上。天明了，她很早就起来，精神饱满地去抱柴做饭，不误工作。她的青春是无限的，抛费着这样宝贵的年华，她在危险的崖岸上回荡着。

而且，她的才能是多方面的，谁都相信，如果是种植在适当的土壤里，她可以结下丰盛的果实。不管多么复杂的花布，多么新鲜的鞋样，她从来一看就会，织做起来又快又好。她的聪明，像春天的薄冰，薄薄的窗纸，一指点就透。高兴的时候，她到菜园里生产，浇起园来，可以和最壮实的小伙子竞赛，一个早晨把井水浇干。她可以担八十斤的豆角儿走出十里去上市。在这个时候，连村里一些老年人，都称赞她，希望有一种力量，能把她引到人生的正轨上来。今年，村里宣传婚姻法的时候，这女孩子忽然积极起来。她自动地到会，请人读报给她听，正正经经地沉默着，思想着。在那些文件上说明：女人和男人是平等的，她们已经做了很多工作，将来还会对国家有更大更多的贡献。但后来听到有些人，想把问题引到检查村里的男女关系，她就退了出来，恢复了自己的放荡的生活方式。因此，副村长向青年们提议，把那位高级干部带到黎大傻的家里。

这一天，她的母亲来了。这是一位到了五十多岁年纪，还在热心打扮的女人。可以看出在探看女儿的这次行动上，她曾经在头面上做了很细致的准备。她见到小满儿，就说：

"满儿，你男人快回来了，你婆婆找到咱家去，眼下就过年，你该到人家那里去住些时候了。"

"我不去。"小满儿说，"婚姻是你和姐姐包办的，你们应该包办到底，男人既然要回来，你们就快拾掇拾掇上车走吧。"

"你他妈的说的这是什么话？"母亲说，"你在这村里疯跑，人家有闲话哩！"

"既是闲话，"小满儿坐在炕沿上低着头整理着鞋袜说，"我管它干什么，叫他们吃了饭没事，瞎嚼去吧！"

"名声不好听哩，"母亲拍着巴掌，"我的小祖宗。"

"名声不好听，"小满儿跳下炕来对着镜子梳理着头发，直眉立眼地说，"也不是从我开始，是你们留给我的好榜样呀！"

她这样和母亲冲突，使得姐姐也不高兴了，姐姐说："小满儿，你不要胡说八道，谁给你留下的榜样？你够得上当我的徒弟吗？看你和小六儿，恋了一冬天，连条新棉裤也穿不上，还有脸犟嘴哩！"

"你先去挣一条来给我穿吧！"小满儿打整好，一摔门帘出去了。

她一个人走到她姐姐家的菜园子里，这个菜园子紧靠村西的大沙岗，因为黎大傻一家人懒惰，年久失修，那沙岗已经侵占了菜园的一半，园子里有一棵小桃树，也叫流沙压得弯弯地倒在地上。小满儿用手刨了刨沙土，叫小桃树直起腰来，然后找了些干草，把树身包裹起来。她在沙岗的避风处坐了下来，有一只大公鸡在沙岗上高声啼叫，干枯的白杨叶子，落到她的怀里。她忽然觉得很难过，一个人掩着脸，啼哭起来。在这一时刻，她了解自己，可怜自己，也痛恨自己。她明白自己的身世：她是没有亲人的，她是要自己走路的。过去的路，是走错了吧？她开始回味着人们对她的批评和劝告。

十五

她看见姐姐送着母亲走出村来，她才绕道儿回到家里去。到家里，看见黎大傻正帮着一个干部收拾屋子，小满儿惊奇了，她知道姐姐家因为落后、肮脏和名声不好，是从来没住过干部的。他们收拾的是东房的里间，这间屋里堆着一些乱七八糟的东西，外间，喂着一匹很小的毛驴。

她看见姐夫在这位干部面前，表现了很大的敬畏和不安，他好像不明白为什么村干部忽然领了这样一位上级来在他的家里下榻。他不断向干部请示，手足不知所措地搬运着东西。

小满儿看来，这位干部的穿着和举止，都和他要住的这间屋子不相称。从他的服装看来，至少是从保定下来的。他对清洁卫生要求很严格，自己弯腰搜索着扫除那万年没人动过的地方。小满儿不知道为什么忽然愿意帮帮他的忙，她用自己的花洗脸盆打来水，用手在那尘土飞扬的地上泼洒。

"你是这家的什么人？"那位干部直起身来问。

"她是我的小姨子。"黎大傻站在一边有些得意又有些害怕地说。

"啊，你就是小满同志。"干部注视着她说，"村干部刚才向我介绍过了。"

"他们怎样介绍我？"小满儿低头扫着地面。

"简单的介绍，还不能全面地说明一个人。"干部说，"我住在这里，我们就成了一家人，慢慢会互相了解的。"

干部在炕上铺好行李，小满儿抱来茅柴，把锅台扫净，把锅刷好，然后添上水，说："这屋里长年不住人，很冷。我给你烧烧炕吧。"

"我来烧。"黎大傻站在她身边说。

小满儿没有理他。她把水烧热了，淘在洗脸盆里，又到北屋里取来自己的胰子，送进里间：

"洗脸，你自己带着毛巾吧？"

晚上，干部出去开会，回来已经夜深了，进屋看见，小小的擦抹得很干净的炕桌上面，放着灌得满满的一个热水瓶；一盏洋油灯，罩子擦得很亮，捻小了灯头。摸了摸炕，也很暖和。

他听见北屋的房门在响。黎大傻的老婆，掩着怀走进屋来。她说：

"同志，以后出去开会，要早些回来才好。我们家的门子向来严紧，给你留着门儿，我不敢放心睡觉。"

说完，就用力带上门子走了。

干部利用小桌和油灯，在本子上记了些什么。他正要安排着睡觉，小满儿没有一点儿响动地来到屋里。她头上箍着一块新花毛巾，一朵大牡丹花正罩在她的前额上。在灯光下，她的脸色有些苍白，她好像很疲乏，靠着隔山墙坐在炕沿上，笑着说：

"同志，倒给我一碗水。"

"这样晚，你还没有睡？"干部倒了一碗水递过去说。

"没有。"小满儿笑着说，"我想问问你，你是做什么工作的？是领导生产的吗？"

"我是来了解人的。"干部说。

"这很新鲜。"小满儿笑着说，"领导生产的干部，到村里来，整年像走马灯一样。他们只看谷子和麦子的产量，你要看些什么呢？"

干部笑了笑没有讲话。他望着这个青年女人，在这样夜深人静，男女相处，普通人会引为重大嫌疑的时候，她的脸上的表情是纯洁的，眼睛是天真的，在她的身上看不出一点儿邪恶。他想：了解一个人是困难的，至少现在，他就不能完全猜出这个女人的心情。

"喝完水去睡觉吧！"他说，"你姐姐还在等你哩。"

"他们早吹灯睡了。"小满儿说，"我很累，你这炕头儿上暖和，我要多坐一会儿。"

干部拿起一张报纸，在灯下阅读着。他不知道，这个女人是像村里人所说的那样，随随便便，不顾羞耻，用一种手段在他面前讨好，避免批评呢，还是出于幼年好奇和乐于帮助别人的无私的心？

"你来了解人，"小满儿托着水碗说，"怎么不到那些积极分子和模范们的家里，反倒来在这样一个混乱地方？"

"怎样混乱？"干部问。

"你住在这里，就像在粮堆草垛旁边安上了一只夹子，那些鸟儿们都飞开，不敢到这里来吃食儿了。"小满儿说，"平日这里可没有这样安静。平日，每到晚上，我姐姐的屋里，是挤倒屋子压塌炕的。"

"这样说，是我妨碍了你们的生活。"干部说，"明天我搬家吧。"

"随便。"小满儿说，"我不是杨卯儿，并没有攆你的意思。我是说，你了解人不能像看画儿一样，只是坐在这里。短时间也是不行的。有些人，他们可以装扮起来，可以在你的面前说得很好听；有些人，他就什么也可以不讲，听候你主观的判断。"

她先是声音颤抖着，忍着眼泪，终于抽咽着，哭了起来，泪珠接连落在她的袄襟上。

干部惊异地放下报纸。但是小满儿再也没讲什么，扯下毛巾擦干了眼泪，稳重地放下水碗，转身走了。

整个夜里，黎大傻并不来给小毛驴添草，小毛驴饿了，号叫着，踢着墙角，啃着槽帮。耗子们不知是因为屋里暖和了还是因为添了新的客人，也活动起来，在箱子上，桌面上，炕头和窗台上吱叫着游行。

干部长久失眠。醒来的时候，天还很早，小满儿跑了进来。她好像正在洗脸，只穿一件红毛线衣，挽着领子和袖口，脸上脖子上都带着水珠，她俯着身子在干部头顶翻腾着，她的胸部时时摩贴在干部的脸上，一阵阵发散着温暖的香气。然后抓起她那胰子盒儿跑出去了。

<h2 style="text-align:center">十六</h2>

铁匠炉在新的场所生起来。

"这回，我要当掌作的。"九儿对青年们说，"我们是青年钻井队么！"

"拥护你。"青年们说，"我们轮流抢大锤、拉风箱，叫大伯站在一边指点着就行。"

青年们捐献来的钢铁是零碎的、破旧的，它们曾经多年埋没在角落里、泥土里，现在要经过锻炼，铸接在一起，形成一杆尖利的，能钻探地下，引出泉水来的铁钻钢锥。在青年们看来，这就像要把他们各人的高涨的热情，铸炼成一股共同建设国家的力量一样。

九儿的脸，被炉火烘照着，手里的小锤，叮当地响在铁砧上。这声音，听来是熟悉的。因为，她已经不是初次接触这种沉重的劳动了。在她的幼年，她就曾经帮助父亲，为无数的战士们的马匹，打制过铁掌和嚼环。现在，当这清脆的锤声，又在她的耳边响起的时候，她可以联想：在她的童年，在战争的岁月里，在平原纵横的道路上，响起的大队战马的铿锵的蹄声里，也曾经包含着一个少女最初向国家献出的金石一般的忠贞的心意！

当然，她可以想到更早一些的日子，她可以用今天的工作来纪念她那贫苦终身、中年丧命的母亲。当母亲生下她来，把她放在炉边的一条小炕上，她就昼夜听到这种劳动的声响了，母亲站在风箱前面，给她哼着催眠歌曲。或者说，当她还同母亲是一个躯体的时候，母亲就带着她从事这种沉重的工作了。

现在，热汗在严寒的早晨，透过了她单薄的衣服。这种同自己的伙伴们在一起，按照集体讨论的计划来工作，对她来说，还是第一次。这些青年伙伴们，在工作面前是争着做，抢着做的，是互相关怀和协同动作的。因此，九儿感到特别振奋和新鲜。据她看来，父亲也是振奋的，在他那漫长的劳苦和跋涉的一生里，现在的工作场景是做梦也不曾梦见过的啊！

当青年们在田野里工作的时候，平原上已经降过了初雪。中午，雪在附近的沙岗上闪烁着，慢慢融化着。在普遍秋耕过的土地上，泛起一层潮湿的松土。

但是天气已经大冷了，大地在早上和晚上都要封冻。

青年钻井队的高大的滑车，在平原上接二连三地树立起来了。它们给漠漠的平原，添上了一种新的使人向往并能诱发幻想的景色。它们使人想起飘扬的旗帜，使人想起外国故事里的风车，使人想起车站的水塔，矿山的竖井，都市里高大建筑的木架。青年人为开发水源，勤奋地工作着，他们的歌声和空中的滑车一同旋转飞扬着。

四儿、锅灶和九儿是一个小组，他们带来些干粮、小米，中午从坟地里砍些蒿草，捡些树枝，在井边烧起饭来。

"你是知道的，"四儿对九儿说，"我们这里是平原，可是村子的三面，都叫沙岗包围起来了。西边这条沙岗，从山地流过来，它的流沙比河水泛滥还厉害。每到春天，整天刮着遮天盖地的黄风，黄沙会滚滚地跳过墙头篱笆，灌到地里来，灌到菜园子里来。黄沙盖住刚出土的蒜苗、韭菜芽，封住麦垄，埋住小树。每年春季，大风过后，我们就不得不到地里去用笤帚扫，甚至伏在地下用口吹，使得那被沙子压得发弯发白的嫩芽儿，重见天日。大风把沙子灌进街里，使人像在河滩走路，一陷多深。沙子灌进房门，打破窗户，妇女们每天要从屋里打扫出几簸箕土来。这就是我们的自然环境。上级号召打井栽树，是最适合我们这一带的情况不过了。"

"我们那里是山地，"九儿说，"也是荒旱连年。从我记事起，每年春天，干热的风沙就从西北山谷里吹过来，拼命吹打我们的小屋。我们门前有一条小河，冬天，水还在冰下哗哗地叫，到春天就干得没有了。我们那里，到春天靠糠皮树叶过日子。"

他们交谈着，向往着，如果能从他们这一代，改变了自然环境，改变了人们长久走过的苦难的路程，使庄稼丰收，树木成林，泉水涌注，水渠纵横，那对他们是太幸福了。

这时，在南面沙岗上出现了一幅和他们的谈话非常不相称的景象。六儿右胳膊上架着一只秃鹰，第一个走上沙岗来。随后而来的是黎大傻和他的老婆，夫妇两个每人手里提着一只死兔子，像侍卫一样，一左一右，站在了六儿的身旁，向远处张望着、指点着。而在沙岗背后，像隐约的桃枝一样，出现了小满儿的光耀的头面。

"老四，你弟弟越发的不简单，玩起鹰来了。"锅灶说。

"这些人的事，咱弄不清。"四儿说，"和杨卯儿为鸽子吵了架，仇大得不得了。经黎七儿把三个人拉到城里吃了一顿饭，两个人又成了好朋友，把鹰借给六儿了。"

"怎么是三个人呢？"锅灶问。

"小满儿也去了。"四儿说，"那是他们的主心骨，组织中心，行动的指南。离了她是不行的。我还听到一个故事，杨卯儿现在成了黎大傻包子房的老主顾，每天晚上都要吃饱的。黎大傻的老婆对他说：卯儿哥，你只吃得好、穿得好，还不能算是完全翻了身，我要给你介绍一个对象，可是你得请请我。这样，杨卯儿就在城里请了她一次。"

"你能把他叫过来帮我们锥井吗？"锅灶撺掇着。

四儿正在犹豫的时候，那一队人马，早已经从沙岗上退回，折向相反方向，望不见了。

人们惯于把偶然的见闻当作笑谈，并不注意，在当事人的心里，却像千斤石一样沉重。九儿坐在那里，望着空漠的沙岗出神。她继续回忆着幼年时的家乡的影子。在母亲去世以后，她常常一个人坐在小窗的前面。窗外有一棵枣树，因为避风向阳，常常有些小鸟儿在枝头来聚会。鸟儿们玩起来，显得非常亲密。那站在一起，叽叽喳喳的也许就是最亲密的吧。不久，有一只跳到了别的枝头。遇到一阵风，它们竟各自飞散了。门前还有一片小小的苇塘，河水小的时候，那些小鱼儿们聚在一起，环绕着一枝水草，到了夏天河水涨满，谁也不知道它们各自的前程如何！

这些回忆是使人难堪的，容易疲倦的。她站立起来说：

"吃饱喝足了，我们开始工作吧，我来蹬一会儿滑车。"

"小心掉在井里呀！"锅灶笑着说，"你们猜我在想什么？我想六儿的包子不能吃了，净是兔子肉！"

九儿上到滑车上，用力蹬着，像一个勤奋的小昆虫在清晨和黄昏的时候工作。滑车滚动着，四儿从井底望着她，一时感到这是一个奇异的动人的少女图像。

她的工作越来越熟练从容，太阳从她的前方，慢慢向西移动。她可以看得很远，可以看到县城南关药王庙前面的两根高矗的旗杆。可以望见旷野里送粪的，捡柴的，放牧牛羊的和整理园地的人。她看见六儿正和小满儿在田野里追逐，听到黎大傻和他老婆的喊叫声音。

在下面工作的锅灶和四儿，也在谈论这件事。

"老四，你的理论水平高，你给我解释，我们在这里受累受冷地工作，你的老弟在那里带着女人玩耍。在人生这条道路上，是我们走对了哩，还是他们走对了？"锅灶冲着井底喊叫着。

"你提出的这个问题很重要，这是个人生观的问题。"从井里冒出四儿的声音，"你羡慕他们的生活吗？"

"有时候觉得他们讨厌，有时候，也有点儿羡慕。"锅灶说。

"在他们看来，一定是他们走对了。但是，我一点儿也不羡慕他们。"四儿说，"他们这样生活，有时候，自己也会感到羞耻的，不然，为什么望见我们就躲开了呢？"

"可是，还有一个老问题，他为什么一直不能改变过来呢？"锅灶说。

"这两天，我又把这个问题想了一下，"四儿说，"只凭我们几个人的力量去改造人，是不容易收到效果的。人怎样才能觉悟呢，学习是重要的，个人经历也是重要的，但更重要的是社会的影响。我有这样一个比方，六儿的心，就像我们正在改造的旱地。我们工作得好，可以在这块地上开发出水泉，使它有收成，甚至变成丰产地；可是，四外的黄风流沙，也还可以把它封闭，把它埋没，使它永远荒废，寸草不长。我们要在社会上，加强积极的影响。这就是扩大水浇地，缩小旱地；开发水源，一直到消灭风沙。"

"是的，这是可能的。"九儿在滑车上想，她蹬着，一斗子一斗子的淤沙积泥，从井底提上来，她望望井底，新的清澈的水，开始翻冒出来。但是爱情呢？她严肃地思考：它的结合，和童年的伴侣，并不一样。只有在共同的革命目标上，在长期协同的辛勤工作里结合起来的爱情，才能经受得起人生历程的万水千山的考验，才能真正巩固和永久吧。当然，爱情，可以在庄严的工作里形成，也可以在童年式的嬉笑里形成。那分别就像有的花可以开在风平浪静的水面上，有的花却可以开在山顶的岩石上，它深深地坚韧地扎根在土壤里，忍耐得过干旱，并经受得起风雨。

十七

那位干部当然不是专为了解人们的生活，才跑到乡下来的。他也抱着一种多年工作积累的热情，愿意帮助一个人。他希望小满儿能在他帮助下，有所改变。他并且想到，只有在学习和工作里，小满儿才能改变。这当然是很困难的，因为他明白，他还没有真正了解她。

这天晚上，就是当小满儿行围射猎胜利归来的时候，干部站在院里。黎大傻家是个破大院，西北角破围墙下面，有一个荒废的白菜窖，旁边有一棵半死的老榆树，这棵树长得十分丑陋，它的头顶干枯，树身破裂歪斜，一枝早可以拉下来做柴烧的大横干，垂到邻舍的院里，成了邻家的鸡窠，有几只鸡已经飞到上面，准备过夜了。

小满儿回到家来，一点儿也没有带着在野地里奔跑、狂欢、疲累的痕迹。她是在姐姐和姐夫回家以后才回来的，姐夫和姐姐，提回来一只死兔子，两个人浑身是土，疲累不堪，而小满儿好像在进门之前就做了准备，她的身上整齐干净，头发也梳理过了，她用那惯常的轻捷悠闲的步伐，走过干部的面前。

"小满同志。"干部叫住她，"你吃过饭有事情吗？"

"没事，我是个大贤（闲）人。"小满儿笑着说，"干什么吧？"

"今天晚上，青年团员们学习，你也去听听吧。"

"人家叫我听吗？"小满儿狡猾地笑着，"我这个落后分子！"

"当然可以听，你先做饭，回头我们一块儿去。"干部说。

小满儿点点头，没有说什么。但是干部可以从她扭转过去的脸上看出，她是如何的不高兴。她抱柴做饭，坐在灶前烧火，不住地用眼角瞥着，干部一直站在门口。

"同志，你不出去吃饭吗？"小满儿说。

"你多添点米，"干部笑着，"我在你家吃一顿吧。"

"我们家的饭不好。"小满儿说，"你吃不下。"

"不好也一样给粮票。"干部说。他在院里一直站到小满儿把饭做熟。

小满儿这一顿饭，磨磨蹭蹭，费了有做两顿饭的工夫。她几次想从家里跑出去，但凭她的聪明，她知道干部正是防备她逃跑，才在那里监视她，她并且了解到这是一种好意，她装作十分安静地同干部吃了晚饭。

这一顿饭，她的姐夫蹲在外间没进屋，她的姐姐不明白这个干部和小满儿之间，发生了什么问题，也一直在避讳着什么，没有讲话。

吃过晚饭，天已经很黑了。小满儿从被动转为主动，首先放下饭碗说：

"同志，我们走吧。"

走出大门来，小满儿跑在前面，手里拿着一个小手电。

"你有这个家当。"干部说，"太好了。"

"我给你带路，"小满儿说，"我们从村外走吧，可以近一些。"

她从小胡同里往北转到村外来，因为她走得太快，那个手电的光亮太小，加上一闪一晃，干部跟在后面，反而什么也看不见了，只感到脚下绊绊磕磕。

小满儿飞快地跳过一个矮沙岗，贴着寨墙里面往东走，这一带都是软沙，有很多刨了树的大坑，干部深一脚，浅一脚，跌跌撞撞，只好慢走，以便脱离她的领导，并避免了她那手电的扰乱。

"走快点儿啊！"小满儿说，"人家一定上课了，我们不要迟到。"

"你带的这是什么路？"干部半开玩笑地说，"这不是正路。"

"什么是正路？"小满儿说，"只要抄近路就好。小心，这里有一眼井，你可千万别掉下去。"

干部小心地扶住辘轳架，从井边沿过去，然后是一陡坡，小满儿跳了下去，干部差不多是滑了下去。

"小心，篱笆。"小满儿侧着身子从荆棘之间闪过去，荆棘挂住了干部的衣服。

"给你吧。"小满儿回头把手电交给干部。她仍然在前面走着，从堆着很多破砖乱瓦的道路上，走进了一座大庙的后门。这座大庙，干部是参观过了的，当他们在大殿中间走过时，干部用手电照了照那站在两旁的，歪歪斜斜，缺胳膊少腿或是失去了眼珠的罗汉们，小满儿毫不在意地走过去，她的脚步放慢了。她说："同志，你没有赶过四月初八的庙会吧？这个庙会太热闹了。那时候，小麦长得有半人高，各地来的老太太们坐在庙里念佛，她们带来的那些姑娘们，却叫村里的小伙子们勾引到村外边的麦地里去了。半夜的时候，你到地里去走一趟吧，那些小伙子和姑娘们就会像鸟儿一样，一对儿一对儿地从麦垄儿里飞出来，好玩极了。"

"那有什么好玩的？"干部说。

"我也是听人说的，"小满儿说，"那么热闹的时候，我并没有赶上。抗日的时候，这村的游击队很英勇，他们站到第三层大殿上，有的就坐在神像的头顶上，放哨和阻击向这里扫荡的敌人。庙里的尼姑替他们搬运子弹，现在她们都还俗了，有一个最年轻最漂亮的，是副村长的儿媳妇。"

"这些抗日的故事很好。"干部说。

"那么，"小满儿停下来，转回身说，"我们不要去开会了，回到家里去，我给你讲一晚上故事吧！"

干部摇了摇头。

"他们不会斗争我吧？"走出大殿，小满儿小声问。

"绝对不会的。"干部说，"你想到哪里去了？"

"有一个尼姑，曾经吊死在这里。"小满儿指着大殿前面的一棵大树说，"因为恋爱不自由。活着的时候，我见过她，她会吹笙，长得也很好。"

干部没有说话，有一阵风扫过树尖和屋顶。

"我害怕。"小满儿忽然转回身来，几乎扑到干部的怀里，她的声音颤抖着，干部听到她的牙齿发出"嗫嗫"的打击声音，他扶住她，用手电一照，她的脸色苍白，眼睛往上翻着。她说着听不明白的话，眼里流出泪来。

"怎么回事？"干部慌了手脚。

"我看见了她，我看见了她！"小满儿大声喊叫。

"歇斯底里！"干部心里说，"没想到她有这种病症！"

听到喊声，第一个从街上跑到大庙里来的是六儿，他给杨卯儿送了一只兔子去，回来路过这里。直到六儿进来，干部才感觉到，他现在的处境，很容易引起别人的怀疑。在这样黑的夜晚，在这样荒无人烟的地方，在他的身边，一个女人发生了这种情景。他向六儿说明他同小满儿来到这里的经过。

"你救救我！你背我回家去！"小满儿听到六儿说话，发出了这样的呻吟。

"好，"干部说，"你帮忙背背她吧，你知道她的住处吗？"

"知道。"六儿说着蹲下来，拉起小满儿的两只手，放到肩上。小满儿仍然在哭泣，眼泪滴在六儿的脖子里。走到街上，她安静了，她撮起嘴来轻轻地无声地吹着六儿的脖子后面。起初，六儿也有些害怕，但等到她偷偷地把嘴唇伸到他的脸上，热烈地吻着的时候，六儿才知道她并没有发生什么意外。

十八

六儿出车，黎老东看成是一件头等隆重的事件。自从把车打成，他运用毕生的工作经验，使油漆在冬季提前干好。晚上，他特备了酒菜，把黎七儿请来，对他说：

"七兄弟，我把六儿和这辆新车交给你，你要好好带动他，把你半辈子跑车的经验教给他，叫他在正道上走，不要翻车跌跤。"

黎七儿一口答应，并且说：

"不用大哥挂念，我不能眼看着叫他吃亏。我们这次打算到石门，大叔，你看拉些什么货物回来？"

"自然是拉什么利大，就拉什么。"黎老东说，"你看着吧。可是，因为是新打的车，头一趟可不要拉煤。"

"可是，"黎七儿笑着说，"冬季还就是拉煤利钱大。到那里看吧，要不就装点儿杂货。"

酒喝到半醉的时候，黎老东又向黎七儿说了这些话：

"七兄弟，我知道，在土改的那段日子里，你和我们有些隔膜。可是，我一直并不认为你是一个富农，我一直评你是个上中农。你爷爷，你父亲那两辈，当然是富农。可是自从你弟兄们分了家，你主要是跑车，雇人不多，要评成富农，我觉得有点够不上，要说是中农，好像又冒点尖儿，当时的争论，就在这上面。"

"过去的事情了，"黎七儿说，"当时，我就是心疼我那匹骡子。后来，我变卖些东西，又把它买回来了。咱成分不好，就不愿在村里见人。现在跑着车，我的生活，你看见了，也还过得去。坦白地说，人只要有能力和办法，不种园子地，也能吃香喝辣！我不省着细着。平日在家，你知道，黎大傻家卖什么我吃什么。出门打尖下店，不是焖饼就是炸酱面；出店上车，整瓶子好酒在怀里一掖，什么时候想喝了，就低头来一口。"

"我就是佩服你。"黎老东说，"那些别的户都倒下了，就是你站起来得快。"

黎七儿走了以后，黎老东几次起来喂牲口。鸡叫头遍，他就叫醒六儿，装好草料。套车时，他帮着摆正辕鞍，结好肚带，抹足车油。天不明吃了早饭，六儿把车赶到街上来。早起站在街上的人，都称赞这辆新车。黎老东在车的前面倒着走，有时用脚填平道辙，不断地指挥着六儿。

出村，黎七儿的双套大车，赶在前面。杨卯儿要到石门去办年货，坐在他的车上。出了寨墙口，黎七儿摇动鞭子，把车轰开，跟着跑了几步，然后一蹿身，坐了上去。他回头望望六儿，六儿也照黎七儿的样子蹿上了车。黎老东在村边望着，望着六儿的车转过大沙岗，才转回身来。

在十字街口，村长拦住了他，和他说了希望他加入合作社的事。为了打破他的顾虑，村长还热心地向他介绍了别的村庄办社，对于牲口车辆的折价办法。这些话，黎老东好像全然没有听进去，他往家里走，从别人看来，他那一直兴奋得意的步伐，忽然变得焦躁和不安了。

车辆转过大沙岗，突然停下来。小满儿怀里抱着一个小包裹，坐在一棵老杨树下面等候着。她站起来，爬到六儿的车上去了。

然后，黎七儿大声说笑着，摇动长鞭。两辆大车的后面，扬起了滚滚的尘土。

十九

每天，九儿回到家里，傅老刚已经做好了饭。知道女儿做的是重活，老人还是按照打铁时的习惯，做小米干饭。每天，父女两个坐在里间炕上，守着一盏小煤油灯吃着晚饭。

这两天，父亲注意到女儿很少说话，他以为她是太疲累了。他说：

"今天，有几个互助组，给我们拿来一些工钱，这些日子，我帮他们拾掇了一些零碎活儿。我不要，他们说我们出门在外，又没有园子地里的收成，只凭着手艺生活，一定要我收下。我想眼下就要过年了，你也该添些衣裳。"

"不添也可以。"女儿低着头说，"过年，我把旧衣裳拆洗拆洗就行了。爹的棉袄太破了，应该换一件。"

"我老了，更不要好看。"父亲说，"村长和我说，他们几个互助组，明年就要合并成合作社。村长愿意我们也加入，说是社里短不了铁匠活儿。我说等你回来商量商量，你帮我想想，是加入好，还是不加入好。"

"我愿意加入。"女儿笑着说，"这是最好不过的事。"

"我也是这么想。"父亲兴奋地说，"当然我们可以回老家去参加。可是，这里的工作更靠前一步，我们和这个村子又有感情，就在这里参加也好。村长还说，他们也希望六儿家参加，那样，社里有铁匠也有木匠，工作方便得多。可是黎老东正迷着赶大车，不乐意参加。这些日子，我总见不到六儿，你见到他了吗？"

女儿没有说话。

"你不舒服吗？"父亲注意地问，"怎么看你吃不下？"

"不。"女儿说，"我只是有点儿累。"

她到外间去收拾锅碗。

"我和黎老东吵翻了。"父亲在里间说，"这只是一人一家的问题，只是两个老头子的问题，算不了什么。你不要把这件事情放在心上。"

"我没有放在心上。"九儿说，"今年冬天，我看着爹的身体不大结实，我希望爹多休息休息。"

"你不要惦记我。"老人笑着说，"我这病到春天就会好起来的。今天晚上不开会，收拾好了，你早点睡觉去吧！"

九儿给父亲铺好炕，带上屋门，到女伴们那里去。

今天夜里，天晴得很好，月亮很圆，很明净，九儿在院里停站了一会儿，听了听，父亲在吹灯躺下以后，并没有像往常那样咳嗽。她的心情也明快平静下来，她觉得她现在的心境，无愧于这冬夜的晴空，也无愧于当头的明月。她定睛观望，好像是第一次看清了圆月里那只小兔儿的可爱的活泼的姿态。

二十

童年啊，你的整个经历，毫无疑问，像航行在春水涨满的河流里的一只小船。回忆起来，人们的心情永远是畅快活泼的。然而，在你那鼓胀的白帆上，就没有经过风雨冲击的痕迹？或是你那昂奋前进的船头，就没有遇到过逆流礁石的阻碍吗？有关你的回忆，就像你的负载一样，有时是轻松的，有时也是沉重的啊！

但是，你的青春的火力是无穷无尽的，你的舵手的经验也越来越丰富了，你正在满有信心地，负载着千斤的重量，奔赴万里的途程！你希望的不应该只是一帆风顺，你希望的是要具备了冲破惊涛骇浪、在任何艰难的情况下也不会迷失方向的那一种力量。

原载《人民文学》1956 年第 12 期

天云山传奇

鲁彦周

引子

心灵上的琴弦，一旦被拨动了，就难以停止它的颤动。

我没有想到，事隔二十年的今天，我这个四十多岁的女人，已经担任了地委组织部副部长的人，生命中的某一根琴弦忽然被拨响了。我更没有想到，这次触发，竟给我的生活，带来了这么大的变化。

一

一九七八年冬天的一个晚上，我吃过晚饭，照例拿出从办公室带回的各种申诉材料，细细翻读。最近一个时期，因为中央有了实事求是，纠正错案、冤案的精神，这类申诉材料多得惊人。这对我这个到组织部还不到半年的人来说，确实是一个巨大的压力。我读着这些沉痛的文字，想到一些同志的悲惨遭遇，心情总是感到异常沉重。我恨不得一下子就能把这些问题全部解决掉。但我这种心情在部里却遭到冷淡、窃笑。同志们把我这种心情看成是"不成熟的表现"，是"不熟悉组织工作的新手的急躁病"。而对我嘲笑得最凶的却是我的丈夫，分管组织工作的地委副书记吴遥。他说我有点像刚到医院实习的学生，看到病人多就大惊小怪，一个有经验的大夫，是不会因为病人多就产生这种情绪的。

对这种嘲笑，我内心是反感的，我反唇相讥。我说，也可能正因为我是新手，我才没有学会你们那种麻木不仁的态度。但是，口头的辩论，并不能解决问题，我批的材料，还是被封锁在各人的写字台里。

这天晚上，我的情绪特别不好。外面正下着大雪，雪花无声地落在窗台上、玻璃上，从楼上望去，整个城市已经被白雪覆盖了。因为丈夫到南方养病，女儿又出去复习功课去了，我也就没给屋子生火，空荡荡的房间里，显得特别冷。我望着纷纷扬扬的雪花，想起办公室里一些人对问题的冷漠态度，又从他们身上，想到我的丈夫。那些人都是我的丈夫一手培养起来的，他们对我的调来，似乎很明白内幕，我不过是我丈夫放在组织部的一个工具，我的意见是无足轻重的，关键还是要看吴遥书记的态度。每当我一想到这里，心里就感到堵得慌。

正当我对着卷宗发愣的时候，有人敲了一下门，我应了一声，门被推开了。只见一个黑影子站在走道上，正在扑打着身上的雪花。

我急忙问了声："谁呀？请进来！"

很快，一个年轻的姑娘走了进来。这姑娘叫周瑜贞，是我们地区规划小组的一个技术干部。她今年还不到三十岁，用她自己常用的口头禅来说，是"受了洗礼的一代人"。她是中央某部门一位负责同志的女儿，是不久前才调到我们这个地区工作的。我丈夫吴遥曾是她父亲的下级，我去世的父亲也认识她的父亲，所以她也就成了我们家的常客，来往像自己家一样。她虽是学技术的，可是却喜欢议论政治。而议论起来又尖锐泼辣、毫无顾忌，有时，把人们都回避的一些问题，也会一下子赤裸裸地端出来，常常弄得对方张口结舌，只好设法岔开她的话题。她对吴遥和我们的工作，也经常挖苦、嘲笑，说我们是"离了本本就是瞎子"，是"冰库里的鱼，又冷又看不见天"。她连我们那空得可怜的书架，也不放过。她非常奇怪，我们的精神食粮那么少，又那么单调，怎么又能自以为高人一等，决定别人的命运？总之，这是一个有点与众不同的姑娘。

我丈夫吴遥，开始对她是非常热情的，后来，渐渐不喜欢她了，说她自由主义气味太浓，有一种危险的倾向，只是因为她父亲的地位关系，他才在表面上照旧热情地接待她。可我倒是对她很有好感，我喜欢她的坦率，我从她身上，有时也能看到我过去的影子。加上，我和吴遥在一起，并没有多少话好谈，我们生活得很单调、很枯燥。我们的家庭气氛就像这所房子一样，很大，很空，有时还很冷。一种寂寞苍凉的感觉，常常向我袭来，这时，我就特别希望有一个像周瑜贞这样的人同我一起，无拘无束地谈谈天。

今天，我也正处在这种情绪之中，所以看到她来了，我很高兴。我帮她脱掉了大衣，让她坐到沙发上。可她呢，跟往常不一样。以前她来了向沙发上一靠，红扑扑的脸上，总有一种嘲讽的笑容，很快，她就会找到一个现实生活中的题目，发表起尖刻的议论来。可今天，她很不同，她在沙发上没坐几秒钟，又跳了起来，她嚷了一句："这屋子好冷！"又把大衣披上，在房里来回走了几步，转过身，睁着两只大眼，好像第一次看到我似的，上下打量起我来。

我被她这种神情，弄得莫名其妙，我说："你怎么啦，干吗这么看我？"

她异样地一笑，摇了摇头。

我更加奇怪了，我问她："你碰到了什么事吗？"

"我最近出了一趟差，"她说，这才又恢复了原来的样子，她给自己倒了杯水，捧在手上，又坐回到沙发上来补了句，"我是到天云山去的！"

"啊，你到天云山去了？"我惊讶地问，"那里现在怎样了？"

"一言难尽！"她把我也拉到沙发上，又一次瞅了我一眼，说，"你从前不是去过那里吗？"

我点点头。我是去过天云山，可那是二十多年前的事了，她怎么知道我去过的？她见我用疑问的眼光望着她，便神秘地一笑，说："你知道吗？这次我去天云山，碰到一个怪人，他还有一个也很怪的妻子。"

"什么怪人？"

"我很难分析他。"她说，"也许是个英雄，也许是个叛逆者，或者像你们常用的那个词：屡教不改的什么分子，这得看各人怎么看。"

"哪能这么说？"我说，"是非总有个标准！一个人也总有他的主要方面。"

"标准？"她冷笑了一声，"究竟什么是标准？你这个组织部长倒给我说说看？'四人帮'有'四人帮'的标准，你们有你们的标准。而我呢，我也有我的标准。"

"啊？这么说你和我还有不同的标准？"我笑起来了，"这倒是头回听你说。"

"当然不同！"她提高了嗓门，两条秀丽的眉毛也扬起来了，"恨'四人帮'，反对'四人帮'的标准，我们可能是相同的，但在别的方面就很难讲了。"

"你讲具体一点嘛！"

"我一具体，你可能又要害怕了。比如说，这十年主要危害是'四人帮'，那么再往前推，是不是就没有问题呢？反对了'四人帮'，固然是英雄。在'四人帮'出现以前，反对了不良倾向，算不算是英雄呢？再具体一点吧，他反对的不仅是一般不良倾向，而且涉及当时错误的路线、方针、政策，你敢不敢在政治上肯定他呢？"

她说到这里，目光炯炯地盯着我，我因为她讲的题目相当大，沉吟了片刻，没有回答。她见我这副样子，胜利地笑了："我说嘛！你不敢回答了吧！"

"这有什么不能回答的！"我不服气地说，"我不过是在考虑，你讲的怪人究竟是个什么人？"

"按我的标准，"她说，忽然站了起来，"他当然是一个值得尊敬的可爱的人！"

"原来你是碰到了你理想中的英雄了！"我嘲笑地说。

"你别用这种口气说话。"她皱了皱眉，顺手在花盆里摘了朵腊梅，放在鼻子上嗅着，两眼望着窗外的仍旧在大片大片飘落的雪花。我很惊奇，她怎么忽然不讲话了。我站起身来，走到她的身边。我问：

"你怎么啦，小周，为什么不吱声了？"

"我在想那个怪人。"她毫不遮掩地说。

"哦！他是很年轻的人吗？是做什么工作的？"我说，把一只手架到她的肩上。

"他不年轻了！"她苦笑了一下，"他也没有什么工作。他和我也不是同时代的人。我是在想，他的同时代的人，为什么会那么冷酷无情地抛弃了他？他为什么会有这样的遭遇？我应该从他的遭遇中得出什么样的结论，又该怎样从他的生活里吸取我应该学习的东西！"

她这么一说，我更感到惊奇了。她究竟碰到了什么样的人，这个人为什么竟值得她如此为之感叹、赞佩？我着急地问："你到底碰到了谁呀？"

"是一件很偶然的事。"她说，"你想听听吗？"

我点点头。

"好吧！我就给你讲讲吧。"她把我拉回到沙发上，我们两人坐在一起。

她开始讲了起来——

二

"我这次不是到天云山区去了吗？"她说，"说起天云山，你也是很熟悉的。"

"你怎么知道我熟悉天云山？"我忍不住问。

"反正我知道呗！"她狡黠地眨眨眼说，"我求你别打断我，等我讲完了，你再提问。"

"好吧，你说。"

"我到天云山的任务，是为我们规划小组，找二十年前的关于天云山的规划书，这是省里急等着要的。这份规划书，为什么二十多年前制定出来，二十年后又去找它？……"说到这里，她自己也笑了，"你看，我自己倒提问起来了，不问这个吧！

　　"那天我下了火车，没买到公共汽车的票，一个热情的同路人，看我着急，自告奋勇要去给我想办法。我在马路上等着他，过了一会儿，他来了，说是有辆运货的马车要回天云镇，他已和赶马车的讲好了，可以带我去。

　　"我跟着这位热心人，找到了那辆马车。

　　"马车的一切已经准备停当了，车前坐着一位正在低头整理什么的车把式，他的旁边坐着一个女学生，她用雪亮的眼睛盯了我一眼，要我爬到那麻袋上，那里已经给我准备了能坐能靠的地方。

　　"那女学生俯身和赶马车的说了句什么，赶马车的点点头，也许看了我一下，也许没看，我也没注意。我把自己弄得舒服些，靠在上面。等我谢了那位热心人，车把式便扬起鞭子，马车向前滚动了，马铃声和蹄声，有节奏地响了起来。

　　"这天天气很晴朗，只有几片白云浮在天际，中午的太阳晒得人暖洋洋的。我斜靠在马车的麻袋上，望着路上来来往往的老乡，望着远处高耸入云的天云山，不禁神思飞驰，在有节奏的车轮滚动声里，沉入到所谓幻想境界去了。

　　"我想象着天云山当年闹革命的情景，想象着当年来开发天云山区的年轻人们，我又望着那远处山岭上的古城堡遗址，想象着中国的悠久的历史……"

　　"你怎么知道那个古城堡？"我被她的讲述，带到我当年生活过、工作过的地方，不自觉地又问起她来。

　　"我在出发以前，就跟人交谈过，在车上，我也跟人谈过天云山。"周瑜贞瞥了我一眼，说，"我也看过天云山志，我知道那古城堡的历史，啊哟，你看，你又把我的话打断了！"

　　我没有吱声，只用眼色示意她再讲下去。我心里忽然隐隐感到一阵不安，我莫名其妙地意识到，这个姑娘大雪天跑来跟我讲这些，可能和我的某一段生活有关吧。

　　"正在我沉思的时候，"她接着说，"车前面两人的谈话，引起了我的注意，我发现那位年轻的女学生和那位赶马车的，好像有一种特殊的关系，我靠在车上有意无意地听着他俩一直非常亲密的低声谈话。这时，我听见赶车的哈哈大笑了，他笑得非常爽朗天真。他对那姑娘说：'小凌云，你也染上了这个时髦的毛病了，讽刺、挖苦、嘲弄我们生活中的某些现象，用一些最尖刻的言语，来表示自己的最新见解，这些都是很容易的，可是这能解决什么实际问题呢！'那个被叫作小凌云的姑娘难为情地一笑说：'话是这么说，可一看到一些事，心里就憋不住！'赶车的摇着头说：'憋不住就严肃地斗争嘛！就从自身先做起嘛！就把劲头用到刻苦学习、努力工作上去嘛！'那姑娘咳了一声说：'叔叔，有几个能像你呀！'赶车的又笑了：'我算个什么，我只不过不喜欢垂头丧气，相信真理一定能战胜谬误罢了！'那姑娘把头向赶马车的肩上一靠，亲热地说：'你这个怪叔叔啊！'

"我听着这两人的谈话，越听越感到惊奇，一个赶马车的怎么会说出这些话来？它既不是劳动人民的语言，也不像一个车把式的思想。

"我不由欠起身，歪头打量起这个车把式。这个人，年纪可能在四十到五十中间，他身上披了件破军大衣，那种大衣还是五十年代实行军衔制的产物，已经像是麻包布了。他头上戴了顶天云山区农民常戴的套头帽，一直压到两条漆黑的眉毛边上。他的脸从侧面看过去，轮廓特别分明，眼睛鼻子和脸型，使我想起我看过的一个希腊雕像。我越看越觉得这个车把式有点怪，我很后悔我上车时没有仔细注意他。

"这时，马车已经走到峡谷中了。这是通向天云山区的有名的大峡谷，我们在前面看到的古城堡，就是从这个峡谷通去的。这个古城堡据说是明朝的一个大官僚地主为了防止农民起义修的，清朝时的地主，为了防太平天国的革命军又重新加固过。它现在还虎视眈眈，高踞于峡谷之上，仿佛还要继续封锁着天云山区。

"我无心思索这古城堡的过去和未来，我很想找个借口和这位车把式攀谈攀谈，可是，他和那个姑娘一进入峡谷，脸色都变得严峻起来，他俩紧紧靠在一起，望着前面什么地方，仿佛不知道还有我这个人存在。我只能暗暗地观察他们，却找不到机会询问他的情况。

"马车快要驶出谷口的时候，这位车把式忽然朝马吆喝了一声，让马车停了下来。他先跳下车，那个年轻姑娘也跟着跳下去了，车把式回头朝我招呼了一声说：'对不起，请你等一下，我们去去就来。'

"这正是攀谈的好机会，我忙赔笑说：'你们要去很久吗？'

"'不！'他说，'一会儿就回来。'

"'我能跟你们一道吗？'

"'不！'他又是一个不，不过这回口气挺温和的，'我们是去看一个亲人。'

"'啊！'

"'今天是冬至节。'他解释了一句，'我们是看亲人坟墓去的。'

"原来他们是去看坟墓的。我望着他们走进松林里，望着他那高大的时隐时现的身影，一种神秘的感觉强烈地刺激着我，他到底是什么人，他们现在又是去看什么人的坟呢?

"因为等待,感到很寂寞,山风从峡谷里吹过来,吹得我直打寒噤。我无聊地跺着脚,无目的地朝峡谷里望着,这才发现,峡谷最狭处,还有一个没有修成的水库坝址,乱石、泥沙、水泥块,到处都是,一股不小的水流,发出轰然的鸣声。

"一小时以后,他俩从松林里下来了,后面还跟着几位老乡。我不知道这些老乡是哪来的,也许他们就住在松林里吧!那几位老乡和我们的车把式关系好像极为密切。他们在一起做着手势讨论着什么。到了近处,我才听清一位老乡说:

"'你说得对!今年冬天,我们就要这样干了!公社大队不同意,我们也要做,一定要改田还林了。'

"'你们拿着政策条文跟他们说,'我们的车把式继续给他们出点子,'有的人,就迷信小本本,你们就用小本本跟他们辩。他们总是把群众的觉悟估计过低,他们可能以为你们还不知道现在的政策呢!'

"在车把式和他们说话的时候,有一位老乡忽然把一口袋东西交给我,又低低对我说:'同志,请你把这收好,等到了天云镇,你把这个给他!现在你千万别说。'

"'你为什么不当面给他?'我奇怪地问。

"'他不会收的,他爱人有病,生活很难。可他又从不要人的东西,这是我们送给他爱人的。你快放好。'

"他也转身和马车夫谈心去了!

"我们又耽搁了半个小时,这才和老乡们告别走了。走了很远,我回头还看见老乡们站在那里。

"这情形更使我感到迷惑,也使我断定,这位车把式绝不是一般的车把式,他和老乡间那种感情就不是一般的!我又望着坐在车前的他,这时,那小姑娘正靠在他的肩上,他们又在讨论着什么。我听见那姑娘说:'我……我一看到爸爸的坟墓,我就想哭。我不光是哭爸爸,我是哭你!好叔叔,他们对你太不公平了。'那车把式摇摇头说:'个人遭遇算不了什么。问题是在我们的国家,我们的人民,再也经不起挫折了。'讲到这,他忽然回头望了我一眼,我装作看山景,他又回过头去和那姑娘讲起来,不过,这回声音小了,我只能断断续续听到什么'为什么会出现四人帮,中国的历史包袱不轻……历史根源,社会根源……青年人的责任'。

"他显然是在回避我，这使我有点气恼，同时也使我下了决心一定要把他的来历摸清楚。"

周瑜贞讲到这里，喝了口水，我也早已忘掉我手中的毛线了，我非常想问她，这个赶马车的叫什么名字，可有种无形的东西阻止住我。我愣愣地靠在那里，等待着她的下文。

周瑜贞放下杯子，也沉默了一会儿。外面的风声凄厉地响着。我抬起头，无意中看到墙上挂着我和吴遥的结婚照片，吴遥那微微眯着的眼睛，望着我在笑。我赶紧把目光移开了。

"这大雪天，他们现在怎样了？"周瑜贞忽然轻轻地说。

"谁？"我惊醒过来。

"那个车把式啊！"

"啊！你怎么不往下说了？"

"好！我往下说！"她笑了笑，接着说，"下午五点钟左右，我们到了天云镇，这就是当年设过特区，后来又撤销了的地方。"

"天云镇现在还热闹吗？"我问。

"我不想形容它，因为我不知道它过去，也许它比当年要好些，但我总感到它还是简陋得可怜。那天，我们先到了镇上的供销社门口，这辆马车是给供销社拉货的，马车停下后，那位车把式才招呼我说：'同志，已经到了！镇革委就在那边。'

"我提起旅行包，跳下了车，把老乡给他的口袋给了他，他接过口袋，叹息了一声，又把它放在车上。我望着他，可他头也不抬，和那小姑娘忙着解那些绳子，这时他又变成地道的普通的赶马车的了。

"我迟疑了片刻，没有走。他抬头看看我，很奇怪我为什么还站在那里。我忙说：'我还没谢谢你哪！同志，你贵姓？'

"'我姓罗，叫罗赶车！'

"'罗赶车？'我反问他，'这不是你的真名字？'

"'这个名字不好吗？'他说，笑了起来。

"我第一次正面看见他笑。他一笑，脸上就出现了一种特别纯真的表情。他那浓眉下的眼睛里，也蕴蓄着我很少见过的深沉而又善良的光彩，使人一见就感到他有一种很动人的魅力。我再次断定，他不是一个普通的赶车人。我想再问，可他已经扛起一个沉重的麻包，迈步向供销社走去。

"我走了两步，又忍不住回头看看。只见他正在吃力地走上台阶，他那压在麻包下面的高大身躯躬了下来，他那破大衣的下摆抖动着，他那套着一双破长筒皮靴的脚和腿，也在颤抖，发出一种吱吱的声音。我赶紧回过头来，一种酸楚的滋味，突然袭上我的心头。我想找那叫小凌云的姑娘问问，可她也扛了件小包，跟他后面进去了。

"我只得快快地离开了，但他的影子始终在我脑海里萦绕。我在想，他是不是被整的干部？前两年在'四人帮'横行时期，干部赶马车，那也是很普通的事。可现在已经是一九七八年的冬天了，一般说，受'四人帮'迫害的人，绝大多数早已恢复工作了，即使没有工作，也不至于还在赶马车、扛麻包。那么，他到底是什么人，居然有这种谈吐，有那种特别的风度呢？

"到了镇革委会，我先把我的来意说明了。镇革委会一个干部，看了我的介绍信，听了我的说明，连连摇起头来。他告诉我，当年天云山特区党委的材料，一部分在五九年撤销建制时运走了，还有一部分存在这里，也在'文化大革命'中给烧光了，现在哪能找到什么当年的规划书。

"不过，他也给了我一个安慰，答应找找线索。

"这样，我就在一个小旅社里住下来了。

"天云镇的傍晚，还是比较热闹的。广播喇叭正在播送着关于落实政策的新闻，小厂矿的工人和周围的农民在街上来来往往匆匆走着，马车、拖拉机和人拉板车依旧川流不息，发出嘈杂的声响，这镇上的声响，似乎也反映了粉碎'四人帮'后的脉搏跳动。

"我洗了脸，孤独地坐在小木楼的走廊上，望着街道上渐渐稀少了的车辆行人，无意中又看见了我乘坐的那辆马车驶了过来。那个车把式裹着破大衣，手里捧着一本书，蜷缩在空了的车上，神情专注地看着书。那个小姑娘可能过于辛苦，趴在车沿上睡着了。没有人管的马，慢慢地朝前走着，它的蹄子敲在石板路上，发出了单调的嘚嘚声。

"我又一次出神地望着他，一股说不清的滋味又重新向我袭来。这时，正好有一位服务员走过，我连忙指着马车问她：'那个赶马车的是什么人？'

"胖胖的服务员，随便看了一眼，'啊'了一声说：'他啊！一个老反革命！'

"'老反革命？'我吃了一惊，'他是……'

"'他叫罗群！'服务员说，"说来也怪可怜的。'谈到这里，大约是怕人说她同情反革命，丧失立场，急忙补了一句：'可也是自找的，谁叫他那么顽固呢？'"

周瑜贞讲到这里，我跳了起来，说了句"你等一下"，就跑到房里去了。我自己也不清楚我为什么这样冲动，我只怕我控制不住自己，我需要镇静一下。

我没有想到，她讲的是罗群！……

三

我跑进自己的房里，匆匆打开一个箱子，从箱里翻出一个本子，一包照片，从许多照片当中我挑出了一张，捧在手上，眼睛也就离不开它了。

这是一张两人合照的照片，一个男青年和一个女青年，两人站在周瑜贞讲的那古城堡上，互相紧紧靠在一起，眺望着远方，两人脸上都是青春焕发，洋溢着幸福的表情。

啊，逝去的青春啊！

五十年代初，当我还是革命队伍里一个十六七岁，梳着两条辫子的小鬼的时候，组织上把我送进一所学校里去了。说是要把这些嘻嘻哈哈的小丫头，培育成搞建设的专家。当时和我一道被送去的大都是解放区的子弟，有点文化，也有点实际斗争经验。我们都满怀信心地进了学校，一致表示，要做一个红色技术人员。

一九五六年，我们从技术学校毕了业，这时我们已经是懂得一些科学技术的大姑娘了。

也就在这一年的秋天，我和我在学校的一个好友冯晴岚，一道分到天云山区综合考察队。

天云山绵延数百里，莽莽苍苍，有峻峭的高峰，有湍急的河流，有原始森林，有丰富矿藏，是一个比较理想的建设基地。当时，省里准备在这里大搞一下，所以不仅派了我们这些人来，还专门把天云山划成一个特区。

我们综合考察队，大都是年轻人，用当时流行的语言，叫"开始走向生活"。在学校关了几年的我们，一下到了这美丽的山区，就像自由自在的小鸟，简直快乐得飞起来了。

然而就在这个时候，我认识了一个人。

这是一个星期天，我约了冯晴岚去逛那古城堡。

我们两个一清早就出发了，那时的我，可不像现在。我爱笑、爱跳、爱唱，跟冯晴岚完全不一样。她是个沉静的，从容貌到性格都不容易引起人们注意的人。我呢，却是属于所谓"美丽活泼而且骄傲"的那种类型。但是，这并不妨碍我俩成为好友。

我们一出天云镇，就碰上了我们队的政委。这是一个古板的人，一天到晚要训斥知识分子，好像知识分子一天不训，就要走上邪路。当时我们都讨厌他，为了避免被他撞见，我拉着冯晴岚钻到竹林里。虽然是秋天，竹林里仍旧绿森森的。我一头跑，一头暗暗地笑，没想，在转弯处一头撞到一个人的身上！

这人给我撞得哎呀了一声，我猛地一抬头，只见一个高大的年轻人，被我撞倒在地上。他愣愣地望着我们，我也惊愕地望着他，他大约正在躬着腰打猎，冷不防给我撞倒了，一杆猎枪却紧紧抓在手里。

我先是发愣，后来，忽然扑哧一笑，我一笑他也笑了。我见他坐在地上笑，样子有点滑稽，忍不住大笑起来，他见我大笑，他也大笑了。还是冯晴岚不过意，讲了我一句，我才止住了。

"你们这两个疯姑娘，干吗这么跑？藏猫子吗？"

他拍拍身上，站起来笑着问。我把嘴一噘，还他一句："你把我们当小孩吗？"

"不敢！"他说，打量着我们，"你们是……"

又是冯晴岚，她老老实实地告诉了他。他一听更乐了："好家伙，你们是企图摆脱党的领导嘛！"

"别扣帽子！"我说，严肃起来，"我们都是从小就受党的教育的，什么叫党的领导，比你清楚！"

"好厉害，"他说，"我们讲和吧。你们想看看那古寨子，我来做你们的向导，欢迎不欢迎？"

就这样，他把猎枪一背，和我们一道上古城堡去了。

他走在我们前面，步子又稳又快，我和冯晴岚在后面，悄悄地议论他是什么人。冯晴岚说他是搞后勤的，理由是他像个转业军人，最近来了一批军人在搞后勤。我说他像是森林采伐工人，理由是他脚上穿了双长筒靴，而且有猎枪。可我们又觉得没有把握，因为他身上还有我熟悉的某些气质，而这种气质又不是一个普通工人所具有的。

我们就这样在背后叽叽咕咕，不知不觉随着他走到了城堡的大门。

这个所谓古城堡，原来是一座空城墙，而且大部分是用石头垒起来的，有的地方已经完全倒塌，只有我们进去的门和一个箭楼，还完好地保存着，这里有许多石碑、石刻、砖雕。

我和冯晴岚对这些玩意儿都是十足的外行，看了几眼就兴趣索然。可我们的义务向导，倒是看得聚精会神，很仔细。他看着看着，就掏出本子记起来。

冯晴岚指指他悄声对我说："你看，他还在抄呢。"

"这破古城堡上的东西，有什么抄头。"我说，并不放低声音，"都是些封建的玩意儿！"

"首先，这不叫城堡！"义务向导忽然回头笑着对我说，"本地人叫寨子，其次，别小看这封建的东西，它对我们也有用处。"

"屁用处！"我因为他纠正我，有点不高兴，便粗鲁地回了他一句，"老顽固们才喜欢它呢！"

"你这个小鬼呀！"他老气横秋居然叫起我小鬼来了，他说，"第一，这上面告诉我们，顽固守旧的势力非常之大，每一次人民要求变革，它都千方百计把你镇压下去，它封锁着天云山区，阻挠一切新的进步的势力进入，它是中国封建社会的一个缩影，对这点，可不能小看它！了解这个过去，可以分析我们的现在。第二，它又大捧特捧他们的所谓日月光华，汉唐盛世，好像中华民族的文明，早已到了顶点，人们不需要再创造，只要把他们已有的拿来夸耀夸耀就行了。这是很甜蜜的毒剂，你看这上面写的！"

他把我们引到那些石碑面前，给我们讲解着。这时，他不像后勤兵了，更不像森林采伐工，而是像一个很有修养的学者了。

这个发现很使我惊奇，我忍不住重新打量他，揣摩他到底是什么人，而当他那很吸引人的眼神注视着我的时候，我忽然不敢正视他的目光了。

第二天，我们才发现他原来就是我们的新政委，原来的政委被调走了。

新政委一来，完全改变了老政委的做法。他首先处理了一个骂工程师的政工干部，不但让他向工程师道了歉，而且给各队发了通报。接着又召开了全考察队的党员大会，在党内开展了形势和任务的讨论，要全体党员明确认识：在三大改造基本完成后，搞社会主义建设就是党的中心任务，党员不能甘当外行，更不应以大老粗为光荣。不久，又召开了全体人员大会，给在天云山区考察有功的人挂上了红花，让他们骑上马，他自己带头为我们的总工程师牵马，在天云镇绕行了一周，引起了天云山区大轰动。

新政委不仅在队里大刀阔斧，他还把特区郊区的一位区委书记也动员起来了。他让区委书记请一些老人给我们讲天云山的历史，讲革命斗争史，又让熟悉情况的群众给我们指路，参加考察。他又派出一些技术人员给农民讲科学种田，甚至还把几个女队员派下去当教师，在农村办起学校来。

这样，在天云山区，从科技人员到工人，从地方干部到农民都动起来了。我们很快就找到了矿藏、森林，那大片的原始森林里蓄积了大批名贵树种和经济价值很高的植物。在大森林边缘的金沙沟，我们找到了煤，和非常有希望的有色金属矿藏。与此同时，水利地质组又找到了一个优良的电站水库现址。

在发现这些资源的同时，我也进一步发现了我们的新政委。他那大刀阔斧的作风，火一般的热情，生龙活虎的性格，都使我在内心里暗暗倾倒了。我发现我自己的眼睛，只要见了他就在他身上转，他一走到我面前我就心跳，跟他讲话，没开口脸就红了起来。

二十多岁的我，第一次出现了爱的萌动！

但是我们谁也没有说破，我甚至还不知道他心里究竟有没有我呢。

这情形一直继续到一九五七年初春。

我清楚记得，那是四月初的一个傍晚，我们队为了具体制定综合开发计划，又一次被集中起来，那位和我们的新政委成了知己朋友的区委书记也来了。吃过晚饭后，同志们都聚集在我们帐篷前面的草滩上嬉戏。我呢，虽然也跟同志们在一起有说有笑，但总感到心神不定。绿茸茸的草地，哗哗的流水，芬芳的空气，温暖的春风和不知哪里传来的悠扬的笛声，都使我心灵颤动。

同志们又在学骑马了，我从来没骑过马，对它也没有兴趣，就悄悄地从人群里溜出来。我很奇怪，一向在工作之余最爱玩耍的新政委，今天怎么不见了？他会到哪里去呢？

我沿着河边信步往前走去。春天的晚霞，倒映在河水里，发出颤动的闪光。我望着河水，又望望河边的小树林，摘了朵小黄花，放在鼻子上嗅着，漫无目的地徘徊着。

忽然，在一棵大树后面，传来了说话声。我斜眼望过去，原来是我们的新政委和区委书记，他俩躲在这里谈心呢。

我听见区委书记略带沙哑的嗓子说："你说得对，有的人官大了，架子大了，他话里的真理价值似乎也就大了。这不是正常的现象！"

"现在这还是个苗头。"我们的新政委说，"假使再发展下去，那就严重了，它肯定会影响我们的建设事业！"

"现在已经在影响了！"区委书记说，"前天特区下命令，要我们今年一定要种三万亩双季稻，我顶了他们，说这是瞎胡闹，马上一顶'要搞独立王国'的帽子就飞来了。"

"扣帽子也别理他，这个山高水冷的地方能种那么多双季稻？"

"难啦！"区委书记沉重地叹息了一声。

我听到这里，想抽身走了，两个领导干部谈这类问题，是不应该听的，可我刚要走，忽然听见区委书记又说：

"你知道吗？对你阁下的议论也不少啊！"

"啊！"

我停下来。对他的事，我情不自禁地想听个明白。

"说你在这里，搞的是向资产阶级知识分子投降路线，你压制了政工人员，还有你搞的什么形势和任务教育，据说，这些都是很成问题的。"

"管它呢！有些人就是靠议论别人搞小动作为业的，我们跟他们拍子跳，就得把自己变得和他们一样卑下。"

"你的前任大概也有一份功劳，他已经提为组织部长了。"

我刚听到这里，我们几个队员从那边跑来了，区委书记和他也站起来了，我怕被他们发现，也急忙转身走了。

他们这场谈话，当时并没有引起我的注意。那时的我，以为这些政治上的问题，都是党和上级的事，我们这些普通党员，只要响应号召就行了。所以，我看他们都向营地附近走去，我也从另一条路上赶了回去。

离营地很远，就听见一阵欢笑声，一阵急促的马蹄声清脆地响了起来，我抬头望去，只见有几个人在那边跑马。

原来，在我离开的时候，他们一直在玩骑马，我到了营地的时候，小伙子们已经都骑过了，他们又向姑娘们起哄，要她们也来一下。他们一见我，也把我拉住，把我们几个从来不敢沾马边的姑娘包围起来，硬要我们上马试一试，说这是工作需要。几位姑娘都大着胆子骑上去了，连冯晴岚也骑着马走了一圈，只剩下我一个，怎么也不敢上。小伙子和姑娘们越起哄，我越不敢上，我越表现胆怯，他们就越起哄，搞得我满脸飞红，非常狼狈。

正在我下不来台阶的时候，突然我看见我们的新政委一纵身跳上了一匹马。他勒着马在我身旁转了一圈，我还没明白是怎么回事。他猛地一下把我提到了马上，紧接着他又跳了下去，哈哈大笑着把缰绳抛给了我。我呆呆地坐在马上，只听周围响起了一片掌声，我定了定神，觉得骑在马身上也很平稳。马踏着小步在原地走着，我不觉胆子也大起来，望着政委，感谢地向他笑笑。为了表示我现在不怕了，我还把身子一挺，把马缰一收紧。谁知我这一个动作，马以为我是下达命令，它昂起头，一声长嘶，撂开蹄子飞奔起来。

这下可真把我吓晕了，我紧紧伏在马鞍上，只觉耳边风呼呼作响，也不晓得被马带到什么地方，眼也不敢睁，头也不敢抬。过了好久，马忽然停住了，只听一个人喊："宋薇同志，宋薇同志。"我一睁眼，这才看见政委已经站在我的马旁边，他紧紧逮住马头，他和马都已站在悬崖边上了。

这时，我已顾不得什么难为情了。我一下就滚下马，落到他的身上。他小心翼翼地把我放在地上，我还没从惊骇中醒过来，怔怔地望着他，拉着他的手不放，好像一松手，马又会把我驮跑似的。

等我们往回走的时候，天已经黑下来了。

山区的春夜是迷人的，清辉的月亮高高挂在天上，挺秀的山峰都蒙上了一层梦幻般的朦朦胧胧的薄雾。

这夜晚的幽静的迷人景色，加上饱含着兰花芬芳的空气，使我深深感动了。我情不自禁地想和他靠得近些。我忽然觉得，正是这匹马，给我创造了一个难得的机会，我一反往常见了他就脸红的态度，一再引他讲话，请他讲他的经历、见闻和对许多问题的见解，我也把自己的经历告诉了他。我们之间原来又相同又那么不同，相同的是我们都是在革命的怀抱里长大的，不同的是我的经历太平淡了，而他，虽然只比我大几岁，但是却饱经了沧桑。他小时候跟父亲住在北京，父亲牺牲后，他又到了延安，并且还被送到国外，直到解放战争后期才回到国内。

我听他讲着经历，望着他那在月光下显得特别英俊的脸，望着他那浓眉下的闪光的深邃的眼睛，我的心猛烈地跳起来，我的脚步有些发飘。有时我被什么东西绊了一下，我就紧紧拉着他的膀子，他的健壮的膀臂接触到我的怀抱，使我浑身战栗起来，我不自觉地靠紧了他，我们停止了谈话。

我觉察到我的失态，我满脸发烧。我松开他膀子，再也不敢看他的眼睛了。

但是，我感觉到他正在动情地凝视着我。

大白马不明白我们中间发生了什么事，它把头昂起来，呼噜了一声，站住了。林里的鸟儿都为之惊叫起来。山林里没有一丝风，芬芳的空气浓得像酒。我低着头慢慢朝前走着，我们两人一时都没有话说。我感到这种沉默是危险的，但是这种沉默，却使我有一种醉酒似的甜蜜。

我们都不想打破这种沉默。

不知什么时候，月亮被一片云儿遮住了，周围的景色格外朦胧起来。大白马已经不管我们，自个儿慢慢朝前走了。它的有节奏的蹄声，朝着一条小溪边响去，我们时而靠得很近，时而离得远些，我们还是不声不响，一直到了一条小溪边，我们才不约而同停了下来。

溪水淙淙地响着，泛着微光。马儿停在那里，我知道我们已经离营地不远了。我不知道他此刻究竟在想什么，为什么一句话不说？我忍不住回过身来，抬头望着他，我看见他也正在俯视着我，虽然在暗中，我们的眼光还是像电光一样碰着了。这眼光比千言万语都说明问题。忽然，我自己也不明白是怎么回事，我向他伸开两只胳膊，他一下子把我搂了起来。

我们热烈地吻起来了，我们还是没有说话。过了好久，他忽然把我抱上了马，他自己也骑到马上来，我们就那样让马儿信步走去，我们望着茫茫的夜的山林，我紧紧贴在他的身上，我听见我们的心，都在激烈地跳动……

我们回到草滩营地时，已经很晚了，同志们还没有散去，他们见我平安回来，都非常高兴地围了上来。当我和冯晴岚拥抱时，我忽然在她耳边轻轻说了句："感谢那匹大白马，它把我带进了幸福的乐园。"老实的冯晴岚也一下明白了，她反过来把我紧抱着，热烈地小声地说："我祝福你，你找到的是真诚的火热的心！"她为我流下了快乐的眼泪。

永生难忘的那个夜晚啊，这第一次的最纯真、最热烈的爱情，在这以前没有过，在这以后也没有了！

我哪里会想到，在这一年的五月里，我被调到省党校学习，竟成了我们的永远分离。我更没有想到，在这以后，我会嫁给我曾经很讨厌的考察队的原政委，后来成了天云山特区党委组织部长的吴遥。

四

思绪就像这窗外的雪片，绵绵不断；手上的照片，却又像一团火炭，从手上一直燃烧到心里。一股冷汗沾湿了我的内衣，我忘了周瑜贞还在外面，呆呆站在房里，茫然地看着这铺陈华丽而又俗气的卧室。

我还没有来得及思索这以后所发生的事，周瑜贞喊了一声"宋大姐"，走进房里来了。

我飞快地藏起了照片，赶忙请她坐下来。

"我正讲着，你怎么跑到房里就不出来了？"周瑜贞大声地嚷起来了。

"我想添件衣裳，客厅里太冷。"我只得扯了个谎。

"这房里我看更冷。"周瑜贞不无讽刺地说，"好华丽的房间，对比真是太强烈了！"

"跟什么对比太强烈了？"

"跟那车把式的家！"

"啊？你到他家里去了？"

"去了！不仅去了，还做了客呢！"

"那你讲讲吧！"

"我本来就要讲到了嘛！"她说，在吴遥常坐的那把有丝绒靠垫的软椅上坐下来，还挖苦地问了句，"能坐吗？"

我只能苦笑了一下，对这个跟我们有特殊关系，又是这样性格的人，我有什么办法呢！

为了表明我真是要添衣裳，我披上了大衣，坐到她对面，她又开始讲起来。

"当天晚上，我没有打听到什么，第二天早晨，因为想起自己的任务，也就把这事丢在一边。吃过早点，我又到了镇革委会，找到了昨天接待我的那位同志。他告诉我，他想到一个线索，他给我写了封介绍信，要我去郊区小学，找一个叫冯晴岚的老师，据他告诉我，她是当年在考察队工作的。"

周瑜贞讲到冯晴岚，又使我震惊了一下，但是我没有动，也没有打断她，我俯下头，托着腮，听她讲下去。

"我拿了介绍信，"周瑜贞继续说，"问了一下路就出发了。

"这天天气倒是晴朗的，但是却很冷，我把围巾紧紧围在脖子上，迎着风低着头朝前走着。刚出镇，一辆马车从我身边驰了过去。我抬头一看，又是那辆马车，罗群和那个小姑娘照旧坐在车上。他们也看见了我，那小姑娘用手朝我指指，罗群也抬头望望我，我不自觉地扬起了手，可他们已经渐渐跑远了。

"这个怪马车夫，怎么老是和我碰面？我心里这样想。

"出镇几里，在一个村子旁边的河边上，我找到了学校。

"学校已经放了寒假，没有人。我按照人家指定的路线走到学校后面，这才看见有两间用山茅草盖的房子，墙是一些树皮和泥糊起来的，门外有一片小场地，两棵青翠的杉树，对称地长在那里，给这简陋得可怜的茅屋增添了不少生气。

"我没走近房子，便看见两个小学生，惊惊慌慌地从房里跑出来。他们看见我就喊起来：'我们老师……她……'我不知出了什么事，急忙问：'你们老师怎么啦？'一个较大的学生说：'她犯病了，她正在给我们补课，一下子就晕倒了！'我一听三步两步奔进房里，只见还有几个小学生，围着一个俯身倒在地上的女人哭。那女人面色苍白，双目紧闭。我一看也吓坏了，忙向小学生们摆摆手，要他们安静。我俯身下去，抓住她的手试试她的脉搏，又听了听她的呼吸。脉搏和呼吸都比较弱，我判断不了她是什么病，可是我不能让她躺在这冰冷的地上，我小心地把她抱起来，由学生协助，给她扶到床上，盖上了被。

"我考虑是不是要找医生，但我不知道在哪能找到医生，我决定先让病人安静地休息。我把小学生们领到门外，问他们是怎么回事。小学生七嘴八舌告诉我，老师正给他们补课，一下子就从凳子上跌到地上。我又问一个较大的学生，她从前是不是也犯过这样的病。这个同学说她从前也犯过，有时很快就好了。我们估计可能是一种老毛病，便又回到房里，进一步观察她的动静。

"我到床边再看看她，她眼睛虽然闭着，但呼吸平稳得多了，脸色也不像刚才那么可怕了，看来危险性不大，我便端了张竹椅子，在她床前坐下来。

"我环顾了一下室内，这才注意到，这是一个简单得可怜的家，房里没有一件像样的家具，除了她现在睡的一张大床，和那个小间里的一张小木床还算是比较完整，其余桌子、凳子都是七拼八凑用什么板子钉起来的。房里连一个堪称窗户的东西也没有，只有几个小方块洞，钉了几根木条，装上拼凑起来的玻璃。现正射进几束使人倍增寂寞的光。但是使我惊讶的，在这个破旧房里，书却很多，密密层层，一直从地上几乎堆到屋顶；书也没有橱，是用一些木板，一层一层钉上去的架子，遮满了整个山墙。

"这又是个怪人！我心里这样想。她物质生活这么贫困，而精神食粮倒是如此丰富！这位冯晴岚为什么一个人蹲在这山沟里？她难道就是孤身一人？

"我转而仔细观察起她来，我这才发现，她是那种所谓猛看一般，细看却非常吸引人的人。她那本来苍白现在已略带红晕的脸，她那秀气的眉，端正的鼻子，加上乌黑的头发，都使她具有一种特别的恬静美。她不像你宋薇大姐鲜艳丰润，但她却像那水仙，亭亭玉立，自有一种淡雅高洁的天然风韵。

"她的实际年龄我很难判断，也可能是三十七八，也可能是四十出头。有一些女同志，正是到了这种年龄，才显出她的风采，使人难以看清她的岁数，她大约就是属于这种人。

"我望了她一会儿，她动了动，我替她把被子掖好。一抬头，忽然看见靠床的墙上，挂着一张照片，这是一张英气勃勃的年轻人的照片，我不由仔细看起来，越看越觉得这张照片上的人很面熟，我看着看着猛然想起，这正是那个叫罗群的马车夫兼反革命的照片。

"我吃了一惊，难道她是罗群的……

"就在这时，她睁开了眼睛望着我。我轻声问：'你好些了吗？'她点点头。这时，一直在门口张望的学生们，一下子都跑了进来。这些学生，对这位老师的感情大概是非常深厚的，他们看见老师醒过来，有的高兴地笑，有的激动得哭了。她伸出一只手，在一个小孩子头上抚摸了一下，用微弱但很清晰的声音说：'哭什么？我……我不要紧的，你们先回去吧，好好在家温习功课。'学生们还是舍不得走。我问她要不要找个医生来，她摇摇头说：'不用，我知道我自己的病，过一刻就没事了。'她又催学生们回去，等学生们走了，她才又一次打量着我问：'你是从哪来的？'我说：'你先别多说话，等会儿再讲吧！你要喝水吗？'她点点头，我在墙脚下找到一个竹壳水瓶，给她倒了杯水。

"她喝过水以后，抱歉地微笑了一下说：'难为你了！'

"她挣扎了一下，坐了起来，我帮她拿了个枕头垫在后背。她用手拢了一下头发，又问我是谁，从哪里来的。我告诉了她，她多少有点惊讶地望着我。我赶紧把我的来意说明了，并把镇革委会的介绍信递给了她。她看看信，'啊'了一声说：'总算有人又想起天云山区了。'我说：'是的，天云山白白过去了许多年，这是一个历史的悲剧！'

"'悲剧？'她几乎觉察不出地颤抖了一下，用她那带有疑问的眼光望着我。

"'为什么不是呢？'我说，不自觉地像在你家里一样，滔滔不绝发起议论来。我议论的那些观点你是清楚的，她在我讲话的时候，只是静静地听着，可是我发觉她眼里的疑虑神情逐渐消失了，终于对我的某些比喻点了点头，脸上也出现了笑容。并用低低的声音问我：'你还是第一次见我哪！就敢议论这样一些大事？'

"'为什么不敢呢？'我又激愤地讲起来，'人和人之间，为什么要有那么多的戒备？这正是我们政治生活不正常所造成的恶果，这种现象，应当彻底消灭！'

"'看来你倒是个很爽快的人！'她说，'你是哪里人？'

"我告诉了她。

"'你是哪年来这个地区的？'她又问，'家里还有些什么人？'

"我知道她还是想进一步考查我，处在她这样的环境，心情是可以理解的。为了解除她的疑虑，我索性坐到她的床沿上，把我的底全部亮了出来。当我讲到我的父亲的时候，她的眼睛亮了，她说：'你的父亲我听老罗说过，他在前几年遭的罪也不小。'

"我知道她说的老罗就是罗群，我故意问：'老罗是谁？'

"'他嘛，是我的爱人！'她说，眼光里霎时露出一种温情的微笑，她还用手指指那张照片，'你看，就是他！'

"'他……'

"'他去赶马车去了。'她见我想问，便直言不讳地说。

"'他为什么……'

"'为什么？'她重复了一下，嘴唇动了动，想讲，但又改口说：'你不是来要天云山的资料吗？'

"'是啊！'我说。其实我现在想了解她和罗群的秘密，比要知道她有没有资料的欲望更强。但是我不能硬逼，我们毕竟是第一次见面啊！

"'原来的资料我这里没有。'她说，又低下头思索了一会儿，然后才说，'不过，我这里倒有一些关于天云山区的稿子，你愿意看看吗？'

"我一听，当然非常高兴，我问她是什么稿子，属于哪方面的？她抬起手，指指靠东面墙上一块用木板钉起来的地方。她说：'麻烦你，你把那块板子推开，里面有一个包，你把那包裹拿来。'我按照她的指示，把那块看来像是堵洞的板子推开，里面原来是个夹墙，夹墙中间有个用红布包起来的包裹。我不知里面包的是什么东西，只觉得很重，我把这包裹捧着，送到她的手上。

"她接过包裹，很珍重地把它放到被子上，用手抚摸了一会儿，这才解开绳子，把红布打开，里面露出几十本整整齐齐装订得很好的本子，她从这许多本子中，抽出四本交给了我，说：'请你看看，对你们是不是有点用处？'

"我惊疑地接过这些本子，打开第一本封面一看，只见扉页上工整地写着《论天云山区的改造与建设》，下面还有一行字'献给未来的天云山区建设者们'。再看看目录，目录上的题目，几乎把天云山区所有问题都接触到了：历史沿革、地理概况、资源分布、规划设想，等等，应有尽有。看来是一部著作的原稿。我急于想看到它的内容，顾不上去问她，便捧着它走到那小窗口的破桌子上，读了起来。

"我是带着疑惑和好奇打开这部稿子的。但是当我接触到它的内容，很快就被一种震惊和喜悦的心情代替了。我一口气读完了前面的导言和几个章节，我已经十分明白，这是一部非常有价值的著作，它的价值，不仅在于它的占有的资料全面性，而且在于它的严格的科学性，这种科学性也不仅是表现在自然方面，更重要的是社会方面。它深刻地剖析了天云山区的历史，总结了它在解放后的曲折道路，通过天云山提出了非常尖锐的问题，我读着读着，感到一股热力直冲脑际，我回头看看冯晴岚，她的一双水盈盈的眼睛正在仔细观察我的反应。

"我们的眼光碰着了，我们都在一刹那间明白了彼此的评价！

"'读完了？'她颤声地问。

"'没有！我只读了几章，它已经把我征服了！'

"'是吗？'她问，一种掩饰不住的喜悦的笑容在她脸上弥漫开来。我见她怀里还抱着一堆本子，我问她：'那些本子都是吗？'她点点头说：'这也是稿本，但这些是属于另一类的。'

"'另一类？'我跑到她床前，又翻看了那些本子，原来这确实又是另外一部著作，它的总题目是《过去、现在和未来》，下面又分册写着《读史笔记》《科技与中国》《农村调查》《论四人帮产生的背景及其教训》《天云山下随感录》，等等。

"老实说，我被惊呆了，不是我亲自碰上，我是怎么也不相信的，难道在今天，真有在这个破旧、贫穷的房里，用全部心血，排除一切干扰，把自己的血汗凝结成为著作的人吗？而这个人又是谁呢！我不禁抓住她的手激动地问：'晴岚同志，这些都是你写的？'

"冯晴岚摇了摇头，眼里又一次出现了那种动人的温柔的光芒。她又抬起头看着罗群的照片。

"'是他写的？'我惊讶得跳起来。

"'是的！'冯晴岚说，眼睛还没有离开那照片，大约是多少年的苦辣辛酸涌上她的心头，她的眼帘垂下了，两颗泪水珠儿浮在她长长的睫毛上，终于掉了下来，滴在那包稿子上面！

"我被她的神情深深打动了，我也感到一阵心酸，我情不自禁地半搂着她，低声在她耳边喊了声：'大姐！能把你们的事跟我说说吗？'

"冯晴岚拭掉眼泪，咬着嘴唇，没有吱声。

"'跟我讲讲吧！'我仍旧搂着她央求，'也许我能尽我的一分力量。罗群究竟是怎样被打成反革命的，你们是怎样结合的？你们这些年的生活又是怎样度过来的？他这些著作是怎么写起来的？'

"也许是我一下提的问题太多，使她不知道怎么回答，也许她暂时还不想讲。她叹了口气，反过来抓住我的手，恳切地说：'我很感谢你，小周同志，粉碎四人帮两年了，你还是第一个来的半官方客人。关于我们的事，说来话太长了，而且我不想给你一个先入为主的印象。假使你有兴趣，你可以在这里住下来，把罗群同志的这些著作读一读，在这些作品里，有他的全部理想、境界、情操和对政治的见解。读过以后，你再做出自己的判断！那时，我再把我们的经过，讲给你听，你看这样可好呢？'

"'那太好了，'我说，'这也是对我的最大的信任！罗群同志晚上回来吗？他为什么又在赶马车？'

"'回来。'冯晴岚说，'他这个人就是这么个脾气，他说我近来身体太弱了，他要给我买些东西补补，瞒着我请求供销社让他去赶一阵子马车。我知道了，拦也拦不住。不过，下个月我无论如何不能让他再去了。'

"'你们生活很困难？'我问。

"'不谈这个吧，'她说，掀开被子下了床，'我这里有一个小间，是我们的养女小凌云住的，你就在那里看吧，我去做饭。'

"'我给你做好了，'我说，'你刚好一些，不能……'

"'不要紧的，你放心，我一定要活着看到他的问题解决。'

"她把我领到那间小房里，给我拿了瓶水，让我在那看起来。

"这样，我整个身心便投到罗群的著作中去了。我忘却了远远近近奔腾而来的松涛声，也听不见小河的哗哗流水的音响，我的思想跟着罗群的思想飞驰起来。

"我读着他火一般的热烈语言，具体而又深刻的思想，独特而又容易理解的见解和豪放的纵横古今的议论，我简直不能想象，这是一个顶着反革命帽子，要用赶马车挣来的钱补助生活的人写出来的。我忽然感到，我自己平时自以为思想激进，能够大胆地发表议论，以尖刻嘲弄为能事，瞧不起别人，把别人都当作思想僵化的保守分子，其实，我自己是多么浅薄啊！对我们的国家，我们的历史，我们的人民，我们的革命，我进行过什么研究？对当前世界上正在发生的事，我又知道多少呢？而他则是博大，精深，尖锐而又实事求是，只有那些对问题进行过深刻的研究，对生活进行过细致的观察，对党和人民充满着热爱的人，才能做到这一点，这也正是我们所缺乏的。

"这样的人，现在还在蒙着不白之冤，这简直是我们的耻辱！

"我就是这样，一面读一面感慨。

"傍晚时分，我听见门被推开了，一阵急促的很响的脚步走进冯晴岚同志的房里。我知道这是罗群回来了。

"我从我这个小房间的半开着的门望过去，只见冯晴岚站在那里，充满热爱地望着罗群，罗群大步靠近了她，像怕碰破对方似的轻轻上去扶着她，连声问：'今天好吗？让我看看。'冯晴岚笑着推开了他说：'我很好，我告诉你，今天……'罗群不听，仍旧把手扶在她的膀子上，让她坐下来，那份温情劲儿，倒是少见的。他说：'我的小圣母，你这双眼睛啊，你坐好，别动！'冯晴岚说：'我要告诉你……'罗群突然把一个纸包亮了出来，把它递给了冯晴岚。冯晴岚疑疑惑惑地望着那纸包。他说：'你打开嘛！'冯晴岚微笑地拆开纸包，原来是一件素花布衣料。冯晴岚站起来，嗔怪地说：'你买这个干吗！你自己还没有棉衣呢！'罗群不管，他把那衣料拿过来抖开，披在冯晴岚身上，一面说：'你看看，颜色还可以吧？'冯晴岚摸摸那衣料，摇着头，罗群以为她不要，带点难为情地央求说：'晴岚，你再推却，我可不高兴了，你我在一起生活快二十年了，这二十年没有你，别说那些著作，就连我本人，恐怕也……我和小云吃的穿的用的看的一切都是你供给的，你把精力、经济、全部……'罗群说到这里，冯晴岚急了：'你今天怎么啦，干吗说这个？'罗群叹了口气：'二十年，我连一根线都不能买给你，现在我连件棉袄也还买不起，只能给你买件面子。你看你那棉衣，我再粗心也能看出来，那不是棉袄，那是披在身上的瓦片。你现在身子弱，哪能……'说到这里，他停住了，我看出他是在强行压制自己的感情，他用玩笑的口吻结束说：

"'这是个马车夫的礼物，也是我们结婚十九周年纪念。'

"冯晴岚被他说得眼圈红了，她什么也没说，一下伏在他的怀里，他轻轻抚着她的头发，就在这当儿，他看见了我……"

周瑜贞讲到这里，突然停止，因为我桌上的闹钟当当地响了起来。已经是深夜十一点了！

五

深夜里的钟，像敲在我的心坎上。

周瑜贞的叙述，使我心里像倒翻了五味瓶，我埋着头坐在那里，一动不动。我在等待着她继续说下去，我要知道，他究竟是什么问题？要知道冯晴岚是怎么和他结合的，我还要知道为什么他的问题没有人提起，也不见他的申诉？

现在的天云镇，已划给了这个地区，而我又调到这个地区，他知道不知道我现在的工作呢？

但是周瑜贞不说了！

我不觉抬头望望她，她也正在望着我。我忍不住问："你为什么不讲了？"

"还讲什么呢？"她像男人那样耸耸肩，做了个手势说，"那天晚上，除了我们，还有许多老乡打着火把来了，我从老乡和他们相处的感情里看出来，正像他自己后来对我讲的，'有人把我开除了，但是我认为革命没有开除我，人民没有开除我，我自己更没有开除我自己。'对这样的同志，我还讲什么呢？我真不明白，你们的组织部，为什么对他的申诉就是置之不理！"

我忍不住跳了起来，急促地反问："他有申诉在我们组织部吗？"

"有！"周瑜贞硬邦邦地说，"有三次。"

"三次？"我更为惊讶地叫道。

"一次是七七年元月，一次是七七年十月，还有一次是上个月，可你们只字不予回答。"

"有这样的事？"我惊慌地说，"我怎么没看见？"

"是你没看见，还是不愿意看呢？"周瑜贞说，脸色变得越来越严厉了，她的口气简直像在审问我，"我认为你们是有意压制。"

"瑜贞，你误会了！我……"

"我误会了？"她反问我，忽然跑到我面前，紧紧抓住我的膀子连声问，"我们别再弯弯绕了，我问你，你在人家困难时刻，为什么要抛弃他？你们相爱时那么热烈，为什么一下子就断绝了来往？你轻率地就把自己心爱的人扔了，你扔的真是右派？右倾？反革命？我认为你是扔掉了一颗最宝贵的心！"

周瑜贞这突然的连珠炮似的质问，像一根根棍子猛击在我的身上，我满脸通红，好像被人扒了衣服。我的第一个反应是猛地推开了她。在我这个年龄，在我现在的身份，尽管是周瑜贞，我也难堪得受不了啊。

可是周瑜贞还是不放松我，她紧紧拉住我，又把我按到椅子上，还是不容情地问："你，你当初为什么要那样做啊？"

我被她按住，我重新低下了头，我没有吱声，我也无法回答。

我该怎么解释我自己的行为呢！

我想起当时的情况。那时的历史环境，和我们那一代人的思想，远不是今天的周瑜贞所能了解的。那个时期，像我这样的人，都是最真诚地把政治当作第一生命，对党组织说的话，是绝对神圣不容怀疑的。那时我们常说，为了党为了政治需要，可以牺牲一切，也绝对不是假话。既然生命都可以牺牲，又何况个人的痛苦！

当时我们毕竟是年轻啊！

我们是既天真又幼稚，那时又哪里有自己的正确的是非观念呢！我们嘴里天天讲政治，其实我们又何尝懂得政治，我们天天讲党，我们又懂得什么是党？我们有的倒是政治上的虚荣心，有时候，这种虚荣，这种害怕犯错误，挨批评，害怕被孤立、被人瞧不起的感觉，非常强烈，这其实是小资产阶级的东西，而自己却认定是应当如此。正因为这样，有那么一些人，就以党的身份在你面前出现，他们说他代表组织，而我们也就把他当成组织，尊重他，服从他，甚至压制自己的痛苦而坚决照办。

这在当时，我都认为是自然合理的。我们哪里敢想什么"要独立思考"？实际上，那个时候，我们既无办法也无能力去思考问题，因为我们对实际生活知识那么贫乏，学习又是那么差，不光自己不学，对别人看书，只要不是规定的符合正统的，我们还很反感呢！我自己就是只学习一点上级布置的东西，很少学习和研究其他，在部队是如此，在学校也是如此。在综合考察队的一段生活，因为罗群的批评，有所改进，但我很快又被调进党校了。

那时的我，和现在的周瑜贞是不能比的。

但是，要说我是轻率地就决定离开他，那也不是事实。我记得当吴遥代表特区党委到党校通知我，罗群已成了党的敌人——"右派分子"，而且在生活作风上也有严重问题，要我和他划清界限的时候，我一下子就晕倒了。我一直睡了三天，一直到第四天，吴遥和党校支部跟我谈话，要我表态时，我才表明了自己的态度，跟罗群一刀两断，表示一定站在党的立场上，和他彻底划清界限。也是在这一天，我给罗群写了封表明自己态度的信，从那以后，我就在心里埋葬了他！我在人前固然不提他，别人也从不在我面前讲他的事，我甚至都没有问过，他为什么成了"右派"？他的"右派行为"究竟表现在哪些方面？

我知道的关于他的消息，最后一次是在五九年，那时我早已调到另一个市，搞政治工作了。一次，吴遥忽然来告诉我罗群的问题又升级了，反党、反社会主义、反毛主席，问题严重得很，可能要逮捕。同时，他又告诉我，冯晴岚来了，是来劝我和罗群恢复关系的。在这种情况下，冯晴岚竟然来劝我和罗群恢复关系？我认为她简直是疯了，我认为还是不见的好。后来我听说她流着泪走了。我拒绝了冯晴岚，也就是最后一次拒绝了罗群。从那以后，关于他我就什么也不知道了。

消息可以隔绝，决心可以下定，理智也可以战胜情感，甚至可私自庆幸，没把我自己拴在他身上。但是心灵毕竟是不能长久欺骗的！烙印是不能消失的，第一次的纯真的爱是忘却不了的。随着时间的推移，特别是和吴遥结婚后的生活，罗群的影子不时又暗暗在我心灵深处浮起，一种失去最宝贵的东西的隐痛，也时而揪人心肝似的发作。这种情形，有时不是一句"他是右派"就能压制得住的，虽然直到"文化大革命"开始前，我从来没有怀疑过对他的处理的正确性。

这前前后后的经过，我无法向周瑜贞说明，我不能替自己辩白，也不能解释我的思想感情。我红着脸，呆呆地望着周瑜贞，我现在只有一个强烈的愿望，

新中国70年优秀文学作品文库

中篇小说卷

我急想知道他的所谓罪行到底是怎么样的？"文化大革命"教训了我，我不能那样相信一切事物都是合理的了。

然而周瑜贞不愿说下去了，她只说："希望你明天查一查他的申诉，不管他和你的关系怎样，就是我们从来不认识的人，我们也应该关心啊！至于其他情况，冯晴岚同志可能会寄信告诉你。"

周瑜贞走了，可她走到门口，猛然又冒出一句："会不会是你那一口子，我们的吴遥书记，压下了他的申诉呢？"

"吴遥？"我吃了一惊，呆呆望着走出去的周瑜贞的背影，听见她把门"啪"的一声带上了。

一种可怕的疑虑，在我心头升起了！

我忽然想起多年前，我听到罗群和那位区委书记的谈话，区委书记不是说过什么"你的前任"什么的吗？难道以后的一切和吴遥有着密切的联系？

于是我又想起吴遥在"文化大革命"前飞黄腾达的情景，他是一步步提升，而罗群却一步步加重处理，这两个人的不同命运，正是从"反右派斗争"之后开始的。一个现在已是所谓高级干部，而另一个却压在最低层，戴着那么多的帽子。

为什么会产生这种现象？难道罗群真是反对了党，而吴遥真的是一个最忠诚的干部？我为什么又抛弃了罗群而同吴遥结合？

我不能禁止自己，把这两人在心灵上作着对比，我也不能禁止我把我自己和冯晴岚放在同一个天平上。

于是我又想起我们的婚姻。

我清楚记得，在考察队的时候，我是如何讨厌吴遥的。他的官腔官调我讨厌，他的自命不凡的派头我讨厌，他的动辄训人的作风我讨厌。我记得当我经历了在罗群问题上的心灵上的风暴之后，当吴遥的老领导，原特区第一书记，以后又成了我们市委书记，对我提起和吴遥结婚的时候，我还是吓了一跳。然而，随着时间的推移，随着我工作的变动，我不断听到对吴遥的赞扬声：什么他原则性强，作风严谨；什么他工作有能力，政策水平高；等等等等。我们的市委书记还把我教训了一顿："你对吴遥这样的同志还有什么犹豫的？你要找一个什么样的人呢？难道你不相信我，不相信组织上对他的评价吗？你这个同志呀！"这样，我就渐渐对自己的感觉也怀疑起来了，我是不是在用小资产阶级的眼睛看人呢？

不久，来劝说的人越来越多，而吴遥在我面前又一直是殷勤而温顺的，我心一横，算了！可是当我们正式举行婚礼的时候，我望着站在身边的吴遥，忽然起了一种莫名其妙的惶惑、恐惧和害怕的感觉，我感到不由自主地浑身战栗。我四处张望，好像失掉了什么东西，以至于吴遥竟低声问我要找什么，我究竟要找什么，我自己又哪里知道？

今天，罗群的形象，又突然这么清晰地站到我面前来了，现在我才清楚地感到，我是永远失去了我应该找回的！

对于这些年来自己的生活，我不愿去回想，那种在家庭生活里也表现着专断的把别人当作上层交往工具的作风，想它做什么呢！

但是，我现在不能不问，当初打罗群第一棒的，难道真会是他吗？

第二天早晨，我匆匆洗完脸，吃了点东西，就到办公室来了。

同志们刚来，正在打扫卫生，弄得满屋里都是灰尘。我找到那位管申诉材料的同志，我问他："我们有没有收到过来自天云镇的一位叫罗群的申诉？"

这位同志想了想说："没有，我不记得有这个人的申诉。"

"你查查登记簿！"

"好。"

我走进我自己的小房间，小房间的炉子早生着了，倒是很温暖。窗外，雪也早已停了，但天还是阴沉沉的。

我坐在自己的座位上，看见对面那张办公桌上面已积满了灰，这张办公桌是吴遥来组织部检查工作批文件时用的。这桌子里面也放有文件、材料，会不会在他的抽屉呢？我走过去，想拉开抽屉，可抽屉是锁着的，我没有钥匙。

这时，那位管登记分发材料的同志进来了，他手里捧着登记簿对我说："宋部长，没有查到你说的罗群的申诉。天云山来的申诉材料中，倒是有个叫冯晴岚的，她是替她丈夫罗群申诉的，事由摘要上写着。"

我一听果然有申诉材料，忙接过登记本子看了看，并问他："这份材料是谁处理的？"他告诉我是一位科长处理的，我出去找到了那位科长，他不经意地说："三次申诉都给了吴书记了！"

"为什么没给我看？"我有些气愤地问。

"因为……因为……"

"因为什么？"

"因为上面讲到了吴书记，"科长神秘地说，"所以我就先交给他了。他批过了吗？"

"没有，不过他口头有指示，认为基本情节没有出入，不能纠正。"我把科长打发走了，猛地关上了门，我心里感到一阵火燎燎的难受，果然如周瑜贞所讲的，是他压下去了！

我坐到椅子上，又很快站起来，我越想越不对头，为什么吴遥不跟我说这个呢？为什么申诉中还讲到他呢？我望着吴遥的办公桌，一种强烈的冲动产生了，我要打开他的抽屉，找出晴岚写的申诉材料。我试了试，抽屉锁得很严，我想起家里还有吴遥的一串钥匙，我匆匆跑回家，在他的写字台里找到了它，我又匆匆赶回办公室。

吴遥的办公桌被我打开了，我把里面的卷宗本子都找了出来，我正在仔细找寻的时候，那位科长突然推门进来了。

这个科长姓朱，是吴遥的老部下了，我很不喜欢他，因为他不仅好对上献媚，而且好打别人的小报告，虽然，他对吴遥倒是非常忠诚的。他看到我在找东西，小心地问我找什么？我告诉他，我要找那份申诉，他的小眼珠转动了一下，轻声问我："宋部长，你今天一大早就要找那份申诉，是不是有什么重要人物交代过？"

我说："没有哇！"

"那……"他大为迷惑了，"那你为啥这么着急？"

"没有重要人物交代！"我没好气地说，"可有普通人的反映，你告诉我，你晓得它在哪里吗？"

"不知道！"这位朱科长摇着头，摆着一种不愿介入的样子，又悄悄退出去了。

我没管他，重新打开那些卷宗，终于我在最后一份卷宗里发现了它！

我把东西收拾好，重新坐到椅子上，望着那熟悉的晴岚的笔迹，忍着心跳，迅速看起来。

我读着前面晴岚对罗群的介绍，她的热情洋溢带有文学性的描写，使罗群那种天真、爽直、热情和敢于坚持真理的形象，一下子又清晰地浮现在我的面前，好像仍旧在含笑地望着我。

我不禁闭上了眼睛。

原来他的所谓"右派罪行"，就是在考察队批评了政工干部；他的所谓"保护右派"，是指我认识的一位工程师；他反对"反右斗争"，就是他没在考察队抓"右派分子"；他搞了个反党小集团，反对党，就是指他和区委书记凌曙对天云山的农业生产，发表了和特区党委领导的不同意见；他推行了一套"极右"的政治路线，就是指他改变了吴遥的一些错误做法，搞了那次形势和任务的教育。

申诉材料上的叙述，使我重新想起了罗群在天云山区的工作，天哪，这就是所谓"右派"吗？

窗外的风声，大办公室里人的谈话声，把我惊醒了，我睁开了眼睛，重新看下去，但是一件事实，又使我忍不住跳了起来，原来所谓罗群的生活腐化堕落事实，就是指的我和罗群在天云山的那段恋爱。

我惊骇得呆住了，天底下难道真有颠倒黑白到如此程度吗？

在冯晴岚写的整个"反右斗争"情况中，还提供了一个事实，当时就有不少人觉得不能把罗群定为"右派分子"，许多同志考虑到罗群的出身历史情况，认为只能给必要的处分，不能定为"右派"。可是当时的运动办公室负责人吴遥，硬是压下了这一部分同志的意见，在上报给省委的材料中，变成一致意见：开除党籍，戴上"右派分子"帽子。

一种愤怒和羞耻的情绪，几乎使我难以再看下去。我强行压制住自己，倒了杯水润润我发干的嗓子，接着看晴岚写的后两次对罗群加码处理的申诉，即一九五九年开除公职和一九六九年定为反革命。

这段历史情况是谁都清楚的，但罗群这一段的具体情况，我却又是毫无所知的。奇怪的是，冯晴岚在这两段的申诉中，一开始就说明，定案材料基本符合事实，她还引用了结论中所指的具体罪名，她说，那些话罗群是讲过的，但是她认为这些话是正确的，实践证明，罗群的言论和行为是符合马列主义毛泽东思想的，是一个共产党员光明磊落的表现，因此，不仅不能认为是错误，相反这正表现了罗群同志敢于坚持真理的精神！

看完了最后一页，我不像开始那样了，我感到有些踌躇，因为他的言论涉及对一个历史时期的评价，涉及党所领导的几次大的运动，在群众中散布了对"反右派运动"的不满言论，而且在大炼钢铁时，组织过人拦截炼铁队伍，破坏"大跃进"，这样既不像是一般的"反右派斗争"中的案件，更不像因为反"四人帮"被打成反革命的案件，六九年定他为反革命也是根据上述材料。

这种情况我们还没有碰到过，上级也没有具体指示，该如何对待这样的问题呢？

我站在房里，望着窗外的雪后景色，许多下课的孩子，在耀眼的白雪上奔跑着，他们穿着五颜六色的衣服，给白雪一衬托，格外显得鲜艳。这情景和两年前大不相同了，他们不再是不起眼的灰蓝色，也不再是以侮辱老师为光荣，而是天真活泼、努力学习、天天向上的了。我自己的唯一的孩子也在他们中间，她那小红帽像一团火，我远远就能瞧见，她此刻正在雪地里无所畏惧地向前奔跑，像是一下子就要跑到她们的新世纪。我忽然想起，她有一次问我："妈妈，你们还能够创造一个时代吗？"她不等我回答，又搂着我的脖子说："我相信你们能，你们经历了那么多，你们懂得什么是对的，什么是不对的，这就是条件，对不对？"

当时，我给问愣住了，我想不到一个中学生会提出这样的问题。

我搞不清，此时此刻，为什么忽然想到这个。

我的目光重又落到晴岚的材料上，现在，即使不看原始材料，问题也很清楚了。我知道，现在着手解决罗群的问题，阻力肯定是不小的，这种阻力首先就来自我的丈夫吴遥。他当然不会承认，当初他在罗群问题上，充当了一个令人憎恶的角色，可是要把问题敞开，他当时的面貌就非暴露不可。因此，他不可能不反对，而他的反对，肯定会在罗群的五九年的一些言论上做文章，而他又会是以保卫旗帜的名义出现，这么一来，别人就不敢发言了。

假使我坚持，我们的关系就会有破裂的危险。

破裂，我能有这个勇气和决心吗？

我已经不是年轻的时候了，我还能重建我的生活吗？而组织上又给了我现在的这个职务，社会舆论将怎么看？会不会把我和罗群过去的关系再公开出来？再说还有孩子。

我又想到吴遥。

我们的婚姻，我对他的感情，我内心是明白的。尽管如此，我们也还是在一起生活了近二十年了。特别是在近十年中，当我们一道挨"四人帮"整的时候，我们毕竟还互相鼓励过，我们经历了关牛棚、挨斗争、挂牌子、下放。在那困难的时刻，他，这个权力欲望极强，乌纱瘾特大的人，毕竟也没有投靠"四人帮"，虽然自从他重新工作以后，又是故态复萌，重用亲信，对上谄对下骄，一切要看对自己权位的影响，把自己打扮成一贯正确。我们的家庭生活，又不知不觉恢复到"文革"前的冷冰冰的状态，但是说到要破裂，我还从来没有想过。

难道，到了中年的我，还要面临一次人生道路上的抉择吗？

别人都下班了，我还坐在那里，我恨自己缺乏决断，我又一次翻着晴岚的材料，又一次仿佛看见病弱的晴岚和赶着马车在天云山里奔走的罗群，而周瑜贞的那种质问的眼光，也在我面前浮现着……我一直到十二点才慢慢离开办公室。

七

我回到家里，看到了冯晴岚寄来的信。

这封信来得正是时候，我多么想了解她啊！我饭也没顾上吃，就躲进房里读起来。

正像我们久已疏远了的关系一样，她的信开头也用了一般的称呼，她写道：

"宋薇同志：我们的现实情况，估计周瑜贞同志已经告诉你了。你的情况，她也约略告诉我们一些。对于我们不同的处境，她也有她的看法，她是一个新型的人，她的许多看法，倒是颇有意思的，但是，我们先不管她的看法吧！

"关于罗群同志的情况，我在我写的申诉中已经讲了。现在我想谈一些我自己的事情，通过我的一些想法，你对罗群可能会加深一些了解，因为我觉得你对他其实是不了解的。

"对我和罗群的关系，你可能觉得很奇怪。的确，在我的亲属朋友当中，为此而大吃一惊的人确实不少。他们经常问：冯晴岚这个人是不是神经上有点毛病？是不是有点浪漫主义？她为什么要主动背起一个沉重的十字架？把自己的一生绑在一个'屡教不改'的被开除公职的右派分子和反革命的身上？她现在肯定后悔了。这些人好像很同情我，怜悯我，其实他们是完全错了。对这些人，我倒有点怜悯他们，他们哪里懂得什么叫真正的幸福，什么才是真正的人生？难道追求一个浅薄的庸俗的生活方式，追随一个你并不爱的权贵，取得某种物质上和虚荣心的满足，就叫作幸福？事实上，我对自己所选择的路，从来没有后悔过，即使我今天离开人世，我也敢骄傲地宣告，我是真正幸福的，是对得起养育我的人民和这个世界的，即使用一个较高的标准来要求，我也不感到惭愧，因为我在我的能力范围内，完成了我应该完成的事。

"然而这也可能是我这个傻人说的傻话。

"对工作、对事业，我们先不谈吧，因为你很了解我是如何热爱我们的社会主义工作和事业，对党对人民我扪心自问，我的感情是深厚的，我觉得正是在这个基础上，我才认识罗群的可贵。说句真心话，谈起对党，对毛主席、周总理，对社会主义的感情，你我比之于罗群都差得很远呢！

"说来也是件奇怪的事，在天云山当我们共同结识罗群的时候，首先和他相爱的却是你。我记得我是因为我太关心你们的爱情发展，而且是受你委托，才认真站在旁边观察罗群的，那时你用热恋的眼光望着他，而我却是以理智的心灵来观察他的。

"观察的结果，我记得我是跟你说过的，我从他的言行，从他对工作、对事业、对同志、对党的态度上得出了我自己的结论。记得在那天云山的清辉月光下，在那柔软的草地上，我在你耳边喃喃细语吗？我说罗群纯真得像水晶，又热烈得像火，忠诚坦白，是他最大的特点，对党的信念坚定不移，又使他具有惊人的毅力。他没有权位观念，没有个人野心，这种人我认为是很难得的，当时你被我说得跳起来，紧紧搂着我。我们都一致认为，我们天云山区的工作干得踏踏实实，轰轰烈烈，人与人之间也正在开始建立一种新型的纯真的关系，正是罗群和当时考察队党委领导的结果。

"你那天和罗群互相表白以后，我是如何为你们祝福的，这些，我相信你是不可能忘却的。

"老实说，那时我根本没想到我自己会爱上他，我只是由衷地崇敬他，也许我已经爱上了他而我不知道，年轻人的感情，有时候自己也分析不了的。

"我明确知道我自己爱上了他，那是两年以后的事。

"在这以前，我经历了很大的震动。

"你离开天云山到党校学习，是五七年五月吧，两个月后，'反右派运动'就开始了，当以吴遥同志为首的工作组宣布对罗群的'右派言行'要大胆揭发、无情斗争的时候，你想象我的震动吧！工作组所宣布的所谓罗群罪行，以及他们对你和罗群关系的公然污蔑，我都在申诉材料里写了，正是这些所谓罪行，倒使我比较彻底明白了罗群的价值。当时，为了表明我自己的态度，也是为了抗议，我代表你去探望他去了，然而就在这段时间里，我又一次受到了震动，我在罗群那里看到你的决裂书。

"恕我不客气地讲吧！你的信使我感到全身战栗，使我看到了人和人之间赤裸裸的利害关系，使我感到对人的看法发生了巨大的动摇，我就像正在欣赏一幅美丽的图画，一翻过来却原来是一块丑恶的脏布片。

"难道所谓爱情，所谓同志就是如此吗？

"我捧着你的信望着站在窗口、木然地望着天云山的罗群，我忍不住哭了。这是解放以来我第一次哭泣，不是为我自己，而是为你感到羞耻，为罗群感到悲哀！

"我悄悄地走了。

"这以后，我有很长一段时间没有见到罗群，我只听说，在争论给不给他戴上右派帽子的同时，把他下放到特区所属的金沙区劳动去了。我听到这个消息，给他写了一封劝慰的信，我怕他想不开，劝他思想上放开朗些。我那封信写得是很幼稚的，我用我的思想感情猜度他，以为他肯定是消沉悲观，甚至会发生意外的。当我接到他的回信时，我脸红了。他在信中不但没有流露出丝毫的悲观情绪，反而给我讲起运动员的锻炼故事来。照他的说法，这正是一次锻炼的机会，这使他现在真正有机会接近了人民，可以从人民的角度，检验党的方针政策，从而为自己的思想打下较为坚实的基础。他在信的末尾，还开玩笑地说，'我不是一个多愁善感的小姑娘，你当我会对花发愁对月长叹吗？'

"你看，他就是这么个人！

"他在那里一直劳动到第二年，即一九五八年冬天，这个时候，我们特区忽然发了一道命令，要所有干部、职工、技术人员，停止一切工作去砍森林，连郊区农民也发动了。据说要把森林砍下烧炭，用这种炭去炼土高炉的铁，把我们在发现时曾经为之欢呼跳跃过的宝贵森林资源，准备付之一炬。这实在是荒唐透顶的事。

"我没有去，我是有意拒绝去的。不久，我又听到一个消息。

"你还记得那位叫凌曙的区委书记吗？他是罗群的老战友了，在'反右派'时他被认为是和罗群在一起搞小集团的，也正在等待处分。他和罗群听到要毁坏这片大森林时，就发动了一些老农民，组织了一个'劝说小组'，堵在通往森林的路口，劝阻人进山，罗群还站在岩石上，发表了一通演说，把进山的人都讲得一个个低头不语，然后他和凌曙把人引到那些小山，砍伐灌木林去了。

"就是这样一件事，罗群的'帽子'就给戴上了，凌曙也被撤了职。反对'大跃进'，破坏大炼钢铁嘛。

"倒是这个消息，使我们进一步接近了。在一个星期天，我到了他所在的一个小村子，这个小村子就在那森林边缘上，有一条瀑布挂在村东，发出轰然的巨响。急促奔腾的河流，环绕着村子，使村子显得异常幽静。

"我是正午到达村子的。我在溪边的一棵大树下，找到了罗群，他坐在那拱起的树根上面，两脚伸在水里，旁边放了个还没吃的玉米饼，手里却捧了个本子，在那上面写着什么。

"我站在他身边半天，他也没有觉得。我偷偷注视着他，他那刚毅的轮廓分明的脸，除了被晒黑了一些外，没有任何变化。他让他那健壮的腿浸在水里，一会儿抬头望望那瀑布，一会儿又凝神在本子上写上几笔，渐渐，他的眼睛眯起来，一股我很难形容的笑容，在他脸上荡漾开来，这时正好有一道阳光，从老树的枝叶里射下来，照在他的脸上身上，使他有一种令人震惊的美。这种美只有在那些有着非常高尚情操的人身上才会出现。

"老实说，当时我的心悸动起来了，在这一刹那之间，我才明白了，我的心是属于他的！

"我望着他，他回头发现了我，我在他眼睛一瞥之下，满脸飞红，我担心他已从我的眼睛里看出我内心的秘密。但是这个粗心的人，却并没留意，他只是笑笑说：'你来了，正好，我正有件事想托你办呢！'我在他旁边坐下来，极力使自己平静下来，问他什么事，他说：'根据现在的情况，我很难有工作可做了，但是一个共产党员，不为自己的理想而工作，宁可去死。'我一听慌了，我说：'你可别……'他不等我说完就笑了起来，他说：'我不是那个意思，我是说，我要自己安排我的工作，我必须有一个较长的打算，我订了这样一个计划。'

"他把本子递给了我，只见上面写着：学习和研究计划。在这个计划下面，他考虑了许多专题，每一个专题下面，都开了一些参考书籍，一共有十几页。我翻着翻着，眼里不由又有点湿润了，原来他在被戴上帽子开除了党籍之后，考虑的却是这样一些重大问题，他刚才的笑容，大约就是由此而产生的，因为他又确立了他长征的目标。

"他见我沉思的神色，以为他计划有什么不周，他轻声问：'晴岚同志，你给提提意见，你看这样行吗？'我说：'行，太行了，不过这可不是短时间能完成的。'他说：'是啊，我这种处境反正短时间也不会改变的，现在的困难是，我要书，要资料，要大量的书和资料，晴岚同志，你能不能给我办这件事？'我说：'这件事你就交给我好了。'他见我答应了，高兴得像孩子，一下子跳了起来，几乎把全身都跌到水里。我也忍不住笑了。

"这一天，我们就是在研究计划和书目中度过的。我们没有任何一句话，讲到我们之间的感情，他太严肃认真了，把我也变得严肃起来。他把自己的储蓄和本月的工资交给了我，要我充当他的采购员。

"假使到这时为止，不再向前发展，罗群的计划是可以顺利进行的，因为这时，他还是一个国家干部；当地的老乡也从来没有把他当作坏蛋看待，因为通过凌曙同志，群众对罗群已有较深的了解。

"可是，很快事情又变了，五九年春天，罗群又被拉到一个水库工地上，强迫他在那里参加劳动，和他同时被拉到这里的，还有区委书记凌曙同志。

"这个水库也是一个头脑发热的产物，水库坝址你是知道的，本来水电组有个意见，要在这里修一个混凝土重力坝，但是设计还没有。'大跃进'以后，一声令下，立即动工，改为沙石土坝上马，说是一定要当年合灰成坝，当年发电，还说这是开发天云山区关键的一仗，只能打好，不能打坏！

"水库经过匆促筹备就上马了，一上马就暴露出问题，不说别的，光是从十几里外运黏土，就要运几年，要在当年成坝是不可能的。而且这里山洪凶猛，地质复杂，根本不适宜于搞土坝。

"这时，我们这两个'屡教不改'的分子，又忍不住了，他俩联名给特区、给省写了信，建议这个水库暂停上马，先创造条件。这封信发出后，正好'反右倾运动'开始了，罗群又在汇报思想时对'反右倾'提出了自己的看法，认为再反下去，要死人的，这样一来，娄子就大了。

"特区领导和水库指挥部抓住罗群的思想汇报和他俩联名写的信，大做文章，在工地开展了声势浩大的'反右倾运动'，把罗群和凌曙拉到台上，进行了'无情的批判和斗争'，当时为了教育我们，把我们这些本来不在水库上的人也搞去了。

"我又一次看到他站在台上，顺带说一下，主持这次会议的又是罗群的前任，你现在的爱人吴遥同志，那天会议的规模是非常大的，我站在人群里，目不转睛地望着罗群和凌曙，这两个人外貌完全不同你是知道的，一个魁梧奇伟，一个文弱矮小，但奇怪的是，这两个人的神情却完全相同。他们镇定自若，有时用一种蔑视的眼光看看会议的主持人，有时又用忧虑的眼睛，望着乌云沉沉的天空，有时却又含笑望着土台下的群众。这两个人啊！

"很快，罗群发现了我，他先是向我笑笑，表示要我不要担心。后来又向我眨眨眼，做了一个手势，又向正在讲话的人努努嘴。我一看，完全明白了，他在暗示后面还有好戏看，他要准备讲话。我见他这样，又是担心，又是兴奋，担心的是怕事情闹大了，对他更不利；兴奋的是他可能要发表一次震撼人心的演讲，把大家憋在心里的话都讲出来。我呆呆地望着他，不知道该向他使什么眼色。

"但是这天的会进行不久，就让一阵大雷雨给冲散了。

"山区的雷雨气势是非常惊人的，雷声震撼着大地，像是从山头滚下万吨炸药，轰轰隆隆，震得人发蒙，紧连着一场大暴雨也倾盆地下将起来。

"会散了，人们乱嚷着、奔跑着，主持会议的一些人，早已惊惧地躲进指挥部的大工棚去了。就在这时一个压倒雷暴雨的声音在台上响起来了。

"又是罗群！

"他和凌曙号召大家去保卫坝子，抢救器材，这两个钢铁汉子，带头冲进大坝工地去了，他们的一声命令，比什么都灵，人们先是愣了一下，很快潮水似的都涌向大坝工区去了。

"那真是一场惊险的激动人心的战斗。

"然而一场悲剧也就于此时发生了。

"大坝被山洪彻底冲垮了！

"凌曙同志，为了抢救人民的财产，献出了自己的生命！

"这个忠心耿耿的共产党员，群众称之为'我们的好书记，我们的贴心人'的人，在这种情况下，永远地离开了我们！今天写到这里，我仍旧止不住我的悲痛。

"令人万分难忍的是，居然不准为凌曙同志召开追悼会！

"我永远记得这一天。

"这天一大早，我怀着悲愤的心情去找罗群，我知道凌曙有一个在病中的妻子，还有一个不到周岁的女儿。我想为她们做一点事，可是我走到罗群住的工棚，没有人，我这才发现所有工棚都是空的。冷飕飕的秋风，吹得那些棚子边上的荒草簌簌作响，那些红红绿绿的'反右倾机会主义'的标语，被昨天的雷雨撕裂，倒挂在那里，显得可怜而又可怕。

"我站在那里，心里很凄凉，也很奇怪，人们都到哪儿去了呢？我信步向那大峡谷的斜坡走去，这才看见那山坡上，站着黑压压的人群，那么多人，却没有什么声音，只有那漫山的松涛声。我不知那里发生了什么事，一口气跑了过去。到了人群边上，我猛然止住步，在庄严肃穆的气氛里，我也低下了头！

"原来这里正在哀悼凌曙同志。没有哀乐，没有灵堂，有的只是低低的啜泣的声音！我心里一酸，止不住想哭，我忽然听见我最熟悉的声音在讲话。我抬头看过去，罗群站在凌曙同志的新坟旁边。

"他说：'他是属于人民的，他是不应该死的。昨天那些自称为共产党员的人，还在批判他，把什么右倾的帽子，戴在一个真正的共产党员身上。他是什么右倾？他不过说了共产党员应该说的真话，同志们，乡亲们，你们想想看，自从去年以来，我们在天云山区干了多少蠢事？我们不是在搞建设，是在败坏我们正在兴旺发达的革命事业。现在正是应该总结经验接受教训的时候，为什么还要反右倾？这样反下去，我们的国家、我们的人民、我们的党将要遭受不可估量、无法弥补的损失。我在这里说，我也要给我们亲爱的党和毛主席说，我们不改正，后果是不堪设想的。'

"这就是罗群当时说的话，这就是他的反革命行为的全部。就是这一番话，和他的思想汇报，使罗群的问题层层加码，一直影响到现在。可是，这难道是一个反革命能说出的语言吗？如不是对党出自衷心的热爱，能敢于发表这样的意见吗？当时，罗群是泪流满面说的，这个硬汉子，我从没见他这样哭过，他哭，群众也哭，我也哭。

"就在这哭声里，来了几个人，不由分说把罗群架走了。

"群众惊呆了，我也惊呆了，我跌跌撞撞跟了上去，但是几只手抓住了我，厉声问我要干什么，他们毫不留情地把我推倒在地上。几个同志上来扶起我，他们又同情又担忧地望着我，他们第一次发现我和罗群有了非同寻常的感情。

"这天晚上，我怀着极度的痛苦，坐在我和你一同睡过的那间房里，就是在这房里，你曾向我倾吐过你对罗群的深深的爱，就是在这房里，我们不断响起欢乐的青春的笑声，也就是在这房里，我们谈到对党对事业对爱情都应无限忠贞。可现在就剩下我一个人了，面对着悠悠明月和那唧唧虫鸣。

"我不知自己该怎么办，我怕罗群会被投进大牢，我怕我会永远失去了他。我忽然想起，有人对我说过，吴遥在热烈地追求你，给你做说客的正是我们特区的第一把手，而第一把手又是你的老上级。那时你虽因不愿回天云山而调到别的市工作，但你是可以替罗群说话的，也许你已后悔你发出的信，也许你还在暗地里爱着罗群，假使你愿意来救救罗群，而你们又能重新结合的话，即使我永远失去了他，我也将是欢乐的！

"正是怀着这种心情，我才请了假去找你的，当你拒绝见我的时候，我才明白我是多么幼稚啊！

"对去找你这一段遭遇，恕我不写了吧，事隔多年，讲它仍旧是痛苦的，但是我仍感谢这段生活对我的启发，它使我有勇气有决心走我认为是正确的道路。从你那回来后，一件重大的变故，倒是促成了我的愿望。天云山特区被宣布撤销了，我们工作将重新分配。也许就是因为撤销了这个特区，也许是有正义感的同志坚持，我获悉罗群只被开除了公职，仍旧放回原地监督劳动。开除公职，这本来是够惨的了，但是对我来说，倒是一件值得庆幸的事，他只要不坐大牢，他的那些重要的研究计划，就有可能实现，而我也应当帮助他来实现。

"我向组织上要求，留在天云山区，教书或是搞地方上的科技工作都行，我这个要求很低，通过倒也顺利。这样，我很快就到了一个乡村小学，安顿了一下，就找到公社党委，要求把罗群放到我们学校所在的生产队。当时的公社党委负责人是凌曙的老部下，他不仅同意，而且给我提供了不少方便。这也证明，绝大多数人，是非观念在内心里是非常清楚的。

"我知道罗群正在病着，病得很重，我要了一辆板车赶到了他所在的生产队。

"这时正是一九五九年的最后几天，天冷得要命，阴沉沉的就要下雪了，那条瀑布也仿佛冻结了似的，没有那种气势雄浑的轰鸣了。我把板车放在村口，找到了罗群的住处。我看见他正躺在他那薄薄的行军被上，发着高烧。房里再没有人，只有老乡送来的面条和水，放在他的床头。

"我悄悄坐下来，看着他那明显消瘦了的脸，看着他房里的凄凉景象，看着他紧紧闭着的眼睛和枕边的钢笔、本子，我再也控制不住自己，一种又酸又苦又甜的东西，涌上心头，两行热泪止不住地涌了出来，滴在他的被上、脸上……

"他睁开了眼睛。

"他怔怔地望着我，我哽咽得不能出声。他抬起头，他的眼睛突然亮起来，我从泪眼模糊中看到他那最真最柔并且充满着惊异的眼光，就像我明白我自己的内心一样，我明白了他的心。

"他把手从被里伸出来，轻轻地说：'你来了，亲爱的人！我一下伏到他的身上，我继续哭泣着。他用手轻轻地抚摸着我，我们的心彻底地贴在一起了。

"宋薇同志，我们就是这样结合的。我清醒地意识到，我们前面的道路是异常艰难的，但是我同时也坚定地认为，有两颗互相温暖的心，有明确而崇高的目标，一切艰难险阻都是可以战胜的。那天，我自己拉着板车，板车上躺着我的爱人，我们迎着寒冷的风雪，在古城堡下的路上前进着。许多人都用惊异的眼光望着我，我挺起胸骄傲地往前走着，不时回头和他交换一个会心的微笑，我感到真正的幸福是属于我们的！

"从这以后，我们的新生活开始了，经济上，我们是穷困的，有时候窘迫到你难以想象的地步，我只有那么点工资，我、罗群还有凌曙的女儿，我们亲爱的小凌云——因为她妈妈也去世了，我们的一切，就在这几十元里面，我们不光是吃饭穿衣，而且还是要买书、要研究资料，有时候为了买一些我们急需的书，我们要一个月决心不吃菜，只用一点点盐水萝卜下饭。但是我们的精神生活，却是昂扬而极为丰富的。白天我教孩子们读书，他或是写作，或是去做调查，或是找些老乡聊天。一到晚上，我们就热烈地讨论起来了，自然科学、社会科学、文学艺术，特别是社会上的现实情况，都在我们讨论范围之内，有时我们也进行辩论，或是研究他当天所写出的文稿，这时的罗群，毫不夸张地说，他已经是一个道道地地的学者了，而我则成为他的忠实助手，我是他文章的第一个读者，又是第一个批评者。这个时期，罗群的干劲和毅力确是惊人的，他经常通宵达旦，第二天脸一洗又开始工作。他的情绪始终是乐观的，有时，我埋怨、牢骚，他反过来劝我，他说：'别这样，晴岚，对党对社会主义的信念，是不能有任何动摇的，要不我们是为什么而工作而生活呢？我们的遭遇，是暂时的现象，总有一天，党会纠正这些问题的。对我们的遭遇，也要看怎么看，这件事当然是件痛心的事，但是从另外一方面看呢，它又给了我们在上面所不能得到的条件，我有时间，我能接近人民，能体会到一些人所体会不到的东西，何况，我还有你，我倒觉得生活待我也不算太薄了。'

"他就是这样对待生活的！

"但是他对于问题的看法却始终是不动摇、不妥协的。一九六二年，曾经有人劝他对五七年、五八年和五九年的言论和行动，做一些检讨，争取改变处分。但他始终不同意，他坚持认为，那是'左'的危害，而不是什么右。

"正是因为他坚持了这些观点，他的问题不但没有解决，在'文化大革命'中又进一步升级了，林彪、'四人帮'把'左'的路线，推到了令人难以置信的高峰，给党和国家造成了不可估量的危害，对罗群的迫害，其手段之毒辣卑鄙，也达到了令人难以置信的程度；而我，也跟着受到了最残酷的折磨，要不是我们对党对人民有着坚强的信念，我们早已不在人世了！

"宋薇同志，你读到这里，也许奇怪，我为什么要写得这么长，这么具体，甚至这么啰嗦，告诉你一个秘密，这个秘密我是连罗群也一直隐瞒着的。

"由于林彪、'四人帮'的进一步迫害，我的身体被彻底摧残垮了，我现在随时有死亡的可能，这件事当然是我极不希望的，曙光已经出现，航向已经拨转，大是大非正在澄清，四个现代化正在开始，罗群的问题最多也不会拖到明年，这是大势所趋，人心所向，前进的历史车轮谁也不能让它逆转。在这个我和罗群盼望了多年的时刻，谈到死，当然是极不愉快的。

"但是我们毕竟是信仰唯物论的，客观存在的东西，谁也否认不了它。我的病是在林彪、'四人帮'又给罗群加了顶反革命帽子，又把他关到所谓群众专政指挥部而得的。我为了救他的书和著作，在老乡的协助下，冒着暴风雨，把他的东西，运到一个山洞里；又为了保存它们，忍受最难忍受的侮辱和鞭打，最后，把我和罗群绑在一起，跪在烂泥里几天几夜。从那时起我就得了病，这种病又因'四人帮'统治的时间太长，使我得不到医治，现在已难以医治了。

"因此，我这封信不得不写得长些，你我毕竟曾经是呼吸与共的朋友，尽管我们的命运是如此的不同，有一些心里话，还是想和你说的。同时，我也相信，经过这十年的惨痛历史教训，你这个本质不坏而又聪明的人，一定也能正确总结自己的历史经验，在大是大非问题上，有自己的鲜明态度。为了党，为了人民，为了我们的革命先辈，你也一定会在新的长征路上迈开新的脚步！

"关于你个人生活的情况，我知道得太少，不想发表什么意见。至于我，就像一开始我对你说过的那样，即使我今天就离开人世，我也敢骄傲地宣告，我是幸福的。

晴岚

七八年十二月"

八

读完了晴岚的信，我坐在房里动弹不得。

她的歌颂，她的谴责，她的倾诉，都使我如同受了雷电式的一击，我两手托着腮，就那么傻子似的坐在那里，一直到我的女儿跑进来。

"妈妈！"女儿一进门就嚷，"你饭也不吃啦。"

我掠了一下头发站起来，勉强装出微笑，可是我的神情，没有逃脱她的尖锐的眼睛，她看了我一会儿，一把搂着我，问："妈妈，出了什么事？"

"没有啊！"

"你脸色这么苍白，还说没有哪！"

"真的没有！"

"我不信！"她拉住我往外走，边走边说，"是不是有'四人帮'的余孽在跟你捣乱？别理他，站在人民的立场上跟他们斗嘛！现在那些人还敢兴妖作怪？"

我用手摸了一下她的头，让她拉到饭桌上。

我勉勉强强吃了一点，我也终于有了自己的决断：

从晴岚的信里，我认真地想到我自己所走的路，我知道把自己的行为，推之于当时的历史环境是不全面的。我这个自傲为红小鬼出身的人，为了捍卫党的原则，我做过些什么呢？我对罗群的态度不应当只当作感情上的不坚定的问题，这里确有一个世界观上的问题。

过去的是过去了，但过去的不加以总结，能对得住将来吗？孩子曾说过，我们懂得了什么是对的，什么是不对的，我们真的懂了吗？懂了，又改正得如何呢？我们这一辈人，应不应该清理和纠正自己的问题呢？不纠正它、清理它，

天云山传奇

又把它留给谁呢？

我决心亲自处理罗群的问题。

下午上班的时候，我找到了档案室的同志，把有关罗群的材料找到了。我把罗群的结论材料，他当时对结论所作的说明，以及晴岚写的申诉，都交给了打字室，让打字员把它们打印出来。

我把我对这件事的态度，告诉了那位朱科长，要他们先在他们的科里讨论，我参加了他们的会议。我并告诉他，要客观地实事求是地准备一份综合材料，向地委汇报。

这位朱科长听了我的意见，半天没有吱声。末了才嗫嚅地说："吴书记临走不是有过交代吗，要先处理'文化大革命'中间的，别的往后摆一摆。"

"他就是在'文化大革命'中被加了码，戴上反革命帽子的。"

"可是……"

"可是什么？"我见他故意推阻，心里非常生气。他见我生气，反倒笑嘻嘻地说：

"宋部长，能不能这样，我们先做点准备工作，等吴书记回来，请示一下，再正式讨论给地委汇报，这个材料暂时不在部里分发，你看这样好不好？"

"不！不要等他。"

说着，我就转身走了，让他愣在那里。

回到办公室，我开始给冯晴岚写回信，本来我也想给她写一封长信，但是我不知道如何写，最后还是简单地告诉她，我们正在着手研究罗群的问题，并劝她最好来一趟，把病彻底检查一下。

我自己到邮局发了信，并给她寄去三百元。

办完这些事，我在街上慢慢走着，太阳明晃晃地照在雪后的街道上，高大的雪松上的积雪已经融化了，清绿的叶子，在阳光下闪闪发亮。街心花园里的腊梅，像是枝条上落满了小黄蝶，发出沁人肺腑的清香。街上的人群像流水似的流动。清新的空气，晴朗的天空，使人们脸上都有一种愉快的神态。我看着他们，自己心头也感到轻松了。

我长长地呼了一口气。忽然听见一声清脆响亮的喊声："宋薇大姐。"我抬头一看，周瑜贞骑着一辆崭新的脚踏车，飞也似的驰到我的身边，一下刹住车，跳了下来。

这姑娘今天活脱脱的像是一朵春花：她戴了顶天蓝色的滑雪帽，脖子上围了雪白的大围巾，素花紧身短棉袄，把她的身材衬托得窈窕而丰满；她两双乌亮的眼闪着快乐的光辉，红扑扑的脸上堆满了笑。

我很羡慕地望着她，我说："什么事这么高兴？"

"我正打算找你！"她喘了一口气，丰满的胸脯起伏着，说，"我今天碰到两件喜讯，你听说没有，省委已经正式决定，恢复天云山特区，成立天云山建设总指挥部，归省直接领导！"

"啊，你听谁说的？"

"我刚从省里来，"她说，"是一位省委负责同志告诉我的。"

"你到省里去了？"

"对啊！"她取下帽子扇起来，我这才注意到她脸上正渗出细小的汗珠，"我从你家出来，第二天我就上省里去了。我是为罗群呼吁去的，我还带去了他的一部分著作，请专家们给他看看。一位搞建设的专家，看了他的那本关于天云山的著作以后，你猜怎么着，冲着我张开两条膀子，大声叫好，要不是因为我是个女的，他肯定要把我抱着跳起来。我看到他那激动的样子，我就更加明白了它的价值了。这就是我要告诉你的第二个好消息。"

这两件事确实是好消息。我又问她："你没问问省委负责人，对罗群的问题怎么看？"

"问了！"她瞅了我一眼，又嘲讽地笑了，"你们还想摸气候？告诉你吧，气候温暖，你没有嗅到春的气息吗？严冬过尽绽春蕾，此之谓也！"

她大笑着，戴上帽子，重又跨上了车子，对我说了句："有空我去看你，详细跟你说，我还要告诉你，我准备打报告，上天云山。"

她一挥手，就那么一只手扶着车把蹬跑了。

我目送着她消失在人流里，她那充满青春的活力，毕竟是叫人羡慕的。

我没有料到，第二天我正在部里开会的时候，吴遥回来了。

像往常一样，只要他一到家，不管我忙不忙，都要打电话让我回去，每次我接到这样的电话，心里都有一种说不出的感觉：你再努力工作，你在他的面前，总还是一个附属品，他打电话的口气就是让人这样感觉的。但是今天，我想争取他对罗群问题的支持，我很爽快地答应，马上就回来。

那位朱科长一听说吴书记回来了，连忙合上了卷宗，催我回去，说是明天再讨论吧。我心里清楚，他是一定要请示过他的吴书记之后，才能决定办还是不办的。我心里明白，但也不好说出来，我只说了句"也好吧"，就回家来了。

那辆黑色上海牌汽车还停在门口，他的秘书还在搬什么东西，我和他招呼了一下便上了楼，没进客厅的门，便听见他的笑声。他的笑听起来也是很爽朗的，但总使人觉得干，使人觉得那是高人一等的笑。从他的笑，我可以判断屋里还有什么人，不是那些像朱科长之类的人物就是女客人。在重要人物面前，我只看见过他恭顺地微笑，从来没有见过他敢于大笑过，在陌生人或是地位低微的下级面前他也是不大笑的。

果然房里有两位女客人。

吴遥舒服地靠在沙发上，比走之前更显得脸色红润，他仍旧穿着普通的涤卡制服，深蓝色毛料西装裤。他一向不穿讲究的上衣，但是裤子则要考究，因为这样既有朴素感又显得有身份。对这些细枝末节，他是很注意的。

吴遥看见我，动也没动，只是笑了笑，便向客人介绍起来。原来来的是医生、护士，是护送他回来的。这位女医生很年轻，很漂亮，一看就知道是上海人。她过分热情地跟我握了握手。吴遥一迭声催我让阿姨做饭，并要我亲自做菜，他还热情介绍这位女医生，在疗养院对他如何照顾，还要我等会儿也让她检查检查。

我勉强笑了笑，去招呼阿姨去了。

本来我决心今天无论如何不和他闹别扭，我要争取平心静气和他谈一谈罗群的问题。但是回到家里，很短时间，我便几乎克制不住自己，他的笑，他的靠在沙发上的姿势，他让秘书搬东西，他让我料理饭菜，他自己陪着女客人的那种味道，本来都是我一向见惯了的，但是今天都在一刹那间，使我有一种想发一顿脾气的欲望，这种情绪，过去也曾有过，但从没今天这么强烈。

是不是这两天因为罗群和冯晴岚的影子一直在我心里影响着我的缘故呢，我不知道。

我在厨房里跟阿姨在一起忙着，笑声不断从客厅里传来，没多久，那架三用落地收音机响了，一种轻柔的乐曲飘了过来。这架收音机是他的一个在电子局工作的老部下给他装配的，可他从来不听音乐，也丝毫不懂得它。我和女儿有时想听听，他也嫌烦。今天不知它为什么响了，也许是那位女客人开的，我在门口看了看，果然是客人站在收音机面前，而吴遥也装作很有兴趣的样子，在那凝神静听。

我简直又想笑了。

过了一会儿，我听见我们那位朱科长也来了，接着又有别的人来了，不到一小时，客厅里便坐满了人。

吃过晚饭后，好不容易客人才慢慢走了。他又把我的女儿叫来，查问她近来的表现。对女儿，他也是架子挺大的，他经常半真半假地埋怨，他没有一个儿子。

一直到十点钟，才剩下我们俩。他这才望了我一眼说："怎么样，家里还好吧？"

我说："很好，你这回倒养胖了。"

"是吗？"他说，又重新坐到沙发上，拧开了落地灯，顺手拿起最近的参考资料翻起来，一边翻一边问，"机关里最近怎么样？"

"还不是那样，什么事都要等你回来点头！"

"啊，他们就习惯于这样！"他从参考资料上抬起头，高兴地笑了。对他这种笑，我很不喜欢，但是我没睬，并且极力使自己的口气变得温柔。

"老吴，我有一些话想跟你说说。"我也坐到他的沙发角上，我想把问题引到罗群的问题上，我想劝他在这个问题上端正态度，过去整错了人，现在姿态高些，这不仅有利于党的事业，对个人的威信，也只会提高，不会下降。但是，因为是罗群，一时还不知怎么开口。我了解，他一向是碰不得的，只能慢慢把话题向这边引。

他见我说有话要跟他讲，他的脸上闪过一阵阴云，但很快反变得含笑地点点头。他一刹那间的表情，没有逃过我的眼睛，也正因为我看到了这一点，我只得绕大弯子说话。我说：

"最近中央组织部负责同志，有一些讲话，你听说了没有？"

"我听说了，我也看啦！"他又翻起参考资料来。

"还有中央领导人的讲话，"我说，"这些精神，我觉得我们有些同志没有认真领会。中央的要求是认真落实党的政策，纠正错案冤案，而我们却在那里糊，能推就推，能拖就拖，特别是对'文化大革命'前的遗留问题，我们还根本没把它摆到议事日程上来。"

他"唔唔"两声，算作回答。我不知他是在听呢，还是在看，我先不管他，我又说：

"最近报上也正在讨论实践是检验真理的唯一标准问题，据一些同志告诉我，这是非常重要的一次讨论，它涉及对过去的路线、方针、政策，一切都应当通过实践来检验，根据这个精神，我觉得我们工作应该赶上去，应该抓住一些典型案件，开展……"

我说到这里，他忽然打了个哈欠，问我："几点了？快十一点了吧？"

我浑身一凉，我差点跳了起来，原来我说了半天，他根本没听，他大约也察觉了我的神态不对，放下书自己和自己笑了，他说：

"你急什么，中央不是正在开会吗？我们可以等等中央的文件嘛，没有文件，我们不好办，个人讲话毕竟是个人讲话。而且有许多事，也不是一下就能弄清楚的。"

"中央不是没有文件，"我跳下沙发，干脆直说起来，"比如右派改正问题，我们几乎没动。"

"不是让你们发了文吗？"

"你别用这种口气说话，"我实在憋不住了，"我是跟你谈正经事！"

"啊！"

"我知道，你过去整过不少人，"我急促地说，"可是这几年，你也挨过整，你应当……"

"咳呀！"他的脸顿时拉长了，"你怎么把'四人帮'时期的东西，跟过去的运动相提并论！我整过人？我整的是什么人？我是捍卫党的原则。你呀！现在就有那么一些人，在揭批'四人帮'的时候，连十七年中党的历次运动也怀疑起来了，他们这是怀疑谁呀？你别听那些鬼议论，你现在是负责干部了，看问题怎么能这么幼稚？哼！我整过人？为了捍卫党的原则，捍卫毛主席的革命路线，今后还会整人的，党内斗争，这是经常的事，这有什么值得奇怪的！"

他在屋里大步走着，滔滔不绝地发起议论来，把我当作小学生，根本不容我插嘴。他认为现在有一种危险倾向，甚至有人公然批评什么长官意志了。他感到痛心的是，不仅像周瑜贞这样的人有，连某些高级干部，也在发表一些很不慎重的言论，这些言论，已经在社会上产生了反响，引起了人们思想上的混乱，右的倾向又在抬头了。最后，他声明，从十七年到现在，他都是正确的，狠狠批了我一通说他也整过人的"谬论"！

我望着他专横武断的神态，感到心里一阵阵发冷。我知道，他会坚持自己的看法的，但我没有想他会这么动感情，对当前的中央一些指示精神这么反感，看来在罗群问题上，还将有一场大风波，他现在还不知道我已经打印了罗群的材料！

他训斥了一顿之后，不等我有申辩的余地，就动身走到浴室里去了。

我一个人坐在屋里，又像那天和周瑜贞谈话的晚上一样，内心起了很大的波动。我望着长长的低垂着的窗幔和洒在地板上的微黄的落地灯光，听着外面哪里传来的隐隐约约的音乐，我想起了周瑜贞描绘的罗群和晴岚的夫妻生活，他们和我们是多么鲜明的对比啊！

"怎么啦？"他走回来了，站在我的面前，"就用这个态度来迎接我回来呀？"

他在我身边坐下来了，这回他是用他那所谓温存的口气说话了。

"你操这些心干什么？"他说，"我早就跟你讲过，你别急躁嘛，你知道，提你当副部长，外面可有不少议论哪，来，别愁眉苦脸的了，你的任务是执行指示，一切有我，这还不好吗？"

"一切有他？"我心里一惊。正要反驳，没说出口，他已经把我搂住了。

他对我，需要的就是这个！

九

又是一天过去了！

吴遥回来后，就参加地委常委会去了。我们部里一切又恢复了老样，上班、生炉子、打开水，议论一下将要发表的中央全会公报，可能有什么新的精神，讲讲市面上的供应、物价，然后各人坐到各人的桌子上，各办各的事。

罗群问题的讨论，自然要等吴书记。

但是，我经过反复思考，我不愿也不想依靠我们部解决他的问题了，吴遥的观点我十分清楚，同志们的看法我虽然估摸不透，但由于我自己的地位，我却比过去更加明白了！

这天，我锁上门，决定亲自起草一个报告，直接去找地委第一书记。现在只有第一书记的态度，能解决罗群的问题了，罗群问题不解决，我无法驱除心灵上的阴影。

我希望第一书记能说服吴遥，这样既能解决问题，又不致影响到我和吴遥的破裂，而第一书记的态度，我是了解的，他已经几次批评我们保守僵化了，今天，我又听说，吴遥在常委会上，同样受到了批评。

我写了一个上午。中午，吴遥回来吃饭，情绪很恶劣，看见我几乎就像没看见。他这种目中无人，以自我为中心的表现是经常的，我倒也没有在意，也没有去理他。

我吃罢饭，招呼了女儿一声，又到办公室去了。临走的时候，我听见他在打电话。

我坐在静悄悄的办公室里，写着、思索着，有时我停下笔，看看晴岚的信，想从她的信上得些启发，使我的报告，也尽可能写得动人些。有时，我漫无目的地望着窗外，外面正在化雪，点点滴滴的水，从上面落下来，落在窗前女贞树上，溅到窗台上，连玻璃上也沾上了水珠，水珠又顺着玻璃往下流。

我看着、想着、写着，我写罗群的遭遇，写他的忠诚，写他的研究，写他和晴岚现在的生活状况。不知不觉，忽然发现有水珠滴在稿纸上，我这才意识到，我哭了。

正在这时，我的门咔嗒一声开了。

我急忙拭了拭眼，抬起头一看，原来是吴遥站在我的面前，直瞪瞪地望着我。我不自然地站起来，我还没有招呼他，他盯着我，厉声地问：

"你在这里哭？"

"我没有，我是……"

"你是为罗群在哭吧？"

"老吴……"

"哼！好一个副部长！"他猛地关上门，走到我的面前。

"你要干啥？"

"我问你，为什么趁我不在家的时候，把罗群的问题翻出来？造我的舆论，说是我整的他？"

"他的问题本来……"

"他是典型的右派！"他根本不容我还嘴，大声嚷着，"他是反党反毛主席的，对这样一个人，你居然为了你们的那段关系，违背党的原则，盗窃我抽屉里的文件，利用职权，下令打印，逼着下级讨论，你这算是什么性质的问题呢？"

"你别扯那些事好不好，我……"

"是我扯吗？你当我不在家，就可以钻空子吗？我什么都知道。我还提拔你呢！原来二十年来，你还一直没有忘记他，你这个……你睡在我的身边，心里却想着反党分子，你这到底是什么立场，什么感情？他是什么东西，你要为他讲话！我告诉你，满天下的右派改完了，也改不到他的头上，这就是我吴遥说的。"

他越说越有劲，越说越来火，不仅说，两手还在我面前指划着，嘴里吐着白沫。对他的反对我是早就估计到的，但我实在想不到他竟会这样发疯，我望着他那变得凶横的脸，心里像刀绞似的难过。我想辩白，想斥责他，想骂他是欠了罗群的债，却一句话也说不出来。我被他这一顿侮辱、责骂弄傻了！

我跌坐到椅子上，他又跟了上来。他还想骂什么，一眼瞥见我桌上正在写的报告，一把抓了过去。他两手颤抖地拿在手上看着，看了一会儿，一把把纸撕得粉碎，一下砸到我的脸上，同时又大声骂着："好哇，你还准备打秘密报告，你对一个坏人，竟然那么充满着感情，而对这个……"

我长了四十多岁，除了红卫兵造反派给过我侮辱外，我还从来没有被人这么糟蹋过，他砸得我满头满身都是纸，我脑子一炸，一下子就晕倒了！

我不知他还骂了些什么，我也不知自己是怎么醒过来的，我只见他还站在我的面前，我胃里一翻，一下子吐了出来。他见我这样，忙又掏出手帕，给我拭嘴。我猛地推开了他，我把拳头塞进自己嘴里，才没大声哭出来。

他坐到对面椅子上，怔怔地望着窗外。

过了一会儿，我用自己的手帕拭了拭脸，我推开椅子站了起来，我准备回去，他又用平时那口气说：

"你哪里去？"

我没有答他，径自去扭门。他站起来拦住我，轻声说："你现在不能走！"

我当他是怕人看见我哭，让我迟走一会儿，我迟疑了一下，他又说：

"下午还要开会！"

我不知道此时他还要我开什么会，我望着他，他又解释道："是我通知的。会议还是请你主持，我要讲话，你再把脸拭拭，那里有热水有毛巾。别让人看见这样子，影响不好。刚才我可能太急躁了一点，但是……"

他的但是下面没说出口，上班的电铃声响了，我重又坐到椅上，那些纸飘得满地都是，我茫然地望着它，我感到自己完全麻木了。他在房里走了几圈，想了想，把那些纸拾起来，揣进口袋里，走出去了。

窗外的水滴，更加大声地吧嗒嗒滴下来。那冰凉的雪水，好似打在我的心上，一直冰透了我的全身。

大办公室开始有人说话了，我听见一片"吴书记""吴书记"的喊声，他又大声和他的部下寒暄着。

我仍旧呆痴地坐在那里，我不知道该怎么办，也不知道他还要开什么会，想走，又走不掉；不走，我现在还能装作什么事也没发生似的，坐在那儿开会？

门又被推开了，吴遥又走了进来，他身后还跟着那位朱科长。吴遥像是第一次进这办公室，他打着哈哈说："宋薇同志，你在这里加班啊？怎么，身体有点不舒服？"那位朱科长也紧跟着非常关心地说："宋部长，你脸色是不大好，别是受了凉吧！"

我简直想推开桌子，跑出门去，但是我却动弹不得，他们摆了这个架势，逼着我也不得不装作没事似的。我恨自己软弱，但是我还是站起来，掠了掠我的头发，说了一声："开会去吧！"

今天部里人到得很全，吴遥习惯地坐到他的主席位子上，端着保温杯，一口一口抿着茶。他谈笑风生，和同志开一些无伤大雅的玩笑，一直到正式开会，他才一本正经地坐在那里，用眼光巡视着小小的会议室。

我推说头痛，让朱科长主持了会议，我还没有摆脱刚才因震惊而变得半麻木的状态。朱科长讲了一些什么，我根本没心听，我假装俯首看笔记本，极力想把自己的思想理出一个头绪。

吴遥开始讲话了，我也没有注意去听，现在他讲些什么，对我来说，有什么意义呢！他统治了我二十年，我把自己的一切都给了他，我失去作为一个独立的人的性格，我只是他的一个附属品，我不能有自己的意志，甚至都不能有思想。然而我始终还是委曲求全，还是向好处去想，我极力避免和他发生冲突，然而最后招来的却是这样结果，把纸片砸到你的脸上，你还得继续坐在这里听他的训话。

屋里很静，只听到吴遥一个人的声音。我偶尔抬起头，忽然看到许多同志的目光都望着我，那些异样的目光，使我悚然。发生了什么事？他们为什么这样看着我？这时，吴遥的话，才清晰传进我的耳朵，我听见他讲到我的名字，为什么在这个会上讲到我？难道……

我这才注意听他的讲话。

"宋薇同志，在处理这个申诉材料上是有错误的，"他坐在那里严肃地说，"老朱同志劝阻过她，可她没有很好地采纳老朱同志的意见。"

他竟然把这件事端到全体干部会议上来了！即使我对他已有认识，他这种举动，还是让我吃了一惊，同志们为什么那样看我，原来是因为这个。

"老朱同志也提醒过她，"他继续说，望也不望我，"说到我对这个问题有过交代，可是宋薇同志用庸俗的家庭关系，代替了严肃的组织关系，竟然打印了这个材料，使它得到了扩散，这更是件严重的错误，因为这些材料中，有攻击党的路线，特别是对伟大领袖毛主席不满的言论，这种材料怎么能扩散？我们必须记住，要落实党的政策，又要坚持原则，否则我们还是要犯错误的。现在有些部门，一风吹的苗头已经出现了，对此，我们要严格把关，当然啦！宋薇同志是我的爱人，这是谁都知道的嘛！"

他哈哈大笑了！有的人也跟着笑了。他的笑声忽然又戛然而止。他说：

"但是我不能因为她是我的爱人，就不进行批评，我们不能助长这种作风，宋薇同志的毛病就出在感情上，因为……因为那个姓罗的老婆是她的同学，所以她才犯了这样的错误，在我们这个部门，是不允许有这种个人情存在的，现在宋薇同志已经认识到这一点了。她准备在适当时候，写出她的检查，对这种态度，我们还是应该欢迎的。"

我实在无法忍受了，他竟用这种手段对待自己的妻子，用这种造成既成事实的办法，逼我检查，而他从中却捞到了坚持原则、大公无私的美名，同时，又不露痕迹地压制了对案件本身的讨论。我脸色一变，推开椅子站起来，提上我的包走了。

他对我的举止，好像早已料到，我走到门口，听见他还在说："女同志嘛，她心情沉重，她要回去歇歇。现在我讲讲今后的工作……"

我一口气跑到家，关上房门，伏到床上大哭起来。

我真是一个可怜的女人，我只有哭！

这天晚上，我搬到客房里睡去了。

第二天，我病了。

头天晚上，他见我睡在客房里，大为恼怒，又关起门教训了我一顿，说我是对抗组织，退出会场，说要不是他打了个圆场，把这事掩盖过去，以后怎么在那里工作？他还说，今天用这种严肃的公开方式，对我进行了必要批评，是完全必要的，这还是他的一片好意，问我赌的哪门子气，这像个领导干部的行为吗？

他讲啊讲啊，不停地讲，一直到我实在忍不住，腾地坐起来嚷："我的头都给你讲得炸开了！我求求你，让我安静一下不行吗？"

我的尖锐的喊声，我脸上的表情，当时一定是可怕的，他这才惊慌地退了出去。

我把被子一蒙，躺到床上，只感到嘴里发干，心脏猛烈地跳动，头像炸裂似的疼，身上阵阵发冷，我摸摸头，我知道自己真的病了。

晚上十来点钟，女儿回来了，她一见我一人躺在这间没人睡的屋子里，又奇怪又惊慌，她跑到我的床前，连声问：

"妈妈！你怎么啦？"

我没有吱声，她轻轻掀开我的被头，看着我，又用手摸摸我的头，说："你好像在发烧。"

我怕引起女儿焦急，只好说："感冒了，不要紧的！"

女儿聪明地把脸贴到我的脸上，轻声问：

"你别是跟爸爸吵架了吧，爸爸在家也摆官僚架子，别理他就是了！"

我只得点点头，为了岔开她的话题，我问她，为什么这么晚才回来，她说：

"我到周瑜贞阿姨宿舍去了，在那里听音乐，看书，她有好多好多的书，不像我们家里，少得可怜。"

"她怎么不到我家来？"

"她原说要跟我一道来的。后来她打电话去了，打完电话回来，哭得什么似的，吓了我一跳。"

"她哭？"我吃了一惊问，"为什么啊？"

"我问她啦，她说是一个好人快死了，她为她难过。"

"你问她是谁了吗？"

"我没问。"女儿摇着头，"我又不认得，问了也不知道，再说，她又急着要到哪里去，说是明天要请假上天云山！"

"上天云山？"

"妈！你怎么啦，你脸色这么难看！"

"给我倒点水！"

我感到全身发软，手也抖起来了。难道我的晴岚，我们刚刚恢复了联系，你真的会离开人间吗？我喝了口水，想镇定一下自己，可是无限悲怆的感觉，使我倒在枕头上，忽地又坐起来问女儿：

"她说是要上天云山，你不会听错吧？"

"我怎么会听错呢！"女儿说，惊讶地望着我的眼睛，"妈，这件事你怎么这么震惊，你也认得这个快要死的好人吗？"

我点了点头。

"他是什么人？男的还是女的？为什么你和周瑜贞阿姨都这么为他悲哀？"

"她是一个女人！"我伸手抚摸着女儿，"可是这样的女人是不多的，你妈妈远不如她！"

"啊！妈！我怎么从来没听你说过她？她怎么从来没到我们家来过？她到底是谁啊？"

"往后我会告诉你的，现在我需要睡一会儿，你也去睡吧，明天你还要上课呢！"

女儿放开我，又问我要不要吃药？我摇摇头，又催她去睡，她这才走了，轻轻带上门。

现在又只剩下我一个人了，白天的经历，刚才的消息，却使我感到胸中像塞了块大石头，堵得我透不过气来。我想安静地想一些问题，可脑子又疼得要死，什么也不能去想，我把衣服解开，把被子也撂开，还是感到热。我闭上眼，晴岚的温柔沉静的面容，又在我面前，那么亲切又那么疏远地望着我。我不禁喃喃地说起话来："晴岚，你经过了这许多艰难曲折，在春天即将来临的时候，难道你真的会死吗？"她摇摇头，凑到我的耳边轻声说："亲爱的朋友，不要为我而悲伤，我是一个平凡的女人，但是我完成了我应该完成的事，我是幸福的，你呢？"

"我？"

"是啊，你！"

我猛然睁开眼，幻影消失了，只有台灯的苍白而暗淡的光，把我的影子投在那白得发青的墙上。

我颓然地把头歪到枕头上，身上又像疟疾暴发那样冷得发抖。我就这样又冷又热，昏昏沉沉过了一夜。

第二天一大早，女儿就跑进来了，我告诉她，我好多了，要她安心去上学。事实上，我感觉比昨天更坏了，全身疲软酸疼，伴有低烧，一夜之间，使我连走路都感到有些困难，头重脚轻，身子发飘，头也是昏昏沉沉的。但我还是挣扎起来了，我要给周瑜贞打个电话，核对一下有关晴岚的情况。

我刚拿起电话，周瑜贞来了，这姑娘还是像我在街上碰到的那样，健康鲜润，没有留下什么悲伤的痕迹，虽然她的表情比较沉重。

我放下电话，急急忙忙问她，是不是冯晴岚病重了？她点点头说："我昨天给冯晴岚挂了个电话，告诉她一些情况，可是接电话的却是罗群，他在电话里泣不成声，说晴岚已处于昏迷状态，恐怕快不行了。"

接着周瑜贞告诉我，她马上去天云山，车子已经有了，问我去不去？她还说："你恐怕应当去一下吧，无论讲公还是讲私，你都应该去看看她！也许真的是你们最后一次见面了！"

"我去！我去！"我连声说，"你等一下，我马上就来。"

我想到房里拿件衣服，走了两步又转回身问周瑜贞："要不要找个医生一道去？"周瑜贞摆摆手说："一切我都安排了，医生就在车子上，你快准备吧！"

我慌乱地走进房里，周瑜贞也跟着我走进来。吴遥不知在房里做什么，看见我和周瑜贞，脸色不悦地问：

"你们忙什么，要到哪里去！"

我没理他，径自开橱门拿衣服，我听周瑜贞对吴遥嘲弄地说：

"我们要去看两个人。"

"谁？"

"两个你不愿意见到的人！两个受折磨的坚强的美好的人，而且和你有直接关系。怎么样，要我讲出他们的名字吗？"

周瑜贞在吴遥面前，一向就用这种口气说话，她可不管他是什么书记不书记。吴遥正因为这点，又讨厌她，又有点怕她。他不敢在她面前摆官架子，因为周瑜贞认得的大首长太多了，而那些首长又都很喜欢她，把她当作自己的女儿一样。

我看不到吴遥尴尬的脸色，只听见他轻笑了一声说："别自由主义了，受折磨的并不就是什么美好的人，不能否定过去的运动，要不……"

"什么？"周瑜贞叫，"你不敢承认过去整错过好人，什么叫否定过去的运动？落实政策，纠正错误，就是否定整个运动？你这还是吓唬人嘛，怪道你不愿意落实党的政策呢！"

"别瞎扯了！"吴遥声音高起来了。

"咳，你是怕落实了政策就否定了你自己！"周瑜贞毫不示弱，反而说得更起劲了，"其实，这有什么呢，你不能改吗？不能从那框框里跳出来吗？你自己不也被'四人帮'整过吗？为什么提到自己整人就咆哮如雷呢？你为什么不想想，像罗群冯晴岚这样一些你本来很熟悉的同志，他们的命运现在如何呢？"

周瑜贞说到这里，猛地拉开关得严严的窗帘，一道强烈的阳光射了进来。周瑜贞用手向窗外一指："你看看，吴遥同志，阳光灿烂，新的历史已经开始，而你还是一个套中人，你……"

"小周！"吴遥不得不板下脸来，"你越说越离谱了！"

我已经拿好了衣服，不愿他们再纠缠，便对周瑜贞说："我们走吧！"

"到哪去？"吴遥显然要把火出在我的身上。

"我去看看冯晴岚，她已经病得很危险了！"

"不准去！"他一步跨上前，把门拦住，声色俱厉地断喝了一声。我猛然一呆，周瑜贞也吃惊地瞪大眼睛，因为她还是第一次看见他用这种态度对待我。

吴遥趁我呆愣的时候，一把把我的大衣夺了下去，我踉跄了一下，几乎跌倒了。

"你看什么冯晴岚？你是去找罗群！"他完全不顾有别人在场了，把我大衣朝地上一扔，咆哮起来。

周瑜贞看看他又看看我，摇了摇头，叹息了一声说："吴遥同志，你就用这种态度对人吗！是不是你现在不能随便整人，就整你的部门，你的家庭？好！我不来打搅你了，大姐，我先走了。"

周瑜贞一甩头发，匆匆走了。这时，那位朱科长恰又跑了来，他一进来便惊惊慌慌地对吴遥说：

"吴书记，省委来了电话，要罗群的全部档案。咱们的第一书记也在找你，要你立刻去汇报罗群的问题。"

吴遥一听，脸色铁青，但是他还站在门口，挡住我的去路。那位朱科长又掏出个纸条，把它交给吴遥说：

"这是你们给天云山汇去的三百元，被退回来了！"

吴遥接过那张汇票，展开看了看，回身瞪着我，两眼充血，像要吃人似的，这时，我倒反而镇定起来了。

"钱是我寄的！"我说着拾起被他扔在地上的大衣，想从他身边走过去。他倒没有拦我，只是照旧瞪着我。那位朱科长一看形势不对，赶紧抽身下楼走了。

我在客厅里停了停，因为我的头一直是晕的，两腿也发软，我听见楼下汽车发动的声音，我想到窗口喊她等等我，我万万没有料到，他居然跟了上来，一把把我揪了回来，猛地一巴掌，把我打跌在地上，同时骂了一句最难听的话，又歇斯底里地吼叫着："原来你一直是和右派心连心的！你别以为党会支持你们，你们始终是右派，右派……"

这一巴掌把我打蒙了，同时也彻底把我打醒了。

我慢慢从地上爬起来，抬起身子望着他，我的嘴可能在流血，我的脸色可能特别怕人，因为我看见他突然住了嘴，惊慌而恐怖地往后退着。

我好不容易站起来，努力撑持着身子，走到门口，吃力地打开了门，我还没有走出门外，他又追了上来，我回头望着他，看看他还要拿我怎么样。他嘴唇动了动，没有说出话来，突然，他一把抱着我，顺着我的身子滑下去，扑到了地上……

"我怎么打起人来了，我疯了，我……原谅我，薇，我不知道我自己在做什么。你不能走，不能，我现在……我不能失掉……"

他这个突兀的举动，倒是出乎我的意料，我被他抱着两只腿，动弹不得，我呆呆地看着他，我的目光可能是呆滞的，也可能是藐视的，我一动不动，既没说话，也没有推他，我就那样久久地俯视着他，让我嘴角上的血，滴到他的脸上！

他突然松开了我，用手蒙着脸，爬起来，扑倒在沙发上。

我最后望了房子一眼，我在心里和它告别，我知道，这一切都已经是无可挽回的了。

我挪动步子，朝楼下走着，但是因为这两天我受的刺激太大了，昨夜又发了一夜烧，我的腿抖个不停，晴岚的，罗群的，吴遥的脸，又不断在我眼前闪来闪去，我刚下了两三级，一脚踩了个空，整个身子顺着楼梯滚了下去。

我失去了知觉！

十一

我终于在一天早晨完全清醒过来了。

我发觉我睡在一间明亮的阳光充足的病房里，温暖的阳光，洒在我的病床上。睡在床上，能看到蓝湛湛的天，几朵乳白色的云，停在天空，动也不动，很像蓝色的海面浮着洁白的帆。我环视了一下病房，对面床上，坐着一个和我年龄相仿的妇女，她见我看她，向我点头示意，我再看床头柜上，这里摆着两盆花，一盆是迎春，它的绿色的柔软的枝条上，一朵朵小黄花，已经鲜亮地开放了。它的旁边是一盆红梅，也含苞待放了。

这花不知是谁拿来的。我久久凝视着它，一种轻松的新生的感觉使我无缘无故地微笑了一下。我伸出一只手，想摸一摸花，可又有一种模糊的似乎很遥远的往事，慢慢朝我侵袭过来。渐渐，那些不愿回想的画面，清清楚楚浮上心头，我又心里一酸。我缩回手，把眼睛闭上了！

我不知道，今天是哪一天？不知道十一届三中全会的公报公布了没有？不知道冯晴岚究竟如何了，不知道我的女儿为什么没来，不知道罗群的复查问题有什么进展，而往后怎么安排我的生活！又重新萦回在我的脑际。

下午，我女儿来了，她见我醒来，喊了声"妈！"就扑到我的怀里。她用泪盈盈的眼睛望着我。我伸出手，热爱地抚摸着她。女儿哽咽得更厉害了，从她的脸上表情，我猜测出她已经知道了我和吴遥之间发生的事，她也可能明白，我们这次是真的无法挽回地破裂了。

她只提了一句她的父亲，说是到党校学习去了。接着她又告诉我，地委领导都来看过我，机关里许多同志也都来过了。她还说，现在机关、学校、厂矿都热闹得很，都在学习十一届三中全会公报，讨论怎么把重点转移到四个现代化上面去。说着说着，她又轻轻"啊呀"了一声说："周瑜贞阿姨昨天还来看过你，这两盆花就是她抱来的。"

"原来是她送的。我正在猜是谁送来的呢！"我望着那花说，"她跟你讲了什么吗？"

"她可好了！"女儿说，"爸爸走了，她有空就到我家来，她还跟我讲了不少故事。有的故事，讲的真好，硬是把我讲哭了！"

"啊！她都讲了些什么？"

"妈！你现在别问，反正我从她讲的故事里，倒是懂得了不少东西。我们生活中发生了许多不应该发生的事，这不光是'四人帮'的时候。可我们又有多少经过了考验的值得我们学习的人啊！"

女儿能说出这样的话，使我很惊讶，这个刚刚十六岁的高中生，我一向还把她当作小孩呢！我点点头表示同意她的话，她又说：

"周阿姨还说，对过去的某些错误，不清算一下是不行的，清算它正是为了不让它再有机会重演，是为了更好地前进，我觉得她这话说得真对，妈妈，你说呢？"

"是这样，孩子！"我说，"也是为了让你们这一代，再也不会碰到那样的事！哎，她今天还来吗？"

"我差点忘了告诉你了。"女儿急忙从口袋里掏出一封信，把它递给我，说，"她有一封信给你。"

我接过周瑜贞留下的信，慢慢拆开了它。她在信上告诉我，晴岚终于去世了！但是，她是在听到罗群同志恢复了党籍以后去世的，她不是含恨而是拉着罗群的手含笑而去的。她说，晴岚也记挂着你，感到没能再跟你见一面终是件憾事，她希望你再去看看天云山，愿意的话，可以到她的坟上看一看。瑜贞的信上还告诉我，天云山特区工作已正式开始了，组织上已经同意调她去天云山。最后她说，罗群同志已经被任命为天云山特区党委书记了！

我正仔细读着这封信，窗外隐隐传来了欢腾的锣鼓声，还隐约听见人喊马嘶、汽车轰鸣的声音，我把信折了起来，问女儿是什么事！女儿趴在窗上看了一下，说是调往天云山特区搞建设的人要出发，他们在马路上集合！

"啊！你扶我看看行吗？"

"妈，你能起来吗？"

"不要紧，我靠在窗台上望一望，妈妈从前也是这样上天云山的，我想看看今天的场面。"

女儿把我扶起来，好在我的床就靠着窗子，我凑在玻璃上往下望着。只见广场上马路上，到处是人，是旗子，是汽车、马车，汽车上装着庞大的机器，一直摆到我望不见的地方，这和我们当年不能比了，虽然曲曲折折，但生活毕竟是在前进的。

我望着望着，突然发现就在离我窗口最近的一辆大汽车上，一个穿着旧军大衣的魁梧的人，站在车上，对着队伍在讲话。我隔着玻璃窗，听不清他的声音，只看见他有力地挥动着手臂。金灿灿的阳光，射在他那脸上，使他的脸上充满光辉。看着看着，我的手猛然抖起来，我的心也猛烈地跳了，那正是他，是罗群啊！他那魁伟的身材，雕塑型的面孔，虽然有二十年没见了，但是他还是那个样子啊，困苦只是磨炼了他，却并没有能够损伤得了他，相反，他好像比以前更健壮更高大了！

我把我的滚热的脸贴在玻璃上，我目不转睛地看着，只见他最后做了个手势，喊了句什么，车轮开始滚动了，人群、旗帜、机器，洪流似的向前方涌去。

我一直望到他们消失在马路的尽头，才慢慢离开窗口，靠在枕头上。我不自觉地又望着那两盆花，而我的心又飞到天云山去了！

天云山，我的青春，我的爱情，我的事业，都是在那儿开始，又是在那里夭折的！它们，难道还能够回来吗？

我又忍不住抬起头，想再看看窗外，可是那里已经什么也没有了，我苦笑了一下，摇了摇头。

但是，也是从这一天起，想去天云山看一看的愿望，却特别强烈起来。

过了一段时间，我终于出院了。这也正是清明节的前夕。我暂时还没有上班，我想调换一个更适合于我的比较实际的工作，也想乘机把生活重新安排一下，一切都应当有一个新的开始。在开始之前，我决定去天云山一趟。我要在晴岚的墓前，献上我的花，我还要找罗群谈一谈，哪怕是见一面也很好啊！

对罗群，我在动身之前，确实没有什么想法，我想什么呢！我的理智告诉我，和他再重新开始，那是不可能的，我在他困难的时候，主动离开了他，现在当他又恢复了工作，我又跑了回来，纵使他欢迎，我的羞惭和自尊，也不容许我这样啊！

因为是这样想的，上了路，心地倒也是坦然的，可是，当我一进入天云山区，心却又不由自主地跳起来。

我望着渐渐出现的古城堡，经过那现在是鲜花盛开的大峡谷，穿过峡谷，又看见那金沙沟的草地。那正是我被马儿驮跑的地方，也就是在那前面的山林，我和他骑在一匹马上，让马自由地随便走着……

这样一些我不愿想的事，它竟然一件一件那么清楚地闯进我的心，奇怪的是，我想到这些，竟然有一种甜丝丝的感觉，仿佛它们真能再回来，真的又能变成令人心醉的现实。

为什么不能呢？他是自由的，我现在也是自由的。

这个简单的事实，竟使我头晕心跳，像个年轻姑娘似的，自个儿红着脸，偷偷地笑了。

我下了车，就直奔天云镇，去新特区党委，我想马上就见到他。

但是，我跑了一段路，又猛然站住了！

在我前面，出现了一群去扫墓的人，他们有的戴了黑袖章，有的拿着花圈，也有的捧着祭盒，按本地老式办法祭奠的。在这个小小的肃穆的队伍前面，我的心不由紧缩了一下。一种歉疚的心情立即代替了刚才的那种与我年龄不相称的近乎轻佻的情况。

我的主要目的，不是给晴岚扫墓的吗？正是她，我这个年轻时代的密友，代替我完成了最难完成的任务。现在她走了，我竟然忘了她，而在想那不应该属于我的，我……

我羞惭地在街上站了一会儿，决定先到晴岚的墓上。

我低头走出天云镇，心情还是纷乱得很。

我找到了一个小学生，问他可知道冯老师的墓。小学生说他们刚刚也给冯老师扫墓去了，他自告奋勇给我引路，我谢绝了他。

根据小学生的指点，我知道那正是我和晴岚第一次跟罗群见面的地方，在那密密青青的竹林里，我撞倒了罗群，我们哈哈大笑，我们互相打量着，我们一道上古城堡，罗群纠正说，那不叫城堡，本地人叫寨子……

为什么她竟然葬在这里？为什么又要引起我想那些事？生活真是会捉弄人啊！

路边的树渐渐多起来。微微的春风，吹动着那些新生的翠绿的叶子，它们微微颤抖着，红的、紫的杜鹃，绽开了笑靥，成对的斑鸠叫个不停，还有什么鸟儿在树林深处欢乐地唱着，天上有几只雄鹰徐徐地盘旋。春意非常浓郁，但是我此时倒产生了一点凄凉的感情。

我采了一些杜鹃，又折了几枝海棠和兰草花，加了一些松柏竹枝，用我的黑纱巾，把它们扎成一个花束，我又在包里的活页本上，取下一张纸，在上面写了几句话："献给您，晴岚，你的应该向你学习的朋友，薇。"

我捧着花束，慢慢向前走着，同时注意找寻她的墓。我忽然发现离我不远的地方，站着两个人，我差点叫了出来，原来这两个人正是罗群和周瑜贞。这意外的发现，使我不觉一震，我下意识地停了脚步，把身子掩到一棵树后面，躲了起来。

他俩在晴岚的坟前肃立着，罗群还是那身装束，周瑜贞今天也是一身素服，只有脖子上一条白纱巾，不断被风吹得微微飘动。

他俩转身往回走了。他们俩的神情都异常严肃庄重。两人的眼光，同样是深邃的沉思般的，他们靠得很近，但是又都在望着前方！

我听见周瑜贞说话了。她说：

"你现在担子重，你已经不是搞个人研究的时候了，你要把你的许多想法，付诸实践。你的那几本书，让我来帮助你整理好了，我应当继承晴岚姐姐的遗志。你呢，指挥你的天云山建设部队，大打一场现代化的战争吧！"

罗群没说话，但是他那种急于奔赴前线的渴望，清清楚楚写在他的脸上，使他的神情显得特别刚毅果敢。

他们的步子加快了！那有分量的脚步，使我倚身的树都摇晃起来。

我目送着他们的身影，消失在这春天的树林里，一刹那间，我完全明白了，刚刚我是多么可笑啊，失去的是永远失去了，我感到心里很空，不能自止地想哭，但是我极力忍住了。我望望手里的花束，鲜艳的红的紫的花朵，含笑看着我，向我不住地点头，我又注意到我自己写的那张纸片，注意到那上面我刚刚写的话："你的应该向你学习的朋友，薇！"

我忽然真心实意感到脸红了！

我应当向晴岚学习什么，直到片刻以前，我还是不明确的，我还是陷在个人的狭小的感情圈子里。人生应当有更高的境界，应当有正确的理想、情操，应当有为人民、为党而斗争的是非观念和献身精神！这不正是晴岚说的，她完成了她应该完成的！

我在我的岗位上，要完成应当完成的不是更多吗？

于是，我整理了一下衣服，抿了抿头发，坚定地走到晴岚的坟前，献上我的花。

我默默祈祷她安息，同时我也为罗群和周瑜贞，暗地里献上我的虔诚的祝福！

原载《清明》1979 年第 1 期

中国作家协会 1977—1980 年全国优秀中篇小说

人到中年

————

谌 容

一

　　仿佛是星儿在太空中闪烁，仿佛是船儿在水面上摇荡。眼科大夫陆文婷仰卧在病床上，不知自己是在什么地方。她想喊，喊不出声来。她想看，什么也看不见。只觉得眼前有无数的光环，忽暗忽明，变幻无常。只觉得身子被一片浮云托起，时沉时浮，飘游不定。

　　这是在迷惘的梦中，还是在死亡的门前？

　　她记得，好像她刚来上班，刚进手术室，刚换上手术衣，刚走到洗手池边。对，她的好友姜亚芬是主动要求给她当助手的。姜亚芬的出国申请被批准了，他们一家就要去加拿大，这是姜亚芬跟自己一起做最后的一次手术了。

　　她们并肩站在一起洗手。这两个五十年代在医学院一起读书，六十年代初一起分配到这所大医院，同窗共事二十余载的好友即将天各一方，两人心情都很沉重。这种情绪在手术之前是不适宜的。她记得，自己曾想说些什么，调节一下这种离别前的惨淡的气氛。她说了些什么呢？对，她扭头问过：

　　"亚芬，飞机票订好了吗？"

　　姜亚芬说什么了？她好像什么也没有说，只是眼圈儿红了。

　　停了好久，姜亚芬才问了一句：

　　"文婷，你一上午做三个手术，行吗？"

　　她回答了吗？不记得了，好像是没有回答，只是一遍一遍地用刷子刷手。那小刷子好像是新换上的，一根根的鬃毛尖尖的，刺得手指尖好疼啊！她只看见手上白白的肥皂泡，只注视着墙上的挂钟，严格地按照规定，刷手、刷腕、刷臂，一次三分钟。她刷完三次，十分钟过去，她把双臂浸泡在消毒酒精水桶里。那酒精含量百分之七十五的消毒水好像是白色的，又好像是黄色的，直到现在，她的手和臂都发麻，火辣辣的。这是酒精的刺激吗？好像不是的。从二十年前实习时第一次上手术台到如今，她的手和臂几乎已经被酒精泡得发白，并没有感到什么刺痛呀？为什么现在这手好像抬也抬不起来了？

她记得，已经上了手术台，已经给病人的眼球后注射了奴佛卡因，手术就要开始了，这时，姜亚芬却悄悄问了一句话：

"文婷，你小孩的肺炎好了吗？"

啊！亚芬今天是怎么啦？难道她不知道一个眼科大夫上了手术台，就应该摒弃一切杂念，全神贯注于病人的眼睛，忘掉一切，包括自己，也包括自己的爱人、孩子和家庭。怎么能在这时候探问小佳佳的病呢？或许，亚芬正为她将去到异国而不安，竟至忘掉了她正在协助手术？

陆文婷几乎有些生气了，只答了一句：

"现在我除了这只眼睛，什么也不想。"

于是，她低下头去，用弯剪刀剪开了病眼的球结膜，手术就进行下去了。

啊！手术，手术，一个接着一个，这天上午怎么安排了三个手术呢？焦副部长的白内障摘除；王小嫚的斜视矫正；张老汉的角膜移植。从八点到十二点半，整整四个半小时，她坐在高高的手术凳上，俯身在明亮的灯下，聚精会神地操作。剪开，缝合；再剪开，再缝合。当她缝完最后一针，给病人眼睛上盖上纱布时，她站起身来，腿僵了，腰硬了，迈不开步了。

姜亚芬换好了衣服，站在门边叫她：

"文婷，走啊！"

"你先走吧！"陆文婷站住不动说。

"我等你。今天是我最后一次到医院来了。"

说着，姜亚芬的眼圈儿又红了。她那对漂亮的大眼睛水汪汪的，她是在哭吗？她为什么难过？

"你快回家收拾东西吧，刘大夫一定等你呢！"

"他都弄好了。"姜亚芬抬起头来，忽然叫道，"你，你的腿怎么啦？"

"坐久了，有点麻，一会儿就好了。晚上我去看你。"

"那，我先走了。"

姜亚芬走了，陆文婷退身到墙边，用手扶着白色瓷砖镶嵌的冰冷的墙壁，站了好一阵，才一步一步走到更衣室。

她记得，她是换了衣服的，是那件灰色的布上衣。她记得她走出医院的大门，几乎已经走进了那条小胡同，已经望见了家门口。可是忽然，她觉得疲劳，一种从来没有感到过的极度的疲劳。这疲劳从头到脚震动着她，眼前的路变得模糊了，小胡同忽然变长了，家门口忽然变远了，她觉得永远也走不到了。

手软了，腿软了，整个身子好像都不是自己的了。眼睛累了，睁不开了。嘴唇干了，动不了了。渴啊，渴啊，到哪里去找一点水喝？

她那干枯的嘴唇颤动了一下。

二

"孙主任，你看，陆大夫说话了！"一直守在病床边的姜亚芬轻声叫了起来。

眼科主任孙逸民正在翻阅陆文婷的病历，"心肌梗塞"四个字把他吓住了。他显得心事重重，摇了摇苍白的头，推了推架在高鼻梁上的黑边眼镜，不由联想到在他这个科里，四十岁左右的大夫患冠心病的已经不是一个了。陆文婷大夫才四十二岁，自称没病没灾，从来没有听说过她心脏不好，怎么突然心肌梗塞？这多么出人意料，又是多么可怕啊！

听到姜亚芬的喊声，孙主任转过高大的，有些驼背的身躯，俯视着面色苍白的陆文婷大夫。只见她双目紧闭，鼻息微弱，干裂的嘴唇动了一下，闭上了，又翕动了一下。

"陆大夫！"孙逸民轻轻地喊了一声。

陆文婷又一动不动了。她那瘦削的浮肿的脸上没有一点反应。

"陆大夫！文婷！"姜亚芬低声唤着。

陆文婷依旧没有反应。

孙逸民抬头望着阴森森竖在墙角的氧气筒，又盯着床头的心电监视仪。当他看到示波器的荧光屏上心动电描图闪现着有规律的 QRS 波时，才稍许放心。他又扭过头看了看病人，挥了挥手说：

"快去叫她爱人来！"

一个中等身材，面目英俊，有些秃顶的四十多岁的男同志跑了进来。他是陆文婷的爱人傅家杰。从昨天晚上开始他就守在床边，没有合过眼，刚才孙主任来，劝他到病房外边的长椅上去歇一会儿，他才勉强离开。

这时，孙逸民忙闪开床头的位置，傅家杰过来，俯身在陆文婷的枕边，紧张地盯着这张曾经那么熟悉，现在又变得那么陌生的白纸一样的脸。

陆文婷的嘴唇又微微动了一下。这无声的语言，没有任何人能听懂，只有她的爱人明白了：

"快拿水来！她说她渴！"

姜亚芬赶忙递过床头柜上的小瓷壶。傅家杰接过来，小心地绕过输氧的橡皮管，把壶嘴挨在那像两片枯叶似的唇边，一滴一滴的清水流进了这垂危病人的口中。

"文婷，文婷！"

傅家杰喊着，他的手抖着，瓷壶里的水珠滴到了那雪一般惨白的脸上，她似乎又微微动了一下。

三

眼睛，眼睛，眼睛……

一双双眼睛纷至沓来，在陆文婷紧闭的双眸前飞掠而过。男的，女的；老的，少的；大的，小的；明亮的，浑浊的，千差万别，各不相同，在她四周闪着，闪着……

这是一双眼底出血的病眼；

这是一双患白内障的浊眼；

这是一双眼球脱落的伤眼。

这，这……啊！这是家杰的眼睛！喜悦和忧虑，烦恼和欢欣，痛苦和希望，全在这双眼睛中闪现。不用眼底灯，不用裂隙镜，就可以看到他的眼底，看到他的心底。

家杰的眼底清澈明亮，就像天上金色的太阳。家杰的心底是火热的，他曾给过她多少温暖啊！

是他的声音，家杰的声音！那么亲切，那么温柔，却又那么遥远，好似从九天之外的另一个世界飘来：

我愿意是激流，

……

只要我的爱人，

是一条小鱼，

106

在我的浪花中，

快乐地游来游去。

　　这是在什么地方？啊，是在一片银白色的天地中。冰冻的湖面，水晶一般透明。红的、蓝的、紫的、白的身影在冰面上飞翔。那欢乐的笑声啊，好似要把这透明的宫殿震穿！她和他也手拉着手，穿梭在人流里。笑脸，一张张的笑脸，她都看不见，她只看见他。他们并肩滑翔着，旋转着，嬉笑着，那是多么快乐的日子啊！

　　银装素裹的五龙亭，庄严古老，清幽旷寂，她和他倚身在汉白玉的亭台栏杆旁。片片雪花打在他们脸上，戏弄着他们的头发。他们不觉得冷，四只手紧紧地握在一起，傲视着这冷峻无情的严寒。

　　那时她是多么年轻！

　　她没有幻想过飞来的爱情，也没有幻想过超出常人的幸福。从小，她就是个孤苦伶仃的女孩子。幼年父亲出走，母亲在困苦中把她抚养成人。她不记得曾有过欢乐的童年，只记得一盏孤灯伴着早衰的母亲，夜夜剪裁缝补，度过了一个个冬春。

　　进了医学院，她住女生宿舍，在食堂吃大锅饭。天不亮，她就起床背外语单词。铃声响，她夹着书本去听课，大课小课，密密麻麻的笔记。接着是晚自习，然后在解剖室待到深夜。她把青春慷慨地奉献给一堂接着一堂的课程，一次接着一次的考试。

　　爱情似乎与她无缘。姜亚芬是她同班同学，两人同住一间宿舍。姜亚芬有一双会说话的眼睛，有一张迷人的小嘴；有修长的身材，有活泼的性格。每个星期，她都会收到不能公开的来信；每个周末，她都有神秘的约会。而陆文婷却是茕茕孑立，形影相吊，没有来信，也没有约会。她似乎是一个被人遗忘的少女。

　　当她和姜亚芬一起被分配到这所具有一百多年历史的著名的大医院时，医院向她们宣布了一条规定：医学院的毕业生分配到本院先当四年住院医。在任住院医期间，必须二十四小时待在医院，并且不能结婚。

　　姜亚芬背后咒骂"这简直是修道院"，陆文婷却甘心情愿地接受了这种苛求。二十四小时待在医院，这算什么？她恨不得一天有四十八小时献给医院！四年之内不能结婚，这又算得了什么？医学上有成就的人，不是晚婚就是独身，这样的范例还少吗？小陆大夫把自己全身的精力投入了工作，兢兢业业地在医学的大山上登攀。

然而，生活总是出人意料的。傅家杰忽然闯进了她那宁静的，甚至是刻板的生活中来。

这是怎么回事？这事是怎么发生的？她一直闹不明白，她也没有去闹明白。他因为突然的眼病来住院了，恰巧是她负责的病人。她为他治好了眼睛。也许，就在她认真细巧的治疗中，唤起了他的另一种感情。这种感情蔓延着，燃烧着，使得他们两人的生活都改变了。

北国的冬天多么冷啊！那年的冬天对她又是多么温暖！她从来不曾想到，爱情竟是这样的迷人，这样的令人心醉！她简直有些后悔，为什么不早去寻求？那一年，她已在人世间经历了二十八个春天，算不得年轻，然而，她的心却是年轻的。她用整个纯洁的身心来迎接这迟到的爱情。

> 我愿意是荒林，
> ……
> 只要我的爱人，
> 是一只小鸟，
> 在我的稠密的
> 树林间做窝、鸣叫……

这简直不可思议。傅家杰是学冶金的。他在冶金研究所里专攻金属力学，据说是为"上天"研制新型材料的。他有点傻气，有点呆气，姜亚芬就说他是"书呆子"。可是，这个书呆子会念诗，而且念得那么好！

"这是谁的诗？"她问他。

"裴多菲，匈牙利的诗人。"

"真怪，你是搞科学的，还有时间读诗？"

"科学需要幻想，从这一点说，它同诗是相通的。"

谁说傅家杰傻？他回答得很聪明。

"你呢？你喜欢诗吗？"他问她。

"我？我不懂诗，也很少念诗。"她微笑着略带嘲讽地说，"我们眼科是手术科，一针一剪都严格得很，不能有半点儿幻想的……"

"不，你的工作就是一首最美的诗。"傅家杰打断她的话，热切地说，"你使千千万万人重见光明……"

他微笑着挨近她，脸对着脸，靠得那么近。她从未感到过的男人的热气，猛然地飘洒在她脸上，使她迷惑，使她慌乱。她觉得好像要发生什么事情，果然，他伸开双臂，那么有力地把她拥进自己的怀里。

这一切，来得那么突然。她惶恐地望着这双贴近的含笑的眼睛，张开的双唇。她心跳神驰，微仰起头，下意识地躲闪着，慌乱地紧闭了眼睛，承受着这不可抗拒的爱情的袭击。

雪中的北海，好像是专为她而安排。浓浓的雪花，纷纷扬扬，遮盖着高高的白塔、葱葱的琼岛、长长的游廊和静静的湖面，也遮盖着恋人们甜蜜的羞涩。

于是，出乎所有人的意料，在四年住院医的独身生活结束之后，陆文婷最先举行了婚礼。这只能说是命运的安排，谁能想到在她生活的路上会跳出一个傅家杰来？他要结婚，她怎么能拒绝呢？你看他多么固执地追求着，渴望着，愿意为她牺牲一切——

> 我愿意是废墟，
> ……
> 只要我的爱人，
> 是青春的常春藤，
> 沿着我荒凉的额，
> 亲密地攀缘上升。

多好啊，生活！多美啊，爱情！这久远的往事重现在脑际，使得垂危中的她似乎有了生的活力，她的眼睛微微启开了一下。

四

在服用了大量镇静和镇痛的药物之后，陆文婷大夫仍在昏睡。内科主任亲自来为她做了检查。他仔细听了她心脏和肺部的情况，看了心动电描图和病房记录，嘱咐值班大夫继续为病人静脉滴注极化液，注射罂粟碱和吗啡，密切监视心电变化，以防止梗塞面扩大和发生严重的合并症。

走出病房，内科主任对孙逸民说道：

"她的体质太弱了。我记得，陆大夫刚到我们医院的时候，身体很好嘛！"

"是啊！"孙逸民摇摇头，叹息着说，"她到我们医院，算来有十八年了。

来的时候还是个小姑娘啊！"

十八年前，孙逸民已经是一位享有盛名的眼科专家了。他高超的医术和对工作一丝不苟的态度，赢得了眼科全体大夫的敬畏。这位年富力强、精力旺盛的教授，把培养年轻医生当作自己不容推卸的责任。每当医学院分来一批学生，他都要逐个考察，亲自挑选。他认为，要把这所医院的眼科办成全国最好的眼科，必须从挑选最有前途的住院医开始。

陆文婷是怎么被他挑上的呢？他记得很清楚。最初，这个二十四岁的医学院毕业生并没有给他留下很深的印象。

那天一上午，孙主任已经同五个新分配来的大学生谈了话，心里感到非常失望。这五个大学生，有的很适宜搞眼科，可是看不起眼科，表示不愿意在眼科工作；有的倒是愿意在眼科，可又把眼科看得很简单，以为这是很清闲的一科。当他拿起第六份档案，看到陆文婷这个名字时，他感到有点累，也并不期待还能出现奇迹。他心里想的是应该改进医学院的教学工作，使学生从一开始对眼科就有一个正确的看法。

这时，门悄悄地推开。一个苗条的女生轻步走了进来。孙逸民抬起头来，只见进来的这个女学生穿一身布衣布裤。袖口补着一圈新布边，长裤的膝盖处已经发白。她是朴素的，甚至显得有些寒碜。孙逸民望着档案袋上陆文婷三个字，又抬头漫不经心地打量了她一眼。这个女大学生看起来真像一个小姑娘。她小巧的身子，瓜子型的脸儿，一头乌黑透亮的好头发，短短地剪齐在耳垂下。她坐在对面的椅子上，安静得像一滴水。

孙主任照例问了一般学业上的问题。陆文婷一一回答了，但只限于回答，没有更多的话。

"你愿意在眼科吗？"孙逸民几乎决定草草结束这谈话了。他手臂撑在桌沿上，用手指揉着太阳穴，疲倦地问道。

"愿意。我在学校的时候就对眼科有兴趣。"她说话略带南方口音。

这个回答，使孙逸民那么高兴。他松开了按在太阳穴上的手指，好像额头不那么胀痛了。他立刻改变了主意，要把谈话认真地进行下去。他审视着这女学生，问道：

"为什么有兴趣呢？"

话一出口，他自己感到这个问题提得不好，叫人家太难回答了。不想，那女学生却不慌不忙地回答了：

"我们国家的眼科太落后了……"

"好，你讲讲看，怎么落后？"孙逸民简直是急急地在问了。

"我也讲不好，反正我觉得，有些手术，外国已经搞开了，我们还是空白。比如，用激光封闭视网膜破口。我觉得，我们也应该尝试的。"

"是啊！"孙逸民在心里已经给这个学生打了"五"分。他又问道："还有呢？还有什么想法？"

"还有……嗯……用冷冻摘除白内障，也应该普遍推广。反正我觉得，有很多新的课题，值得研究。"

"好啊，你讲得很好。你能看外文资料吗？"

"查字典看，很吃力。我喜欢外语。"

"这太好了。"

孙逸民主任在一个新来的大学生面前连连赞好，这是绝无仅有的。过了几天，陆文婷和姜亚芬首先被眼科要了来。如果说姜亚芬以她的聪慧、热情、精干被孙逸民挑上；那么，陆文婷就是以她的朴实、深沉、敏锐而被选中。

第一年，她们做外眼手术，熟读眼科学。第二年，她们做内眼手术，读屈光学和眼肌学。第三年，她们能做比较精细的白内障之类的手术了。这一年，有一件事更使孙主任对陆文婷大夫另眼相看。

那是一个春天的早晨。星期一，孙主任查病房来了。穿白大褂的各级大夫跟了一群。病人怀着急切的心情，都早已坐好在床上，翘首盼望这位有名的教授给自己看上一眼。好像他的手一按到自己的眼睛上，那病就会好似的。

每到一个床位，孙主任总是接过从背后递上来的病历，一边翻阅着，一边听主治大夫或高年大夫汇报诊断与治疗的情况。有时他掰开病人的眼皮瞧上一眼，有时他拍拍病人的肩膀，嘱咐病人手术时不要紧张，然后转到下一个床位。

查完病房之后，照例有一个短会，交换意见，安排工作。在这样的会上，通常都是孙主任和主治大夫们发言，住院医只用心地在一边听着，谁也不敢说什么，怕说错了在这些眼科权威们面前出乖露丑，日后成为全科的笑料。这一次也是如此，该说的说完了，该布置的布置了。孙逸民准备走了，他站起来问：

"大家还有什么意见吗？"

这时，在屋子角落里，响起了一个很低的女同志的声音：

"四室三床的病人，请孙主任再看看片子。"

满屋的人都朝说话的方向转过头去。孙逸民也看清了，说话的是陆文婷大夫。她确实长得个子不高，而且很不显眼。刚才查房时，孙逸民就没有注意到尾随在自己身后的还有这个住院医。后来进了办公室，谈了这么长时间，他也没有注意到参加会的还有这个陆文婷大夫。

"三床？"孙逸民侧过脸望着总住院医生。

"三床是工伤。"总住院医答道。

"门诊收住院时，给他照过片子。"陆文婷说，"放射科的报告是未见金属异物。住院后，伤口缝合了，病人还是嚷痛。我又给他做了无骨照相，我认为确实有异物。请孙主任再看看。"

片子被取来了。孙主任看了，在场的总住院医和主治大夫们都轮流看着。

姜亚芬直拿大眼瞪自己的同学，心说：你不会等会后再给孙主任看，万一你判断错了，就在全科闹下话柄；就算你诊断对了，那也等于说人家门诊的大夫不够仔细，人家可是主治大夫呀！

"你的看法对，是有异物。"孙逸民又接过片子来，点着头。然后，他环视着在场的大夫说道："陆大夫到眼科不久，肯钻研业务，对工作认真细致，这是很可贵的。"

听到这话，陆文婷反低下了头。她没有想到孙主任会当众表扬自己，一时脸红了。孙主任看着她那神情却微微笑了。他也很明白，这个住院医敢于对主治医的诊断怀疑，不仅要有对病人的高度责任心，还需要极大的勇气。

医院与别的单位不同，一级一级，等级森严。这倒也没有什么明文规定，然而，低年大夫要服从高年大夫；住院医要听主治医的；教授、副教授的意见则是不容辩驳的，如此等等。这个还算不上高年大夫的陆文婷竟然能对主治医的诊断提出不同看法，不能不引起孙逸民格外的重视。

"她是一个很有希望的眼科大夫。"从那时起，孙主任就对陆文婷下了这样的断语。

如今，转瞬之间十八年过去了。陆文婷、姜亚芬这批大夫，已经成为这所医院眼科的骨干。按规定，如果凭考试晋升，她们早就应该是主任级大夫了。可是，实际上她们不仅不是主任级大夫，连主治大夫都不是。她们是十八年一贯的住院大夫。"文化大革命"砍断了她们晋级的阶梯，粉碎"四人帮"后的春雨还没有来得及洒到这些多年住院医的身上。

"一茎瘦草！"望着奄奄一息的陆文婷，一种怜悯之情，从他心中油然而生。孙逸民拉住内科主任问道：

"你看她，还不至于……"

内科主任回头朝病房望了望，叹了口气，又摇着头低声说：

"孙老，只希望她很快脱离危险吧！"

新中国70年优秀文学作品文库

中篇小说卷

孙逸民忧心忡忡地又回身往病房走来。他的步履变得沉重，看上去真是老态龙钟了。到门边，他一眼看见姜亚芬还偎在陆文婷枕边，就站住了，没有前去惊动这两个挚友。

深秋天气，昼短夜长。五点多钟，天已经暗了下来。秋风吹动着窗外的梧桐树叶，沙沙地响。一片、两片、三片……枯黄的叶儿在秋风中飘落了。

孙主任眼望窗外飘泊落下的黄叶，耳听那如泣如诉的沙沙沙的声响，感到一阵从来未曾有过的怅惘。他面前的这两位骨干，两名有造就的眼科医生，一个已经倒下去了，能不能再站起来，尚不可知；一个即将离去，能不能再回来，亦不可料。她们是支撑着这著名医院眼科的两根柱子。撤掉了这两根柱子，他感到整个眼科就如同那秋风中的梧桐，正在一天天地衰落下去。

五

蒙眬之中，陆文婷大夫觉得自己走在一条漫长的路上，没有边际，没有尽头。

这不是崎岖的山路。山路尽管险峻难攀，却是千回百折，令人意气风发。这也不是田间的小道。小道尽管狭窄难行，却有稻花飘香，令人心旷神怡。这是一步一坑的沙滩，这是举步难行的泥潭，这是无边无沿的荒原。极目远眺，人迹渺无，只有死一般的沉寂。啊！多么难走的路，多么累人的路！

歇下来吧，躺下来吧！沙滩是和暖的，泥潭是柔软的。让大地温暖你冰冷的身躯，让春光抚摸你劳累的筋骨。她好像听见死神在冥冥之中低声轻唤着她的名字：

"安歇吧，陆大夫！"

啊！这么歇下来多么好，永远歇下来。什么也不想，什么也不知道。没有烦恼，没有悲伤，没有劳累。

可是，不行啊！在那漫长道路的尽头，病人在等着她。她好像看见了，那病人正因双目刺痛辗转不安。她好像看见了，那病人在面临失明的威胁而暗自饮泣。她看见了，看见了一双双望穿秋水的焦急的眼睛，在等着她，等着她的来临。她耳边只听见病人在绝望中的呼喊："陆大夫！陆大夫！"

这是神圣的召唤，这是不可抗拒的命令。她抬起麻木的双腿，继续在长长的路上艰难地行走。从家门到医院，从门诊到病房，从这个医疗点到那个巡回的地方，每天，每月，每年，走啊走啊……

"陆大夫！"

这又是谁在喊呢？好像是赵院长的声音。对了，是他来的电话。她记得，她在门诊护士长的台前放下了电话，把没有看完的病人交代给同诊室的姜亚芬，就向院长办公室走去了。

从眼科门诊到院长办公室，要经过一个小花园。她快步踏着园中小石子儿铺成的甬道，简直没有留心到那满园的菊花娇娜万朵，黄白争艳；也没有感到那从桂花树上飘来的阵阵清香；更没有看到那双双的蝴蝶在花丛中戏舞翩翩。她只想赶快走到院长办公室，赶快办完事，赶快回诊室。一上午要看完十七个病人，今天她才叫了七个号。明天就该轮到她去病房，门诊还有些病人需要交代安排。

她很快就到了院长办公室的门前，她记得自己好像没有敲门，就推开门径直往里走。立刻，她看见了迎面沙发上坐着的一男一女两位客人。她不由在门边站住了，以为自己来得不是时候，转眼才看见赵院长斜身坐在皮转椅上。

"陆大夫，请进来呀！"赵院长回身笑着招呼她。

她走了进去，在靠窗的一把皮靠背椅上坐下了。

那间屋子好亮啊！又清洁又宽敞。那间屋子好静啊！没有门诊部那种杂乱的脚步声、乱哄哄的说话声和小病人的哭叫声。坐在那窗明几净的房间里，她感到一种异样的，很不习惯的恬静。

坐在那里的人们，也是那么温文尔雅，安安静静。赵院长总保持着学者的风度，挺直的脊背，和蔼的面容，金丝眼镜后面一双含笑的眼睛，头发梳理得很整齐。雪白的衬衣，乌黑的皮鞋，一身笔挺的浅灰色中山服。

那坐在沙发上的男客身材颀长，两鬓斑白，戴一副茶色眼镜，使人看不见他的目光。但是陆文婷一望而知，这是一位眼科的病人。只见他斜倚在沙发靠背上，无意地摆弄着身边的手杖，心平气和，举止安详。

坐在他身旁的女客五十多岁的样子。尽管上了年纪，仍是眉清目秀。染过的黑发经理发师稍稍冷烫过，既蓬松又不显轻浮时髦，十分得体。身上穿的是普通式样的干部服，但质地考究，剪裁合身，显得很有精神。

她记得，从自己一站在门口，这位女客的目光就跟踪着自己，从上到下地打量。而反映在那女客脸上的则是一种明显的疑虑、不安和失望。

"陆大夫，我来给你介绍一下。这位是焦副部长焦成思同志。这位是成思同志的爱人秦波同志。"

焦副部长？部长？是啊，在她十几年的医生生涯中，她曾为多少部长、书记、主任治过眼睛。她没有注意到这职称，只是习惯地想：他的眼睛怎么了？

好像是失明?

"陆大夫,你现在是在门诊还是在病房?"赵院长问。

"今天还在门诊,明天就该上病房了。"

"正好。"赵院长笑道,"陆大夫,焦部长想在我们这儿做白内障手术。"

病情就是敌情。这一句话就等于把任务交给她了。她开始问诊了:

"是一个眼睛吗?"

"一个。"

"哪只眼睛?"

"左眼。"

"完全看不见了吗?"

那病人点了点头。

"以前在医院检查过吗?"

她记得,病人说了一个什么医院的名字。她就站了起来,准备走过去看那只眼睛。可是,好像出了什么事,没有看成。为什么没有看成呢?记起来了,是坐在一旁的秦波同志客客气气地把她拦住了。

"陆大夫,你先坐,坐嘛,不要急。要检查,恐怕还要到你们的暗室里去吧!"秦波笑了笑,又扭头说,"赵院长,老焦的眼睛一有病,我也成半个眼科大夫了。"

就这样,当时没有给焦副部长诊断。可是,在那间办公室坐了那么久,谈了些什么呢?对,秦波同志问了好些问题,问得真仔细啊!

"陆大夫,你在医院工作几年了?"

几年?她一时算不清了,她只记得自己是哪年毕业的,就那么回答了:

"我是六一年来的。"

"啊,六一年,那也有十八年了。"

秦波屈指算着,十分认真的样子。

她问这些干什么?只听赵院长从旁说道:

"陆大夫临床经验很丰富,手术做得很漂亮。"

赵院长为什么要当着病人这么夸赞自己?这有什么必要呢?

秦波同志又问道:

"你身体好像不大好,陆大夫?"

这又是什么意思?她整天给别人治病,很少研究自己的健康。本院的保健科甚至没有她的病历档案,也从未有上一级的领导问过她的身体状况。怎么面前坐的这位初次见面的客人忽然关心起自己的身体来了？她迟疑了一下，记得是回答说：

"我身体很好。"

赵院长在一旁又说话了：

"她在我们这儿，就算身强力壮的了。陆大夫，我记得，你这几年一直是全勤。"

她没有回答。她闹不明白，全勤不全勤，身体好不好，和面前的这位夫人有什么关系呢？她记得，当时只是很着急，担心姜亚芬一个人看不完那些病人。

那夫人盯着她，笑了笑，又问道：

"陆大夫，对于白内障手术，你有把握吗？"

把握？又是一个叫人难以回答的问题。的确，在她做过的多少次白内障摘除手术中，还从来没有发生过意外的事故。可是，不怕一万，只怕万一，任何意外的情况都是可能发生的。如果病人配合得不好，或者麻醉的大意，都可能使眼内溶物脱出。

她不记得自己回答没有了，只记得秦波那一双包在皱褶里的眼睛，那双眼睛很大，闪着两道不信任的亮光，盯着自己一眨也不眨。这使她感到难以忍受。她接触过各式各样的病人，感到最难缠的就是一些高干夫人。不过，她接触得多了，也就习以为常。当她正考虑怎么委婉答复时，她记得，就在这时，焦副部长不耐烦地把身子在沙发上挪动了一下，朝秦波那边扭过头去。这一来，那夫人不说话了，眼睛也从自己身上移开了。

这场很难进行下去的谈话是怎么结束的呢？不记得了。对了，是姜亚芬跑来了，她探进半个身子，叫道：

"陆大夫，你约的那个张大爷又来了，他非等你不可。"

记得秦波立即客气地说：

"陆大夫有事，那就先忙去吧！"

她赶忙起身离开了这间明亮宽大的办公室，只感到这里的空气令人窒息，叫人透不过气来。

啊！多么憋闷！

六

赵天辉院长赶在下班前，匆匆忙忙来到内科病房。

"孙老，陆大夫身体一向不错，怎么突然就病倒了？"赵天辉两手插在白大褂的衣兜里，一边同孙逸民谈着，一边向病房走去。他比孙逸民小八岁，看上去却年轻得多，声音也洪亮得多。

"这是一个信号啊！"赵天辉摇摇头又说，"中年大夫，是我们医院的骨干力量，工作上担子重，生活负担也最重，身体素质一年不如一年，长此以往，一个个病倒了，你这位主任，我这个院长就没法办了。陆大夫家里几口人？住几间房？"

他侧身看了看心情沉重、面带愁容的孙逸民，又说：

"什么？四口人一间房？是啊，是啊，是这个情况。工资呢？工资多少？五十六块半？你看，你看，难怪人家说拿手术刀的不如拿剃头刀的，真是一点不假。嗯？去年调工资，怎么没给她调？"

"僧多粥少，调不过来。"孙逸民冷冷地说。

"唉！真是个问题啊！孙老，我看就请你和支部的同志商量一下，在眼科搞个中年大夫的调查，他们的工作情况，收入情况，生活情况，还有住房情况，搞个材料给我！"

"这有用吗？我记得这种材料，开科学大会的时候就让写过，交上去不也就完了。"孙逸民客气地反驳着，眼睛看着地面，不看身边的人。

"孙老，你就不要带头发牢骚了嘛！有个材料总比没有材料好。我拿了它去找市委，找卫生部去，见庙就烧香，见神就磕头。求爷爷，告奶奶，也要把这张状子递上去。中央三令五申，要珍惜人才，落实知识分子政策，改善科技人员待遇，总不能到了下边就变成一句空话吧！前天还传达市委开会的精神，要重视中年干部。我还是相信，有办法的，会解决的。"

赵天辉挽着孙逸民的手臂，跨进陆文婷的病房，才停了话头。

傅家杰早已站了起来，赵天辉冲他挥了挥手，就一直走近床边，弯下腰去，端详着病人的脸色，又从值班大夫手上接过病历。这时，他已经丢掉院长的身份，进入大夫的角色。

赵天辉是国内著名的胸科专家。全国解放时，他在国外学成归来，以自己精湛的医术服务于新生的中华人民共和国。他的政治热情很高，五十年代中期就被视为又红又专的典范，入了党，后来又被任命为院长。自从担任了这个行政职务，一大堆行政管理事务和会议压下来，使他除了参加重要的会诊，就很少有机会接触病人了。那十年，住"牛棚"、扫院子，自然谈不上发挥他的专长。这三年又处在拨乱反正的特殊历史时期，身为一院之长，每天处理成堆的问题，根本没有时间和精力上手术台了。

现在，赵院长亲自来到病房，显然是为陆大夫看病来了。内科病房的大夫都被吸引了出来，在他身后围了一圈，悄悄地观摩他的临床诊断。

然而，他似乎有些令人失望。他看完病房记录和心电图记录，又看了看心电监视仪的荧光屏，只嘱咐要继续密切监视心电变化，防止出现合并症，就回头问孙逸民：

"她爱人来了吗？"

孙逸民把傅家杰拉到前边来作了介绍，赵天辉才知道他原来就是陆大夫的爱人。他打量着傅家杰，一眼就看到他的秃顶和额前的皱纹，心里有点奇怪，这个面目清秀的中年人怎么已经开始秃顶？看来，他不大会保养身体，当然也就不会知道怎样爱护自己的妻子。

"你要多辛苦了。"赵天辉握了握他的手说，"陆大夫需要绝对静卧，不能让她动，大小便，翻身，都要人，应该二十四小时都有专人护理。你在哪儿工作？需要跟你们单位领导讲一讲，这几天你不能上班了。当然，你一个人也不行，还得有人替你。你们家还有什么人没有？"

傅家杰摇摇头说：

"有两个孩子，都还小。"

赵天辉回头问孙逸民：

"眼科能不能抽人值班啊！"

"一天两天，当然是可以的。"孙逸民说，"长期值下去，人力就安排不过来了。"

"先顾眼前吧！"

赵天辉又回头凝望着陆文婷苍白的瘦脸，心里简直不能明白，这个以精力旺盛著名的小陆大夫，怎么突然间就病成这样？

他脑子里闪过一个念头：会不会是给焦副部长做手术，心里过于紧张了？不可能呀！陆大夫不是一个新手，即便是个新手，也很少发生因手术时精神负担过重，导致心肌梗塞。更何况，心肌梗塞的发病常常来得很突然，不一定有什么诱发因素。

他想排除这种念头，但是，不行。不知为什么，焦部长的手术和陆大夫的病总是绞在一起，好像有什么必然的联系。他甚至有些后悔，当初不该竭力推荐她。而且事实上，那位副部长夫人从一开始就不愿意让她做手术。

"赵院长，我想问一下，陆大夫是副主任吗？"那天，陆文婷走后，秦波就是这样提出问题的。

"不是。"

"那么，她是主治大夫吗？"

"不是。"

"是党员吧？"

"也不是。"

"我的同志哟！"秦波不大客气地说，"我们都是共产党员，恕我直言，让一个普普通通的大夫来给焦部长动手术，这，是不是有些考虑不周……"

她的话被焦成思手杖"笃笃"戳地的声音打断了。焦副部长把头扭向他夫人这边，生气地说：

"秦波，你说些什么？听医院安排嘛！谁做不都一样。"

秦波并不屈服，她向焦成思开起连珠炮来：

"老焦，我就不赞成你这种无所谓的态度。这是对自己的眼睛不负责嘛！身体是革命的本钱。我们要对革命负责，对党负责！"

眼看老首长两口子要开战，赵天辉不得不过来劝解。他笑道：

"秦波同志，请你相信我们。陆大夫虽然只是一个普通的大夫，却是我们眼科的一把好刀。她做白内障手术是很有把握的，请放心吧！"

"不是我不放心。赵院长，也不是我替老焦考虑过多。"秦波叹口气说，"我在干校的时候，有个老同志，也是白内障。当时，不准他回北京，就在当地一个小医院开刀。结果，手术没做完，眼珠掉出来了。赵院长，老焦被'四人帮'关了七年，刚出来工作不久，他可不能没有眼睛啊！"

"不会的，秦波同志，我们医院很少有这样的事故。"

秦波考虑了一下，还是力争着：

"赵院长，能不能请眼科孙主任亲自替老焦动这个手术？"

赵天辉摇摇头，笑了笑说：

"孙主任已经快七十了。他自己的眼睛也不行了。再说，他已经好几年没上手术台。他现在的任务是搞点学术研究，带好这一批中青年大夫，还有教学的任务。让他做手术，老实说，还不如让陆大夫做更有把握。"

"要不，请郭大夫做，行不行？"

"郭大夫？"赵天辉一愣。

看来，这位副部长夫人对这里的眼科很做了一番调查。她提示说：

"郭汝清。"

赵天辉两手一摊说：

"郭大夫出国了。"

秦波仍不罢休，她急切地问：

"他什么时候回国？"

"不回国了。"

"为什么？"秦波瞪大眼问道。

赵天辉把头摇了摇，叹道：

"郭大夫的爱人是个归国华侨。她父亲在东南亚开一间杂货铺，不久前病故了。两个月以前，他们申请出国继承遗产，被批准走了。"

"放着大夫不当，去当杂货铺老板，简直不可理解。"焦成思感慨地说。

"在卫生界，这已经不是个别的了。拿我们医院来说，已经批准出国和正在申请要走的，就有好几个了。而且，还都是我们医院的骨干，业务上拿得起来的呀！"

"这些人，真不知是什么想法？"秦波颇有些愤愤然了。

焦成思把手中的拐杖扬了扬，脸向着赵天辉，说道：

"五十年代初，你们这批知识分子，冲破重重阻力，回来为建设新中国服务。想不到七十年代末，我们自己培养的知识分子又往外跑，这个教训太深刻了。"

"这么下去怎么得了？"秦波说，"我看还是应该加强思想政治工作。我的同志哟，粉碎'四人帮'以后，知识分子的地位大大提高了，随着四化的实现，生活条件、学习条件都会改善的嘛。"

"是啊。我们党委讨论的时候，也是这个看法。"赵天辉说，"郭大夫走之前，我代表党委找他谈过两次，再三表示挽留，可是没有用啊！"

秦波还想发点议论，焦成思晃了晃自己的手杖拦住她说：

"赵院长，我来找你们，倒不是非想找个什么专家教授。我对你们医院信得过，或者说有一种特殊的感情。前几年，我右边这只眼睛白内障，就是在你们医院做的，手术很不错。"

"哦！那是谁做的？"赵天辉忙问。

焦成思深为遗憾地说：

"可惜啊，我到现在还不知道她姓什么。"

"那好办，查一查病历就知道了。"

赵天辉拿起电话，他想，只要把那位大夫找来，焦副部长的夫人总该放心了吧!

焦成思对赵院长连连摆手说:

"你不用查了,你也查不到。那时是在你们门诊做的手术,根本没有病历。只记得,是个女同志,说话带南方口音。"

"这就不好找了。"赵天辉放下电话,笑道,"我们这里南方口音的女同志很多,陆大夫就是南方人。就让她做吧!"

当秦波扶着焦副部长站起来时,他们接受了赵院长的意见,让陆文婷大夫来给做这个手术。

也许,就因为这个手术使她心肌梗塞?赵天辉自己想着,又摇摇头,觉得不可能。这样的手术她做过上百次了,不会那么紧张。再说,那天手术前自己还亲自去了,他看见这位女大夫走上手术台时从容不迫,很有信心,精神也很好。怎么可能发生这样意外的不测呢?

赵天辉又把关切的目光停留在陆文婷脸上。他感到,即便是在这生死线上,陆文婷大夫的脸色仍是从容的,好像没有什么病痛,只是安安静静地酣睡在温柔的梦乡。

七

她素来是从容的,沉静的。想让陆文婷大夫生气,在眼科工作过的同志都知道,几乎是不可能的。

秦波对她的挑剔和轻侮,换了别人,十有八九会当面顶撞,即使不说出口,也会怒形于色,或者过后愤愤不平,耿耿于怀。陆文婷呢?她从院长办公室出来的时候心平似镜,一如往常。她没有把替焦副部长做手术,看作是不可多得的荣誉;也没有把秦波的刁难,视为难以忍受的凌辱。手术做不做,要看病人自愿,愿意做就做,不愿意做就不做,这有什么呢?

"怎么,又找你做手术,什么大官儿呀?"姜亚芬见她出来,便悄悄问道。

"还没定做不做呢。"

"快走吧!"姜亚芬拉着她说,"你约的那个老大爷,真难办,简直跟他讲不清,他坚决不做手术了。"

"那怎么行?他是外地来的,花了那么多路费,能治不治,我们也没尽到责任。"

"那你去说服吧!"

回到门诊部，穿过坐满了候诊病人的过道时，一些熟悉的病人早已站起来向她们致意。她俩含笑四顾，点头招呼着。陆文婷进到自己的诊室，正低声回答着一个年轻病人的问题，忽然从身后响起了一个洪亮的喊声：

"陆大夫！"

这一嗓子把病人和大夫的目光都吸引了过去。只见一个高大结实的汉子摸索着朝诊室门口走来。这病人身穿青布裤褂，头缠白色毛巾，肩宽腰圆，五十多岁的样子。他那比人高出一头的个子本来就引人注目，加上这一声喊，两边的人都给他让开了路。但他双目几近失明，不知这么多人在看自己，只伸出两只大手，迎着陆文婷说话的声音摸去。

陆文婷忙转身迎出去，双手扶住这盲人，说：

"张大爷，快坐下吧！"

"您坐，陆大夫！俺找您，说个情况。"

"说吧，坐下说。"陆文婷搀扶着老汉在长椅上坐下。

"陆大夫，是这么回事儿。我在这儿也住了不少日子了。我寻思，还是先回去吧，赶明儿再来……"

"那怎么行？张大爷，您这么远跑到北京，花了这么多路费……"

"谁说不是呢！"不等陆文婷说完，张老汉拍着自己的膝盖抢过话说，"我是想着，回去再干一秋活儿，挣点分儿。您别瞧我眼神不济，摸摸索索也能干，队上派活挺照顾我。陆大夫，我拿定主意先回去，可一想，怎么也得来跟您说一声儿。为俺这双眼睛，真没叫您少操心。"

张老汉患角膜溃疡多年，瘢痕很厚，久治不愈。陆文婷在那里巡回医疗时，曾建议他移植角膜。老汉就是为做这个手术来的。

"张大爷，您儿子花了这么多钱，让您到这儿治病，没治好就回去了，我们也过意不去啊！"

"嘻，有您这份儿心，啥都有了。"

陆文婷笑笑，拍着老汉的胳膊说：

"眼睛治好了，您干活就不用人家照顾了。您身体这么好，还能干它二十年呢！"

张老汉呵呵笑了起来，连声答道：

"那敢情！要不是两眼不争气，啥活儿也难不住我！"

陆文婷笑道：

"那就还是做吧！"

张老汉放低了声音，说道：

"陆大夫，我拿您也不当外人，俺就实话实说吧，俺愁的就是钱。俺这趟治病，全靠自个儿掏，老在北京住店，住不起呀！"

陆文婷愣了一下，马上又说：

"张大爷，您别着急，我已经查过预约本了，这回该轮到您了。这两天，只要有材料，就马上给您做手术，行吧？"

张老汉被说服了，陆文婷把他送到走廊外，转身回来时，被一个十一二岁的漂亮小女孩拦住了。

这孩子长得可真俊。圆鼓鼓红扑扑的脸儿，黑眉毛高鼻梁配上一个红嘴唇儿，一只双眼皮儿大眼睛滴溜溜水汪汪的。可惜，另一只眼却向外斜着。她穿着医院的白裤褂躲躲闪闪地叫：

"陆大夫！"

"王小嫚，你怎么跑出来了？"陆文婷向她走去。这是她昨天收进来的小病人。

"我害怕，我要回家！"说着，王小嫚抹起眼泪儿来了，"我，不做手术了。"

陆文婷搂住这女孩子的肩膀问：

"来，告诉阿姨，怎么又不想做手术啦？"

"我怕疼。"

"傻丫头！不疼。到时候我给你打麻药。保证一点儿都不疼！"陆文婷拍拍她的头，又弯腰凝视着这张小脸儿，像在惋惜地欣赏一件不小心弄坏了的艺术品似的，不无遗憾地说："你看，就是这只眼睛！王小嫚，等阿姨给你矫正过来，跟那边的眼睛一样，你看，多好！快回病房去，听话，唉！医院不准乱跑的。"

王小嫚擦干眼泪走了，陆文婷才回到自己的诊桌，一个一个地叫号。

这两天病人很多。今天也一样。她必须抓紧时间，把刚才去院长办公室耽误了的时间补回来。她忘记了焦副部长，忘记了秦波，也忘记了自己，只一个接一个地看下去。问明情况，带到暗室，开药方，给预约号，一个接一个……

"陆大夫，你的电话！"护士跑来叫她。

"请你稍等一下。"陆文婷向病人打了招呼，跑过去拿起听筒。

"佳佳病了，昨天晚上就发烧。"托儿所的阿姨在电话里说，"我们知道你工作很忙，没敢告诉你，带她去看了急诊，打了针。可是，现在还不退烧，老哼哼，要找妈妈，你能不能来看看。"

"好的，我就来。"她放下了电话。

可是，她并没有去托儿所。这么多病人压着，怎么能丢下走开？她又拿起电话，拨通傅家杰机关的号码，那边告诉她傅家杰外出开会去了。她只好挂上了电话。

"谁来的电话？有事儿吗？"姜亚芬问。

"没什么。"她答道。

她从来不麻烦别人，也从来不麻烦组织。"先把病人看完了，再上托儿所也行。"她想着，又坐回到诊桌旁，继续看病。开始，哼哼的佳佳，哭喊妈妈的佳佳，还在她脑子里转。后来，一双双病人的眼睛取代了佳佳的位置，直到把所有的病人都看完了，陆文婷才急急忙忙赶到托儿所去。

八

"陆大夫，你怎么才来呀？"托儿所的阿姨抱怨地说。

她冲向隔离室，只见小佳佳一个人冷冷清清地躺在小床上。她的小脸蛋儿烧得通红，小嘴唇儿张着，小鼻子吃力地扇动着，眼睛却闭得紧紧的。

"佳佳，妈妈来了！"陆文婷扑到小床栏杆上。

佳佳的小脑袋在枕头上动了动。她沙哑地喊了一声：

"妈——妈——回家！"

"回家，回家！"她急忙抱起小佳佳，转回本院儿科看急诊。

"肺炎。"儿科的大夫同情地说，"陆大夫，要好好护理几天啊！"

她点点头，给佳佳打了针，取了药，走出儿科急诊室。

中午时，医院安静下来。门诊的病人走了，住院的病人睡了，医护人员也各自奔回家或者找地方休息去了。偌大的一个院子显得空落落的，只有一些不知疲倦的麻雀在梧桐树上叫着，逍遥自在地飞来飞去。原来，在这大楼林立、空气污染、充满噪音的市区，也还有大自然的造物在与人类争妍。陆文婷心中觉得奇怪，怎么天天在医院走来走去，竟没有发现这里还有鸟儿？

她抱着孩子站在院子当中，不知该往哪儿去。回托儿所吧，想到病成这样的孩子，独自单单地躺在隔离室，于心不忍。抱回家去吧，下午还要上班，谁来照顾她。

愣了片刻，她狠了狠心，朝托儿所走去。

伏在她肩上、垂着头的佳佳，忽然大哭起来：

"我不上托儿所，不上……"

"佳佳，乖，听话……"

"不，不，我回家！"佳佳两腿乱踢起来。

"好，回家，回家。"陆文婷只好抱着佳佳朝回家的路上走去。

从医院到家里，要穿过繁华的商业大街。新竖的巨幅时装广告，大街两旁琳琅满目的陈列橱窗，以及人行道上农民自由出售的活鸡活鱼，瓜子、花生等等稀缺的农副产品，陆文婷都一概视而不见。自从有了两个孩子，月月入不敷出，她就同高档商品无缘了。此刻她怀里抱着佳佳，心里惦着园园，更是目不斜视，行迹匆匆。

回到家里，已经快一点了。园园噘着嘴说：

"妈，你怎么才回来？"

"你没看见小妹病了吗？"陆文婷瞪了园园一眼，忙给佳佳脱了衣服，把她放在床上，替她盖上被子。

园园站在桌边，着急地说：

"妈，快做饭呀！要迟到了！"

陆文婷心烦意乱，不由得吼了一声：

"催！你就会催！"

园园又委屈又着急，眼圈儿一红，眼泪儿就在眼眶里打起转来。

陆文婷顾不上去理他，走出房门打开蜂窝煤炉。封闭了一上午的煤块已经奄奄一息，火是一时上不来了。她再掀开锅盖，打开碗橱，全都空空如也，连一点剩菜剩饭都没有了。

她又转身进屋，看见儿子仍站在那里伤心，心里感到内疚。孩子是无辜的，自己为什么拿他出气呢？

近年来，她越来越感到家务劳动的负担沉重。"文化大革命"那些年，傅家杰的实验室被造反的人们封闭了。他研究的专题也被取消了。他变成了"八九二三部队"的成员。每天八点上班，九点下班；二点上班，三点下班。他整天无所事事，把全部精力和聪明才智都用在家务上了。一日三餐他包了，还学会了做棉裤、织毛衣。这倒使陆文婷免去了后顾之忧。粉碎"四人帮"以后，科研工作要大上，傅家杰被视为骨干，他的科研项目被列为重点，又成了忙人。这样，家务劳动的重担又有很大一部分压到陆文婷肩上。

每天中午，不论酷暑和严寒，陆文婷往返奔波在医院和家庭之间，放下手术刀拿起切菜刀，脱下白大褂系上蓝围裙。可以毫不夸张地说，这是分秒必争的战斗。从捅开炉子，到饭菜上桌，这一切必须在五十分钟内完成。这样，园园才能按时上学，家杰才能蹬车赶回研究所，她也才能准时到医院，穿上白大褂坐在诊室里，迎接第一个病人。

一遇到今天的情况，全家就有面临饥饿的危险。她叹了口气，从抽屉里拿出点零钱说：

"园园，你自己去买个烧饼吃吧！"

园园接过钱，正往外走，又回过身来问：

"妈，你吃什么呀？"

"我不饿。"

"也给你买个烧饼吧！"

一会儿，园园给她送回一个烧饼，自己一边吃一边上学去了。

陆文婷啃着干硬的冷烧饼，呆呆地望着这间十二平方米的小屋。

对于生活，她和他都没有非分的企求。他们结婚的时候，就住在这间屋子里。房间没有沙发，没有大立柜，没有新桌椅，甚至没有新铺盖。两个人把自己平日的被褥集中到一起，就开始了新的生活。

他们的被褥是单薄的，他们的书籍是丰厚的。院里的陈大妈说："一对书呆子，怎么过日子哟！"而他们觉得，日子美得很。一间小屋，足以安身；两身布衣，足以御寒；三餐粗饭，足以充饥。这就够了。

他们视为珍宝的，是属于自己支配的时间。每天晚上，这陋室里就铺开了两摊子。陆文婷占据了唯一的一张三屉桌，借助于外文词典，阅读国外眼科医学文献，贪婪地在自己的本子上记下有用的资料。傅家杰屈居于床边的一叠箱子上，把一本本参考书摊在床上，研究他的金属断裂专题。院里那些调皮的孩子们，常常来窥探这对新婚夫妇的秘密，他们看到的总是这样一幅夜读图。

对于他们来说，能够有一张平静的书桌读一点书，能够不受干扰地开一个夜车研究一点学问，这一天就过得非常充实。尽管没地方给他们发夜班津贴，她和他天天工作到深夜，把一天变成两天，从不吝惜自己的健康和精力。夏天的晚上，邻居们在院子里乘凉。香茶、团扇，徐徐的晚风，明亮的星星，有趣的新闻，海阔天空的闲扯，都不能把这对"书呆子"从闷热的小屋里吸引出来。

啊！多么安宁的日子，多么充实的夜晚，多么难得的生活。它刚刚开始，却又匆匆离去。

两个新的生命，相继来到这间小屋。园园和佳佳，多么逗人疼爱的两个小人儿！不能说孩子的降临没有给这个小家庭带来欢乐，但是，他们也带来了混乱和灾难。小屋里挤进一张小孩床，后来又换成了单人床，几乎没有转身之地了。屋内空中挂起了"万国旗"，瓶瓶罐罐堆起来。孩子的哭声、嬉笑声、吵闹声，破坏了这小屋的宁静。

傅家杰是体贴的。他在屋里拉起一块绿色的塑料布，把三屉桌挪到布幔后面，希望能在这瓶瓶罐罐、哭哭啼啼的世界里，为妻子另辟一块安定的绿洲，使她能像以前一样夜夜攻读。这谈何容易！

但是，一个眼科大夫，不掌握各国眼科医学的新成果，怎么能开阔自己的眼界，结合自己的临床经验，做出新的贡献呢？她常常强迫自己躲在布幔后面，把自己隔离起来，直至深夜。

当园园成为一名小学生以后，这张珍贵的三屉桌的优先使用权属于了园园。只有等儿子功课做完了，腾出地方来，陆文婷才能打开自己的笔记本和借来的医学文献书籍。至于傅家杰，只好排在最后了。

啊！生活，你是多么艰难！

陆文婷啃着冷烧饼，望着窗台上的小闹钟：一点五分，一点十分，一点十五分了！怎么办？该上班去了？明天去病房，门诊还有好多事需要交代。可，佳佳交给谁？再给家杰打电话吗？附近没有电话。就算有电话，也不一定能找到他。再说，他已经耽误了十年，现在不该再占他的时间，不能再让他请假！

她双眉紧皱，一筹莫展了。

或许，一生的错误就在于结婚。不是人常说吗，结婚是恋爱的坟墓。那时候，自己是多么天真，总以为对别人说来，也许是如此。对自己来说，那是绝不可能的。如果当时就慎重考虑一下，我们究竟有没有结婚的权利，我们的肩膀能不能承担起组成一个家庭的重担，也许就不会背起这沉重的十字架，在生活的道路上走得这么艰难！

闹钟无情地嘀嗒着，已经一点二十分了！实在没办法，她只好找院里的陈大妈帮忙。陈大妈是街道积极分子，一向热心助人。以前每遇这种情况，也多亏了这位老大妈。可是，陈大妈坚持义务帮忙，从不接受任何形式的报酬，这使陆文婷总觉得于心有愧，也就尽量不去麻烦她。

今天又到了走投无路的时候，她只好去找这位好心肠的大妈。陈大妈满口答应：

"你尽管放心上班去，陆大夫！"

陆文婷把佳佳喜欢的小人书和积木放在小枕头边，又托付陈大妈按时给她喂药，便匆匆赶回医院。

她坐在诊桌旁时，心里还想着，一会儿跟护士长说一下，少叫几个号，我得早点回去。可是，病人一来，这一切又都忘了。

赵院长亲自打电话告诉她：焦副部长明天入院，请她准备手术。

秦波同志接连来了两次电话，询问手术前要注意什么事项，需要病人和病人家属做哪些配合，在精神上和物质上都需要做些什么准备？

这使她很难回答。她做过上百例这种手术，还很少有人向她提过这样的问题，只好答道：

"也没有什么要特别注意的。"

"嗯——怎么没有什么要特别注意的呢？我的同志哟，凡事预则立。思想准备充分一些总好嘛，是不是呀？我看，还是我来一下吧，咱们当面研究一次。"

陆文婷不得不赶忙挡驾，对着话筒说：

"我这里还有很多病人。"

"那明天我们到医院再谈吧！"

"好。"

放下这叫人头疼的电话，她又回到诊桌旁边，一直看完最后一个病人。这时，天已经擦黑了。

她赶回家去。走到窗户底下就听见陈大妈正唱着自己即兴创作的儿歌：

> 佳佳、佳佳
>
> 快长大，
>
> 赶明儿变个
>
> 科学家！

佳佳"咯咯"地笑了起来。陆文婷心中感激万分，忙进屋谢了大妈，又摸摸孩子的额头，烧也退了些，她才松了口气。

给孩子打完针，傅家杰回来了。跟着又来了两位客人——姜亚芬和她的爱人刘学尧大夫。

"我是来向你告别的。"姜亚芬说。

"你要上哪儿去呀？"陆文婷问。

"我们申请去加拿大，护照批下来了。"姜亚芬的眼睛埋下，望着地面说。

刘学尧的父亲在加拿大行医，陆文婷是知道的。他几次来信要刘学尧夫妇去国外，她也听说过。但是，他们真的要走，却是她意想不到的。

"去多久？什么时候回来？"她问。

"可能就一去不回了。"刘学尧做出轻松的样子耸了耸肩膀答道。

陆文婷盯着自己的好朋友问道：

"亚芬，为什么你早没告诉我？"

"怕你劝阻我，更怕我自己动摇。"姜亚芬仍是躲开陆文婷的目光，眼睛盯着地面，好像要把这地望穿。

刘学尧从提包里拿出一包一包的卤菜，最后拿出一瓶葡萄酒来，兴致勃勃地说：

"你们还没做饭吧？正好，我借贵方一块宝地，举行告别宴会。"

九

这是一次含泪的晚宴。

与其说他们喝的是酒，不如说他们咽下的是泪。与其说他们吃的是美味的菜肴，不如说他们嚼的是人生的苦果。

佳佳睡着了，园园上邻家看电视去了。刘学尧举起酒杯，望着杯中的酒，感慨万端地说：

"人生，人生，人生真是难以预料啊！我父亲是个医生，古文底子很厚。我从小喜爱诗词歌赋，一心想当文人，可是命中注定要我继承父业，一晃三十多年。家严一生为人谨慎，他处世的格言是'言多必失'。可惜，这一点，我没有学来！我爱说，爱提意见，结果是祸从口出，每次运动都挨上。五七年毕业时差点成了右派，'文化大革命'更不用说，又脱了一层皮。我是个中国人，不敢说有多么高的政治觉悟，可总还是爱国的，真心希望我的祖国富强起来。连我自己也想不到，在我快五十岁的时候，忽然会远离我的祖国。"

"不能不走吗？"陆文婷轻轻地说。

"是啊，为什么非走不可呢？我自己跟自己辩论过无数次了。"刘学尧晃动着手内半杯殷红的葡萄酒，又说，"我已经过了大半辈子，还能活几年？为什么要把骨灰扔进异国他乡的土壤？"

一桌人都默默不语，听着刘学尧抒发他的离别愁情。可是，他忽然缄口不言，仰脖把半杯剩酒一干而尽，才吐出一句话来：

"你们骂我吧！我是中华民族不肖的子孙！"

"老刘！别这么说，这些年你的遭遇，我们都知道的。"傅家杰给他酙上酒说，"现在黑暗已经过去，光明已经来到，一切都会好起来的。"

"这我相信。"刘学尧点点头，"可是，光明什么时候才能照到我家门前？什么时候才能照到我女儿身上？我等不及啊！"

"不谈这些吧！"陆文婷猜想刘学尧非要出国不可的理由，可能是为了他那唯一的女儿，觉得不便深谈，便岔开话说："我从来不喝酒，亚芬和你要走了，今天我要敬你们一杯！"

"不，应该我敬你一杯！"刘学尧按住酒杯说，"你是我们医院的支柱，是中华医学的新秀！"

"你喝醉了！"陆文婷笑道。

"不，我没有醉。"

半天没有开口的姜亚芬，也举杯说道：

"我诚心诚意为文婷干一杯！为了我们二十多年的友谊，也为了未来的眼科专家！"

"哎呀！你们这是干吗？我算什么呀？"陆文婷连连摆着手说。

"算什么？"刘学尧真有点醉似的，愤愤地说，"像你这样身居陋室，任劳任怨，不计名位，不计报酬，一心苦干的大夫，真可以说是孺子牛，吃的是草，挤的是奶。这是鲁迅先生的话，对不对，傅家杰？"

傅家杰默默地独自喝着酒，点了点头。

"这样的人太多了，又不是我一个。"陆文婷仍笑着说。

"正因为这样，我们的民族才是伟大的民族！"刘学尧又喝了一杯。

姜亚芬望着熟睡在床上的佳佳，不无伤感地叹道：

"就是嘛，宁肯耽误自己孩子的病，也不肯误了给别人治病。"

刘学尧站起来，给所有人酌满酒，说道：

"这就是宁肯牺牲自己，也要普救天下。"

"你们今天怎么回事？专门抬我？"陆文婷笑着指指傅家杰说，"你问他，我最自私了。我把丈夫打入厨房，我把孩子变成了'拉兹'，全家都跟着我遭殃。说实话，我是个不称职的妻子，也是个不称职的妈妈。"

"你是一个称职的医生！"刘学尧叫道。

傅家杰又喝了一口酒，放下杯子说：

"这一点，我对你们医院是有意见的。大夫也有家，也有孩子。大夫的孩子也会生病，为什么从来没人关心过？"

"老傅啊！"刘学尧打断他的话，叫了起来，"如果我是赵院长，我首先给你发勋章，还要给园园、佳佳发勋章！是你们做出了牺牲，才使我们医院有了这么好的大夫……"

傅家杰抢过话来说：

"我不求勋章，也不要表扬。我只希望你们医院了解，做一个大夫的爱人，是多么不容易。且不说巡回医疗，抗灾救灾，一声令下，抬腿就走，家里一摊全撂下不管；就连平常手术台上下来，踏进家门，精疲力竭，做饭连手都抬不起来！试问：这种情况下，我不进厨房谁进厨房？说来真要感谢'文化大革命'，给了我那么多时间，也把我练出来了。"

"亚芬早就说要给你摘掉'书呆子'的帽子。"刘学尧拍拍他的肩膀，笑道，"现在你是既能研究上天的尖端技术，又能深入厨房拳打脚踢，简直是一代共产主义新人在成长，谁说'文化大革命'成绩不是主要的？"

傅家杰平日不沾酒，今天喝了一点，脸就红了。他拉着刘学尧的袖口笑道：

"对嘛，'文化大革命'就是改造人的大革命。那几年，我不就被改造成家庭妇男了吗？不信，你们问文婷，我什么不干？什么不会？"

陆文婷听着这些含泪的笑谈，心里很苦。她不能制止他们。此时此刻，好像也只有这种过去的笑话才能冲淡离愁。见傅家杰含笑看着自己，只好勉强笑道：

"什么都会，就是不会纳鞋底。不然园园就不会老嚷买球鞋了。"

"这就是你的苛求了！"刘学尧一本正经地说，"傅家杰改造得再彻底，也不能像农村老太太那样，拿着鞋底到处转啊！"

"要不是粉碎了'四人帮'，说不定我还真拿着鞋底到研究所批判大会上纳去。"傅家杰说，"你们想，那种状况继续下去，科学、技术、知识统统打倒，不就剩下纳鞋底了吗？"

然而，这样伤心的笑谈又能持续多久呢？他们谈到粉碎"四人帮"，谈到科学的春天到来，谈到"臭老九"变成了"穷老三"，谈到中年干部的疾苦，空气又沉闷起来。

"老刘，你认识的人多，可惜你要走了。"傅家杰又打起精神，拍着刘学尧的肩膀说，"我听说当保姆收入颇高。我真想托你打听一下，谁家要雇男保姆……"

"我走了不要紧。"刘学尧也拍着傅家杰的手说，"现在出了一张《市场报》，登待聘广告，你可以试一试。"

"那太好了！"傅家杰推了推宽边眼镜，嘻嘻哈哈地说，"本人大学毕业，精通两门外国语，擅长烹调蒸煮，缝纫洗涤，兼做男女粗细各种杂活。体格健壮，性情温和，勤劳勇敢，任劳任怨。最后一条，报酬面议。哈哈！"

姜亚芬默默地坐在一旁，不举杯，不动筷，看他们笑，自己也想笑，可是笑不出来。她碰了碰自己的丈夫说：

"别说这些了，有什么意思？"

"意思？这是一个普遍的社会现象啊！"刘学尧挥着手说，"中年，中年，现在从上到下，谁不说中年是我们国家的骨干？是各条战线的支柱？医院的手术靠中年大夫；重点科研项目压在中年科技人员身上；工厂的各种难活是中年工人顶着；学校的重点课程也要中年教师担当……"

"你少发点议论吧！一个大夫管那么多干吗？"姜亚芬打断他的话了。

刘学尧眯起眼，似醉非醉地说：

"陆放翁的名句：'位卑未敢忘忧国'呀！我是个无名医生，可我不敢忘却国家大事。我请问：谁都说中年是骨干，可他们的甘苦有谁知道？他们外有业务重担，内有家务重担；上要供养父母，下要抚育儿女。他们所以发挥骨干作用，不仅在于他们的经验，他们的才干，还在于他们忍受着生活的熬煎，做出了巨大的牺牲，包括他们的爱人和孩子也忍受了痛苦，做出了牺牲。"

陆文婷呆呆地听着，轻轻说了一句：

"可惜，能看到这一点的人太少了！"

傅家杰愣了一下，给刘学尧斟上酒，笑道：

"老刘，你不应该当医生，也不应该当文人，你应该去研究社会学。"

刘学尧苦笑道：

"那我就是大右派了！研究社会学，必然要研究社会的弊病啊！"

"找到了弊病，加以改进，社会才能前进。这是左派，不是右派！"傅家杰说。

"算啦，左派右派我都不想当，不过，我对社会问题的确有兴趣。你比如说中年问题。"刘学尧两个胳膊肘趴在桌沿上，玩着空酒杯，又滔滔不绝起来，"旧社会有句话：'人到中年万事休。'这反映了在那个社会里，我们的民族未老先衰。人才活到四十岁，就觉得这辈子完了，不能再有什么作为了。现在呢，可以改一个字，'人到中年万事忙'。对吧？四五十岁的人，知识比较多了，经验比较多了，加上年富力强，正是担当重任的时候。这也反映在新社会里我们的民族年轻了，富有青春的活力了。中年人，正是大显身手的时候。"

"高论！"傅家杰赞道。

"你别忙叫好，我还有谬论。"刘学尧按住傅家杰的胳膊，谈兴更高了，"单从这方面看，我们这一代中年可以说是生逢其时的幸运儿了。其实不然，这一代的中年人又是不幸的。"

"话都叫你说了！"姜亚芬又打断他。

傅家杰拦住姜亚芬说：

"我倒很想听听这个不幸。"

"不幸在于他们最能出成果的黄金岁月，被林彪、'四人帮'的动乱耽误了。"刘学尧长长叹了口气说，"像你吧，几乎成了无业游民。现在，这批中年人要肩负起'四化'的重任，不能不感到力不从心，智力、精力、体力都跟不上，这种超负荷运转，又是这一代中年的悲剧。"

"你们这些人也真难伺候！"姜亚芬笑道，"不用你们吧，你们发牢骚：又是怀才不遇啦，又是生不逢时啦！重用你们吧，反倒又叫苦连天：又是担子太重啦，又是待遇太低啦！"

"你就没有牢骚？"刘学尧反问她。

姜亚芬低头不语了。

从刘学尧的这通议论里，陆文婷又感到，他之所以非出去不可，可能不全是为了他女儿，也为了他自己。

刘学尧又举起杯来，叫道：

"来！为中年干一杯！"

十

这天晚上，客人走了，孩子睡了，陆文婷刷了锅，洗了碗，回到屋里，只见傅家杰歪身靠在床头，摸着自己的额头发呆。

"家杰，你在想什么？"陆文婷站在他面前，望着他忧郁的神色，吃惊地问。

傅家杰没有回答她的话，却问道：

"你还记得裴多菲那首诗吗？"

"记得。"

"我愿意是废墟……"傅家杰把手从额上放下说，"我现在真成废墟了。我已经不像中年人，好像是老年了。你看，头顶秃了，头发白了，额头的皱纹多深了呀，我自己都能摸出来。真像一片残垣断壁，一片荒废景象。"

啊，真的，他变得多么苍老啊！陆文婷心酸地扑到他身旁，抚着他的前额说：

"都是我不好，让家务把你拖垮了，都怪我！"

傅家杰取下她的手，温柔地捏在自己手中说：

"不，这不怪你。"

"我太自私了，只顾自己的业务。"陆文婷的眼睛离不开那印着皱痕的前额，声音颤抖着，"我有家，可是我的心思不在家里。不论我干什么家务事，缠在我脑子里的都是病人的眼睛，走到哪儿，都好像有几百双眼睛跟着我。真的，我只想我的病人，我没有尽到做妻子的责任，也没有尽到做母亲的责任……"

"别说傻话。你做出了多大的牺牲，只有我知道。"他忍住涌上眼眶的泪水，不说了。

陆文婷依偎在傅家杰胸前，伤心地说：

"你老了，我，我真不愿意你老……"

"不要紧，'只要我的爱人，是青春的常春藤，沿着我荒凉的额，亲密地攀缘上升'。"他轻声地吟着他们喜爱的诗句。

秋夜，静静的。陆文婷倚在爱人的胸前睡着了。泪珠还凝结在她黑黑的睫毛上。傅家杰抬起身子，轻轻地让她在床上睡好。她睁开眼问：

"我睡着了吗？"

"你疲劳了。"

"不，我一点也不疲劳。"

傅家杰斜躺在床边，一手撑着自己的头，望着她说：

"金属也会疲劳。先产生疲劳显微裂纹，然后逐步扩展，到一定程度就发生断裂……"

疲劳、断裂，是傅家杰研究的专题，他常常挂在嘴边，从陆文婷耳边飘过。只有这一次，这些专有名词仿佛有着千钧重量，给她留下了深深的印记。

啊，多么可怕的疲劳，多么可怕的断裂。她觉得，在这悄静的夜晚，在这大千世界，几乎每个角落都有断裂的声音。负荷着巍巍大桥的支架在断裂，承受着万里钢轨的枕木在断裂，废墟上的陈砖在断裂，那在荒凉的废墟上攀缘上升的常春藤也在断裂……

十一

夜深了。

病房中的大吊灯熄灭了，只有墙上的壁灯放出蓝幽幽的暗光。

陆文婷躺在病床上，只觉得眼前有两点蓝蓝的光，时而像夏夜的萤火虫在飞跃，时而像荒原的磷火在闪烁，待到定睛看时，又变成了秦波那两道冷冷的目光。

秦波的目光是严厉的。但是，在焦副部长住进医院的那天上午，她把陆文婷叫去的时候，目光却是亲切的，温和的。

"陆大夫，你来了，快，先坐一会儿！老焦做心电图去了，一会儿就回来。"

当陆文婷跨上一幢十分幽静的小楼，穿过铺着暗红色地毯的过道，来到焦副部长住的高干病房门前时，秦波正坐在靠门的沙发上，她立刻起身，堆满笑容地接待了陆文婷。

秦波把陆文婷让到小沙发上坐下，自己也隔着茶几坐下了。可她立刻又站起来，走向床边，从床头柜里拿出一小筐橘子，放到茶几上说：

"来，吃个橘子！"

陆文婷摆了摆手，连说：

"不客气！"

"尝一个吧！这是老战友从南方带来的，很不错的。"说着，秦波亲自拣了一个递过来。

陆文婷只好把这黄澄澄的橘子接在手里。尽管今天秦波态度和蔼，陆文婷还是觉得背后冷飕飕的。那天初次见面时秦波的眼光好像两支冷箭一样至今还插在她背上。

"陆大夫，白内障到底是怎么一种病啊？我听一些医生说，怎么有的白内障还不能做手术？"秦波竭力用谦逊的声调问，那声音里甚至还含有讨好的成分。

"白内障就是眼睛里的晶体变得混浊了。"陆文婷看着手上的橘子说，"我们把混浊的程度不同分为初期、膨胀期、成熟期、过熟期，一般认为在成熟期做手术比较好……"

"哦，哦。"秦波点着头，又问道，"要是成熟期不做手术，再拖一拖又会怎么样呢？"

"那样不好。"陆文婷解释说，"到了过熟期，晶体缩小，晶体内部的皮质溶化，悬韧带松脆，手术就比较困难了，因为这时候晶体很容易脱位。"

"哦，哦！"秦波答应着，又点着头。

陆文婷感到她并没有听懂，也并不想弄懂。她为什么要问这些她并不懂得，也并不打算真正弄懂的问题呢？消磨时间吗？自己还有那么多事情在等着。刚到病房，病人情况需要了解，好多问题堆在脑子里，她真有点坐不住了。可是，她不能走，焦副部长也是病人，他的眼睛手术前应该检查。他怎么还不回来呢？

"听说外国有一种人工晶体，"秦波想着，又说，"做完白内障手术，装上人工晶体，就可以不用配凸透镜了，是吧？"

陆文婷点头答道：

"对，我们也正在试验。"

秦波忙问：

"能不能给焦副部长装一个人工晶体？"

陆文婷微微一笑，说道：

"秦波同志，我才说了，这种手术我们正在试验阶段，给焦副部长装，合适吗？"

"那就算了。"秦波马上同意不在焦副部长身上做试验了。可是，她想了想，又问："你看，焦副部长这次手术，要采取一些什么措施？"

"采取什么措施？"陆文婷简直莫名其妙。

"我是说，要不要定一个什么手术方案。万一出现意外的情况，该怎么处理，事先安排好，免得到时候慌了手脚，乱了套。"秦波见陆文婷呆呆地望着自己，还不开窍的样子，就又补充说，"我看报上常登这方面的消息，有的还成立手术小组，先讨论方案嘛！"

陆文婷听到这里，不由笑道：

"这没有必要，白内障摘除是很一般的手术。"

秦波把头扭向一边，有点不高兴了。但她还是又把头转过来，心平气和地甚至笑了笑说：

"我的同志哟！不要轻敌嘛，咹？轻敌思想往往造成失败，这在我们党的历史上是有过的……"

秦波耐心地做了一番思想工作，又引导陆文婷大夫去设想在什么情况下白内障手术容易招致失败。

"如果病人有心脏病，或者血压很高，做手术就要考虑。"陆文婷说，"还有，要是病人有气管炎的话，也要治好咳嗽再做手术。要不然，伤口切开了，病人一咳嗽，眼内溶物很可能脱落出来。"

"我担心的就是这个啊！"秦波拍着沙发扶手，叫了起来，"焦副部长心脏不大好，血压也高。"

"手术前我们都要检查的。"陆文婷安慰她说。

"他还有气管炎。"

"这几天咳嗽厉害吗？"

"这几天倒没有，可是，万一上了手术台咳嗽呢？嗯？怎么办？"

这时，陆文婷真感到这位夫人不好对付了。你不知道她想什么，也不知道她哪来这么多担心？陆文婷看了一下手表，已经快下班了。她望着两扇落地式大玻璃窗旁一动不动的白纱窗帘，心中不免着急。她侧耳留神听着门外，一阵轻轻的脚步走来，又过去了。又过了好久，才看见门被推开，焦副部长披着蓝条子的毛巾睡衣，由保健护士搀着进来。

"怎么去了这么久？"秦波问。

焦成思同陆文婷握了握手，朝沙发上坐下去，有点疲倦地说：

"到了这里就要听医院的。抽血、透视、做心电图。我不用排队，够照顾的了。"

秦波赶忙递过一杯热茶，焦成思喝了一口，说道：

"其实，眼睛做个手术，也用不着这么兴师动众。"

陆文婷从护士手中接过病历，一边翻阅，一边说：

"胸部透视正常，心电图正常，血压稍高一点。"

"高多少？"秦波急忙问道。

"高压150，低压100，不妨碍做手术。"陆文婷又问，"焦副部长，你这几天咳嗽吗？"

"不咳嗽。"焦成思毫不犹豫地答道。

秦波马上盯问道：

"你能保证上了手术台一声不咳嗽？"

"这……"焦成思困惑了，不知该怎么回答。

"老焦，你可不要掉以轻心。"秦波严肃地说，"刚才陆大夫说了，上了手术台，你要是一咳嗽，眼珠就可能掉出来。"

"这，我怎么能保证呢？"焦成思转向陆文婷问道。

"也没有说得那么严重。"陆文婷说，"焦副部长，你是抽烟的吧？最好手术前不要抽烟。"

"这没有问题，我可以做到。"焦成思说。

秦波又马上盯问道：

"万一呢？万一你咳嗽起来怎么办？"

陆文婷笑道：

"秦波同志，这也不要紧。万一发生这种情况，我们可以立即把切口缝上，避免出危险。等咳嗽过后，打开再做。"

"对，对，"焦成思说，"我上次右边这只眼睛做的时候，也是打开，缝上，又打开的。不过，那倒不是因为我要咳嗽。"

"那是为什么？"陆文婷觉得很奇怪。

焦成思把茶杯往桌上一放，掏出烟盒，想起大夫刚才的话，又装了进去，叹了口气说道：

"那时候，我被打成叛徒。右眼看不见了，跑来做手术。刚开始手术，造反派就闯了进来，硬逼着大夫中断手术，说是决不能让叛徒重见光明。当时，我简直气晕了，浑身的血直往头上冲。多亏了那位大夫沉着冷静。她立刻把切口缝上了，避免了意外。她又把造反派赶了出去，才把手术做完了，唉！"

"啊……"陆文婷听了不由一怔，忙问道，"你右眼是在哪个医院做的？"

"就在你们医院。"

怎么，世界上会有这么雷同的事？她看了看焦成思，竭力想看出这个人是否曾经相识。可是，一点也看不出来了。

十年前，她曾给一个"叛徒"做过白内障摘除，在手术过程中也曾发生过造反派阻拦的事，情节和焦副部长说的一模一样。那个病人姓什么呢？对，也姓焦。是他，就是他！后来造反派串连了医院响当当的人物，给陆文婷刷了大标语："陆文婷的手术刀为大叛徒焦成思服务，是对无产阶级彻头彻尾的背叛！"

啊，怎么会认不出来了呢？十年前的焦成思身披一件破旧棉袄，脸色憔悴，精神不振，孤身一人来挂普通门诊。陆文婷建议他做手术，开了预约单，病人如期到来。就在刚开始手术的一瞬，就听外面护士在嚷：

"这是手术室，谁也不准进！"

接着就听一阵乱叫乱吼：

"什么手术室？他是大叛徒！给叛徒做手术，我们就是要造反！造定了！"

"臭老九给叛徒大开方便之门，决不允许！"

"冲！往里冲！"

焦成思在手术床上听得清清楚楚。他气急地说：

"算了，瞎就瞎吧，不要做了，大夫！"

"你不要动！"陆文婷一边说，一边已经飞快地把切口的预置缝线结扎好了。

三个大汉冲进了手术室，还有几个胆小的在门口站着。陆文婷坐在手术台的床头一动不动。

刚才，焦副部长说是那位大夫"把造反派赶出去"的。这不对。陆文婷从来没有骂过人，也从来没有赶过人。当时，她身穿白色的手术袍，脚穿绿色的泡沫塑料拖鞋，头戴蓝色的布帽，脸上蒙着一个大口罩，只有两个眼睛和一双戴橡皮手套的手露在外面。也许是头一次看到这种陌生的装束；也许是头一次感到手术室异样庄严的气氛；也许是头一次见到手术台上雪白的有孔巾下露出的一只血淋淋的眼球，造反派们给吓住了。陆文婷大夫仍然坐在那只高凳上，只是从口罩底下吐出几个字来：

"请你们出去！"

几个造反派面面相觑，好像也感到这里确实不是一个造反的地方，转身走了。

当陆文婷又重新剪开缝线，继续工作时，焦成思说：

"还是不做了吧！就算你把我的眼睛治好了，他们还会把我整瞎的。而且，可能祸及于你。"

"不要说话！"陆文婷几乎是命令说，同时两手飞快地操作。等到手术完毕，为他缠上纱布时，才说了一句："我是医生。"

就这样，陆文婷为焦成思在不寻常的情况下做了右眼的白内障手术。

当年，焦成思机关里的造反派到医院来给陆文婷刷大字报，也曾经轰动一时。但是，对陆大夫来说，这也算不得什么！无非是在"白专道路""修正主义苗子"等原有的罪名之外，又新加一个"包庇叛徒"的罪名。这个罪名连同这个手术，她都没有往心里去，也都逐渐从她的记忆中隐退了。如果不是焦成思偶然提起，她已经完全忘记了这件事。

"陆大夫，我就佩服这样的医生，真是治病救人哪！"秦波感叹地说，"可惜那时没有病历，不知她姓什么叫什么。昨天我们还跟赵院长谈起，如果请她做手术，就放心了。"

陆文婷听了，脸上露出尴尬的神色，秦波一见，又忙说道：

"不过，陆大夫，你也不要见怪。赵院长对你是很信任的。我们，当然也是信任你的。希望你不要辜负领导对你的期望，要向上次给焦副部长做手术的那位大夫学习。当然，我们也要向她学习。你说，是不是啊？"

陆文婷只好把低着的头点了点。

"你还很年轻哟！"秦波又鼓励她说，"听说你还没有入党，是不是啊？要努力争取嘛，我的同志哟！"

"我家庭出身不好。"陆文婷老实地答道。

"唉——这个问题不能这么看嘛！家庭不能选择，道路可以选择。"秦波热情地滔滔不绝地说起来，"我们党的政策历来是有成分论，不唯成分论，重在表现。只要你真正同家庭划清界限，靠拢组织，对人民做出贡献，党的大门是对你开着的。"

陆文婷没有再说什么，走过去拉上窗帘，掏出眼底镜来给焦成思做检查。之后她说：

"焦副部长，如果你没有什么别的情况，我们后天就把手术做了吧！"

"行，早做完早出院。"焦成思痛痛快快地抢先答应了。

已经过了下班时间了，陆文婷告辞出来。秦波又追出来，喊住她：

"陆大夫，你是回家吗？"

"是呀！"

"用焦副部长的车送你回去吧！"

"不用，不用。"

陆文婷连忙摆着手走了。

十二

临近子夜，病房里没有一点声息，没有一点动静。壁上那盏蓝色的孤灯，依稀地照着吊瓶中的溶液在无声地滴着。一滴，一滴，缓缓地输进病人那青筋隆起的血管里。在这万籁俱寂的黑夜里，似乎只有它是唯一的信息，告诉人们：陆大夫还活着！

傅家杰呆坐在床头，痴痴地望着自己的妻子。在这纷乱的二十多个小时里，他还是第一次独自守护在她身畔。不，在十几年的共同生活中，似乎也是第一次这样地守在她身旁，这样地看着她。

记得有一次，大概还是热恋的时候，他也曾长时间目不转睛地看着她。可是她却歪着头问："你为什么这样看我？"他只好讪讪地把视线移开。现在，她不能歪过头去了，她也不能问话了。她好像被解除了武装，任凭他的目光在她脸上久久地停留，再也不能"抗议"了。

直到此刻，他才心惊地发现，她变得多么衰老了啊！原来漆黑的美发已夹杂着银丝，原来润泽的肌肉已经松弛，原来缎子般光滑的前额已刻上了皱纹。那嘴角，那小巧的嘴角也已经弯落下来。啊！她的生命似乎也已像耗尽了最后一滴油的灯芯，只剩下微弱的光和热了。他简直不愿相信，自己的妻子，一个如此坚强的女性，竟在昼夜之间变得这样虚弱！

他深知她不是一个弱女子。她生来苗条纤细，看上去弱不禁风，然而，她并不是弱不禁风的。她总是用瘦削的双肩，默默地承受着生活中各种突然的袭击和经常的折磨。没有怨言，没有怯懦，也没有气馁。

"你是一个很坚强的女人。"傅家杰常说。

"我？不，我很软弱哩！一点儿也不坚强。"她总是这样回答。

这一次，就在她病倒的头一天晚上，她又做出了一个被傅家杰称为坚强的决定——让他搬到研究所去住。

那天晚上，佳佳的病基本好了，园园的功课也做完了，兄妹俩相继睡去。小屋里得到片刻的安宁。

已是秋天了，阵阵秋风送来了寒意。托儿所通知家长们给孩子送棉衣了。陆文婷拿出佳佳去年穿的小棉袄，把它拆开，放大，接长袖子。她把棉袄铺在那张三屉桌上，为女儿过冬的棉衣絮上一层新棉花。

傅家杰从书架上取下他的一篇未完成的论文，在桌旁站了站，就歪身在床头坐下。

"等一会儿，我马上就絮完了。"陆文婷说着，没有回头，只加快了速度。

当陆文婷把絮好的棉袄撤走时，傅家杰说：

"什么时候再有半间房就好了。哪怕六平方米，五平方米也行，只要能搁下一张桌子。"

陆文婷坐在床边低头做活。她听着，没有答话。过一会儿，她忙忙地把没缝完的棉袄折起来，说：

"我得到医院去一下，桌子你尽管用吧！"

傅家杰回过头来问：

"这么晚了，还上医院？"

陆文婷一边穿上外衣，一边说：

"明天早上的两个手术，有些不放心，我得去看看。"

其实，陆文婷晚上跑到医院去是常有的事。为此，傅家杰常常笑她："人在家中，魂在医院。"

"你多穿一件衣服吧，夜里冷。"

"我马上就回来。"陆文婷忙说，又带着歉意地笑道，"你不知道，明天的两个手术挺有意思。一老一小。一位副部长，他夫人老怕手术做不好，总是制造紧张空气，所以我得去看看他。小的是个女孩儿，娇得很，今天还缠着我说，她晚上尽做梦，睡不好……"

"行啊，我的大夫！快去快回吧！"傅家杰也笑道。

她走了。回来时见傅家杰还在灯下用功。她没有惊动他，过去给孩子掖了掖被子，说道：

"我先睡了。"

傅家杰见她躺下了，又埋头于稿纸和书本。过了一阵，他虽并不曾回身，却感觉到陆文婷还没有入睡。是不是灯光影响了她？傅家杰把台灯弯得更低些，又用一张报纸挡上，才继续工作。

又过了一阵，他听到她发出了轻轻的均匀的呼吸声。傅家杰心里很清楚，她并没有睡着。多少次，她都是用这种假意的鼾声，企图给他一种错觉和安慰，要他不必顾忌她能不能在灯光下入睡，而专心于自己的著作。其实，这个小小的"诡计"傅家杰早已识破，只是不忍心拆穿它。

再过了一阵，傅家杰站了起来，伸了伸腰说：

"算啦！我也睡吧！"

"你别管我！"陆文婷忙答道，"我已经进入半睡眠状态了。"

傅家杰双臂撑在桌沿上，望着未完成的论文，犹豫了片刻，还是噼噼啪啪扣上了一本本的书，下决心说：

"不干了！"

"你的论文怎么办？不抓紧晚上的时间，什么时候能写完？"

"损失了十年的时间，一夜也补不回来啊！"

陆文婷索性坐了起来，随手披上一件毛衣，靠在床头，很认真地对他说：

"你知道刚才我在想什么？"

"你什么也不该想！你应该快闭上你的眼睛，明天你还要给人家治眼睛……"

"你别打岔。你听我说，我想，你应该搬到研究所去住。这样，你就有时间了。"

傅家杰站在床前，瞪大眼睛望着她，只见她脸上放着光，眼睛是笑的，她显然被自己的想法兴奋着。

"我不是说着玩儿，我真的这么想。你应该是有所作为的，应该是科学家。是我和孩子拖累了你，影响你不能早出成果。"

"唉！不是这个问题……"

"是这个问题！"陆文婷打断他的话说，"当然，我们又不能离婚。孩子们不能没有爸爸，科学家也不能没有家庭。可是，我们可以想点办法，把你的八小时变成十六小时。"

"两个孩子，一大堆家务事，都压在你一个人身上，这怎么行？"傅家杰不同意。

"这怎么不行呢？离了你，我们家也在地球上转呀！"

他提出种种具体困难，她一一讲出解决的方案，最后她说：

"你不是常说我是一个坚强的女人吗？你就放心吧！我能挑起这副担子，你的儿子不会饿肚子，你的女儿不会受委屈。"

他被说服了。他们决定从明天起就试一试。

"在中国，要干一点事情真不容易啊！"傅家杰脱衣上床时说，"战争年代，老一辈为了革命的胜利做出了很多牺牲。我们这一代人，为了实现'四化'，也在做出很多牺牲。只是这种牺牲，常常不被人看见……"

傅家杰独自说着，当他脱下衣服搭在椅背上，回头看时，陆文婷已经睡着了。这回是真的睡着了。她的脸上还留着笑意，好像在睡梦中还为自己的这个倡议感到欣喜。

唉！谁会料到，这个试验在第一天就失败了。

十三

她的试验是失败的，她的手术是成功的。

那天上午，当她照例提前十分钟来到病房时，孙逸民迎着她说道：

"陆大夫，我正等你呢！今天有角膜材料，能做移植手术吗？"

"太好了。我正有个病人，急等着要做呢！"陆文婷立刻高兴地答应。

"你上午已经安排两个手术了。身体能顶下来吗？"

"能。"陆文婷挺直了身子，笑了笑，好像要证明她身上蕴藏着无穷无尽的精力。

"好吧，那就做吧！"孙逸民决定了。

于是，陆文婷挽着姜亚芬的手臂，朝手术室走去。她精神愉快，步履轻捷，好像不是走向一个紧张的战场，而是走向一个可以安憩的地方。

这所医院的手术室占了整整一层楼，气派宏大。"手术室"三个大红字漆在乳白色的玻璃门上。当病人躺在活动床上，被护士推进这两扇玻璃门之后，他们的家属就只能徘徊于这森严的大门之外，提心吊胆地望着那神秘的、似乎是很可怕的地方。好像死神正在那里游荡，随时可以伸出魔爪夺走自己的亲人。

其实，手术室并不是死神的宫殿，它是一个给人以生的希望的地方。进入手术室宽阔的走廊，四周高大的墙壁刷成淡绿色，使屋内的光线变得很柔和。走廊两边分别是外科、妇科、耳鼻喉科、眼科的手术室。这里每个人都穿着白色消毒长袍，眉上都严严地戴着浅蓝色印有"手术室"字样的消毒布帽。人人眼下都是一个大口罩，只露出两只眼睛。这里的人没有美与丑之分，甚至也看不出男和女之别。这里只有医生、助手、麻醉师、器械护士。白色的人群轻轻地走来走去，他们的脚步是迅速的，又是轻盈的。这里没有笑语，没有喧哗，在这座每天涌入上千人的大医院里，手术室是最安静、最有秩序的一角。

焦成思被送进了手术室。他躺在高高的乳白色的铁架手术床上，被蒙在消毒的有孔巾下。他整个的脸都被蒙上了，只从那橄榄形的小孔内露出一只需要动手术的眼睛。

陆文婷早已换好衣服，高举起戴上橡皮手套的双手，在手术床头的圆形铁凳上坐下。这只活动的凳子，像自行车的车座似的，可以自由升降。陆文婷个子矮，每次手术都需要把凳子升高。今天没有调整，高矮却很合适。她扭头朝坐在一旁的姜亚芬看了一眼，心里明白，这是就要和自己分别的老同学放好的。

护士把手术床旁的托盘架推过来。那长方形的盘内有剪子、缝针、有牙镊、无牙镊、固定镊、持针器、蚊式止血钳、球后针头、晶体勺等小巧玲珑的手术器械。这个可以移动的托盘架，现在正放在焦成思胸前的上方。医生可以抬手取到自己所需要的用具。陆文婷大夫坐在床头手术凳上，面对托盘架，正好像一个食客坐在餐桌前，隔在餐桌与食客之间的只是下面的一只眼睛。

"我们开始了。你不要紧张。先给你打麻药，这样，你的眼睛就没什么感觉。一会儿手术就做完了。"陆文婷看着那只眼睛说。

听了这话，焦成思忽然叫道：

"等一等！"

怎么啦？陆文婷和姜亚芬都吃了一惊。只见焦成思一把扯下那有孔巾，竭力朝后仰起头，又伸出手来，叫道：

"陆大夫，我上次这只眼睛，就是你做的手术吧？"

陆文婷把双手举得高高的，怕病人的手碰着自己经过消毒的手，还未答话，只听焦成思又那么激动地叫道：

"是你，是你，一定是你！上次你也是这么说的，声调语气都一样！"

"是我。"陆文婷只好承认。

"你为什么不早告诉我？我应该好好感谢你啊！"

"那没有什么……"陆文婷找不到更多的话说了。她遗憾地望着扯下来的有孔巾，示意站在一旁的护士再换上一条。然后又说："焦副部长，我们开始吧！"

焦成思连声叹息着，似乎一时很难安静下来。陆文婷又用命令的语气说：

"不要动，不要说话！我们开始了！"

说着，她熟练地在眼睛下方皮下注射了奴佛卡因。然后，把病眼的上下眼皮分别用针穿上，拉开固定在有孔巾上。这样，一只被白色混浊体挡住了视线的眼珠，就完全暴露在灯光下了。陆文婷此时已经完全忘了躺在面前的是什么人，她只看到一只有病的眼珠。

这样的手术，陆文婷大夫不知做过多少次了。可是，每当她一上手术台，面对一只新的眼睛，拿起手术刀时，她的感觉都好像是初次上阵的士兵。这一次，也是这样。当她小心翼翼地把眼球结膜剪开，再把角巩膜半切开时，在一旁的姜亚芬已把穿好线的针递了过来。陆文婷伸出两个细长的手指，拿起像小剪刀一般的持针器，夹住针头，朝巩膜扎下去。

咦？不知为什么扎不动？她把浑身的力气都凝聚到了手指上，扎了几下，还是扎不进去。姜亚芬在一旁低声问：

"怎么回事？"

陆文婷没有答话，只把针拿起来对着灯光照看。把这半圆形像钓鱼钩似的针审视了一会儿，她回头问道：

"这针是不是新换的？"

姜亚芬也不知道，回头问器械护士：

"是换了针吗？"

器械护士走过来悄悄地说：

"是新换的。"

陆文婷又看了看针头，小声说：

"这种针怎么能用？"

为医疗器械的不合规格，陆文婷和大夫们不知提过多少次意见。然而，这些不合规格的次品仍然经常出现在托盘里。没办法，陆文婷只好挑选使用。碰到好的刀、剪、针，她就请器械护士保存好，一用再用。

不知为什么，今天换了全新的一套手术包，偏偏碰上这么一个次品。每逢这种情况，一向温和的陆大夫就变了颜色，很严厉地责备器械护士。小护士虽有十分委屈，也不好辩白。是呀，一根针虽小，但在病人的巩膜上一扎再扎，不必要地延长手术时间，将会给病人增加多少不必要的痛苦！

此刻，陆文婷皱起双眉。病人正躺在床上，巩膜扎不动，她又不能让病人知道内情，只低声吩咐了一句：

"换一根针来！"

她的声音完全是命令式的，护士忙从消毒盒里把旧针拿了来。

手术室的护士们对陆文婷大夫七分佩服，三分畏惧。佩服的是陆大夫手术漂亮，怕的是她要求严格。眼科被称为手术科。眼科大夫的威望全在刀上。一把刀能给人以光明，一把刀也能陷人于黑暗。像陆文婷这样的大夫，虽然无职无权，无名无位，然而，她手中救人的刀就是无声的权威。

针换来了。陆文婷很快在巩膜上把预置线缝上，只等把白内障摘除后，把缝线结扎上，这手术就成功了。谁知，就在她把巩膜全切开时，有孔巾下的焦成思忽然身子一动。

"不要动！"陆文婷严厉地说。

姜亚芬也急忙在一旁说：

"不要动！你怎么回事？"

可是，一个瓮声瓮气的声音从有孔巾下传了出来：

"我……要咳，咳……嗽！"

啊！真被秦波说中了！怎么偏偏在这关键时刻要咳嗽？也许只是他的一种心理作用，一种条件反射吧？陆文婷问道：

"能忍一忍吗？"

"不……不行……"焦成思的胸部已经在不停地起伏了。

任何有经验的眼科大夫，在做这种手术时，当病人的眼珠被打开的一刹那，心情都是非常紧张的。而在这时，最忌讳的是病人咳嗽。

事不宜迟，陆文婷一面采取紧急措施，一面安慰着病人：

"等一下！你哈气，哈气，先别咳出来！"

她一边说，一边两手不停地忙着，把刚缝上的预置线结扎起来。焦成思在大口大口地哈气，胸口剧烈地起伏着，好像马上就要憋死过去。待最后一个结打完，陆文婷舒了一口气，说：

"你可以咳嗽了！轻一点！"

然而，焦成思并没有咳出声来。他的呼吸又慢慢恢复了正常。

"你咳吧，不要紧了。"姜亚芬在一旁说。

焦成思很抱歉地说：

"真对不起，我不想咳嗽了，你们做吧！"

姜亚芬瞪起大眼，几乎想说，这么大年纪了，还这么不能控制自己。陆文婷朝她看了一眼，她才没有说出来。两人却相视一笑。类似这种情况也是经常有的啊！

陆文婷又把结扎好的线剪掉，手术从头来起。这次很顺利地做完了。当陆文婷离开手术凳，坐在小桌前开处方时，焦成思已经被挪到活动床上，护士正准备把他推走，他叫道：

"陆大夫！"这微微带着颤抖的声音，很像出自一个做错事的男孩子口中。

陆文婷走到两眼缠着纱布的焦成思身旁，弯下腰问道：

"你怎么啦？"

焦成思伸出两手在空中摸着，抓到陆文婷还未脱去手套的手，他使劲握了握说：

"两次手术，都给你格外添了麻烦，真过意不去……"

陆文婷愣了一下，盯着这缠着十字形纱布的脸，安慰地说：

"没什么，你好好休息，过几天给你拆线！"

焦成思被护士推走了。陆文婷看了一下墙上的挂钟，本来四十分钟可以完的手术用了一个钟头。她脱下身上的这一件手术袍，摘下橡皮手套，又伸臂套上另一件刚从包里取出的消毒袍。当她转身等护士给她系上后面的腰带时，姜亚芬问道：

"接着做吗？"

"做。"

十四

"这个手术我来做，你休息一下，做下一个。"姜亚芬说。

陆文婷摇头笑道：

"还是我来吧。你不知道这个王小嫚，她害怕得要命。这两天跟我熟了，还好一些了。"

王小嫚不是躺在床上被推进来，而是被护士半拉半拽带进手术室的。她被罩在一套嫌大的白色病服里，扭扭捏捏不肯上手术床。

"陆阿姨，我害怕，我不做了，您出去跟我妈说！"

一见手术室里大夫和护士的打扮，王小嫚更紧张了，心跳得嘣嘣的，她求救似的朝陆文婷喊着，想挣脱护士的手。

陆文婷走到床头，笑着招呼她说：

"来呀，小嫚，我们不是讲好了吗？要勇敢呀！我给你打麻药，保证你一点儿都不疼！"

王小嫚从上到下打量着变了样的陆大夫，最后又直盯着她的眼睛。从那双温柔的含着笑意的眼睛里，孩子似乎找到了力量。她身不由主地上了手术台。护士给小病人罩上有孔巾。陆文婷示意护士把孩子的手腕用床两边的带子系上。王小嫚刚要反抗时，陆文婷坐在床头说：

"王小嫚，听话呀！谁都要捆上手的。你别动，一会儿就完了！"说着，就给注射麻醉剂，一边打一边说："我在给你打麻药了。打完了，你就一点儿也不疼了。"

这时，陆文婷不仅是一位手术医生，而且是一个溺爱孩子的妈妈，甚至是一名幼儿园的阿姨。她一边从姜亚芬手中接过适时递过来的剪子、镊子和各种特殊用处的手术针，一边细声细语地同小病人说着话。当她用小剪刀剪去眼里造成斜视的多余的肌肉时，牵动了神经，王小嫚哼哼起来，感到恶心。陆文婷忙说：

"有点恶心吧？不要紧，坚持一会儿。嗯，真听话！还恶心吗？好一点了吧？一会儿就做完了，真是好孩子！"

王小嫚就在这动听的催眠曲中，在一种似睡非睡的状态下，接受了手术。当她被缠上绷带推出手术室时，她清醒地记起了妈妈嘱咐的话，甜甜地说了一句：

"谢谢阿姨！"

手术室的大夫和护士都笑了。墙上挂钟的长针才走了半圈。

这时，陆文婷已经浑身是汗。额头渗出了汗珠，贴身的背心汗湿了，连手术袍的两腋也汗湿了。她自己也感到奇怪：天气并不热，怎么出这么多汗？她轻轻抡了一下胳膊，那由于长时间悬空操作的双臂，好像已经酸痛得麻木了。

当陆文婷再次脱下身上的长袍，伸出手臂去套另一件新袍的一刹那，她忽然感到眼前冒起一排金星。她把眼闭了一下，把头晃了几晃，然后慢慢地把手伸进袖子里。护士过来给她束好腰带后，忽然端详着她问道：

"陆大夫！你怎么嘴唇发白？"

正在一边换手术袍的姜亚芬回头一看，不禁也吃惊地问：

"真的，你怎么脸色这么难看？"

的确，陆文婷的脸色十分难看。青白的脸上两个乌黑的眼圈，好似上妆的演员用炭笔画出来的。上下眼皮都肿了起来，完全是一副病容。

见姜亚芬那么盯着自己，陆文婷笑了笑说：

"怎么啦？过一阵就好了。"

她不仅嘴上这么说，心里也确信自己是能够坚持下去的。多少年来不就是这样坚持下来的吗？

"手术还接着做吗？"护士站着不动。

"做呀！"

怎么能不做呢？角膜材料不能搁，病人不能久等，当然要做呀！

姜亚芬走上前去说：

"文婷，休息半个钟头再做吧！"

陆文婷抬头看了看挂钟，已经十点过了。推迟半小时，到食堂吃饭的同志就赶不上开饭时间，要吃凉菜；双职工也赶不上回家给孩子做饭了。

"接着做吗？"护士又问。

"做。"

十五

经特许来观摩移植手术的外院和本院的进修大夫们来了，正站在门外和陆文婷说话。

张老汉已又说又笑地被护士扶上了手术床。手术床对于这身材高大的老汉是太小了。他那一双穿着布袜子的大脚悬空搁在床外，两只胳膊也半悬在床侧。甚至于他浑身的精力也好似悬在四周。他真像一棵坚硬的橡树，那么高大，那么结实。他的嗓门真大，他一刻也憋不住，正和护士说着话儿：

"姑娘，您别笑话，要不是巡回医疗队去我们村，说死了我也不敢挨这一刀。您想，我的肉，你的刀，这一刀子下去，是好是歹谁知道呀！哈哈哈！"

年轻护士抿嘴儿笑了，又悄悄嘱咐他：

"老大爷，您小点声儿！"

"这我懂！姑娘，医院嘛，那可是个肃静的地方。"说是说，老汉的嗓门并不见小多少。他又抬起一只胳膊，比画着说："唉，您不知道，一听说我这眼睛瞎了还能治好，我是又想哭又想笑。我多就瞎了半辈子，临了就那么窝窝囊囊地入了土。没想轮到我这儿，瞎了还能见太阳。您说，是两个世道不是？说到哪儿，我也得说，社会主义好！"

小护士一边抿嘴儿笑着，一边给这兴奋得直要坐起来的病人蒙上有孔巾，一边又嘱咐说：

"老大爷，您可别动了，这是消了毒的，一碰就脏了！"

"那是！"张老汉十分认真地说，"入乡随俗。到哪儿听哪儿的，入了医院，就得守医院的规矩。"说是说，他那粗大的胳膊又想往上抬。

一旁的护士瞧着不放心，拿起拴在手术床旁的带子说道：

"老大爷，给您手腕系上点儿，这是医院的规矩！"

张老汉一愣，继而又哈哈笑道：

"您就捆吧，这还用说！说实话，姑娘，要不是这双眼治的我，我可不是那老实待着的主儿。就这，我在家还一天下两遍地。唉！生就的兔子脾气，就爱满世乱蹦跶，待不住呀！"

小护士又被他说得笑了起来，他自己也嘿嘿地笑了。当陆文婷刚一迈进来，他立即止住了笑，侧耳一听，就叫了起来：

"陆大夫！是您吗？我一听就听出来了。也怪，这眼一瞎，俩耳朵倒透着那么好使。没法子，耳朵当眼睛使了。"

陆文婷望着这充满活力的病人，听着他的话，也不由笑了。她坐下来，开始了手术前的准备工作。从托盘架上的一个小杯里取出珍贵的角膜材料，先缝在纱布的眼珠模型上。这工夫，张老汉又说话了：

"这眼珠子还能换，我可一辈子头回听说！"

姜亚芬笑道：

"不是换眼珠，是换眼珠上边的一层膜。"

"嘻，那都是一码事儿！"张老汉并不深究其详情，只自顾自地感叹着，"您说，这得多高的手艺！等我带俩好眼睛回去，村里人别说我遇了仙呢！哈哈哈！我得告诉他们，我遇见了陆大夫！"

姜亚芬"扑哧"笑了，冲着陆文婷直眨巴眼儿。陆文婷被他说得不好意思了，一边缝，说了一句：

"别的大夫也一样做的。"

"那是！"张老汉肯定地说，"闹着玩儿的吗？没能耐的大夫他也迈不进这大医院的高门槛儿呀！"

准备工作完毕，陆文婷用开睑器撑开了病人的眼睛，同时说道：

"我们开始了。你不要紧张。"

张老汉可不像一般病人那么默默地听着，他觉得大夫跟你说话，你不吭气儿是不够礼貌的。于是，他十分通情达理地答道：

"不紧张，不紧张，没事儿，疼点儿也没啥。您想这个理儿，动刀动剪子的还有个不疼的吗？您尽管放心动刀！我信得过您，再说……"

姜亚芬笑着拦住他说：

"老大爷，您可不准再说话了。"

张老汉这才不言语了。

陆文婷开始操作。她拿起像钢笔帽口那么小的环钻，轻轻地把病人坏死的角膜取下。又拿过那块缝在纱布上的材料，用同一环钻切下同样大小的一块，按在病人的眼珠上。然后拿起持针器，细心地一针一针地缝了。

在一块只有钢笔帽口那么点的角膜周围，需要缝上十二针。这不是在伏伏贴贴的布面上缝，是在溜滑菲薄的一层膜上缝。每缝一针，她似乎都把自己浑身的力量凝聚在手指尖上，把自己满腔的热血通过那比头发丝儿还细的青线，通过那比绣花针儿还纤小的缝针，一点一滴注入病人的眼中。此时，她那一双看来十分平常的眼睛放出了异样的智慧的光芒，显得很美。

手术极其顺利。最后一针缝好了，最后的一个结扎上了。那移植上去的圆形材料，严丝合缝地贴在了病人的眼珠上。如果没有四周黑色的线结，你简直认不出那是刚刚才换上去的。

"手术真漂亮！"围观的大夫们悄悄发出由衷的称赞。

陆文婷轻舒了一口气。旁边的姜亚芬抬起眼睛，感动地看了一眼自己的老同学，没有说话，把一沓厚厚的长方形纱布盖在病人的眼上。

张老汉被挪到活动床上往外推时，好像刚从梦中醒来。他顿时活跃起来，人到了门外，还用他那洪亮的声音喊了一声：

"陆大夫，让您受累了！"

手术结束了，陆文婷想站起来。可是，只觉得双腿发麻，站不起来。她停了停，又试图站起，这样好几次，才站了起来。一阵腰部的酸痛突然向她袭来，她反过一只手按住腰。这在她也是常有的事。每当她聚精会神地在这张圆凳上坐了几个小时，全部智与力都集中在手术时，她丝毫也不觉得身体的劳累。可是，当手术一结束，她就觉得浑身像散了架，连迈步都很困难了。

十六

这时，傅家杰正骑着自行车往家跑。

本来，他是不准备回家的。根据昨天晚上陆文婷的建议，傅家杰今天一早就把被褥打成包，捆在车后座上，带到研究所，准备开始新的生活。

到了中午下班时，他的决心动摇了。今天她在病房，手术能按时完吗？一想到她疲乏不堪地走进家门，又要手忙脚乱地做饭，总觉得过意不去。他还是蹬上车回家了。

就在他骑着车刚拐进胡同口时，一眼就看见陆文婷扶着墙站在那儿，好像走不动了。

"文婷！怎么啦？"傅家杰喊了一声，赶紧下车搀住她。

"不要紧，有点累。"陆文婷把胳臂搭在傅家杰肩上，一步一步走回家里。

她只说有点累，可是傅家杰见她脸色苍白，一头冷汗，不放心地问：

"要不要去医院看看？"

陆文婷闭着眼睛在床边坐下说：

"不用了。歇一会儿就好了。"

她指指床，好像没有力气再说话，也不愿再动了。傅家杰替她脱了鞋，脱了外衣，说：

"那你先躺一会儿，休息休息，我一会儿叫你……"

"不用叫，"她躺下时还说，"我反正睡不着，躺一躺就好了。"

傅家杰转身出去，坐上一锅水，又回到屋里来取挂面时，还听见陆文婷说：

"是该休息休息。这个星期天，我们带孩子到北海玩一趟吧！十多年没有去过北海了！"

"好呀，我赞成！"傅家杰口里答应着，心里却疑惑起来：十多年没去北海了，也没有动过去北海的念头，怎么她今天突然提起要去北海？

傅家杰不安地望了望躺着的妻子，转身出去煮面。他又切了点葱花、几片榨菜分放在碗里。当他端着面进屋时，陆文婷已经睡着了。他见她闭目静睡，没忍心叫醒她。园园回来，他们就一块吃起面来。

正在这时，陆文婷在床上呻吟起来。傅家杰忙撂下碗转身到床前，只见陆文婷面如白纸，一头冷汗，微微喘着叫道：

"不行了！"

傅家杰吓慌了，攥着她的指尖，忙问：

"你哪儿不舒服？哪儿疼？"

她只痛苦地挣扎着，指了指左胸，答不出话来。

傅家杰在屋里乱转。他一会儿打开抽屉找止疼片，一会儿想想不对，又去找安定片。

在难以忍受的疼痛中，陆文婷似乎还是冷静的。她用手势止住了傅家杰的慌乱，尽力说了三个字：

"上医院！"

傅家杰这才感到事态严重。他们共同生活十几年来，陆文婷虽然天天去医院上班，可从来没有自己提出来去医院看病。她显然病得不轻。傅家杰顾不得多想，回头就往外走，到门口又扭头说了一声：

"我去叫出租汽车！"

公用电话在胡同口上。他忙忙地拨了汽车公司的号码，接电话的人冷冷地说：

"现在没有车。"

"喂，喂，我是送病人呀！"

"那也要等半个钟头！"

傅家杰还想哀求，那边的电话已经挂上了。

他没办法，赶紧给陆文婷所在的医院打电话。眼科办公室没人接，他让总机接到汽车队。汽车队的一个同志回答他：

"没有领导批的条子，不能派车。"

他上哪儿去找领导批条子呢？

"喂，喂！"他冲话筒嚷着，那边已经没有声音了。

他又给医院政治处打电话。政治处总该过问一下这种事吧？

电话铃声响了半天，才有一个女同志来接。听完他的话，这位女同志很客气地答道：

"请你和行政处联系一下吧！"

他又请总机把电话转到行政处。总机的电话员都听出了他的声音，不耐烦地问："你到底要哪儿？"到底应该要哪儿呢？傅家杰也搞不清了。他只央求给接行政处。接通了，丁零零，丁零零响了半天，根本没有人接电话。

傅家杰彻底失望了。他放弃了叫汽车的念头，转而去找平板三轮车。胡同里有一家做纸盒的"五·七"工厂，常常用三轮车运货。他跑到工厂说明情况，那主事的老太太倒挺同情，可惜帮不上忙，厂里仅有的两辆平板三轮都派出

　　怎么办？傅家杰站在胡同里，差点要急疯了。用自行车推吧？她看来坐都坐不住，怎么推？

　　这时，一辆浅灰色的"一三〇"小卡车开了过来。傅家杰来不及多想，就两步站到路中央，向司机举起手来。

　　车停了下来。从驾驶室探出一张满腮胡子的脸来，大眼珠瞪着拦车的人。可是，当他听说家里有人得了急病，需要立刻送医院时，二话没说，就把手一挥，招呼傅家杰上车。

　　"一三〇"开到傅家杰家门口停下。等傅家杰搀着陆文婷一步一挨地走到车边时，司机忙伸出大手来把陆文婷扶进驾驶室，一直小心地把车开到医院的急诊室。

十七

　　从来没有睡得这么久，从来没有睡得这么累。陆文婷觉得好像是从高高的云端摔落下来，跌得浑身疼痛难禁，没有一点力气了。这突然的静卧，四肢休息了，心也静了下来，脑海里几乎成了一片空白。

　　多少年来，她奔波在生活的道路上，没有时间停下来，看一看走过的路上曾有多少坎坷困苦；更没有时间停下来，想一想未来的路上还有多少荆棘艰难。如今，肩上的重担卸下了，种种的操劳免去了，似乎有足够的时间去寻找过去的足迹，去探求未来的路。然而，脑子里空空荡荡，没有回忆，没有希望，什么也没有。

　　啊！多么可怕的空白！

　　也许，这只是一个梦，一个寂寞的梦。过去，也曾有过这样的梦，也是这样孤独，这样悲凉……

　　那一年，她还是一个五岁的小姑娘。一个北风呼啸的夜晚，妈妈出去了，只留下她一个人。天黑了，妈妈还没有回来。她第一次感到孤单、感到恐怖。她哭着，喊着："妈妈……妈妈呀！"后来，这情景，常在她的梦中萦绕。那怒吼的风声，那被吹开了的房门，那昏暗的油灯，是如此逼真，竟使她长久以来分辨不清，是当真入梦，还是把梦当真。

　　不，这一回不是梦，是真的了！

　　自己是躺在病床上，家杰还守在自己身旁。看，他累了。他歪倒身子靠在床沿上睡着了。他会着凉的，应该把他叫醒。可是她试了几次，总听不见自己的嗓音。喉咙好像被什么卡住了，叫不出声来。她想伸过手去，拉一件衣服给他披上，可是手动不了，它好像不是属于自己的了。

她朝四周打量了一眼，发现自己是躺在单人病房里。这种"特殊照顾"通常都属于垂危的病人。她忽然感到一阵恐怖：难道我也……

瑟瑟的秋风叩打着门窗，沉沉的夜色吞蚀着病房。她出了一身冷汗，神志反而清醒了。她意识到眼前的一切真真实实，这确实不是梦。这是生的尽头，这是死的来临。

死亡原来是这样的，并不可怕，并不痛苦。它不过是生命逐渐地枯萎，意识逐渐地朦胧，它不过是缓缓地沉落，像一片飘在水中的叶儿，正随波逝去，终致淹没在水底。

她觉得一切都无可挽回地结束了。汹涌的波涛漫过了她的胸前，她正随水而去……

"妈妈……妈妈……"

她听见佳佳在呼喊，她看见佳佳沿着河岸追来。她忙回过头去，伸开双臂喊道：

"佳佳……我的女儿……"

流水把她席卷而去。佳佳的面容模糊了，沙哑的呼喊变成了可怜的抽噎：

"妈妈……我要梳小辫儿……"

为什么不给她扎小辫儿呢？她来到人间才六个年头，她对生活的希望，不过是扎上两个小辫儿。每逢看见那些扎着小辫、系着蝴蝶结的小姑娘，她是多么羡慕！可是，就连这一点小小的要求，她都不能满足她。她没有时间，星期一早上医院的病人也最多，哪怕一分钟的时间，对她来说都是宝贵的。

"妈妈……妈妈……"

她听见园园在呼喊，她看见园园沿着河岸追来。她忙回过头去，伸出双臂喊着：

"园园……园园……"

一个浪头把她打下去，她挣扎出水面，园园已经看不见了，只有他的声音从远处传来：

"妈妈……别忘了……白球鞋……"

各式各样的球鞋像装在万花筒里，在她面前转开了：白色的，蓝色的，高筒的，矮帮的，白色带红边的，白色带蓝边的。给园园挑一双吧，他脚上的鞋早已破了。给他买一双白球鞋吧，他会高兴一个月。可是，顷刻间，这样那样的球鞋都消失了。一张张标价牌迎面打来：三元一角，四元五角，六元三角……

家杰追来了。流水倒映出他狂奔的身影。他跑得那么急，他的声音在发抖：

"文婷，你不能走……"

她多么想停住，等他追来，拉自己一把。然而，流水无情，她身不由主随波逐流！

"陆大夫！陆大夫！"

两岸有多少人在呼喊她啊！穿着白大褂的亚芬、老刘、赵院长、孙主任，穿着病房衣服的焦成思、张老汉、王小嫚，还有许多认识和不认识的病人，都在喊着，喊着。

他们在喊我？我不能走，是不能走啊！在这世界上，我还有很多事情没有了结，还有很多责任没尽到。我不能让园园和佳佳变成没有妈妈的孤儿。我不能让家杰遭到中年丧妻的打击。我离不开我的医院，我的病人。离不开啊，离不开这折磨人而又叫人难舍的生活！

我不能在这死亡之水中沉没。我要挣扎，我要反抗，我要留在人间。可，我怎么那么累呢？我没有力气反抗，没有力气挣扎，我正在沉下去，沉下去……

啊！永别了，园园！永别了，佳佳！你们还会想起妈妈吗？在这生命的最后一息，妈妈是带着对你们深深的眷恋离去的。我多么想念你们，让我紧紧地搂住你们，听我对你们说：孩子啊！原谅妈妈对你们爱得太少，原谅妈妈不得不一次次缩回向你们伸出的双臂，推开你们扑向我的笑脸，使你们在幼小的年纪就离开了妈妈的怀抱。

永别了，家杰！你为我付出了一切。没有你，我的生活寸步难行。没有你，我活在这世界上索然无味。啊，你为我作了多么大的牺牲！如果允许我忏悔，我将跪倒在你面前，请你原谅，原谅我没有能报答你对我无微不至的关怀和体贴，原谅我对你照顾得那么少，给你的那么少。多少次我想着，等我稍许空一点，我要多尽一点妻子的责任，我要按时下班回家，让你吃上一顿现成的晚饭。我要把三屉桌让给你，给你创造条件，写完你的论文。遗憾啊，晚了，我再也没有时间了。

永别了，门诊的病人！住院的病人！十八年来，我生活中最重要的部分属于你们。无论我行、走、坐、卧，回旋在我脑际的是你们，是你们的眼睛！你们不知道，每治好一只眼睛，你们给予我——一个医生，多么巨大的慰藉和快乐。可惜，这种快乐再也不会有了！

永别了，我的亲人！永别了，医院！永别了，我的病人！我是舍不得离开你们的啊！

我……

十八

"心动异常！"监视着荧光屏的大夫叫了起来。

"文婷，文婷！"傅家杰望着呼吸困难的妻子，尖声喊叫着。

值班室的大夫和护士们跑来了。

"静脉注射利多卡因！"值班大夫命令说。

护士飞快地把针头挑进病人的静脉。可是，刚注入一半，病人已经两手攥成拳、嘴唇发青、眼睛朝上翻去。可怕的阿斯氏综合征出现了。

陆文婷大夫的心脏停止了跳动。

紧张的抢救开始了。几个大夫轮流为病人进行人工心脏按摩。人工呼吸器也罩在病人脸上，发出"咕哒、咕哒"的声响。心脏去颤器打开了，当用这特殊的器械向病人胸部一击之后，病人的心脏又开始了跳动。

"准备冰帽！"值班大夫满头大汗地说。

陆文婷的头被套上了橡皮冰帽。

十九

窗外的天空泛出青色，天终于亮了。陆文婷大夫的生命挨过了危急的夜晚，也进到了新的一天。

接班的护士走来，轻轻拉开紧闭了一夜的百叶窗。一股清新的空气和着鸟儿欢乐的鸣叫一齐扑进病房，顿时冲淡了这里浓烈的药味和沉重的气息。黎明给垂危的生命带来了希望。

量体温的护士，送早饭的卫生员，接早班的大夫，川流不息地来了。在床上度过了一夜的病人似乎又重新燃起了生的希望，病房里呈现出新的生机。

王小嫚头上斜缠着纱布，包着那只经过手术的眼睛，向内科病房的护士苦苦哀求：

"让我去看看陆大夫！就看一眼！"

"不行。陆大夫昨晚上刚抢救过来，谁也不能进去！"

"阿姨！你不知道！她就是给我做手术，才病的呀！叫我去看看吧！我一句话都不说……"

"不行！"护士板起脸来。

"看一眼都不行呀？"王小嫚要哭了。这时，她一扭脸，看见张老汉正扶着他的小孙子走过来，忙扑上去叫道："张大爷，您快跟她说说，她不让进……"

张老汉头上缠着纱布，被王小嫚拉到护士面前。他站定了说：

"同志啊！让我们进去瞧一眼吧！"

护士一见，又来了个老大爷，生气地嚷了起来：

"眼科的病人怎么到处乱窜啊！"

"嘻！瞧您说的，您咋不懂啊！"张老汉的嗓门可小多了，他低声下气地说，"您不知道这内里详情。陆大夫为啥病倒的？就为给我们开刀呀。唉！说实话，我瞧也是瞧不见。我寻思，在她床边站站，也算尽我这点心意。"

这护士心眼儿软，见大爷情真意切，只好耐心劝道：

"不是我不叫你们进去。陆大夫得的是心脏病，不能激动。你们不是为她好吗？你们去了一惊动，对她反而不好。"

"唉！是这个理儿。"张老汉长叹了一口气，在过道长椅子上歪身坐下，双手拍打着自己的膝盖，后悔不迭地埋怨自己，"都怪我这老头子，催呀催呀，催个没完，硬挤着要早点动手术。唉！真没想到……这，陆大夫要是有个好歹，这可怎么好啊！"

老汉说着，伤心地低下了头。

孙逸民也赶在上班前来看望陆文婷。他忙忙地走着，不意被王小嫚一把拉住。

"孙主任，您是去看陆大夫的吧？"

孙逸民点点头。

"带我进去看看吧！嗯？"

"过些日子吧，现在不行。"

张老汉也闻声站了起来，摸索着拉住孙逸民的袖口说道：

"孙主任，听您的，我们就不进去。可，我有句话，今儿不管您多忙，您得听我把话说完。"

孙逸民用另一只手拍着张大爷的胳膊说：

"好，您说吧！"

"孙主任！陆大夫可是个好大夫。你们当领导的，可得花本钱给她治啊！您把她救好了，她能救好些人哪！不是有那好药吗？给她吃，别舍不得！我跟人打听，吃那贵重的药得自个儿掏钱。陆大夫拉家带口的，这又一病，她能掏得起吗？医院这么大，能给她掏点不？"

张老汉住了嘴，两手拉着孙逸民，脸向着他，侧过耳朵，期待着回答。

孙逸民为人古板，从不喜怒形于色。但这一次，他被老汉的话打动了，激动地握着老汉的手说：

"我们一定尽一切努力给她治病！"

张老汉似乎才把心放下，又叫过孙子来，摸着他胳膊上的布书包，对孙逸民说：

"给，几个鸡蛋，您能进去，您给她带进去！"

孙逸民忙说：

"这个，不用了。"

张老汉顿时生气了，拉着孙逸民大声说：

"您不拿进去，今儿我就不走！"

孙逸民只好接过一书包鸡蛋，打算等会儿再叫护士给送回去，解释一下。谁知，张老汉却猜到了，又说道：

"孙主任，您要叫人送回来，我可不依您！"

孙逸民无法，只好拿着鸡蛋，直把这一老一小送下楼去。

这时，赵天辉陪着秦波朝内科病房走来。

"赵院长，我是官僚主义，不了解情况，你怎么也不了解情况哟？"秦波边走边说，神情非常激动，"要不是老焦把她认出来，我们都还蒙在鼓里呢！"

"那一段我也在干校啊！"赵天辉无可奈何地答了一句。

他们进入病房时，孙逸民也走了进来。内科大夫汇报了昨晚的险情和抢救情况。赵天辉又看了看病房记录，点头说：

"要继续密切监视。"

傅家杰见来了这么多人，忙站了起来。秦波根本没有看见他，抢上去就在那张圆凳上坐下说：

"陆大夫，你好一点吗？"

陆文婷双目微启，没有应声。

"焦部长都跟我讲了。"秦波叹息道，"他很感谢你。他本来要亲自来看你，我没让他来。我代表他来看你。你想吃什么，缺什么，有什么困难，尽管告诉我，我们帮你解决，不要客气，大家都是革命同志。"

陆文婷闭了闭眼睛。

"你还年轻，要乐观些。对待疾病嘛，既来之，则安之，这……"秦波还想说下去。

一旁的赵天辉拦住她说：

"秦波同志，让病人休息吧，她刚好一点。"

"行，行，你好好休息吧！"秦波一边抬身站起，一边说，"过两天我再来看你。"

走出病房，秦波又皱起双眉对赵天辉说：

"赵院长，我可要给你们提个意见呀，像陆大夫这样的人才，怎么平时不关心，让她病成这样呢？中年干部，现在是我们的骨干力量，我的同志哟，要珍惜人才呀！"

"对。"赵天辉答道。

望着她远去的身影，傅家杰小声问孙逸民：

"她是谁？"

孙逸民从镜片上方望着门，皱了皱眉头，答道：

"一个马列主义老太太！"

二十

这一天，陆文婷大夫的病情略有好转。她能不大费力地睁开眼睛了，她还喝了两匙牛奶和一点橘汁。但，她仰卧着，两个眼睛直视着一个地方，目光是呆滞的，没有任何表情，似乎对四周的一切幸与不幸都很淡漠，对自己的重病以及这给全家带来的厄运也很淡漠。她那无动于衷的可怕的呆滞，简直是对人生的淡漠了。

傅家杰从未看见过她现在的这种样子。他被吓坏了。他连连唤她，她只轻轻晃动了一下手掌，好像不愿让人惊动，好像她在那种令人担心的半麻痹状态中感到舒服，决心把自己永远禁锢在那里面。

时间一点一点地过去，傅家杰紧张地坐在陆文婷床边，已经两夜没有合眼了。他觉得自己也到了疲劳的顶点，也在断裂了。

又不知过了多久，忽然，一阵撕裂人心的哭叫声，震动着每一个病房，也把傅家杰从麻木的疲惫状态中惊醒。

只听见隔壁房间里一个女孩子的声音在厉声哭叫："妈、妈妈呀！"接着是一个男子呜呜的哭声。再接着是一阵混杂的脚步声，好像很多人朝隔壁涌去。

傅家杰也奔到病房门口。他看见，先是一张病床从房里推了出来。床上严严地罩着一条白被单，蒙着一位死者的遗体。接着露出护士白色的身影，她轻轻地推着这活动床。一个十六七岁的姑娘，猛地从房中追了出来。她头发散乱，浑身颤抖，扑过来双手痉挛地抓住床沿，泪流满面地哀哀哭叫：

"别推她走！我妈妈睡着了！她会醒的，会醒的呀！"

往来探视病人的家属被堵塞在过道里。人们让开一条道，用静默来表示对这位陌生的死者的哀悼。所有的人都屏住呼吸，不敢移动脚步，似乎怕惊扰了被单下安息着的灵魂。

傅家杰也呆立在人群中，双脚像被钉子钉在那里了。他那明显变得消瘦的脸上，两个颧骨凸起。浓眉下布满红丝的眼睛里闪着泪花。他把汗湿的手掌紧紧捏成拳头，仍然克制不住周身簌簌地颤抖。他几乎想用手蒙住耳朵，不愿再听那凄厉的哭声。

"妈，妈妈呀！你醒醒，醒醒呀！他们要把你推走了！"那女孩子疯狂地喊着，扑过去要掀那被单，好不容易才被两旁的人拉住。

那个尾随在床边痛苦的中年男人，一边哭，一边反复喊着一句话：

"我对不起你呀！……我对不起你呀！"

这绝望的喊声像一把尖刀刺进傅家杰的胸膛。他睁着眼，紧盯着从他面前缓缓推过的这张床，紧盯着那无情的白被单下隆起的遗体。突然，他像触了电似的，猛然朝陆文婷的病房跑去。他一口气跑到她的床前，一头扑在她枕边，闭着眼，喘着气，嘴里只喃喃地重复着三个字：

"你活着！你活着！你活着！"

他那粗重的喘息声，惊醒了半睡中的陆文婷大夫。她睁开眼来，朝他望了望，又好像并没有看见他。

这呆滞的目光，使傅家杰浑身发抖，他失声喊道：

"文婷！……"

陆文婷的眼光又停留在傅家杰脸上，仍然是那种冷漠的眼光。这眼光令人胆寒心碎，使人感到她的灵魂已经飞离身躯，正在太空中遨游。

傅家杰不知该说些什么，做些什么，才能唤回她对生的热望。这是他的妻子，是他在世上最亲的亲人。从那年冬天和她漫游北海，给她念诗，到如今，多少个日日夜夜过去了，她一直是他最亲的人。他不能没有她。他要留住她！

诗！念诗吧！还像当年那样念诗吧！十多年前，是动人的诗句打开了她的心房。今天，再用同样的诗句唤起她最美好的回忆，唤起她对生的欲望和勇气吧！

于是，傅家杰半跪在她床前，含泪念道：

> 我愿意是激流，
> ……
> 只要我的爱人，
> 是一条小鱼，
> 在我的浪花中，
> 快乐地游来游去。

这诗句，好似惊动了她，她侧过脸久久地注视着自己的爱人，嘴唇动了动。傅家杰挨近她，听懂了她含混不清的话：

"我不能……游了……"

傅家杰忍下眼泪，又念道：

> 我愿意是荒林，
> ……
> 只要我的爱人，
> 是一只小鸟，
> 在我的稠密的
> 树林间做窝、鸣叫……

陆文婷又轻轻吐出几个字：

"我……飞不动了……"

傅家杰心痛难忍，但他仍含泪念下去：

> 我愿意是废墟，
> ……

只要我的爱人，

是青春的常春藤，

沿着我荒凉的额，

亲密地攀缘上升。

这时，陆文婷眼里滚出两行晶莹的泪珠，默默地顺着眼角滴到雪白的枕头上。她又吃力地说：

"我……攀不……上去了！"

傅家杰扑在她身上，像孩子似的哭起来：

"是我没有把你照顾好……"

他睁开泪眼，呆住了。只见陆文婷的眼光又像先前一样停在一个地方，呆呆地停着，似乎没有听见他的哭声，没有听见他的叫声，对身旁的一切都漠不关心了。

病房大夫闻声赶来，见这情景，对傅家杰说：

"陆大夫身体很弱，你，不要跟她多说话！"

傅家杰就这样无言地守了一个下午。黄昏时，陆文婷好像又好了一些，她把头转向傅家杰，双唇动了动，努力要说什么的样子。

"文婷，你想说什么呀？你说吧！"傅家杰攥住她的手哀求道。

她终于说了：

"给园园……买一双白球鞋……"

"我明天就去买。"他答着，泪水不自主地滴了下来，他忙用手背擦去。

她望着他，还想说什么的样子。半天，才又说出几个字来：

"给佳佳，扎，扎小辫儿……"

"我，给她扎！"傅家杰吞泣着。他透过泪水模糊的眼望着妻子，希望她把想说的话都说出来。可是，她闭上嘴，好像已经用尽了力气，再不开口了。

二十一

两天以后，傅家杰收到一封寄自首都机场的信。他打开看到——

文婷：

　　我不知道你能不能见到这封信。也许，它将是一封永远无法投递的信。我多么希望不会是这样的，我也相信绝不会是这样的。这次，你病得很重，但我总觉得你会好起来的。你还能干很多事情，你正是出成果的时候，你不应该这么早就离开我们！

昨晚，我和老刘去向你告别时，你还昏昏地睡着。我们本来准备今天上午再去看你，可是临行前的琐事太多了，实在抽不出时间。一想到昨夜一别，也许会成为我们最后的一面，我的心就发抖。同窗共事二十余年，知我者莫如你，知你者也莫如我，想不到我们竟是这样地分别了。

现在，我在首都机场候机室里给你写信。你知道我站在什么地方吗？就在二楼出售工艺美术品的柜台边上。这里没有人，只有玻璃柜里陈列的展品对着我。还记得吗？我们俩第一次坐飞机，也曾来过这里，还在这个卖工艺品的柜台前欣赏了半天。有一盆水仙做得那么逼真，那么姣好，细细的绿叶上还滴着露水珠。你说你最喜欢了。弯下腰一看标价，把我们俩都吓跑了。唉！现在我一个人站在这柜台前，又有一盆水仙，只不过花盆是另一种黄色的。那一盆，想必被人买走了。我望着这盆水仙花，不知为什么，只想哭。我忽然想到，一切都过去了。

记得傅家杰刚认识你的时候，有一次他到我们宿舍来，随口念了一句普希金的诗："一切过去了的都会变成亲切的怀念。"当时我直撇嘴，说这话不确切，还质问他："过去的不幸也怀念吗？"傅家杰笑笑，拒绝和我辩论。他心里一定认为我不懂诗。今天我忽然懂了！我觉得这句诗太确切了，简直是我此时此刻心情的写照，简直是为我写的！我真的觉得：一切过去了的都是那么亲切，那么让人怀念啊！

耳边又听得一阵隆隆声，又是一架飞机起飞了，不知要飞到哪里去？再过一个钟头，我也要登上舷梯，离开生我养我的祖国。一想到足踏在故国土地上只有六十分钟了，我忍不住泪水，我哭了，把信纸打湿了。可是，文婷，我没有时间换一张纸了，就这么写下去吧！

我不知道为什么这样伤心，我忽然觉得自己做了一件错事，我不该走的。我舍不得这里的一切，舍不得！舍不得我们的医院，舍不得我们的手术室，舍不得门诊室里我那一张小小的桌子！我常在背后说孙主任凶，不允许人家有一点错。现在，我愿再听一声他的斥责。他是个多么严厉的老师，没有他的苛求，我不会有今天这一手技术！

广播又响了起来，在祝愿旅客一路平安。能平安吗？想到就要上飞机了，我心里有一种空落落的感觉。我觉得自己像一个飘泊在天空的气球，不知将落在一个什么样的地方？在那里等待着我的又将是什么？我心神不定，甚至感到害怕！是的，是害怕！去一个陌生的国度，一个同我们社会完全不同的社会，我们能适应吗？怎么能不害怕呢？

老刘坐在那边的沙发长椅上发呆。他一直忙于收拾东西，不及思索，好像走的决心从来没有动摇过。但是昨天晚上，他把最后一件衣服塞进箱子里去，忽然说："从此以后，我们就是天涯孤客了！"后来，他就一直沉默不语。直到现在，还是一句话也没有说过。我知道他心里也很矛盾。

亚亚对这次走是最积极的。她甚至还表现出一种迫不及待的兴奋之情，我几次恨不得揍她一顿。但此刻，她站在候机室的大玻璃门前，望着忙忙碌碌的停机坪，也好像不愿离去了。

"不能不走吗？"我记得那天晚上在你家里，你曾这样问过。

我不能用一句话回答你，为什么我们非走不可。这几个月里，我和老刘几乎天天都在为走或不走烦恼着，争论着。促使我们下这决心的原因很多。为了亚亚，为了老刘，也为了我。但是，各式各样的理由，都不曾使我减少内心的痛苦，我们是不该走的。我们的国家正在开始一个新的时代，我们没有理由逃避历史（或许还该加上民族）赋予我们的使命。用造反派的语言来说，则是"工人农民的血汗把你们养大了，你们不应该背叛"！

同你相比，我是软弱的。我在这十年中受到的磨难比你少得多，但是我不能像你那样忍受。对于那些恶意的中伤，无端的诽谤，我常常爆发。这并不是我比你坚强，恰恰是我比你脆弱。我确实曾经想过，那么屈辱地活着不如死了好！只是为了亚亚，我才打消了这种念头。老刘作为"特嫌"被关起来那几年，我能熬过来，能活下来，亲眼见到粉碎"四人帮"的胜利，连我自己都意想不到。

当然，这些都是过去的伤心事了。傅家杰说得对，"黑暗已经过去，光明已经到来"。可惜的是，林贼、"四人帮"造成的一代人的偏见，绝不是短期内就能改变的。中央的政策来到基层，还要经过千山万水。积怨难除，人言可畏。我惧怕过去的噩梦，我缺少像你那样的勇气！

记得有一次批判白专道路，那些占领医疗卫生阵地的"沙子"，点了你的名，也点了我的名。会后，我们一起走出医院的大门。我说："我想不通，为什么刚有一点钻研业务的积极性，就要打下去？以后，再开这种会，我不参加，以示抗议！"而你却说："何必呢！再开一百次我也参加。反正手术还得我们做。我回家照样钻研！"我问你："这么批你，你不觉得冤吗？"你还笑了，你说："我一天忙得晕头转向，没时间去想它！"当时，我真佩服你！只是快分手时，你却嘱咐我："这种事，你别告诉傅家杰，他自己的事就够烦的了。"我们默默地走了一条街。我看到你的脸色是平静的，目光是自信的。你心里的想法是任何人动摇不了的。我也明白，你是用多么坚强的毅力抵抗着那些袭来的石子，走着自己生活的路。如果我能够有你一半的勇气和毅力，我也不会做出今天的抉择。

原谅我吧！我只能对你这样说。我走了，我把心留在你身边，留在我亲爱的祖国。不管我的双足走向何方，我都不会忘记故国的恩情。相信我吧！我只能对你这样说。相信我们会回来的。少则几年，多则十几年，等亚亚学有所长，等我们在医学上稍有成就，我们一定会回来的。

最后，衷心祝愿你早日恢复健康！经过这场大病，你应该接受教训，自己多照顾自己。这不是我劝你自私。你的不自私，是我历来敬佩的。我只希望你有一个健康的身体，我只希望中华医学的新秀能够吐出更多的芬芳！

别了，我的好友！

亚芬

匆匆于机场

二十二

一个半月以后，陆文婷大夫病体初愈，被允许出院了。

这几乎是一个奇迹。以陆文婷平日极为虚弱的身体，突然遭到这样一场大病的袭击，几次濒于死亡的边缘，最后竟能活了过来，内科大夫都感到惊异和庆幸。

这天上午，傅家杰怀着感恩的心情在妻子身边忙着。他替她穿上棉衣毛裤，又穿上一件蓝布棉猴，围上一条驼色大长毛围巾。

"家里怎么样了？"她问。

"挺好。昨天你们支部还派人去帮着收拾了。"

她立即想起那间小屋，那个罩着白布的大书架，那窗台上的小闹钟，那张三屉桌……

从死亡线上回来的她，虽然穿了这么多衣服，仍觉得身上轻飘飘的。当她站起来时，两腿打着哆嗦，很难支持身体的重量。她整个身子几乎全靠在丈夫身上，一手拽住他的衣袖，一手扶着墙，才迈出了步子。接着，一步又一步，她慢慢地走出了病房。

赵天辉院长、孙逸民主任，还有内科和眼科的一些同志们，跟在她身后，看着她一步一停地沿着长长的甬道，朝门外走去。

接连下了几天雨，一阵冷风吹得光秃的树枝呼呼地响。雨后的阳光格外的明媚，强烈的光束直射进这长长的长廊，冷风也呼啸着迎面吹来。傅家杰倍加小心地挽着妻子，迎着朝阳和寒风朝前走去。

门外石阶下停着一辆黑色的小卧车。那是赵院长亲自打电话给行政处要来的。

陆文婷大夫靠在丈夫臂上，艰难地一步一步朝门外走去……

原载《收获》1980 年第 1 期

中国作家协会 1977—1980 年全国优秀中篇小说

蒲柳人家

刘绍棠

一

七月天，中伏大晌午，热得像天上下火。何满子被爷爷拴在葡萄架的立柱上，系的是挂贼扣儿。

那一年是一九三六年。何满子六岁，剃个光葫芦头，天灵盖上留着个木梳背儿；一交立夏就光屁股，晒得两道眉毛只剩下淡淡的痕影，鼻梁子裂了皮，全身上下就像刚从烟囱里爬出来，连眼珠都比立夏之前乌黑。

奶奶叫东隔壁的望日莲姑姑给何满子做了一条大红兜肚，兜肚上还用五彩细线绣了一大堆花草。人配衣裳马配鞍，何满子穿上这条花红兜肚，一定会在小伙伴们中间出人头地。可是，何满子一天也不穿。

何满子整天在运河滩上野跑，头顶着毒热的阳光，身上再裹起兜肚，一不风凉，二又窝汗，穿不了一天，就得起大半身痱子。再有，全村跟他一般大的小姑娘，谁的兜肚也没有这么花儿草儿的鲜艳，他穿在身上，男不男，女不女，小姑娘们要用手指刮破脸蛋儿，臊得他找个田鼠窝钻进去；小小子儿们也要敲起锣鼓似的叫他小丫头儿，管叫他一辈子抬不起头。

何满子不穿花红兜肚，奶奶气得咬牙切齿地骂他，手握着擀面杖要梆他，还威吓要三天不给他饭吃。原来，这条兜肚大有讲究。何满子是个娇哥儿，奶奶老是怕阎王爷打发白无常把他勾走；听说阎王爷非常重男轻女，何满子穿上花红兜肚，男扮女装，阎王爷老眼昏花地看不真切，也就起不了勾魂索命的恶念。

何满子的奶奶，人人都管她叫一丈青大娘；大高个儿，一双大脚，青铜肤色，嗓门也亮堂，骂起人来，方圆二三十里，敢说找不出能够招架几个回合的敌手。一丈青大娘骂人，就像雨打芭蕉，长短句，四六体，鼓点似的骂一天，一气呵成，也不倒嗓子。她也能打架，动起手来，别看五六十岁了，三五个大小伙子不够她打一锅的。

她家坐落在北运河岸上，门口外就是大河。有一回，一只外江大帆船打门口路过，也正是歇晌时分。一丈青大娘站在篱笆外的伞柳荫下放鸭子，一见几个纤夫赤身露体，只系着一条围腰，裤子卷起来盘在头上，便断喝一声："站住！"这几个纤夫头顶着火盆子，拉了百八十里路，顶水又逆风，还没有歇脚打尖，个顶个窝着一肚子饿火。一丈青大娘的这一声断喝，他们只当耳旁风。一丈青大娘见他们头也不抬，理也不理，气更大了，又吆喝了一声："都给我穿上裤子！"有个年轻不知好歹的纤夫，白瞪了一丈青大娘一眼，没好气地说："一大把岁数儿，什么没见过；不爱看合上眼，掉过脸去！"一丈青大娘火了起来，挽了挽袖口，手腕子上露出两只叮叮当当响的黄铜镯子，一阵风冲下河坡，阻挡在这几个纤夫的面前，手戳着他们的鼻子说："不能叫你们腌臜了我们大姑娘小媳妇的眼睛！"那个不知好歹的年轻纤夫，是个生楞儿，用手一推一丈青大娘，说："好狗不挡道！"这一下可捅了马蜂窝。一丈青大娘勃然大怒，老大一个耳刮子抡圆了扇过去；那个年轻的纤夫就像风吹乍篷，转了三转，拧了三圈儿，满脸开花，口鼻出血，一头栽倒在滚烫的沙滩上，紧一口慢一口捯气，高一声低一声呻吟。几个纤夫见他们的伙伴挨了打，嗯哨而上；只听咯吧一声，一丈青大娘折断了一棵茶碗口粗细的河柳，带着呼呼风声挥舞起来，把这几个纤夫扫下河去，就像正月十五煮元宵，纷纷落水。一丈青大娘不依不饶，站在河边大骂不住声，还不许那几个纤夫爬上岸来；大帆船失去了纤力，掌舵的绽裂了虎口，也驾驭不住，在河上转开了磨。最后，还是船老板请出了摆渡船的柳罐斗，钉掌铺的吉老秤，老木匠郑端午，开小店的花鞋杜四，说和了两三个时辰，一丈青大娘才算开恩放行。

一丈青大娘有一双长满老茧的大手，种地、撑船、打鱼都是行家。她还会扎针、拔罐子、接生、接骨、看红伤。这个小村大人小孩有个头痛脑热，都来找她妙手回春；全村三十岁以下的人，都是她那一双粗大的手给接来了人间。

不过，别看一丈青大娘能镇八方，她可管不了何满子。何家世代单传，辈辈一棵苗，何满子的爷爷就是老生儿，他父亲也是在一丈青大娘将近四十岁时才落生的；偏是何满子不同凡响，是他母亲头一胎生下来的贵子。一丈青大娘一听见孙子呱呱坠地的啼声，喜泪如雨，又烧香又上供，又拜佛又许愿。洗三那天，亲手杀了一只羊和三只鸡，摆了个小宴；满月那天，更杀了一口猪和六只鸭，大宴乡亲。她又跑遍沿河几个村落，挨门挨户乞讨零碎布头儿，给何满子缝了一件五光十色的百家衣；百日那天，给何满子穿上，抱出来见客，博得一片彩声。到一周岁生日，还打造了一个分量不小的包铜镀金长命锁，金光闪闪，差一点把何满子勒断了气。

何满子是一丈青大娘的心尖子，肺叶子，眼珠子，命根子。这一来，一丈青大娘可就跟儿媳妇发生了尖锐的矛盾。

何满子的父亲，十三岁到通州城里一家书铺学徒，学的是石印。他学会一笔好字，也学会一笔好画，人又长得清秀，性情十分温顺，掌柜的很中意，就把女儿许配给他。何满子的爷爷虚荣心强，好攀高枝儿，眉开眼笑地答应了这门亲事。一丈青大娘却不大乐意；她不喜欢城里人，想给儿子找个农家或船家姑娘做妻子，能帮她干活，也能支撑门户。可是，她拗不过老头子，也怕伤了儿子的心，不乐意也只得同意了。何满子的母亲不能算是小姐出身，她家那个小书铺一年也只能赚个温饱；可是，她到底是文墨小康之家出身，虽没上过学，却也熏陶得一身书香，识文断字。她又长得好看，身子单薄，言谈举止非常斯文，在一丈青大娘的眼里，就是一朵中看而无用的纸花，心里不喜爱。何满子的母亲更看不上婆婆的粗野，在乡下又住不惯，一住娘家就不想回来。等生下了何满子，何满子的父亲就想在城里另立个家。一丈青大娘是个爱面子的人，分家丢脸，可是一家子鸡吵鹅斗，也惹人笑话；老人家左右为难，偷偷掉了好几回眼泪。但是，前思后想，千里搭长棚，没有不散的筵席，到了儿点了头。不过，却有个条件，那就是儿媳妇不能把何满子带走。孩子是娘身上掉下来的肉，何满子的母亲哭得死去活来。最后，还是请来摆渡船的柳罐斗，钉掌铺的吉老秤，老木匠郑端午，开小店的花鞋杜四，说和三天三夜，婆媳俩才算讲定，何满子上学之前，留在奶奶身边；该上学了，再接到城里跟父母团聚。

何满子在奶奶身边长大，要天上的星星，奶奶也赶快搬梯子去摘。长到四五岁，就像野鸟不入笼，一天不着家，整日在河滩野跑。奶奶八样不放心，怕让狗咬了，怕让鹰抓了，怕掉在土井子里，怕给拍花子的拐走。老人家提心吊胆，就像丢了魂儿，出来进去团团转，扯着一条亮堂嗓门儿，村前村后，河滩野地，喊哑了嗓子。何满子却隐匿在柳棵子地里，深藏到芦苇丛中，潜伏在青纱帐内的豆棵下，跟奶奶捉迷藏，暗暗发笑。等到天黑回家去，奶奶抄起顶门杠子，要敲碎何满子的光葫芦头；何满子一动不动，眼皮眨也不眨，奶奶只得把顶门杠子一扔，叫了声："小祖宗儿！"回到屋里给孙子做好吃的去了。不是煮鸡蛋，就是烙白面饼。

这一天，何满子的爷爷回来了。一丈青大娘跟老头子叨唠这个，嘟哝那个，老头子阴沉着脸，哼哼哈哈，一脑门子官司；一丈青大娘气不打一处来，跟老头子叫起了苦，顺口就给何满子告了状。爷爷是个风火性儿，一怒之下，就把何满子拴在了葡萄架的立柱上，系的是拴贼扣儿，跑不了更飞不了。而且，在他面前扔下一个纸盒，盒子里有一百个方块字码，还有一块石板和一支石笔，勒令他在这一个歇晌的工夫，把这一百个字写下来。

这倒难不住何满子。可是，他有生以来头一回失去自由，心里委屈而又憋闷，两眼直呆呆，双手懒洋洋，一点也没有写字的兴致。

二

何满子的爷爷，官讳已不可考。但是，如果提起他的外号，北运河两岸，古北口内外，在卖力气走江湖的人们中间，那可真是叫得山响。

他的外号叫何大学问。

何大学问人高马大，膀阔腰圆，面如重枣，浓眉朗目，一副关公相貌。年轻的时候，当过义和团，会耍大刀，拳脚上也有两下子。以后，他给地主家当赶车把式，会摆弄牲口，打一手好鞭花。他这个人好说大话，自吹站在通州东门外的北运河头，抽一个响脆的鞭花，借着水音，天津海河边上都震耳朵。他又好喝酒，脾气大，爱打抱不平，为朋友敢两肋插刀，所以在哪一个地主家都待不长。于是，他就改了行，给牲口贩子赶马；一年有七八个月出入古北口，往返于塞外和通州骡马大市之间，奔走在长城内外的古驿道上。几百匹野马，在他那一杆大鞭的管束下，乖乖地像一群温驯的绵羊。沿路的偷马贼，一听见他的鞭花在山谷间回响，急忙四散奔逃，躲他远远的。所以，他不但是赶马的，还是保镖的，牲口贩子都抢着雇他。这一来，他的架子大了，不三顾茅庐，他是不出山的；至于脚钱多少，倒在其次，要的就是刘皇叔那样的礼贤下士。

他这个人，不知道钱是好的，伙友们有谁家揭不开锅，沿路上遇见老、弱、病、残，伸手就掏荷包，抓多少就给多少，也不点数儿；所以出一趟口外挣来的脚钱，到不了家就花个精光。

在这个小村，数他走的地方多，见的世面广；他又好戴高帽儿，讲排场，摆阔气。出一趟口外，本来挣不了多少钱，而且到家之前已经花得不剩分文，但是回到村来，却要装得好像腰缠万贯；跟牲口贩子借一笔驴打滚儿，也要大摆酒筵，请他的知音相好们前来聚会，听他谈讲过五关，斩六将，云山雾罩。他这个人非常富有想象力，编起故事来，有枝有叶，有文有武，生动曲折，惊险红火。于是，人们一半是戏谑，一半是尊敬，就给他送了个何大学问的外号。

自从他被尊称为何大学问以后，他也真在学问上下起功夫来了。过去，他好听书，也会说书；在荣膺这个尊称之后，当真看起书来。他腰里常常揣着个北京老二酉堂出版的唱本，投宿住店，歇脚打尖，他就把唱本掏出来，咿咿哦哦地嘟念。遇上生字儿，不耻下问，而且舍得掏学费；谁教他一字一句，他能请这位白吃一顿酒饭。既然人称大学问，那就要打扮得斯文模样儿，于是穿起了长衫，说话也咬文嚼字。人们看见，在长城内外崇山峻岭的古驿道上，这位身穿长衫的何大学问，骑一匹光背儿马，左肩挂一只书囊，右肩扛一杆一丈八尺的大鞭，那形象是既威风凛凛又滑稽可笑。而且，路遇文庙，他都要下马，作个大揖，上一炷高香。本来，孔夫子门前早已冷落，小城镇的文庙十有八九坍塌破败，只剩下断壁残垣，埋没于蓬蒿荆棘之中，成为鸟兽栖聚之地；他这一作揖，一烧香，只吓得麻雀满天飞叫，野兔望影而逃。

夜深人静睡不着觉的时候，何大学问也常常感到阵阵悲凉。自家祖宗八辈儿，穷得房无一间，地无一垄，都是睁眼瞎。自个儿跳跶了大半辈子，已经年过花甲，不过挣下三间泥棚茅舍，八亩河滩洼地；虽然被人尊称大学问，可从没进过学堂一天，斗大的字认不得三筐，而且只会念不会写。儿子天生文质，也只念了三年私塾，就不得不到书铺学徒。看来，何家要出个真正大学问，只有指望孙子何满子了。可是，掂量一下自己这点财力，供他念完小学，已经是鼓着肚子充胖；而中学大学的门槛九丈九尺高，没有白花花的银洋砌台阶，怎么能高攀得上？自己已经老迈年高，砸碎了骨头也榨不出几两油来；难道孙儿到头来也要落得个赶马或是学徒的命运？

何满子也真是聪慧灵秀，脑瓜儿记性好，爱听故事，过耳不忘；好问个字儿，过目不忘。何大学问在孙子面前假充圣人，把他的那些唱本传授给孙子；何满子就像春蚕贪吃桑叶，一册唱本不够他几天念的。何大学问惊喜过望，就想求个名师指点。正巧他在赶马路上，在一座骡马大店里，遇见一位清朝的老秀才，在这座骡马大店里当账房先生，写一手魏碑好字；店里生意冷清，掌柜的打算辞退这个穷儒。何大学问脑瓜子一热，就礼聘这位老秀才到他家教专馆，讲定教一个字给一个铜板。

老秀才来到何家，就在葡萄架下开讲。他高高在上，坐一张太师椅，手拿一杆斑竹白铜锅的长杆烟袋；何满子低首俯身，坐个蒲团儿，面前一张小饭桌，就像被老秀才踩在脚下。老秀才整天板着一张阴沉沉的长脸，何满子抬头一看，只觉得头上压着一朵乌云，叫人喘不过气。老秀才又酸气冲天，开口诗云子曰，闭口之乎者也，何满子只觉得枯燥乏味，更加闷闷不乐。他本是个整天跑野马的孩子，从早到晚关在家里，难受得屁股下如坐针毡，身上像芒刺在背。念着书，一听见篱笆外柳树梢上莺啼燕啭，就想噘着嘴唇学鸟叫，念书跑了调儿；一听见门外过往行船的纤歌声，心里就七上八下，想跑出去看一看，念书走了神儿。老秀才的眼睛尖得像锥子，一见他的身子动了动，就伸出斑竹白铜锅的长杆烟袋，敲他的光葫芦头；每敲一下，就肿起一个枣子大的青包，何满子恨透了老秀才。一丈青大娘见孙子天天挨打，心疼得就像一块一块剜肉；只有何大学问认定不打不成才，非但不怪罪老秀才学规森严，而且还从旁给老秀才呐喊助威。何大学问每天招待老秀才三顿净米净面，外加一壶酒；这个局面，穷门小户怎能支撑得住？不到一个月，何大学问就闹了饥荒，拉下了斗大的亏空，只得又去赶马。

何大学问一走，何满子就像野马摘了笼头；天不亮，头顶着星星，脚蹬着露水，从家里溜出去，逃开了学。一丈青大娘早就腻歪了老秀才，先断了每天一壶酒，又撤了一天三顿净米净面。老秀才混不下去了，留下了几百个方块字码，索取了几百个铜板，怏怏而去。

这时，西隔壁那个在通州潞河中学念书的周檎，放暑假回来，何满子整天跟这位洋学生形影不离。何大学问赶马回来，一见老秀才走了，很觉得过意不去，埋怨一丈青大娘头发长，见识短；但是，一见何满子跟着周檎学会了一大堆字儿，还不花一文钱，又不禁转怒为喜了。

何大学问也不是不疼爱孙子。他每趟赶马回来，一心盼家，最大的盼头就是享受天伦之乐。他满脸胡楂，就像根根松针，最喜欢磨蹭孙子的脸蛋儿，逗得孙子吱儿喳乱叫，笑成一团儿，打成一团儿。而且，每趟回来，都要给孙子带回一梢马子吃食。

但是，这一趟回来，何大学问好像苍老了几岁，愁眉苦脸，垂头丧气，眉头子挽成个鸡蛋大的疙瘩。何满子叽叽喳喳欢迎爷爷，爷爷一点也不欢喜，没有抱他，也没有亲他，梢马子空空荡荡只有两层皮。

何满子对爷爷心怀不满，拿白眼珠儿翻瞪爷爷，闷坐在窗根下，小嘴�’嘬得能挂个油瓶儿。

后来，他听见奶奶跟爷爷吵了起来：

"你一进家就丧门神似的，没一点喜色，要是你嫌弃我们娘儿俩，就留在口外守你那座娘娘庙，死外丧也没人去给你收尸！"

近一两年，何满子懂了点事儿，从大人们的只言片语里，影影绰绰听说爷爷在口外还有一个相好的女人，比奶奶年轻十多岁，住在帐篷里，是个放马的。奶奶跟爷爷吵架，一骂起那个放马的女人，爷爷就不敢跟奶奶对仗了。何满子却非常想跟爷爷出一趟口，到那位年轻奶奶的帐篷里住几天；他自信，那位口外的奶奶也会像家里的奶奶一般疼爱他。疼爱他的人越多越好。

"妈的，我差一点儿扔了这把老骨头，你还咒我！"这一回吵架，爷爷却不肯向奶奶低头服软儿，忍气吞声，"日本鬼子把咱们中国大卸八块啦！先在东三省立了个小宣统的'满洲国'，又在口外立了个德王的'蒙疆政府'，往后没有殷汝耕的公文护照，不许出口一步。这一趟，'蒙疆军'把我跟掌柜的扣住，硬说我们是共产党，不过是为了没收那几百匹马。掌柜的在牢房里上吊了，他们看我是个榨不出油水的穷光蛋，白吃他们的狱粮不上算，才把我放了。"

何满子听不大懂，可是他听说过殷汝耕这个名字。去年冬天，一个下大雪的日子，乡下哄传殷汝耕在通州坐了龙庭，另立国号，天怒人怨，大地穿白挂孝。寒假里周檎回来，大骂殷汝耕是儿皇帝，管殷汝耕叫石敬瑭，还给何满子讲了一段五代残唐的故事。

原来爷爷坐了牢，还险些扔了命，何满子心疼起爷爷来了。他正想进屋把爷爷哄得开了心，谁想爷爷竟把满腔怒火发泄到他身上，不但将他挂在葡萄架的立柱上，系的是拴贼扣儿，而且还硬逼他在石板上写一百个字。何满子一看见老秀才留下的这些手迹，就想起老秀才那一张阴沉沉的长脸和斑竹白铜锅的长杆烟袋，心里烦透了。

爷爷喝了一壶酒，四脚八叉躺在北房东屋土炕上，打着呼噜睡大觉，天塌了也惊不醒他；奶奶哭丧着脸，坐在外屋锅台上，拨动着一支牛拐骨捻麻绳，依然怒气不息。

现在，只有一个人能搭救何满子；但是，何满子望眼欲穿，这颗救命星却迟迟不从东边闪现出来。

三

何满子觉得，他这个家，像个鸟笼，他好比一只被关在笼子里的柳叶翠鸟；他又觉得，这个家像一只麦秆编成的蝈蝈篓儿，他好比被捉进篓里的小绿蝈蝈。

四面是柳枝篱笆，篱笆上爬满了豆角秧，豆角秧里还夹杂着喇叭花藤萝，像密封的四堵墙。墙里是一棵又一棵的杏树、桃树、山楂树、花红果子树，墙外是杨、柳、榆、槐、桑、枣、杜梨树，就好像给这四堵墙镶上两道铁框，打上两道紧箍。奶奶连巴掌大的地块也不空着，院子里还搭了几铺黄瓜架；而且不但占地，还要占天，累累连连的南瓜秧爬上了三间泥棚茅舍的屋顶，石碌子大的南瓜，横七竖八地躺在屋顶上，再长个儿，就该把屋顶压塌了。

天气越来越热，没有一丝风，小院子闷得像扣上了笼屉。虽然葡萄架绿荫如盖，何满子又赤条精光，可是还阵阵出汗；他看了看拴在脚踝上的绳索，解也解不开，挣也挣不脱，急得满头冒火星子，汗下如雨。

忽然，隔墙花影动，从东篱笆上的豆角秧和喇叭花藤萝里，露出一张俊俏的脸儿，轻轻地叫了一声："满子！"

何满子一抬头，原来是望日莲姑姑，救命星光临了。

"莲姑！"何满子一肚子委屈，好容易盼来了亲人，哇的一声哭了。

坐在外屋的一丈青大娘，听见哭声，扔下手里的牛拐骨，走了出来，问道："满子，怎么啦？"

何满子一听奶奶的口气，明明是带着心疼的意味，于是便演出了他的拿手好戏，扯着嗓子大哭起来。

篱墙外，一串脆笑，望日莲问道："干娘，满子犯了多大的家规，披枷戴锁的打算刺配沧州呀？"

何满子哭得一声更比一声高。

"那个老杀千刀的，撞了黑煞，一进门就瞧着我们娘儿俩扎眼；打算先勒死小的，再逼死老的，好接那个口外的野娘儿们来占窝儿！"

一丈青大娘破口大骂起何大学问。

北房东屋土炕上，发出一声虎啸，何大学问怒吼着冲出屋门。他光着膀子，赤着两脚，只穿一条肥大短裤，挓挲着根根松针似的胡楂，喊嚷道："不是你这个长舌头娘儿们挑三窝四，我就舍得拴起满子来啦？"

"是我叫你拴的呀？"一丈青大娘的嗓门儿，压倒了何满子的哭声和何大学问的吼声，"我不过是叫你吓唬吓唬他，谁想你却黑心下毒手！"

"我并没有真捆满子呀！"

"哎哟，拴贼的扣儿，勒得孩子快断了气儿！"一丈青大娘拍得巴掌山响。

"我割下你这个娘儿们的长舌头！"何大学问大步走到葡萄架下，伸出一个指头，抖搂了一下那圈套圈儿、环套环儿的绳索，哗啦散开了，"瞧，这是真捆他吗？"

望日莲背着大筐跑进来，笑道："干爹，您可真会玩花活儿。"

"这叫兵不厌诈，空绳计！"何大学问得意地呵呵笑道，"可这一来，我的花活露了馅儿，满子的贼胆子就更大了。"

"您还是进屋睡回笼觉去吧，满子陪我到河滩上打青柴。"望日莲说。

"等一等！"何大学问说，"让他奶奶给孩子做口吃的。"

"我不管！"一丈青大娘还在跟老头子赌气。

"不敢有劳王母娘娘的大驾！"何大学问叹了口气，"我给何家的这个小祖宗儿当大脚老妈子。"

"我不吃！"何满子一甩胳膊，"把挂在西屋墙上的那一串打鸟夹子给我拿来，我打鸟去。"

"得令！"何大学问高声答应，"瞧我孙子的孝心多大，给爷爷打野味，晚上下酒。"说罢，一溜小跑进屋去。

何满子从爷爷手里接过一大串打鸟夹子，牵着望日莲的手走出柴门，眼睫毛上还挂着泪珠儿，就噘起嘴唇学了一声布谷鸟叫："咕咕，咕咕！"

"你也是我的小祖宗儿。"望日莲说，"来，我背着你。"

望日莲找个土坡，半蹲下身子，大筐靠在土坡上，何满子坐进去，望日莲直起腰，背着他奔河边去了。

望日莲十九岁，奶名可怜儿，是何家东隔壁杜家的童养媳。十二年前，在摆渡口开小店的花鞋杜四，从一个逃荒的饥民手里买下来，领回家，给他那个当时已经十七岁的傻儿子当童养媳妇。这个傻儿子小名叫二和尚，长得丑陋，又缺心眼儿，就会在小店里扫马粪。花鞋杜四是这个小村有名的泥腿，他的老婆豆叶黄，又是这个小村独一无二的破鞋。豆叶黄长得有几分姿色，可是心肠歹毒，一张嘴就像蛇吐信子。可怜儿来到杜家，一年到头天蒙蒙亮就起，烧火、做饭、提水、喂猪、纺纱、织布、挖野菜、打青柴，夜晚在月光下，还要织席编篓子，一打盹儿就要挨豆叶黄的笤帚疙瘩，身上常被拧得青一块紫一块。

可怜儿十岁那年，张作霖的队伍跟吴佩孚的队伍隔着北运河开仗，炮火连天，一个炮弹炸了个大坑，把可怜儿倒栽葱埋了下去，花鞋杜四和豆叶黄也不扒她，慌慌张张跑反走了。一丈青大娘心肠软，冒着硝烟把可怜儿扒了出来，可怜儿昏迷不醒，一丈青大娘把她装进大筐，背在身上就跑。一块炮弹皮子划破了一丈青大娘的鬓角，她还是不忍心扔下这个苦孩子，自个儿逃命。在青纱帐里躲藏了三天，仗打完了，回到村里，才知道二和尚被奉军抓了伕，下落不明。豆叶黄哭天叫地，一腔毒火扑到可怜儿身上，骂她是扫帚星，克夫命，又掐又咬，疼得可怜儿满地打滚儿。一丈青大娘忍无可忍，跳过篱笆，把可怜儿抢救出来。豆叶黄也不是好惹的，跟一丈青大娘对骂起来；一丈青大娘虽然口角锋利，可是豆叶黄的舌头带着毒刺儿，于是动口改了动手，把豆叶黄打得七窍出血，豆叶黄就爬到何家门口，躺下装死。花鞋杜四更不是省油的灯，手持一把宰猪的青条子赶来，要烧何家的房；一丈青大娘就拿起一把鱼叉，跟花鞋杜四交了手。正打得你死我活，难解难分，何大学问从口外赶马回来了，抢起大鞭，一个鞭花抽过去，把花鞋杜四抽了个皮开肉绽，差一点腰断两截。花鞋杜四岂能善罢甘休，他在官面上有路子，搬来了河防局的一个巡长，要把何大学问抓去坐牢。最后，还是有人出面说和，何大学问请了两桌酒席，答应给花鞋杜四和豆叶黄治疗养伤；但是，何大学问和一丈青大娘一定要认可怜儿当干闺女，花鞋杜四表示同意，不过将来可怜儿圆房，何大学问跟一丈青大娘得陪一笔嫁妆。两下立了文书，画了押，可怜儿当众给干爹和干娘叩了头。

一丈青大娘觉得干女儿的名字不吉利，就给她改名叫贵莲。贵莲虽然不再挨打，可是一年三百六十天，还是没有喘气的工夫。她到河滩上打青柴，何家西隔壁的周檎下了学也到河滩上打青柴，两人十分要好，常常嬉戏打闹，周檎就管她叫望日莲；她的命相本来不贵，反倒挺喜欢这个外号，一来二去就叫开了。

运河滩上遍地开放着五颜六色的野花，顶属死不了的花朵最小，只有蚕豆粒大，血红血红的，洒满在河边、路旁、柳荫下，不怕风吹雨打，不怕曝晒干旱。一连多少日子不下雨，土地龟裂，禾苗枯黄，可是小小的死不了花却更鲜红，更艳丽，叶子也更翠绿。望日莲就像那死不了花，在饥饿、虐待和劳苦中发育长大，模样儿越来越俊俏，身子越来越秀美。干爹和干娘疼她，一年也给她做一身新衣裳，她穿上新衣裳就更好看。

二和尚被奉军抓伕，一去没回头，何大学问和一丈青大娘就想给望日莲另找婆家。当面不便开口，就拜托摆渡船的柳罐斗，钉掌铺的吉老秤，老木匠郑端午，到杜家探探口气。谁想，三个人刚说明来意，豆叶黄便号啕大哭，夹枪使棒地摔了一大堆闲言碎语。花鞋杜四倒似乎通情达理，说他也不愿意耽误了儿媳的青春，只是儿子生死未卜，宁拆十座庙，不破一门婚，他主张请个算命先生，给望日莲打一打卦。也真凑巧，他的话刚落音，门外就响起算命先生的笛声，他就跑出去请了进来。当着众人的面，算命先生盘问了望日莲和二和尚的生辰八字，掐指算了又算，口中念念有词；然后断定，二和尚在外已经当了官，要像薛平贵那样，一十八载才能衣锦还乡。二和尚出去已经八年了，所以望日莲还得在寒窑苦守十个春秋，就会苦尽甘来，夫贵妻荣。

其实，花鞋杜四和豆叶黄各怀鬼胎，居心不良。花鞋杜四一肚子狗杂碎，他见望日莲出落得一朵鲜花似的，就起了乱伦的贼心。豆叶黄本来是个破鞋，花鞋杜四常年住在小店里，很少回家来睡，她就招野汉子；眼见自个儿年老色衰，缺乏吸引力，就想拿望日莲当招蜂引蝶的幌子。有一天夜晚，豆叶黄跟她的野汉子约定，半夜三更前来。正是暑伏时节，豆叶黄喊叫屋里闷热，打开前后门窗通风。半夜里，豆叶黄走出后门，叫她那个等候在篱笆根下的野汉子进去，她在外面把门。那野汉子像一只偷鸡的黄鼠狼，蹑手蹑脚而入。就在这时，前门又贼溜溜闪进一个黑影；月黑天，天阴得像锅底，两人谁也没看见谁，一齐扑向望日莲的小西屋。

望日莲人大心大，又见豆叶黄行为不正，花鞋杜四贼眉鼠眼，每晚临睡之前，都关严窗户，顶住房门，身旁左边一把镰刀，右边一把剪子。两个恶贼扑门，望日莲惊醒，从炕上跳起来，可是还没有等她动手，这两个恶贼先厮打起来。望日莲投出了镰刀和剪子，从窗口跳出去，大喊一丈青大娘救命。一丈青大娘闻声而至，掌起灯火，只见镰刀砍在花鞋杜四腿上，剪子扎在野汉子胳臂上，两个恶贼仍然死咬住不放，滚在一起厮打。

出了这件事，一丈青大娘不依不饶了。豆叶黄理屈词穷，只得应许望日莲白天给她家干活，晚上到一丈青大娘那里去睡。

何大学问出口赶马，望日莲就跟一丈青大娘和何满子同睡在一条小炕上；何大学问赶马回来，望日莲就跟何满子到西屋去睡。那时候何满子才三岁，每晚都睡在望日莲的怀抱里，已经三年了。

望日莲虽然摆脱了花鞋杜四和豆叶黄的暗算，可是摆不脱苦重的劳动，她还要一年到头、一天到晚地干活。而且，豆叶黄因为奸计未成，要出口气，更加重了望日莲的劳苦。望日莲从来没有歇过晌，大晌午头儿，便得去打青柴。

年轻的姑娘媳妇们下地，身边都带着个孩子，倒不是为护身，而是为防嫌。所以，望日莲晌午打青柴要带着何满子。

四

望日莲的大筐里背着何满子，沿着河岸走出村口，便是一片河滩。

这片河滩方圆七八里，一条条河汊纵横交错，一片片水洼星罗棋布，一道道沙冈连绵起伏。河汊里流水潺潺，春天只有脚面深，一进雨季，水深也只过膝，宽窄三五尺，也不搭桥，可以一跃而过；河汊两岸生长着浓荫蔽日的大树，枝枝丫丫搭满大大小小的鸟窝。水洼里丛生着芦苇、野麻和蒲草，三三五五的红翅膀蜻蜓，在苇尖、麻叶和草片上歇脚；而隐藏深处的红脖水鸡儿，只有蝴蝶大小，啼唱得婉转迷人，它的窝搭在擦着水皮儿的芦苇半腰上，一听见声响，就从窝里钻进水里，十分难捉。沙冈上散布着郁郁葱葱的柳棵子地，柳荫下沙白如雪，大热天躺在白沙上，身心都感到清凉。

何满子最喜欢到河滩上玩耍。光着屁股浸入河汊，捞虾米，掏螃蟹，摸小鱼儿；钻进苇塘里，搜寻红脖水鸡儿，驱赶红蜻蜓满天飞舞，更是有趣；但是，最好玩的还是在大树下、茂草中和柳棵子地里，埋下夹子和拍网打鸟。

一到河滩上，何满子就叫望日莲把他从大筐里卸下来，欢叫着蹚过一条条河汊，跑在前面，从一片片水洼的苇丛中钻进钻出，最后一口气跑上最高的那道沙冈。

望日莲也来到了高高的沙冈上，她坐下来喘了口气，就折了两大把柳枝，编成一个遮阳的柳圈儿；她连一顶破草帽也没有。柳圈儿编成了，她把那一条粗大油黑的辫子盘绕在头上，然后再戴上柳圈儿。这时，何满子一定要采几朵火红的、金黄的、洁白的、绛紫的、天蓝的野花，插在柳圈上，想把莲姑打扮得更好看。望日莲又脱下身上那打满补丁的蓝花土布小褂儿，扔给何满子，叮咛说："给我看着！你打鸟儿别像断线的风筝，有男人来，赶紧喊我。"

何满子见她的胸脯上还七缠八绕着一块长条子破布，便说："莲姑，把这条子破布扯下来，多凉快。"

"放屁！"望日莲脸一红，"姑娘家能脱光膀子吗？"

望日莲头戴着插满野花的柳圈儿，一手提着大筐，一手握着镰刀，钻进蓬蒿茂草丛中去了。何满子坐在柳棵子地里，抱着望日莲的蓝花土布小褂儿放哨。一会儿，他就感到寂寞了，越寂寞，也就越感到发困。于是，他不耐烦了，揉了揉眼，摇了摇头，清醒过来，就扒了个沙坑，把蓝花土布小褂埋起来，提着一串打鸟夹子，走下沙冈。

何满子先到草棵里捉小虫，把小虫串在夹子的支棍上，一把一把地四处埋伏起来，每处都拔几棵草盖上，伪装一下。然后，就钻进茂草中，轻柔地吹着口哨，含一片草叶学鸟叫，引诱树上的和树丛里的鸟儿下树出窝，觅食上钩儿。何满子听见这里啪的一声，那里啪的一声，乐得直想翻个跟头打几个滚儿，那是打中了。但是，有时候也噗的一声，却是打空了。受了惊的鸟儿，吓得钻入没天云，受了挫伤的羽毛在风中飘散。

他听着打中鸟儿的声音，心里默默地数着数儿；要打到二三十只，才够他和望日莲烧吃一顿。

一想到莲姑每天都吃不饱，何满子的心里就一阵阵发酸。打青柴的时候，他常常看见望日莲饿得心里发慌，脸白得像一张白菜叶子，额角上冒出一层层的虚汗，就手打着颤儿摘取一颗一颗的地梨，填填肚子。何满子心疼望日莲，就到财主家的瓜田里去偷瓜；面瓜香甜柔软，很好吃，吃上几个也能饱一阵子。而且，偷瓜也是一种冒险的游戏，对何满子很有诱惑力。

他常常光顾邻村大财主董太师的瓜田。

爬过河滩上最后一道沙冈，就是董太师的瓜田。这一块瓜田二十亩，东西南北各有一座窝棚，地中央还有一座高高的瓜楼，瓜楼上站着一个拿枪的团丁；更有两条伸出血红长舌头的恶狗，在瓜田四外跑来跑去；瓜垄里，埋藏着一杆杆的枪，枪口露在土外，枪机上拴着一根绷紧的细绳。偷瓜的人不小心蹚上绳子，地枪响了，枪砂打在身上或是腿上，就要受重伤。

何满子从茂草中悄悄爬到董太师瓜田的地边，只见高高瓜楼上的那个团丁，抱着枪靠在栏杆上打呼噜，四座窝棚的看瓜人，前仰后合地打盹儿；那两条恶狗也各自找个阴凉卧下，懒得跑动了。何满子偷瓜，不但胆大，而且心细，他滴溜溜转动着黑亮黑亮的小圆眼睛，先看准了有利地形，再仔仔细细观察，分辨出哪一条瓜垄埋藏着地枪。然后，他趴下来，只靠两只臂肘爬行；临到地边，刺溜一下，像一只泥鳅，钻进了瓜垄。

钻进瓜垄的密叶下，何满子就如鱼游水，再有阵阵微风拂过，吹得瓜叶沙沙响，那就更给他帮了忙，打了掩护。他最喜欢吃甜瓜，甜瓜不但解渴，而且一直甜到心窝里。他也爱吃面瓜，面瓜不但解饿，而且吃过之后余香满口。他更喜爱西瓜，但是西瓜个儿大，还要砸破了皮，在瓜垄里不能吃，必须推出瓜田去。这个活儿很累，何满子却干得十分巧妙。他摘下一个斗大的西瓜，然后仰巴脚躺下，叉开双腿，把西瓜夹在腿裆里，两个手掌子按地，屁股一颠一颠地推得那个斗大的西瓜滚动着；慢慢地，慢慢地推出了瓜田，钻进茂草中，就算胜利了。但是要出一身大汗，沾满一身的沙子。

何满子听见啪的一声又一声，已经打中了十几只鸟儿，就钻进了董太师的瓜田；先在瓜垄里吃了个肚儿圆，然后抱出三个大面瓜，到蓬蒿丛中寻找望日莲。

这一大片蓬蒿，五尺多高的大汉钻进去不见影儿，何满子钻进去，就像一粒石子投入汪洋大海。他走一走便侧耳听一听，听一听哪里有镰刀的唰唰声，再循声找去。寻找望日莲，还有一个方便，那就是望日莲喜欢一边打青柴，一边唱小曲儿。她有一条低柔的嗓子，轻轻唱起来，悦耳动人心。这些小曲儿，都是情歌，词句都很大胆；何满子听不大懂，可是知道在家里是不能唱的。

何满子抱着三个大面瓜，在蓬蒿丛中找来找去，听不见镰刀的唰唰声，也听不见低柔的小曲声。他感到奇怪，也有点恐惧，站住了脚，支起耳朵，听了又听，仿佛听见了幽幽的哭泣声。他乍着胆子，踮着脚尖，提着身子，小步小步地向那边挨过去。

他看见了，望日莲已经割倒了一大片青柴，却不知为什么趴在了青柴上，两手抓着两大把泥土，哭得整个身子抽搐着。何满子想，望日莲一定是饿得肚肠子疼了，便高喊道："莲姑，你饿了吧？我给你送面瓜来啦！"

望日莲仰起半边脸，挂满了泪水，抽噎着说："我……不饿，你……吃吧！"

"我早就吃饱了！"何满子把三个大面瓜放在望日莲头前，腾出手来，拍了拍蝈蝈儿似的肚子，"快吃，快吃。"

"我……吃……不下去。"

"你病了吧？我找奶奶来给你扎针。"说着，何满子转身要走。

"我没病！"望日莲一把勾住他的腿腕子。

"那你为什么哭呢？"何满子迷惑地问。

"没来由，就是想哭。"望日莲坐起来，擦着眼泪。

何满子直勾勾瓷着眼珠儿，忽然笑了起来："我猜着啦！你是想檎叔了。"

"谁说我想他？"望日莲又扑簌簌淌下泪来，却还要嘴硬，"他算是我的什么人，我算是他的什么人？"

"你们俩……你们俩……"何满子不知如何回答，"你们俩当两口子吧！"

"今生没缘了，来世再说吧！"望日莲凄然地说。

"来世还得等多少年呢？"何满子问道。

望日莲失神地说："眼下就死，投胎转世，再过二十年，又这么大了。"

"我不愿意你等到来世！"何满子兴致勃勃地说，"等檎叔回来，我就催他雇花轿抬你。"

"他早就该回来了。"望日莲哀怨地说，"人家今年从潞河中学堂毕了业，就要进京上大学堂了，还想得起我这个打青柴的乡下丫头？"

"他要是把你忘了，我见面就骂他！"何满子忿忿地说，"我还要拿奶奶的鱼叉扎他，顶门杠子抡他。"

"住嘴吧！"望日莲慌忙双手捂住他的嘴巴，"不许你咒他。"

"我偏咒他，偏咒他！"何满子呸呸啐起了唾沫。

"求求你，好孩子！"望日莲哀求起来，"你在这儿咒他，他在外边有个灾枝病叶，谁来服侍他呢？"

"看你的面子，我不咒了。"

"你还得说，求老天爷保佑檎叔平平安安。"

"说这个干什么呀？"

"你刚才咒了他，还得给他消灾呀！"

"老天爷，保佑我檎叔平平安安吧！"何满子带着哭音呼叫起来，"保佑我莲姑跟我檎叔成两口子吧！"

望日莲紧紧地把何满子搂在怀里，雨点似的亲他。

望日莲也真的饿了，她风卷荷叶一般吃下了三个面瓜，心情也欢悦起来，白菜叶子似的脸上泛起了娇艳的颜色，目光也明亮得像月光下的春波，喜气挂上了微蹙的秀眉，红润的嘴唇漾起微笑，何满子呆呆地凝望着她。

"你看我什么？"望日莲纳闷地问道。

"莲姑，你真好看。"

"呸！"望日莲啐他一口，"这几个月，你光学坏，往后别跟我睡了。"

"等檎叔回来，我跟他做伴去！"何满子气恼地说。

望日莲愣了下神儿，脸红了红，小声说："那你就跟他睡一宿，再跟我睡一宿。"

"不！"何满子斩钉截铁地说，"檎叔回来了，我才不愿意跟你睡。"

"原来你跟我这么狠心呀！"望日莲说，"姑姑刚才逗你玩儿，心里才舍不得你。"

"你舍不得我，咱们仨一块儿睡！"何满子说。

"滚你的！"望日莲张开巴掌，轻轻用掌心拍了何满子的光葫芦头一下，"快去收拾你那些打鸟夹子吧，别叫人家起走了。"

何满子恍然想起这桩大事，急急飞跑而去。

五

满河滩跑了一遭，何满子起回了他所有的打鸟夹子和拍网，打中了二十多只，其中还有两只肥囊囊的花胡不拉鸟，心里非常高兴。这两只肥鸟，一只孝敬爷爷下酒，一只要让莲姑吃个痛快。

他回到最高的那道沙冈上，扒出望日莲那件打满补丁的蓝花土布小褂儿，望日莲已经一趟一趟地把大捆的青柴背到了沙冈下晾晒。

望日莲头上那插满野花的柳圈儿已经散乱了，盘绕着的大辫子拖落下来，沾了一头草叶，赤裸的肩头和胳臂上，划满了一道道血印子，七缠八绕在胸脯上的那块长条子破布，被汗水浸透，沾满了泥土。

"莲姑，歇一会儿，烧鸟吃！"何满子跳着脚喊道。

望日莲乏得有气无力，说："我要去洗洗身子，你来给我看着人。"

他们来到一个僻静的河湾，这个河湾被一道沙冈环抱着，长满红皮水柳，水色澄碧，清可见底。何满子留在沙冈上，望日莲说了声："合上眼！"何满子就把两眼紧紧地闭住。莲姑跟他说过，偷看姑娘家脱衣裳，要长枣核钉那么大的针眼。望日莲下到水边，在红皮水柳丛中掩住身子，一边脱着衣裳一边向何满子喊道："睁开眼吧！"何满子便把眼睛睁开，向四下张望，警戒男人走来。

红皮水柳深处，传出哗啦哗啦的洗衣裳声；不大工夫，何满子看见，洗干净了的衣裳挂在了水柳枝头晒着，还有那一条长长的破布。又过了一会儿，何满子便听见一阵阵撩水声和凫水声。他又感到寂寞了：衣裳不晾干，望日莲便不能上岸，他也就像一只孤雁似的呆立着。

"莲姑，你可别凫到旋涡里去呀！"他跟望日莲搭着话，"我力气小，救不了你。"

"我用你来救呀？"望日莲在红皮水柳丛中笑着，"当年你檎叔掉在旋涡里，还是我把他救上了岸。我是他的救命恩人哩！"

"我才不信！"何满子哼道，"你跟我爷爷一样，爱吹牛打鼓，小心大风刮跑了你的舌头。"

"真不骗你。"

"你说说，我听听！"何满子从沙冈上出溜下来，坐到河湾子的水边去。

"不许下水！"望日莲吓得尖叫。

"我看不见！"何满子说，"你不快说我就下水。"

望日莲告诉何满子，她十岁的时候，跟着周檎到河滩上挖野菜，天气酷热，周檎下河凫水。谁想凫着凫着腿肚子抽了筋儿，一股急流把周檎卷进了一个水旋子里，周檎的身子就像被拧成了陀螺，一会儿沉没下去，一会儿又旋转着露出个脑瓜顶儿。周檎连喝了几口水，挣扎着大喊救命，她扑通跳下河，掐着周檎的脖子拽上了岸。后来，周檎再凫水就跟她搭伴了。

"你姑娘家跟小子一块凫水，怎不害臊呢？"何满子问道。

"那时候都小，不知道害臊。"望日莲说，"我跟他在柳棵子地里过家家玩，还拜过花堂呢！"

"原来你跟檎叔早就是两口子啦！"何满子惊喜得喊叫起来。

"别嚷！"望日莲喝道，"我好像觉得有脚步声，你快去看看，是不是有人来？"

何满子又跑上沙冈，手搭凉棚，远瞧近看。忽然，他看见从河岸的柳荫羊肠小路上，走来一个打着旱伞的人，他忙喊道："莲姑，躲起来！有人。"红皮水柳丛中，响起稀里哗啦的凫水逃跑声。何满子又跳着脚观望，只见那个打着旱伞的人，是个青年书生，穿一身白学生装，肩上背着一个方格土布的小包袱。何满子欢呼了一声！"莲姑，是檎叔！"望日莲在红皮水柳丛中说："瞎话！"何满子却已经大喊着："檎叔！"飞也似的迎上前去了。

那个穿学生装的年轻人，收拢了旱伞，也喊着："小满子！"奔跑过来。

周檎二十岁左右，清秀的高个儿，两道剑眉，一双笑眼，高鼻梁儿，嘴角上挂着微笑，满面和颜悦色，一看就知道是个文静和深沉的人。

他跑到何满子跟前，张开胳臂要把何满子抱起来；何满子急忙跳开，说："别弄脏了你的新衣裳！"

"你在这儿干什么呢？"周檎含笑问道。

何满子脑瓜一歪，眨巴着小圆眼睛，说："你猜！"

周檎假装皱着眉头，想了又想，说："猜不着。"

"跟我来！"何满子牵起他的手就跑。

这时，望日莲也从红皮水柳深处凫出来，扒着岸边的柳枝向外偷看，一眼就看见了那个日夜思念的人，心一下猛跳起来，脸一下子烧红起来。

"满子，别带你檎叔过来！"她是在跟周檎打招呼。

"你害什么臊呀？"何满子顽皮地笑道，"你们不是搭伴凫水，还拜过花堂吗？"

"没那么回事儿！"望日莲说，"周檎，你到远处站着。"

"满子，咱们躲她远远的！"周檎一指几丈外的一片柳棵子地。

他俩在柳荫下的白沙地上一坐，何满子便急着问道："檎叔，你是跟莲姑拜过花堂吗？"

周檎抚摸着他的光葫芦头，悠然神往地说："那是童年时代的游戏。"

"你们在哪儿拜的花堂呢？"何满子追问。

"就在这片柳棵子地里。"

"你们穿新衣裳吧？"何满子刨根问底儿。

"我跟你现在这个打扮差不多，她比我多穿了一件兜肚。"

"你头戴一顶插红翎子的礼帽吗？"

"我戴着一个柳圈儿。"

"莲姑蒙着红盖头吗？"

"她顶了一张荷叶。"

"十字披红吗？"

"一人身上斜挂着两个柳枝串起的花环。"

"摆天地桌吗？"

"堆了个土台。"

"烧高香吗？"

"插了三根艾蒿。"

"拜完天地，到哪儿去入洞房呀？"

"在地上划了个四方块，就算洞房。"

"吃子孙饽饽吗？"

"两片麻叶上放了几个地梨儿，就算子孙饽饽。"

"吃长寿面吗？"

"嚼甜芦根草。"

望日莲走进了柳棵子地，娇嗔地说："你跟他胡说些什么呀？"

何满子一看，望日莲从水中走出来，俏丽的脸儿，就像雨后清晨的一朵荷花。她匆忙中忘了把那块长条子破布七缠八绕在胸脯上，洗得干干净净的蓝花土布小褂儿，紧紧箍着她那丰满的身子。

周檎眼色温柔地答道："我常常回忆儿时的往事。"

"你为什么不在村口下船？"望日莲问道。

"我想晌午头上你一定在河滩上打青柴，就在前一个渡口上了岸，看看在河滩上能不能找见你。"

"你怎么比去年晚了半个多月才回家来？"望日莲含情脉脉地问道。

"我到北平考大学去了。"

"考中了吗？"

"还没有发榜。"

望日莲低下头去，咬了咬嘴唇，脖颈上泛起了红潮，猛地抬起头，目光火辣辣地问道："你知道今天是什么日子吗？"

"阴历七月七。"周檎声音微微发颤地说，"所以我挑这个日子回来。"

"七月七，牛郎会织女！"何满子插嘴说，"檎叔是牛郎，莲姑是织女。"

"贫嘴！"望日莲啐道，"到那边看看有没有人来。"

"等一等！"何满子折断一根柳枝，在周檎和望日莲的四周划了个大四方块，"你们就在洞房里说话吧！"

他走出柳棵子地，爬上一棵老杜梨树，骑在大树杈子上。快起晌了，可是还热得像火烤，田野河边仍然路断行人。

在何满子的心目中，周檎是个了不起的人物，是天上的文曲星下凡。

何满子喜欢听老人们说古。他从爷爷、奶奶、摆船的柳罐斗、老木匠郑端午和钉掌铺的吉老秤口中，也从开小店的花鞋杜四那里，零星片断地听到，周檎的父亲周方舟过去在玉田县当小学教员，九年前领头闹起京东农民大暴动，暴动失败，被奉军杀害了。周檎的母亲嫁到周家后仍旧住在这个小村，丈夫一死，就带着周檎跟外祖母和舅舅柳罐斗一起生活。不久，母亲也因哀痛过度而亡，周檎就跟外祖母和舅舅相依为命。后来，他以甲等第一名考入美国教会开办的通州潞河中学，在那个学校里一直是数一数二的学生。

通州城距离这个小村三四十里，周檎孝顺外祖母，每个礼拜六都回家来，跟外祖母团聚一天，第二天下午再回去。他很穷，雇不起马车或脚驴子，夏天回家靠两腿走，走累了就下河凫水；冬天回家乘坐冰床，冰床在封冻的河面上像流星一般飞行。前年，外祖母去世了，他又像孝顺外祖母那样孝顺舅舅，仍然每个礼拜都回家。柳罐斗怕外甥荒废了学业，叫他一个月回家一趟。而一个半月的暑假，半个月的寒假，他都回家来住。他给舅舅打青柴，也帮助舅舅摆船，爷儿俩过得和和睦睦，从没有抬过杠，拌过嘴。

何满子喜欢追随周檎的身前背后，不仅是因为周檎会给他讲引人入胜的故事，教给他的字儿也比老秀才那些"赵钱孙李，周吴郑王"和"天地玄黄，宇宙洪荒"有趣得多；而且更因为周檎也像望日莲那样疼爱他。

柳罐斗跟何满子家住隔壁，也是三间蒲草盖顶的棚屋，一座四面夹着柳枝篱墙的院落。柳罐斗住在摆渡口的大船上，家里只有周檎一个人，何满子听故事和识字儿入了迷，舍不得走，有时就跟周檎一起睡。他玩了一天，跑得乏了，免不了尿炕，周檎也不声张；如果声张出去，他在小伙伴们中间，就没脸见人了。

何满子还有一个乐趣，那就是他在周檎的炕上睡着了，望日莲就要来抱他回家；躺在望日莲的怀抱里，他常常感到呼吸着一股芬芳的紫丁香气味。有一回，他被摇醒了，睁了睁眼，看见望日莲把他抱在怀里，却又跟周檎肩并肩坐在炕沿上不肯走，把她那一条粗大油黑的辫子绕在周檎的脖子上。他想笑，可是太困了，眼皮又粘在一块儿，睡着了。

现在，何满子骑在老杜梨树的树杈子上，想到这里，忍不住伸着脖子向柳棵子地里偷看了一眼。果然，望日莲又在用她那粗大油黑的辫子缠绕着周檎。何满子想，一定也要系个拴贼的扣儿。他咯的一声笑了，但是马上又捂住了嘴，怕惊散了那一对戏水的鸳鸯。而且，也不敢再看了。他想，偷看人家缠辫子，也要长针眼，比枣核钉还得大。

六

七月七的夜晚，何满子不想睡觉。

奶奶给他说过牛郎织女的故事。七月七半夜三更的时候，要有一大群喜鹊在银河上搭桥，牛郎挑着一副挑筐，前边装着儿子，后边装着女儿，来到鹊桥上，跟分别了一年的织女见面，两人抱头大哭。小孩子眼睛亮，耳朵尖，站在葡萄架下，能看见银河鹊桥上的人影，听得见从天上传来的哭声。去年，何满子就曾偷偷站在他家的葡萄架下听哭，可是那一天下小雨，他没有听见哭声，只是洒了一身牛郎织女的眼泪。

今年这个日子，繁星满天，白茫茫的银河横躺在夜空，不会下小雨了。何满子打定主意，不听见哭声不睡觉。

吃过晚饭以后，上弦月像一只金色的小船，从东南天角漂了上来。望日莲编了一只篓子，织了一张席，豆叶黄才不大情愿地说："睡觉去吧！明天早早起来，别粘在了炕头上。"望日莲才离开杜家，来到何家。

一丈青大娘已经睡醒了一觉，听见望日莲的脚步声，在东屋打着呵欠说："儿呀，别过了子时，你到小后院拜拜月，乞个巧吧！香烛跟针线，我都给你放在灶王爷佛龛上了。"

"娘，您睡吧，我记着。"

望日莲吱扭推开了门，何满子赶紧闭着眼睛装睡；他单等望日莲出去拜月，就溜出去听哭。

拜月乞巧的风习，虽然迷信，却很优美。那是在七夕之夜，年已及笄的姑娘，半夜时分悄悄找个僻静角落，给垂挂中天的月牙儿焚香叩拜，然后掏出一根银针，一条红线，在月色朦胧中穿引；如果一穿而中，今年必能跟自己心爱的人儿结成美满良缘。

望日莲走进西屋，却没有上炕，她先拿起一把芭蕉扇，扇跑了叮在何满子身上的一只大花脚蚊子，而后就呆坐在炕沿上。何满子偷眼觑着她，只见她心神不宁，又一声一声地长吁短叹，后来就双手捧着脸，一动不动了。何满子想问她为什么难过，却又不敢开口，怕望日莲不让他溜出去。

过了很久很久，望日莲像下定了决心，鼓足了勇气，一跺脚站起身来，走到外屋；外屋的灶王爷佛龛上响动了一下，一定是取走香烛和针线，到小后院去了。

事不宜迟，何满子急忙下炕，光着脚丫儿，屏住气息，从外屋前门蹭了出去。

他抬头仰望夜空，隐隐约约恍惚看见，在白茫茫的银河上，好像有一座桥影，桥影上又晃动着两个人影，那一定是牛郎跟织女已经见面了。他赶紧走到葡萄架下，左胳臂抱住立柱，右手扯着耳朵，全神贯注地听起来。

这铺葡萄架，搭在东屋窗前三步的地方。屋里，爷爷和奶奶正在酣睡。今晚上，因为周檎回来了，柳罐斗打了几条大鱼，割了一斤肉，灌了一葫芦酒，烹炒了几样酒菜，邀集他那几位相好的老哥儿们，聚会在他那摆渡大船上，月下开怀畅饮。何大学问喝得酒气熏天，跌跌撞撞而归，走进东屋，扑到炕上倒头便睡。现在，何大学问扯着抑扬顿挫的鼾声，睡得很香。但是，他的鼾声却搅扰得何满子耳根不净，刚刚仿佛听见了天上的哭泣，却又被那不肯停息片刻的鼾声搅乱了。他真想大喝一声："爷爷，别打呼噜啦！"可是，喊醒了爷爷，爷爷必定禁止他站在葡萄架下，怕他受了夜凉。

他感到烦躁，后来忽然想起，不如偷偷溜到周檎家小后院的葡萄架下去，远离爷爷的鼾声；而周檎是个文明人儿，睡觉一定不会打吵人的呼噜，或许能听出个究竟。

于是，他又蹑手蹑脚地溜出柴门，绕篱笆根儿，来到周檎家的小后院外；只见篱笆上有个大窟窿，便四脚落地爬了进去，而且一直爬到葡萄架下，才直起腰，按住心跳，静静地谛听。

静静的七夕之夜，夜风像淙淙的流水；流水淙淙中似有幽怨的哭声，传进他的耳朵，他一阵惊喜。但是留神听去，哭声不是从天上传来，也不是从地下冒出来，而是从周檎睡觉的后窗口，飘出来的余音袅袅。

他吓了一跳，不禁慌了神儿，这是谁在哭泣？他想赶快逃走，却又想听个明白，心里嘀咕了半天，还是留了下来，而且又爬到后窗口下。

"我……我今生跟你……注定是没缘分了！"是望日莲在嘤嘤啜泣，"我烧了三炷高香，点起两支红蜡烛，四起八拜，求月下老儿保佑我跟你……我的眼睛睁得挺大，手也没打哆嗦，红线就是穿不进针鼻里去……"

"你这是迷信思想！"周檎却低低发笑，"拜月乞巧，穿针引线，怎么能决定一个人的命运呢？月色朦胧，幽暗不明，穿不进针鼻是正常现象，不必自寻烦恼。"

"不！"望日莲痛苦地说，"我是柴草穷命，黄连苦命，天意不能嫁给你。"

"我不信天意信人意！"周檎满怀激情地说，"我一定要把你救出火坑，跟我做一对志同道合、生死与共的终身伴侣。"

"万般皆由命，半点不由人呀！"望日莲叹息着，"我的心整个儿给你了，今晚上我把身子也给你送来了；咱俩好一天，就是我一天的福气。"

"那我就更要娶你！"周檎说。

"我压根儿不想拖累你。"望日莲声音虚弱地说，"只怕我逃不出今年的厄运；等你进京上学一走，咱俩的缘分儿也就到了头。他们要糟践我，我就拼上一死，不活了。"

"花鞋杜四跟豆叶黄的野汉子，还想欺侮你吗？"周檎全身像着了火。

"这两个恶贼倒是断了念头。"望日莲打着寒噤，"眼下这两个恶贼又合了伙。有一回，他俩一块喝酒，我偷听了三言两语：董太师想买我做小，他们正讨价还价。"

"这个狗东西！"周檎愤怒地骂道，"殷汝耕当儿皇帝，董太师也上了劝进表，是个汉奸，我们要打倒他。"

"他有几十条枪，你一个文弱书生，怎么碰得过他呢？"望日莲苦笑着说。

"莲，你真的甘愿跟我同生共死吗？"周檎忽然庄严郑重地问道。

"从小好了这么多年，原来你信不过我！"望日莲又悲悲切切地哭起来，"我愿意跟你活在一处，当牛当马服侍你；遇到三灾八难，我替你去死。"

"好人儿！"周檎感动得喉咙哽咽了，"实话告诉你，我晚回家半个多月，不光为了考大学……"

"还干什么去了？"

"我们不少人成立了京东抗日救国会通州分会，开展抗日救国运动，将来还要建立武装。"

"你打算叫我干什么呢？"

"参加救国会，打鬼子，除汉奸。"

"我一个女人家，好比萤火虫儿，能有多大亮呢？"

"国家兴亡，匹夫有责；连小满子都应该为抗日救国出一份力。"

何满子几乎想蹦起来喊道："我出这份力！"可是，他又听见望日莲说话了："真要拿刀动枪，我比你胆子大，手也狠。"以下，何满子只听见他们轻声悄语，就像风拂青萍，房檐滴水。何满子真困了，他想回家，两条腿却不听话，于是就倒在窗口下睡着了。

不知过了多久，他被摇醒，但是眼皮发涩，睁也睁不开。

"满子，醒醒！"是望日莲在唤他。

"醒醒，满子！"周檎也在唤他。

他终于睁开了粘在一起的眼皮，原来他躺在周檎的小炕上；炕席雪白，屋子里充满熏蚊子的艾蒿青烟气味。望日莲的头发蓬乱，神色发慌地问道："满子，你是撒呓挣吧？怎么跑到这儿来？"

"我到葡萄架下听哭，原来是你们俩。"

"你听见我们说的话了吗？"望日莲的神情更紧张了。

何满子点了点头，说："莲姑，檎叔要娶你，你就答应跟他拜花堂吧！"

"好孩子，今晚上你听到的话，可不能说出去呀！"望日莲哀求地说，"你要是溜了嘴，莲姑跟檎叔就没命了。"

"原来……你们也信不过我呀！"何满子嘴一撇，委屈地哭了，"你们在河滩上钻柳棵子地，说悄悄话；你把辫子绕到檎叔脖子上，我跟别人说过吗？"

"满子，我的亲人哪！"望日莲把何满子紧贴在心窝上。

七

一去二三里，何满子跟着周檎到钉掌铺去。周檎去看望吉老秤，何满子想在钉掌铺碰见小马倌牵牛儿；牵牛儿是何满子整天在河滩野跑交上的朋友，比他大几岁。

北平到天津的砂石马路和北运河岸之间，有个交叉路口，吉老秤的钉掌铺就坐落在交叉路口上，一间门面，一架凉棚，房前屋后栽种着几百棵高大金黄的向日葵，还有四四方方一个小菜园。

吉老秤已经五十九岁，可是身体硬实得像一座石碑；从口外刚赶来的儿马蛋子，一蹶子踢到他的胸脯上，就像被跳蚤弹了一下。他的手艺高超，远近驰名，却只能混个半饥不饱；用他的话说，一辈子没吃撑着过。他脾气暴，不娶家小，不信鬼神，只好喝烈酒，闻鼻烟；喝醉了就睡觉，扯起鼾声像打雷，打起喷嚏像放炮。

歇晌，他拿一把破扫帚，打扫了房前屋后，泼洒了清水。酒葫芦空了，没有钱买，就只吃两个凉饽饽。吃完饭，他光着上身，坐在大蒲团上，只穿一条到膝盖的大裤衩子，露着毛刺刺的大肚脐眼儿，挥着一把破芭蕉扇子驱赶马蝇，把鼻烟捻进多毛的鼻孔里，于是接二连三打喷嚏，好像一门过山炮响起了隆隆炮声。

后来，他就盘膝打坐睡着了；于是，炮声停止，雷声又起。不知睡了多久，他忽然被一声巨响惊醒；睁眼一看，面前的向日葵荫下，趴着个憨头憨脑的孩子，嘴里咬着一棵芦根草，正嘿嘿发笑。原来，这个孩子从他的鼻烟壶里偷出一大撮辛辣的鼻烟，全抹进了他的鼻孔。他被自己那放炮一般的喷嚏声惊醒了。

"牵牛儿，你这个小狗日的！"吉老秤自己也呵呵笑起来。

说也奇怪，他本来是个火神爷的脾气，但是跟牵牛儿却没有火性。这一老一小，交情深厚。

牵牛儿给大地主董太师家扛小活儿，他是个憨头憨脑而又蔫蔫乎乎的孩子，常常挨小管家的打骂。挂锄时节，完秋以后，他给董太师放马，晌午不许回去吃饭，只给几个馊饽饽。每天，他都赶牲口到河滩上，把牲口撒到河边，再打一大筐青草，然后就得闲了。他不喜欢说话，可是小孩子怕冷清，牲口们都很服他管，撒在河边并不乱跑，他就来到吉老秤的钉掌铺，看吉老秤给牲口钉掌。他坐在一边，也不多言少语，也不碍手碍脚，只是两眼直勾勾地盯着吉老秤的一招一式，默默记在心里。

有一回，吉老秤给一匹生马钉掌，那匹生马嗷嗷嘶鸣，腾跳扑咬，吉老秤降伏不了它，就使出了绝招儿。牵牛儿猛地蹦起来，嚷道："您这是毁它！"他像一头小牛犊子，把吉老秤撞了个趔趄，抢过缰绳。他牵着这匹生马溜达，嘴里轻柔地吹着口哨，那匹马就像能通人性的精灵，也不踢了，也不跳了，也不扑了，也不咬了；马头亲昵地贴在牵牛儿身上，舌头舐着他的肩膀，牵牛儿也嘟嘟嚷嚷地像跟这匹马说知心话儿，那匹马被乖乖地牵上了桩。吉老秤就要钉掌，牵牛儿说："秤爷，我来吧！"吉老秤一赌气把家伙扔给他，说："钉坏了蹄脚，把你小狗日卖了也赔不起。"牵牛儿却心里有底，不慌不忙，仔仔细细，钉得平平整整。吉老秤乐了，给他一个耳刮子，笑骂道："小狗日的，你要抢走我的饭碗子！"

刚好这天吉老秤给一个外地老客的爱马治好了足疾，那老客送他一份厚礼，有酒有肉；吉老秤又从小饭铺买了五斤大饼，就留牵牛儿吃饭。牵牛几口羞，不好意思真吃；他就破口大骂，张手要打，牵牛儿被逼无奈，便放开肚皮吃起来。这个常年填不满肚子的苦孩子，饭量像口井，狼吞虎咽着烙饼卷肉；吉老秤快活地大笑，笑得大肚囊儿直抖动。

吃饱了食困，牵牛儿就躺在凉棚下睡着了，吉老秤坐在一边闻鼻烟，放炮似的打嚏喷也吵不醒他。就在这时，小管家来了，手提一杆懒驴愁鞭子，不问青红皂白，劈头就照牵牛儿身上抽下去，牵牛儿的脊背上顿时肿起一道紫黑的伤痕。牵牛儿打了个滚儿爬起来，蒙头蒙脑就奔河边跑，小管家还不罢手，追赶着还要打。吉老秤恼了，扑上前去，夺过小管家的鞭子，抓住脖领子扯回钉掌铺，说："这孩子是我请来的客人，你打他，就是抓我的脸。我吉老秤的脾性你也有个耳闻，有冤必申，有仇必报，有气必出。我要打你，你经不起我的小拇指一捅；不打你，我的气又不出。好吧，我看你是个两脚畜生，给你钉上掌，免得你假充人形。"说着，就给那小管家上了桩。小管家骂不住口，吉老秤也不理他，扒下他的皂鞋白袜儿，找了一副给瘦驴钉的掌铁，比了比小管家的脚样，拿起榔头就要动手。小管家知道古老秤的性情古怪，说得出做得到，便扯破了嗓子哀叫："牵牛儿，快来救命呀！"牵牛儿从河边跑回来，下死劲扯住吉老秤的胳臂，说："使不得，使不得！"吉老秤说："一报还一报，你来抽他一鞭子。"牵牛儿又说："使不得，使不得。"吉老秤骂道："孬种，我来打！"小管家叫道："牵牛儿，还是你打吧！"牵牛儿说："我不打你，往后你也别打我了。"就松开绑绳，放小管家逃生。吉老秤又骂牵牛儿道："你就打他，怕他咬下你的鸟来当笛儿吹。"牵牛儿说："我打他一鞭子，回去得挨他十鞭子，把我打得皮肉开花。"吉老秤说："他打你十鞭子，你就杀了他！"牵牛儿说："杀了他，官府要把我抓去砍头哩。"吉老秤说："你长着两条腿，不会逃奔他乡吗？"牵牛儿说："天下都有官府，都给有钱人办案，早晚也得给抓住。"吉老秤叹了口气，说："是呀，天下的官府都给有钱人办案，插翅难逃，只有反！"

从此，这一老一小更心连着心。牵牛儿有空就到钉掌铺来，夏夜坐在月光下，冬天躺在热炕上，爷儿俩只是默默相对，并没有多少话说。但是，在默默中，交流着情感，温暖着孤苦的心。

何满子跟着周檎来到钉掌铺，吉老秤正没生意，在凉棚下给牵牛儿剃头。

"牵牛儿哥！"何满子撒着欢儿跑上前去。

"老秤大舅，您好！"周檎也大步走到凉棚下，给吉老秤深鞠一躬。

"檎哥儿，我的大学士外甥！"吉老秤笑眯了眼，把剃刀折了起来。

牵牛儿的头刚剃了一半，央求说："秤爷，您给我剃完吧！"

"没兴致啦！"吉老秤一拧牵牛儿的耳朵，从凳子上提起来，"檎哥儿，咱爷儿俩屋里坐。"

周檎笑道："您得给牵牛儿剃完头呀！"

"咱爷儿俩一两个月没见，我急着跟你说话，不急着剃头。"吉老秤一手提着凳子，一手牵着周檎的袖子，走进屋去。

牵牛儿双手捂住他的阴阳头，噘着大嘴，瞪了何满子一眼，说："瞧你们来的这个时候儿！"

"那你走开，咱俩谁也甭搭理谁！"何满子推搡着他。

牵牛儿比何满子大好几岁，力气也比他大几倍，但是却乖乖地被推出了凉棚；可又舍不得走，就在路边的阳光下站着。

何满子翘着鼻子，两眼望天，一副傲慢神态，给周檎站岗。

钉掌铺小屋里，只听吉老秤那铁锤一般的拳头，咚地捣了一下小屋的泥墙，小屋连连摇动，屋顶上沙沙落土。

"当年我跟着你爹闹暴动……"

"嘘！轻声。"

"而今这把老骨头跟你闹抗日！"吉老秤虽然压低了声音，嗓门还是震耳。

何满子过去并不知道吉老秤参加京东农民大暴动，只听说他坐过五年牢。那是有一回，吉老秤跟花鞋杜四吵架，骂花鞋杜四："你这条人蛆！"花鞋杜四也骂他："你这个蹲了五年大镣的囚犯！"吉老秤大怒，要把花鞋杜四的脖子拧断，花鞋杜四吓得钻进了女茅房，让豆叶黄蹲在茅房里不出来；吉老秤从来不跟女人打逗，骂骂咧咧而去。

还有一回，是今年清明节，周檎回家来给外祖母和母亲上坟，从通州带回三个花圈。一个花圈上写着外祖母的姓氏，一个花圈上写着母亲的姓氏，一个花圈上写着他父亲的名字，还安放着他父亲的一张放大照片。周檎的父亲死在玉田，尸骨未回，是在一块青砖上刻上姓名，跟他母亲合葬的。吉老秤一见周檎父亲的照片，涕泪滂沱，哭叫一声："党代表……"昏厥过去，被柳罐斗架走。这个场面，何满子亲眼看见，也大哭起来。

现在，这爷儿俩在钉掌铺的小屋里密谈。周檎每说一句，吉老秤就答应一声："是喽！"何满子觉得，吉老秤跟周檎的感情，就像戏台上的孟良和焦赞对待杨宗保一样。

"满子，满子！"站在阳光下暴晒的牵牛儿，汗珠子像下雨似的从阴阳头上滴答着，"别生我气了，跟我到河边玩去。"

"我不去！"何满子的头昂得更高了。

"我给你捉一只花翎小鸟儿。"牵牛儿恳求说。

"不去！"

"我再给你用柳条编个鸟笼子。"

何满子的心动了，悄悄地瞟了牵牛儿一眼，问道："一只花翎小鸟，再配上一个红皮水柳鸟笼子？"

"我还要给你逮一只大肚子蝈蝈儿，"牵牛儿眼里流露出希望和笑意，"再配上一只三转八楞的蝈蝈篓子。"

何满子的心高兴得直打小鼓，他坐不住了，在凉棚下打起转转。

钉掌铺小屋里，吉老秤正以震耳的喊喳声说："我埋了一支枪……"

"低声！"

何满子忙站住了脚，向牵牛儿一挥手，说："你走吧！我不去。"

"我背着你！"牵牛儿可怜巴巴地说。

何满子摇了摇头，说："我不能去。"

牵牛儿说："那就让我跟你坐一会儿。"说着，眼含着泪水向凉棚下走过来。

"站住！"何满子突然喝道，"不许你走过来。"

牵牛儿又乖乖地站住了脚，嘟嘟哝哝地说："满子，我知道你不跟我好了。"

"牵牛儿哥，我跟你好。"何满子觉得对不起这个好朋友，眼里也噙满了泪花，"檎叔跟秤爷在屋里说话，别打扰他们爷儿俩。"

"檎哥儿，一言为定！"屋里，吉老秤跟周檎猛一击掌，纵声大笑。

周檎兴冲冲地走了出来，拍了一下何满子的肩膀，说："满子，咱们再到你端午爷家串门去。"

"我也正想去看我干娘！"何满子笑嘻嘻地说。

他牵着周檎的衣襟儿，蹦蹦跳跳地走了。

被冷落在一旁的牵牛儿，嘴一咧哇哇大哭。

"过来吧，让我的牛儿受委屈了。"吉老秤柔情地喊道，"秤爷接着给你剃头。"

牵牛儿却犯起了牛脾气，一动不动；吉老秤奔过去，把他挟到凉棚去。牵牛儿踢蹬着两条腿，吉老秤降伏不了他，只得像给倔骡子钉掌一样，把牵牛儿上了桩；然后打开剃刀，接着剃起来。

八

殷汝耕在日寇卵翼下成立伪冀东防共自治政府以后，便在通州城内风景秀丽的西海子南岸，万寿宫大街以北，仿北平的清王府，修造他的行政长官官邸，把西海子霸占为他的后花园；门前便是当时横穿通州城内，将通州分割为南北两城的通惠河。

老木匠郑端午是北运河两岸的活鲁班，也被强征了去做工。那些雕花的门窗，奇巧的游廊，都是他的手艺。殷汝耕一心要赶忙住进他这座儿皇帝的府第，逼迫工匠们日夜加班赶造；郑端午累过了力，又受了风寒，挣扎着一条骨瘦如柴的病身子，也得白班夜班都出工。殷汝耕自称笃信佛教，在后院又加造一座佛堂，点名叫郑端午掌作。上架那天，殷汝耕怕柁檩走了尺寸，传令郑端午上房。郑端午身子虚弱，头昏眼花，手脚颤软，刚上房就从高高的大柁上摔下来；摔得大口吐血，跌断了右腿。一块门板抬回家，只剩下小半口气息，半年下不了炕。眼下虽已死里逃生，却再也拉不动大锯，抡不动斧头，握不住锛凿，掌不住墨斗了。他便拿了一把瓜铲，在村外河边，栽种了一亩三分瓜田，日夜住在小小的瓜棚里。

儿子郑整儿和儿媳荷妞，接下了他的锛、凿、斧、锯、墨斗、罗盘。可是，他们的手艺粗糙，郑端午看不上眼，住到瓜棚去，也是为了眼不见心静。

郑整儿和荷妞，都比周檎大一岁，他们是童年的亲密伙伴。

这小两口，是一对有趣人物。

郑整儿像何满子这般大的那一年，一天正光着屁股在门口骑狗玩，他爹郑端午挑了一副挑筐，从外村回来；郑整儿打着狗迎上前去，挑筐里忽然传出哇哇的哭声，吓得他从狗背上滚了下来。他定睛一看，一个六七岁的小胖丫头坐在挑筐里，红通通圆脸，粗眉大眼，蒜头鼻子，四方大嘴，梳着两只小抓髻，几片荷叶遮掩着身体。郑整儿眨巴眨巴小眼睛，问道："爹，哪儿捡来的这个胖丫头儿？"郑端午得意地笑道："给你娶来的媳妇，叫荷妞。"郑整儿吐了吐舌头，跟荷妞扮了个鬼脸儿；荷妞扑哧乐了，脸上还挂着好几颗大泪珠儿。

荷妞到婆家，头一顿就一口气吃下三个大贴饼子，老木匠又把半大海碗菜粥倒给她，也吃得溜干二净，不必涮碗。整儿娘直皱眉头，埋怨老伴儿说："三口人还常断顿儿，又添了这个没梁的小水筲儿，等揭不开锅，孩子大人喝西北风去。"老木匠呵呵笑道："你的见识三寸远。这个丫头五大三粗，满脸福相，将来给我生下孙儿，保管是个高我一等的好木匠。"

老木匠郑端午果然好眼力，荷妞十岁就敢给他打下手；拉起大锯，不但有板有眼，而且有使不完的力气。可是，婆婆教她针线女红，却比赶牛上树还难，十根手指笨得就像鼓槌子；婆婆见她不堪造就，也就随她野生野长，不再跟她操心费力了。老木匠却不计较，而且逢人便夸，说老天爷赏了他这个儿媳妇，顶两个儿子使唤。

这话一点不夸大。荷妞样样压过了郑整儿，吃得比他多，个子比他高，力气比他大。青梅竹马，耳鬓厮磨，两小兔不了打架。最初一两年，两人打平手；一两年之后，看见荷妞头上肿起一个青包，郑整儿的头上准少不了两个。这几年，郑整儿更怯了阵，只敢动口，不敢动手了。

爱情，在这儿戏的欢笑与眼泪里，在木匠作的汗水交流中，不知不觉滋长起来。吃饭的时候，荷妞总让郑整儿先吃饱，剩多剩少她再一扫而光。遇到木匠生意清淡，吃喝不够，老木匠将少得可怜的食物平分四份，荷妞便将她那一份推给郑整儿。郑整儿不忍独吞，她说："我不饿。你当我平时吃那么多，都火化食了？才不是。我就像那口外的骆驼，肚子里有存项。"到十八岁，荷妞发育得胸脯丰满，两人的嬉笑打闹就躲避老人了。老人们看在眼里，正盼望儿孙绕膝，就给他们圆了房。

洞房花烛之夜，荷妞约法三章，笑破了听窗人的肚皮。吹熄了红灯，荷妞躺在炕上，威吓郑整儿说："你得依我三件事，不然别碰我。"郑整儿嬉笑道："三百件也依你。头一件？"荷妞说："老言古语，娶来的媳妇买来的马，由人骑来由人打，我可不认这个规矩。"郑整儿说："立这个规矩的人是混账东西，咱俩不听他那一套。二一件呢？"荷妞说："娘上了年纪，眼神不济了，我的手又比脚丫子还笨，往后你得学做针线活儿。"郑整儿说："你太难为人了，我好歹是个男子汉呀！"荷妞喝道："离我远点儿！"郑整儿连忙说："我学，我学。三一件呢？"荷妞说："打明天清早起，不许你再跟大姑娘小媳妇儿贫嘴滑舌。"郑整儿是个顽皮家伙，姑娘媳妇们最爱跟他逗趣儿，他也喜欢招惹得这些山喜鹊们叽叽喳喳叫。于是，他吭吭哧哧地表示对这个条件有所保留。啪！火烧火燎一大巴掌，打在他的屁股上，疼得他哎哟一声叫出来，连说："别打，别打！我依你，我依你。"

童年，郑整儿和荷妞也常到河滩上打青柴，两个人都喜欢跟周橼搭伴。郑整儿淘气，荷妞粗鲁，周橼文秀，三人性格不同，也就免不了闹个狗龇牙儿。

郑整儿常常嬉皮笑脸地戏弄周橼，荷妞却站在周橼那一边；每当周橼被逗得眼泪围着眼圈转的时候，荷妞便挥拳上阵，把郑整儿打跑。荷妞力气大，手脚快，青柴打得多；周檎力气小，手脚慢，青柴打得少，荷妞便把自己打得的青柴分给周檎两大抱。

他们过家家，也玩拜花堂。郑整儿喜欢当娶亲的吹鼓手，拜天地时的喜令官，入洞房时的大全福人，却让周檎跟荷妞扮演新郎和新娘。

"那怎么行呢？"周檎红着脸说，"荷妞本来是你的媳妇儿，你该跟她拜花堂。"

"过家家，又不是真的。"郑整儿一心要扮演他称心的角色，非常大方，"等长大了，你想娶她，归你也行。"

"我不当他的媳妇儿！"荷妞也要挑肥拣瘦，"檎哥儿长得比我好看，力气也比我小，得给我当媳妇儿。"

"对，对！"郑整儿拍着巴掌笑倒在地上。他觉得，这么一颠倒，拜花堂的游戏更好玩了。

"我不干！"周檎认为他俩合伙捉弄他，"媳妇儿都是女的，没有男的。"

"不！"荷妞咬定说，"长得好看的，力气小的，才是媳妇。"

周檎不玩了，想走；但是郑整儿拧住他的胳臂，荷妞握起了拳头，周檎只得忍辱屈从。

于是，荷妞给周檎打扮起来。她脱下自己的小花褂儿，给周檎穿上，又扒下周檎的小白褂儿，穿在自个儿身上；周檎穿她的小花褂儿飘飘荡荡，她穿周檎的小白褂儿紧紧绷绷。然后，她自编一个柳圈戴在头上；又给周檎耳丫上夹了两朵野花，还研碎了几朵凤仙花，用花汁给周檎搽红胭脂，头上再扣一张荷叶，就算打扮齐整了。周檎挣扎着，反抗着，但是被他们降伏了，哭丧着脸任他们摆布。

郑整儿搓了一支长长的柳笛，摇头晃脑，呜哇呜哇吹起来，逼着周檎在沙冈上转了几圈，算是坐轿行街。

然后到达婆家门口，荷妞大摇大摆迎进门去，把周檎按在插着三枝艾蒿的土台前跪下。

郑整儿快活地高声叫着：

"一拜天地！"

"二拜高堂！"

"夫妻相拜，同入洞房！"

在一片柳笛呜哇呜哇声中，周檎被荷妞拖进划好的四方块里。郑整儿摘了两张麻叶，托着几颗地梨，分别送给女新郎和男新娘，模仿大全福人，捏着嗓子问道："生不生？"

"生！"荷妞响亮地答道，"媳妇儿，你也说呀！"

"生……"周檎呜咽着说。

郑整儿又拿来两团甜芦根草，当作长寿面，请荷妞和周檎吃。

按照规矩，本来可以收场了；郑整儿偏又想出个鬼点子，还要让小两口说悄悄话儿，他在外面听窗。

"你愿意当我媳妇吗？"荷妞假装在周檎耳边打喳喳。

"我愿……不愿意！"周檎忍无可忍了。

"你为什么不愿意？"荷妞大怒。

"牛不喝水强按头，"周檎含着眼泪儿说，"强扭的瓜不甜。"

荷妞哈哈大笑，说："不愿意也晚啦！你跟我拜了花堂，生米做成熟饭了。"

后来，周檎逃避他们，跟望日莲做伴了，也玩拜花堂；荷妞不答应，找碴儿跟望日莲打架，说望日莲抢走了她的媳妇儿。郑整儿还吓唬周檎说："你跟望日莲拜花堂，二和尚知道了要打折你的腿；还是当荷妞的媳妇儿吧，我心甘情愿让你们入洞房。"

不过，他们一天天大起来，郑整儿也不那么大方了。周檎上了潞河中学，放假回家，来看他俩，荷妞一跟周檎亲热，郑整儿就像搬倒了醋缸。他俩成亲那一天，周檎正赶上期末大考，第二天才赶回来，荷妞笑道："媳妇儿，你来晚了一步，我娶了别人了。"周檎打趣地说："整儿哥言而无信，他说过心甘情愿把咱俩配成夫妻的。"郑整儿嬉笑着说："你说过强扭的瓜不甜，哥哥我替你把这颗苦瓜一口吞下去吧！"

两人圆房已经三年，却没有生下一男半女，整儿娘盼孙子盼得中了邪；东庙烧香，西庙拜佛，长途跋涉，叩头朝山，祈祷苍天慈悲为怀，不要让郑家断了香烟。但是，荷妞照旧月月开花不结果；她万分难过，觉得对不起公婆的养育之恩，常常暗自哭泣。郑整儿却不怪她，软言柔语，给她消愁解闷，又教她在饭桌上装呕吐，嚷叫想辣椒酸杏吃，哄骗老婆婆信以为真。老人家真当是儿媳妇有了喜，满街满巷奔告亲朋好友，说她只要抱上孙子，哪怕砸锅卖铁，典尽当光，也要请亲朋好友们吃一顿风风光光的喜酒。老人家没有等到孙子落生，就卧病不起，临咽气，拉着儿媳妇那满是硬茧的大手，脸上带着心满意足的微笑，一遍一遍地叮咛："闺女，往后你什么也别操劳，只给我照看好孙儿。"荷妞跪在炕沿下，哭成个泪人儿。

荷妞不知从哪儿打听来一个偏方，一天两口子打扮得齐齐整整，光光亮亮，带着一身小孩子的红裤绿袄，来看望一丈青大娘，开口要借何满子用一用，给他们暖窝。何大学问跟郑端午是姑表兄弟，一丈青大娘怎能不答应？不过却笑出了眼泪，骂他俩是一对儿荒唐。

这是去年的事，何满子已经五岁了。他来到郑家，每天好吃好喝，奉若子孙娘娘驾前的金童，一到晚上，就叫他睡在荷妞的被窝里，荷妞把她那像葫芦一般硕大的乳房，塞进他的嘴里，这叫开怀。然而，偏方也不灵，荷妞依然不见有喜的征兆。两年里，婆婆亡故，公公残废，拉下天圆地方的饥荒，家无隔夜之粮；但是他俩却还像童年时代，嘻嘻哈哈，无忧无虑。而且，干脆收了何满子当干儿，也不想再暖窝了。

九

长河落日圆。何满子跟周檎，在郑整儿和荷妞那里吃过晚饭，才踏着夕阳西下的霞光，沿运河边纤夫踏出的小路回村去。

夏日的傍晚，运河上的风景像一幅瑰丽的油画。残阳如血，晚霞似火，给田野、村庄、树林、河流、青纱帐镀上了柔和的金色。荷锄而归的农民，打着鞭花的牧童，归来返去的行人，奔走于途，匆匆赶路。村中炊烟袅袅，河上飘荡着薄雾似的水汽。鸟入林，鸡上窝，牛羊进圈，骡马回棚，蝈蝈在豆丛下和南瓜花上叫起来。月上柳梢头了。

何满子的胳臂上还挎着个小饭篮，那是替荷妞给老木匠郑端午送饭；老木匠郑端午那块瓜田，正在他们回村的半路途中。

这块瓜田，从河岸上一直种到河坡下，原本只有一亩；另外那三分，是老木匠郑端午带着郑整儿和荷妞，一冬一春挑土垫出来的。老木匠郑端午不但是一位能工巧匠，而且是一名高手瓜把式；他的瓜个儿大，皮儿薄，结得多，色、香、味都是上品，很是名贵。然而，他的瓜从不丢失。老木匠郑端午从十二岁学手艺，不以规矩不能成方圆，木匠这一行的规矩最讲究。他这大半辈子，手艺上从没走过尺寸，规矩上从没差过板眼。他是北运河两岸的活鲁班，但是从不目中无人，从不恶语伤人，更从不同行结怨，损人利己；因此，他在这一方是个出名的老好人。他的瓜田本来不必看守，就是手脚最不干净的人物，也不忍心偷他一个瓜，摘他一片叶；他住在瓜棚里，是为了驱赶黑夜进犯瓜田的刺猬和狼叭狗子。白天，他一个人孤独寂闷，常常到渡口上找摆渡船的柳罐斗，或是到钉掌铺找吉老秤，一坐就是半天一晌；等回到瓜田，到瓜垄里转一遭，哪一棵秧少了一个瓜，拨一拨瓜叶，扒一扒浮土，就会找到或是扒出三两个铜板。

何满子跟着周檎来到老木匠郑端午的瓜田地边，突然站住了脚，说："檎叔，你替我把饭篮送过去吧。"

"为什么？"周檎感到奇怪。

"我不敢过去。"何满子说，"一到瓜田，干爷就得让我吃瓜，不吃得肚儿滚圆不让我走。"

"那你就放开肚量吃吧！"周檎笑道，"瓜吃多了撑不着人，走两趟小水就泄空了。"

何满子摇头说："干爷种瓜，是为了挣出一年的嚼谷，我怎么能糟害他老人家呢？"

"好个懂事的孩子！"周檎很感动，提着篮子走向瓜棚。瓜棚里没有人，他向四下喊道："郑大舅，端午大舅！"

瓜田一角的沙冈上，有个女人答话："把饭篮挂在瓜棚横梁上吧！你舅舅盼咐，叫你赶快到他船上去，他们老哥几个在那儿聚会。"

这是一条微微沙哑而又甜润悦耳的嗓子。

周檎知道，她是舅舅柳罐斗的情人云遮月，一位每年入夏到运河滩走村串庄唱京东大鼓的女艺人。

"满子，你自个儿敢回家吗？"周檎向瓜田地边扬手问道。

"我陪云姑奶奶坐一会儿，你走吧！"何满子跑过来，"要是我睡着了，你把我背回家去，我跟你睡。"

周檎答应一声走了，何满子就跑上瓜田一角的沙冈，在云遮月的身边仰巴跤躺下来。

柳罐斗是这个小村的头一条好汉子。他现年三十八九岁，高大魁梧，顶天立地，宽肩膀，细腰身，扇面胸脯，五官端正，一副庄严英武的神态，深沉大度的气势。何大学问很少看得起人，可就是夸柳罐斗是活赵云，赛平贵。

年轻时候，柳罐斗在董太师家扛长工，董太师的女儿爱上了他，有了身孕；董太师怎能容忍？一条白绫勒死了女儿，挂在后花园的凉亭上，说是受辱不屈，自尽全节。董太师要抓住柳罐斗，活剥了他的皮。柳罐斗拿着姐夫的一封信，投奔了打到河南的北伐军；两年后，柳罐斗练就一手百发百中的枪法回来了。董太师还想抓他五马分尸；可是那时候北平挂上了青天白日旗，有个北伐军的连副跟他是磕头把兄弟，带着一队人马前来看望他。董太师的团丁正要捆绑柳罐斗，那个连副的人马赶到，当场就把两个团丁枪毙在柳罐斗的脚下。然而，柳罐斗不但不感谢这位连副救了他的命，反而怒喝道："你对不起咱们的蒋团长，我早就跟你割袍断义，划地绝交了！"那个连副跪倒在地，哀求着："大哥，不是你战场上从枪林弹雨中三次救出兄弟，兄弟哪有今天高官得做，骏马得骑？你就开一开金口吧，要什么兄弟都给你。"柳罐斗说："我要一支枪，二百发子弹。"那个连副赶忙摘下身上的驳壳枪和子弹带，还有他的坐骑好马，交给了柳罐斗。柳罐斗又喝令他摘下军帽，挂在一棵河柳枝杈上，抬手一枪，打碎了帽檐上的国民党徽，然后猛一挥手，向那个连副厉声说："你走吧！咱俩谁也不欠谁的情，清账了。"那个连副不敢违拗，叩了个头，凄凄惶惶而去。临走，那个连副又闯进董太师的宅院，恐吓董太师，胆敢碰柳罐斗一根汗毛，他就要带兵把董太师一家杀得鸡犬不留。此后，董太师也真的不敢再跟柳罐斗找碴儿了。眼下，这个连副在驻防通州的冀东保安总队里当大队长，早已跟柳罐斗不相往来，但是对董太师依然起着威慑作用。

原来，柳罐斗跟这个连副，都在北伐军里一位名叫蒋先云的团长手下当兵。蒋先云是个共产党员，黄埔军校第一期毕业生，英勇善战，赫赫有名。他这个团打到河南，不管是吴佩孚的队伍，还是张作霖的奉军，都被他们打得落花流水。后来，蒋先云团长阵亡，换了个国民党的团长，在团里大举清党，把那些跟蒋先云接近的官兵，杀的杀，抓的抓，遣散的遣散。柳罐斗当时已经当了排长，这个连副当时是他的排副；柳罐斗不满国民党团长的为非作歹，扯下领章军衔，忿而解甲归田，这个连副却不肯走，还补了他的缺。

柳罐斗回到家乡，京东农民大暴动已经被镇压下去，姐姐带着外甥周檎，一对孤儿寡母，跟老娘和他一起过日子。他卖了那个连副送他的坐骑好马，打造了一只大船，就在渡口摆船为生，养活一家四口。

柳罐斗人品出众，不少人给他提亲，他都一口谢绝。有一回，何大学问保媒，他还是不肯答应，一丈青大娘恼了，找上门跟他吵架："男大当婚，女大当嫁；你三十出头的人，老哥老嫂操心你的终身大事，你怎么反倒不赏老哥老嫂的脸？"柳罐斗长叹一声，说："老嫂子，兄弟不是狗咬吕洞宾。你想，我的姐姐是个苦命人，一奶同胞，手足情深，我要好好服侍她一辈子。娶个媳妇进门，就算她是个贤良女人，可是居家过日子，天长日久马勺没有不碰锅沿的；真要是三天吵架，五天拌嘴，伤了我姐姐的心，岂不是我的罪孽？"一丈青大娘听他说得有情有理，也就不为难他了。过了两年，周檎的母亲去世，一丈青大娘又给他说媒；柳罐斗心情沉痛地一声长叹，说："如今我姐姐过了世，檎哥儿更是个孤儿；我娶个媳妇进门，谁知道她是个什么脾性？真要是待我的外甥不好，我怎么对得起九泉之下的姐姐和姐夫？即便她脾性温顺，待我外甥不薄，就怕我有了亲生儿女之后，生出偏心眼儿，疼爱自个儿的，慢待了檎哥儿，无情无义，天理不容。所以，还是让我打一辈子光棍，给檎哥儿扛一辈子长工吧！"一丈青大娘听他说得伤感，也落了泪，不再勉强他了。

柳罐斗每天黎明拂晓解缆，日落西山收船，往返两岸，迎送行人。那年月，有句俗谚："车、船、店、脚、牙，无罪也该杀。"这当然是污蔑不实之词；可是，这五行人，也真是各有其刁钻之处。船夫一般都很粗野，夏天穿一条短裤，赤身露体；一言不合，张口就骂街，动手就拼命。然而，柳罐斗却与众不同。三伏大热天，头戴一顶斗笠，上身穿一件白粗布小褂，纽襻儿扣到脖颈上，下身穿着一条紫花布裤，挽着裤腿儿，只到膝头。他为人非常文明，未曾开口面带笑，说话听不见半个脏字儿。他那一条船，能运送三辆大车，站立几十位乘客，摆船的却只有他一个人；一支三丈大篙，握在手里，舞弄得十分轻巧。解开缆绳起了锚，大篙一抵河岸，大船便驯顺地直奔河心；然后他在河心一篙直刺到底，大船定住方位，在水流中不晃不转，平平稳稳向对岸靠拢。这个小村渡口，河面也有几十丈宽，他非但不手忙脚乱，而且自有板眼路数；几篙到岸，不多一篙，不少一篙。看看临近对岸码头，他抓起缆绳，扬手一抖，那粗大的缆绳便像一缕游丝，团团缠绕在水边的河柳上，而后抛下锚去，大船就像石舫一般铸在码头上；于是，他铺上跳板，人马车辆平安下船。

几年前，农历五月初五赛船会，从通州下来一个唱京东大鼓的女艺人，艺名云遮月，住在花鞋杜四的小店里。过河时，她刚踏上柳罐斗的渡船，就对柳罐斗一见倾心。云遮月不到三十，可是沦落风尘，又染上一口烟瘾，已经是残花败柳。半夜三更，这个女艺人情不自禁，爬墙出来，跑到柳罐斗停泊大船的地方，钻进船舱，要跟柳罐斗同床共枕。柳罐斗一向洁身自爱，云遮月却是老于风情；柳罐斗婉言谢绝，云遮月死活不走；柳罐斗又气又恼，把她挟下了船，然后解缆划船躲到对岸去。

云遮月却不死心，她竟打定主意不回通州了，每天就在渡口打地摊卖艺。夜晚散了场，柳罐斗早已躲往对岸，她便隔河相望，站在一座沙冈上，向河那边的大船歌唱，唱完一段又一段。

云遮月有一条好嗓子，歌声像行云流水，动人心弦，搅扰得柳罐斗睡不着觉了。

"姑娘，你睡觉去吧！"柳罐斗从船舱里走出来，站在皎洁的月光下，"你吃的是开口饭，累哑了嗓子，那就砸了饭锅；我靠卖力气吃饭，你吵得我不能安歇，明天撑船拿不动大篙，也是断了我的生路。"

云遮月停止了歌唱，说："你不请我到你的船舱里睡，我就唱一宿；砸了我的饭锅，断了你的生路，咱们一块饿死。"

柳罐斗觉得跟这个耍货儿真是没咒念，便玩笑道："我的船舱敞着门，你就过河来吧！"

云遮月二话没说，扑通跳下了河，她本不会凫水，一下河就沉了底；柳罐斗慌了神儿，赶忙下水，一个猛子，将她捞上了船。

盛情可感更难却，柳罐斗收留了她。

这个女艺人自从跟柳罐斗相好，烟也戒了，也不搽胭脂抹粉了。不多日子，竟面如满月，像一朵枯萎了的花朵，沐浴春雨，又盛开怒放起来。她从小学艺，一不会烧火做饭，二不会针线女红；可是自从跟柳罐斗相好，饭也能做了，针线活也学会了。两人夜夜三更相会，好得如胶似漆。

一丈青大娘感到不安了，劝说柳罐斗道："你跟这个烟花女儿打连连，败坏了自个儿的名声，背兴不背兴？"

柳罐斗正色道："嫂子，她虽是个人下人，人品却高。"

"那你就娶了她。"

"她是一只水鸟儿，我不想把她关在笼子里。"

一丈青大娘又把云遮月找到家里去，说："你要有心跟我罐斗兄弟好一辈子，那就嫁给他。"

云遮月凄然一笑，说："我这一条洗不净的脏身子，怎么配当他的妻室呢？他应该娶一个好人家的黄花闺女。等他看中了谁，明媒正娶，我就跟他一刀两断，绝不藕断丝连。"

可是，柳罐斗并不想娶别的女人，他们相好几年，仍然像新婚燕尔的少年夫妻一般。为了避人耳目，不受惊扰，柳罐斗每晚收船之后，将大船撑到远离渡口的僻静河湾停泊，等候云遮月悄悄前来幽会。

何满子很喜欢听云遮月演唱京东大鼓；他爱听云遮月的歌声，也爱听唱词里的故事。今晚上，他躺在云遮月的身边，乞求地说："云姑奶奶，您给我唱一段顶好听的。"

云遮月没有给他唱京东大鼓的曲段，却目光迷离，神不守舍，用低柔的鼻音哼唱一支摇篮曲：

风儿轻，月儿明，

树叶遮窗棂；

蛐蛐儿叫声声，

宝贝儿睡在了摇篮中……

唱着唱着，把何满子唱进了梦乡里。

等他醒来时，已经天光大亮，原来他从瓜田一角的沙冈，乔迁到周檎的小炕上。周檎临窗放了一张小饭桌，正在晨光中埋头写字。

十

这几天，周檎白天在家里给云遮月写新词，夜晚便到老木匠郑端午的瓜棚去，跟柳罐斗、何大学问、吉老秤、郑端午等人聚会。有时聚会在柳罐斗的大船上，郑整儿和荷妞就代替他们的老爹看瓜，巡风放哨的是云遮月，不用何满子；因为爷爷说他还是个黄口小儿，不能担当大任。

望日莲这几天被豆叶黄关在家里，不再到河滩上打青柴，何满子也不能跟她搭伴了。

何满子像风吹柳絮，雨打浮萍，没头没脑地这里跑跑，那里转转。找牵牛儿去玩，那个憨头憨脑的家伙，蔫蔫乎乎半天说不出一句话，就像浸了水的木鱼敲不响；他感到没意思，又像蜻蜓点水飞走了。

他走到渡口花鞋杜四的小店墙外，忽然看见河防局的巡长麻雷子，骑着一辆贼光闪亮的自行车，飞驰而来。那年月，自行车极其罕见，何满子未免少见多怪，这就吸引了他那百无聊赖中的好奇心。麻雷子骑车驶进小店外院，何满子也跟踵而至。

这个小店，坐落在距离渡口百步之外的一块空地上，四面打起半人高的土墙，土墙外栽种着连绵不断的柳棵子，柳棵子外掩上了沙坡。荆条编的大梢门，一进门是个大院，东西两溜敞棚，拴着骡马，存放车辆。满院的粪尿和草料末子，招引来一群群鸡、鸭、麻雀啄食。正面一座长棚屋，被一条过道隔成两个大通间，每个大通间都是对面两条炕，每条炕挤得下二三十人，都是贩夫、走卒、苦力；夜晚他们便三五成群，聚拢在小黑油灯下，掷骰子，押大宝，呼么喝六，吵蛤蟆坑。穿过过道，东西两座厢房，东厢房是灶上，西厢房是花鞋杜四和三个伙计的住处；正房也是一座长棚屋，只不过隔断成一个个鸽子笼似的单间，四壁粉刷了白灰，店钱高出前院大通间十倍。租赁这些单间的都是商人、老客、纨绔子弟，他们开酒席，推牌九，打麻将，抽鸦片烟；花鞋杜四还有一只花船，给他们从通州接来妓女。

有一回，何满子看见花船靠岸，一个独眼龙，左手搓弄着两只叮当响的铁球，右手提着一条皮鞭，从船上押下几个女人。一个个黑眼窝子，目光像死鱼，脸上搽着厚厚的白粉，抹着血红的嘴唇，妖形怪状。何满子尾随进去，只见前院大通间的客人，吹口哨，挤眉眼，嘴里全是不干不净的脏话儿。一到后院，单间里的那些有钱客人，发了狂似的扑奔出来，有的一个人拉走了两个，有的两个人架走了一个。一个十五六岁的女孩子尖叫着："我有病，我有病！"那个独眼龙一把挽住她的辫子，手里的皮鞭雨点似的抽打着。何满子吓得扭头就跑。跑到墙外，他又可怜那个有病的女孩子，痛恨那个残暴的独眼龙，就找了两块碎瓦片，钻进柳棵子，隔着土墙，照那个独眼龙的后脑勺打去。何满子扔砖头，投坷垃，打瓦片，百发百中不落空。他站在渡口上，一块瓦片擦着水面掠过去，在河上留下圈套圈、环扣环的一大串涟漪，直到对岸。所以，他这两块瓦片不偏不倚都打中了独眼龙的后脑勺，登时就开了瓢儿，血流如注，疼得独眼龙抱着脑瓜子又蹦又跳，躺在地上打滚儿，爬起来转磨。何满子见闯下大祸，急忙逃之夭夭，脚上扎了六七个蒺藜狗子，也顾不得拔下来，一口气跑回了家。

小店店主花鞋杜四，是一条人蛆，一块地癞，抽大烟抽得瘦小枯干，三分不像人，七分倒像鬼。他的名声恶臭，谁沾上他就像招了鬼祟，轻则晦气十天半个月，重则便会流年不利。这两年，他入了个会道门，脖子上挂着一串念珠儿，吃起了素，开口闭口阿弥陀佛。

麻雷子跟花鞋杜四臭味相投，狼狈为奸。麻雷子在河防局当巡长，管界三十里，这个小村正在他的管界之内。他有头无脑，是条傻狗；花鞋杜四是他的眼线，又是他的耳报，更是他的狗头军师。

"杜四哥！"麻雷子的自行车直穿过道，冲入内院，"天上掉馅饼，一桩好买卖找上门来了。"

花鞋杜四从西厢房伸出脖子，龇牙一乐，说："阿弥陀佛，夜猫子进宅！我刚点着烟灯，请你抽头一口。"

麻雷子鬼鬼祟祟走进了西厢房。

何满子追在麻雷子的自行车后面，听见他那句话："一桩好买卖……"忽然想起七月七夜里，他在周檎的后窗下，听见望日莲打着寒噤说："……董太师想买我做小，他们正讨价还价。"于是，急忙收住脚，转身走出小店，钻柳棵子来到土墙外。

花鞋杜四居住的西厢房，后山正借的是院墙，也有个小窗户；何满子溜到墙根，在窗口下站立，屋里说话都听得见。

一阵呼噜呼噜的抽烟声之后，花鞋杜四急不可待地问道："你先说说是哪一路买卖，油水大不大？"

麻雷子从嘴里拔出烟枪，说："自治政府警察厅，下来个十万火急的公文，悬赏缉拿京东共产党头子周文彬；赏金五百块大洋，一巴掌膘的油水！"

"够肥的！"花鞋杜四咂着嘴儿，"可是，大海里捞针，到哪里去摸姓周的影儿呢？"

"在周檎身上打主意！"麻雷子一拍炕席。

"你真是长虫打架绕脖子！"花鞋杜四嘎嘎笑道，"咱们正话说捉拿周文彬，你怎么又牛头不对马嘴，拐到周檎那小哥儿身上。"

麻雷子压低了声音，喊喊喳喳地说："周文彬这个共产党，原是八年前的潞河中学毕业生，跟你们村的这个周檎，算是大师兄和小师弟。头年冬天京东闹学潮，反对殷长官成立防共自治政府，主谋是周文彬，周檎也参加了。你想，他俩能不是同伙吗？"

"二遍茶，刚喝出点滋味儿。"花鞋杜四说。

麻雷子又接着说下去："周文彬是天上的鸟儿，水里的鱼，云游四方，没有准窝儿，他们管这个叫地下活动。周檎要是他的同伙，周文彬免不了来到周檎这儿落脚。你只要发现周檎家有生人来，就赶快报告我；来不及报告，那就先斩后奏，抓起来再说。"

"阿弥陀佛！"花鞋杜四的舌头打着嘟噜，"你叫我动手抓周檎那小哥儿，我惹得起他舅舅柳罐斗吗？"

"只要周檎犯了案，那就连同柳罐斗也一块抓起来！"麻雷子气冲冲他说，"这个家伙在我的管界之内，天不怕，地不怕，软不吃，硬不吃，是我的肉中刺。"

"阿弥陀佛，抓起他来，那更是拔了我的眼中钉！"花鞋杜四说。

麻雷子又呼噜呼噜吸了两口烟，问道："你家那个小花妞儿，还不趁早卖个利市呀？樱桃桑葚儿，货卖当时；等过两年花儿不红了，蕊儿不嫩了，可就卖不出好价来了。"

"董太师一不肯出大钱，二不肯给我撑腰呀！"花鞋杜四唉声叹气，"这个丫头自从认了何大学问跟一丈青当干爹干娘，我跟你嫂子再也摆布不了她；除非你助我一臂之力。”

“把何大学问也抓起来！”麻雷子说。

“你给他安个什么罪名呀？”花鞋杜四问道。

“跟周檎和柳罐斗一勺烩！”

何满子听到这里，又气又怕，急忙钻出柳棵子，就奔家里跑。

这时，已经傍晚，他看见周檎正在小院里绕着篱笆转来转去，低声吟哦，轻拍手板，琢磨着他给云遮月写的唱词。

“檎叔，檎叔！”何满子跑进来，把周檎推进屋去，“你认得一个叫周文彬的人吗？”

周檎脸色一变，忙问道：“你听谁说起这个名字？”

“我刚才在小店西厢房的后窗口下，听见麻雷子跟花鞋杜四捣鬼，他们要捉拿周文彬，能得赏金五百块大洋。”

“两条癞狗，竟想捉住一头豹子！”周檎轻蔑地冷笑一声。

“他们还想暗地里害你跟柳爷爷。”何满子着急地说，“还要把莲姑卖给董太师，连我爷爷也安个罪名抓起来。”

周檎凝神沉思，半晌才说：“满子，别害怕，狗汪汪拦不住人走路。你听到的这些话，不许再对外人说，更不许告诉你莲姑。”

夜晚，何满子在炕席上翻过来掉过去，就像烙烧饼，睡不着。梆打二更，门声吱扭，是望日莲来睡觉了。

这几天，望日莲不去打青柴，豆叶黄还叫她新做了一件花洋布小衫，一条黑洋布裤，穿在身上，又粗又黑的大辫子扎着红头绳，显得十分俏丽而秀气。豆叶黄打扮望日莲，是为了抬高望日莲的身价，在董太师那里多卖几个钱，望日莲还蒙在鼓里。她走进屋，只见何满子在炕上乱滚，还当是大花脚蚊子叮得他难受，连忙抓起芭蕉扇给何满子扇了一阵。

何满子抽抽搭搭哭起来。

“满子，做噩梦了吗？”望日莲上了炕，轻声问道。

“没……没有。”

“那你怎么啦？”

“檎叔……不让我告诉你。”

“你檎叔有什么事瞒着我？”望日莲把何满子抱了起来，“是不是他要进京去？”

“不……不是。”

"是不是……有人给他提亲保媒？"望日莲的呼吸紧张而急促。

"也……也不是。"

"到底为什么呀？"

"我……不说。"

"满子，你这个小没良心的！"望日莲伤心地说，"你檎叔跟我变了心，你还跟他串通一气。"

"不是呀！"何满子慌忙说，"花鞋杜四跟麻雷子合伙，要赶快把你卖给董太师，檎叔怕你着急，不让我告诉你。"

"原来他见死不救呀！"望日莲气得哆嗦，"我找他去。"

"他在柳爷爷的大船上。"

望日莲跳下炕就走，何满子紧追在后面，惊醒了睡在东屋的一丈青大娘，喊也喊不住他们。

鸡叫头遍了，月明星稀，草上下满露水；望日莲牵着何满子的手，上气不接下气地一路小跑。

柳罐斗的大船，停泊在距离郑端午瓜田不远的河湾处，船上人影憧憧，声音有高有低。何满子和望日莲还没有跑到大船近前，老木匠郑端午从瓜棚里走出来，说："你们别上船！"河坡上，云遮月也说了话："你们来干什么？"望日莲却不顾阻拦，直奔船边。

"干爹，快救救女儿吧！"望日莲扑通跪倒水边上，"您要不管女儿，我就脖子上挂一块大石头，跳河淹死。"

何大学问哈哈笑道："那是麻雷子的下场！"

"莲姑娘，不必急火攻心！"吉老秤笑眯眯地说，"我保你七天之内，跟檎哥儿完婚。"

望日莲惊呆了。抬起头，满脸泪光，睁大眼睛望望吉老秤，望望何大学问，又望望柳罐斗；最后，目光迷惘而哀怨地落在周檎身上。

周檎走下船，搀她起来，柔情地小声说："几位老长辈同心合力成全咱俩，你回去放心睡觉吧！"

柳罐斗一直没有开口，朦胧的月光中，他站在船头，像一座古代勇士的石像。

十一

望日莲长这么大，头一天清早不起炕；豆叶黄隔着篱墙大喊大叫，一丈青大娘从屋里走出来。

"我女儿病了。"一丈青大娘笑吟吟地说,"你有什么活儿,我来替她干。"

豆叶黄眨了眨小眼睛,冷冷地说:"那怎么敢当呢?她昨晚上还好端端的,怎么一夜之间就倒卧在炕上了呢?"

"人吃五谷杂粮,难免灾枝病叶。"一丈青大娘沉下脸说,"莲丫头成年累月,整天地不拾闲儿,伤了元气。"

豆叶黄无可奈何,只得回屋去。这个女人半百了,却人老心不老,一心要打扮得"娉娉袅袅十三余,豆蔻梢头二月初"。她描眉入鬓,鬓似刀裁,搽胭脂抹粉,脸上桃红李白。要想俏,女穿孝,她爱穿一身月白;三寸金莲凤头鞋,走起路来扭扭捏捏,两只长长的耳环子荡来荡去打脸。她本来长着一双巧手,却吃馋了,待懒了;平日横草不动,竖柴不拿,油瓶倒了也不扶。望日莲不回来,没人烧火做饭,她的墙柜里正有一位相好的送来一包绿豆糕,就打开红纸包大吃起来。鸡笼里的鸡,猪圈里的猪,饿得扑笼拱圈,吱吱哇哇乱叫,她也不管。

正当她大吃绿豆糕的时候,忽然有人抬开柴门,何大学问跟一丈青大娘双双走进来。何大学问剃头刮脸,身穿长衫,一丈青大娘也梳了头,穿一件新毛蓝布褂,黄铜手镯叮叮当当分外响;老两口子的神情都十分严峻。

"大妹子在家吗?"一丈青大娘高声问道。

豆叶黄连忙将一块绿豆糕直脖儿咽下去,噎得打着嗝儿,捂着胸口迎出来,说:"老姐……姐,何大……哥,屋里坐。"

她高高打起门帘,一丈青大娘和何大学问一前一后走进去。

这间小屋,不知道的只当是新婚的洞房。粉莲纸糊顶,雪白的四壁,窗棂上贴着剪纸的红喜字,墙上挂着鸳鸯戏水和美女思春的杨柳青年画,炕上铺的是细软新席,墙角码起的是两床火烧云的大红被子。

豆叶黄忙给何大学问端过来烟筲箩,递上她的翠玉石嘴长杆烟袋。这个女人好抽烟,一口牙齿熏得乌黑,使她的花容月貌大为减色。

何大学问正襟危坐,目不斜视,掏出自个儿的大脑壳烟斗和烟荷包,吧嗒吧嗒抽起来。

一丈青大娘咳嗽一声,嗽了嗽嗓子,说:"弟妹,按照咱们的乡俗礼数,挂锄时节,当爹娘的要接闺女回娘家住几天;我跟你大哥想留莲丫头住几天娘家,求你点头。"

豆叶黄虽然歹毒,可是自从吃过一丈青大娘一顿暴打,心存畏怯;她一看这个情景，不敢不答应，便顺水推船说："老姐姐，你心疼她，难道我不疼爱她吗？那就让她叨扰你两天，只是一天要喂三遍猪，还得她管。"

院里又响起一阵咚咚脚步声，有人喊道："杜四哥在家吗？"好大嗓门儿，是吉老秤。

豆叶黄心惊肉跳地迎出去，只见吉老秤也是一身齐整打扮，头上还顶着个红疙瘩帽盔儿。

"老秤兄弟，哪阵香风把你这位稀客刮了来？"豆叶黄年岁比吉老秤小，可是花鞋杜四比吉老秤大，所以是嫂子小叔。

"无事不登三宝殿！"吉老秤大摇大摆闯进屋，一见何大学问和一丈青大娘，忙打了个千，"原来大哥大嫂也在这儿，巧啦！我本想见过杜四哥跟杜四嫂以后，再到府上去，这就不必我磨鞋底儿了。"

豆叶黄又递过烟笸箩和翠玉嘴儿长烟袋，说："老秤兄弟，尝尝我的兰花烟。"

"请吧！"吉老秤从腰里摸出鼻烟壶，"四嫂子，你尝尝这个。"说着，捏了一大撮，抹进鼻孔里。

于是，就像过山炮装上了炮弹，点着了药捻子，在豆叶黄的这座香巢里，响起了震耳欲聋的连珠炮声。

"哎呀，你要把我的房子震塌啦！"豆叶黄堵住两只耳朵尖叫。

"老秤，你究竟有什么事儿？"何大学问开了腔。

炮声戛然而止，吉老秤欠了欠身子，说："回大哥的话，我来给杜四嫂子的女儿莲姑娘保个媒。"

"我是她婆婆！"豆叶黄急忙更正。

"谁不知道二和尚肉包子打狗以后，你就把莲姑娘当成了亲生女儿！"吉老秤狡黠地眯着眼睛笑道，"有个好主儿，跟莲姑娘天生一对，地造一双；我不能不积德行善，成全这一桩美满良缘。"

"且慢！"何大学问打断他的话，"莲姑娘还是我跟你大嫂的干闺女，我们也是她的一层父母；水大漫不过船去，我们两口子不乐意，你也白搭。"

"大哥，你且听我说下去！"吉老秤当胸一抱拳。

"我不想听，你免开尊口！"豆叶黄急赤白脸。

"四嫂子，我的尊口一开，保你鸡啄米似的连连点头。"吉老秤不慌不忙地说，"我给莲姑娘提的这个亲，男方是咱们方圆几十里的一位高才人物！"

"谁？"一丈青大娘插嘴问道。

"姓周名檎！"吉老秤说，"大哥大嫂，你们两口子都是爽快人，乐意不乐意？"

何大学问乐得闭不上嘴，说："这是高攀了，求之不得哩！"

一丈青大娘更是眉开眼笑，说："我的心里乐开了花。"

"四嫂子，你呢？"吉老秤又问豆叶黄。

"你给我滚出去！"豆叶黄犯起刁来。

"豆叶黄，你胆敢不赏我的脸面！"吉老秤咆哮一声，一拳捣在炕上，砸塌了一大块炕坯。

豆叶黄一见吉老秤那一副金刚怒目的模样儿，吓得一屁股从炕沿上出溜到地下，哼哼唧唧地说："我一个妇道人家做不了主，得杜四说了算。"

"我要听你的回话！"吉老秤大吼。

"嫂子依你，依你。"豆叶黄眼珠儿一转，"我去找杜四，劝他也答应这门亲事。"说罢，爬起来就奔外跑。

"你还是陪我这个香风刮来的稀客吧！"吉老秤像老鹰抓小鸡，把豆叶黄拦在怀里，"有人请杜四哥去了。"

请花鞋杜四的是老木匠郑端午。

这一天是阴历七月十五。阴历七月十五是鬼节，鬼节是黑煞日，人不下水，船不摆渡。因此，花鞋杜四的小店门前冷落车马稀，柳罐斗的大船也拴在对岸。

渡口不远处的柳荫下，花鞋杜四正跟麻雷子席地而坐，交杯换盏地喝酒。

"杜四兄弟！"老木匠郑端午走上前去，"我有件事，要跟你和弟妹求个人情，到你家去说吧！"

麻雷子正想把花鞋杜四打发走，他好独吞酒肉，忙说："四哥，办事去吧！快去快回，我等你回来再下箸。"

花鞋杜四只得硬着头皮，跟着老木匠郑端午走了。

等花鞋杜四一走，麻雷子便自食其言，大块吃肉，大口喝酒，直喝得浑身冒油，扒下了身上的黄狗皮，露出一身黑肉。他眼花耳热，猛一抬头，只见从对岸的柳罐斗的大船上，走下了云遮月。

云遮月只穿了一件粉花葱心绿的抹胸，怀里抱着刚拆完的被子，还有两支棒槌和一块搓板，到河边去洗。

麻雷子打了个尖利刺耳的嗯哨，怪叫道："云遮月，到河这边来洗吧！我给你打个下手。"

云遮月坐在了水边，扬起一只雪白的胳臂，笑着说："麻巡长，我不会凫水。"

麻雷子色眯眯地说:"我有心过河帮你的忙,就怕柳罐斗不许我在你身上插一手。"

"他不在船上!"云遮月隔河抛过来一个媚眼。

"到哪儿去啦?"

"他去买纸钱,晚上祭水鬼。"

"那我真得陪陪你,免得你冷清。"麻雷子色迷心窍,说着就下河。

"麻巡长,你找死呀?"云遮月吓得惊慌摆手,"今天是鬼节,水鬼拉替身。"

"神鬼怕恶人!"麻雷子踩水泅过来,"我麻雷子是凶神恶煞,水鬼不敢惹我。"

他的话没落音,水下两只大手扯住他的两条腿,一抻到底。

麻雷子虽然一阵心慌,可是他的水性不小,沉到河底睁眼一看,原来是柳罐斗,这才知道中了计,便拼命挣扎起来。柳罐斗扼住他的喉咙,他也死抱住柳罐斗的身子不放,两人被水下的激流冲向下游。到底麻雷子的水性比柳罐斗差得多,力气也不如柳罐斗大;角斗了十几里,气力渐渐不支,柳罐斗便掐着他的脖子灌坛子。咕噜噜!咕噜噜!三番五次,麻雷子昏迷不醒,挣扎了几下,便断了气。柳罐斗拖着死尸,又游出几里,见岸边有一片浓密的水草,四下没有人影,便将麻雷子的尸体揉了进去。然后,悄悄上岸,钻进了青纱帐中。

再说花鞋杜四跟随老木匠郑端午回到家里,进门一看何大学问、一丈青大娘和吉老秤摆开了阵势,便知必有来头,马上堆起笑脸说:"各位大驾光临,我的面子不小呀!"

何大学问和一丈青大娘说:"我们来接莲丫头住娘家歇伏,弟妹答应了。"

吉老秤开门见山,说:"我来给莲姑娘保媒,四嫂子满口应允,只等你一句定乾坤了。"

"吉老秤,你这不是拆我的家吗?"花鞋杜四炸了,"我的儿子在外当了官,一十八载衣锦荣归;我的儿媳妇是个贞节烈女,要学那苦守寒窑的王宝钏。"

"谁说你儿子当了官?"吉老秤问道。

"难道你忘了?是铁嘴小神仙算出来的。"

"陈谷子烂芝麻,我早忘得一干二净了。"

无巧不成书,门外传来笛子声。花鞋杜四像是盼来了救星,说:"小神仙来了,我请他当着你的面再算一回。"

"你陪客，我去请！"何大学问抢先一步，走了出去。

一会儿，铁嘴小神仙进来了，问过了二和尚和望日莲的生辰八字，掐指算了又算，口中念念有词，猛然一拍大腿，说："好卦！大吉大利。"

"是不是二和尚在外当了官儿？"花鞋杜四提醒他。

"新近升了混成旅旅长！"

"哪一年衣锦还乡？"

"一十八载。"

"怎么样？"花鞋杜四得意地笑了起来，"我那儿媳妇是不是还得等上几年，熬出个夫贵妻荣？"

"不必了！"铁嘴小神仙沉重地摇了摇头，"二和尚已经被他们的司令官招为东床佳婿，莲姑娘命小福薄，配不上旅长大人了。"

"胡说！"花鞋杜四绝望地嘶叫，"你为什么变了卦，跟两年前算的不一样？"

"谁说不一样？"

"两年前你说二和尚当了营长，他的媳妇应该等他。"

"两年前他当的是营长呀，莲姑娘的命相还算相当；如今令郎高升三级，莲姑娘的命相可就尊卑不合了。"

"放你妈的屁！"花鞋杜四破口大骂，"什么他妈的铁嘴？你是红口白牙跑舌头，马勺上的苍蝇混饭吃。"

"岂有此理！我虽比不了诸葛亮，也还比得上刘伯温。"铁嘴小神仙忿然作色，"杜四掌柜，我分文不取，送你一卦：这位莲姑娘命硬金石，先克公，再克婆，你不赶快把她打发走，我敢断你流年不利，必遭险凶。"说罢，跟何大学问讨了卦礼，扬长而去。

铁嘴小神仙一出门，正跟小店伙计撞个满怀，两人都跌倒在地；小店伙计连滚带爬进了院子，气喘吁吁地叫道："老掌柜，大事不好！麻巡长叫水鬼拉了替身。"

"赶快救人呀！"花鞋杜四急得暴跳。

"鬼节黑煞日，谁敢下河呀？"小店伙计带着哭腔说。

"我去捞他！"花鞋杜四说，"他还欠着我十块大洋哩。"

"你不能去！"豆叶黄扑到他身上，"十块大洋只当喂了狗，你可别叫水鬼再拉走。"

何大学问拉着长声说："老四，铁嘴小神仙送你那一卦，你可别当耳旁风呀！"

花鞋杜四咳的一声，抱着脑袋蹲在地上，口中连念："阿弥陀佛，阿弥陀佛！"

吉老秤伸出大手，一抓他的脖领子提了起来，说："亏得你还算个男子汉，倒不如四嫂子这个娘儿们家有见识，君子一言，响屁一声，你开个身价吧！"

花鞋杜四身上像发疟疾，嘴里像满槽牙疼，呻吟着说："我这个儿媳妇是花钱买来的，又吃了我十二年饭，我不能白送给人家。"

吉老秤不耐烦地喝道："放响屁！"

豆叶黄说："三十块大洋吧？"

"住嘴！"花鞋杜四尖叫道，"五十块，少一个铜板我也不撒手。"

"杜四，你是一只饿狼！"吉老秤骂道，"给你五十块，连豆叶黄也搭上。"

花鞋杜四咬定牙关，说："我言无二价。"

"我扒出你的狼心狗肺来！"吉老秤大吼一声，把杜四当胸一抓，顺手抄起了炕上的剪子。

"救……"花鞋杜四刚要呼救，脖子已经被吉老秤掐住，眼珠子憋得凸了出来。

"老秤兄弟，你饶了他吧！"豆叶黄苦苦哀求，"我叫他依你，全都依你就是了。"

"豆叶黄，你还怜惜这只饿狼干什么？"吉老秤说，"我宰了他，你挑个黄道吉日嫁人，赶巧了还能结个晚瓜。"

"老秤，不要莽撞！"何大学问拦住他，"老四，你也真是财狼食黑；莲丫头进你家门十二年，给你家当了十二年的牛马，是她白吃你的饭，还是你喝了她的血？咱们找个算盘来，清一清账。"

"甭……甭算了。"花鞋杜四气息奄奄地说，"三十块……就三十块吧！"

"找文房四宝来！"何大学问大喊，"咱们当面锣，对面鼓；白纸黑字，立下文书。"

"爷爷，我这就拿来！"一直隔着篱笆偷听的何满子，欢叫着跑了。

"大哥，这笔钱谁掏？"花鞋杜四不放心地问。

"我！"何大学问一拍胸膛。

"咱们现钱交易，不准赊欠。"花鞋杜四又紧叮一句。

"我拨给你二亩地！"何大学问说。

花鞋杜四两眼一阵贼亮，忙说："大哥，你可不能翻悔。"

"我何某人吐唾沫是钉儿！"何大学问慷慨激昂地说，"二亩地给我干闺女赎身，二亩地给我干闺女陪嫁，才不过花掉我半壁江山。"

何满子从周檎那里，用一个小竹篮拎来文房四宝。

花鞋杜四开小店，能写会算，亲手写了字据，跟豆叶黄按了手印，呈给何大学问；何大学问回家取来地契，扔给了花鞋杜四。

闷葫芦郑端午这才得着机会说话："表哥，表嫂，老秤是檎哥儿的媒人，你们就把莲姑娘这个大媒赏给兄弟吧！"

"多谢了！"何大学问爽朗地大笑，"还得有劳你带着整儿跟荷妞，给我操持聘闺女办喜事。"

十二

何家小院喜气冲天，一群群喜鹊从东西南北飞来，落在院里院外的树上，从早到晚喳喳山叫。何大学问跟一丈青大娘虽然赔出四亩地，损失了半壁江山，可是博得了全村男女老少的喝彩；老两口子心里高兴，脸上放光。

最叫老两口子感动的，是跟花鞋杜四办完交涉的当天晚上，柳罐斗忽然来了；这个顶天立地的汉子，一进屋倒头便拜，只说了一句："大哥，大嫂，兄弟一辈子报答不完你们的大恩大德！"便泣不成声。

柳罐斗的心情是很痛苦的。他只有三间泥棚茅舍，并无一垄土地，深感对不起外甥，更有负于九泉之下的姐姐和姐夫。

老嫂比母，小叔似儿。一丈青大娘比柳罐斗大二十来岁，见他如此礼重和伤情，心里发酸，慌忙扯起他，吵架似的嚷道："我又不是为你破费，你谢得着我吗？我是花在我那可人疼的女儿莲丫头身上。"

"也为了檎哥儿！"何大学问慢声慢气，自我陶醉地说，"常言道，门婿半个儿；从今以后，檎哥儿有我一半了。罐斗，我占了你的大便宜，你怎么不识数儿，反倒谢起我来？"

柳罐斗并不多言，挥泪转身离去。

办完交涉那天从杜家回来，望日莲感激涕零，双膝跪倒在干爹干娘面前，抱住二位老人的腿，哭着说："爹呀，娘呀！我不能割你们身上的肉，我不要那二亩地陪嫁。"

一丈青大娘也哭了，搂住望日莲说："儿呀，谁叫娘穷家破舍呢？娘真想陪你三宅两院，十顷八顷，可是娘没有呀！"

"那就再给莲丫头二亩！"何大学问激动起来，"剩下二亩给咱们老两口子当坟地，足够了。"

"不，不！"望日莲大叫，"这怎么对得起哥哥嫂子呢？"

何大学问说："你哥哥在城里当了少掌柜，用不着土里刨食了。"

"不，不，不！"望日莲叫得声音凄厉，"我更不能对不起小满子。"

何大学问扬声高笑，说："寒门出将相，草莽出豪杰，蒲柳人家出英才。我看那小子注定是个大命人，不稀罕这二亩地。"

望日莲哭急了说："爹呀，娘呀！您再逼我多要二亩地，我就不嫁了。"

何大学问和一丈青大娘只得不再强迫，但是一定风风光光大办喜事。

门婿周檎出面劝阻了。

"大舅，大舅妈，你们待我跟她的恩情，已经山高海深，不能再铺张排场了。"

乡下礼数，没正式成婚拜堂的女婿，不能登丈人家的门；怕的是被人背后飞短流长，说是"先有后嫁"，名声上不好听。所以，周檎闯进门来，说话又扫人兴，何大学问跟一丈青大娘脸色不悦。

一丈青大娘没有好声气地说："檎哥儿，你还没有八抬大轿把我们莲丫头搭走，我们何家的事你少管，也不该你管。"

何大学问也整着脸子说："檎哥儿，莲丫头虽不是我的亲生女儿，可是比我的亲生儿女还要亲。婚姻本是终身大事，我不能委屈了孩子，也不能叫乡亲们戳我的脊梁骨。"

"大舅，大舅妈，你们都是知大理，明大义的人。"周檎恳切地说，"如今国难当头，眼看要当亡国奴了。这个时候，大办喜事，乡亲们更要戳断咱的脊梁骨！"

何大学问恍然大悟，连声说："言之有理，言之有理！"

一丈青大娘仍然赌气，望日莲撒娇地说："娘，人家说的是至理名言，您别蛮不讲理，依了他吧！"

一丈青大娘叹了口气，说："只是委屈了你，娘过意不去。"

望日莲连忙一牵周檎的袖子，说："还不谢谢爹娘。"

"大舅，大舅妈，我……"

"你管我叫什么？"一丈青大娘又恼了。

"爹，娘！"周檎改了口，深深鞠了一躬。

一丈青大娘笑逐颜开，说："只要你们俩恩恩爱爱，和和美美，我跟你爹这两把老骨头，还能给你们熬出斤儿八两的油来。"

周檎跟望日莲的喜日前一天，何满子的爸爸何长安从通州赶来。

何长安在通州并没有另外安个家，而是跟岳父岳母住在一起。他的妻子到通州后生下一个女儿，目前又要分娩。岳父年老力衰，小书铺主要靠他经营；他是个守成之才，小书铺在他手里，并没有发达，但也没有衰落。

他为人心地善良，却又胆小柔弱，满面和气生财的笑容，一副安分守己的仪态。这两年发了福，白白胖胖的，完全是个文雅的商人，失去了农家子弟的气质。

何长安礼貌周全，每年回一趟家，不但对父母必有孝敬，而且对于吉老秤、老木匠郑端午和柳罐斗这几位父辈的友好，也都多少带来一点礼物。他虽然鄙薄花鞋杜四和豆叶黄的人品，但是念在多年乡邻的情分上，也要登门拜望，问好请安。

这一趟，也不例外。不过，馈赠的重点是望日莲。他给望日莲买了一身衣裳和两双鞋，还给买了茶壶、茶碗、茶盘，一面镜子和一只梳头匣；都是花花绿绿，喜兴颜色。

但是，对于他的到来，何大学问和一丈青大娘并不高兴，何满子也不跟他亲热。何大学问和一丈青大娘知道，他这一趟来，必定想把何满子带到城里上学，夺走他们生活中的最大乐趣。何满子也知道，爸爸将要强迫他离开爷爷和奶奶，离开望日莲姑姑，离开干爹郑整儿和干娘荷妞，离开柳罐斗、吉老秤、老木匠郑端午以及牵牛儿，离开这个可爱的小村和他整天野跑的河滩，像抓住野鸟一般把他关进笼子去。

何长安也感觉到，他的到来，不但冲淡了喜气，而且带来了阴郁。他是个玲珑剔透的人，便想打破这尴尬的气氛，猛一拍手说："你们看，有一桩天大的喜事，我竟忘了禀告。"

"什么天大的喜事！"何大学问忙问。

"咱家的新姑爷，周檎兄弟考中了燕京大学！"何长安从身上掏出一封大红信柬，"这是录取通知书，我给捎了来。"

"这真是双喜临门，满子快去请你姑父！"何大学问果然喜形于色，"檎哥儿给咱们这个小村增了光，给咱们穷门小户争了气。董太师良田十顷，子孙成堆，连个潞河中学生还没出，他的气数尽了。"

"所以我想让满子今年赶快上学！"何长安说，"踩着他姑父的脚印步步高升。"

"对，对！"何大学问连连点头。

"再说吧！"一丈青大娘还是沉着脸，"孩子还小哩。"

周檎被何满子推推搡搡而来。

"恭喜，恭喜！"何长安连连拱手，"恭喜你洞房花烛又金榜题名，大小双登科。"说着，把燕京大学录取通知书递给周檎。

周檎看也不看一眼，就塞进裤兜里，说："华北之大，已经安放不下一只书桌了；我是不是上学，还不一定。"

何长安又从腰里掏出一个信封，递给他说："这是上海给你寄来的稿酬和一封信。"

"什么叫稿酬？"何满子好奇地问。

"你姑父写成的文章，印在书里，书店给的酬谢。"何长安说，"你要上进，长出息；将来也上大学，也写成文章印在书里。"他又对周檎说："我在船上，遇到河防局新上任的尹巡长，他让我替他问你好。"

何大学问惊问道："檎哥儿，你怎么跟这种人认识？"

"他是自己人。"周檎低低地说。

第二天是喜日，只雇了一顶四人抬的小小花轿，两名吹笛的乐手，不用锣、鼓、唢呐，花轿进门放了一挂鞭炮；虽不红火，倒也喜兴。

吉老秤和老木匠郑端午这两位大媒，一个替男家迎亲，一个替女家送亲；郑整儿当上了真正的喜令官，荷妞专管铺红毡、捯红毡。柳罐斗家的小院中央，安放了一张小桌，插上红烛高香，在郑整儿那悠扬嘹亮的口令声中，新婚夫妇拜过天地，给亲朋好友们见礼，然后双双牵着彩带，进入洞房。何满子穿上望日莲给他做的花红兜肚，奉命在炕上滚床；他滚得高兴，又翻起筋斗，竖起蜻蜓。

忽然，他听见隔着篱墙，奶奶正跟爸爸发脾气。

"铺子里离不开我，我得在关城之前赶回去。"爸爸说，"满子一定要在今年秋季上学；我把他带走，先收收心。"

"他还小，我不放心！"奶奶粗声大气，"等过两年，个儿长高一点，再上学也不晚，还免得受大学伴的欺侮。"

"娘，求求您……"爸爸低声下气地央求。

何满子一听大势不妙，跳下炕，急急如漏网之鱼，慌慌如惊弓之鸟，逃向河滩。他先躲到周檎和望日莲童年时代拜花堂的柳棵子地里，后来又藏进望日莲洗身子的河湾红皮水柳丛中。水深没顶，他不敢踩水出声，就来了个仰巴跤漂羊；几条小鱼在他身边游来游去，两只花翎小鸟蹲在红皮水柳枝上，亮晶晶的小圆眼睛瞪着他。

水边传来轻轻的脚步声，低低的说话声。

"今后，你要跟周檎保持单线联系，保障他的安全。"

"请放心，文彬兄！"

"他们要打起民团旗号，建立秘密抗日武装，你要帮他们取得合法地位。"

"文彬兄，我一定办到。"

何满子悄悄翻了个身，从柳枝空隙间偷眼看去，只见一个身穿警察制服的年轻巡长，跟一个三十来岁的长方脸高身材的人，拉了拉手，就分开了。

何满子心想这年轻的一定是尹巡长，这文彬兄又是谁呢？天渐渐黑了，他有点害怕了，但是，他又不敢回家，怕被爸爸捞走。进退两难，无依无靠，他感到孤独而委屈，伤心地哭了；一串一串的泪珠，下小雨似的滴落在水中，流进运河里去了。

暮色苍茫，河上荡漾着望日莲呼唤他的回声："满子，小——满——子！"

"莲姑！"何满子钻出红皮水柳丛，一颗流星似的投进伫立沙冈上的望日莲怀里，鼻涕眼泪把望日莲那红花小袄浸湿了一大片。

"好孩子，跟我回家吧！"望日莲要抱起他，背在身上。

"我不回家！"何满子打着坠儿，"我爸爸要把我带到城里去。"

"你爸爸不把你带走了。"望日莲笑道，"你姑父也不进京上学了，留在村里办个小学堂，你跟姑父念书。"

"是那个叫文彬的人让姑父留下的吗？"

"你怎么知道？"

"那个人来的时候，我在暗处看见了他。"何满子说，"姑父怎那么听他的话呢？"

"他是你姑父的大师兄。"

"一定是周文彬！"何满子惊喜地叫道，"快带我去看看他。"

"他已经走了。"

何满子拍着光葫芦头，直恨自己没眼福。

何满子被望日莲背回家，只见奶奶和爸爸坐在家门口。奶奶一见他们，摆手说："满子，先到你姑姑家去。"

"我才不想进咱家的门！"何满子气哼哼地说。

望日莲背他到外屋，静悄悄只有干娘荷妞在做饭。

"他们呢？"望日莲问。

荷妞小声说："在东院商量立民团的事。"

望日莲放下何满子，给他盛了一碗小米饭和一碗鸡肉，说："快吃吧！吃饱了赶紧睡觉；从明天起，野马戴上笼头，先跟你姑父认字儿。"

何满子说："我不回家，跟你和姑父睡。"

望日莲面带难色，哄他说："你跟你爸爸半年多没见了，还是回家跟你爸爸睡吧。"

"不！"何满子赌气扔了筷子，不吃饭了，"我就跟你和姑父睡。"

"让他跟你们俩睡吧！"荷妞吃吃笑道，"正好叫他给你们暖窝儿，我保你过年就抱个大胖小子。"荷妞又把她那个偏方传授给望日莲。

"呸！"望日莲啐了她一口，清脆地打了她一巴掌，灶膛里的火光映照得她满脸通红。

不过，第二年望日莲并没有抱个大胖小子，而是在卢沟桥的炮声中生下个女儿。这个女儿二十三年后大学毕业，跟由于写文章而遭遇坎坷的何满子结了婚。

这是后话，本书不表。

原载《十月》1980 年第 3 期

中国作家协会 1977—1980 年全国优秀中篇小说

射天狼

朱苏进

会挽雕弓如满月，西北望，射天狼。

——苏轼:《密州出猎》

一

电话兵通过轻型被复线，报话兵通过微微摇曳的鞭状天线，同时收到阵地信息，又同声复诵出:"发射完毕!"

寂静最令人不安。此刻，一枚数十斤重的弹丸正在天空飞行。炮口距目标九千五百公尺，弹丸需飞行四十余秒，对于观察所指挥人员来说，这是个折磨，长得不堪忍受。谁知道将得到什么，远弹? 近弹? 命中弹? 还是最讨厌的"不见弹"? 肉眼根本看不见蓝玻璃似的天空会有一颗压满 TNT 炸药的合金杀伤大爆破弹。它一出炮口，人们就无可奈何它了，任何力量都不能使它停止飞行或是改变弹道。它按照火炮身管赋予它的方向和角度冲上天，然后不管人们愿意不愿意，都要落下来触地爆炸，迸出六七百块齿状弹片，疯狂地咬向敢于阻碍它的一切。因此，在实弹射击时，弹道所通过的地域常常没有居民地、公路和建筑物，目标区也设在一片大山里。处于弹道下方并抵近目标区的，只有炮兵观察指挥所，他们要观测这只没有翅膀的铁鸟。

可是为什么看不到爆光? 这个散布死亡的东西飞到哪儿去了?

副团长颜子鹄放下望远镜——它虽然能使人望得更远，代价却是把人的视野限制在很小范围内。果然，他放下望远镜视野开阔了，看到右前方褐色山坡后面窜出一股烟柱，接着传来沉闷的爆炸声，它大大偏出目标区域。根据响声判断，炮弹炸在松软的土地上。

观察所发出的一片混乱的惊叫，被颜子鹄的高声命令截断："查图，找出落弹区！"又朝三连连长罗怀牧下令："停止射击！炮手脱离炮位，叫副连长逐炮检查。"

营长递过一比五万的军用地图，食指尖指着一处："这里。"地图显示，褐色山坡后面是大片农田。万一有人，可就糟了。

颜子鹄朝旁喊道："小车！"又催问罗怀牧："查出来没有？"

罗怀牧脸色灰白，担任射击的是三连，射击指挥员就是他。他吃力地说："射击指挥无差错，问题出在阵地。副连长报告，三炮方向错了一百密位。"

如此大错！阵地上只有四门炮，却有五位连排干部。颜子鹄气道："我命令你们坐下来三天！"他喊上营长坐进小车，赶去查看事故后果。

小车从凹凸的山坡蹦跳着冲下来，拐上公路，高速驰向落弹区。颜子鹄去掉军帽，双手抓牢车把手，上身倾出车门，在急风中极力睁眼注视迅速滑后的田野。他忽然叫道："在这儿，停车！"

颜子鹄和营长跑下公路，从长满草藤的田埂旁边，扶起一位年约五十的农村妇女。她已经昏过去了，左肩和小腿处有血迹。蓝头布落在地上，旁边翻倒一个茶水桶，弹坑距她四十米，不知是否受了致命伤。颜子鹄和营长匆匆给她裹扎好伤处，把她抬进小车。远处，一个小男孩正朝村庄狂跑乱喊，十几位群众朝这里奔来。阳光下，一张张惶恐的、愤怒的、惊讶的脸越来越清晰，有人匆忙中还提着锄头和扁担；有人已经看清发生的事情，跑得更快，急声大呼……颜子鹄他们就要落入十分难堪的境地了。

营长道："阵地有军医，我们快把老人家送去吧。"

"好！"颜子鹄回答着，又望着拥来的群众，对营长说，"你害怕吗？"

"不，我理解他们。但这时候什么都说不清楚。"

"那你就留下！无论人家动口动手，你都不准躲避，不准发作，不准辩解。否则，就处分你。告诉他们事故的真实原因，找到老人的亲属和大队领导，很快我就派车来接你们去看大娘。你这儿比较困难，不是低声下气就能取得群众原谅的，越那样人家越气。我们错了就是错了，要认账。但在大错之下也要体现革命军人的品格，你明白我的意思吗？"

"明白。"

颜子鹄把老人抱上车，关好车门，双臂把老人家拢在怀里。小车平稳地驰走了。他从后窗望去，群众围在大弹坑边上看了看，然后，慢慢地从三面围住营长。营长垂手站着……

　　小车停在三连炮阵地的通路出口，响了两声喇叭。颜子鹄钻出车，对快步奔来敬礼的副连长吴晓义道："拿担架，把老大娘抬下来，快把医生找来！"

　　"谁呀？"副连长吃惊地看着颜子鹄胸前的血迹。

　　"你母亲！"颜子鹄绷紧脸，无法控制自己了，"大家不是天天喊，我们是人民子弟兵、子弟兵吗！"

　　军医赶来半跪在地上为老大娘检查伤情，然后重新包扎。颜子鹄在他耳旁问："怎样哇？"声音微颤。

　　"还好。没有伤到动脉和骨头。不过要快送医院。向团里要救护车吧！"

　　"不等了。"颜子鹄对吴晓义道，"调一辆炮车，把火炮卸下来，把老人家抬上去。出事的是哪个班？"

　　"三班。"

　　"让三班撤出阵地，在车上轮流抱着老人家，立刻送医院。"

　　吴晓义在前，军医在后，抬着担架往阵地后面绕。颜子鹄喝道："干吗躲躲闪闪，想藏住自己的失败？不准绕，就从炮阵地上过去。"

　　所有炮手都笔直地站在炮旁，呆呆注视着担架通过。一看到颜子鹄的脸，好些战士心怯地转开目光。老人家醒了，呻吟着偏转头，恍惚地朝火炮和战士们望着。

　　"呜……"一位战士扶着火炮瞄准具大哭，接着，跳过火炮大架，钻到相思树林里去了。两个战士急忙跟去。颜子鹄估计他可能就是错了一百密位的瞄准手，低声问："入伍几年？"

　　吴晓义答："一年，工作不错，是党员。"

　　"现在入党真快，军事素质呢？你们要分工一名干部看护他，不能恶化他的情绪，也不能让他改行当一般炮手，他自己要求也不许。他还是瞄准手，下回实弹射击还是要上。"

　　颜子鹄是强忍着一团怒气走进阵地的，然而，沿阵地走了一遭后，恼怒便化为一种复杂的感情。他看到，炮车通路两侧的树林，竟无碰断一根树枝；田边必定要碾碎的几棵白菜，早已被战士们包着土挖出来，移到通路远处，准备撤出阵地后再栽回去。在重炮和大型牵引车的缝隙里做到这一点，需要多么严明的军纪和良苦的用心啊！用弹药箱板子钉成的语录牌，插在掩体最高处，写着大家最熟悉的毛主席语录和战斗口号。和一年前不同的是，没有林彪的语录了。不过，这能说明他的一切都埋进温都尔汗沙海了吗？群众纪律执行得很好，没损坏群众一针一线。阵地的政治气氛搞得很浓，简直像打一场灵魂仗。不过，他们疏忽了一点，阵地要隐蔽，要伪装，要和现场保持一致。本属于心灵的语言，不必在嘴上重复了千万遍还嫌不够，又制成语录牌竖在最明显的地方，使敌机在两千米高空都能看到。花架子！

颜子鹄走到阵地指挥所，用电话向政委报告了这里的情况。政委说："我马上到落弹区去做善后工作，你放心吧。问题出在三连，你看还打不打？"

"打，射击还没完嘛。"

"我也同意打，但是要你亲自掌握。另外，师里刚才问到明天一连的实弹射击。一连更难办啊。你看他们还打不打？"

政委是忧虑一连连长袁翰。袁翰返乡探亲已经超假，团里两次电报催归，还不见音信。这件事激怒了颜子鹄。连队临近实弹射击，连长居然无故不在位。颜子鹄和政委的最初决心是：就当袁翰"死了"，一连还是要打仗的，让指挥排长代理连长指挥射击。可是，三连出了事故，政委犹豫了：指挥排长毕竟没有指挥过全连呀。

"袁翰的超假，"颜子鹄通过电话说，"属于执意违背命令，性质比三连的偏弹更为严重，简直不像个军人，非处分不可。但连队的实弹射击，我的意见还是打。垮了连长，不能垮掉连队。打好打坏是一回事，不上炮场，这个连队的人心就散了。我坚持打！"

"知道了。"政委放下话机。

二

一连指挥排长坐在车内连长的位置上，这对他简直是过分的幸福，他将占领观察所，指挥全连火炮实弹射击。阵地指挥员副连长，虽是他的上级，也将逐字逐句地复诵和执行他的口令。每个炮手把他的意志填进炮膛，他将看到弹群按自己的意愿爆炸，仿佛是自己手臂延长了，伸过去捏碎了坚固的目标。热爱军事的人谁不珍重掌中的权力，这权力可以实现自己所追求、所热爱的意愿，和渺小的个人权力欲完全是两码事！尽管他嘴上也讷讷地道："副团长，我怕不行啊。"这是因为他觉得不谦虚一下就太不像话了，其实，他心里早把三连看矮了半截：哼！打个偏弹，练兵练到脑后去了？他储藏下的本事，使他忍住笑意接下重任，那一刻，他深深感激连长袁翰平时对他的培养。

他刚当排长时，袁翰就逼他学习连长的全盘指挥业务，说："一年以内，你必须成为全营指挥排长中最强的一个！别怕人家说你有当官的野心，那是蠢猪式的嫉妒。不但理解本职而且理解上级的职能，才能更灵活地完成自己的工作。满足于仅仅完成本职工作的指挥员永无出息。"好几次野外协同训练，实际指挥一连的是他这个指挥排长，袁翰只在边上传达口令，营指挥所都没察觉。有一回，袁翰竟然在"暂停"时睡着了，醒来后苦笑着说："我也会偷懒啦。说实话，这一套，六四年我当班长时就会了一半。如今当个连长，比那时候当排长还容易，老是这一套程式，好像敌人听我们调动似的。我要是当敌人的话，别人不敢说，咱们营长就会输给我。"

像那时的不少干部一样，军事上幼稚，阅人览世却过早成熟（把心思都放在了争权夺利上，军事素质自然会大打折扣），小小年纪的指挥排长，因为袁翰急迫地要把他推上连长位置，竟狐疑起袁翰的用心："连长，上级要提拔你了吧？"

"天真。他们情愿提你，也不会提我。我是大比武出来的，和罗瑞卿握过手，沾上啦。"

"这是暂时的，"指挥排长很坚决地说，"什么单纯'军事观点'，什么'骄傲自大'，一打起仗来，人们就会改变看法了。"

指挥排长的坚定信念，使得袁翰对他特别亲近，甚至有些钦佩他。但袁翰的苦恼消散一阵后，重新聚结起来会更重。"算啦，谈起来心烦。你只要做到在任何时候都能指挥全连，就帮了我大忙了。"

"怎么是帮了你大忙呢？"

"等你顶上我的时候，连队不需要我了，我也可以脱军装了。唉，什么时候才有仗打！"

这是一段往事。现在，指挥排长膝头铺开军用地图，手指间夹着一支管状照明灯，不时探头辨认路旁墨堆似的山影，率车按照图上的开进路线奔向观察所。

指挥车跑着跑着忽然减速，驾驶员上身前倾："看，像是连长。"

果然是袁翰提着旅行袋，出现在公路拐角处，眼睛抗不住强烈车灯，偏开脸躲避着，脚步歪歪斜斜，差点走到路沟里去，好像刚刚从灾难中脱逃出来似的。

"闭灯，停车。"指挥排长很惊讶，连长怎么狼狈到这个程度！他跳下车奔过去。

袁翰几乎连上车的劲也没了，倒身坐在踏板上，背靠着车门，仰头闭目，享受着全身筋骨骤然松弛后带来的畅快。指挥排长"噼里啪啦"地拍去他身上的尘土，连连问话，但没有得到回答。车上的战士纷纷下来围在连长身边。

指挥排长朝报话班长道："快报告，连长归队了。"报话班长拿起话筒喊开了密语。指挥排长把地图摊在袁翰面前，手指在图上快速移动："这儿，是我连阵地，这儿是观察所，我们现在正行进到四十公里路标处。基准射向 30-00，目标区在天马山北面，凌晨五时完成一切射击准备。副连长率战炮分队从这条路占领阵地了。指挥排齐装满员，'无线'正与上级和阵地保持联络，'有线'还没开设。"说到这里，他把指挥包交在袁翰怀里，"连长，你指挥吧！"

两道雪白的灯柱上下抖动着，一辆小车驰近戛然刹住。灯光灭了，但发动机没停转颜子鹄在黑暗中质问："为什么停下来？"

指挥排长道："连长回来了。"

"那也不能停止前进。看你们，都在公路上窝成一团了。"

战士们迅速登车，袁翰端正军帽，上前敬礼。颜子鹄压低嗓音："你超假整整二十天，什么原因？"

"老婆生孩子。"

"就这个？"

"就这个。"

"这个我知道，你在请假报告上写了。我问你为什么超假？"

颜子鹄等待几秒，没听到滔滔不绝的申辩、对意外事件的渲染，或是絮絮叨叨的检讨。而这些，正是从超假干部口中常常听到的。他很想按亮手电筒照照袁翰的脸，这个违犯军纪的人究竟知不知愧！

"你等待处理。实弹射击仍然由指挥排长指挥，任务不变。"颜子鹄回到车上，重重地关上车门："开车！"

袁翰问指挥排长："他是谁？我没看清。"

"刚从军里调来的颜子鹄副团长，恐怕会当团长呢！"

袁翰从颜子鹄的语气和上下车的动作里，预料到事情不妙了。犯了错误，偏偏碰上个新官上任三把火的领导。

指挥排长抱住袁翰双肩，动情地急切地说道："连长，到底为什么超假？说啊，连我都不告诉？"

"确实是老婆生孩子。"

"都好好的吗？"

"好好的。"

"那你为什么超假？"

"唉，你没结婚，不懂什么叫老婆。车上有干粮吧？我饿一天了，身上只剩三分钱，买个面包都不够……"袁翰难堪地说不下去了。

"你的钱呢？"

"都摔给她了。"

车上战士赶忙递下馒头和咸鱼。指挥排长看见扔在车踏板上的瘪瘪的旅行袋，鼻眼酸涩。连长家庭生活困难，可是每回探家归来，也和别人一样带许多土特产让大家尝鲜，这是连队的不成文法。空手回来，真不好意思见人。连长这回只带来满身尘土和一副饥肠。看来他是被榨干了。

"再给块雨布吧，我实在走不动了，就在路旁山坡上歇一会儿，你们返回时喊上我。快走！副团长准保掐着秒表在前头等着。"袁翰连连摆手。车快开时，他突然跳上车踏板，对指挥排长说，"记住，别抢时间，保证精度。实弹射击比我俩平日练的那些射击法简单，不同的只是带个响儿。你只要不慌，一定能打好！"说完，他跳下车。

指挥排长双手扣紧指挥包，心安理得了，因为连长也愿意让他指挥。等待自己的将是一场痛快的钢铁格杀，等待袁翰的是什么？副团长的命令太冷酷了，连长既已归队，就该让他指挥全连嘛。指挥排长想到这里，激情已经冷却，而激情对于取胜是不可少的。他的信心碎裂成胡思乱想，对飞快的车速也有些恐惧："慢点，别慌。"其实他内心却很慌，总在想，自己指挥的这次射击可能比三连还要糟糕。

下车就找不到登山的小道了，地图上明明有嘛。指挥排长和战士们沿山脚急急搜索，蓦然，看到颜子鸰默立在前边，他身旁就是小道，可他偏偏一声不吭，准是在气恼指挥排长到得太晚。他看了看腕上的夜光表，大概没超出规定时间，所以仍然保持沉默。

指挥排长庆幸着：找到了路，还没开灯。否则，灯光一亮，准遭来斥责。打得再好也要扣掉十分。

直至下午实弹射击才结束。归途中，指挥排长在四十公里路标处寻找袁翰。他频频按响车喇叭，但不见袁翰出现。他跳下车跑过草坡攀上山顶，才见袁翰坐着雨布靠住一株歪头小松树酣睡。从这里可以远远望见射击目标区域。指挥排长意识到：不必向连长报告射击结果了，他什么都看到了，他刚刚睡着。

袁翰睁开滞重的眼皮，哑声问："全部命中，是不是？"

"除了首发试射，那是个靠近弹。其他嘛，时间、集火、齐射，都还可以。"

指挥排长的语气仿佛说一件平淡小事。但他毕竟年轻，不善于把巨大欢乐禁锢在心里，笑意最初就流露在眼角，然后一点点扩大，终于变成"咯咯"的欢笑，把滑到身前的指挥包猛力甩到身后。"我做梦也想不到，咱们连打得那么好。不只是'命中'，完全是粉碎，对，粉碎！炮弹像被目标吸引过去，把目标都炸没了。真的，一点没剩下。真他妈的痛快！"

"别骄傲啊，沾上这个毛病就终生难改。"袁翰站起来叠好雨布，淡淡地问，"那位颜副团长有什么表示？"

"笑，笑！还给我追加四发炮弹，让我多打了一个转移射。"这是真值得骄傲的，全团指挥排长中，没有谁得到过这种幸运。

袁翰有些惊异："哟，这位副团长还真知道什么是对炮兵的最好奖赏。"

"哎呀，连长，"指挥排长叫道，"人家是火炮专家！秒表一掐，就知道了全连的协同情况。他看出你是有真本事的连长，要不就带不出这样的炮兵连。他问了我好多你的情况，还说：'一个连队失去连长仍然能打胜仗，正说明这个连长不平常。'他是在电话里对政委说的，我听到后高兴死了。"

袁翰快步走到前面，不能让指挥排长看出自己的激动。啊，有这句话就够了，完全够了。由他批吧、骂吧、处分吧，因为他有一双明辨贤愚的眼……袁翰真想立刻见到颜子鹄。

指挥排长在后面追赶着说道："连长、连长，你去见见颜副团长嘛，就在那边。他见到你准保高兴，你再把超假的事和他谈一谈，详细地谈一谈，他总有个家吧，还不理解你！"

"叫我了吗？"袁翰止步。

"干吗非要叫，你不会主动点。"

"不去！"

指挥车开到阵地，与炮车会合返回营区。

营区北头的一片营房就是三连，战士们正在炮场上擦炮——即使只打过一发炮弹，炮膛也需要擦洗数次。暗红色的洗刷杆在炮口出出进进，深黄的炮衣平铺在沙地上曝晒。一连的车炮接近时，他们都朝这边看，对各车厢的歌声和欢笑，对一连战士打去的手势和招呼，他们竟无一回答。

袁翰从车门伸出头朝车厢唤道："指挥排长，三连怎么了？"

指挥排长从车厢弯下身，胜利的欢乐还浅留在嘴角："噢，他们打了个偏弹，整整偏出去一百密位，伤了一位老大娘。"

"你……怎么不早告诉我？"袁翰发怒了。

"我忘了。"指挥排长声音很轻，只能从口型中猜出他是这么说的。

"你只想自己的事，"袁翰冰冷地说道，"通知各车，停止唱歌。"

"车距一百米，怎么通知呵？"

"发防空信号。"

指挥排长朝后面挥舞红绿旗，第二部车立刻平静了，同时把信号传到第三部车……整个车队无人高声说话，探出来的脑袋也全缩了回去。喇叭也不响了，各车减速，拉大距离，缓缓通过三连，仿佛是一路哀兵。

袁翰注视前方，白色的营区通路，无尽头地滑进车底。路两旁的小樟树是他带兵栽的，分别两月，好像粗了些，小树叶像人眼一样闪烁着脉脉神情……袁翰恍如进入一个陌生世界。"偏弹，伤人。"这几年来连队的军事水准，怎么下跌得这么厉害。他曾经在三连当过班长，是三连把他培育成射击指挥员的。他心儿忽有所动，直到这时候，他才隐约地后悔自己不该超假。

<h2 style="text-align:center">三</h2>

窗内比外面晦暗许多，主要是因为几个烟鬼抽得太狠了。烟雾最初灰白色，还能飘出窗，后来越积越多，竟聚成凝重的蓝色，飘不动了似的悄悄扯起柔软而厚实的帷幕，遮住人们的脸，从而，使彼此不能从脸上看到心语。人们各自陷在自己的深沉情感里。

在这种地方，你不想吸烟也不行，烟能把你硬熏出瘾来。劣质烟草在猛吸中竟跳出一团团火苗，光块与暗影在脸上乱切乱拼，把人脸歪曲得不像个样子。不安的，忧虑的，没有一张脸是平日所熟悉的了。它们给人的印象比平日强烈数倍。面前的会议桌——除去球网的乒乓球台上，放着一张盖有两颗大印的公文纸，是上级对袁翰的处分决定。营长刚刚宣读完毕，大家等待着袁翰表态。

袁翰沉默许久，简短地说："我知错。我想好好考虑一下，再向支部汇报思想。"

营长说："还有两件事。刚才颜副团长打电话来问，你们谁向全连战士公布处分决定？"

"我。"袁翰拿过决定，他明白颜子鹄问话的意思：必须向全连做检讨。

"下午三点，全团在团部大操场集合，宣读上级关于三连实弹射击出现偏弹事故的通报。"营长望着袁翰，"时间快到了。"

"集合吧！"袁翰随即起身。指挥排长快步出门。袁翰先回宿舍喝了口水，让激动的心清凉下来，然后整好军容，走上炮场。

全连已成四列横队集合完毕，看战士们笔挺的身体和紧张的眼神吧，指挥排长一定先说过什么。

"立正！"

如果精密测量，可以发现袁翰是发令后第一个完成立正动作的。他酷爱此令，此令震人心魄。看，全连霎时凝聚成一群雕像。手足、腹部、脊椎、目光、表情甚至内心欲念，全部固定进条令规范，生命被此令锁住，力量压缩到临炸前的瞬间，每片衣襟驯服地贴在僵硬的躯体上，蚊蝇可以恣意蹿上他们的脸庞……这口令控制的一个整体，可以随你出征任何一个经纬点。

"稍息！"袁翰举起那张公文纸说，"上级决定。"全体立正。"炮兵团榴炮营一连连长袁翰，在今年九月至十月探亲期间，擅自超假二十天。为严肃军纪，教育本人，决定给予袁翰以行政记大过处分！听清楚没有？"

"清楚！"声音稀落。

"清楚没有？"袁翰高声问。

全连振奋地回答："清楚！"

"今晚，我在全连大会上做检讨，现在到团部大操场开会。向右转，齐步走！"

一连进入大操场时，全团都朝他们望去。那毫无杂音、顿打地面的整齐步伐，袁翰响亮的口令和全连海潮汹涌般的复令，战士们帽檐阴影下一双双正视前方的眼睛，仿佛是来比武的。他们的威风与豪气竟使人们连呼吸也轻细下来。

袁翰很激动，这么好的队列，他当了五年连长也很少见到，他感激战士们，又觉得对不起他们。

"好啊……傲啊！"颜子鸰心内响着两个声音。

各连整队，上千人聚成方阵，颜子鸰站在与全团排面成等腰三角形的指挥位置上，目光掠去，一眼就认出那一片是一连。他们普遍比其他连队的战士黑些瘦些，一声向右看齐，腹部回收，胸脯一概挺起来，胸兜里没有凸出香烟盒、打火机之类的杂物，也没有歪腰扭腚、抽动腮帮子的。这高质量的队列，就像一串环环相扣的铁链，胆小鬼夹杂其中也会勇敢起来。有的连队也笔直站立，也昂首不动，实际上差得远呢。严肃的面容下面，也许鼓个吃得太饱的肚子；宽大裤管里，可能有悄悄放松了的膝部关节。老兵熟谙此道，不用劲也站得挺像样。新兵只知憋足一股憨劲，脸儿让血冲得通红，身子明显倾歪，还以为自己站得最直。入伍第一课目就是队列，可是服役三年也未必能来个标准的立正，你也是一身军装，但绝不是完全合格的兵。没有对操场、对机械般动作的痴爱，没有指挥员的威力，就得不到一行真正的队列。

颜子鹄目光又回到一连，这个整体中最触目的部分。唉，这支连队虎威与能力兼有，可惜也像公鸡那么骄傲。一些战士，甚至为获得骄傲的评语而骄傲。"你们想骄傲还骄傲不起来呐！"元帅和将军离他们太远，跟前最有本事的就是"咱连长"。袁翰好像生来就不信任太谦虚的人，手下几个班长都有点"傲骨"，外出执行任务，使得外单位领导喜忧参半，要使出通身本事才能领导他们。

颜子鹄的声音传至最后一排战士耳里，仍然有力有威："刚才各连入场，哪个连最好？"

"一连。"

"我最不满意的，是大部分带队干部的口令。"颜子鹄逐个望着队列前排的各连干部，"软声软调，破锣破鼓，男不男女不女，比我这半条喉咙差远啦（他的脖子挨过弹片）。一个炮兵指挥员，必须在炮声中把口令喊出去，还要保证每个炮手在炮声中听到，不仅是听到口令，还要从口令里听出你的必胜信心！我要求你们平时的口令要和战场上一样响，不然的话，到时候你就喊不出来。现在给你们一个标准。袁翰，站到这里来。"颜子鹄用脚跺跺立足点。

袁翰跑步出列。

"一套队列口令。开始！"颜子鹄下了命令。

袁翰采取立正姿势，根本看不到他鼓气、用力，便发出了音调不高但极有力度的声浪，仿佛是门小炮："立正！向右看齐！……"

全团都在执行他的口令。喊毕，他主动入列。颜子鹄回到指挥位置，大声道："下次全团集合，各连带队干部的口令，必须达到袁翰水平。回去，你们自己练！"

四

从团部归来，一连战士显得很安静，几乎没人到连部里走动，只从宿舍门窗朝这里望上一眼。好像都这么认为：连长遭难了，再像以前那样随意说笑，就太没良心了，连长现在需要静静待着。

袁翰闷坐在屋里，忽然感到说不出的难受——缺氧似的。他透过窗玻璃看到空旷的炮场、冷清的炮库和安静得有些反常的战士，这不是他熟识的连队了。孤独可真难受，他受不了别人用怜惜筑起来的墙来包围他。看看表，竟吃一惊，他快三小时没在班排露面了。他振作精神走出连部。

远处的岗哨有些懒散，像在晒太阳。袁翰瞟他一眼，他立刻振奋地持枪立正，钉住不动。进了排宿舍，战士们纷纷起立，有一位脑壳重重碰到上床铺板，疼得他咬牙红脸，却直直挺立着不肯揉一揉。班长抱怨地看他一眼，嫌他在这时候出丑，然后注视着连长。周围的瞳仁里都流溢着热切的关怀，像在问：有什么心事？说吧，瞧，我们都在这儿呢。

深沉而笨拙的安慰，更使袁翰心里难受。他在这世界上除开妻子，最难割舍的便是这些战士们了，是他们把他从妻子那里夺了来。说实话，两道电报催归令，都不及来自他们的引力能量大。虽然，他可以随意指挥他们，像随意动弹自己的手指头，但他们一双双眼里，不也正向他的心发布命令吗？"你属于连队。"袁翰很想燃起快活的气氛，用坦然的笑容啦，又酸又辣的趣话啦，亲热地碰碰肩膀啦，让他们宽心，别为自己担忧，袁翰还是以前的袁翰。可惜他不会遮饰自己的感情，还容易被人家的感情感染，他常为此诅咒自己军人气质不足。

你看，通信员肩挎邮件包从营部归来了。袁翰矜持地转开脸，而脑后好像长了眼睛，感觉到通信员越走越近，心也随着那脚步越跳越紧。他焦急等待着，但通信员没唤他，略停顿一下便走过去了。没信，他心儿白白恍动了一阵，重被忧虑失望攫住。没信也好嘛，说明她们平安无事。嗯，明天肯定会有……自从他归队后，他妻子一封信也没来过。

一位面容憔悴，看上去比实际年龄大五六岁的女人，散乱着头发，斜倚在床边，失神地望着床上两个睡去的婴儿，好像一直要望到婴儿大起来才罢休。这就是他妻子的形象，浮上心便难拂去。他月薪五十三元五角，妻子是半工资半工分的民办小学教师，家里有一位老人还有一位在外地上学的妹妹，都依靠这些收入。袁翰像个一月只拿六元钱的新兵那样谨慎开销，把大部分薪金寄回家。干部们讨论应该给他困难补助费时，他好羞呵，没勇气看他们，也没有勇气拒绝那几十元钱，每年都要被这样折磨一两回。妻子四年不孕，今年居然生下一对双胞胎，都是女儿，只比袁翰的手掌大一点儿。姊妹俩给父亲的第一个感觉，就是世上竟有这么小的人！他不敢抱，怕她们从掌中掉下去，又怕捏痛了她们。他用手指头轻碰她们那细嫩的脸儿，手指简直没有触觉。他的心被一种猛烈的情感碰痛了，说不清是喜是忧。他甚至担心自己的呼吸会伤了她们，憋住气息，俯身下去，瞧精密军用地图似的瞧她们玩偶般小巧的鼻子、嘴儿。他分不出谁是老大谁是老二，左边那个蓦然啼哭，在襁褓里很有劲地划动手脚，袁翰吓了一跳,于是,便暗暗唤她"大姑娘"。婴儿的哭声是父亲心灵里的壮歌,在啼声中,他感到翻滚而来能够淹没一切的情感狂潮,恨不能朝什么凶神恶煞扑过来,捣碎了它,看护好两个可怜的小天使。

妻子心里一阵滚热,她从袁翰瘦脸上的爱怜猜到了自己的变化,于是投去感激的一笑。笑容停在嘴角,显出早衰的皱纹,反给丈夫留下一片苦涩。每当半夜,妻子给孩子喂奶,放下这个抱起那个,脸上涌出病态的红潮,两眼痴热地望着怀中婴儿,袁翰就很痛苦,恨自己不是女人……假期的最后一周,夫妻俩时常沉默,目光碰一下又躲开。一到黄昏,妻子就轻声叹息,终于,她提出来,让袁翰给部队发个请求延长假期的电报,即使不批准,等答复也可多住几天。主意很乖巧,但袁翰认为那是老兵油子拖延假期的手段,不肯办。妻子抱怨袁翰只顾自己的名声不管家,小女儿好像有病,吃了就吐,做父亲的能撇下就走吗?她气道:"你要走,抱一个孩子去,我养不活这么多,血给她们喝也不够。"袁翰那几天累极了,肝火特别旺,顶撞道:"养不了干吗一家伙生两个?"话刚脱口,他就被妻子晕眩的模样吓坏了。最后一天早上,袁翰起身,见妻子睁大两眼也要起来,他急忙按住她,"别动,我自己来,我什么都会"。妻子一动不动,只有眼睛随袁翰身子转着。袁翰点火、做饭,吃了些东西,提起旅行袋,走到床边和妻子告别,妻子却侧过身去:"你走吧!"手护住两个睡婴。

南去的列车晚点了,烦躁中的时间就显得特别长,看谁都不顺眼,恨不得碰上个无理的人吵上一架。袁翰极力抑制着,规规矩矩坐在门旁靠椅上,看大墙上的车票价格表,计算路途花费,总是神不守舍,一会儿算多了,一会儿算少了。

"快呀,叫爸爸。"一位年轻母亲把小女儿往前推,迎向一位高个儿、被海风吹黑了脸庞、畅快笑着的军人。这人提着两个鼓鼓的旅行袋,还有一挂香蕉,显然是刚下火车。小女儿正在受罪,小胖腿儿迈上一步,就回头求救地看母亲,母亲急声催促:"快呀,快呀,别怕。"(这个"怕"字让袁翰心酸)军人等不住了,雄鹰似的展开双臂,接住小女儿。小女儿猛一挣扎,从军人怀里漏下去,跌进母亲怀里,小手死死揪住母亲的衣领,哭着往她身上爬。哭声惊扰了候车的人们,父亲狼狈地忍受着四面八方投来的目光。蓦地,他看到袁翰,认定这是个知音,便朝袁翰苦笑,以解脱窘境。袁翰呆子似的毫无反应。母亲抱着小女儿和军人一起走出候车室。小女儿在母亲怀里还竭力躲远那位军人,但不时从母亲脖子后头偷看。他们不知道,这短短的几个镜头激起袁翰的思绪翻腾。

车站广播喇叭又发出通知,袁翰要乘坐的那列车又要晚点到傍晚,又得等九个小时。他本不想回家，可是，在车站外烦乱地踱了几分钟后，忽然意识到：要再这么踱下去，就会引来行人的疑视，交通警的大喊，甚至医生的关注了。他下定决心，快步回家。

妻子从桌前扬起头，惊异的眼里满是泪水。她在给刚刚离去的狠心丈夫写信。

袁翰走近，她站起身扑过来，头顶着袁翰胸膛，撞了两下，靠住他肩膀，剧烈地啜泣。笔在桌面上滚了很远。"别哭，别……"袁翰安慰着，但妻子却止不住。唉，能在丈夫怀里哭，也是幸福的，你怎么会知道呢！

桌上半截信写着：

袁翰：

我的救星，求你转业回来吧，做军人的妻子太痛苦了，一年十二个月，你只能给我一个月，刚刚熟悉共同生活，你又走了。就是这一个月里，头十几天痴狂，匆匆忙忙跟偿债似的。后几天发慌，老是想：你要走了，要走了，中间又有几天安稳日子！我是个弱女子，受不了没有依靠的生活。看见这两个小女，我好害怕，简直不知道怎样把她们养大。老是想：她们会从床上掉下去，会给什么东西咬一口，会发烧……总之会死在我怀里，真是怕极了！这些念头你在时我没有，你一走就冒出来，我是不是疯了。还有经济问题，今后几年我们会很困难，受不了两地生活的花费，还是苦在一处吧……

袁翰迈不动腿了，一拖就是二十天。他写过延假信，但写不下去，没有"过硬的"理由，又不肯编造或是夸张，于是，干脆不写。"写那个还不如写检讨报告呐！"他甘愿承担一切后果，也许因此转业，他隐隐有些高兴。

妻子把部队拍到她单位里去的两封电报，都藏了起来。袁翰在家的日子，她总觉得是自己偷来的，因此一点幸福感也没有。

五

整幢房子都用大块花岗岩石砌成，它是战士们自己采石盖的，笨厚牢固又显着威武，好像砌进了他们的某些性格。太阳已经西斜，花岗岩正在散发正午吸收的热量，靠墙便感到暖意。西头一大间是团党委会议室，全团战士每日的工作、思想，乃至梦里的部分内容，都会在这里被研究、被决定。会开完了，颜子鹄想去一连和袁翰谈谈，他在房外两株塔状扁柏之间踱步，等候小车到来。这几分钟时间里，他整理着对袁翰的印象。

去年，师司令部就要调袁翰去当作训参谋，团领导通过努力把他作为储备作训股长留下了，计划让他在副营长的位置上熟悉一下营的工作后，就负责作训股工作。档案材料都报上去了，政委准备他探家归队后找他谈话，正在这个节骨眼上他却超了假。师长很恼火地质问："炮团怎么搞的，刚刚报袁翰当副营长，马上又得处分他，你们怎么考察干部的？袁翰超假是什么原因，他到底想不想在部队干？你们要就这个情况，专门写个报告。"

袁翰的超假，使团里几位领导很伤心，他们的观察力和判断力显得太弱了。袁翰的超假不但损害了自己，也损害了看重他的人。

颜子鹄对袁翰感到兴趣，接触时间虽然不长，但却在袁翰内心世界充分暴露的时刻。这时看上一眼，可能比相处几年更能了解一个人。"他会带兵。"颜子鹄最爱这点。一连的军事素质就是强于其他连，连队是连长的镜子。袁翰的优点和缺点都很明显。比如说骄傲，唉，有点本事的人怎么常有这个毛病呢？有的人藏住了，有的人藏不住，当然也有人纯粹因为别人强于自己，就送人家一顶骄傲的帽子戴戴。袁翰的超假完全是因为骄傲吗？似乎也不一定。他过去组织纪律性一贯不错，如今明知超假会受处分，他还是敢超，恐怕另有原因。也许他真是不想在部队干了？颜子鹄最担心的就是这点。不想干的人，任凭你有天大本事，也不能长久留用。

小车在一连炮场边刹住，颜子鹄透过有机玻璃车窗望去，一连副连长正组织炮场训练，各炮手无一被突然而至的小车所吸引。这个小细节让颜子鹄高兴：有些挺过硬的连队里的战士也常在一瞬间走神，这一瞬间常造成一百密位的误差。

颜子鹄用手势告诉副连长：干你的吧，不要中断。他走进连部找袁翰。

"我是想转业的。"袁翰垂下目光，不看颜子鹄眼睛，说话胆子更壮。他一直暗中期待颜子鹄来看自己，但头一句话就使颜子鹄心凉。"我不像有些人那样，成天叫唤'岁数大啦，放咱走吧'，其实他不想走，那是一种牢骚，是提醒领导：自己在这个职务上干了多年，再不提就不干了。我可真心想走。家里有困难，不走怎么办？像个别人那样闹，甩手不干工作，处处跟领导为难；或是老提一些你根本解决不了又是实际存在的问题，让你觉得刺头，不得不放……这些鬼名堂我比他们知道得还多，但实在做不来。对这次处分我完全接受，超假二十天再不处分简直没有军法了。如果我当领导，也许得给袁翰来个更重的处分。干脆说吧，这个处分是我自找的，当时有个念头，处分就处分吧，不受这个处分，你们老觉得袁翰太好用了，没一点个人问题。"

"这个念头，和你说的闹转业的做法，性质一样。"颜子鹄严肃地说。

"但是我说出来了，难道要再来个处分？我原本可以什么都不说的，可以用其他办法达到走的目的，而且不受处分。"袁翰沉闷地扭开脸。

"这倒也是事实。说吧，我很愿意听大胆的谈话，好多年没听到了。既然连处分也不怕，总该有你自己的道理。"

"处分有什么了不起，失掉了什么？当兵以来，我立过三次功，立功又有什么了不起，又得到了什么？它们统统睡在档案袋子里。这是气话了，我知道这样看问题很不好，但我的经历就是这样。"袁翰朝营部方向伸出手指，"我们营长是个很好的同志，但他没经过严格训练，连炮兵营海湾战斗队形也摆不清楚。要论射击指挥，我的指挥排长在某些打法上也比他强。这样的同志带兵也可以打胜仗，不过十条命能拿下的山头，他要送出去三十条命，然后会说出来三十位英雄。当然不是有意掩盖失误，而是他确实不知道这个山头只需付出十条生命就可以拿下来。在他面前，我特别谨慎，他年轻，经验少，应该撑台，不能拆台。可不胜任的人在台上难受，台下的人也不轻松。我不是想当个什么官，我想走，心里闷哪……"

"想当官不一定不好，热爱自己事业的人，谁不希望手中有权。官和老爷是两码事嘛！懂军事的人不当指挥官，难道把战士交给不懂军事的人指挥？"

"对对，我为这个想法骂过自己。人哪，有时是会错骂自己的。嘿嘿……副团长，我不把你当领导说话了，行吗？"

"行，当然行。"

"你扛枪的时候，我连细胞还没有哩，而你现在仍然是个上了年纪的副团长，不会没有苦恼吧？苦恼是苦恼，干是干！你不用做我的思想工作，你的存在就能影响人的思想。可我也担心，这样干下去不会又是单纯军事观点吧？"

颜子鹄哈哈大笑。

袁翰急步在屋内走动，忽然站住，睁大眼："副团长，咱们偷偷喝两杯吧，已经开饭了。"

颜子鹄不语。

袁翰朝外唤道："通信员。"又从抽屉里拿出一本书，从中翻出一张十元钞票。"去，到小卖部买筒罐头，让炊事班长热一热。"

颜子鹄道："你这么干，老婆孩子吃不吃饭了？越穷越大方啊。"

"没事，没事。"

"还是说说吧，家里难到什么程度？"

"一个好军人，很难是个好丈夫。"袁翰叹息道，"能给她的都给她了，不能给的抱怨也没用。咱们归部队掌管，不是归自己掌管，这就要求她自立喽。可她偏是个胆小女人，我不在家，天一黑就关门，过年过节更不好受。再有，老子让她一胎生下两个，结果自己当甩手掌柜，扔给她抚养，一个月寄几十元钱就算完成任务了。其他事，就是天塌地陷，反正我看不着。"袁翰从床下摸出两瓶酒，晃晃道，"这是她酿的。"倒上两杯，望下门外，菜还没来，他等不住了，"来！副团长，品品味。"举杯饮尽，然后轻轻吁口气，胸膛急剧起伏，脸上是饥渴的神情，粗声道，"我们是军队，而军队又和战争分不开……"

颜子鹄举起另一杯酒，细细品咂着酒和话的滋味。

哦，战争，你在哪里？我们默默警惕着你，注视着天空、陆地、海洋……

都知道战争不可避免，也都在切齿痛恨它，即使今生不能消除，也愿把它推得远些，再远些。战争的产儿——军人，袁翰他们，便落入两扇感情的磨盘中。对于各种非正义战争的厌恶，他们一点不比世人少，那一杆枪，正是为了把它们驱入坟墓。正因为这样，他心热，神迷，像数学家爱古怪方程式；像雕塑家对着一尊精灵流泪，像老牛温柔地舔着嫩犊，像少女臆想着情人的胸膛……他有他的事业呀。

"有点冷。"颜子鹄扭动肩膀叨咕道。实际上想说的是：有点累。

"这儿有大衣。"袁翰站起来。

"不用，才十一月，穿什么大衣，站岗的都没穿嘛！"每每听到关切的话语，颜子鹄都感觉到另一种意思："你不行了，没几年干头了，歇着吧。"他自尊，像姑娘需要打扮得美貌些，他也需要显示自己的年轻。可是年轻人总用关切来刺激他，让他正视自然规律。

"不喝了，你也别喝了。"颜子鹄把杯盘推开，"第一，我们不考虑你的转业问题，希望你打消这个念头。第二，我们准备让你到三连去当连长，你一定要把三连带上来。第三，你们营长很尊敬你，想把你的一套本事全学过去，希望你既当好他的下级，又做好他的师傅。这三条，你好好想一想，我出去看看战士们，回头听你的想法。"

在袁翰呆直的目光中，颜子鹄走出房门。

一排二排正在炮场上拔河，每方十五人，拽住一根胳膊粗的拉炮绳。二排总是被一排拉垮。颜子鹄是这种观众：无论看什么比赛，总是希望弱队取胜，然后笑呵呵地把强队挖苦一顿。四班长对颜子鹄说："一排要参加师里比赛的，我们是陪练。"

颜子鹄大为不满："输就输在多了你。你下来，你们十四人和他们比比看。"

"我明白你的意思了，我们拿出勇气来赢他们。我就别下了吧，多个人多份劲，他们也是十五人嘛。"四班长分辩着。

"不不，你还是下来歇歇，多个人未必多份劲。"

四班长下来了，满脸委屈、不平的样子，心中盼望自己排输。再战，系在炮绳中央的红绸又渐渐拉向一排阵地。"顶住！"颜子鹄大喊，酒后的嗓子发出的声音格外刺耳。"一——二！一——二！"他在旁边竭力统一二排的动作。结果二排胜利了，他们把一排拉垮之后，统统摔倒在地上，喘息着，欢叫着。

颜子鹄回到连部，他相信袁翰会有一个正确态度，会干好新的工作，起码会强迫自己干好。但他不愿意完全靠命令的力量去推动一个人。他想和他深长地谈一谈，他基本上还没谈呐。

袁翰醉倒在床上，发出急迫、不匀的呼吸声。看来他不善饮酒，醉得这么厉害。颜子鹄把大衣轻轻盖在他身上，伫立许久。

六

三连的这些兵像屋里着了火，统统拥出房门，散到宽敞的炮场上，一个碰一个地往前挤，争着站在别人前头。有些人并不知道出来干吗，只不过见别人往前挤，他也就挤别人；别人一激动，他也有些气息不匀了。新兵一般不注意控制情绪，一瞧见什么，就吃惊地张大各种型号的嘴，眼球儿统统给冻住，怪可爱地发呆。穿破几套军装的老兵，矜持地居于后排，像大哥哥把好位置让给小弟弟那样。他们对新兵惊惊乍乍的事不屑一顾，否则就显得太浅薄了。这回可有些不同，他们虽然从人群里退了出来，可锐利的目光仍然射向连部。那儿停着一辆摩托，"吭吭吭"地咳嗽，全身不停地抖动。本来没有熄火，驾驶员还是用十分惬意的姿态猛蹬一下起动踏杆，摩托又雷霆般暴叫几声。他知道有许多人看自己，他尽可能地显示出不同于别人的样子。

排长们朝连部奔去，战士们纷纷让路。不一会儿，值班排长跑出来喊：

"注意军容，准备集合，新连长到了。"

新兵们判断事物的重要与否主要凭据老兵的脸色声调，这最保险。此刻，他们严肃起来，提前回屋扎上腰带，端正军帽，出门后彼此靠拢，会意地交换眼神。有几人腰带扎得太紧，把人束成了一只葫芦。偏偏有几位顶老的老兵，像是吃腻了这一套似的，别人越紧张，他们越随心漫意地走动。

副连长吴晓义把集合好的队伍带进饭堂，饭桌板凳都已退居墙角。袁翰站在场地左侧，纹丝不动。大家刚跑进屋时看不到他，然而看到后，就强烈感到他的位置和姿态都强化了他的权威。

吴晓义向袁翰报告全连集合完毕。袁翰打开花名册"晚点"。

全体立正。袁翰惊异地抬头，他听出：靠脚无力，声音杂乱。这是他到三连后的第一个印象：作风散漫。如果在一连，他非得重来一遍不可。此刻他忍住了，不想给战士一个急匆匆树立威信的感觉。他开始呼点姓名，结束后，开始自我介绍："有的同志可能听说了，我刚受过处分，有的同志可能还不知道，那就不用到处打听了，我把上级的处分决定再宣布一遍。"袁翰清晰缓慢地把处分决定背诵出来，然后谈自己犯错误的原因，向大家做了检查。"情况就是这样，来了个受过处分的连长，希望不伤害同志们的自尊心，我决心在工作中改正错误，希望同志们监督帮助我。但我这次调动工作和犯错误毫无关系，该管的我还是要管，绝不会因为自己犯过错误，就降低对同志们的要求。我也是有自尊心的，说实话，决心改正错误的连长，干起工作来可能更努力，也可能有过头的地方，请大家有个思想准备……"袁翰注视一位战士，正要唤他，一声闷响，那个战士跌倒在地上。周围人急忙扶他，再远些的人，扒在别人肩上伸长脖子望，一片惊异的议论：

"他病啦？"

"缺氧，快开窗子。"

袁翰已经看出那战士眼神发散，上身钟摆似的摇晃。这在未经过严格训练的部队中经常见到，体质弱，适应不了挺拔稳固的站立。使袁翰气恼的，不仅是昏倒一个人，而是昏倒一个人之后，竟然丧失了整个队列。他大声发令："立正！本班班长把他扶下去。还有谁感觉头晕，手脚发凉，立刻报告。"

"我。"又一位胖胖的战士在后排低声道。

"出列，不准躺下，到操场上去走三圈！"

袁翰再次整队，他一直笔直站立。

"条令规定，晚点名最长时间不超出三十分钟，现在只有二十五分。在十九分时倒下去一个，二十三分时又退下去一个。两个同志一个是连部的，一个是炊事班的，说明这两个单位很少出操。当然，责任主要在我们干部，我们要求不严。这两个同志不错，如果他俩在队列里马马虎虎动手动脚，就不会昏倒了。我重申队列纪律，在队列中，口令指挥一切。没有口令，不准乱动。明天的工作：早晨，全连出操……"

队伍带走后，后排剩下一人，是营长。他两眼有所思地、凝神地注视袁翰。袁翰很不自在，他受不了别人目光里的探究意味，特别是这位年轻营长。他暗想：干吗要这样看人，领导者的特点？

营长坦率地回答他心中的疑问："三连长，我现在知道咱俩一块训练时，你为什么那么难受了。你应该像刚才对待战士那样对待我。那样，我可能学得更多更快些，你也不会感到难受了。对吗？"

营长这几日正跟袁翰学习射击指挥中的大间隔转移射。袁翰羞愧地笑了。其实，那样做更难，但他决心做到。他用营长刚才注视他的目光注视营长了。

七

三连原连长罗怀牧，已被命令转业，见袁翰和营长走过来，夸张地惊叫："哎——乖乖！"大笑着，头一个迎上前握手，探身在袁翰耳旁道："三连的救星到啦。"

干部们齐聚会议室后，罗怀牧却不进去，一手握住门把，一手摆动表示告辞："你们忙吧，我该退出了。"没等营长说话，他关上了会议室的门。

袁翰送走营长，刚回到宿舍，就听到窗外有人唤道："老袁，给你送来啦。"话音刚落，罗怀牧像端着一桌丰宴，用阔大的射击图版端着指挥包、望远镜、手枪、红绿旗、照明具……全套连长装备，步履轻快地走进来，往袁翰床上一倒，舒畅地道："我算解放啦，让他们跟你立大功吧！快点点，一粒子弹一把指挥尺都不少，我从来不把连队的东西带出连队。"

炮连长的装备里有不少美观精巧的小用具：三用照明笔，综合指挥尺。这东西军事上能用，地方工作也能用。每任连长移交时，上了簿册的大东西不会少，小玩意儿就很难说。也许是想带回家给孩子，也许是依恋太重，藏进怀里做终生的纪念物了。如同离开大海时采走一支珊瑚，它是感情的凝结。

袁翰不肯点，意思是：你不会拿的，即使拿走什么也不要紧。罗怀牧受不了这种信任，逼着袁翰清点。袁翰在清理时发现，不但没少，还有好几样自己用有机玻璃制作的图版量具，做的那么精致，现在也乱糟糟地倒在自己床上。

罗怀牧坐下，感慨地说："三连的突出问题是军事素质差，素质！"他强调着："这不仅是个时间和精度问题、战士问题，还有干部……你多大岁数？"

"三十。"袁翰有点意外地回答，接着也就明白他让罗怀牧失望了，作为连长，这个年龄无异于"年过半百，两鬓斑白"。

"你老人家有前途啊，"罗怀牧戳一下袁翰，"知道吧，差一点当作训股长呐！作训股长常常是参谋长的接班人，参谋长常常是团长的接班人……"罗怀牧一声响过一声。

"你饶了我吧，我当个连长不戴单纯军事观点的帽子就万岁了，别的啥也不想。"

"哈，想不想是你的事，"罗怀牧眯起眼，"把一支后进连队交给你，正是重用你的表示。我可以预告：第一，三连会在你手里改变面貌，我还不了解你！第二，改变面貌后，上面即使不提你当股长，也会提你当营长。"

"对下级来说，最宝贵的就是上级的信任，我真怕让上级失望。"

"你不该这么想，三连要靠你。你来了，我走得安心。"

"我想努力干两年，带出一支让领导满意的连队，然后转业回家。"

"矛盾就在这里，你干得越好，领导越留你干，年纪大了，再转业就不受欢迎，官越大越不好安排。就拿我来说吧，我要回去的那个厂子才二百来人，你知道有多少领导干部？党委书记、副书记，革委会主任、副主任，十几个呀！还不算没解放的老家伙，把我往哪放？亏我只是个小连长，塞到政工科就行了，可批走资派，批唯生产力论，批……谁知道以后还有什么花样，都得从头学呀。所以，让我走也好，趁还不老，到地方上可以重打鼓另开张。我惭愧的是，没有交出一支好连队，最后一次实弹射击，偏弹伤人。我打过十几回优秀，可是给人印象最深的是最后一弹……"见袁翰面容阴郁，他把话收住，"我真可恶。我卸任后也忙啊，不过是为自己忙，以前没工夫啊！"

罗怀牧经过窗户时又站住，探进半截身子："哎，现在我是老百姓，咱俩是军民关系，所以，有些没把握的话我也敢说，供你参考嘛。你没来时，吴晓义以为他会当连长，我看出来了。这个同志好抓权，爱管事，我的方针是'让他管去'，管得越多越好，我和他相处得挺融洽。我看，你也要用这个方针才是。"

袁翰初到一连当连长时，曾有一位副连长是和他一样的强有力人物，两人磕磕碰碰特别多，过了好长时间才协调起来。两个强手相处如同两把同型号钢锯相对，配合不好，每个钢齿都顶在尖上，互相损伤；配合准了，每一个齿儿都可以嵌进对方的凹处，严丝合缝。这种人，有时嫌，有时想，友谊很难保持在一条水准线上，总是大起大落，崩溃了再重建，冷了的目光再热起来。袁翰沉吟一会儿道："放心，我不会把自己的尊严看得太重。"

"哎，听说你得了一对胖丫头，来来，拿照片让我欣赏欣赏。结实吧？漂亮吧？"

"没照片，真的没有。"袁翰又想起两个婴儿，她们不但瘦弱，而且更谈不上漂亮，营养不足呵。袁翰眼睛潮湿了，妻子到现在还不来信！

"我有俩小子，咱们结亲家吧？"罗怀牧笑着走开了。他拨翻了人家的苦水，让人不得不再次吞咽，他全然不觉地大咧咧地离去。

袁翰迈下台阶，走到水泥篮球架下。这时，天完全黑了，明月在身后，把他浓黑的身影投到面前，他动，它也动，仿佛在给他引路。几颗星在寒气中颤抖，他望着它们焦虑地喃喃着："快来信吧，快……"

袁翰走进排宿舍，灯关着，战士们都已睡去。凡是军营，床位排列都是一致的，袁翰在黑暗中也不会撞着什么。但他恍如走进一个梦境，身子竟有些不稳了。"哧"的一声，他觉得踢走了战士一只鞋，于是蹲下身去摸，把它和另一只并列放好。万一紧急集合，战士起身就可以习惯地踩住两只鞋。袁翰稍稍平静下来，于是听见在四周起伏的、高低不同的鼾声。呵，战士的鼾声有一股奇妙力量，它使你身心宽解，感到夜的安宁。它像把你浸润在平缓的河流中，温柔而又轻盈地浮动着，忘却烦恼。

八

袁翰看着通信员的手伸进邮件袋，拿出来的不是信，而是封套上豁然印着两个大黑字的电报。通信员说："连长，你的。"

袁翰背过身拆开电报，上写：两女病重速归。"糟糕，两个呀，要毁了！"那一行字是黑色路标，总把他的思虑引向死亡的崖头。怎么办哪？不可能回去，只好用老办法——寄钱。袁翰把全部钱都找出来，只有十四元三角，向别人借吗？真不好意思，刚上任就借钱，这就是来改变面貌的连长？而且，只要你借过一回钱，别人就记住你了，干部们讨论困难补助时，目光自然转向你。原先领困难补助费的同志，因为你的到来，便反复推让。在一连受过的窘迫又要在三连继续下去，以至于你想改变也改变不了。再说各人觉悟水平不同啊，那几十元钱是烫手的。四周目光忽明忽暗、有冷有热……

他赶到邮局，在汇款单上填写"拾叁元"几个字时，不禁抬起左手遮挡着，继而又对这个动作感到痛楚。尾数既不是五也不是零，而且是寄给妻子的，这等于向她表示：我枯竭了，从而让她更加难受。妻子的同事会用怎样的神情把汇款单交给她呀，她接过去时能保持平静吗？霎时，袁翰竟想把"拾叁"改成"拾"，或者等下月薪金发下来后一块寄去，但这些念头都让他感到羞耻。

回到连队看到战士，袁翰才镇定下来，连队的事物和气氛令他高兴。侦察班从营部考核归来，正在擦拭观测器材。他走过去问："成绩怎么样？"

"咦，报告过你啦。4.9分，高水平的优秀。"胖胖的炮队镜手说。

"哦……我忘了。"袁翰歉然道，恢复了往日的带兵习惯，"那么，不足在哪里？"

"我们这次考得最好，最大误差才0.5密位。不足嘛……当然要继续努力。"后一句话也是习惯，仅仅是语言习惯。

"我来个小考。"袁翰觉察到他们的自满情绪，说，"占领观察所，通常是近敌隐蔽前进，而且要快。现在，前面那个小高地，大约五百米，就是观察所，够近的吧？实弹射击还难碰到这么近的观察所呐。跟我来。"

袁翰带着侦察班向前跑去。他开始速度并不快，后来越跑越猛，最后弯腰冲上小山包，命令道："基准射向15-00，架器材！"

侦察班一个没落，在袁翰两旁半跪着，一边喘息一边架设器材。赋予射向是一套精细动作，又是观测技术的基础，非要心静气平不可。两个战士连居中水泡也控制不住了，费了很大劲才架设完毕。袁翰又命令他们拆收器材，以更快的速度跑回连队炮场，重新架设器材。这时他们只有喘息之功，没有架设之力了。

"我有什么过分的要求吗？"袁翰问他们。

"没……有。"炮队镜手苦恼地拉长声调，"不过这样做，太难掌握了，最好有个具体标准。"

"有有，你跑瘦了，就达到了标准。说实话，炮队镜手不应该这么胖。以后任何一次外出训练，都必须跑出去，再跑回来。平日里少喝水，多打球，上场就要猛打猛冲。连队的球场不是为了出篮球健将，而是为了出强兵。"

袁翰在炮场边走边看，各种训练计划交替在脑海升现。他重新享受到事业带来的快感，两眼特别清爽，听觉特别灵敏，全身暖意涌流，这差不多是幸福了……通信员又从旁边冒出来：

"连长，电报。"

袁翰呆了几秒钟才接过去，依然是背转身拆开：两女病危速归。

统共才几小时啊，死神就来找他两次，都是在任新职的第二天。他默默走出炮场。开饭哨响了，声浪震动他耳鼓，但他似乎没有听到。他已经明白，很快，也许就是今天，还会接到第三封电报，上面写着他多次默语又竭力躲避的字眼。既然要来就快些来吧，大痛之后会有复苏，希望总是跟在困难后头。然而来之前的时间怎么度过呀，他在无人处不停地走着。

山洼里响起枪声，袁翰眼里闪出微弱的光亮。

修理所两位同志刚完成一挺机枪的大修，正在这里试射，二百米处插着一个墨绿色全身靶。袁翰从左前方出现，一人对着他大叫："没看见小红旗吗？退后退后，小心飞弹。"

袁翰走上来低声请求："让我打几发吧。"语调和神情让人心软。

"想过个瘾？行啊。"

袁翰卧倒，端起枪把，"哒哒哒……"但他心里断续响着这个声音："会毁掉的，会的。"十几发子弹射完，又接上弹带，他扣动扳机，枪身发狂地抖动，渐渐发热，暗红色火舌不停地从枪口喷射出去。靶子下方一块水牛般大的黑石头，被子弹打得碎渣四溅，出现了许多白点，渐渐密布，相连，扩大，最后大石头上只剩几个黑点了。子弹打光了，着靶的无几。他听到修理所同志喝止的声音，爬起身来。

"你是一连的袁连长吧？"他们仍唤他两天前的职称。

"是的。"

"打炮还不错，打枪真差劲。"

"是的，差劲。"

袁翰感谢了他们，平静地往连队走去。营长站在门前正焦急地四处观望，见袁翰回来了，便关心地问："情况我们都知道了。你的意见呢？"

袁翰明白，只要自己说一声"回家看看"，营长也会说一声"好吧"。但袁翰想了又想，说："我离不开，这里更重要。我是连长，不是医生。"

"你回去吧，我可以来代理你的职务。"

袁翰急于工作，再不想什么电报了。对于自己无能为力的事，苦恼越久损失越大。中午，他列出了下一季度军训方案，拿着它去找罗怀牧商量。一路暗暗叮咛：家里的事，千万不能让他知道，一点声色都不能漏呵。否则，他会觉得自己转业，走对了道。

袁翰没找到罗怀牧，却碰到吴晓义。

"他呀，忙啊。"吴晓义笑着，"往那儿走，仓库左边，对对，就那个门，进去呀。"他光用手指点，身体不动一步。

袁翰推开门就脸热了，罗怀牧在用连队的木板做箱子。报话班长入伍前学过木匠手艺，此刻正在板上打线。罗怀牧点上一支烟，淡淡地问："有事？"

　　"我想和你研究一下训练计划。"袁翰觉得不是自己的声音。

　　如果换个场合，罗怀牧会高兴的：自己要走了还被人重视，有求必应。但此刻却不很愉快，推拖地说："没时间！"

　　"就一会儿。"袁翰坚持着。

　　"大一点，再大一点。"罗怀牧指示报话班长，根本不看袁翰。

　　"连长，罗连长就要走了。当了那么多年兵，什么东西都没有啊。"报话班长在为罗怀牧说情，解释。

　　"说那些干吗，干我的私活。"罗怀牧大声道。

　　袁翰关门走开。再不走，他们非吵起来不可。吴晓义还在连部廊道口站着，见袁翰独自归来，他意味深长地笑了一下，既表示理解又显得神妙，是发现别人并不比自己更强时、无论如何都隐忍不住的一笑。他没说话，进了自己房间。

　　管不管呵？木板是连队留做军训用具的。战士们知道后会怎样想象干部？噢，你们是大口大舌大道理，首先自己就不相信；你们的觉悟是有时间性的，管我们时比我们高，一脱下军装就和我们一样了，甚至还不如我们呐……不行，得管哪，就是战士不知道也得管。瞧副连长见我的软弱时那张笑脸吧！真叫人受不了。可怎么管，老罗是连长我也只是连长。退伍转业的军人最难对付，天老大他老二，就是师长军长，他们也敢笑嘻嘻顶撞几句。再说，老罗当了十年兵，除了一身绿，屁都没有……要管，但不能吵！一吵起来，他即使不带走箱子，也会把箱子砸给你看，让全连战士目瞪口呆，那局面就难收拾了。

　　傍晚，罗怀牧从小屋走出来，碰到袁翰便冷冷走过，一言不发，也没给袁翰说话的机会。

　　晚上，罗怀牧又进那间屋子。袁翰两次经过屋门，都没有进去。他想起老罗明天一早就要离连，以后一辈子难相见，心就软了。他承认自己的失败。

　　第二天一早，罗怀牧很早就起来，吃了炊事班长特意做的荷包蛋肉丝面，提起通信员为他收拾好的零星物品，他不想再惊动别人，悄悄走出房门。可走到外边一看，全连在炮场上列成四排，在寒风里等待跟他告别。他不由有些心酸。

　　袁翰想了一夜，做了最后决定：箱子你拿走吧，我们不好责怪你，但你一定要认识到这样做不对。大家向你敬礼告别的时候，你的怨恨会消失，友情会抬头，想起美好的以往……而且，那箱子一部分战士已经看见了，那干脆让大家都看见。不错，老连长是拿走了连队一只箱子，我们没能够阻止他，但我们也没把这事藏掖起来。送走老连长后，召开军人大会，大道理还是要讲几句，主要是和大家谈谈心，谈谈老连长的苦恼和自己的心情，再从自己薪金中扣出钱偿还给连队，但必须明白：这种事在三连是最后一次了，最后一次！

袁翰整队、发令，然后跑步至罗怀牧面前五米处立定，敬礼："报告连长，全连集合完毕，请指示。"

罗怀牧走上去和战士们握手告别，行至一半，那些充满恋意的眼睛就让他走不动了。他喉咙发出压抑的哭声，蹲在地上，双肩颤抖。队伍没有乱，后排的战士还在等待着罗怀牧。

罗怀牧终于站起来，含泪向战士们点点头，算是告别。干部们拥上去送他，他一一把大家推回来，坚持要独自离去。出操时间到了，悬在电柱上的大喇叭，播出醒神的军号声。罗怀牧在炮场边停住，回脸望望，通信员再也忍不住了，跑出队列，追上去夺他手中背包，非要送他走不可。罗怀牧又把他推回来："出操去。快！"

"连长，"吴晓义急道，"咱们怎么能让老罗独自走到营部，营长看见了会怎么想？咱们集合全连跟上去吧。"

袁翰不语。如果他转业，也会独自离开炮场，不愿任何人相送。吴晓义和两个排长快步跟上去了。袁翰望着他们走远，心情复杂……袁翰忽然看到他没拿箱子，那两个行李包和背包，并不比一个退伍战士的东西更多。袁翰唤道："报话班长，出列！"

袁翰来到那间屋子里，箱子完整地放在当中，他不禁叹息了："罗连长为什么不要？"

报话班长道："他说太大了。"

"这不是原因。"

"哦，"报话班长眼睛从墙壁转到袁翰脸上，思索着，猜到了，"可能是你的脚步声让他留下的吧，昨天晚上你在门外来回走……"

屋内残留着隔夜的烟味和许多烟头。

九

袁翰野外训练归来，一进屋，就看见营长和教导员都在屋里，都盯住自己。营长说了句多余的话："回来啦？……"就转脸看教导员，似乎让他接下去说。

桌上摆着一封电报，袁翰早已熟悉它的样式，但这封是刚到的，被拆阅过。

袁翰立刻感觉到气短心跳，脚下一股凉气正往上蔓延，他竭力站好："哦，没什么。你们忙去吧，不必安慰我，真的。"

"三连长……"

"让我自己待一会儿。"

两人对望一下，也许是营长更了解袁翰，他起身走开。教导员犹疑地跟出去，在门口停立一会儿，回手关上了门。

袁翰坐下来，朝桌上电报望了几分钟，才走去拿它。这电报已经不是妻子拍来的了，因为上面写着："大女已亡小女仍病危妻尚好速归。"

"妻尚好。"袁翰默语。就是说她还活着，怎样活着的？小女病危，需要她活着。袁翰眼前迷蒙一片，他头顶住坚硬的墙壁站着，深深喘息着。耳鸣就像婴儿细弱的啼声……

营长坐在门口台阶上，两拳支着腮，所有想来宽慰袁翰的干部战士，都让他用猛烈的手势撵了回去。他坐了一个中午，保护门前这块地方的安静。

身后有响动，袁翰出门了，沙声问："营长，你如果有时间的话，我们去练一段精密法准备诸元，行吗？"

"现在？"营长望着袁翰洗过的眼睛。

"是的。"袁翰进屋拿出射击图版箱。

营长现在什么也练不下去，但他不愿违背袁翰的心意，暗想：或许他可以借此获得平静呢。两人并排向营部走去，步伐阔大，一路无语。

十

颜子鹄已经升任了团长，随之也撩动起一个渴望：要到全团每个连、每条路、每个角落去走一遭。以前大都是乘车下来的，脚一落地，便是营部或连部。而战士们踩出来的蜿蜒小路，山洼里的鱼塘猪圈，最偏远的岗哨位置，还并不熟悉。今天，他选择一条能够穿过许多连队的小路，缓缓走过来。陆续遇到的一些战士向他敬礼，他估计一下，大约只认识三分一，这使他挺懊恼的。

到榴炮营外围，远望去，火炮都脱去了炮衣，身管平衡在水平线上。技师正在进行零位零线检查，这是射击前的火器准备。炮场上的战士，脚步灵快，动作幅度大，不时喊着说话……呵，这是士气。他肩负着近百门大炮、上千名战士的使命，比任何时候都渴望部队能经得住战争的考验。可惜年过五十了，脚步结实但缓慢了，这步子不适于跑，特别适于深思。小路顶头是三连，还离好远，路就变得宽敞平直了。三连的车炮都在库房里，战士们在处理个人事务：写信，看书，洗涮，不像战前反像战后，因为今天是星期日。一路走来不断添积的兴奋感，到这里就消散掉了。颜子鹄不想干涉，各连有各连的特点嘛，他只管在战斗中检验各连。

袁翰正在写信，但一个字也没写。面前有个立功证，他望着它犹豫：要不要把立功的事告诉妻子？半年来的家庭变化涌上心头，想着想着，竟把写信给忘了。

营党委会上，大部分委员为他请功，说：半年时间里，三连变化很大，他费尽了心血。袁翰不同意，自己在一连当连长时，也是这样工作，并没有记功嘛。由于三连太差，而太差的连队开始赶队，那步子一时会显得很大，在人们印象中会是个了不起的变化，其实是正常现象。以后还能保持这样的步伐吗？连队能进入高峰线不衰不落吗？他有远虑。再说，全连干部都一样苦干，为什么把他突出起来？他的意见被大家否定了。有人说："袁翰同志刚刚到职，两个女儿就病了，不久，大女儿死去了。他在悲痛中坚持工作，不肯回家。"听到这句话，袁翰惊痛交集。"为什么这么说啊？"他窥见了一些同志为他请功的心理，"哦，大女儿死去了……"袁翰愈发觉得不能接受这个功，也受不了这个功。但是营党委通过了，上级党委也批准了，随后发下来立功证。

颜子鹄进屋："嗬，在写信。"他想退出去。

袁翰赶忙拉住颜子鹄："团长，坐一会儿。"

颜子鹄拿过立功证，对着窗户翻着："这东西越印越漂亮了。三等，不嫌小吧？打下厦门岛后，我再没得过它，倒给人家发过不少。哈哈……"他又体会到为下级记功时的快活了，那是领导者自豪的时刻。"怎么，一片空白？"颜子鹄扫了一眼桌上的信纸。

"正犯愁呢，不知道要不要把立功的事告诉她。"

"告诉了会怎样？"

"会伤心，我们失去了一个女儿，"袁翰注意看颜子鹄的反应，"而我立了个三等功。"

"告诉她！立功证上是你一个人的名字，但名字后面有你的一家，包括你那才活了时间不长的女儿。她们默默无闻地为你做出了牺牲，也是为我们这支军队做出了牺牲。不管你爱人怎么想，都应该告诉她。我们感激她呀，她承受的太多了。"

袁翰连连点头，他忽然开朗了许多。

　　"死去的女儿叫什么名字？"

　　"还没来得及起名字。"

　　"起一个吧，好好起一个。"

　　"团长给起一个。"袁翰笑道。

　　颜子鹄肃然地缓缓摇头："让母亲起吧。"

　　这动情的声音，使袁翰为妻子羞愧。大女儿死去后，她很少来信，来信也是电报般的，像应付袁翰的询问。她一定在考虑什么，怨愤、伤感从纸上消失了，或许已经麻木了。

　　"袁翰同志，准备让你担任团里作训股长，你有什么想法？"

　　袁翰从颜子鹄眼里，知道了他问的是什么，回答说："想法……我还是想转业。我知道这想法不好，但是又克服不掉……请领导放心，让我干什么工作，我一定全力以赴，让我干多久，我就干多久，我是党员，又是军人。"

　　"能这样已经不错了。"颜子鹄思索着说，"有人想走，有人愿留，千姿百态啊。"

　　颜子鹄走后，袁翰找出个小铁箱，倒空里面的零碎东西，从抽屉里拿出三封电报，重读一遍，一一放进去。又拿起立功证看看，也放进去，用弹簧锁锁上，他再也不打开了。

　　一辆小车驰到连部前刹住，驾驶员探头问袁翰："团长在哪儿，参谋长让我来接他。"

　　"从小路回团部了。有事吗？"

　　"不知道。"驾驶员掉转车头返回。吴晓义正从对面走来，小车驶近时，他站在路边，严肃地向车内敬礼，他以为团长坐在里面。驾驶员还他一声喇叭，接受了他的敬礼。

　　吴晓义走到袁翰跟前："团长走了？"

　　"走了。"袁翰不多说，他不想让他受窘。

　　"说些什么？"吴晓义挺紧张。

　　"调我到作训股工作。"

　　"当股长？正营职！"吴晓义高兴地推了下袁翰胸膛，"股长同志，我早说了，你在三连干不长，迟早要拔上去。怎样，没错吧。"

　　袁翰并没听吴晓义说过这话。前一段时间，吴晓义不知从哪儿听说自己可能转业，晚上，他愤愤地闯进袁翰屋里："走就走，早晚都是个走，我早就知道。"……眼睛也潮红了。袁翰竭力宽解他。那天晚上，吴晓义对袁翰的感情跨进了一大步，说了好些知心话。

袁翰判断着：为什么突然来车接团长回去？吴晓义却另有所思，眉间浮动淡淡的忧虑。他显然是被袁翰升任股长的消息震动了。从现在起，到下一位连长任职，他的忧虑不会消失的。

文书推开窗喊："连长，电话！"

袁翰对吴晓义道："注意，开始了。"吴晓义这才振作起来。袁翰急步跑到窗前，文书把听筒从窗内递出去。袁翰一边听一边朝吴晓义做个手势，吴晓义飞跑去摇响警报器。营区翻滚一阵巨风，战士们携带装备冲进车炮库，装车挂炮。脚步声，口令声，汽车引擎声，使人感到浑身发热。

袁翰坐在急驰的指挥车驾驶室内，膝盖上铺盖着一张军用地图。开进路线穿进一圈圈密匝匝的山岭，越过两条小河，进入另一张地图。袁翰急忙找出来，大略地拼接上，统观着。这是"战区"了，各色粗的箭头和断裂的弧形线显示：对方的"天狼工程"已经突破了我方大部防线，"战局"十分险恶。下角有许多我方炮阵地和观察所的符号，其中一个，是袁翰他们的。

汽车突然减速，晃动了一下，靠向路边，然后再回到公路中心线，加速行驶。驾驶员抱怨着：

"那个女人有点不正常，走路也不好好走。"

袁翰并未留意，目光回到"战区"地图上。可是，印象中的那位女人垂在肩后的青色羊毛围巾触动了他，他急忙举起望远镜朝右后方望去。啊，是自己的妻子，她抱着孩子，匆匆拐进通往三连方向的小路。小女儿在她肩上伸出一只小手，好像要抓住威武的火炮，也好像要爸爸抱她。看不见妻子的脸，她要是转过来，看看车辆和火炮该多好啊。"她从家乡赶来干什么？哭诉，扔孩子？……"袁翰心内掠过一个个不祥念头，桉树林遮断视线，袁翰放下望远镜，一切都要等回来后才知道。

"亲人哪，为了你们，我才离开你们。"

原载《昆仑》1982 年第 1 期

中国作家协会 1981—1982 年全国优秀中篇小说

张铁匠的罗曼史

张一弓

一　村巷深处的目光

在饮马桥镇的"小满"会上，一个女人哀怨而满含期求的目光，如同天边飞来的闪电，在张铁匠的心中激起了轰隆隆的雷鸣。

刚才，在十字路口的一棵小槐树下，赶会的山民们以挤掉帽子、踩掉鞋子的盛况，把多年不见而又重新上市的"张家镰"抢购一空。人们包围着张铁匠，如同温习着一个古老的童话似的，向他打听着与"张家镰"有关的种种故事。请问铁匠哥，你是"飞张镰"老张铁匠的嫡亲后辈吗？你用的铁砧子还是那个道光元年的祖传古物吗？听说"张家镰"磨剩下一指宽还能当刮脸刀用，可是真的吗？还有一说，"张家镰"得蘸上盐水淬火，这"咸镰"上头有啥科学性儿呢？等等，等等。

如同外交大臣答记者问似的，张铁匠那比别人高出半个脑袋的魁梧身躯，不时地转向每一个发问者，古铜色的四方脸庞上露出庄重的微笑，或颔首认可，或笑着辟谣，或婉言解释，或郑重说明。只是在一位老汉提出张家铁匠炉会不会再次熄火，今天卖的这"张家镰"上为啥没砸上"飞镰张记"的铁戳子时，张铁匠才微皱了一下漆黑的浓眉，用手指挠了挠稠密的剃得短短的头发，表现了短暂的踌躇。"走着说着吧！"他的大眼睛扑闪了两下，"只要那'五匠归行'①的政策不是虚言，俺还能为乡亲们打半辈子铁货，铁戳子现成。"总之，表现了一种审慎的乐观，而且包含着密切注视事态发展的意思。

①　铁匠、木匠、编匠、烧窑匠、泥水匠，简称"五匠"。

就在这时候，对面村巷里，一个女人的目光一闪，恰同张铁匠的目光相遇，如同云层之中的阴电和阳电发生了撞击，张铁匠的心底，响起了隆隆的雷鸣，他愣愣地呆了半晌，对于一个小伙儿提出的"盐水蘸火是否氯化钠有利于增强铁质"的学术性探讨，以及一位老汉提出的定制两张鹅脖大板锄的要求，好像完全没有听见，推起胶轱辘小车，在人们愕然的目光下挤出人群，向镇子外边走去了。

张铁匠神情恍惚地推车走着，他忘了在出售他的第一批产品之后本应去油馍锅跟前犒劳一下自己；忘了去供销社买一条帆布围裙。打铁时叫火星子把衣裳烧得大窟窿小眼睛的，有谁给他补补连连呢？还忘了买一盏小马灯，那将把一个刚刚搭起的铁匠棚连同一个光棍铁匠的孤独的心照得亮亮堂堂！

然而，这目光，这女人的哀怨而又满含期待的目光，把张铁匠的心境整个儿地搅乱了。

"腊月！"他在心底呼唤着那个在二十二年前跟他离了婚的女人。每当他想起这个女人，都会引起他整个身心的震颤。你这个曾经是那样姣好妩媚，却又变得那样绝情堕落的女人，你这个被张铁匠疼过、爱过，使他朝思暮想而又恨得他心里淌血的女人啊！

二　胜利者的初恋

那是一双在弯弯细眉下眼梢上挑的杏子眼。公元一九五五年春天，在几个初级农业社联办的水库工地上，正是这双杏眼忽闪了几下，二十岁的小铁匠张银锁便晕晕乎乎地做了爱情的俘虏。谁能料到，名扬全区的"小车王"王木匠上过完小的娇闺女，竟会把她的十八岁少女的炽烈的情爱，献给一个使她老爹在水库工地上威名扫地的小铁匠呢？

本来，王木匠制作的小车，是饮马桥区每一个庄稼汉的心爱之物。车轴和车轱辘都是经过严格挑选的枣木或柿木做的。推起车来，那高亢、热闹的"吱吱咛咛"的响声，可以传到数里以外。那是王木匠献给每一个寂寞而劳累的推车汉的欢快、昂扬的音乐，是推车汉的心灵的呐喊，是漫长而坎坷的人生旅途上的慰藉和号角。但是，当王木匠把他精心制作的十多辆小车送到水库工地以后，突然在一夜之间，全部变成了哑巴。其祸根，就在于这个不知天高地厚的小铁匠。他竟然毫不客气地给全部小车换上了带滚珠的铁车轴和胶轱辘，使得诸葛亮发明了木牛流马以来，而又由王木匠的祖先从乾隆年间继承下来的传统设计，遭到了一个毛头小伙儿的彻底破坏。

"你小子管得老宽哪！"六十八岁的王木匠站在水库工地上，气得胡子翘上了天，嗓子里像猫一样直打呼噜。

"木匠叔，"小铁匠惬意地笑着，从嘴里吐出了两个新词儿，"咱这搞技术活儿的，也得撵上形势儿！"

"撵你娘那脚！"老木匠被小铁匠满脸的得意神色激怒了，"你们老君手下的人，少管俺鲁班行里的事！"

小铁匠却唱着那时节人们常唱的"流行歌曲"："嗨啦啦啦啦，嗨啦啦啦……"像一匹剽悍、欢实的马驹儿，尥着蹶儿，钻到铁匠棚里去了。

王木匠由于他所创造的一份音乐遗产的毁灭而感到深沉的痛苦。他在想，工地上的推车汉们都在忍受着这种痛苦的煎熬，就要朝着那个可恼的小铁匠鸣鼓而攻之了。他紧张地观察着，焦灼地期待着，而事态的发展却远远地离开了他的预计，他发现，那哑巴小车确乎比会唱的小车轻便利索，多装东西，为了保持车身的平衡而紧张地扭动臀部的动作也得到了大大的简化。为此之故，不仅推车汉们好像并没有感到缺乏音乐的悲哀，连那些年轻闺女们，包括他的娇闺女腊月，也都疯张着，斗胆推起哑巴小车来了。他忽然感到，世界变得空旷而寂寞，再也没有什么声音能够填补心灵的空虚了。他本想挂着拐棍，去找小铁匠进行一次痛苦的讨伐，问他一个僭行越轨之罪，却听说小铁匠是已经下世的"飞张镰"老张铁匠的"匠门之子"，不由得肃然起敬，只好挂着拐棍，踉踉跄跄地回到家里，哆哆嗦嗦地歪在床上，从此卧病不起了。

这天晚上——是的，往往是在一个有着皎洁的或是朦胧的月光，而且常常散发着花儿的馨香的晚上，正当小铁匠掩住炉火，准备歇息的时候，铁匠棚外传来一声清脆的呼唤：

"嗳，张庄的！"

这个以地名代替人名的称呼，使小铁匠感到恼火。他向铁匠棚外瞥了一眼，只见一个披着肩垫的苗条女子，站在一棵小桃树下，落了满身的花瓣儿，正在挑衅地打量着他。

哪儿来的野闺女？小铁匠寻思着，没好气地说："你找俺张庄的有啥事儿？"

"你把俺爹气病啦！你知道不知道？"

小铁匠一愣："谁是你爹？"

"那个老保守！"闺女说着，"吃吃"地笑了。

"哪个老保守？"

"装糊涂！你动了谁的心肝宝贝车啦？"

小铁匠急忙走出铁匠棚，胆怯地问："俺给他气出了啥毛病？"

闺女说："他躺在床上直哼哼，一会儿说腰酸，一会儿说背疼，一会儿骂那个小铁匠……"闺女说着，不时地掩着嘴笑。

"骂俺啥？"

"骂你是个乱尥蹶儿、瞎踢腾的小兔崽子！"

"咋！"小铁匠感到事态的严重，"俺这木匠叔恁大气性！"

闺女娇嗔地说："都怪你给俺惹事儿！俺上工推土打夯，下工还得给俺爹捶腰捶背，比打夯还累！"

"那叫俺咋办？"小铁匠感到十二分的不安。

"咋办？"闺女说，"俺得罚你陪俺……"

"咦！"小铁匠愕然说，"人又不是物件儿，叫俺咋赔？"

"呸！"闺女娇嗔地啐了一口，"你的耳朵咋长的？俺不是叫你赔俺，俺是叫你陪俺，咦咦！……"她为两个同音字造成的误会连连扭动着腰肢，"俺是说，叫你跟俺去俺家替俺捶捶俺爹他那腰。"

她把这句绕口令一般的土汉语说得那样清脆而流畅，她那飞动的目光和命令的口吻又是那样使人难于抗拒。小铁匠如同接受了一个无比神圣的使命，当即从铁匠棚上取下小马灯，说："中，俺这就跟你去你家替你捶捶你爹他那腰。"

闺女又忍不住"吃吃"笑了。

小铁匠说："你爹气病了你还笑？"

闺女又回头一笑，向小铁匠瞟了一眼："笑你老厉害，把俺爹给降住了。"

在这块产生过"巧笑倩兮，美目盼兮"这种使孔老夫子也曾为之心动的美妙诗句的土地上，这种目光和笑意再次显示了巨大的魅力，使得小铁匠萌动了一种从未体验过的异样的感情，踏在桃园草径上的脚步不由得错乱起来，小马灯也在慌乱地摇曳，映照着一个身上落满花瓣儿的窈窕女子扑朔迷离的身影。从此，小铁匠带着甜蜜的晕乎和幸福的傻劲儿，一趟趟地钻进桃树林，往王木匠家里跑着。是否为王木匠捶腰已无从查考，可以确定无疑的是，次年春天，王木匠的娇女王腊月，已经成为张铁匠的娇妻王腊月了。当从张庄嫁到饮马桥镇的香兰嫂出面保媒的时候，王木匠不无感伤地接受了这宗亲事，他目光直直地望着屋顶说："叫他们自由去，俺得瞧瞧，俺这个女婿啥时候能在他那铁匠棚里给俺造一架飞机。"

三　相遇在坎坷的山路上

推着胶轱辘小车，穿过金黄的麦浪和碧波荡漾的玉米地，张铁匠迈动着沉重的脚步。六月初火盆一般的太阳，已经隐在卧牛岭的西边，火红的晚霞映出了卧牛岭的黑魆魆的阴影。张铁匠和他的小车投入了山的阴影里，他的心也被蒙上了昏暗和阴郁。前边就是桃树林，那里有过腊月的目光的流动和一个小铁匠的爱情的萌发。那是一个美丽的幻梦和遥远的童话，眼下都已蒙上幽暗的山影而失去了昔日的光华。他目不斜视地在桃树林旁边加快脚步，把小车推上了弯曲的山路。山那面，有着明亮的晚霞，将使他忘却记忆的痛苦，使他能够在玫瑰色的云霞之下，走完一个铁匠的坎坷的路。然而在这时，桃树林里传来了一个女人的怯生生的呼唤："张庄的，你等等！"

张铁匠心里打了个哆嗦，不由得站住了。他听得出来，这是那个刚才给他送来一瞥哀怨的目光、曾经做过他的妻子的女人在叫他。但他不会忘记，这个女人曾经怎样狠心地抛弃了他，而像一只不知羞耻的草鸡似的，护着那个把她从他身边夺走的邪恶的男人。不要脸的女人啊！要不是你那位歪鼻子郎官儿操纵一派人马，害死了公社的好书记，如今被抓进了监狱；要不是你怕当"帮派娘子"才跟他离了婚，你会想起俺这个"张庄的"吗？张铁匠恼怒地推起小车，头也不回地向山上走去了。

"等等俺，铁匠哥！"那女人哀伤地叫着。

"铁匠哥"，这个在关系上保持着一定距离而又掩饰不住热烈求的称呼，再一次使张铁匠为之心动了。但他随即就把感情的波澜禁锢在铁的堤坝里，制止了回头看她一眼的冲动，继续向山上走去了。

他身后，传来了衣衫的窸窣声和急促的喘息声。一个穿着月白布衫的女人快步赶上来，挡住了他的去路。"铁匠哥，你的心当真是铁打的啊！"她坐在湿漉漉的山路上，凄伤地哭起来了。

映着落日的余晖，张铁匠望着这个消瘦而白净的女人。她的杏眼里已经不再流动着明澈的秋水，而是迷蒙着雾一般的混浊的眼泪；微微上挑的眼角上已经伸出了细细的鸡爪纹；曾经像初绽的花瓣儿似的、常常泛出桃红色的眼睑也已开始松垂。然而，她仍是腊月，好像昨天还曾见过面的腊月，虽然她已经四十三岁。

腊月停止了哭泣，吃力地站起来，用手绢拭去满脸泪水。"你就留留步，听俺说两句，说说那年王家堡……"她的嗓子又哽住了。

可你有什么好说的呢？你要为你的不仁不义进行洗雪吗？你要问摔碎多年的桶板还能箍起来吗？你要问张家的铁匠炉又生火开张了吗？可在我最倒霉的时候，在我最需要亲人的时候，在我像一个落水的人需要你拉扯一把的时候，你到哪儿去了？在你有可能离开那个歹毒男人而跟着我走的时候，你为啥骂我、糟蹋我，叫我像狗一样滚开呢？你个水性杨花的女人，你个无情无义的女人啊！张铁匠心胸里正在升腾着炽烈的怒火，但他又唯恐听到腊月的诉说，唯恐一个女人的伴和着泪水的花言巧语，会使怒火熄灭，使他丧失理智，而一个女人的带勾的目光，是可以随时把一个光棍铁匠的灵魂儿勾去的。于是，他的目光从腊月头顶直射过去，沉声说："大嫂，我不认识你！"

"啥？"腊月骇然而绝望地睁圆了眼睛，猛地把额前的发绺甩到脑后，指着额角上一个月牙形的伤疤，叫着："可你，总该认识它吧？"

张铁匠呆住了。他望着那个粉红色的伤疤，那是一个时常折磨着他、使他负疚终生的伤疤啊！

"是你给俺留下的，是你！"腊月痛苦地喊叫着，"你在俺心上留下的还不算，张庄的！"

"可俺赎了俺的罪，"张铁匠一字一顿地说着，毅然架起了小车，目光照旧从腊月头顶直射过去，"我跟你，两清啦！"

腊月浑身战栗了一下，眼睛里顿时失去了灼人的光芒，她木然地垂下头，让开去路，凄然说："你走吧，你的儿子在等你。"

儿子？这是什么意思？张铁匠来不及细想，就推起小车走了，头也不回地走了。他身后，留下了一个女人的低泣。

四　露水河在轻声诉说

俺跟他，两清了吗？

在夕阳的照耀下，腊月孤独地向饮马桥走着，来到了露水河边。听着河水的低吟，望着火红的晚霞和岸边绿柳在清澈河水里不时晃动的倒影，泪水再次蒙住了她的眼睛。

她记得，那是一个夜雾弥漫的夜晚，当她和新婚的丈夫给爹爹拜寿回来时，露水河也是这样低吟着，缓缓地流淌着。当她挽起裤脚，就要在河面宽阔的浅水处蹚水过河时，她的小铁匠却蹲到了她的面前。

"俺背你过河吧。"

腊月顺从地用手勾着小铁匠的脖子，把身子贴在他宽阔的脊背上，但她又蓦地松开了。

"不哩，俺怕人看见！"

"没人，只有月奶奶。"

一轮银月已经升起，把它的柔和的清辉，洒在一对小夫妻的身上。水声"哗哗"地响着。小铁匠背着妻子蹚水过河了，腊月的腿却在小铁匠身后踢蹬起来。

"咋啦？"

"俺怕水鬼！"腊月忍住笑说。

小铁匠便背紧了腊月，站在没膝深的河水里，大声呵斥起来："我说水鬼，你要敢吓俺腊月，我就用火钳把你夹到铁砧子上，不捶你一百下不算拉倒，你等着！"

腊月"吃吃"笑着，勾着小铁匠的脖子，身子打了个转悠，悠到小铁匠的怀里。小铁匠紧紧抱着她，好像生怕水鬼把她夺去似的。

"银锁，"腊月撒娇说，"俺想在河里洗个澡。"

"咦，不怕人家说你疯张？"

"咋？兴你们男人下河洗澡，就不兴俺女人下河？封建脑袋！"

"中，咱就学学那大喇叭里唱的，"小铁匠没头没尾地小声唱起来，"砸开那封建的老铁门哪嗯哎哟！"

他沿着河岸，把腊月抱到水深林密的小河湾上，跟腊月商量："咱俩一块洗吧，我给你看着水鬼。"

"孬货！"腊月推开她的小铁匠说，"你去河湾那边洗，给俺站好岗。"

小铁匠摇着头，很不情愿地向河湾那边走去了。

在夜色和垂柳的掩映下，腊月跳到清澈的河水里，像一个活泼的妞儿，欢畅地朝身上撩着水花，心里漾起了幸福的涟漪。这个乡下媳妇不懂得什么是人体的曲线，不懂得下肢应长于上肢十个厘米的恰到好处的人体比例，但她映着明月的清辉，突然发现自己是那样匀称、洁净而秀美，同这清流、绿树和水银般的月色和谐地融为一体了。她感到生活是那样的美好，眼眶里涌出了快乐的泪水。她对月亮说："月奶奶，你莫笑俺疯张，俺又解放了一回！"

当腊月披着解开了辫子的长长的秀发，轻盈地登上河岸的时候，她的挂在柳树枝上的衣裳却不见了，这使她又羞又急。但她发现，她的小铁匠正躲在树后边，小声笑着，凝视着她。"不老实！"她娇羞地嗔怪着，向小铁匠身边奔去了。

九个月后，腊月生下了一个男娃儿。当男娃呱呱坠地的时候，小铁匠感到自己已经变成了大铁匠。他露出当爹的尊严，用挑剔的目光审视着儿子，如同检验他的一件最新的产品，点着头说："能行，长大准是个好铁匠！"

小两口给儿子起了名字，大号铁拴，小名拴娃。

做了父亲的张铁匠，从此具有了十足的男子汉的气概。他那五尺五寸五的身个儿已经变得更加墩壮而魁伟。他有着把一对铁车轱辘单手举过头顶的超人的膂力，挓挲开五个指头可以夹起来四块砖头。他那两道伸向鬓角的剑眉更加浓密而油黑，一双环眼开始变得含蓄而深沉。方正的脸庞，端直的鼻梁，紧抿着的薄薄的嘴唇，有力的、棱角分明的下颌，如同一个雕塑家经过二十多年的精心雕琢而终于完成了的一尊可以使他死而无憾的雕像。

他的打铁技艺也已更趋完美而纯熟。在高级社副业股的铁匠棚里，他虽然还没来得及给老丈人造一架飞机，却已集众匠之所长，创制了一种鹅脖大板锄，使得乡亲们锄地时弯腰的程度大约减少了三十度；锄板上还增添了一道脊梁骨，锄地不拥土，使得"飞镰张"的产品和铁匠工艺学得到了新的丰富和发展。为此缘故，在拴娃两岁那年，当饮马桥区变成了饮马桥人民公社的时候，他受到公社的聘请，担任了公社农具厂铁工组组长。

当腊月扯着拴娃来到露水河边送走丈夫的时候，她为她受人敬重的拴娃他爹感到幸福和骄傲。虽然她的拴娃他爹一去两个月没有回来，而她又是那样渴念着丈夫的炽烈而温存的情爱，但在那个"唱歌要唱跃进歌"的火红年代里，这个青年团员懂得让夫妻情爱服从于一个神圣的事业。她心中也充满了美好的向往，向往着她的年轻能干的丈夫，当真像爹说的那样，在某一个早上造出一架飞机，让大家连同她和小拴娃，"呜"地飞到共产主义去。

同是在这样一个晚霞似火的黄昏，同是在这条清澈的、缓缓低吟着的露水河边，拴娃在草地上蹦跳着逮着蚂蚱，腊月在河边洗着衣裳，眼睛却不时地向对岸瞭望。当她洗净最后一件衣裳，就要从河边离去的时候，终于从对岸柳树林里闪出一个高大的身影。

"那是银锁吧？"腊月高兴地喊叫着。

那人却不吭声，缓缓地蹚着河水，脚步沉重地登上岸来。腊月看清了，这是她的银锁，银锁肩上却斜挎着一个包袱。

"咋把铺盖也背回来啦？"腊月诧异地问。

银锁仍不答话，把包袱掷在草地上，枕着包袱躺下来，让跑到他身边的拴娃骑在他身上，嘴里嗆着一棵青草，仰天思索着什么。

腊月来到他身边坐下，疑惑地问："遇到啥不遂心的事啦？"

银锁吐了草叶，望着天说："反正，我不能丢了张家的字号，我打那镰刀、锄板儿，还得叫它姓张。"

腊月明白了。她温柔地劝说丈夫："那就给领导说说，还把咱那字号砸上，反正乡亲们用咱那铁货用顺手了，看见这字号就格外喜欢。"

"可有人说，这是跟人民公社唱反调！"银锁生气地坐了起来，"往后这百家姓说不定也得实行公社化，一律姓'公'！"

"谁说的？"

"咱哥。"

"咱哥？"

银锁挖苦说："就是我那位大舅子，你娘家那位好哥，公社农具厂厂长王木庆。"

"俺哥也当上厂长啦？"腊月好像听到了一个有趣的奇闻，前仰后合地笑起来，把眼泪都笑出来了。她擦着眼泪，忍住笑说："俺哥跟俺爹学做木匠活，把门板锯成小案板，把擀面杖做成大棒槌，给俺三爷做了一副棺材，不足五尺长，俺三爷看见棺材发了愁，问他，庆娃，我坐柜台坐了半辈子，我死了你也不叫我躺那儿歇会儿？气得俺爹浑身打哆嗦，骂他是不成材料的歪脖子榆树！"说着，又忍不住捂住肚子笑起来，"没想到，他如今咋会当上厂长啦？"

"他会放'卫星'，眼下可是那歪脖子榆树能成材料的时候。"银锁从草地上站起来，又挎上包袱，扯着拴娃说，"走哇，拴娃，咱回家放'卫星'去呀！"

腊月却抓住包袱说："银锁，是上级叫你回来的？"

银锁摇了摇头："就是用八抬大轿请我，我也不去啦！"

腊月叹口气，批评银锁说："上级抬举你，叫你去公社打铁，你就不该耍这打铁匠的犟脾气！那年你咋说咱爹的？'咱这干技术活儿的，也得撵上形势儿！'你眼下也好好想想，是不是怪自己跟不上趟啦？"

腊月一番话，把银锁说愣了。

"可咱公社也该容得下百家姓，叫我打那铁货还姓张。"

"好好打你的铁去，不砸字号就不砸，也败不了咱张家的名誉！"

如同被春风吹拂着，银锁心头的愤懑一扫而光。但他又想起什么，拍着拴娃的小脑袋说："拴娃，你就叫你爹在家住一夜，我赶明儿就走，中不中？"说着，却用眼睛瞅着腊月。

"不中！"腊月也对拴娃说，"对你爹说，咱家不收留开小差的！"

银锁叹了口气，抱怨地瞥了腊月一眼，便顺从地转过身子，一声不响地向河对岸走去了。

腊月扯着拴娃站在河岸上，望着银锁的背影，听着他"哗哗"的蹚水声，心里一疼，又喊叫着："记住，学好！"

拴娃也学着娘的话，向爹喊叫："学好，学好！"

银锁却没有回话，对岸的柳林已经遮住了他那无声的背影。

二十多年过去了，露水河依旧在腊月眼前缓缓低吟，好像诉说着一个遥远的往事，低咏着一首深情的小诗，重温着一个一去不返的好梦。

五　电闪雷鸣的夜晚

腊月蹚过露水河，天色已经黑透了。在苍茫夜色里，她孤独地走着，如同把玫瑰色的晚霞连同玫瑰色的往事都留在露水河里，随水飘逝了，而留给自己的只有凄迷的夜色和无边的悲戚。

她记得，那是她让银锁回厂的一个月后，一个下着瓢泼大雨的黑沉沉的夜晚，天上扯起了蓝色的闪电，爆裂着轰隆隆的雷声，山风"嗵"地吹开屋门，一个浑身泥水的汉子，如同一个从雨幕中走来的幽灵，出现在小屋门前。

"啊！"腊月发出了惊叫。

但她终于看清了，那是她的丈夫银锁，然而他已改变了模样，像一头疲惫的骆驼，弓着背，呆立着，布满血丝的眼睛木然地望着腊月，任凭屋檐上的雨水滴落在他麻木的脸上。

"进来呀，死鬼！"腊月惊恐地叫着。

银锁踉跄地迈步进屋，像失去重心似的歪坐在椅子上。

腊月慌乱地用毛巾擦着银锁脸上的泥水，催问着："你这是咋啦？"

"怪俺没长着兔……兔……兔子腿……撵不上今……今天这形……形势！"

他的舌头是僵硬的，而眼里放射着灼人的光。

"怪俺……长着个……榆……榆木脑袋……不会做……做那亏心活，坑……坑害乡亲；怪俺……不愿从俺……俺这一辈儿，毁……毁俺爹……俺爷的名……名誉！"

银锁那嘶哑的叫嚷，像是出自腊月从不相识的一个火暴汉子的口中，这使得她心惊肉跳，浑身战栗。在银锁的剧烈喘息中，腊月闻到了一股辛辣的气息，那是用红薯干酿制的烈性酒的气息，是这里的正派乡下人只在红白喜事时偶尔沾唇，而平时会引起非议和厌恶的气息啊！

"你喝酒啦？"腊月大声质问着。

"咋？"银锁眼睛里闪着凶光，"喝酒……不……不犯王……王法！"他挑衅地从裤兜里掏出一瓶"二锅头"，咬开瓶盖，仰脖喝了一大口酒，又嚷叫着，"我做这铁……铁货……就得用……块儿……块儿煤……就不能用……面儿……面儿煤。面儿煤不聚火，你懂……懂……懂不懂？"他的喷射着火光的眼睛，直直盯视着对面的空间，好像那儿站着一个跟他激烈较量的对手，"我做这铁……铁货，就得用刀儿……刀儿钢，不能用那杂……杂铁，我这张……张……张家镰，就得叫它姓……姓张！一天三晌……只打二十把……再多打……不够火……火候，你懂……懂……懂不懂？"

腊月听懂了。她开始理解了银锁的恼怒而不能原谅他的癫狂。当她再次看到银锁抓起酒瓶、嘴对瓶口的时候，就紧紧抓住酒瓶，用她从来没有用过的命令口气说："松开！死鬼，你不能再学坏！"

"啥？"银锁夺回酒瓶，像抵架抵红了眼的忙牛，狠狠瞪着腊月，用失去控制的双唇和舌头，发出愤怒而含混的叫骂，"夏社长……瞎捣鼓……开大会批我……骂我……糟蹋我！你哥是个狗，是瞎捣鼓喂……喂的狗，他咬……咬我；你……你也骂我学……学坏？"他歪歪趔趄地站起来，盯着腊月，喊叫着，"我是他娘的白……白旗，破……破裤衩子……懒……懒婆娘的裹……裹脚布……做的白……白旗。你们都……都来拔……拔……拔吧！"他猛地举起酒瓶，"咚"地砸在腊月的额角上。当腊月"啊"地发出惨叫声的时候，银锁也两眼一闭，脸朝下扑倒在地上。

拴娃的哭叫声使腊月清醒过来了。她感到额角上火灼般的疼痛，而心里更疼痛。她突然觉得，世上没有银锁了，没有那个热烈而温存、聪明而要强、朴实而欢畅的小铁匠了，只有一个癫狂的醉汉，一个被某种使她感到恐怖和迷惘的神秘力量所扭曲了嘴脸和心灵的酒鬼。她忍受着额角和心头的剧烈的疼痛，急忙把拴娃抱在怀里，额角上冒出的鲜血，如同从她心里涌出，滴落在拴娃的小脸蛋上。

这时，那个不是银锁的银锁，嘴里咕哝着什么，翻了一个身，又摊开四肢，呼呼入睡了。腊月忽然看见，他眉棱上碰出了一个伤口，鲜血正在他脸颊上无声地流淌，便顾不得为自己包扎伤口，顾不得大声啼哭的拴娃，急忙用蘸水的棉花拭去丈夫脸上的血迹，按照乡间传统的消毒方法，揉碎一把烟叶，按在丈夫的伤口上。这时她才想起自己，在煤油灯下照了照镜子，竟然把自己吓了一跳，她看见的是一个满脸血污、披头散发的女人。她害怕这会吓坏了儿子，急忙洗净脸上的血污，在伤口上按了一把烟末，勒上一条白布绷带。这白布绷带却像孝带似的使她产生了不祥的预感，她又急忙在绷带外边罩上了一条绿色的头巾。

她终于喘了口气，抱起了拴娃，坐在床沿上，凝视着那个狠狠打了她而又呼呼睡去的人。他睡得那样甜甜，鼻翼在均匀地张动，胸脯在无声地起伏，脸上又恢复了善良、安恬而又带着几分稚气的神情。腊月忽然感到，她又找到了她的银锁，像是找到了打不打上戳记都能分辨出来的张家铁货。这时，只有在这时，突然降临的惊悸和痛苦，才化为深沉的怜悯和悲伤。她紧紧地搂抱着重新睡去的拴娃，尽情地、不加抑止地哭泣起来。

她开始回忆刚刚发生的一切。一个贤惠媳妇的多情善感的心，已经使她感觉到丈夫可能经受了巨大的刺激和痛苦。她期待着丈夫的醒来，她将让他尽情倾吐自己的烦恼和忧伤，然后给他以温存的劝慰；如果是丈夫的过错，她也会给他换上一身干净衣裳，请满仓哥给他剃去毛蓬蓬的头发，使他恢复一个好铁匠的模样，然后把他送回公社农具厂，像一个好团员和好媳妇那样，向上级认个错儿，就说，都怪俺腊月，怪俺对拴娃他爹帮助不够！

而这时，屋门被"嘡"地踢开了。两个披着蓑衣的民兵持枪闯进门来，后边跟着她的从雨衣斗篷下露出一双老鼠眼睛的娘家哥。

"不用怕，妹子。"娘家哥叹口气说，"千不该，万不该，银锁不该打了咱夏副社长。其实，也不过给银锁开了开会，说他几句……"

是的，那是一个由公社专抓社办工业的副社长夏谋亲自主持的批判大会，那时候叫作"拔白旗"大会。由于夏谋要这位"匠门之子"为他赢得几面红旗的希望一再地化为泡影，张银锁当之无愧地变成了应该连根拔掉的"白旗"，而且是夏谋在批判发言中指出的那种"用摇头派的破裤衩子和小脚女人的裹脚布拼凑起来的臭白旗"。张家铁货在原料和工艺上的传统要求，统统是刁难领导、对抗跃进的"条件论"；至于他刚进厂时坚持要在他打的铁货上、在"饮马桥公社农具厂出品"的钢印底下，再砸上"飞镰张记"的铁戳子，无疑是明目张胆地与人民公社分庭抗礼。总而言之，统而言之，一言以蔽之——夏副社长总结说，张银锁这面白旗，是为他爹、他爷带到墓坑里去的资本主义竖起的招魂幡儿，其实质是对抗"三面红旗"的屁股帘儿和破尿布。而且这位颇读过一些野史杂书的夏副社长，还从张银锁的后脑勺上，看到了与某朝某代某个宰相的完全相同的反骨。等等，等等。

张银锁的大舅子王木庆，也以厂长兼兄长的身份，斥责张银锁对抗领导、反对跃进，表示要坚决打破私情，划清界限，建议撤销他铁工组组长的职务，叫他拉拉风箱、当当下手、管管厕所、重新做人。

闷声不响的张银锁，却猛地冲出人群，向他的铁匠炉大步奔去了。

"你干啥？"王木庆骇然问道。

"你把我开除回家！"张银锁愤怒地回答着，把风箱从炉子上拆下来，放在他的胶轱辘小车上，接着，又去抱那个铁砧子。人们都惊愕地望着他，目光里显然透露出同情。

夏副社长为他的长篇批判发言所产生的出人意料的效果大动肝火："好，我现在就宣布开除你的厂籍！"

张银锁把铁砧子放在小车上，说："谢谢，可我还是个社员，还有个'社籍'，你总不能阻止我回队里打铁种地！"

夏副社长大步奔过来："可这生产资料都是公社所有，你敢拿走一件东西，我就开除你的'社籍'！"

"咋？夏大社长！"张银锁逼视着夏谋，"这风箱是俺爹十五年前用俺家那桐木板做的，它姓张。"他又把铁砧子抱起来，"这铁砧子是俺爷的爷在道光元年置下的，还砸着'张记'字号，它也姓张。"他又把铁砧子"嗵"地撂到小车上，"俺这打铁的物件儿，不是地主的家产，你没收不了！"他又把地铺上的铺盖卷儿扔到小车上，便推起小车，扬长去了。

夏谋已抢先堵住大门，一把揪住张银锁的衣领，大声喊叫："他破坏生产，反攻倒算，把他抓起来，抓起来！"

王木庆推着两个小铁匠，急急跑了过来。张银锁勾下头看看夏谋的手，沉声说："松开我！"

夏谋却紧紧揪着他，又推着、搡着、喊叫着："拿绳，拿绳！"

张银锁眼睛里火光一闪，大声说："松开我！"

但是，一条麻绳已经从他背后套在他的肩上。

张银锁松开车把，又响嗓说："松开我！"

夏谋揪着他，继续喊叫："背绑着，背绑着！"

张银锁一晃膀子，挣脱了绳套，用左手紧紧抓住了夏谋的手腕。

"来人哪！来人……"夏谋大声喊叫起来。

没等夏谋再喊出声来，一个蒜臼般的拳头已经打在他的鼻梁骨上，当他仰天倒下去的时候，张银锁闯出大门，隐进黑沉沉的夜幕中。

"妹子，银锁好拳头！"娘家哥不无揶揄地说，"夏社长鼻孔蹿血，鼻梁骨折，躺倒半晌没能醒过来，往后，他那倒霉的鼻子还不知能不能正过来！"

张银锁受到惊动，混混沌沌地醒来了。他眨眨眼睛，望望持枪的民兵，终于想起他已经犯下不可挽回的过失，便镇静地站起来，歉疚地望着正在瑟瑟发抖的腊月，又望望躲在腊月怀里惊恐地眨着眼睛的小拴娃，懊悔地说："腊月，我不该打人，该我去低头认罪，可我长恁大，连一只蚂蚁也没有捏死过……"

"妹子，莫怪你哥绝情。"娘家哥绷着脸说，"夏社长专抓社办工业，是我顶头上司，我就是把银锁送去，也说不定有人说我是他的后台，说不定我也得回家，跟咱爹学木匠活去。"

在腊月的娘家哥的押送下，银锁顺从地跟着民兵走了。走到门外，他又停下脚步，回头望着腊月的额角，望着腊月惊呆了的盈满泪水的眼睛："腊月，俺要是失手打了你，俺也替你记住这笔债，俺会恨俺一辈子，真个的，腊月！"

雷声轰隆隆地响了，银锁又回头大声嘱咐："农具厂还放着咱那铁砧子，记住，腊月！"

银锁的身影消失在霹雳闪电之中。

漆黑的小院里，传出了腊月和拴娃的啼哭声。

六　长满蒿草的小院

三年后一个秋天的夜晚，一个头发蓬松的汉子，迈着疲惫的脚步，走进了张家小院。小院里长满了齐腰深的蒿草，传来了蛐蛐儿此起彼伏的叫声。屋子里暗无灯影，土坯封严了窗口和屋门。那汉子坐在布满青苔的捶布石上，满天星星映出了他那目光呆滞的眼睛。

"谁呀？"

"银锁。"

是的，这是张银锁，刚刚服刑期满的张银锁。

"是银锁？"邻居王满仓慌忙从雨水冲塌的院墙豁口上跳过来，一把攥住银锁的手，说："你总算回来了，可腊月……"

"知道了，满仓哥。"

银锁唯恐满仓说下去，因为那将触动他心里的一个流血的伤口。当他在劳改队的时候，曾接到法院判决腊月和他离婚的通知，使他一下子老了十岁。

"全怪腊月他哥不仁义！"满仓说，"他说他捧着公家饭碗，要是腊月不跟你离婚，他日子难混，是他办的离婚证。"

"啊！"银锁已经原谅了腊月，可他心里升起一阵剧烈的疼痛。

满仓帮银锁拿开了封门的土坯，又从腰带上取下他保管了两年的钥匙，着重地交给银锁，说："开开门，从头过！"

银锁打开了生锈的铁锁，推开了沉重的屋门。屋门的"吱呀"声，门环的"叮当"声，都唤起了他对旧时生活的温暖而又凄凉的回忆。他手指哆嗦着划亮一根火柴，审视着这一明两暗的小屋。他看见土改时分的八仙桌和罗圈椅都还摆在原处。桌面和地面是干净的，只是落了一层浮土。每年秋后才使用的煤火台旁边，堆着用铁锹拍平的煤堆，煤堆上插着火柱。这分明是离他而去的那个女人，在离去之前还在尽着一个农家主妇的责任。第一根火柴已经烧疼了他的手指，他才从激动和茫然中惊醒过来，接着划亮了第二根火柴，照亮了桌子上的一盏有玻璃罩子的煤油灯。他端起灯，摇了摇，灯里的煤油已经挥发尽净，满仓连忙从自己家里给他倒了点煤油过来。他急忙把灯点着，端着灯，撩开通向里间的蓝地白花的土布门帘，一眼便望见挂在山墙上的一个紫檀木相框。一个留着缨子头的小铁匠和他的抱着胖娃儿的娇羞的妻子，正在朝他微笑。他激动地捧起照片，如同捧起一个遥远的五彩缤纷的幻梦。他忽然发现，相框下方贴着一张纸条，写着一行端正的小字："银锁，俺跟拴娃等你。"痛苦而感激的泪水顿时蒙住了他的眼睛。

在银锁回到这座瓦房的短暂的时间里，已经和刚才那个坐在布满青苔的捶布石上、用呆滞的目光打量着荒芜小院的银锁判若两人。他的已被遗忘的青春正在复苏，他的几乎冻结的血液又在奔流，腊月的眼睛又在他脑海里闪光，那是照耀在他的头顶的希望的星星。

"银锁。"满仓在门外叫他。

他急切地迎出屋门："满仓哥，腊月眼下在哪儿？"

满仓忧郁地瞅他一眼："先接住这，这是腊月寄存在我家的。"

银锁接住一个用布单裹着的沉重物件，不由得心里一热。这是那个铁砧子，是张家祖传五代的铁砧子。

满仓说："社办工厂散摊儿时，腊月取回了铁砧子。她给你留话，等她看见张家铁匠炉里的火苗苗，她就是漂洋过海，也要回来会你。"

"眼下她在哪儿？你快说呀！"

银锁急切地望着满仓，紧张地期待着。

满仓却偏过脸，避开了他的眼睛："去年春上，饮马桥食堂断炊，王木匠死在炕头上，腊月软埋了王木匠，就领着拴娃上北山后逃荒了。等年景好了，她娘儿俩兴许能回来。"

满仓没有告诉银锁，王木匠临死还掉着老泪，哭问腊月："这是咋着啦？银锁这孩子咋也撵不上形势啦？他咋把那胶轱辘小车推到劳改队啦？你哥那歪脖子榆树咋会成了精啦？唉！"

银锁又想起了那种用红薯干酿制的烈性的液体。他需要燃烧，需要麻醉，需要痛苦的解脱。他看见了三年前他带回家来的那个酒瓶，把它攥在手里，用他的粗糙的手掌不住地抚摸着、擦拭着瓶底，他感到瓶底上有擦不净的腊月的眼泪和血迹。他猛地摔了酒瓶，抱起了腊月给他找回来的铁砧子。

"腊月啊，你还能看见张家的火苗苗吗？"

张银锁遥问苍天，发出了无声的悲泣。

七　新来的徒弟

夜幕低垂，星光满天。从"小满"会上回来的张铁匠，孤独地坐在泡桐树下的捶布石上，心中充满了忧郁和悲伤。如果有一位操持家务的女主人，这个小院将会由于鸡飞羊叫猪拱槽的声音而变得红火起来。女主人将迈动轻风似的脚步，给她的赶会回来的当家人端来一盆洗脸水、一筐热烙馍、一海碗清热败火的绿豆汤，用艾草编结的驱蚊的火绳也会点着，散发着略带苦味的淡淡的幽香。他将在那张凉爽的竹床上安睡，倾听着女主人纳鞋底的"吱儿吱儿"的声响。而眼下，只有泡桐树上残存的几串紫色喇叭花，无声地飘落下来，如同一串串寂寞的铃铛，跟它们的主人一起，忍受着不能克制的悲伤。

大门外，旱烟锅一亮一亮的，从夜幕中游动过来。

"银锁，瞧你家黑灯瞎火的，就不像过日子的样子！"这是刚上任的生产队长王满仓的声音，"快点灯，你得在这'铁匠专业户定工定值合同书'上按个指印儿。"

张银锁极力从往事的重负下挣脱出来，开始捉摸着"铁匠专业户""定工定值"这两个生疏而诱人的新词儿。他脑子里还没来得及转过圈儿来，又听见满仓说："队委会研究了，把你包那二亩责任田免了，专叫你打铁，定值交队，一天记十分；超值归己，超多少都是你的。"

张银锁忧心忡忡地说："不打啥'专业户'的招牌吧，还不知道这政策能兴几年，不如零打碎敲，干着说着，政策一变，咱就熄火。"

"我看你是一遭叫蛇咬，十年怕井绳哩！"王满仓把合同书塞到张银锁的手里，"你年轻时，可不是这种瞻前顾后的脾气！"

"不由我，叫蛇咬，何止一遭！"张银锁又叹口气说，"就说政策不变，可我就这一双手，没个帮锤的不中，你家也包着责任田，总不能老叫你家二小子跟我当帮手。"

"别急！"满仓神秘地笑着，"我给你找了个帮手，保你称心如意！"

"哪儿的？"

"跟你像一个模子脱出来的！"满仓卖着关子，又拍着巴掌，朝门外喊叫，"进来吧，来认认师傅。"

夜幕中闪过来一个人影，无声地在张铁匠面前站定了。星光下，可以看出他有着跟张铁匠一样高大然而比较细瘦的身个儿，但从他进来时那灵巧、轻捷的动作来看，显然是一个年轻、伶俐的小伙儿。

"哪村的？"张铁匠盘问着。

"张庄的。"小伙儿清脆地回答。

"哪个张庄？"

"就咱这个张庄。"

"我咋没见过你？"

"见过。"小伙儿以毋庸置疑的口气回答，"俺是'飞镰张'家的独生儿，姓张叫铁拴。"

"你……你是拴娃？"

"错不了，爹！"

"拴娃，"张铁匠的声音颤抖起来，"是谁叫你回来的？"

"俺娘。"拴娃回答，"俺娘叫我回来给爹学学打铁的手艺，不能叫'飞镰张'的铁匠炉在我这一辈儿上熄火。"

一句话砸一锤，锤锤砸在张铁匠的心窝里。

"怎么样，铁匠师傅？"王满仓以含有悲酸的喜悦，戏谑说，"就把这个徒弟收下吧，这可不能算雇工剥削。"

张铁匠没有回话，这个突如其来的儿子，使他心乱如麻。他沉声不响地回到屋里，摸摸索索点着了灯。

"他银锁叔！"这是满仓嫂的愉悦的呼唤声，"小拴娃回来可是一喜！我烙了几张馍，叫你爷儿俩改善改善，总不能叫孩子一进家，就跟着你啃那冷馍就生葱。"她手托托盘走进来，把一筐烙得像纸一样薄的烙馍、一盘豆荚炒肉丝、一盘鸡蛋煎豆腐、两大碗绿豆面筋汤，摆到了方桌上，看看张铁匠，又看看正用那双很像腊月的眼睛观察自己的出生地的小铁拴，忽然用水裙抹着泪，说："你爷儿俩吃着说着，这屋里要是再有个烧水做饭儿的，可是热热和和一家子！"她向满仓递了个眼色，跟他一起出了屋门。

父子俩在方桌两旁相对坐下的时候，张铁匠急切地瞅了儿子一眼，恰同儿子向他注视的目光相遇，当爹的立即垂下了眼睑。他觉得，自己是一个没有尽到责任的父亲，没有勇气正视儿子那明澈的目光。但他已经看出，除了儿子那两道弯弯的眉毛和一对眼梢上挑的杏眼，透出他母亲的聪颖和秀美以外，那方正的脸庞，高而直的鼻梁，紧抿着的嘴巴，有力的、棱角分明的下颏，连同他的高高的身个儿，如同打上了"飞镰张记"的字号，跟自己一模一样。他把卷了菜的烙馍默默递了过去，儿子也正把卷了菜的烙馍递过来。父子俩交换了各自卷好的烙馍，父子俩的牙巴骨同时缓慢而沉重地蠕动，父子俩的深沉而潮湿的目光再度相逢。

"铁拴，"当爹的轻声叫着儿子的大名，"爹不能留你，你娘把你拉扯大老不容易，你撇下她，我过意不去。"

铁拴放下烙馍，眼眶里几乎涌出泪来，质问说："爹，那你为啥不能把俺娘接回来？难道你们是不共戴天的仇人？难道你们还没过够不是人过的日子？难道我命中注定要当个不是没爹，就是没娘的儿子？"

当爹的骇然地望着儿子，儿子的泪水汪汪的眼睛直视着他，使他心慌意乱地偏过了头。他该怎样做出回答呢？难道能够对儿子说，一个好母亲并不一定是一个好妻子吗？难道能够说，拆散二十多年的桶板儿，就是再勉强箍起来也不好使唤吗？难道能够在儿子面前数说母亲的过错，以激起儿子对母亲的怨恨吗？

"吃吧，孩子。"当爹的避开了儿子的质问。

儿子遵从父命，狠狠咬了一口烙馍。"反正，俺娘是个好娘，天底下，再没有比俺娘更苦更好的娘啦！"他把没有嚼烂的烙馍咽下去，趴在桌上哭起来。

当爹的听着儿子的哭泣，感到有一股炽烈的足以使铁石熔化的液体在他心胸里翻滚，然而，他的表情是冷漠的。

"睡吧，铁拴。"当爹的又说。

铁拴由于父亲的冷漠感到委屈和怨恨，他用手掌擦了一把眼泪，赌气说："谢谢爹，总算没撵走俺这个小要饭儿的！"他把来时放在门后的大包袱掂过来，打开包袱说："这是俺娘给你捎来的遮火围裙，这是蛤蜊油、橡皮膏，俺娘老怕火星子烧到爹身上！"

这一夜，父子俩睡在一张大床上。后半夜，当爹的听到了儿子的均匀的鼾声，便悄悄坐起来，点着了那盏有玻璃罩子的煤油灯，捻小了灯头，用手避着灯光，长久地打量着正在熟睡的儿子的脸。他仿佛看到了二十多年前的小拴娃。那时候，小拴娃总是睡在他和腊月中间，让爹娘轮流地亲着他两边的脸蛋儿。而这时，儿子翻了个身，发出模糊的呓语："娘，我去接你……"

当爹的惊慌地吹灭了灯。

八　庄稼人的牛书记

原谅我，孩子！

你爹不是那不义之人。在你娘儿俩流落北山的时候，他曾踏破铁鞋，疯了似的，到处寻找你们的踪迹。

那正是人们经历了罕见的困苦而开始复苏的时候，活过来的人们在党的领导下，驱赶着灾难的魔影，耕耘着荒芜的土地，寻找着失散的亲人，重建着残破的家园。

一天清早，两位陌生的老汉走进了刚刚刑满释放的张银锁的家。

"你就是响当当的张铁匠吧？"

"不敢当。"张银锁说，"你要不说，我倒把我这个铁匠给忘了！"

"可咱老乡亲们没有忘，大家想你张家的铁货都想出病啦！"

张银锁心里一热，仔细打量这个瘦小的五十多岁的老汉，发现他戴的是干部帽，穿的是庄稼人的对襟小袄，袄兜里却插着钢笔、装着小本儿，而手里拿的是旱烟袋。这老汉是个干啥的？银锁有点纳闷。

"怎么样，张铁匠，总不能叫乡亲们老害相思病吧？！"瘦老汉诙谐地眨巴着眼睛，"我给你拉来一汽车块儿煤、两吨半圆铁、一百斤刃钢，再给你十个月的时间，你给我打两千把镰刀、五百张锄板儿，都砸上'飞镰张'的钢印儿，还叫它姓张，你说中不中？"

张银锁不敢相信自己的耳朵，却贴近了这个老汉："请问大叔，您是从哪儿来的神仙，听您这口气，就把俺吓个半死！"

另一位身个儿墩壮的老汉，笑眯眯地插言说："他是才复职的公社牛书记。"

张银锁吓得一愣，又朝那老汉疑惑地眨着眼睛。

"小师傅，你没听说过他呀？"身个儿墩壮的老汉又介绍说，"有人说他是专拉破车的老牛，是那年拔下来的'白旗'！"

老牛嘿嘿笑了："小师傅，如今咱得拧成一股绳，搁劲拉拉咱公社这辆破车，中不中？党中央领着咱恢复生产，重建家园，可咱总不能用手指头抠土坷垃吧！"他用胳膊肘碰碰那个墩壮的汉子，"这位是供销社的老李头，你俩眼下就订个供销合同，他给你原料，收购你的镰刀、锄板儿，你就赶快生火吧！"

张银锁的心里冒起了火苗苗，但他寻思说："牛书记，你这不是叫俺发展资本主义吧？你可也是叫人家拔过一回'白旗'！"

"放心，再不会拔你的'白旗'啦！"牛书记又嘿嘿笑着说，"你一天给队里交一块五毛钱，队里给你记一个工，多挣下的钱都归你，这叫集体、个人两兼顾，多劳多得，这也是党中央一贯的好政策，就是前几年搞歪了。"牛书记想起了什么，又皱皱眉毛，目光像钉子一样盯着银锁，"你这把打铁的好手，往后再不能把力气用错地方，再不能把人家的鼻梁骨当成铁来打，你说对不对？"

"老对老对！"张银锁差点儿掉下眼泪，但他犹豫半晌，却说，"牛书记，可这合同俺还不能订，就请你原谅俺一回。"

"为啥？"

"北山后，俺还丢着两口人。"张银锁凄伤地说，"要叫俺打铁，俺得先把她娘儿俩找回来。"

牛书记跟老李头交换了忧戚的眼神，说："这事儿交给我办吧，你把她娘儿俩的姓氏、长相、年龄细说细说，给邻县北山各公社发发信，盖上咱公社的公章，拜托人家抓紧找找，咱等着回信儿，中不中？"

张银锁心里又冒起了火苗苗。这真是咱庄稼人的好书记呀！他心情激动地暗想，他给俺带来了党的好政策，可党也没说过叫这当书记的替俺写信找老婆、孩子呀！他用潮湿的目光望了望牛书记，感动地说："老书记，俺张铁匠落后了这些年，可还懂得个'心换心'，党为俺担忧，俺就不能给党添愁！眼下俺就代表俺自己，代表俺丢到北山后那两口人，签了这合同。"

张家小院里又搭起了铁匠棚，支起了道光元年的铁砧子，王满仓当了帮锤的。伙计俩起五更、搭黄昏，干了八个月，就完成了十个月的合同任务。饮马桥公社的庄稼人又用上了砸着字号的张家铁货；张庄生产队的副业账上增加了七百多元的现金收入；银锁和满仓也都有了信用社的存款折子。

当银锁重新把"飞镰张记"的铁戳子砸在那些闪耀着蓝色光芒的镰背和锄背上时，他感到他又姓了丢失多年的那个"张"，恢复了他和他的铁货的个性和尊严。

但是，当乡亲们称赞张家的铁货胜过了老祖先，而且被引以为张庄生产队的骄傲时，张银锁的脸上并没有露出明朗的笑容。时常出现在铁匠炉旁的牛书记，也总是用忧郁的眼神与张银锁对视。因为，北山后的每一封回信都是令人失望的；从那一群群逃荒归来的人流里，也看不到腊月和拴娃的踪影。

"牛书记呀！"张银锁露出了歉疚的神色，"俺得亲自去北山后找找，要不，俺一辈子也死不了这条心！"

"去吧，把铁匠炉挑上。"牛书记塞给他一双绿帆布军用鞋，"要是找到了她娘儿俩，就给我老牛捎个信儿。"他想起了什么，沉默半晌，又说："往后咱们公社里，再不能丢社员！"

九　红包裹里的爱情

桑木扁担两头翘，一头挑着打铁的工具，一头挑着铺盖卷儿，张银锁走进了北山口。

北山后边有北山，两道北山是两道墙，两墙中间叫"二夹墙"，东西一百八十里，坐落着一百多个村庄。有人说，看见腊月她娘儿俩流落在"二夹墙"里了。张铁匠决定从东到西地寻找，一个村庄也不漏掉。

他挨村支起铁匠炉，给山民们打制各种使人赞叹不已的小件农具，甚至打破"二夹墙"里流传千古的钩担环的传统设计，把五个钩担环增加到七个，使得山民们终于明白，粪箩头在钩担上也可以随意"打滴溜"，不必用手扶，不搁下钩担也能往地里撒粪。山民们都由于祖先们多出了上千年的冤枉力而大为感慨，以至把张铁匠的两个钩担环的创造，视为"二夹墙"使用钩担以来的划时代事件。于是，不少于二十个山村的干部和社员，都挽留张铁匠在本村落户，甚至以三间红石砌墙、青石板盖顶的石头楼和一个最善于操持家务而且姿色不凡的年轻媳妇为条件。张铁匠不少于二十次地谢绝了乡亲们的挽留，因为在他打铁的时候，从那飞进的火星中，总是看到腊月和拴娃的闪着泪光的眼睛。但当他做出大约是第二十一次的谢绝时，却给一个年轻的寡妇留下了难言的伤痛。

那是在一个只有二十多户人家的青龙沟生产队。张铁匠到来之前，关于他打铁手艺的种种传闻已经使那里的老人们断言，这师傅准是太上老君的真传！多年来，由于停止了集贸市场，而在供销社生产资料门市部里又往往买不到小件农具的社员们，成立了一个由老队长亲自挂帅的类似外事办公室那样的临时性机构，决定让张铁匠在村头那孔用红石砌圈、青砖铺地的新窑洞里下榻，而把铁匠棚搭在窑洞门口的一棵老皂角树下。一个在铁匠炉上拉过风箱的小伙儿，十分荣幸地被确定为张铁匠的下手，一日三餐则由娘家爹在县政府当过炊事员的妇女队长全权办理。是日，当张铁匠在老队长的陪同下，踏着青龙河畔的草地，莅临青龙沟的时候，受到了村民们发自内心的嘘寒问暖的迎接。如果张铁匠脚下不是踩着绿草地，而是红地毯，那么，他无疑是受着类似迎接国宾的礼遇了。

老皂角树的绿荫下，响起了热烈的、昂扬的打铁声和围观者的谈笑声。张铁匠却是沉默的。村民们对他那急骤、有力的打铁动作的赞叹，对他用盐水蘸水的惊讶，对他那古铜色的、肌肉坚实的魁梧身躯的赞美，对他打制的镰刀、锄板上那蓝色的光焰和"落地出钢音儿"所连连发出的"噫嘻噫嘻"的文言叹词，虽曾使张铁匠那汗津津的脸上露出不易觉察的微笑，但他那黑沉沉的目光里总有着不可驱散的阴云。这一切，都被一个年轻的寡妇李大翠看在眼里。

老队长问："张师傅，贵庚多少？"

"属虎的，二十八岁。"

李大翠暗想，这师傅长俺三岁。但她脸上一热，又在心里骂自己，不知羞，不知羞！人家是个大男人，你个小寡妇家算计人家的年岁是为的啥呢？她闪身躲在皂角树后，靠着树身，慌乱地用手帕扇起风来。这时，又听见老队长问那铁匠：

"家里都有谁？一家子都扎实吧？"

李大翠的手帕立即停止了晃动，她不由得揪紧了自己的衣襟，紧张地期待着铁匠的回话，而那"叮当叮当"的打铁声似乎没完没了地响着，大约有一袋烟的工夫，打铁声才停下来。大翠忍不住从树后向张铁匠瞥了一眼，看见他用火钳夹着一个暗红色的镰头，插到水盆里，"哧"地冒起一缕白色的烟雾，在烟雾笼罩下，张铁匠向老队长忧郁地一瞥，闷声说：

"俺是一个人吃饱，一家子不饥。"

李大翠心里猛地一跳。张铁匠那充满感伤的回答，却使她产生了朦胧的喜悦，她又偷偷地瞅了张铁匠一眼，便心慌意乱地向家里跑去了。

这是一个年轻寡妇的冷清的家。自从两年前的春天，她的新婚不到一年的丈夫死去以后，她暗暗地流过多少眼泪！丈夫死去时，少见的饥荒正像一个巨大的幽灵在人间游荡。对于世上新增添的年轻和不年轻的寡妇们，人们还顾不上表示关切和同情；而她们自己，在饥肠辘辘的时候也似乎来不及产生空闺之怨。这两年，随着解散食堂、包产到户、暂免公粮，而且得到了三年来的第一个好年景以后，大翠已经在夜深人静的时刻有所烦恼，而且听到沟那边传来的酸溜溜的山歌声了。

> 俺跟你家隔道沟哟，妹妹呀！
> 白天拆桥夜里修哟，妹妹呀！
> 哥哥有心翻墙过哟，妹妹呀！
> 就怕你家大黄狗哟，妹妹呀！

"才吃上一顿饱饭，撑的！"大翠在心里骂着。

她知道，这是沟对面那个外号"狗不理"的浪荡鬼儿唱给她听的。她"噗"地吹灭了灯。

第二天，当她在院墙上插着酸枣圪针时，西院的寡妇婶子踅过来说："大翠，新社会兴咱寡妇家'移动移动'，你年轻轻的，又没孩子拖累，趁早再走一家吧。"

大翠含泪说："那也得遇上个好主儿！"

眼下，这个好模样、好手艺儿，"一个人吃饱，一家子不饥"的铁匠哥，是不是月下老人特意给俺送来的"好主儿"呢？咦咦，不敢想，不敢想！大翠的心随着皂角树下的打铁声，"怦通怦通"地蹦跳着。她照照镜子，看见了一张刚刚从饥饿中恢复过来的透出红晕的瓜子儿脸，眼睛是明亮的，头发是乌黑的。从前，她赶集上会，招惹过多少轻薄男子的贪馋的目光呢？她用手抿抿乌黑油亮的头发，目光又停留在那双十指长长、柔韧而结实的手上。这是一双既能飞针走线，又能挥镰弄锄的巧手哩！要是包上指甲草，染出十个红指甲盖儿，戴上黄朗朗的铜顶针儿，那就不仅具有了劳动的价值，而且会显示出乡间女子手上的美学修养。这双手和这副瓜子儿形的脸庞，都使大翠增添了一个年轻寡妇的自信和勇气。她记得，在娘家时，人们说她是百里挑一的闺女；来婆家后，人们又说她是百里挑一的媳妇儿。铁匠哥，你是几百人里挑一个的人尖儿呢？

就在大翠产生了每一个漂亮而不幸的年轻寡妇都曾有过的隐秘念头以后，张铁匠发现，他那件挂在树杈上的对襟布衫儿不见了。但他没有声张，要是对人说出去，那不等于说青龙沟有贼，往人家脸上抹黑嘛！奇怪的是，这天晚上，他回到石窑里睡觉时，却发现那件对襟布衫儿洗得干干净净，叠得平平整整，放在床头上。他展开一看，肩上的两个破窟窿都已补上了补丁，针脚细细密密，分明是一双绝不亚于腊月的巧手缝的。张铁匠感激而且纳闷，这是哪位善心的大娘、大婶、大嫂子，怜惜俺这个光棍铁匠呢？亏得俺没有说出去，要不，冤枉了好乡亲，还叫人笑俺小气！

次日打铁时，他不时地往围观的人群里打量，希望能够在某一双眼睛里看出一点儿异样的目光，发现一点儿有可能使他采用对等而又略有超过的方式进行报答的线索。但这种观察毫无结果。他特意挂在树杈上的洗净的布衫儿，也似乎没有引起任何人的注意。这使他产生了欠了人情债而又不知道向谁归还的怅惘。

不多天后，他又在石窑里呆住了，床上又凭空增添了一个耀眼的红包裹。他惊诧地打开一看，有一件用家织土布做的白布衫儿、一双千层底儿圆口黑布鞋。不会是谁放错了地方吧？他把新布衫和旧布衫比了比，一般大小，显然是上次洗布衫时留下的尺寸；那双新鞋也像是比着他的脚做的。他又想，这是哪位善心的大娘、大婶、大嫂子……他的心"怦通"跳了一下，目光落在那块耀眼的红布上。红布是锁了边儿的，红布一角，绣着一对戏水的鸳鸯。这鲜艳的红色和戏水的鸳鸯，好像跟大娘、大婶、大嫂子毫不相干，倒是使他想起了火，想起了青春，想起了血液的沸腾，想起了新房里的大红"囍"字，想起了新娘子头上顶的"蒙头红"，想起了大娘、大婶、大嫂子脸上所没有的年轻女人脸上的红晕。他把新布衫和旧布衫的新补丁上的针脚作了对比性的分析、鉴定，可以看出是出自同一个女子的巧手。他感激而又警惕地把新衣、新鞋用红布包好，把这件不该接受而又无法退回的礼物塞到了床头席下。

神秘的礼物、神秘的人儿啊，把我们的张铁匠害得心神不宁了。跟他帮下手的小伙儿第一次发现，张铁匠打锄板没掌好火候，又重新回炉；另一个刚刚烧红的镰头却从火钳上滑到地下，白搭一火。幸好青龙沟的铁货快做完了，张铁匠决定尽快地悄悄离开，留下一个让那位神秘的女子来不及揭破的永久的秘密。他时而怪自己心狠，好像伤害了一个像腊月那样善良、姣好的女子；时而笑自己多疑，说不定那是一位七老八十的老奶奶，戴着老花眼镜做的，一边走针，一边掉泪，因为她想起她的没能活过来的孙儿，也是属虎的，跟俺同岁；要不，就是老奶奶看俺这没人照料的光棍儿铁匠太可怜，她啥也不图，就图个积德行善。而那块绣着鸳鸯戏水的红包袱皮，不过是老奶奶为俺求个吉利，愿俺成家立业，夫妻和美，那俺往后一定像她老人家那样，帮扶落难的好人，算俺对她老人家的报答。

这天黄昏，却发生了新的意外。那是在帮锤的小伙儿已经回家，皂角树下的人群都已离去的时候，一个瓜子儿脸形的年轻女子——不错，她是张铁匠不曾注意到的李大翠，怯生生地走过来，把身子隐到皂角树后，低头纳着鞋底儿，说："铁匠哥，俺做那布衫儿合身不合身？"

张铁匠心里一惊，呆住了。他仔细打量这个女子，发现她是剪发，鬓角上垂着乌黑的发绺，这是年轻媳妇的标志，才定了定神，感激地说："他嫂子，俺实在担当不起，却不知，那双鞋是咋个比着俺这脚做的？"

大翠羞怯地抬头瞅他一眼，又慌忙垂下眼睑，说："那你没问问你那脚，问它一天从俺门口过几回，给俺留下多少脚印儿？"

张铁匠心里一热："他嫂子，可俺该咋着谢你？"

"说啥谢不谢的！"大翠照旧低着头，纳着鞋底儿，说，"女子家当不了打铁匠，还不会做点儿针线活儿！"

张铁匠寻思说："他嫂子，你家叫没叫俺打铁货？"

"人多嘴杂，俺没得空儿找你。"

"那俺赶明儿给你家打一对镰刀、两个锄板儿，您两口一人一个。"

大翠凄伤地瞥他一眼："成双成对的物件儿俺不要，俺家只俺一口人儿。"

"啥？"张铁匠又一次呆住了。

"俺那个死鬼……"大翠眼圈红了，"在那山坡上挺着哩！"

"啊！……"

皂角树下出现了难耐的沉寂，只听见乱了节奏的纳鞋底声。

好久，大翠才鼓起勇气，柔声说："听说你也是单身儿，铁匠哥，俺是想问问……"说到这儿，纳鞋底的锥子戳到她手上，她用嘴吸吮着手指，正思忖着该怎样说下去，村子里却传来老队长的喊叫声："张师傅，该喝汤啦！"

"这就去，这就去！"张铁匠慌乱地向那女子望了一眼，那女子却倏地隐到树后不见了。

张铁匠吃过晚饭的时候，夜色已经笼罩了山野。他在想，这村不能再待了，明天一早就走吧。但他又感到刺心的歉疚，他还没来得及向一个善良、姣好的女子，回答一个不问自明的问题。俺跟她，不敢有再见一面的缘分。

张铁匠带着莫名的惆怅，向石窑走去了。而那棵老皂角树后，又倏地闪出一个人影儿。

"铁匠哥！"那女子小声叫着。

张铁匠站住了。面对着朦胧夜色里的一个苗条的身影，感激地站住了。

"大妹子！"他不知道自己为什么会用了这样一个称呼，"俺不敢瞒你，俺心里还有两口人，她娘儿俩逃荒来到这北山后，两年多没有音讯儿，俺还得去找这两口人。"

大翠抖颤了一下，呆呆地站着，捂住脸哽咽起来。

张铁匠忍不住靠近了大翠，扶住她的正在抖动的肩膀："大妹子，俺这个打铁匠，心肠不是铁打的，俺会记住你的情，记一辈子！"

"你走吧，打铁的师傅。"大翠已经改变了对张铁匠的称呼，并从他手下移开了肩膀，哽咽着说，"要是当真有菩萨，俺就一天烧炷香，求菩萨保佑你找到那苦命人！"她猛地转过身子，捂着脸，向村子里跑去了。

"大妹子！……"张铁匠小声喊叫着。

大翠没有停下脚步。夜色里，传来了她那渐渐远去的抽泣声。

次日，张铁匠离开了青龙沟。走了不远，他又回过头，用目光在欢送他的人群中寻找，终于在那棵绿荫如盖的老皂角树下，望见了一个呆立着的蓝色身影，泪水立时模糊了他的眼睛。

"你这个不知情义的人啊！"他在责骂自己，"你还没问问人家的名姓，还久着人家一份人情，就这样扭头走啦？"

带着一个红布裹里的不可排遣的忧愁，带着一个不可弥补的歉疚，也带着腊月与一个薄命女子合二为一的幻影，张铁匠迈着沉重的脚步，向山沟里走去了。

十　山神庙里的新婚

走一程，又一程；过一村，又一村。张铁匠的扁担上已经刻下了九十八道印痕。那是他寻找了九十八个村庄的记录，记录着顽强的寻找和这寻找的不幸。

一年过去了。公元一九六三年的第一场冬雪，已经覆盖了苍茫的山野。如同一座即将熄灭的炉火，张铁匠怀着残存的希望的火光，向一个名叫刘棚搁——如同搁在云端里的小小的山村走去。

在十八盘羊肠小道的第十七盘上，张铁匠的头顶传来"哗啦哗啦"的响声，落下了纷纷扬扬的雪片。他寻声望去，只见一个六七岁的男孩儿，爬在积雪的崖头上，在酸枣刺丛里钻来钻去，伸出冻得通红的小手，采摘秋天已经成熟而被遗忘在枝头的暗红色的酸枣。男孩儿的棉袄被酸枣刺挂破了，露出了开花的棉絮，但他还在奋力向崖顶爬着，每采摘一棵酸枣，就随即搁在嘴里，贪馋地咀嚼着，甚至把枣核也"咯嘣嘣"地嚼碎，咽到肚子里。当男孩儿抓住一根树枝，把身子远远地探出去，正要攀摘空悬在崖头的另一株酸枣时，张铁匠忍不住"嘿"了一声，男孩儿立即缩回了身子。

"下来，孩子！"张铁匠喊叫着。

"你少管闲事！"男孩儿抗议说。

"下来吧，"张铁匠说，"我给你东西吃。"

男孩儿疑惑地审视着张铁匠，望见他放下挑子，从箩筐里掂出来一小捆用麻绳扎着的油条——那是前一个山村的乡亲送他上路的礼物。这捆油条对男孩儿产生了极大的诱惑，他将信将疑地抓住崖上的树枝，小心翼翼地挪动脚步，坐到一个积雪的斜坡上端，"哧溜"滑了下来。

张铁匠望着这个头发蓬松、面黄肌瘦的孩子，心底里产生了不可名状的怜悯，忙把油条塞到男孩儿手里，拍拍他浓密的刺猬般的头发。"吃吧，孩子，不吃完不叫你走。"

男孩儿用亮闪闪的目光向张铁匠瞅了一眼，便低下脑袋大嚼大咽起来。男孩儿的目光，使张铁匠心里一震。这眼神是多么熟悉啊，这眼睛也分明是那双时常在他脑海里闪烁的腊月的杏眼。他紧张地审视男孩的前额，在弯弯的右眉上方找到了一颗淡淡的朱砂痣。啊，是拴娃，我的拴娃！但他抑止了巨大的兴奋和冲动，一声不响地看拴娃吃着，像一只饿坏了的小狗娃那样，左右摇晃着小脑袋，用牙齿扯着拽着因天寒而变得坚硬的油条，直到他啃啮的动作缓慢下来，嗓子里冒出了打嗝的声音，张铁匠才温存地叫了声："拴娃！"

男孩儿立即停止了啃啮，惊疑地眨动着眼睛："你咋知道我是拴娃？"

"孩子，我是你爹！"张铁匠的泪水夺眶而出，他伸出双手，想把拴娃搂在怀里，拴娃却惊慌地倒退着，"不，你不是！"

张铁匠心里刺疼了一下，像唯恐把拴娃吓跑似的，缓缓地、一步步地向拴娃靠近："拴娃，看看我，好好看看，想想那年，你骑在我脖子上，去饮马桥赶会，我给你买了个小拨浪鼓，你摇着拨浪鼓，伸胳膊动腿儿的，惹得赶会的人都朝着咱笑，你想起来啦？想起来啦？"

拴娃茫然地摇着脑袋，像唯恐被抓住似的步步后退着。

张铁匠继续一步步地靠近，热烈而温存地启发着拴娃的回忆："拴娃，你再想想，那年秋天，我拱到豆棵里，给你逮了一个小蛐子，我用秫秆扎了个蛐子笼，把蛐子装到笼子里，挂在咱家那棵石榴树上，我抱着你，喂它青辣椒吃，叫你向它吹气儿，那个小蛐子儿，就鼓起绿色的小鞍子儿，给你拉锯，'吱吱，吱吱'，你想起来啦？想起来啦？"

拴娃照旧茫然地眨着眼睛，不住地倒退着。当张铁匠再次向他伸出双手的时候，拴娃突然惊恐地叫着："俺有爹，你不是！"像一只受惊的兔子，拔腿向山顶跑去了。

"拴娃，你等等！"张铁匠大声喊叫着。

拴娃远远地站住了。

"拴娃，你娘在不在啊？"

拴娃迟疑了一下，没有回答，又惊慌地拔腿跑了。

张铁匠沉重地坐在担子上，被兴奋激励着，又被失望压迫着。既然拴娃又有了一个爹，那么，腊月——如果她还活着，准是又有一个男人了。他突然感到疲惫而忧伤，然而这一切都没能熄灭在他心胸中重新燃起的希望的火焰，他挑起担子，向山顶走去了。

山尖上的刘棚搁，是一个只有五户人家的小村。张铁匠站在村头那座已经没有泥胎的山神庙门前，望着拴娃留在雪地上的脚印寻思，是不是要踩着这行脚印走去呢？这脚印将会通向一户啥样的人家呢？腊月和那位男主人将会怎样接待这个冒失的客人呢？这时，山神庙后传来了水桶放进水潭里的'扑通'声。他决定向这位打水人打听一下腊月的近情。

当他把担子放到庙门前，向庙后走去的时候，一个穿着红色粗布棉袄的身个儿苗条的村妇，正提着水桶，微侧着身子，低垂着挽了一个乌黑发纂的脑袋，踏着积雪的台阶，一步步地走上来。这村妇微微摇动腰肢，不时把耷拉在额前的发绺甩到脑后的动作，使他感到亲切；而深山窝里年轻媳妇的古朴而鲜艳的红袄绿裤，把乌发挽成纂子的发式，又使他感到陌生。他正在踌躇，那村妇已经登上台阶，踏着村头的雪路，就要向村子里走去了。

"大嫂！"他喊叫着。

那村妇停下脚步，微侧着身子，像山里的年轻女人那样，把耳朵朝向他，拘谨地等待着他的问话。

张铁匠走上前去，在她背后几步远的地方站住了。

"大嫂，俺打听一个人。"

村妇转过脸庞，朝张铁匠瞥了一眼，惊骇地"啊"了一声，水桶"嗵"地掉在台阶上，"扑通扑通"翻滚着，又"嗵"地掉进水潭里。

"你……你是……"女人惊骇地问着。

"我是银锁，腊月！"张铁匠望着这个额角上有一个月牙儿形伤疤的女人，"我找你，磨破了铁鞋，腊月！"

腊月惊慌地向村子里瞥了一眼，急忙推了张铁匠一下，闪身进了山神庙。她站在张铁匠对面，上下打量着张铁匠，突然扑到他的怀里，涌出了止不住的眼泪："银锁，这不是做梦吧？"

张铁匠紧紧抱着这个曾经是他的妻子的女人："不是梦，腊月，我找你们娘儿俩，找了九十九个村子！"

但是，腊月像是被火烧了一下，倏地离开了银锁的怀抱，垂下眼睑，悲伤地说："银锁，别怪俺，俺又有了人……"

"可你……"银锁的预感终于得到了证实，他绝望而又气恼地说，"你在屋里留话，说你，跟咱拴娃，等俺。"

"我等你，银锁，等了两年。"腊月扶着庙墙，背对着银锁，哭了起来，"可俺哥说，没有你了，说你在劳改队逃跑，叫人家用枪，打死了，他叫我死了等你的心，他，真歹毒！……"

炽烈的怒火又在张铁匠心胸里升腾，但他咬住牙，听下去。

"他叫俺再走一家……就是那个姓夏的……"

"是他？"

"俺死活不从，俺一心……把咱拴娃拉扯大，也不枉咱夫妻一场……"

说到这里，腊月已泣不成声。

张铁匠再次抱住腊月，毫不吝啬一个男子汉的眼泪："腊月，腊月！"他仰天叫着。

腊月再次轻轻地，然而是固执地推开了银锁："你听俺说，银锁哥。食堂断炊后，俺领着咱拴娃，逃到这村，倒在这山神庙里。我跟咱拴娃都死了过去，拴娃嘴里……还噙着一把……路边草。"腊月凄伤地哭了，好久，又哽咽着说："多亏俺遇见了好人，真的，银锁哥，他是个好人。是他，把俺娘儿俩救活。他孤身一人，银锁哥，他把粮饭，给了俺娘儿俩，他吃橡子面儿！"腊月又用手俺着脸，小声哭了。

天色暗了下来。暴烈的山风在山谷里嘶啸着、冲闯着，不时传来积雪的树枝被山风吹折的"嘎嘎"声，伴和着一个伤心女子的悲泣。

张铁匠呆坐在神台上，男子汉的妒忌使他把牙巴骨咬得"咯嘣嘣"响。但是，他能够责备腊月吗？腊月又有什么过错啊？他应当安慰腊月吗？又有什么言语可以减轻腊月的悲伤？当他顶风冒雪、翻山越岭，找遍九十八个村庄的时候，他不曾感到疲惫和痛楚，因为有两颗星星在他头顶照耀，那是他的憧憬，他的希望，他的有血有泪的追求。他终于在第九十九个山村里找到了他的星星，而星星已经不在他的头顶闪光，他的憧憬已经幻灭，他的追求已经丧失。他用刀子在扁担上刻下第九十九道最长最深的印痕，如同在心底划出了一道永远医治不好的带血的创伤。山风从山神庙的没有窗纸的窗棂里"呼呼"地扑了进来，在庙里打着回旋，好像在嘲笑这个不幸的人：嗬嗬，张铁匠，你该怎么办啊？

山风也从村子里送来一个男人的浑厚的呼喊："拴娃他娘！"接着是一阵"吭吭"的咳嗽声。

腊月急忙用袄袖拭去了脸上的泪水，恳求地望着银锁："银锁哥，你可不能走啊！"她慌忙走出庙门，急急跑下通向水潭的台阶，捞起水桶，打满了水，又急急登上台阶。

"拴娃他娘！"那男人又在忧心地喊叫。

"俺在这儿哩！"腊月慌乱地掩饰，"水桶掉水潭里了，好不容易才把它捞上来。"

这时，山神庙里有火光一闪。

"那是谁？"汉子问着。

"是我。"张铁匠站在山神庙的窗棂跟前，"叭叭"地敲着旱烟锅，沉声回答，"一个打铁的，大哥。"

"打铁的？"那汉子高兴地说，"俺这儿啥都不缺，就缺铁匠师傅，钢一把镢头，也得跑四十里山路。拴娃他娘，"他向惊恐地站在路旁的腊月吩咐着，"快把小西屋拾掇拾掇，请铁匠师傅住下。"

"不用啦。"张铁匠说，"我看这座小庙就像给我盖的，支铁匠炉正合适。这神台，睡着清静，有小鬼儿把门。"

那汉子嘿嘿笑着，又"吭吭"地咳嗽着："倒也是！拴娃他娘，你得拿把扫帚来，把这神仙住的地方打扫打扫，糊上窗户纸，把马灯掂来。我说铁匠师傅，还没喝汤吧？咱家现成！"

"谢谢！"张铁匠说，"我这儿还有山下老乡亲送给俺的油条，有口热水儿就行。"

"油条？"那汉子愣了一下，"油条可是好东西。"他又愣了一下，随和地问道，"请问，师傅您尊姓大名？"

腊月一惊，把心缩紧了，因为他对这个男人说过她那个已经"死"了的男人的名字。

张铁匠深深地抽了一口旱烟，又缓缓地把一缕青烟吐出来，终于开口说：

"不敢，敝姓南，小名受，南受！"

腊月从心底嘘出一口气来，那汉子也嘘出一口气来："南师傅，你这名起得怪，可也是，人生在世，就是一个'受'字，咱们都是掏劲出力的'受家'。"他又"吭吭"地咳嗽着，自我介绍说："敝姓刘，小名忍，刘忍。对不起，南师傅，我有点小病，怯寒！今儿少陪，咱明儿见。俺这村不大，可有你做不完的活！"

名叫刘忍的汉子跟腊月向村里走去了。远远地，又传来他"吭吭"的咳嗽声和说话声："得给南师傅抱一捆柴火，大冷天的，出门人老不容易！"

一个陌生汉子对腊月说话时的那种"当家人"的口气，以及腊月对这个"当家人"的沉默的顺从，都使得张铁匠心里燃烧着火一样的妒意。但他也暗自承认，他还没有看清面目的陌生人，确实是一个善良、厚道的庄稼汉。他感到，他进行了一次多余的寻找，变成了一个多余的丈夫，扰乱了一个家庭的安宁。银锁啊，你该悄悄地离去吗？

腊月推着小车来了。车头上摇曳着一盏明亮的马灯，车子上堆着像小山一样的物品。如同一个能干的农家主妇在安排她的新家那样，腊月很快便把一个冷落的庙堂打扫得干干净净。她把马灯和暖水瓶放在香案上，雪白的窗纸糊在窗棂上，一个草苫子挂在庙门上成了门帘子，另一个草苫子铺在神台上做了草褥子。她在草褥子上打开了银锁的铺盖卷儿，坐在地铺上环视了一下焕然一新的小庙，终于喘了口气，小声问："银锁，你碰见咱拴娃啦？"

"碰见啦，可他，又有了一个爹！"张铁匠头也不抬地说，"咋的？拴娃对你男人说啦？你怕你男人难受？怪我不该来这儿找你？"

"银锁，你就别再剜我的心啦！"腊月伤心地叫着，"他是个好人，真的！他没起疑心，他对拴娃说，你认他当儿子，是你心里疼他。"她说着，又趴在银锁的地铺上哭了起来。当他从铺盖上闻到六年前那个小铁匠身上的遥远而亲切的气息时，就哭得更伤心了。

是嫉妒？是悲伤？是炽烈灼人的情爱？还是积蓄已久的深沉的相思？张铁匠浑身的血液沸腾起来。他迈着沉重的脚步走向腊月，用痛苦而灼热的目光望着腊月，突然伏下身去，把腊月紧紧地抱在怀里。腊月没有抗拒，她伸出手臂，用哆哆嗦嗦的手指，捻暗了香台上的马灯。两团炽烈的野火不可遏止地燃烧在一起了。这是一个奇特的新房里的荒谬的新婚。暴烈的山风如同一个老而无用的法官，用他的黑色的法袍扑打着山神庙门。

如同一个做了错事的妞儿，腊月紧张而羞怯地脱离了银锁的怀抱。当她想起刚才仿佛听见庙门外有"沙沙"的脚步声时，就变得更加紧张而慌乱了。

"俺得回去了，银锁。"她用手指理顺了蓬乱的头发，捻亮了马灯，灯光映照着她那绯红的脸。

"跟我走吧，腊月，带上小拴娃。"银锁温存地要求着。

"可他是个好人！"腊月一提起这个好人，眼眶里就充盈着泪水，"你就叫俺想想，咋着对他开口。人，不是物件儿，不能扔下就走！"

门外传来"沙沙"的脚步声。

"他来啦，银锁！"腊月惊慌地说。

草苫子门帘被掀开了，那个名叫刘忍的男人扯着拴娃走了进来。在灯光的照耀下，张铁匠终于看清了，这是一个中等个儿的瘦弱汉子，大约四十五六岁，黄巴巴的脸上，有一双和善而忧郁的大眼睛。

这汉子慈祥地拍拍拴娃的小脑袋，又指指张铁匠说："拴娃，那是你的亲爹，快过去叫爹，叫呀！"

张铁匠和腊月都呆住了。

拴娃好像事先受过训练似的，开始向张铁匠挪动脚步。他看见他的亲爹已经张开手臂期待着他，突然奔过去，紧紧地贴在张铁匠的怀里。张铁匠亲着拴娃的脸蛋，又把拴娃高高举起，问着："拴娃，想我吗？"

"想！"

"咋想？"

这是一个难题，拴娃眨巴着眼睛，没能答上来。

"想叫你爹带你去赶集，对不对？"那个"爹"在一旁提醒拴娃。

"再给我逮个小蛐子儿！"拴娃大声说。

"对！"张铁匠又亲拴娃一下，"喂它青辣椒吃！"

拴娃又大声说："叫它给我拉锯！"

"中中！"张铁匠举着拴娃转了一个圈儿，又把拴娃放地下，说，"我还得给你一个八磅锤！"

"啥？"拴娃问。

"生铁锤。"张铁匠郑重地说，"叫你跟我学打铁。"

拴娃毫不含糊地说："中！"

不知是由于喜悦还是辛酸，腊月的眼眶里再次盈满了泪水。当她看到刘忍也在暗暗拭泪的时候，就忍住自己的眼泪，说："坐呀，刘哥！"

"都坐，都坐！"刘忍说。

大家分别在风箱上、地铺上和倒扣着的箩筐上坐下了。拴娃又回到了那个"爹"的身边。山神庙里出现了难耐的寂静。

"我都知道了，张师傅。"刘忍不动声色地说，"你们本是热热和和一家子，怪我过去不知真情！"

"俺没敢瞒你！"腊月悲伤地说，"怪俺娘家哥报了谎信儿，说没有他啦，可他活着，为俺娘儿俩，受尽磨难……多谢你救了俺，老刘哥！"

刘忍止不住打着哆嗦，而他的神态还是那样庄重而镇静："谢俺啥？咱这老山窝里，就比山底下多两把柿糠，叫你跟拴娃受了两年委屈。我说张师傅，你就把你这亲骨肉领回去，我打光棍打惯了，再拆散你们亲骨肉，罪过！"

张铁匠一把抓住刘忍的手："刘哥，你替我养活了俺这两口人，我一辈子不忘你刘哥的恩情！"

刘忍不安地摇着脑袋："你这话会叫我难受一辈子！养活？谁养活谁？是张嫂她娘儿俩，叫我这两年才过得像个人样。"他用手指抹去了从眼角冒出的一滴眼泪，又从怀里掏出一瓶酒，打开瓶塞，把酒倒在香案上的两个粗瓷大碗里，捧起一碗，递给张铁匠，说："张师傅，祝你阖家团圆，喝了这碗！"

两个忽然变成了亲人的人，捧酒对视，一饮而尽。这是山里人爱喝的柿子酒，有一种苦涩的甜味。

刘忍把碗放在香案上，脸朝门外说："好，你们两口子好好叙叙家常。"他又慈祥地拍拍拴娃的脑袋，"拴娃，你留下，好好亲亲你爹。"说着，掀开草苫子门帘，头也不回地朝夜幕中走去了。

张铁匠在刘棚搁待了三天。一位老汉给他当下手，小拴娃帮他拉风箱，给刘棚搁每户乡亲奉送了两把镢头、两张锄板，修理了所有要修的铁货。刘忍时常用赞美的目光，从远处打量着张铁匠。他感到，突然闯进他的生活、给他带来了不可弥补的痛苦的这个人，跟腊月确实是一对年貌相当、脾性相投的好夫妻。

张铁匠一家离开刘棚搁以前，腊月给她的刘哥拆洗了被褥，补好了他棉袄、棉裤上的破洞，还按照张铁匠的嘱咐，把他打铁挣来的三百元工钱，悄悄塞到刘哥的枕头底下。刘哥也亲自用柿子和面，以一个光棍汉在炊事学上的最高技艺，为张铁匠一家烙了一口袋柿面煎饼。张铁匠一家离村时，他却没到村口送行，因为这个名叫"忍"的汉子也怕忍不住突然降临的悲痛。

那是一个阳光明媚的清早，张铁匠一家"吱吱"地踏着积雪，向山下走去了，满怀着希望，也满怀着酸辛。而等待着他们的，却是另一个噩梦。

十一　破镜没有重圆

窗纸上已经映着微明的曙光，张铁匠还没有从一个噩梦中醒来。

十七年前，当他跟腊月娘儿俩走出积雪的山口，他曾取出一个鲜艳的红包裹，给腊月讲了一个年轻寡妇对他、对腊月娘儿俩的满含泪水的祝福。善良的腊月又为那个没见过面的姐妹哭红了眼睛。张铁匠跟腊月相约，让腊月先把拴娃带回娘家，等他翻修好那三间漏雨的瓦房，铲除掉院子里的杂草，就跟腊月去公社登记复婚。他发誓要像新婚时的小铁匠那样，心疼他的失而复得的妻子，心疼一对小夫妻在露水河畔的炽烈情爱中产生的儿子。好像这不仅是为了他们自己，也是为了那个把她的深沉的感情也注入腊月心中的善心的女子，为了北山后刘棚搁那个忠厚朴实的刘哥，为了那个心疼庄稼人的公社书记，为了所有活在世上的使他张银锁们、王腊月们、小拴娃们都能得到幸福和爱情的高尚的人们！

当张铁匠回到张庄的时候，一个以腊月的娘家哥王木庆为组长的"刹单干风"工作组已经进村。尽管张铁匠回村以后的第一件事，就是按照出去一天交一元五角钱、买一个劳动日的章程，向生产队会计交足了钱，但是，一个"劳改释放犯"——是的，正如摘了帽子的"右派"仍叫"摘帽右派"那样，已经由于"大搞副业单干、大刮资本主义黑风"的新罪行，而成为工作组的批斗对象了。

张铁匠又一次站在生活的十字路口，但他已经失去了选择的自由。这是咋回事啊？曾经荒芜的田野刚刚披上新绿，灾难的魔影刚刚从头顶离去，饥饿的人们刚刚吃上饱饭，失散的家人正在阳光下团聚，为什么又批判、斗争起来，自己折磨自己呢？张铁匠想起了牛书记，他想找牛书记问问，这叫人吃饱肚子，还叫人找到老婆孩子的政策错在哪里呢？但他听说，牛书记已经带着同样的烦恼，去党校学习农村社会主义教育运动文件去了，副书记夏谋暂时执掌着公社的帅印。尽管张铁匠每逢想起夏谋的鼻梁骨，都要感到深沉的歉疚；尽管他对他的劳改犯的生涯，从来没有怨尤；但在眼下，他又产生了新的迷惘和新的愤懑。

此时的张铁匠已经懂得把愤懑压在心底，懂得当他的拳头发痒的时候，宁肯去捏碎一块砖头。就是在工作组把他存在信用社和塞在箱子里的血汗钱全数没收的时候，他也没有皱一皱眉头，甚至若无其事地去找大队秘书，让秘书给他写申请复婚的证明信去了。

在夜幕的掩护下，刚刚被提为公社管委会委员的王木庆，走进了"劳改释放犯"张银锁的小院。

"你听着！"王木庆以训话的姿态和口吻，说道，"只要我活着，只要我还捧着公家的饭碗，你就休想跟腊月复婚！"

"为啥？"

"因为我那履历表上，那'社会关系'栏里，不能填上一个'杀、关、管'的亲属！"

张铁匠大步跨出屋门："我说孩儿他舅，我跟腊月可是两相情愿！"

王木庆倒退两步："只要我这厢不情愿，你就领不了复婚证，你就死了这条心！"他窜出大门，又转回身来宣布："从今天起，给你戴上'没有改造好的坏分子'的帽子。"

当天夜里，张铁匠急急跑到饮马桥去跟腊月会面。而满仓的嫁到饮马桥的妹子香兰嫂告诉他，腊月跟拴娃都被王木庆接到公社后院住了。一个"坏分子"进不了公社的大门。

不久，饮马桥公社传扬着一个特大新闻：王腊月已经成为夏谋的尊夫人，夏谋中年丧妻，腊月离婚待嫁，真是天作之合！

如同一声霹雳落在头顶，张铁匠被这突如其来的消息击倒了。当满仓哥向他报告这个消息时，他正在半山腰上整修地堰，一块卧牛石当即从他背上滑下来，"轰隆隆"滚下了山沟。他眼前一黑，一头栽倒在地堰旁边。

当他醒过来时，乡亲们纷纷劝说：

"认了吧，银锁，这是命！"

"认啦，认啦！"

银锁声音发直，两眼发呆。

夜里，两眼发呆的张铁匠，绕着公社大院的围墙转着圈子。香兰嫂慌忙拉住他，说："赶紧走吧，别再惹祸！"

此后，又从饮马桥传来消息说，腊月哭了三天三夜，终于从了夏谋。对此，地头评论家发表了种种高见：有的说，女人家心肠软，经不住男人的甜言蜜语，只要有一回床笫之欢，哪怕当初不情愿呢，铁石心肠也便化为水了；有的说，非也！如今啥事儿都叫政治挂着帅哩，你去问问女人们，"社长夫人"和"坏分子家属"这两顶帽子，她们愿戴哪一顶呢？接着又传来消息说，腊月穿着花格子线呢外套，裹着玫瑰红的头巾，坐在拖拉机的驾驶楼里，服服帖帖地跟着新郎官儿，去新郎官儿西山老家当娘娘去了。张铁匠不信腊月变心，而关于腊月的每一个报道和评论又在他心中引起了剧烈的战栗。最后，香兰嫂给他捎来了腊月的确凿无疑的口信儿："忘了俺，把青龙沟的好妹子接回来吧！"

神情麻木的张铁匠没有再去青龙沟。他一拳打碎了小风箱，又把祖传五代的铁砧子，"嗵"地扔到了红薯窖里。后来，他时常在夜阑人静时出现在山野上，像夜游神似的四处闯荡着，如同在寻找一件无法找到的东西。

一天大清早，乡亲们在山坡上发现了他。他正歪倒在一个树坑里呼呼鼾睡，身边扔着一个酒瓶。一只吃了他的呕吐物的野狗，也醉倒在他的身边。在他的鼻子上，叮着一只快活的绿头苍蝇。

评论家又发表评论说：

"这是张铁匠吗？不像不像！"

"可不就是他，可他，不是他啦！"

令人不解的是，树坑里还有一堆仍在冒着青烟的灰烬，灰烬里有着鲜艳的红布的碎块，像火一样刺激着人们的眼睛。

十二　影壁墙上画门神

"吱呀"的开门声，"咕噜噜——嗵"的放辘轳声，谁家半导体收音机里传来的花腔女高音——如同张庄评论家所说的，像是被谁胳肢了一下的"咯儿咯儿咯儿"的唱歌声，使得张铁匠从一场噩梦中醒来了。

雄鸡们正用高亢和雄浑的、悠扬和暗哑的报晓声，从每个农家院里参加到这个热闹的合唱中来，宣告着总是具有某些新鲜内容的一天的开始。

只有张家小院里是寂寞的。

张铁匠蒙眬中想起了儿子。是的，儿子回来了，他已经不是骑在他脖子上去饮马桥赶集的小拴娃，不是那个爬在山崖上采摘酸枣的小拴娃，不是那个被他娘带到夏副书记老家的可怜的"带犊儿"小拴娃，而是忽然出现在爹的面前的五尺五寸高的高中毕业生张铁拴了。他撇下他的娘，来当爹的儿子，可他那孤苦无依的娘，还值得接回来吗？

大门"吱"地响了。不知是什么时候已经起床的铁拴，担着水桶，一闪一闪地走进门来，把水倒在灶火棚跟前的小水缸里。他把钩担挂在墙上，把水缸盖儿盖上，把水桶口朝下扣在水缸旁，又慌忙钻进灶火棚，把玉米糁搅到锅里，用勺子搅了两圈儿，盖上了锅盖儿。

透过窗棂上的一小块玻璃，张铁匠暗自观察着这一连串日常生活中可以看到一千次以上的平凡无奇的动作，心里却涌动着一股暖流。他感到这个小伙儿已经毫无疑义地成了他的儿子，而且是一个懂得体贴长辈的、手脚麻利的儿子，只是搅玉米糁的动作有些笨拙，甚至叫开水烫住了指头。他把指头放在嘴里吸吮着，像一个稚气未脱的孩子似的摔了勺子，好像在说，这活儿本来应该是俺娘干的！

张铁匠走进了那座靠院墙搭起来的铁匠棚里，发现那里已经生起了炉火，清扫了地面，那个道光元年的铁砧子——在红薯窖里扔了十六年而又刚刚用了一次的铁砧子，也被砂纸打磨得锃亮，恢复了固有的尊严和光辉。

"我说银锁，合同书上按好指印啦？"王满仓问着，从院墙上探头打量着整顿一新的铁匠棚，又兴冲冲地踅过来，说，"有了铁拴这个帮锤的，你这'铁匠专业户'择吉开张，叮叮当当，老张铁匠在地底下听见，也会笑眯眯地翻个身儿，咕蠕咕蠕！"他又一伸手说，"合同拿来！"

"还没按指印儿。"张铁匠不无歉疚地说，"满仓哥，你也不是没有耳闻，不少人说这政策兴不了几年，要是运动一来，又说这是副业单干，咱俩的指印儿就是抹不掉的证见！"

满仓指着自己的鼻子问道："银锁，你连我这个老哥也信不过？"

"不是信不过！"张铁匠递给他一个忧戚的眼神，"就怕到时候你管不住政策，倒叫政策把你管着！"

铁拴从灶火棚里走出来，说："爹，没有不变的政策，俺学那辩证法儿就是叫变哩！可只要变到群众心窝里，只要不把黑的变成白的，香的变成臭的，就叫它变去！"他又扑闪着明亮的眼睛，总结说，"啥叫政策？政策就该是咱群众的'心里想'，为的是提提咱群众的心劲儿，也叫咱这铁匠炉里的火苗苗往上蹿蹿！不管别人咋说，我就不怕那邪的歪的！"这位高中生发表了使爹爹大为叹服的宏论，又从兜里掏出一个小本儿，念了一长串本村社员的姓名，说："刚才在井台上，就有十八户社员向咱定制铁货，其中，镰刀三十五把，锄板二十三张；还有喂牲口户，要咱做那啥'虎头牌'、牛铃铛；还有人问咱给不给骡马打铁掌。"铁拴瞅爹一眼，用指头捣着小本儿说："看看，这就是群众'心里想'，辩证法儿再变，也得根据我这唯物论！"最后，又以张铁匠的全权代理人的姿态，说道："爹，这指印儿我替你按上，要是以后挨批，就叫他找我张铁拴！"

王满仓十分钦佩铁拴理论之精辟和调查之深入。他愕然地，也是赞美地瞅瞅铁拴，又惬意地瞟了张铁匠一眼，说："我就佩服铁拴这'政策脑瓜儿'，喜欢他这老一辈人比不上的'嘎嘣脆'！"他又用嘲讽的眼神望着张铁匠，问道："咋样？就叫铁拴当当你的外交部长，往那合同书上按一下吧？"

"容我再想想。"张铁匠也用赞赏的目光望着儿子，但他想起了腊月，又露出阴郁的眼神，自语说："容我想个两全之策。"

王满仓不解地与铁拴对视了一眼，叹口气说："中，我再等你一天！"

这天上午，张家小院里响起了清脆、急骤的打铁声。当爹的十分赞赏儿子的臂力和机灵劲儿。他不时地用铁钳在铁砧子上翻动着火红的毛坯，用小锤的击打，指示着大锤的方向。那大锤如同长了眼睛似的，锤锤落在小锤指示的地方。父与子产生了劳动的默契，那是感情的交流，是两颗心在同一节奏中的和谐的鸣响。

"谁给你讲过打铁的诀窍？"当爹的问。

儿子瓮声说："俺娘！"

在响亮的打铁声中，张庄社员传扬着："飞镰张"家好福气，他那离了婚的媳妇，给他送来一个会打铁的秀才，他在他家那影壁墙上写了字儿……

"啥字儿？"

"'政策字儿'，意思深着哩！"

"走，咱去见识见识。"

一群青年男女悄悄拥到张家门前，只见那洁白的影壁墙上，写着几行端正的红字：

采用包括"定工定值、超值归己"在内的各种有效形式，充分调动农村"五匠"的生产积极性，恢复和发展群众喜爱的传统名牌产品，对于促进农业生产的发展和农民生活的改善，具有不可忽视的重要意义。

——摘自省委〔1981〕5号文件

"咦咦！"青年人赞叹着，"到春节，咱村不愁没人写对子！"

有人评论说："这是'政策字儿'，好比那扛大刀的门神，提防着小鬼儿。你铁匠叔打着铁，心里也踏实。"有人感叹说："早有这'政策字儿'，往这影壁墙上一写，张铁匠也不会妻离子散！"

大家说着，拥到了铁匠棚前，闺女们都偷眼望着那个新来的、光着脊梁抡大锤的小伙儿，如同当年初级社联办的水库工地上，闺女们偷眼打量那个快乐的小铁匠一样。而眼前，当年那个小铁匠的额头上已经出现了两道深深的皱纹，眼睛里再也看不到活泼、明亮的目光了。眼下还没有皱纹的小铁匠，也没有露出欢乐的神采，只有无声的热汗伴随着锤声的叮当。

人群里，快嘴闺女王彩香开始发表评论：

"我看这铁匠棚里还少一样！"

"少啥？"

"少个拉风箱的。"

"算你有眼！"满仓嫂从墙头上伸过脑袋，"他银锁叔，你这'专业户'啥都有了，就少个知冷知热、烧火做饭、缝缝补补的内当家。一天三顿饭，就够你爷儿俩忙活！我说银锁，把铁拴他娘接回来吧，咱张庄有现成的响器班，叫俺家老二给你当当'炮手'！"

她家老二当即从人群里站出来，一挺胸脯说："能行！"

年轻人都"轰"地笑了。

铁拴暗暗瞅爹一眼。爹却撂下火钳，朝年轻人挥着手说："去，去，都干正经活儿去！"

十三　儿子的辩护词

年轻人离开了张家小院，却给张家小院留下了忧郁和烦闷。快嘴彩香的评论和满仓婶的提议，增添了铁拴的烦恼，而爹的扔下火钳、赶走年轻人的态度，又增添了他的愤懑。

"爹！"铁拴终于发作了，"你到底为啥不愿把俺娘接回来，我一百个想不通！"

张铁匠用火钳夹着镰头蘸火，头也不抬地说："孩子家，少管长辈儿的事！"

铁拴丢开风箱把手，猛地站起来，说："爹，你跟俺娘的事，我就得管。我在咱家也有发言权！如今政府给你平了冤，给咱家铁砧子平了冤，我也得管管俺娘的冤案。爹就是省长，也得见见我这个'上访人员'，听我说说俺娘的苦情。爹，你听着！……"铁拴说着，一滴眼泪掉下来。

张铁匠骇然地望着儿子，听着他那不合常规而又合情合理、不合儿子的身份却又使他挑不出毛病的道理，忍不住扔过去一条毛巾。

铁拴用毛巾拭去眼泪，气恼而又伤心地说："难道俺娘当真是那负心人，难道俺那不要脸的大舅当真能支使俺娘的心，难道俺娘当真怕跟着你受苦受罪受连累？俺娘一天也没忘记你！……"

拴娃清楚地记得，那年在公社后院里，当她娘听他大舅说那个"劳改释放犯"又被扣上"坏分子"的帽子时，他的娘把唾沫啐到他舅的脸上，她用手撕他，用头撞他，叫他把"坏分子家属"的帽子给她戴上，放她跟拴娃回张庄去。而那位大舅却表现了"骂不还口，打不还手"的宽宏大度，从兜里掏出一卷道林纸，把纸展开，说："妹子，你给咱夏社长有缘，他从你当闺女的时候就想着你，这是你跟夏社长的结婚证，法律要管教坏人，也要保护好人的婚姻。"

腊月疯了似的冲上去，要夺那张盖着朱红大印的结婚证，她要扯碎它，摔到那尊兄长辈一本正经的脸上，吓得她哥把结婚证高高举过头顶，踮起脚尖，蹦着跳着，逃出了屋门。当门上"当啷"一声落了锁的时候，腊月已经晕倒在地上。

然而，这就是腊月的新房。

新婚之夜，新房里传出了新娘的叫骂声、新郎的呵斥声、新娘和新郎的扭打声，然后，一切归于沉寂。死一样的沉寂，掩盖着疯狂和罪孽的沉寂啊！

次日，新郎官儿走出新房的时候，颇有得意之色。但在他那曾经被张铁匠一拳打歪的鼻子和多肉的脸颊上，增添了几道带血的伤痕。他笑着向人们解释，那是一只小猫的爪子抓的！

"妹子，你听我说！"娘家哥提醒哭肿了眼睛的腊月，"你要是不给夏社长好日子过，张银锁也不会有好日子过，你好好掂量掂量！"

此后，腊月和她的"带犊儿"小拴娃，就被一台轮胎式拖拉机送回新郎官儿在县西山区的老家去了。他们的婚姻已经受到法律和习俗的保护。娘家哥王木庆履历表的"社会关系"栏里，已经用相当于报纸上一号字的字体写着：妹夫夏谋，公社党委副书记兼社长。此后不久，在他履历表上担任何种职务一栏里，又用相当于报纸上二号字的字体写着：公社党委委员兼副社长。

而拴娃从小学到中学的注册表上，一直填写着"张铁拴"。娘告诉他，不要忘记这个"张"，这是县东张庄生产队"飞镰张"的"张"，是那个被剥夺了掌钳的权利而自己却被火钳夹着，不能打铁而自己却被夹到铁锤和砧子之间，经受着命运的不断锤打的，苦命铁匠张银锁的"张"啊！

姓"张"的铁拴悲愤地向爹爹诉说着一个爹爹不知情的故事，使他透过十多年的迷雾，望见了腊月的眼泪，腊月的抗争，腊月为了疼他爱他而委曲求全的妻子的心。张铁匠多年筑起的感情的堤坝，受到了猛烈冲击而开始动摇，被禁锢在堤坝里的对腊月的爱情就要破堤而出了。然而，一个中年汉子的理智告诉他，这只是一连串奇特故事中的一个，而发生在"文化大革命"中的另一个奇特的故事，仍在张铁匠的心头蒙着不可驱散的魔影。那时候，有多少美好的灵魂受到扭曲，有多少善良的性格被激起仇恨，有多少邪恶的行尸在疯狂地舞蹈，产生了多少荒谬绝伦而又确凿无疑的丑闻啊！他的不属于他而又占据着他的腊月，也曾卷入这场动乱，彻底打碎了张铁匠想她盼她的痛苦而又甜美的幻梦。

儿子啊，你能解开爹最后一个疑团吗？你这个张家的、有投票权的合法公民啊，有勇气为一个好母亲的堕落投你的赞成票吗？

十四　古堡里的魔影

那是一件不被众人知晓的往事。

晚上，当张铁匠决心向儿子叙说这件往事的时候，王满仓又悄悄踅过来，神秘地眨着眼睛。

"她来啦？"满仓小声说。

"谁？"银锁一愣。

"铁拴他娘。"

"她？"

"她！"

"她来干啥？"

满仓生气地翻他一眼："还用问？她想跟铁拴他爹、你这位姓张名银锁的狠心人见上一面！"

张铁匠怔了半晌，又冷冷地说："还是不见了吧？"

"你是个无情无义之人！"王满仓气得头上冒烟，连连在院子里踅着圈子，说，"人家把儿子送给你，又大老远地跑来看你，就因为人家忘不了夫妻缘分！她有啥对不起你？她跟了那个姓夏的，是她哥心歪，是姓夏的歹毒，她这些年的日子是咋过的，你该知道！"

"我知道！"张铁匠满腹的委屈一下子爆发了，"那年在王家堡，我试过她的心，亲眼看见她变成了啥样的女人！"他眼里喷射着愤怒的火光，大声说，"满仓哥，你听着！……"

那是公元一九七四年春天的一个晚上，两个来路不明的人，把张铁匠带到王家堡去了。

"叫我去干啥？"

"叫你去赎罪。"

"咋赎俺的罪？"

"打铁！"

一听说打铁，张铁匠为之心动了。掰手指头算着，自从他一拳打碎了风箱，并把道光元年的铁砧子扔到红薯窖里以后，整整十年没有摸过铁锤、火钳了。但他有着种庄稼使不完的过剩的精力，心胸里时时升腾起熊熊的炉火，脑海里也时时震荡着锤声的叮当。当他感到技痒难耐的时候，就用他那生铁疙瘩般的大拳头猛烈地捶打石头，那块驴皮青的捶布石竟被捶成了碎块。眼下，他已经通过三道扛着铳枪的门岗，被带到一座戒备森严的古堡后院，在几盘冒着火苗的铁匠炉前站住了。那通红的炉火使他肌肉紧缩，热血翻滚。他甩甩胳膊，蹲蹲双腿，浑身筋骨发出了"咯巴巴"的响声。

这时，从倚着后山盖起的一座顶端垒着墙垛子的青砖楼里，传出了划拳笑闹声。饮马桥公社"无产阶级革命派"中分裂出来的"反夏派"，正在庆贺活捉他们昔时的首领、今日的政敌——公社革委会主任夏谋的伟大胜利。"保夏派"却在饮马桥公社大院里集结，准备采取军事行动，武力夺回夏谋，誓死捍卫红色新政权。

"反夏派"的首领——一位荣任公社革委会副主任的卖狗肉的，离开酒宴，接见了奉命赶来的张铁匠。

"我说哥们儿，你就是张庄张铁匠张大师傅，瞧你五大三粗的，像个有种的硬货。小弟我也姓张，小名狗闹，咱哥们儿五百年前是一家，我查过家谱。"哥们儿寒暄过后，便布置任务说："如今正批判孔老二，反对克己复礼的悠悠万事，姓夏的老狐狸一肚子悠悠万事的坏水儿，正是咱哥们儿要奋斗就会有牺牲的节骨眼儿上，请你老哥来，就因为对你老哥的铁匠手艺儿早有耳闻。我把一伙半拉子铁匠交给你，赶明儿，你得拿出一百个铁枪头来。要是干得痛快，那'坏分子'的帽子，我给你抹掉；这兵工厂厂长的官儿帽，我给你戴上！"

张铁匠以一个"坏分子"接受训话的姿态，恭敬地立正站着。

"俺斗胆问一声，你说那老狐狸是谁？"

"就是霸占了你老婆的那个坏货！"

"是他？"

"要不，也不请你老哥来。"

"那铁枪头，是要往谁身上戳？"

"老狐狸的走狗！"

"这些年搞武斗，我眼见耳闻不算少，挨枪头的，可差不多都是跟着头头瞎慌张的老百姓。"

"你说啥？"张狗闹一下子没有听懂。

"我是说，"张铁匠照旧恭顺地站着，"俺祖先没传过这手艺，俺张家这铁货，是为了叫庄户人家从土里多刨弄点粮食。"

"你再说一遍！"张狗闹好像不相信自己的耳朵。

"俺就这么说吧，"张铁匠认真地斟酌词句，"要是你叫俺领着这伙弟兄，赶明儿打出来一百把镰刀，给你这伙人一人一把，叫他们赶紧回去割麦子，那没说的，俺决不含糊！"

"不识抬举的货！"张狗闹终于听懂了，但他不解地问，"肉头货，你不恨老狐狸？"

"提起他，俺这拳头直痒痒！"张铁匠目光一闪，又不动声色地说，"可俺不想叫那跟着他瞎慌张的老百姓当他的替死鬼儿！"

张狗闹以意外亲切的口气说："老好，那我就再奉送你一顶帽子，那不锈钢的'反革命'帽子，你老哥一辈子戴不烂！"接着，又大声喊叫："来人，把他关起来，上绳！"

"老好！"张铁匠似乎很赞赏这个决定，"可你别忘了，哥们儿，五百年前咱是一个老祖宗！"

张铁匠被关在一间潮湿的小黑屋里，用那种名叫"老头看瓜"的姿势，背绑着手腕，高吊在大梁上。他没有挣扎，也没有呻吟，好像他久已习惯了用这种姿态做人。当他望见小窗口上映着一个女人的头影，向小屋里悄悄张望的时候，还表示欢迎说："看吧，大嫂，动物园里的'四不像'！"

女人的头影倏地离开窗口以后，张铁匠才来得及对于刚才经历的一切进行冷静的思考。怪呀！那年春天，他亲眼看见戴着红袖箍的张狗闹和夏谋并肩站在一辆大卡车上，给牛书记挂上黑牌子，叫他站在卡车厢里的一个大方桌上，游乡批斗。在夏谋的批判发言中，还着重指出牛书记亲自支持一个"劳改释放犯"大刮单干黑风的严重罪行，把嗓子都喊哑了。牛书记就是在那次游乡批斗时，从汽车上一头栽下来，再也没有爬起来。夏谋还连连晃着脑袋，说啥"轻于鸿毛，轻于鸿毛！"后来成立革委会，听说有人提出了适于宰狗、卖狗肉的张狗闹是否适于担任革委会副主任的问题，夏谋当即指出，为汉刘邦立下了汗马功劳的一员武将，就是一个卖狗肉的，又接连举出了古时候卖过狗肉以及跟卖狗肉的交过朋友的几位义士。于是，张狗闹理所当然地当上了公社副主任。可眼下，夏谋跟张狗闹又为啥变成了冤家对头？由于那种"老头看瓜"的姿态妨碍了张铁匠的思考，这个问题便如同挽在他身上的麻绳疙瘩，跟他一起，高高地悬起了。

使张铁匠更为惊讶的是，没有多久，又来人把他从梁上放下来，松了绳，连说"得罪得罪"，带他到青砖楼下的酒席宴上去了。

张狗闹指着一把罗圈椅说："请坐，张大师傅！"

张铁匠搓搓手腕，若无其事地坐下了。

"算你有种！"张狗闹吩咐一个瘦小的汉子，"快给张大哥斟酒压惊！"

张铁匠捧着一大碗"林河大曲"，一饮而尽。

"好酒量，再来一碗！"

张铁匠却推开酒碗，说："大本家，我不爱喝哑巴酒，再说，大本家这酒也不是好喝的，你叫我有啥事，尽管说。"

"没啥大不了的事。"张狗闹说，"只是想请你再打一块铁。"

"打啥铁？"

"打打老狐狸这块铁！"张狗闹又说，"这叫有冤伸冤，有仇报仇，也叫我这文攻武卫队员，看看老哥你的好拳头！"

张铁匠一扬眉毛，又接过一碗酒干了，一抹嘴说："可我就怕俺这拳头不敢打这块铁。"

"为啥？"

张铁匠就地拾起一块砖头，用左手拿着，右手猛劈下去，"咔"的一声，砖头断为两截。他又扔了砖头，说："我就怕他那块铁，没有这块砖头结实！"

酒席桌旁的哥们儿先是愕然相视，继而起劲地喊叫：

"好样的，今天就要看看你这好拳头！"

"打了这块烂铁，就把老婆还你！"

"呵呵！"张铁匠笑了。他已经有了七分醉意，摇摇晃晃地站起来，"我没给你打、打枪头，你想叫我当、当枪头，对吗？"

嘈杂的人声立即肃静下来。

张铁匠又"呵呵"地笑着："中，我就打、打、打打这块铁！"

"好样的！"张狗闹又急忙吩咐那个瘦小汉子，"快去给老狐狸开锁！"

瘦小汉子一言不发地去了。

"好好，咱都去楼顶上观摩观摩！"张狗闹和他哥们儿都"噔噔"地上楼去了。

张铁匠站起身来，像一头即将搏斗的雄狮，在屋子里踅着圈子，把手指头捏得"咯巴巴"响。

瘦小汉子走回来，像发疟子似的打着哆嗦，指着对面一间亮着灯光的小屋，说："去吧，做这种铁匠活儿，有你的好果子吃！"说罢，也"噔噔"地上了楼。

仇恨的烈火在张铁匠的心胸里燃烧着、升腾着。这个可怜的被酒精麻醉了清醒理智的汉子，没有理会那个瘦小汉子的话，忘记了法律的尊严，甘冒掉头的风险，跨出屋门，向小屋大步走去了。

突然，一个人影儿从他身后闪过来，拦住了他的去路。这是一个女人，一个云鬓蓬松、涂脂抹粉、穿着鲜艳服装、围着蓝地儿白花水裙、与这个杀气腾腾的武斗据点极不谐调的女人。张铁匠用醉眼盯视着她，感到一阵恶心。

"不能打他，你不能啊！……"女人小声哀求着。

张铁匠吃惊地站住了。这个醉汉还能听出来，这是腊月的声音。他没有料到这个打扮得花红柳绿的女人竟是腊月，她在毫不掩饰地保护她的歹毒的男人。张铁匠鄙弃地甩开了腊月，照旧迈着大步朝小屋走去。

他的腿又被腊月紧紧抱住了："银锁哥，你就饶了他吧，看在我面上，为了咱拴娃，也为了你自己，饶了他吧！……"她小声而急切地哀求着，趴在张铁匠的脚下，期待着他的宽恕。

张铁匠对腊月多年的相思全部化成了憎恨。他感到，这是一个为了她的歹毒的男人而向他叩头下跪的下贱的女人，是一条死死纠缠着他的水蛇。"呸，骚货！"他愤愤地骂着，拔出腿来，踉踉跄跄地向小屋走去。

张铁匠已经临近了小屋。透过窗口，他看到歪鼻子夏谋，正用恐惧、惶惑的目光盯视着他，如同盯视着一个步步逼近的死神。

张铁匠即将迈步进屋，他在想："打这块破铁，该从哪儿下手呢？……"而这时，腊月却抢先半步，冲进屋门，用那种最机灵的女人才会有的快速、连续的动作，"嗵"地关紧屋门，又"喇"地插上了门闩。

"滚吧！"腊月在屋子里大声叫骂，"你个劳改犯，你个坏分子，你个不要命的该吃枪子儿的货，留你一条命，打你的铁去吧，快滚，给我滚远远的去！"

"臭娘儿们！"青砖楼顶传来叫骂声。

张铁匠像一头发疯的老犍，癫狂地用肩膀猛撞着屋门，"砰通砰通"，声震屋瓦，整个古堡都在震颤。但随着腊月的叫骂，他的猛烈的冲撞渐渐失去了动力。他的下意识告诉他，已经没有必要为着一个变了心的邪恶的女人去打这块"铁"了。

"他娘的！一个大男人硬是叫一个女人给治啦！"哥们儿在青砖楼上骂着，

向楼下跑着。

张铁匠背后传来了急促的脚步声，一只手推搡着他："还不快跑，他们饶不了你！"这是那个瘦小汉子的声音。

张铁匠脚蹬窗台，纵身一跳，攀住了丈把高的墙头。当他就要越墙而去的时候，还骑着墙头，朝小屋窗口里啐了一口唾沫："呸，不要脸的女人！"

张铁匠讲完这个惊心动魄的故事，满仓和铁拴都陷于痛苦和沉默之中。

"你们都明白了吗？"张铁匠从泡桐树下站起身来，用拳头"嗵嗵"地擂着胸脯，"那回我算彻底看透了那个女人的心！"

经过长久的期待，腊月从满仓家里哭着走了。满仓的妹子香兰——腊月跟小铁匠结亲时的保媒人，无声地陪伴着她，却没有勇气向她细说张铁匠不愿见她的根由。下弦月像一柄通明的"张家镰"，映照着腊月脸上的泪水。她想起，儿子铁拴也没来满仓家里看看她，就忍不住"呜呜"地哭出声音来了。

十五　小个子庄稼汉的讲演

次日，张家铁匠棚里的锤声，变得缓慢而沉闷了。

整整一个上午，父子俩没说一句话，心里却像风箱催起的火苗那样燥热，那样不得安宁。

后响，儿子终于赌气地扔下大锤："我不信，爹，我不信俺娘是那种人，一百个不信！"

当爹的没有辩驳，只是郁闷地眨了眨眼睛。

铁匠棚里沉默了。铁锤不再"叮当"，风箱不再"呼嗒"，炉火不再闪光。

"铁拴，你听我说，"当爹的用严肃的口吻，宣布了一个显然经过他深思熟虑的"两全之策"，"要是这政策当真不变，你就跟着我学两年打铁的手艺，等我给你说上媳妇，你们两口就去跟你娘过，这祖传五代的铁砧子，连这'飞镰张'的铁戳子，爹都传给你！"

"多谢父亲大人！"儿子说。

"这孩子！"当爹的一愣。

"可我就是不信！"铁拴再次发作起来，光着脊梁走出了铁匠棚，"我现在就回饮马桥，我得亲自向俺娘问问真情。"

铁拴转身走出去时，却和急急走来的王满仓撞了个满怀。满仓身后，跟着一个四十岁上下的小个子庄稼汉，还有满脸惊慌神色的香兰。

"银锁，"香兰慌张地说，"俺腊月妹子……"

"先别说那！"满仓急忙打断了香兰的话。

"俺娘咋啦？"铁拴焦急地问。

"不咋不咋！"满仓连声说着，又转身数落那个瘦小汉子，"你也不用慌张，你就一五一十给银锁说说，不能老叫他钻在闷葫芦里！"

张铁匠纳闷地望着瘦小汉子，疑惑地问："老弟贵姓？"

"咦，你把俺给忘啦？"瘦小汉子胆怯地瞅瞅大门外，"咱们屋里说，屋里说。"

大家在屋里落座以后，瘦小汉子惊慌地眨动着圆圆的眼睛，发表了出人意料的长篇演说：

"铁匠哥，你再仔细看看我，好好看看，我就是那年在王家堡酒席宴上给你斟酒的不争气的货，饮马桥二队撤了职的保管李二娃。

"怪俺那两年不懂时事，不知道跳到那'文化大革命'的大风大浪里头'打扑腾'，可不是闹着玩儿的！也因为那个姓夏的坏货逼死过咱们公社的老书记，我看他不是东西，就稀里糊涂跟着张狗闹当了'反夏派'。岂不知，张狗闹跟姓夏的都是歪嘴和尚吹喇叭——一股邪气儿。他俩闹翻脸，就因为张狗闹对他当副主任的'副'字儿不满意，姓夏的又抓着他那个'正'字儿不撒手。张狗闹就串连一伙子姓'副'的法家，专批姓'正'的孔老二。他许下口愿，只要整掉姓夏的，抬他上台，他就叫哥们儿一个个都升官，他跟上头通着气儿哩！

"俺'副'也不'副'，压根儿也没有姓'正'的想头。俺觉摸着，俺当这百家姓里第四家就算不赖！张狗闹看中俺，是看中俺裤腰带上那串钥匙，俺二队仓库里的白面、香油、绿豆粉条，他可没少吃少拿！不瞒你说，俺也跟着喝两盅，坏了良心，享了口福。要是有人用鞋底打俺的嘴，那俺就把嘴伸过去，求他多打两下，使劲儿！要不，俺这嘴就得当那没有改造好的'四类分子'！

"咦咦，话扯远啦！

"再说那回酒席宴上，张狗闹说，哥们儿，姓夏的坏货不除，'保夏'势力不散，咱们姓'副'的哥们儿，还得窝囊半辈子。姓夏的那年整死了老牛头才当了一把手，咱也得用用他的办法儿，砍了'保夏'势力这杆旗，叫他们来个树倒猢狲散。啥办法儿？我的老天爷！他问我仓库里有闹老鼠的药没有？我说，啥？你要闹老鼠，我就给你逮个大狸猫来。张狗闹骂我是废物，又叫别人找麻绳，要把姓夏的吊到梁上，说他畏罪自杀。那人说，不中不中，我小时候碰见过吊死鬼，一见麻绳，腿就打弯儿！我看还是叫张铁匠打打这块'铁'，只要看看姓夏的鼻梁骨，就知道张铁匠是个打铁的好手。把他灌个半醉，这块铁就会变成烂泥！万一活儿没干彻底，咱再私下里帮帮锤，补补课。要是追查此事，咱就一口咬定，是张铁匠为报夺妻之仇，犯下了杀头之罪！

"他们正在商量，屋门外'当啷'一声响，他们都吃了一惊！我出门一看，是腊月。她愣愣地站在那儿，把一个盛菜的盘子打了。我推知腊月听见了内情，会给她惹来大祸，急忙推她走开，回屋说，外边风大，把房檐上的瓦片刮下来了，这才掩盖过去。

"说起腊月，我这不争气的鼻子就有点儿发酸。他们把腊月从县西揪来，说是姓夏的霸占民女的罪证，要把她拉到批斗会上，往姓夏的脸上抹黑。张狗闹成心欺负腊月，叫她穿上宣传队那花红柳绿的戏衣，当那啥阿庆嫂，下灶帮厨，端菜侍候，还逼着她在酒席宴上唱那啥'摆开八仙桌，招待十六方'，把腊月逼得直哭，他们却拍着巴掌笑！

"铁匠哥，我不敢说你有啥不是，可你两碗酒下肚，就上了人家的圈套。你这不要命的老哥，当真长着不透气儿的实心眼儿？要不，就是那不是人过的日子把你折腾够了，你不想活了。你说，'我就打、打、打打这块铁！'铁匠哥，我没错说你吧？

"我去给小屋开锁时，腊月虽说不认识我，可她一把拉住我，苦苦哀求，叫我给你醒醒酒，别往火坑里跳，叫我可怜可怜你这个没人心疼的人。她，她给我跪下了。老哥，说真个的，她给我跪下磕头，一下、两下、三下，我仰着脸，不敢看她，真个的，我不敢……"

李二娃擦把眼泪，又接着说："腊月拦你、劝你、求你、骂你，那是她疼你、向你、护着你！可你骑到那墙头上，还骂她'不要脸的女人'，她有苦，向谁说？"

李二娃忍不住站起来，哭着、喊叫着："你们知道她受那磨难有多大吗？你们见过一个妇道人家能忍受多大苦楚吗？一个女人……一个瘦骨伶仃的女人……能为她疼过的男人……受那样的磨难，我没见过！铁匠哥啊，就在你逃走后，那帮丧尽天良的坏货，说腊月不愧是'保夏'的铁杆娘子，扒了衣裳，吊到树上，离地三尺，用蘸了水的麻绳抽她，用香烟头烧她，可她咬紧牙关，没哼一声。我没见过这样痴心的女人！"

张铁匠沉声不吭地听着、焦灼不安地听着、神色骇然地听着、泪流满面地听着，最后，为了不让自己跟儿子一起哭出声来，他趴在膝盖上，用胳膊紧箍着脑袋，而他的肩膀，他的整个儿蜷缩成一团的身体都在猛烈地、不可遏止地抽动。

香兰用袖子揾揾眼泪，接腔说："银锁，我说了，你也别再添难过！昨日你不跟腊月见面，叫她伤透了心，她回到家里，就把麻绳套到梁上……"

张铁匠猛地站起来，目光发直，面如死灰。满仓急忙扶住他，"别怕别怕，她没'走'成，她'回来'啦！"

铁拴哭着问："俺娘咋啦？你说呀！"

香兰说："孩子，你也别怕，亏我多长个心眼儿，听见她屋里板凳一声响，我就知道不好！……"香兰从兜里掏出一张纸，递给铁拴，"看看吧，孩子，这是你娘钻到绳套里以前给你留下的话。"

铁拴看罢，又把纸条塞到爹手里，伤心而恼怒地向爹叫着："你也看看吧，好爹！"

纸上用铅笔歪歪斜斜写着：

拴娃，跟着你爹，好好打铁。

张铁匠看罢，"噼噼啪啪"打起自己的脸来。

"铁匠哥，"李二娃急忙拉住，认真劝说，"你就给我留下两巴掌，朝我脸上打吧！要不是腊月寻短见惊动了饮马桥，要不是香兰嫂诉说了腊月寻短见的苦情，王家堡那事，我会隐瞒一辈子，我怕揭批查，老哥！如今，那姓张、姓夏的坏货虽说都叫抓起来了，可腊月对你这一片痴心，只有我知道，要是腊月这回当真'走'了，我来生变牛变马也赎不完俺的罪！"

张铁匠突然站起来，神情麻木地走出了屋门。

满仓急忙跟出来，拉住他问："银锁，你这是干啥？"

张铁匠大滴大滴地掉着眼泪："我去看看腊月，去接俺拴娃他娘！"

十六　从头过吧，好腊月

经历了二十二年相思的折磨和痛苦的煎熬，张铁匠和王腊月终于复婚，找到了原本属于他们的幸福。

在张铁匠的坚持下，迎新仪式是按照新时兴的迎娶黄花闺女的规矩隆重举行的。四十三岁的新娘王腊月，在四十八岁的伴娘王香兰的陪伴下，羞赧而凄伤地坐在手扶拖拉机上，走过了二十四年前曾经走过的道路。唢呐的欢快而昂扬的吹奏和震撼山岳的放铳报喜声，如同庄严而高亢的召唤，召唤着曾经失去的青春。

没到张庄村头，腊月就提前下地步行了。成群结队的男女乡亲，聚集在村头和张家小院的门口，用喜悦和感伤的、亲热和好奇的目光，迎接腊月的归来。当腊月温柔而凄情地跟乡亲们打着招呼的时候，几位小脚大娘忍不住坐到地上，用衣襟捂住脸哭了起来。

据说，腊月的娘家哥由于在"文化大革命"中对两派组织都保持着用木匠尺子量过的等距离关系，至今仍担任公社副社长的职务。在腊月这次过门之前，他曾向腊月提出比警告性质稍轻一些的劝告："听着，妹子，说不定三年以后要重新划成分，搞二次土改，跟着'火里求财'的'冒尖户'，不会有好果子吃！"腊月把他推出屋门，说："哥，俺一家三口都等着，等你去张庄开俺的斗争会！"

于是，在张铁匠和王腊月的复婚之夜，夫妻俩叫来了儿子铁拴，在那张本来只需要户主按指印的"铁匠专业户定工定值合同书"上，按上了一家三口的指印儿。腊月又把马灯掂到铁匠棚里，让银锁在那些明天一早就要出手的镰刀、锄板上，砸上了"飞镰张记"的钢印儿。

夜深人静时，四十五岁的新郎和四十三岁的新娘偎依在灯光下，脸挨脸照着镜子。

腊月凄然说："银锁，咱老啦！"

银锁说："咱不老，腊月，咱往后不会老啦！"他轻轻地从腊月的乌发中扯去一根银丝，忍不住哽咽了一下："从头过吧，好腊月！"

原载《十月》1982 年第 1 期

中国作家协会 1981—1982 年全国优秀中篇小说

人生

——

路 遥

人生的道路虽然漫长，但紧要处常常只有几步，特别是当人年轻的时候。

没有一个人的生活道路是笔直的、没有岔道的。有些岔道口，譬如政治上的岔道口，事业上的岔道口，个人生活上的岔道口，你走错一步，可以影响人生的一个时期，也可以影响一生。

——柳青

第一章

农历六月初十，一个阴云密布的傍晚，盛夏热闹纷繁的大地突然沉寂下来；连一些最爱叫唤的虫子也都悄没声响了，似乎处在一种急躁不安的等待中。地上没一丝风尘；河里的青蛙纷纷跳上岸，没命地向两岸的庄稼地和公路上蹦窜着。天闷热得像一口大蒸笼，黑沉沉的乌云正从西边的老牛山那边铺过来。地平线上，已经有一些零碎而短促的闪电，但还没有打雷。只听见那低沉的、连续不断的嗡嗡声从远方的天空传来，带给人一种恐怖的信息——一场大雷雨就要到来了。

这时候，高家村高玉德当民办教师的独生儿子高加林，正光着上身，从村前的小河里蹚水过来，几乎是跑着向自己家里走去。他是刚从公社开毕教师会回来的，此刻，浑身大汗淋漓，汗衫和那件漂亮的深蓝的确良夏衣提在手里，匆忙地进了村，上了崄畔，一头扑进了家门。他刚站在自家窑里的脚地上，就听见外面传来一声低沉的闷雷的吼声。

他父亲正赤脚片儿蹲在炕上抽旱烟，一只手悠闲地捋着下巴上的一撮白胡子。他母亲颠着小脚往炕上端饭。

老两口见儿子回来，两张核桃皮皱脸立刻笑得像两朵花。他们显然庆幸儿子赶在大雨之前进了家门。同时，在他们看来，亲爱的儿子走不是五天，而是五年，像是从什么天涯海角归来似的。

老父亲立刻凑到煤油灯前，笑嘻嘻地用小指头上专心留下的那个长指甲打掉了一朵灯花，满窑里立刻亮堂了许多。他喜爱地看着儿子，嘴张了几下，也没有说出什么来。老母亲赶紧把端上炕的玉米面馍又重新端下去，放到锅台上，开始张罗着给儿子炒鸡蛋，烙白面饼；她还用她那爱得过分的感情，跌跌撞撞走过来，把儿子放在炕上的衫子披在他汗水直淌的光身子上，嗔怒地说："二杆子！操心凉了！"

高加林什么话也没说。他把母亲披在他身上的衣服重新放在炕上，连鞋也没脱，就躺在了前炕的铺盖卷上。他脸对着黑洞洞的窗户，说："妈，你别做饭了，我什么也不想吃。"

老两口的脸顿时又都恢复了核桃皮状，不由得相互交换了一下眼色，都在心里说：娃娃今儿个不知出了什么事，心里不畅快？一道闪电几乎把整个窗户都照亮了，接着，像山崩地陷一般响了一声可怕的炸雷。听见外面立刻刮起了大风，沙尘把窗户纸打得啪啪价响。

老两口愣怔地望了半天儿子的背影，不知他倒究怎啦。

"加林，你是不是身上不舒服？"母亲用颤音问他，一只手拿着舀面瓢。

"不是……"他回答。

"和谁吵架啦？"父亲接着母亲问。

"没……"

"那倒究怎啦？"老两口几乎同时问。

"……"

唉！加林可从来都没有这样啊！他每次从城里回来，总是给他们说长道短的，还给他们带一堆吃食：面包啦，蛋糕啦，硬给他们手里塞；说他们牙口不好，这些东西又有"养料"，又绵软，吃到肚子里好消化。今儿个显然发生什么大事了，看把娃娃愁成个啥！高玉德看了一眼老婆的愁眉苦脸，顾不得抽烟了。他把烟灰在炕栏石上磕掉，用挽在胸前纽扣上的手帕揩去鼻尖上的一滴清鼻涕，身子往儿子躺的地方挪了挪，问："加林，倒究出了什么事啦？你给我们说说嘛！你看把你妈都急成啥啦！"

高加林一条胳膊撑着，慢慢爬起来，身体沉重得像受了重伤一般。他靠在铺盖卷上，也不看父母亲，眼睛茫然地望着对面墙，开口说："我的书教不成了……"

"什么？"老两口同时惊叫一声，张开的嘴巴半天也合不拢了。

加林仍然保持着那个姿势，说："我的民办教师被下了。今天会上宣布的。"

"你犯了什么王法？老天爷呀……"老母亲手里的臽面瓢一下子掉在锅台上，摔成了两瓣。

"是不是减教师哩？这几年民办教师不是一直都增加吗？怎么一下子又减开了？"父亲紧张地问他。

"没减……"

"那马店学校不是少了一个教师？"他母亲也凑到他跟前来了。

"没少……"

"那怎么能没少？不让你教了，那它不是就少了？"他父亲一脸的奇怪。

高加林烦躁地转过脸，对他父母亲发开了火："你们真笨！不让我教了，人家不会叫旁人教？"

老两口这下子才恍然大悟。他父亲急得用瘦手摸着赤脚片，偷声缓气地问："那他们叫谁教哩？"

"谁？谁！再有个谁！三星！"高加林又猛地躺在了铺盖上，拉了被子的一角，把头蒙起来。

老两口一下子木然了，满窑里一片死气沉沉。

这时候，听见外面雨点已经急促地敲打起了大地，风声和雨声逐渐加大，越来越猛烈。窗户纸不时被闪电照亮，暴烈的雷声接二连三地吼叫着。外面的整个天地似乎都淹没在了一片混乱中。

高加林仍然蒙着头。他父亲鼻尖上的一滴清鼻涕颤动着，眼看要掉下来了，老汉也顾不得去揩；那只粗糙的手再也顾不得悠闲地捋下巴上的那撮白胡子了，转而一个劲地摸着赤脚片儿。他母亲身子佝偻着伏在炕栏石上，不断用围裙擦眼睛。窑里静悄悄的，只听见锅台后面那只老黄猫的呼噜声。

外面暴风雨的喧嚣更猛烈了。风雨声中，突然传来了一阵"轰隆轰隆"的声音——这是山洪从河道里涌下来了。

足足有一刻钟，这个灯光摇晃的土窑洞失去了任何生气，三个人都陷入难受和痛苦中。

这个打击对这个家庭来说显然是严重的。对于高加林来说，他高中毕业没有考上大学，已经受了很大的精神创伤。亏得这三年教书，他既不要参加繁重的体力劳动，又有时间继续学习，对他喜爱的文科深入钻研。他最近在地区报上已经发表过两三篇诗歌和散文，全是这段时间苦钻苦熬的结果。现在这一切都结束了，他将不得不像父亲一样开始自己的农民生涯。他虽然没有认真地在土地上劳动过，但他是农民的儿子，知道在这贫瘠的山区当个农民意味着什么。农民啊，他们那全部伟大的艰辛他都一清二楚！他虽然从来也没鄙视过任何一个农民，但他自己从来都没有当农民的精神准备！不必隐瞒，他十几年拼命读书，就是为了不像他父亲一样一辈子当土地的主人（或者按他的另一种说法是奴隶）。虽然这几年当民办教师，但这个职业对他来说还是充满希望的。几年以后，通过考试，他或许会转为正式的国家教师。到那时，他再努力，争取做他认为更好的工作。可是现在，他所抱有的幻想和希望彻底破灭了。此刻，他躺在这里，脸在被角下面痛苦地抽搐着，一只手狠狠地揪着自己的头发。

对于高玉德老两口子来说，今晚上这不幸的消息就像谁在他们的头上敲了一棍。他们首先心疼自己的独生子：他从小娇生惯养，没受过苦，嫩皮嫩肉的，往后漫长的艰苦劳动怎能熬下去呀！再说，加林这几年教书，挣的全劳力工分，他们一家三口的日子过得并不紧巴。要是儿子不教书了，又急忙不习惯劳动，他们往后的日子肯定不好过。他们老两口都老了，再不像往年，只靠四只手在地里刨挖，也能供养儿子上学"求功名"。想到所有这些可怕的后果，他们又难受，又恐慌。加林他妈在无声地啜泣；他爸虽然没哭，但看起来比哭还难受。老汉手把赤脚片摸了半天，开始自言自语叫起苦来：

"明楼啊，你精过分了！你能过分了！你强过分了！仗你当个四大队书记，什么不讲理的事你都敢做嘛！我加林好好地教了三年书，你三星今年才高中毕业嘛！你怎好意思整造我的娃娃哩？你不要理了，连脸也不要了？明楼！你做这事伤天理哩！老天爷总有一天要睁眼呀！可怜我那苦命的娃娃啊！啊嘿嘿嘿嘿嘿……"

高玉德老汉终于忍不住哭出声来，两行浑浊的老泪在皱纹脸上淌下来，流进了下巴上那一撮白胡子中间。

高加林听见他父母亲哭，猛地从铺盖上爬起来，两只眼睛里闪着怕人的凶光。他对父母吼叫说："你们哭什么！我豁出这条命，也要和他高明楼小子拼个高低！"说罢他便一纵身跳下炕来。

这一下子慌坏了高玉德。他也赤脚片跳下炕来，赶忙捉住了儿子的光脊膊。同时，他妈也颠着小脚绕过来，脊背抵在了门板上。老两口把光着上身的儿子堵在了脚地当中。

高加林急躁地对慌了手脚的两个老人说："哎呀呀！我并不是要去杀人嘛！我是要写状子告他！妈，你去把书桌里我的钢笔拿来！"

高玉德听见儿子说这话，比看见儿子操起家具行凶还恐慌。他死死按着儿子的光胳膊，央告他说："好我的小老子哩！你可千万不要闯这乱子呀！人家通天着哩！公社、县上都踩得地皮响。你告他，除什么事也不顶，往后可把咱扣掐死呀！我老了，争不得这口气了；你还嫩，招架不住人家的打击报复。你可千万不能做这事啊……"

他妈也过来扯着他的另一条光胳膊，顺着他爸的话，也央告他说："好我的娃娃哩，你爸说得对对的！高明楼心眼子不对，你告他，咱这家人往后就没活路了……"

高加林浑身硬得像一截子树桩，他鼻子口里喷着热气，根本不听二老的规劝，大声说："反正这样活受气，还不如和他狗日的拼了！兔子急了还咬一口哩，咱这人活成个啥了！我不管顶事不顶事，非告他不行！"他说着，竭力想把两条光胳膊从四只衰老的手里挣脱出来。但那四只手把他抓得更紧了。两个老人哭成一气。他母亲摇摇晃晃的，几乎要摔倒了，嘴里一股劲央告说："好我的娃娃哩，你再犟，妈就给你下跪呀……"

高加林一看父母亲的可怜相，鼻子一酸，一把扶住快要栽倒的母亲，头痛苦地摇了几下，说："妈妈，你别这样，我听你们的话，不告了……"

两个老人这才放开儿子，用手背手掌擦拭着脸上的泪水。高加林身子僵硬地靠在炕栏石上，沉重地低下了头。外面，虽然不再打闪吼雷，雨仍然像瓢泼一样哗哗地倾倒着。河道里传来像怪兽一般咆哮的山洪声，令人毛骨悚然。

他妈见他平息下来，便从箱子里翻出一件蓝布衣服，披在他冰凉的光身子上，然后叹了一口气，转到后面锅台上给他做饭去了。他父亲摸索着装起一锅烟，手抖得划了十几根火柴才点着——而忘记了煤油灯的火苗就在他的眼前跳荡。他吸了一口烟，弯腰弓背地转到儿子面前，思思谋谋地说："咱千万不敢告人家。可是，就这样还不行……是的，就这样还不行！"他决断地喊叫说。

高加林抬起头来，认真地听父亲另外还有什么惩罚高明楼的高见。

高玉德头低倾着吸烟，一副老谋深算的样子。过了好一会儿，他才扬起那饱经世故的庄稼人的老皱脸，对儿子说："你听着！你不光不敢告人家，以后见了明楼还要主动叫人家叔叔哩！脸不要沉，要笑！人家现在肯定留心咱们的态度哩！"他又转过白发苍苍的头，给正在做饭的老伴安咐："加林他妈，你听着！你往后见了明楼家里的人，要给人家笑脸！明楼今年没栽起茄子，你明天把咱自留地的茄子摘上一筐送过去。可不要叫人家看出咱是专意讨好人家啊！唉！说来说去，咱加林今后的前途还要看人家照顾哩！人活低了，就要按低的来哩……加林妈，你听见了没？"

"嗯……"锅台那边传来一声几乎是哭一般的应承。

泪水终于从高加林的眼里涌出来了。他猛地转过身，一头扑在炕栏石上，伤心地痛哭起来。

外面的雨不知什么时候停了，只听见大地上淙淙的流水声和河道里山洪的怒吼声混交在一起，使得这个夜晚久久地平静不下来了……

第二章

高加林醒来以后，他自己并不知道时光已经接近中午了。

近一个月来，他每天都是这样，睡得很早，起得很迟。其实真正睡眠的时间倒并不多；他整晚整晚在黑暗中大睁着眼睛。从绞得乱翻翻的被褥看来，这种痛苦的休息简直等于活受罪。只是临近天明，当父母亲摸索着要起床，村里也开始有了嘈杂的人声时，他才开始迷糊起来。他蒙眬地听见母亲从院子里抱回柴火，吧嗒吧嗒地拉起了风箱；又听见父亲的瘸腿一轻一重地在地上走来走去，收拾出山的工具，并且还安咐他母亲给他把饭做好一点……他于是就眼里噙着泪水睡着了。

现在他虽然醒了，头脑仍然是昏沉沉的。睡是再睡不着了，但又不想爬起来。

他从枕头边摸出剩了不多几根的纸烟盒，抽出一支点着，贪婪地吸着，向土窑顶上喷着烟雾。他最近的烟瘾越来越大了，右手的两个手指头熏得焦黄。可是纸烟却没有了——准确地说，是他没有买纸烟的钱了。当民办教师时，每月除过工分，还有几块钱的补贴，足够他买纸烟吸的。

接连抽了两支烟，他才感到他完全醒了。本来最好再抽一支更解馋，但烟盒里只剩了最后一支——这要留给刷牙以后享用。

他开始穿衣服。每穿完一件，总要愣怔半天，才穿另一件。

好长时间他才磨磨蹭蹭下了炕，在水瓮里舀了一勺凉水往干毛巾上一浇，用毛巾中间湿了的那一小片对付着擦擦肿胀的眼睛。然后他舀一缸子凉水，到院子里去刷牙。

外面的阳光多刺眼啊！他好像一下子来到了另一个世界。天蓝得像水洗过一般。雪白的云朵静静地飘浮在空中。大川道里，连片的玉米绿毡似的一直铺到西面的老牛山下。川道两边的大山挡住了视线，更远的天边弥漫着一层淡蓝色的雾霭。向阳的山坡大部分是麦田，有的已经翻过，土是深棕色的；有的没有翻过，被太阳晒得白花花的，像刚熟过的羊皮。所有麦田里复种的糜子和荞麦都已经出齐，泛出一层淡淡的浅绿。川道上下的几个村庄，全都罩在枣树的绿荫中，很少看得见房屋；只看见每个村前的打麦场上，都立着密集的麦秸垛，远远望去像黄色的蘑菇一般。

他的视线被远处一片绿色水潭似的枣林吸引住了。他怕看见那地方，但又由不得看。在那一片绿荫中，隐隐约约露出两排整齐的石窑洞。那就是他曾工作和生活了三年的学校。

这学校是周围几个村子共同办的，共有一百多学生，最高是五年级，每年都要向城关公社中学输送一批初中学生。高加林一直当五年级的班主任，这个年级的算术和语文课也都由他代。他并且还给全校各年级上音乐和图画课——他在那里曾是一个很受尊重的角色。别了，这一切！

他无精打采地转过脸，蹲在埝畔上开始刷牙。

村子里静悄悄的。男人们都出山劳动去了，孩子们都在村外放野。村里已经有零星的吧嗒吧嗒拉风箱的声音，这里那里的窑顶上，也开始升起了一缕一缕蓝色的炊烟。这是一些麻利的妇女开始为自己的男人和孩子们准备午饭了。河道里，密集的杨柳丛中，叫蚂蚱间隔地发出了那种叫人心烦的单调的大合唱。

高加林刷牙的时候，看见他母亲正佝偻着身子，在对面自留地的茄子畦里拔草，满头白发在阳光下那么显眼。一种难受和羞愧使他的胸部一阵绞痛。他很快把牙刷从嘴里拔出来，在心里说：我这一个月实在不像话了！两个老人整天在地里操磨，我怎能老待在家里闹情绪呢？不出山，让全村人笑话！是的，他已经感到全村人都在另眼看他了。大家对高明楼做的不讲理的事已经习以为常了，但对村里任何一个不劳动的二流子都反感。庄稼人嘛，不出山劳动，那是叫任何人都瞧不起的。加林痛苦地想：他可再不能这样下去了！生活是严酷的，他必须承认他目前的地位——他已经是一个地地道道的农民了！

高加林这样想着，正准备转身往回走，听见背后有人说："高老师，你在家哩？"

他转身一看，认出是后川马店村一队的生产队长马拴。

马拴虽然不识字，但是代表马店大队参加学校管理委员会，常来学校开会，他们很熟悉。这是一个老实后生，心地善良，但人又不死板，做庄稼和搞买卖都是一把好手。

他看见平时淳朴的马拴今天一反常态。他推一辆崭新的自行车，车子被彩色塑料带缠得花花绿绿，连辐条上都缠着一些色彩鲜艳的绒球，讲究得给人一种俗气的感觉。他本人打扮得也和自行车一样体面：大热的天，一身灰的确良衬衣外面又套一身蓝涤卡罩衣；头上戴着黄的确良军式帽，晒得焦黑的胳膊上撑一只明晃晃的镀金链手表。他大概自己也为自己的打扮和行装有点不好意思，别扭地笑着。加林此刻虽然心情不好，也为马拴这身扎眼的装束忍不住笑了，问："你打扮得像新女婿一样，干啥去了？"

马拴脸通红，笑了笑说："看媳妇去了！人家正给我说你们村刘立本的二女子哩！"

加林这才明白为什么他今天里外一崭新。眼下农民看对象都是这种打扮。他问："是巧珍吗？"

"就是的。"

"那你这把川道里的头梢子拔了！你不听人家说，巧珍是'盖满川'吗？"加林开玩笑说。

"果子是颗好果子，就怕吃不到咱嘴里！"憨厚的马拴笑嘻嘻地说了句粗话。

"看得怎样？成了吧？"

"离城还有十五里！咱跑了几回，看他们家里大人倒没啥意见，就是本人连一次面也不露。大概嫌咱没文化，脸黑。脸是没人家白，论文化，她也和我一样，斗大字不识几升！唉，现在女的心都高了！"

"慢慢来，别着急！"

"对对对！"马拴哈哈大笑了。

"回我们家喝点水吧？"

"不了，在我老丈人家里喝过了！"

这回轮上高加林哈哈大笑了。他想不到这个不识字的农民说话这么幽默。

马拴戴手表的胳膊扬了扬，给他打了告别，便跨上车子，向川道里的架子车路飞奔而去了。

加林靠在埝畔的一棵枣树上，一直望着他的背影没入了玉米的绿色海洋里。他忍不住扭过头向后村刘立本家的院子望了望。

刘立本绰号叫"二能人"，队里什么官也不当，但全村人尊罢高明楼就最敬他。他人心眼活泛，前几年投机倒把，这二年堂堂皇皇做起了生意，挣钱快得马都撵不上，家里的光景是全村最好的。高明楼虽然是村里的"大能人"，但在经济战线上，远远赶不上"二能人"。对于有钱人，庄稼人一般都是很尊重的。不过，村里人尊重刘立本，也还有另外一个原因。立本的大女儿巧英前年和高明楼的大儿子结婚了，所以他的身份在村里又高了一截。"大能人"和"二能人"一联亲，两家简直成了村里的主宰。全村只有他们两家圈围墙，盖门楼，一家在前村，一家在后村，虎踞龙盘，俨然是这川道里像样的大户人家。

从内心说，高加林可不像一般庄稼人那样羡慕和尊重这两家人。他虽然出身寒门，但他没本事的父亲用劳动换来的钱供养他上学，已经把他身上的泥土味冲洗得差不多了。他已经有了一般人们所说的知识分子的"清高"。在他看来，高明楼和刘立本都不值得尊敬，他们的精神甚至连一些光景不好的庄稼人都不如。高明楼人不正派，仗着有点权，欺上压下，已经有点"乡霸"的味道；刘立本只知道攒钱，前面两个女儿连书都不让念——他认为念书是白花钱。只是后来，才把三女儿巧玲送学校，现在算高中快毕业了。这两家的子弟他也不放在眼里。高明楼把精能全占了，两个儿子脑子都很迟笨。二儿子三星要不是走后门，怕连高中都上不了。刘立本的三个女儿都长得像花朵一样好看，人也都精精明明的，可惜有两个是文盲。

虽然这样，加林此刻站在埝畔上只是恼恨地想：他们虽然被他瞧不起，但他自己现在又是个什么光景呢？

一种强烈的心理上的报复情绪使他忍不住咬牙切齿。他突然产生了这样的思想：假若没有高明楼，命运如果让他当农民，他也许会死心塌地在土地上生活一辈子！可是现在，只要高家村有高明楼，他就非要比他更有出息不可！要比高明楼他们强，非得离开高家村不行！这里很难比过他们！他决心要在精神上，要在社会的面前，和高明楼他们比个一高二低！

他把缸子牙刷送回窑，打开箱子找一件外衣，准备到前川菜园下面的那个水潭里洗个澡。

他翻出一件黄色的军用上衣，眼睛突然亮了。这件衣服是他叔父从新疆部队上寄回的，他宝贵得一直舍不得穿。他父亲唯一的弟弟从小出去当兵，解放以后才和家里联系上，几十年没回一次家。一年通几次信，年底给他们寄一点零花钱，关系仅此而已。叔父听说是副师政委，这是他们家的光荣和骄傲，只是离家远，在他们的生活中不起什么作用。

高加林拿起这件衣服，突然想起要给叔父写一封信，告诉一下他目前的处境，看叔父能不能在新疆给他找个工作。当然，他立刻想到，父母亲就他一个独苗儿，就是叔父在那里能给他找下工作，他们也不会让他去的。但他决定还是要给叔父写信。他渴望远走高飞——到时候，他会说服父母亲的。

他于是很快伏在桌子上，用他文科方面的专长，很动感情地给叔父写了一封信，放在了箱子里。他想明天县城逢集，他托人把信在城里很快寄出去。

这个突然冒出来的想法，给他精神上带来很大的安慰。他立刻觉得轻松起来，甚至有点高兴。

他把这件黄军衣穿在身上，愉快地出了门，沿着通往前川的架子车路，向那片色彩斑斓的菜园走去。

黄土高原八月的田野是极其迷人的。远方的千山万岭，只有在这个时候才用惹眼的绿色装扮起来。大川道里，玉米已经一人多高，每一株都怀了一个到两个可爱的小绿棒；绿棒的顶端，都吐出了粉红的缨丝。山坡上，蔓豆、小豆、黄豆、土豆都在开花，红、白、黄、蓝，点缀在无边无涯的绿色之间。庄稼大部分都刚锄过二遍，又因为不久前下了饱墒雨，因此地里没有显出旱象，湿润润，水淋淋，绿蓁蓁，看了真叫人愉快和舒坦。

高加林轻快地走着，烦恼暂时放到了一边，年轻人那种热烈的血液又在他身上欢畅地激荡起来。他折了一朵粉红色的打碗碗花，两个指头捻动着花茎，从一片灰白的包心菜地里穿过，接连跳过了几个土塄坎，来到了河道里。

他飞快地脱掉长衣服，在那一潭绿水的上石崖上扩胸、下蹲——他已经决定不是简单洗个澡，而要好好游一次泳。

他的裸体是很健美的。修长的身材，没有体力劳动留下的任何印记，但又很壮实，看出他进行过规范的体育锻炼。脸上的皮肤稍有点黑；高鼻梁，大花眼，两道剑眉特别耐看。头发足乱蓬蓬的，但并不是不讲究，而是专门讲究这个样子。他是英俊的，尤其是在他沉思和皱着眉头的时候，更显示出一种很有魅力的男性美。

高加林活动了一会儿，便像跳水运动员一般从石崖上一纵身跳了下去，身体在空中划了一条弧线，就优美地没入了碧绿的水潭中。他在水里用各种姿势游，看来蛮像一回事。

一刻钟以后，他从跌水哨的一边爬上来，在上面的浅水里用肥皂洗了一遍身子，然后躲在一个石窝里换了裤子，光着上身回到石崖上面，躺在一棵桃树下。这棵桃树是一辈子打光棍的德顺老汉的。桃子还没熟的时候，好心的老光棍就全摘了分给村里的娃娃。现在这树上只留下一些不很茂密的树叶，倒也能遮一些阴凉。

高加林把衫子铺到地上，两只手交叉着垫到脑后，舒展开身子躺下来，透过树叶的缝隙，无意识地望着水一般清澈的蓝天。时光已经到了中午，但他的肚子也不觉得饿。河道离得很近，但水声听起来像是很远，潺潺地，像小提琴拉出来的声音一般好听。

这时候，在他右侧的玉米地里，突然传来一阵女孩子悠扬的信天游歌声：

上河里（哪个）鸭子下河里鹅，

一对对（哪个）毛眼眼望哥哥……

歌声甜美而嘹亮，只是缺乏训练，带有一点野味。他仔细听了一下，声音像是刘立本家的巧珍。他一下子记起刚才马拴看媳妇的洋相，又联想到巧珍唱的歌，忍不住笑了，心里说："你哥哥专门来望你哩，没望见你；他人走了，你现在才望他哩……"

他这样想这件可笑事时，就听见他旁边的玉米林子里响起沙沙的声音。坏了！大概是巧珍从这里过路回家呀。

高加林慌忙坐起来，两把穿上了衣服。他的最后一颗扣子还没扣上，巧珍提一篮子猪草已经站在他面前了。

刘巧珍看起来根本不像个农村姑娘。漂亮不必说，装束既不土气，也不俗气。草绿的确良裤子，洗得发白的蓝劳动布上衣，水红的确良衬衣的大翻领翻在外边，使得一张美丽的脸庞显得异常生动。

她扑闪着一双水灵灵的大眼睛，局促地望了一眼高加林，然后从草篮里摸出一个熟得皮都有点发黄的甜瓜递到高加林面前，说："我们家自留地的。我种的。你吃吧，甜得要命！"接着，她又从口袋里掏出自己洗得干干净净的花手帕，让加林揩一揩甜瓜。

高加林很勉强地接过甜瓜，但没有接她的手帕，轻淡地对她说："我现在不想吃，我一会儿再……"

巧珍似乎还想和他说话，看他这副样子，犹豫了一下，低着头向上边地畔的小路上走了。

高加林把甜瓜放在一边，下意识地回过头朝地畔上望了一眼，结果发现走着的巧珍也正回过头望他。他赶忙扭过头，烦恼地躺在了地上。他在感情上对这个不识字的俊女子很讨厌，因为她姐姐是高明楼的儿媳妇！

他并不想吃甜瓜，此刻倒很想抽一支烟。他明知道纸烟早已经抽光，卷着抽的旱烟叶子也没带来，但两只手还是下意识地在身上所有的衣袋上都按了按，结果只是失望地叹了一口气。

"加林！加林！快回去吃饭嘛！躺在这儿干啥哩？"他听见父亲在菜地畔上叫他。

他站起身，把巧珍送的那个甜瓜装在上衣口袋里，向菜地畔上走去。

他上了地畔，先把父亲的烟锅接过来，点着一锅，拼命吸了一口，立刻呛得他弯下腰咳嗽了半天。

他父亲叹息了一声，说："别抽这旱烟了，劲太大！"他把旱烟锅从儿子手里夺过来，说："加林，我在山里思谋了一下，明儿个县里逢集，干脆让你妈蒸上一锅白馍，你提上卖去！咱家里点灯油和盐都快完了，一个来钱处都没有嘛！再说，卖上两个钱，还能给你买一条纸烟哩！"

高加林揩了揩咳嗽呛出的眼泪，直起腰看了看父亲等待他回答的目光，犹豫了半天。他很快想起他给叔父写好的信，觉得明天上一趟县城也好，他可以亲自把信发出去——要是托给别人邮，万一丢了怎么办？他于是同意了父亲的这个提议，决定明天到县城赶集去。

第三章

吃过早饭不久，在大马河川道通往县城的简易公路上，已经开始出现了熙熙攘攘去赶集的庄稼人。由于这两年农村政策的变化，个体经济有了大发展，赶集上会，买卖生意，已经重新成了庄稼人生活的重要内容。

公路上，年轻人骑着用彩色塑料缠绕得花花绿绿的自行车，一群一伙地奔驰而过。他们都穿上了崭新的"见人"衣裳，不是涤卡，就是的确良，看起来时兴得很。粗糙的庄稼人的赤脚片上，庄重地穿上尼龙袜和塑料凉鞋。脸洗得干干净净，头梳得光光溜溜，兴高采烈地去县城露面：去逛商店，去看戏，去买时兴货，去交朋友，去和对象见面……

更多的庄稼人大都是肩挑手提：担柴的，挑菜的，吆猪的，牵羊的，提蛋的，抱鸡的，拉驴的，推车的；秤匠、鞋匠、铁匠、木匠、石匠、篾匠、毡匠、箍锅匠、泥瓦匠、游医、巫婆、赌棍、小偷、吹鼓手、牲口贩子……都纷纷向县城涌去了。川北山根下的公路上，蹬起了一股又一股的黄尘。

当高加林挽着一篮子蒸馍加入这个洪流的时候，他立刻后悔起来。他感到自己突然变成一个真正的乡巴佬了。他觉得公路上前前后后的人都朝他看。他，一个曾经是潇潇洒洒的教师，现在却像一个农村老太婆一样，上集卖蒸馍去了！他的心难受得像无数虫子在咬着。

但这一切是毫无办法的。严峻的生活把他赶上了这条尘土飞扬的路。他不得不承认，他现在只能这样开始新的生活。家里已经连买油量盐的钱都没了，父母亲那么大的年纪都还整天为生活苦熬苦累，他一个年轻轻的后生，怎好意思一股劲待下吃闲饭呢？

他提着蒸馍篮子，头尽量低着，什么也不看，只瞅着脚下的路，匆匆地向县城走。路上，他想起父亲临走时安咐他，叫他卖馍时要吆喝。他的脸立刻感到火辣辣地发烧。天啊，他怎能喊出声来！

"可是，"他想，"如果我不叫卖，谁知道我提这蒸馍是干啥哩？"

走到一个小沟岔的时候，高加林突然想：干脆让我先跑到这没人的拐沟里试验喊叫一下，到城里好习惯一些嘛！

他满脸通红朝公路两头望了望，见没什么人，于是就像做一件见不得人的事一样，匆忙地折身走进了公路边的那条拐沟里。

他在这荒沟里走了好一段路，直到看不见公路的时候才站住。

他站住，口张了一下，但没勇气喊出声来。又张了一下口，还是不行。短短的时间里，汗水已经沁满了他的额头。四野里静悄悄的，几只雪白的蝴蝶在他面前一丛淡蓝色的野花里安详地飞着；两面山坡上茂密的苦艾发出一股新鲜刺鼻的味道。高加林感到整个大地都在敛声屏气地等待他那一声"白蒸馍哎——"

啊呀，这是那么的难人！他感到就像要在大庭广众面前学一声狗叫唤一样受辱。

他用手背擦了一下额头的汗水，决心下一声非喊出来不可！他狠狠地咽了一口唾沫，把眼一闭，张开嘴怪叫一声："白蒸馍哎——"

他听见四山里都在回荡着他那一声演戏般的、悲哀的喊叫声。他牙咬住嘴唇，强忍着没让眼里的泪花子溢出来。

他直愣愣地在这个荒沟野地里站了老半天，才难受地回到公路上，继续向县城走去。从他们村到县城只有十来里路，但他感到这段路是多么的漫长和艰难。他知道，更大的困难还在前头——在那万头攒动的集市上！

当他走到大马河与县河交汇的地方，县城的全貌已经出现在视野之内了。一片平房和楼房交织的建筑物，高低错落，从半山坡一直延伸到河岸上。亲爱的县城还像往日一样，灰蓬蓬地显出了它那诱人的魅力。他没有走过更大的城市，县城在他的眼里就是大城市，就是别一番天地。他对这里的一切都是熟悉的，亲切的；从初中到高中，他都是在这里度过。他对自己和社会的深入认识，对未来生活的无数梦想，都是在这里开始的。学校、街道、电影院、商店、浴池、体育场……生活是多么的丰富多彩！可是，三年前，他就和这一切告别了……

现在，他又来了。再不是当年的翩翩少年，衣服整洁而笔挺，满身的香皂味，胸前骄傲地别着本县最高学府的校徽。他现在提着蒸馍篮子，是一个普通的赶集的庄稼人了。

往事的回忆使他心酸。他靠在大马河桥的石栏杆上，感到头有点眩晕起来。四面八方赶集的人群正源源不绝地通过大桥，进了街道。远处城市中心街道的上空，腾起很大一片灰尘，嘈杂的市声听起来像蜂群发出的嗡嗡声一般。

他猛然想到一个更糟糕的问题：要是碰上他在县城的同学怎么办？

他下意识地抬起头，先慌忙朝前后看了看。这时候他才真正后悔赶这趟集了。一般的赶集倒也没什么，可他是来卖蒸馍的呀！

现在折回去吗？可这怎行呢！他已经走到了县城。再说，家里连一点零花钱都没有了，这样回去，父母亲虽然不会说什么，但他们肯定心里会难受的——不仅为这篮没卖掉的蒸馍，更为他的没出息而难受！

"不，"他想，"我既然来了，就是硬着头皮也要到集上去！"当然，他也在心里祷告，千万不要碰上县城里的同学。

他很快提起篮子，过了桥，向街道上走去。他准备穿过街道，到南关里去。那里是猪市、粮食市和菜市，人很稠，除过买菜的干部，大部分都是庄稼人，不显眼。

当他路过汽车站候车室外面的马路时，脸刷一下白了——白了的脸很快又变得通红。他感到全身的血一下都向脸上涌上来了：他猛然看见他高中时的同班同学黄亚萍和张克南正站在候车室门口。躲是来不及了，他俩显然也看见了他，已经先后向他走过来了。

高加林恨不得把这篮子馍一下扔到一个人所不知的地方。张克南和黄亚萍很快走到他面前了，他只好伸出空着的那只手和克南握了握手。

他俩问他提个篮子干啥去呀？他即兴撒了个谎，说去城南一个亲戚家里走一趟。

黄亚萍很热情地对他说："加林，你进步真大呀！我看见你在地区报上发表的那几篇散文啦！真不简单！文笔很优美，我都在笔记本上抄了好几段呢！"

"你还在马店教书吗？"克南问他。

他摇摇头，苦笑了一下说："已经被大队书记的儿子换下来了，现在已经回队当了社员。"

黄亚萍立刻焦虑地说："那你学习和写文章的时间更少了！"

高加林解嘲地说："时间更多了！不是有一个诗人写诗说：'我们用镢头在大地上写下了无数的诗行'吗？"

他的幽默把他的两个同学都逗笑了。

"你们出差去吗？"加林问他们俩。他隐约地感到，他两个的关系似乎有点微妙。在中学时，他俩的关系倒也很一般。

"我不出去。克南要到北京给他们单位买彩色电视机。我是闲逛哩……"黄亚萍说着，似乎有点不好意思。

"你还在副食公司当保管吗？"加林问克南。

"不。前不久刚调到副食门市上。"克南说。

"高升了！当了门市部主任！不过，前面还有个副字！"亚萍有点嘲弄地看了看克南，不以为然地撇了一下嘴。

"要买什么烟酒一类的东西，你来，我尽量给你想办法。我这人没其他能耐，就能办这么些具体事。唉，现在乡下人买一点东西真难！"克南对他说。

尽管张克南这些话都是真诚的，但高加林由于他自己的地位，对这些话却敏感了。他觉得张克南这些话是在夸耀自己的优越感。他的自尊心太强了，因此精神立刻处于一种藐视一切的状态，稍有点不客气地说："要买我想其他办法，不敢给老同学添麻烦！"

一句话把张克南刺了个大红脸。

黄亚萍也是个灵人，已经听出他俩话不投机，便对高加林说："你下午要是有空，上我们广播站来坐坐嘛！你毕业后，进县城从不来找我们拉拉话。你还是那个样子，脾气真犟！"

"你们现在位置高了，咱区区老百姓，实在不敢高攀！"加林的坏毛病又犯了！一旦他感到自己受了辱，话立刻变得非常刻薄，简直叫人下不了台。

张克南已经明显地有点受不了了，正好车站的广播员让旅客排队买票，这一下把大家都解脱了。

克南马上和他握了手，先走了。亚萍犹豫了一下，对他说："……我真的想和你拉拉话。你知道，我也爱好文学，但这几年当个广播员，光练了嘴皮子了，连一篇小小的东西都写不成，你一定来！"

她的邀请是真诚的，但高加林不知为什么，心里感到很不舒服。他对亚萍说："有空我会来的。你快去送克南吧，我走了。"

黄亚萍的脸刷一下红了，说："我不是去送他的！我来车站接一个老家来的亲戚……"她显然也即兴撒了个谎。加林心里想：你根本没必要撒谎！

高加林再不说什么，他向她很礼貌地点点头，便转身向大街道上走去。他一边走，一边心里为他和亚萍各自撒的谎感到好笑，忍不住自言自语说："你去接你的'亲戚'吧，我也得看我的'亲戚'去了……"

但是，刚才和克南、亚萍的见面，很快又勾起了他对往日学校生活的回忆。

在学校时，亚萍是班长，他是学习干事，他们之间的交往是比较多的。他俩也是班上学习最好的，又都爱好文学，互相都很尊重。他和克南平时不是太接近的，因为都在校篮球队，只是打球的时候才在一块交往得多一些。

黄亚萍是江苏人，她父亲是县武装部长和县委常委。亚萍是在他刚上高中的那年随父亲调来县上，插入他那个班的。她带有鲜明的南方姑娘的特点，又经见过世面；那种聪敏、大方和不俗气，立刻在整个学校都很惹眼了。高加林虽然出身农民家庭，也没走过大城市，但平时读书涉猎的范围很广；又由于山区闭塞的环境反而刺激了他爱幻想的天性，因而显得比一般同学飘洒，眼界也宽阔。黄亚萍很快发现了他的这种气质，很自然地在班上更接近他。他同样也喜欢和她在一块儿。因为在这之前，他还没有接触过这样的女生。本地女同学和黄亚萍相比，都有点不大方，有的又很俗气，动不动就说吃说穿，学习大部分都赶不上男同学，他很少和她们交往。他俩有时在一块儿讨论共同看过的一本小说，或者说音乐，说绘画，谈论国际问题。班上的同学一度曾议论过他们的长长短短。他当时并不敢想什么出边的事。他和黄亚萍相比，有难以克服的自卑感。这不是说他个人比她差，而是指家庭、经济条件和社会地位这些方面而言。在这些方面，张克南全部有。克南父亲是县商业局长，他母亲也是县药材公司的副经理，在县上都是很像样的人物。当时克南也对亚萍有好感，经常设法和她接近，但看出她并没有和他过多交往的愿望。

很快，高中毕业了。他们班一个也没有考上大学。农村户口的同学都回了农村，城市户口的纷纷寻门路找工作。亚萍凭她一口高水平的普通话到了县广播站，当了播音员。克南在县副食公司当了保管。生活的变化使他们很快就隔开很远了，尽管他们相距只有十来里路，但在实际生活中，他们已经是在两个世界了。

高加林回村后，起初每当听见黄亚萍清脆好听的普通话播音的时候，总有一种很惆怅的感觉，就好像丢了一件贵重的东西，而且没指望找回来了。后来，这一切都渐渐地淡漠了。只是不知什么时候，他隐约听另外村一个同学说，黄亚萍可能正和张克南谈恋爱时，他才又莫名其妙地难受了一下。以后他便很快把这一切都推得更远了，很长时间甚至没有想到过他们……

他刚才碰见他们，感到很晦气。他现在一边提着蒸馍篮子往热闹的集市中间走，一边眼睛灵活地转动着，以防再碰上城里工作的同学。

刚到十字街口，接近人流旋涡的地方，他又碰到了一个熟人！

不过，这回他倒没什么恐慌。当他们城关公社文教专干马占胜有点尴尬地过来和他握手时，他这一刻不觉得胳膊上挽的蒸馍篮子丢人了——哼！让他看看吧，正是他们把他逼到了这个地步！

当专干问他干啥时，他很干脆地告诉他：卖蒸馍！他并且从篮子里取出一个来，硬往马占胜手里塞；他感到他拿的是一颗冒烟的、带有强烈报复性的手榴弹！

马占胜两只手慌忙把这个蒸馍捉住，又重新硬塞到篮子里，手在已经有了胡楂的脸上摸了一把，显得很难受的样子说：

"加林！你大概一直在心里恨我哩！我一肚子苦水无处倒哇！有些话，我真想给你说，又不好说！现在你听我给你说。"马占胜把高加林拉在十字街自行车修理部的一个拐角处，又摸了一把脸，放低声音说：

"唉，好加林哩！你不知情！咱公社的赵书记和你们村的高明楼是十几年的老交情了。别看是上下级关系，两人好得不分你我。前几年，明楼家没什么要安排的人，就一直让你教书。今年他二小子高中毕业了，他在公社跑了几回，老赵当然要考虑。你知道，这几年国民经济调整哩，国家在农村又不招工招干，因此农村把民办教师这工作看得很重要。明楼当然想叫他小子干这事嘛！下另外村子的教师，人家谁让哩？因此，就只好把你下了，让三星上。这事虽然是我在会上宣布的，可这不是我决定的嘛！我马占胜哪有这么大的牛皮！因此，好加林哩，你千万不要恨我！"

高加林心不在焉地用手指头理了理头发，对专干说：

"老马，你太多心了。你不说，我也都了解这些情况。我们共事几年了，你应该了解我。"

"我当然了解你！全公社教师里面，你是拔尖的！再说，你这娃娃心眼活，性子硬，我就喜欢这号人。不怕！……噢，我忘记告诉你了，我已经调到县政

人生

府的劳动局，算是提拔了，当了个副局长。我前几天还给公社赵书记谈过，叫他有机会就考虑再让你当教师。赵书记满口答应了……不怕！你等着！……你快忙你的，我还要开个会哩。新官上任三把火！咱烧不起来火，最起码得按时给人家应酬嘛！……"

马占胜说完，手在脸上摸了一把，和高加林握了一下手，像逃避什么似的很快就钻到了人群里。

高加林因为一直就对这个公社有名的滑头没有好感，所以基本上没认真听他说了些什么。他现在只知道他离开了城关公社，高升到县政府了。但这些和他有什么关系呢？他现在最要紧的是把胳膊上挽的这篮子蒸馍卖掉！

高加林很快从街道里的人群中挤过，向南关的交易市场走去。

第四章

县城南关的交易市场热闹得简直叫人眼花缭乱。一大片空场地，挤满了各式各样买卖东西的人。以菜市、猪市、牲口市和熟食摊为主，形成了四个基本的中心。另一个最大的人群中心是河南一个什么县的驯兽表演团，用破旧的蓝布围了一个大圈当剧场，庄稼人挤破脑袋两毛钱买一张票，去看狗熊打篮球，哈巴狗跳罗圈。市场上弥漫着灰尘，噪音像洪水声一般喧嚣，到处充满了庄稼人的烟味和汗味。

高加林提着那篮子馍，从本县那条主要的大街上满头大汗地挤过来，就投入这个闹哄哄的人海里了。

他提着篮子在人群里瞎挤了一气，自己也不知道该到哪里去。他是个讲卫生的人，雪白的毛巾一直把馍篮子盖得严严的，生怕落进去灰尘。谁也看不出他是个干什么的，有几次他试图把口张开，喊叫一声，但怎么也喊不出声音来。他听见市场上所有卖东西的人都在吆喝，尤其是一些生意油子，那叫卖的声音简直成了一种表演艺术。他以前听见这样的喊叫，只觉得很好笑。可现在他在心里很佩服这种什么也不顾忌的欢畅舒坦的叫喊声；觉得也是一种很大的本事。他自己明显地感到，他在这个世界里，成了一个最无能的人。

正当他在人堆里茫然乱挤的时候，听见背后有个妇女对旁边一个什么人说："今儿个死老头子又要喝酒，请下一堆客人，热得不想做饭，国营食堂的馍又黑又脏，串了半天，这市场上还没个卖好白馍的……"

高加林一听，赶忙转过身，准备把蒸馍上的毛巾揭开。可他身子刚转过去，马上又转了过来，慌忙躲到一个卖木锨的老汉身后——他看见那个寻找着买馍的妇女正好是张克南他妈！以前上学时，他去过克南家一两次，克南他妈认识他！

可怜的小伙子像小偷一样藏在那个卖木锨的老汉背后，直等到看不见克南他妈才又走动起来。也许克南他妈早认不得他了，但他的自尊心使他不能和这样一个过去认识的人做这笔买卖。

这时候，满城的高音喇叭响了起来。喇叭里传来了黄亚萍预报节目的声音。亚萍的声音通过扩音器，变得更庄重和柔和；普通话的水平简直可以和中央台的女播音员乱真。

高加林疲乏地背靠在一根水泥电杆上，两道剑眉在眉骨上一跳一跳的。他眼睛微微地闭住，牙齿咬着嘴唇。他想到克南此刻也许正在长途汽车上悠闲地观赏着原野上的风光；黄亚萍正坐在漂亮的播音室里，高雅地念着广播稿……而他，却在这尘土飞扬的市场上颠簸着为几个钱受屈受辱，心里顿时翻起了一股苦涩的味道。

他已经完全无心卖馍了。他决定离开这个他无能为力的场所，到一个稍微清静的地方待一会儿。至于馍卖不了怎么办，现在他也不想考虑了。

到哪里去呢？他突然想起了他已经久违的县文化馆阅览室。

他很快又从大街里挤过来，来到十字街以北的县文化馆。因为他爱好文学，文化馆他有几个熟人，本来想进去喝点水，但他很快又打消了这个念头——他今天怕见任何熟人！

他径直进了阅览室，把馍篮放在长椅的角上，从报架上把《人民日报》《光明日报》《中国青年报》《参考消息》和本省的报纸取了一堆，坐在椅子上看起来。这里没什么人。在城市喧嚣的海洋里，难得有这平静的一隅。

他最近由于生活发生了混乱，很多天没看报纸杂志了。他从初中就养成了每天看报的习惯，一天不看报纸总像缺个什么似的。当他好多天以后重新进入报纸的世界，立刻就把所有的一切都忘了个一干二净。

他首先看《人民日报》的国际版。他很关心国际问题，曾梦想过进国际关系学院读书。在高中时，他曾钉过一个很大的笔记本，里面虚张声势地写上"中东问题""欧洲共同体国家相互政治经济关系研究""东盟五国和印支三国未来关系的演变""中美苏三角关系中美国的因素"等等胡思乱想的"研究"题目。现在他想起来已经有点可笑，但当时的"气派"却把同学们吓了一跳！其实他也并没能"研究"什么，只不过剪贴了一点报刊资料而已。

他先把各种报纸翻着浏览了一遍，然后找了一篇长一点的文章"过瘾"。他身子蜷曲在长椅子里，看起了韩念龙在联合国召开的柬埔寨国际会议上的发言。

他把几种大报好多天的重要内容几乎通通看完以后，浑身感到一种十分熨帖舒服的疲倦。

直到阅览室的工作人员来关门的时候，他才大吃一惊：现在已经到城里人吃下午饭的时光了！

他慌忙提起蒸馍篮子，出了阅览室。

太阳已经远远向两边倾斜过去了。市声基本落下，街道上稀稀落落的没有了多少人。

啊呀，他在阅览室待的时间太长了！现在怎么办呢？庄稼人大部分都已经像潮水一样退出了城市，这时候他要是再出现在街上，很容易碰见熟悉的同学。

想来想去，没有什么办法了。他站在阅览室的门口踌躇了半天，最后只好决定提着篮子回家去。

他垂头丧气出了城，向大马河川道那里走去。一切都还是来的样子，篮子里的白馍一个也没少。他赶这回集，连一分钱的买卖都没做。

他走到大马河桥上时，突然看见他们村的巧珍立在桥头上，手里拿块红手帕扇着脸，身边撑着他们家新买的那辆"飞鸽"牌自行车。

巧珍看见他，主动走过来了，并且站在了他的面前——实际上等于把他堵在了路上。

"加林，你是不是卖馍去了？"她脸红扑扑的，不知为什么，看来精神有点紧张，身体像发抖似的微微颤动着，两条腿似乎都有点站不稳。

"嗯……"高加林应承了一声，很奇怪地看了她一眼，没话寻话地说，"你也赶集去了？"

"嗯……"巧珍用手帕揩着脸上沁出的汗珠，眼睛斜看着她的自行车，但精神却在注意着他，"我来赶集，一点事也没……加林，"她突然转过脸看着他说，"我知道你一个馍也没卖掉！我知道哩！你怕丢人！你干脆把馍给我，你在这里把我的车子看住，让我给你卖去！"

巧珍说着，两只手很快过来拿他的篮子。

高加林闷头闷脑地还没反应过来这是怎么一回事，巧珍已经从他胳膊上把篮子夺走了。她什么话也没说，提着篮子就反身向街道上走去了。

高加林望着她远去的苗条的背影，不知该如何是好。他两只手在桥栏杆上摸来摸去，怎么也弄不清楚为什么突然出现了这样的事情。

对于巧珍来说，她今天的行动是蓄谋已久的。不是一天两天，而是多少年埋藏在她心中的感情，已经忍无可忍——她要爆发了！否则，她觉得自己简直活不下去了！

刘立本这个漂亮得像花朵一样的二女子，并不是那种简单的农村姑娘。她虽然没有上过学，但感受和理解事物的能力很强，因此精神方面的追求很不平常。加上她天生的多情，形成了她极为丰富的内心世界。村前庄后的庄稼人只看见她外表的美，而不能理解她那绚丽的精神光彩。可惜她自己又没文化，无法接近她认为"更有意思"的人。她在有文化的人面前，有一种深刻的自卑感。她常在心里怨她父亲不供她上学。等她明白过来时，一切都已经为时过晚了。为了这个无法弥补的不幸，她不知暗暗哭过多少回鼻子。

但她决心要选择一个有文化，而又在精神方面很丰富的男人做自己的伴侣。就她的漂亮来说，要找个公社的一般干部，或者农村出去的国家正式工人，都是很容易的；而且给她介绍这方面对象的媒人把她家的门槛都快踩断了。但她统统拒绝了。这些人在她看来，有的连农民都不如。退一步说，就是和这样的人结婚了，男人经常在门外，一年回不来几次；娃娃、家庭都要她一个人操磨。这样的例子在农村多得很！而最根本的是，这些人里没有她看得上的。如果真正有合她心的男人，她就是做出任何牺牲也心甘情愿。她就是这样的人！

她父亲虽然生了她，养活了她，但根本不理解她。他见她不寻干部、工人，就急着给她找农村的。并且一心看上个马店的马拴。马拴这人前几年公社农田基建会战时，她和他接触不少。他人诚实，心眼也不死，做买卖很利索，劳动也是村前庄后出名的。家里的光景富裕而殷实，拿农村的眼光看，算是上等人家。但她就是产生不了爱马拴的感情。尽管马拴热心地三一回五一回常往她家里跑，她总是躲着不见面，急得她父亲把她骂过好几回了。

其实，她并不是没有自己心上的人。多年来，她内心里一直都在为这个人发狂发痴——这人就是高加林！

巧珍刚懂得人世间还有爱情这一回事的时候，就在心里爱上了加林。她爱他的飘洒的风度，漂亮的体形和那处处都表现出来的大丈夫气质。她认为男人就应该像个男人；她最讨厌男人身上的女人气。她想，她如果跟了加林这样的男人，就是跟上他跳了崖也值得！她同时也非常喜欢他的那一身本事：吹拉弹唱，样样在行；会安电灯，会开拖拉机，还会给报纸上写文章哩！再说，又爱讲卫生，衣服不管新旧，常穿得干干净净，浑身的香皂味！

她曾在心里无数次梦想她和这个人在一起的情景：她把她的手放在他的手

里，让他拉着，在春天的田野里，在夏天的花丛中，在秋天的果林里，在冬天的雪地上，走呀，跑呀，并且像人家电影里一样，让他把她抱住，亲她……

可是在现实生活里，她的自卑感使她连走近他的勇气都没有。她时时刻刻在想念他，又处处在躲避他。她怕她的走路、姿势和说话在他面前显出什么不妥当来，惹她心爱的人笑话。但是，她的心思和眼睛却从来也没有离开过他啊！

加林上高中时，她尽管知道人家将来肯定要远走高飞，她永远不会得到他，但她仍然一往情深，在内心里爱着他。每当加林星期天回来的时候，她便找借口不出山，坐在她家院子的埝畔上，偷偷地望对面加林家的院子。加林要是到村子前面的水潭去游泳，她就赶忙提个猪草篮子到水潭附近的地里去打猪草。星期天下午，她目送着加林出了村子，上县城去了，她便忍不住眼泪汪汪，感到他再也不回高家村了。

加林高中毕业没考上大学，灰溜溜地回到村里以后，巧珍高兴得几乎发了疯。她多少次的梦想露出了希望的光芒。她谋算：加林现在成了农民，大概将来就得找个农村媳妇吧？如果他找农村户口的姑娘，她虽然没文化，但她自己有信心让他爱她。她知道她有一个别的姑娘很难比上的长处：俊。

可是，希望的光芒很快暗淡了。加林当了教师。教师现在是唯一有希望进入商品粮世界的。按加林的能力来说，将来完全有把握转成正式教师。

她又陷入了深深的痛苦之中。她常常一个人躲在她们家埝畔上的那棵老槐树后面，向学校那里呆呆地张望。她目送着加林从那条被学生娃踩得白光刺眼的小路上向学校走去；又望着他从那条路上向村里走来……

她是个心眼很活的姑娘，所有这一切做得谁也看不出来。是的，村里谁也不知道这个俊女孩子的梦想和痛苦！只有她在县城正上高中的妹妹巧玲，似乎有一点觉察，有时对她麻木的发呆和莫名其妙的焦躁不安，诡秘地一笑，或真诚地为她叹息一声！现在，在高加林又一次当了农民的时候，她那长期被压抑的感情又一次剧烈地复活了。这次就好像火山冲破了地壳，感情的洪流简直连她自己也控制不住了。她为他当了农民而高兴，又同时为他的痛苦而痛苦——为此，她甚至还在她大姐面前骂高明楼不是个人。

她不知道该怎样心疼他。昨天中午，她看见他去游泳的时候，匆忙提了猪草篮在水潭边的玉米地里穿过，顺便摘了自留地的一个甜瓜，想破开脸皮去安慰一下他；今天她看见他上集去了，又骑了个车子撵来了。她今天上集的确什么事也没；她赶这回集，完全是想找机会对他说出她全部的心里话！她今天实际上一直都不远不近地跟着加林在集上的人群里挤。她看见亲爱的人提着蒸馍篮子，在人群里躲躲闪闪，一个也卖不了，后来痛苦地靠在水泥电杆上闭起眼睛的时候，她脸上的泪水也刷刷地淌着，手帕揩也揩不及。

后来，她看见加林进了文化馆，知道他的蒸馍是卖不出去了。她当时很想也进阅览室去，但她想自己不识字，进那里去干什么？再说，那里面人多，她不好和加林说什么话。于是，她就骑车来到大马河桥上，在那里等他过来，从中午一直站到下午……

刘巧珍现在提着一篮子蒸馍，兴奋地走在县城的大街上，感到天地一下子变得非常明亮了；好像街道上所有的人都在咧开嘴巴或者抿着嘴向她笑。迎面过来一群幼儿园刚放了学的娃娃，她抱住一个就亲了一口！

直到过了十字街，穿过城里那条主要街道，来到南关的自由交易市场时，她才停住了脚步，忍不住害臊地笑自己的荒唐：她原来根本不是打算来卖这篮蒸馍的，而准备送给城里她的一个姨姨家。她姨家住在十字街上面的山坡上，她现在却疯头涨脑地跑到了这里！至于馍钱，她不会向姨姨要的，她早已给加林准备好了。她并且还给加林买了一条好烟，已放在自行车的花布提包里了。

她很快又掉转身，向姨姨家走去。巧珍把一篮子蒸馍给姨姨家放下，折转身就起身。她姨和她姨夫硬拉住让她吃饭，她坚决地拒绝了：她怕加林在桥上等她等得不耐烦。

她提着空篮子从姨姨家出来，几乎是跑着向大马河桥上赶去。

第五章

高加林立在大马河桥上，对刚才发生的事半天百思不得其解。

他后来索性把这事看得很简单：巧珍是个单纯的女子，又是同村人，看见他没把馍卖掉，就主动为他帮了个忙。农村姑娘经常赶集上会买卖东西，不像他一样窘迫和为难。

但不论怎样，他对巧珍给他帮这个忙，心里很感谢她。他虽然和刘立本家里的人很少交往，可是感觉刘立本的三个女儿和刘立本不太一样。她们都继承了刘立本的精明，但品行看来都比刘立本端正；对待村里贫家薄业的庄稼人，也不像她们的父亲那般傲气十足。她们都尊大爱小，村里人看来都喜欢她们。三姐妹长得都很出众，可惜巧珍和她姐巧英都没上过学；妹妹巧玲正上高中，听说现在中学里的"校花"。对于一个农民来说，找到刘立本家的女子做媳妇的确是难得的。高明楼眼疾手快，把巧英给他大儿子娶过去了。现在巧珍的媒人也是踢塌门槛；这一段马店的马拴又里外的确良穿上往刘立本家愣跑哩。高加林想起马拴那天的打扮，又忍不住笑了。

太阳正从大马河西边无垠的大山中间沉落。通往他们村的川道里，已经罩上了暗影；川道里庄稼的绿色似乎显得深了一些。夹在庄稼地中间的公路上，几乎没有了人迹，公路静悄悄地伸向绿色的深处。东南方向的县城，已经罩在一片蓝色的烟气中了。从北边流来的县河，水面不像深秋那般开阔，平静地在县城下边绕过，向南流去了；水面上辉映着夕阳明亮的光芒。河边上，一群光屁股小孩在泥滩上追逐，嬉耍；洗衣服的城市妇女正在收拾晒在岸边草地上花花绿绿的衣服和床单。

高加林不时回头向县城街道那边张望。他觉得巧珍也不一定能把那篮子馍卖了——因为现在集市都已经散了。

当他终于看见巧珍提着篮子小跑着向他走来时，他认定她没有把馍卖掉——这期间的时间太短了！

巧珍来到他面前，很快把一卷钱塞到他手里说："你点点，一毛五一个，看对不对？"

高加林惊讶地看了看她胳膊上的空篮子，接过钱塞在口袋里，心里对她充满了非常感激的心情。他不知该向她说句什么话。停了半天，才说："巧珍，你真能行！"

刘巧珍听了加林的这句表扬话，高兴得满脸光彩，甚至眼睛里都水汪汪的。

加林伸出手，说："把篮子给我，你赶快骑车回去，太阳都要落了。"

巧珍没给他，反而把篮子往她的自行车前把上一挂，说："咱们一块走！"说着就推车。

加林一下子感到很为难。和同村的一个女子骑一辆车子回家，让庄前村后的人看见了，实在不美气。但他又感到急忙找不出理由拒绝巧珍的好心。

他略踌躇了一下，对巧珍撒谎说："我骑车带人不行，怕把你摔了。"

"我带你！"巧珍两只手扶着车把，亲切地看了加林一眼，又不好意思地低下了头。

"啊呀，那怎行呢！"加林一只手在头发里搔着，不知该怎办。

"干脆，咱别骑车，一搭里走着回。"巧珍漂亮的大眼睛执拗地望着他，突起的胸脯一起一伏。

看来她真诚地要和他相跟着回村了。加林看没办法了，只好说："行，那咱走，让我把车子推上。"

他伸手要推车，巧珍用肩膀轻轻把他推了一下，说："你走了一天，累了。我来时骑着车，一点也不累，让我来推。"

就这样，他俩相跟着起身了，出了桥头，向西一拐，上了大马河川道的简易公路，向高家村走去。

太阳刚刚落山，西边的天上飞起了一大片红色的霞朵。除过山尖上染着一抹淡淡的橘黄色的光芒，川两边大山浓重的阴影已经笼罩了川道，空气也显得凉森森的了。大马河两岸所有的高秆作物现在都在出穗吐缨。玉米、高粱、谷子，长得齐楚楚的，都已冒过了人头。各种豆类作物都在开花，空气里弥漫着一股清淡芬芳的香味。远处的山坡上，羊群正在下沟，绿草丛中滚动着点点白色。富丽的夏日的大地，在傍晚显得格外宁静而庄严。

高加林和刘巧珍在绿色甬道中走着，路两边的庄稼把他们和外面的世界隔开，造成了一种神秘的境界。两个青年男女在这样的环境中相跟着走路，他们的心都不由得咚咚地跳。

他俩起先都不说话。巧珍推着车，走得很慢。加林为了不和她并排，只好比她走得更慢一点，和她稍微错开一点距离。此刻，他自己感到了一种从来没有过的精神上的紧张：因为他从来没有单独和一个姑娘在这样悄没声响的环境中走过。而且他们又走得这样慢，简直和散步一样。

高加林由不得认真看了一眼前面巧珍的侧影。他惊异地发现巧珍比他过去的印象更要漂亮。她那高挑的身材像白杨树一般可爱，从头到脚，所有的曲线都是完美的。衣服都是半旧的：发白的浅毛蓝裤子，淡黄色的确良短袖，浅棕色凉鞋，比凉鞋的颜色更浅一点的棕色尼龙袜。她推着自行车，眼睛似乎只盯着前面的一个地方，但并不是认真看什么。从侧面可以看见她扬起脸微微笑着，有时上半身弯过来，似乎想和他说什么，但又很快羞涩地转过身，仍像刚才那样望着前面。高加林突然想起，他好像在什么地方见到过和巧珍一样的姑娘。他仔细回忆了一下，才想起他是看到过一张类似的画。好像是幅俄罗斯画家的油画。画面上也是一片绿色的庄稼地，地面的一条小路上，一个苗条美丽的姑娘一边走，一边正向远方望去，只不过她头上好像拢着一条鲜红的头巾……

在高加林这样胡思乱想的时候，他前面的巧珍内心里正像开水锅那般翻腾着。第一次和她心爱的人单独走在一块，使得这个不识字的农村姑娘陶醉在一种巨大的幸福之中。为了这一天，她已经梦想了好多年。她的心在狂跳着；她推车子的两只手在颤抖着；感情的潮水在心中涌动，千言万语都卡在喉眼里，不知从哪里说起。她今天决心要把一切都说给他听，可她又一时羞得说不出口。她尽量放慢脚步，等天黑下来。她又想：就这样不言不语走着也不行啊！总得先说点什么才对。她于是转过脸，也不看加林，说："高明楼心眼子真坏，什么强事都敢做……"

加林奇怪地看了看她，说："他是你们的亲戚，你还能骂他？"

"谁和他亲戚？他是我姐姐的公公，和我没一点相干！"巧珍大胆地回过头看了一眼加林。

"你敢在你姐面前骂她公公吗？"

"我早骂过了！我在他本人面前也敢骂！"巧珍故意放慢脚步，让加林和她并排走。

高加林一时弄不清楚为什么巧珍在他面前骂高明楼，便故意说："高书记心眼子怎个坏？我还看不出来。"

巧珍一下子停住了脚步，愤愤地说："加林！他活动得把你的教师下了，让他儿子上！看现在把你愁成啥了……"

高加林也不得不停住脚步。他看见他面前那张可爱的脸上是一副真诚同情他的表情。

他没有说什么，只是叹了一口气，就又朝前走了。

巧珍推车赶上来，大胆地靠近他，和他并排走着，亲切地说："他做的歪事老天爷知道，将来会报应他的！加林哥，你不要太熬煎，你这几天瘦了。其实，当农民就当农民，天下农民一苤人哩！不比他干部们活得差。咱农村有山有水，空气又好，只要有个合心的家庭，日子也会畅快的……"

高加林听着巧珍这样的话，心里感到很亲切。他现在需要人安慰。他于是很想和她拉拉家常话了。他半开玩笑地说："我上了两天学，现在要文文不上，要武武不下，当个农民，劳动又不好，将来还不把老婆娃娃饿死呀！"他说完，自己先嘿嘿地笑了。

巧珍猛地停住脚步，扬起头，看着加林说：

"加林哥！你如果不嫌我，咱们两个一搭里过！你在家里待着，我给咱上山劳动！不会叫你受苦的……"巧珍说完，低下头，一只手扶着车把，另一只手局促地扯着衣服边。

血"轰"一下子冲上了高加林的头。他吃惊地看着巧珍，立刻感到手足无措；感到胸口像火烧一般灼疼。身上的肌肉紧缩起来，四肢变得麻木而僵硬。

爱情？来得这么突然？他连一点精神准备都没有。他还没有谈过恋爱，更没有想到过要爱巧珍。他感到恐慌，又感到新奇；他带着这复杂的心情又很不自然地去看立在他面前的巧珍。她仍然害羞地低着头，像一只可爱的小羊羔依恋在他身边。她身上散发出来的温馨的气息在强烈地感染着他；那白杨树一般苗条的身体和暗影中显得更加美丽的脸庞深深地打动了他的心。他尽量控制着自己，对巧珍说："咱们这样站在路上不好。天黑了，快走吧……"

巧珍对他点点头，两个人就又开始走了。加林没说话，从她手里接过车把，她也不说话，把车子让他推着。他们谁也不知该说什么好。

半天，高加林才问她："你怎猛然说起这么个事？"

"怎是猛然呢？"巧珍扬起头，眼泪在脸上静静地淌着。她于是一边抹眼泪，一边把她这几年所有的一切一点也不瞒地给他叙说起来……

高加林一边听她说，一边感到自己的眼睛潮湿起来。他虽然是个心很硬的人，但已经被巧珍的感情深深感动了。一旦他受了感动的时候，就立即产生了一种奇异的激情：他的眼前马上飞动起无数彩色的画面；无数他最喜欢的音乐旋律也在耳边响起来；而眼前真实的山、水、大地反倒变得虚幻了……

他在听完巧珍所说的一切以后，把自行车"啪"地撑在公路上，两只手神经质地在身上乱摸起来。

巧珍看着他这副样子，突然笑了起来。她一边笑，一边抹去脸上的泪水，一边从车子后架上取下她的花提包，从里面掏出一包"云香"牌香烟，递到他面前。

高加林惊讶地张开嘴巴，说："你怎知道我是找烟哩？"

她妩媚地对他咧嘴一笑，说："我就是知道。快抽上一支！我给你买了一条哩！"

高加林走近她，先没有接烟，用一种极其亲切和喜爱的眼光怔怔地看着她。她也扬起脸看着他，并且很快把两只手轻轻地放在他的胸脯上。加林犹豫了一下，轻轻地搂住她的肩背，然后坚决地把他发烫的额头贴在她同样发烫的额头上。他闭住眼睛，觉得他失去了任何记忆和想象……

当他们重新肩并肩走在路上的时候，月光已经升起来了。月光把绿色的山川照得一片迷蒙；大马河的流水声在静悄悄的夜里显得非常响亮。村子就在前边——在公路下边的河湾里，他们就要分手各回各家了。

在分路口，巧珍把提包里的那条烟掏出来，放在加林的篮子里，头低下，小声说："加林哥，再亲一下我……"

高加林把她抱住，在她脸上亲了一下，对她说："巧珍，不要给你家里人说。

记着，谁也不要让知道！……以后，你要刷牙哩……"

巧珍在黑暗中对他点点头，说："你说什么我都听……"

"你快回去。家里人问你为啥这么晚回来，你怎说呀？"

"我就说到城里我姨家去了。"

加林对她点点头，提起篮子转身就走了。巧珍推着车子从另一条路上向家里走去。

高加林进了村子的时候，一种懊悔的情绪突然涌上他的心头。他后悔自己感情太冲动，似乎匆忙地犯了一个错误。他感到这样一来，自己大概就要当农民了。再说，他自己在没有认真考虑的情况下就亲了一个女孩子，对巧珍和自己都是不负责任的。使他更难受的是，他觉得他今夜永远地告别了他过去无邪的二十四年，从此便给他人生的履历表上画上了一个标志。不管这一切是愉快的还是痛苦的，他都想哭一场！当他走进自己家门时，他爸他妈都坐在炕上等他。饭早已拾掇好了，可是他们显然还没有动筷子。见他回来，他爸赶忙问他："怎才回来？天黑了好一阵了，把人心焦死了！"

他妈瞪了他爸一眼："娃娃头一回做这营生，难肠成个啥了，你还嫌娃娃回来得迟！"她问儿子："馍卖了吗？"

加林说："卖了。"他掏出巧珍给他的钱，递到父亲手里。

高玉德老汉嘴噙住烟锅，凑到灯前，两只瘦手点了点钱，说："是这！干脆叫你妈明早上蒸一锅馍，你再提着卖去。这总比上山劳动苦轻！"

加林痛苦地摇摇头，说："我不去做这营生了，我上山劳动呀！"

这时候，他妈从后炕的针线篮里拿出一封信，对他说："你二爸来信了，快给咱念念。"

加林突然想起，他今天为那篮该死的馍，竟然忘了把他给叔父写的信寄出去——现在还装在他的口袋里！他从他妈手里接过叔父的信，在灯前给两个老人念起来——

大哥、嫂嫂：

你们好！今天写信，主要告诉你们一件事：最近上级决定让我转到地方工作。我几十年都在军队，对军队很有感情，但要听党的话，服从组织安排。现在还没有定下到哪里工作。等定下来后，再给你们写信。

今年咱们那里庄稼长得怎样？生活有没有困难？需要什么，请来信。

加林侄儿已经开学了吧？愿他好好为党的教育事业努力工作。

祝你们好！

弟：玉智

高加林念完，把信又递给他妈，心里想：既然是这样，他给叔父写的信寄没寄出去，现在关系已经不大了。

第六章

刘巧珍刷牙了。这件事本来很平常，可一旦在她身上出现，立刻便在村里传得风一股雨一股的。在村民们看来，刷牙是干部和读书人的派势，土包子老百姓谁还讲究这？高加林刷牙，高三星刷牙，巧珍的妹妹巧玲刷牙，大家谁也不奇怪，唯独不识字的女社员刘巧珍刷牙，大家感到又新奇又不习惯。

"哼，刘立本的二女子能翘得上天呀！好好个娃娃，怎突然学成了这个样子？"

"一天门外也没逛，斗大的字不识一升，倒学起文明来了！"

"卫生卫生，老母猪不讲卫生，一肚子下十几个胖猪娃哩！"

"哈呀，你们没见，一早上圪蹴在硷畔上，满嘴血糊子直淌！看这洋不洋？"

……

村里少数思想古旧、不习惯现代文明的人，在山里，在路上，在家里，纷纷议论他们村新出现的这个"西洋景"。

刘巧珍根本不管这些议论，她非刷牙不可！因为这是亲爱的加林哥要她这样做的啊！痴情的姑娘为了让心爱的男人喜欢，任何勇气都能鼓起来。她根本不管世人的讥笑；她为了加林的爱情什么都可以忍受。

这天早晨，她端着牙缸，又蹲在他们家的硷畔上刷开了牙。没刷几下，生硬的牙刷很快就把牙床弄破了，情况正如村里人传说的"满嘴里冒着血糊子"。但她不管这些，照样使劲刷。巧玲告诉她，刚开始刷牙，把牙床刷破是正常的，刷几次就好了。

这时候，碰巧几个出山的女子路过她家门前，嬉皮笑脸地站下看她出"洋相"；另外一些村里的碎脑娃娃看见这几个女子围在这里，不知出了啥事，也跑过来凑热闹了；紧接着，几个早起拾粪路过这里的老汉也过来看新奇。

这些人围住这个刷牙的人，稀奇地议论着，声音嗡嗡地响成一片。那几个拾粪老头竟然在她前面蹲下来，像观察一头生病的牛犊一样，互相指着她的嘴巴各抒己见。后面来的一个老汉看见她满嘴里冒着血沫子，还以为得了啥急症，对其他老汉惊呼："还不赶快请个医生来？"逗得在场的人都哈哈大笑了。

巧珍本来想和周围的人辩解几句，大大方方开个玩笑解脱自己，无奈嘴里说不成话。她也不管这些了，照样不慌不忙刷她的牙。她本来想结束了，但又赌气地想：我多刷一会儿让他们看，叫他们看得习惯着！

她右手很不灵巧地拿牙刷在嘴里鼓弄了好一阵后，然后取出牙刷，喝了一口缸子里的清水，漱了漱口，把牙膏沫子吐在地上，又喝了一口水漱起来。周围一圈人的眼光就从那牙缸子里看到她的嘴上，又从她的嘴上看到土地上。

这时候，巧珍她爸赶着两头牛正从河沟里上他家的埝畔。这个庄稼人兼生意人前几天又买了两头牛，还没转手卖出去，刚才吆着牲口到沟里饮水去了。

立本五十来岁，脸白里透红，皱纹很少，看起来还年轻。他穿一身干净的蓝咔叽衣服，不过是庄稼人的式样；头上戴着白市布瓜壳帽。看起来不太像个农民，至少像是城里机关灶上的炊事员。

刘立本吆牛上了埝畔，见一群人围住巧珍看她刷牙，早已气得鬼火冒心了！他发现巧珍这几天衣服一天三换，头梳个没完没了，竟然还能翘得刷起了牙。他前两天早想发火了，但觉得女子大了，怕她吃消不了，硬忍着没吭声。

现在他看见巧珍在一群人面前丢人败兴，实在起火得不行了。

他丢下两头牛不管，满脸通红，豁开人群，大声喝骂道："不要脸的东西，还不快滚回去！给老子跑到门外丢人来了！"

刘立本一声喝骂，赶散了所有看热闹的人。娃娃女子们先跑了，几个老汉慌忙提起拾粪筐，尴尬地退出了他们本不该来的这个地方。

巧珍手里提着个刷牙缸子，眼里噙着两颗泪珠说："爸，你为啥骂人哩？我刷牙讲卫生，有什么不对？"

"狗屁卫生！你个土包子老百姓，满嘴的白沫子，全村人都在笑话你这个败家子！你羞先人哩！"

"不管怎样，刷个牙算什么错！"巧珍嘴硬地辩解说，"你看你的牙，五十来岁就掉了那么多，说不定就是因为没……"

"放屁！牙好牙坏是天生的，和刷不刷有屁相干！你爷一辈子没刷牙，活了八十岁还满口齐牙，临殁的前一年还咬得吃核桃哩！你趁早把你那些刷牙家具撇了！"

"那巧玲刷牙你为什么不管？"

"巧玲是巧玲，你是你！人家是学生，你是个老百姓！"

"老百姓就连卫生也不能讲了？"巧珍一下委屈得哭开了。她大声和父亲嚷着说，"你为什么不供我上学？你就知道个钱！你再知道个啥？你把我的一辈子都毁了，叫我成了个睁眼瞎子！今儿个我刷个牙，你还要这样欺负我……"她一下背过身，双手蒙住脸哭得更厉害了。

刘立本一下子慌了。他很快觉得他刚才太过分——他已经好多年不这样对待孩子了。他赶忙过来乖哄她说："爸爸不对，你别哭了，以后要刷，就在咱家灶火圪崂里刷，不要跑到埝畔上刷嘛！村里人笑话哩……"

"让他们笑话！我什么也不怕！我就要到埝畔上刷！"巧珍狠狠地对父亲说。

刘立本叹了一口气，回头向院子后面看了看，立刻惊叫一声，撒开腿就跑——他的那两头牛已快把他辛苦务养起来的几畦包心菜啃光了！

巧珍擦去泪水，委屈地转身回了家。她先洗了脸，然后对着镜子认真地梳起了头发。她把原来的两根粗黑的短辫，改成像城里姑娘们正时兴的那种发式：把头发用花手帕在脑后扎成蓬蓬松松的一团。穿什么衣服呢？她感到苦恼起来。

自从那晚上以后，巧珍每时每刻都想见加林；想和他拉话，想和他亲亲热热在一块。可是不知为什么，加林好像一直在躲避她，好像不愿意和她照面。她想起加林哥那晚上那么喜爱地亲她，现在又对她这么冷淡，忍不住委屈得眼泪汪汪了。

她看见他这几天已经出山劳动了，一下子穿得那么烂，腰里还束一根草绳，装束得就像个叫花子一样。他每天早上都扛把老镢头，去山上给队里挖麦田垯子，中午也不回来，和众人一块吃送饭。他有新衣服，为什么要穿得那么破烂？昨天她看见他在井边担水，肩背上的衣服已经被什么划破一个大口子，露出的一块皮肉晒得黑红。她站在自家埝畔上，心疼得直掉泪，想跑下去看他，可加林哥好像不愿理她，担着水头也不回就走了——他明明看见了她啊！

她昨个晚上，一夜都没睡好觉。想来想去，不知道加林为啥又不愿理她了。

后来，她突然想到：是不是加林嫌她穿得太新了？这几天，她可是把她最好的衣服都拿出来穿过了。

可能就是因为这！你看他穿得多烂！他大概觉得她太轻浮了！人家是知识人，不像农村人恋爱，首先换新衣服。她太俗气了！她看见加林哥穿那身烂衣服，反而觉得他比穿新衣服还要俊，更飘洒了！可她却正好相反，换了最新的衣服！加林哥一定看见反感了。可她又难受地想：加林哥呀，我之所以这样，还是为了你呀！

现在她决定把那件米黄的确良短袖衫和那条深蓝色的确良裤子换下来，重新穿上平时她劳动穿的那身衣服：半旧的草绿色裤子，洗得发白的蓝劳动布上衣，再把水红衬衣的大翻领翻在外面。

她打扮好后，就肩起锄头向前村走去。今天组里锄玉米，正好加林就在玉米地对面的山坡上挖麦田塄，他肯定会看见她的……

高加林在赶罢集第二天，就出山劳动了。像和什么人赌气似的，他穿了一身最破烂的衣服，还给腰里束了一根草绳，首先把自己的外表"化装"成了个农民。其实，村里还没一个农民穿得像他这么破烂。他参加劳动在村里引起了纷纷议论。许多人认为他吃不下苦，做上两天活说不定就躺倒了。大家都很同情他；这个村文化人不多，感到他来到大家的行列里实在不协调。尤其是村里的年轻妇女们，一看原来穿得风风流流的"先生"变成了一个叫花子一样打扮的人，都啧啧地为他惋惜。

高家村村子并不大，四十多户人家，散落在大马河川道南边一个小沟口的半山坡上。一半家户住在沟口外的川道边，另一半延伸到沟口里面。沟里一股常年不断的细流水，在村脚下淌过，注入了大马河。大马河两岸的一大片川地，是他们主要舀米挖面的地方。川道两边的山上，耕地面积倒比川里大得多，但都是广种薄收，大部分是麦田。

前些年由于村子小，四十多户人家一直是集体生产和统一分配，实际上是大队核算。这两年随着政策的改变，也分成了两个生产责任组。许多社员要求再往小划一些，有的甚至提出干脆包产到户。但高明楼书记暂时顶住了这种压力。他们直到眼下还没有分开。这两年书记心里并不美气。他既觉得现时的政策他接受不了——拿他的话说，"把社会主义的摊子踢腾光了"；另一方面又觉得他无法抗拒社会的潮流，感到一切似乎都势在必行。他常撇凉腔说："合作化的恩情咱永不忘，包产到户也不敢挡。"实际上，他目前尽量在拖延，只分成两个"责任组"（实际上是两个生产队），好给公社交差，证明高家村也按新政策办事哩。

高加林家在前村一组。川道里现时正锄玉米，他不太会锄地，就跟山上翻麦田的人去挖地畔。

他的劳动立刻震惊了庄稼人。第一天上地畔，他就把上身脱了个精光，也不和其他人说话，没命地挖起了地畔。没有一顿饭的工夫，两只手便打满了泡。

他也不管这些，仍然拼命挖。泡拧破了，手上很快出了血，把镢把都染红了，但他还是那般疯狂地干着。大家纷纷劝他慢一点，或者休息一下再干，他摇摇头，谁的话也不听，只是没命地抡镢头……

今天又是这样，他的镢把很快又被血染红了。

犁地的德顺老汉一看他这阵势，赶忙喝住牛，跑过来把镢头从加林手里夺下，扔到一边，两撇白胡子气得直抖。他抓起两把干黄土抹到他糊血的两手上，硬把他拉到一个背阴处，不让他逞凶了。德顺老汉一辈子打光棍，有一颗极其善良的心。他爱村里的每一个娃娃。有一点好东西，自己舍不得吃，满庄转着给娃娃们手里塞。尤其是加林，他对这孩子充满了感情。小时候加林上学，家境不好，有时连买一支铅笔的钱都没有，他三毛五毛的常给他。加林在中学上学时，他去县城里卖瓜卖果，常留半筐子给他提到学校里。现在他看见加林这般拼命，两只嫩手被镢把拧了个稀巴烂，心里实在受不了。

老汉把加林拉在一个土崖的背阴下，硬按着让他坐下。他又抓了两把干黄土抹在他手上，说："黄土是止血的……加林！你再不敢耍二杆子了。刚开始劳动，一定要把劲使匀。往后的日子长着呢！唉，你这个犟脾气！"

加林此刻才感到他的手像刀割一般疼。他把两只手掌紧紧合在一起，弯下头在光胳膊上困难地揩了揩汗，说："德顺爷爷，我一开始就想把最苦的都尝个遍，以后就什么苦活也不怕了。你不要管我，就让我这样干吧。再说，我现在思想上麻乱得很，劳动苦一点，皮肉疼一点，我就把这些不痛快事都忘了……手烂叫它烂吧！"

他抬起乱蓬蓬的头，牙咬着嘴唇，显出一副对自己残酷的表情。

德顺老汉点起一锅旱烟，坐在他旁边，一只手在他落满黄尘的头上摸了一把，无可奈何地摇摇白雪一样的脑袋，说："明天你不要挖地畔了，跟我学耕地。你看你的手，再不敢握镢把了，等手好了再……"

加林坚决地摇摇头："不，我要让镢把把我的烂手再拧好！"他说完就站起来，向地畔走去，向两只烂手上唾了两下，掮起镢头又没命地挖起来。阳光火暴暴地晒着他通红的光脊背，汗水很快把他的裤腰湿透了。

德顺老汉看着他这副犟劲，叹了一口气，把崖根下一罐水提过去，放在离加林不远的地方，说："这罐水都是你的。天热，你不习惯，都喝了……"他叹了一口气，又去犁地去了。

高加林一个人把一道地畔挖完，过来抱住水罐，一口气喝了一半。他本想又一下全喝完，但看了看像个土人似的德顺爷爷，就把水又送到地头回牛的地方。

现在他一屁股坐下来，浑身骨头似乎全掉了，两只手像抓着两把圪针，疼得万箭钻心！

不过，他也感到了一种无法言语的愉快。他让所有的庄稼人看见：他们衡量一个优秀庄稼人最重要的品质——吃苦精神，他高加林也具备。从性格上说，他的确是个强者，而这个优点在某些情况下又使他犯错误。

他用一只烂手摸出一支烟，点着，狠狠吸了一口。他觉得这是他有生以来抽得最香的一支烟。

这时，他突然看见巧珍正站在对面川道里的玉米地畔上，仰起头向他这里张望。他虽然看不清她脸上的表情，但他感到她就像要腾空而起，向他这边飞来了。

他的心立刻感到针扎一般刺疼……

第七章

高加林疲乏地躺在土炕上，连晚饭都累得不想吃了。他母亲愁眉苦脸地把饭端上端下，规劝他，像乖哄娃娃一般絮叨说："人是铁，饭是钢，你不想吃，也要挣扎着吃……"他父亲叫他明天干脆别出山去了，歇息一天，好慢慢让习惯着。

他们说了些什么，加林一句也没听见。此刻他的思想完全集中到巧珍身上了。

赶集那天以后，他一直非常后悔他对巧珍做出的冲动行为。他觉得自己目前的处境，根本不是谈情说爱的时候。他甚至觉得他匆忙地和一个没文化的农村姑娘发生这样的事，简直是一种堕落和消沉的表现，等于承认自己要一辈子甘心当农民了。其实，他内心里那种对自己未来生活的幻想之火，根本没有熄灭。他现在虽然满身黄尘当了农民，但总不相信他永远就是这个样子。他还年轻，只有二十四岁，有时间等待转机。要是和巧珍结合在一起，他无疑就要拴在土地上了。

但是，更叫他苦恼的是，巧珍已经怎样都不能从他的心灵里抹掉了。他尽管这几天躲避她，而实际上他非常想念她。这种矛盾和痛苦，比手被镢把拧烂更难忍受。

巧珍那漂亮的、充满热烈感情的生动脸庞，她那白杨树一般苗条的身体，时刻都在他眼前晃动着。

尤其是晚上劳动回来，他僵硬的身体疲倦地躺在土炕上，这种想念的感情就愈加强烈。他想：如果她此刻要在他身边，他的精神和身体也许马上会松弛下来；她会把他躁动不安的心潮变成风平浪静的湖水。

她是爱他的，爱得那么强烈。他看见她这几天接二连三换衣服，知道这完全是为他的。今天他收工回来，锄地的人都走了，他还看见她站在对面河畔上——那也是在等他。但他却又避开了她。他知道她哭了，也想象得来她一个人在玉米地的小路上往家里走的时候，心情会是怎样的难受啊！他太不近人情了！她那样想和他在一起，他为什么要躲开她呢？他自己实际上不是也渴望和她在一起吗？

他在土炕上躺不住了，激情的洪流立刻冲垮了他建立起的理智防堤。眼下他很快把一切都又抛在了一边，只想很快见到她，和她待在一块。

他爬起来，下了炕，对父母亲说他到后村有个事，就匆忙地出了门。

夜静悄悄的。天上的星星已经出齐，月光朦胧地辉耀着，大地上一切都影影绰绰，充满了一种神秘的气氛。

高加林走到后村，在刘立本家的坡底下站住了。他不知道怎样才能把巧珍叫出来。

正当他犹豫地望着刘立本家的高墙大院时，突然看见大门外那棵老槐树背后转出一个人，匆匆地向坡下走来了。啊，亲爱的人！她实际上一直就在那里不抱什么希望地等待着他的出现！

高加林的心咚咚地狂跳着，也不说话，转而下了沟底，沿小河上面的小路，向村外走去。他不时回头看看，巧珍不远不近地跟着他。

他走到村外河对面一块谷地里，在一棵杜梨树下舒服地躺下来，激动地听着那甜蜜的脚步声正沙沙地走近他。

她来了。他马上坐起来。她稍犹豫了一下，就胆怯地，然而坚决地靠着他坐下了。她没说话，先在他胳膊上衣服被圪针划破一道大口子的地方，在那块晒得黑红的皮肤上亲了一口。然后她两只手抱住他的肩头，脸贴在她刚才亲吻过的地方，亲热而委屈地啜泣起来。

高加林侧身抱住她的肩头，把脸紧贴在她头上，两大颗泪珠也忍不住从眼里涌出来，滴进了她黑漆一般的头发里。他现在才感到，这个亲他的人也是他最亲的人！

巧珍头伏在他胸前，哭着问他："加林哥，你这几天为什么不理我？"

"你一定难过了……"高加林用他的烂手抚摸着她的头发。

"你知道人的心就对了……"巧珍抬起头，闪着泪光的眼睛委屈地望着他。

"巧珍，我再也不那样了。"加林在她额头上亲了一下。

巧珍两条抖索的胳膊搂住他的脖子，笑逐颜开地流着泪，说："加林哥，你给天上的玉皇大帝发个誓！"

加林被逗笑了，说："你真迷信！巧珍，你相信我……你为什么没穿那件米黄色短袖？那衣服你穿上特别好看……"

"我怕你嫌不好看，才又换上了这身。"巧珍淘气地向他噘了一下嘴。

"你明天再穿上。"

"嗯。只要你喜欢，我天天穿！"巧珍一边说，一边从身后拿出一个花布提包，先掏出四个煮鸡蛋，又掏出一包蛋糕，放在加林面前。

高加林感到惊讶极了。他刚才只顾看巧珍，根本没发现她还给他拿这么多吃的。

巧珍一边给他剥鸡蛋皮，一边说："我知道你晚上没吃饭。我们这些满年劳动的人，刚回家都累得不想吃饭，别说你了！"她把鸡蛋和一块蛋糕递给他。"蛋糕是我妈前几天害病时，我姐给拿来的，我妈没舍得吃。我今晚是从箱子里偷出来的！"巧珍不好意思地笑了笑，"你要是不来找我，我今晚上非到你家给你送去不可！"

加林咽下去一口蛋糕，赶忙对她说："千万不敢这样！让你爸知道了，小心把你腿打断！"加林开玩笑对她说。

巧珍又把一个剥了皮的鸡蛋塞到加林手里，亲切地看着他那副狼吞虎咽的样子，然后手和脑袋一齐贴在他肩膀上，充满柔情地说："加林哥，我看见你比我爸和我妈还亲……"

"傻话！你真是个傻女子！"高加林把手里的半个鸡蛋塞进嘴里，在她头上轻轻拍了一下，正好手上一个破了的泡碰在巧珍的发卡上，疼得他"哎哟"叫唤了一声。

巧珍像触了电一般抬起头，不知他发生了什么事。很快，她明白了。她手忙脚乱地在提包里翻起来，嘴里说："看，我倒忘了……"

她从提包里掏出一瓶红药水和一包药棉，把加林的一只手拉过来，放到她膝盖上，给他抹药水。

加林又一次惊讶得张开嘴巴，问她："你怎知道我手烂了？"

巧珍低着头给他手上擦药水，说："天上玉皇大帝告诉我的。"她嘿嘿地笑了一声，"村里谁不知道你的手烂了！你们先生的手真是娇气！"她扬起脸朝他亲昵地笑着，微微咧开嘴巴，露出两排刷过的洁白的牙齿，像白玉米籽儿一般好看。

巨大的感情的潮水在高加林的胸腔里澎湃起来。

爱情啊，甜蜜的爱情！它像无声的春雨悄然地洒落在他焦躁的心田上。他以前只从小说里感到过它的魅力，现在这一切他都全部真实地体验到了。而最宝贵的是，他的幸福正是在他不幸的时候到来的！

巧珍把他的两只手涂满药水以后，他便以无比惬意的心情，在土地上躺了下来。巧珍轻轻依傍着他，脸紧紧贴在他胸脯上，像是专心谛听他的心在如何跳动。

他们默默地偎在一起，像牵牛花绕着向日葵。星星如同亮闪闪的珍珠一般撒满了暗蓝色的天空。西边老牛山起伏不平的曲线，像谁用碳笔勾出来似的柔美；大马河在远处潺潺地流淌，像二胡拉出来的旋律一般好听。一阵轻风吹过来，遍地的谷叶响起了沙沙沙的响声。风停了，身边一切便又寂静下来。头顶上，婆娑的、墨绿色的叶丛中，不成熟的杜梨在朦胧的月下泛着点点青光。

他们就这样静静地、甜蜜地躺在星空下，躺在大地的怀抱里……

当爱情在一个青年人身上第一次苏醒以后，它会转变为一种巨大的力量。甚至对生活完全失去信心的人，热烈的爱情也可能会使他的精神重新闪闪发光。当然，奥勃洛摩夫那样的人是例外，因为他实际上已经等于一个死人。

高加林由于巧珍那种令人心醉的爱情，一下子便从灰心丧气的情绪中，重新激发起对生活的热情。爱的暖流漫过了精神上的冻土地带，新的生机便勃发了。

爱情使他对土地重新唤起了一种深厚的感情。他本来就是土地的儿子。他出生在这里，在故乡的山水间度过梦一样美妙的童年。后来他长大了，进城上了学，身上的泥土味渐渐少了，他和土地之间的联系也就淡了许多。现在，他从巧珍纯朴美丽的爱情里，又深深地感到：他不该那样害怕在土地上生活；在这亲爱的黄土地上，生活依然能结出甜美的果实！

高加林渐渐开始正常地对待劳动，再不像刚开始的几天，以一种压抑变态的心理，用毁灭性的劳动来折磨肉体，以转移精神上的苦闷。

经过一段时间，他的手变得坚硬多了。第二天早晨起来，腰腿也不像以前那般酸疼难忍。他并且学会了犁地和难度很大的锄地分苗。后来，纸烟变得不香了，在山里开始卷旱烟吃。他锻炼着把当教师养成的斟词酌句的说话习惯，变成地道的农民语言；他学着说粗鲁话，和妇女们开玩笑。衣服也不故意穿得那么破烂，该洗就洗，该换就换。

中午回来，他主动上自留地给父亲帮忙；回家给母亲拉风箱。他并且还养了许多兔子，想搞点副业。他忙忙碌碌，俨然像个过光景的庄稼人了。

白天是劳苦的，但他有一个愉快的夜晚。正是因为有这么一个幸福的向往，他才觉得其他的熬累不那么沉重了。

夜晚，天黑严以后，他和巧珍就在村外的庄稼地里相会了。他们在密密的青纱帐里，有时像孩子一样手拉着手，默默地沿着庄稼地中间的小路，漫无目的地走着；有时站住，互相亲一下，甜蜜地相视一笑。走累了的时候，他们就找一个僻静的地方，加林躺下来，用愉快的叹息驱散劳动的疲乏，巧珍就偎在他身边，用手梳理他落满尘土的乱蓬蓬的头发；或者用她小巧的嘴巴贴着他的耳朵，轻轻地、轻轻地给他唱那些祖先留传下来的古老的歌谣。有时候，加林就在这样的催眠曲中睡着了，拉起了响亮的鼾声。他的亲爱的女朋友就赶忙摇醒他，心疼地说："看把你累成个啥了。你明天歇上一天！"她把他的手拉过来蒙住她的脸，"等咱结婚了，你七天头上就歇一天！我让你像学校里一样，过星期天……"

高加林每天都沉醉在这样的柔情蜜意里，一切原来的想法都退得很远了。只是有些时候，当他偶尔看见骑自行车的县上和公社的干部们，从河对面公路上奔驰而过，雪白的确良衫被风吹得飘飘忽忽的惬意身影时，他的心才又猛然感到一种说不出的惆怅；一股苦涩的味道翻上心头，顿时就像吞了一口难咽的中药。他尽量使自己很快从这种情绪中解脱出来。直等到他又看见了巧珍，骚乱的心情才能彻底平息——就像吃完中药，又吃了一勺蜜糖一样。

他现在时时刻刻都想和巧珍在一起。遗憾的是，他们不在一个生产组，白天劳动很难见面，他们都想得要命。有时候，两个组劳动离得很近时，一等休息，他就装着去寻找什么，总要跑到后村组劳动的地方磨蹭一会儿。在这样的场所里，他并不能和巧珍说什么话，他只是用眼睛看看她。这时候，旁的人谁也不知道，只有他们两个心里清楚，这反而更有一种说不出的甜蜜味道。

有时候，他没有什么借口，去不了她那里，她就会用她带点野味的嗓音，唱那两声叫人心动弹的信天游——

上河里（哪个）鸭子下河里鹅，

一对对（哪个）毛眼眼望哥哥……

他在远处听见这歌声，总忍不住咧开嘴巴笑。

而在巧珍那边，她刚一唱完，姑娘们就和她开玩笑说："巧珍，马拴骑着车子又来了，快用你的毛眼眼望一下！"

她气得又骂她们，又撺着给她们扬土，可心里骄傲地想："我哥哥比马拴强十倍，你们将来知道了，把你们眼红死！"

在高加林和巧珍如胶似漆地热恋的时候，给巧珍说媒的人还在刘立本家里源源不断地出现。刘立本嘴说如今世事不同以往，主意得由女子拿，可他心里有数。他只看下个马拴——他家光景好，马拴人虽老实，但懂生意，将来丈人女婿合伙做买卖，得心应手。只是巧珍看不下这个黑炭一样的后生，得他好好做一番工作。他甚至想请他亲家明楼出面说服巧珍。

在高加林这方面，也有不少庄户人家不时来登门说亲。加林父母一看他们穷家薄业的，还有人给说媳妇，高兴得老两口嘴巴都合不拢。尤其是山背后村里一个不要彩礼就想跟加林的女子，着实使高玉德老两口动了心。但所有他们认为的大喜事都被加林一笑置之了。

这样，加林和巧珍觉得也好，可以掩一下他们的关系。他们暂时还不想公开他们的秘密；因为住在一个村，不说其他，光众人那些粗鲁的玩笑就叫人受不了。他们不愿让人把他们那种平静而神秘的幸福打破。

有一次，加林和德顺爷爷一块犁地的时候，老汉问他："加林，你要媳妇不？"

加林笑了笑说："想要也没合适的。"

"你看巧珍怎样？"老光棍突然问他。

加林的脸刷地红了，一时不知道该说什么。

德顺爷爷笑眯眯地说："我看你们两个最合适！巧珍又俊，人品又好；你们两个天生的一对！加林，你这小子有眼光哩！"

加林有点惶恐地说："德顺爷爷，我连想也没想。"

"小子，甭哄我，我老汉看出来了！"

加林向他努了努嘴，说："好爷爷哩，你千万不敢瞎说！"

德顺爷爷两只老皱手抓住他的手说："我嘴牢得铁锹都撬不开！我是为你们两个娃娃高兴啊！好啊！就像旧曲里唱的，你们两个'实实的天配就'……"

中午，他和德顺爷爷犁罢地往回走，在村口突然又碰见了马拴。他还和上次一样，里外的确良，推着那辆花红柳绿的自行车。加林有点不愉快地想：他肯定又是到巧珍家去了。

马拴把加林热情地挡在了路上。他先不说什么，等德顺老汉走前一段以后，才开口说："高老师，唉！我在刘立本家都快把腿跑断了，人家巧珍根本不理茬嘛！我这见庙就烧香哩，你是这本村人，又是先生，你大概也和立本的女子熟着哩，你能不能也从旁给我出一把力？"

高加林心里很不痛快，但他尽量不在脸上露出来。他勉强笑了笑，对马拴说："你别再瞎跑了，巧珍已经看下对象了。"

"谁？"马拴吃惊地问。

"你慢慢就会知道的……"

高加林说完，绕开丧气的马拴，回家去了。

第八章

关于高加林和刘巧珍的谣言立刻在全村传播开来了。

他们的坏名声首先是从庄里几个黑夜出去偷西瓜的小学生那里露出来的。他们说有一晚上，他们看见以前的高老师在村外打麦场的麦秸垛后面，正和后村的巧珍抱在一块亲嘴哩。又有人证实，他看见他俩在一个晚上，一块躺在前川道的高粱地里……

谣言经过众人嘴巴的加工，变得越来越恶毒。有人说巧珍的肚子已经大了；而又有的人说，她实际上已经刮了一个孩子，并且连刮孩子的时间和地点都编得有眉有眼。

风声终于传到了刘立本的耳朵里。戴白瓜壳帽的"二能人"气得鼻子口里三股冒气！这天午饭时分，他不由分说，先把败坏了门风的女儿在自家灶火圪唠里打了一顿，然后气冲冲地去找前村的高玉德。

"二能人"现在才恍然大悟：这多天来，巧珍能得刷牙，一天衣服三换，黑天半夜在外面疯跑，原来都是为了高玉德那个败家子儿啊！

他先跑到高玉德家的破墙烂院里，站在门外问高玉德在不在。

加林妈在窑里告诉他：老汉不在。

"这亮红晌午，都在家里吃饭哩，他跑到什么地方去了？"立本在院里坚持问。

"大概又到自留地刨挖去了。"加林妈跑出来，让村里这个体面人进窑来坐坐。

立本说他忙，掉转头就走了。

他出了大门，下了小河，拐过一个小山峁，径直向高玉德的自留地走去。一路上他在心里嘲笑："哼，就知道在土里刨！穷得满窑没一件值钱东西，还想把我女子给你那个寒窑里娶呀！尿泡尿照照你们的影子，看配不配！"

他老远照见高玉德正佝偻着罗锅腰锄糜子，就加快脚步向那边走去。

他上了地畔，尽管满肚子火气，还是按老习惯称呼这个比他大十几岁的同村人："高大哥，你先歇一歇，我有话要对你说。"

高玉德看见村里这个傲人，在这大热天跑到地里来找他，慌得不知出了什么事，赶忙把锄往地里一栽，向立本迎过来。

他俩圪蹴在土崖影下。玉德老汉把旱烟锅给他递让过去。立本摆摆手，说："你吃你的，我嫌那呛！"他说着，从口袋里摸出一根四川出的"工"字牌卷烟噙到嘴里，拿打火机点着，连烟带气长长地吐了一口，拐过头，脸沉沉地说："高大哥！你加林在外面做瞎事，你为什么不管教？咱这村风门风都要败在你这小子手里了！"

"什么事？"高玉德老汉吃惊地从白胡子嘴里拔出烟锅，脸对脸问立本。

"什么事？"刘立本一闪身站起来，嘴里气愤地喷着白沫子，说，"你那个败家子，黑天半夜把我巧珍勾引出去，在外面疯跑，全村人都在传播这丢脸事。我刘立本臊得恨不能把脑袋夹到裤裆里，你高玉德倒心安理得装起糊涂来了！"刘立本说着，夹卷烟的手指头气得直抖。

"啊呀，好立本哩！我的确不知道这码子事！"高玉德老汉冤枉地叫道。

"我现在就叫你知道哩！你要是不管教，叫我碰见他胡骚情，非把他小子的腿打断不可！"

高玉德虽然一辈子窝窝囊囊，但听见这个能人口出狂言，竟然要把他的独苗儿腿往断打，便"呼"地从地上站起来，黄铜烟锅头子指着立本白瓜壳帽脑袋，吼叫着说："你小子敢把我加林动一指头，我就敢把你脑壳劈了！"老汉一脸凶气，像一头斗恼了的老犍牛。

乖人不常恼，恼了不得了。刘立本看见这个没本事的死老汉，一下子变得这么厉害，吃惊之中慌忙后退了一步，半天不知该如何对付。

他索性转过身，傲然地背操起两条胳膊，从高玉德的土豆地里穿过去，一边走，一边回过头说："我和你没完！咱走着瞧吧！我不信没办法治你父子俩！真个没世事了！"

刘立本穿过高玉德正在吐放白花的土豆地，又从来路下了河湾。

这个能人又急又气，站在河湾里竟不知道自己该到哪里去。

他是农村传统道德最坚决的卫道士。平时做买卖，什么鬼都敢捣，但是一遇伤面子的事，他却是看得很重要的。在他看来，人活着，一是为钱，二还要脸。钱，钱，挣钱还不是为了活得体面吗？现在，他那不争气的女子，竟然连体面都不要了，跟个文不上武不下的没出息穷小子，糊弄得满村刮风下雨。此刻，他站在河湾里，把巧珍恨得咬牙切齿：坏东西啊！你做下这等没脸事，叫你老子在这上下川道里怎见众人呀？

刘立本在河湾里踅摸了半天，突然想起了他亲家。他想：好，让明楼出面把他加林小子收拾一顿！他不怕我刘立本，但他怕高明楼！明楼是书记！他小子受不下地里的苦，将来要再谋个民办教师，非得过明楼的关不行！

他于是从河湾里拐到前村的小路上，上了一道小坡，向明楼家走去。

高明楼家和他家一样，一线五孔大石窑，比村里其他人家明显阔得多。亲家不久前也圈了围墙，盖了门楼。但立本觉得他亲家这院地方根本比不上自己的。明楼把门楼盖得土里土气，围墙也是用横石片插起来的；而他的门楼又高又排场，两边还有石刻对联一副。再说，明楼的窑檐接的是石板。石板虽比庄里其他人家的齐整好看，可他家是用一色的青砖砌起，戴了"砖帽"，像城里机关的办公窑一样！更重要的是，他亲家的窑面石都是皮条錾溜的，看起来粗糙多了。而他的窑面石全部是细錾摆过，白灰勾缝，浑然一体！

不过，他今天来这里没心思比较双方院落的长长短短。他今天来是有求于亲家的。在这些方面，不像挣钱和箍窑，他清楚自己不如明楼。

大女儿巧英和亲家母热情地把他招呼着入了中窑。中窑实际上是明楼的"会客室"。里面不盘炕，像公社的客房一样，搁一张床，被褥干干净净地摆着，平时不住人。要是公社、县上来个下乡干部，村里哪家人也别想请去，明楼会把他招待在这里下榻的。靠窗户的地方，摆着两把刚做起的、式样俗气的沙发，还没蒙上布，用麻袋片裹着。

立本坐下来，亲家母手脚麻利地端来一壶茶，放在他面前。立本没喝，抽出一根卷烟点着，问："明楼上哪儿去了？"

"你还不知道？他到公社开会已经走了好几天。说今天回来呀，现在还不见回来，大概要到后晌了。"亲家母说。

"我前一段去内蒙古草地里买了一匹马，回来这几天也没到哪里去，因此我不知道明楼出去开会……"刘立本轻淡地说。

"有什么事吗？"亲家母问他。

"没什么事。一点小事……他不在家就算了，我走了。"立本站起就准备起身。

巧英掮着两个面手，堵在门口说："爸爸，我都把面和上了，你就在这里吃！"

他亲家母也竭力留他吃饭。

立本想了想，家里刚闹过架，巧珍和他老婆都正在哭，回去也心烦。再说，他肚子也的确有点饿了。这阵回家没人做饭。于是他又重新坐到了明楼家的土沙发上，喝起了茶。他想：吃完饭，我干脆到村前的路上等他明楼回来！

当刘立本重新在高明楼家坐下来的时候，高玉德老汉还下巴支在锄把上，站在他的自留地里发愣怔。

刚才刘立本没头没脑给他发了顿脾气，说他儿子勾引他的女子，实在叫老汉摸不着头脑。

本来，高玉德老汉最近情绪不坏。他看见他的儿子从苦恼中解脱出来，收心务正，已经蛮像一回事了。他已经日薄西山，但儿子正活在旺处。将来娶个媳妇，生儿育女，他就是闭了眼睡在黄土里，也平了心。加林性子比他硬，将来光景肯定能过得去的。

现在他突然听见这码子事，心头感到非常沉痛。乡里人谁不讲究个明媒正娶？想不到儿子竟然偷鸡摸狗，多让人败兴啊！再说，本村邻舍，这号事最容易把人弄臭！

他同时又想：巧珍倒的确是个好娃娃，这川道十几个村子也是数得上的。加林在农村能找这样一个媳妇，那真个是他娃娃的福分。但就是要娶，也应该按乡俗来嘛，该走的路都要走到，怎能黑天半夜到野场地里去呢，如果按立本说的，全村人现在大概都把加林看成个不正相的人了。可怕啊！一个人一旦毁了名誉，将来连个瞎子瘸子媳妇都找不上；众人就把他看成个没人气的人了。不光小看，以后谁也不愿和他共事了。糊涂小子！你怎能这么缺窍？

高玉德老汉已经没心思锄地了。他拖着风湿性关节炎病腿，一瘸一拐从小路上下了河湾。

虽说他还没吃午饭，但此刻肚子一点也不饿。他坐在河边的一棵老柳树下，瘦手摸着赤脚片，思谋这事该怎么办才好。

他虽然老了，但脑筋还灵。他又从巧珍那方面想。他想：说不定这女娃娃真的喜欢我加林呢！要不要正式请个媒人光明正大说这亲事？

但他一想到刘立本，就心寒了。他这个穷家薄业，怎敢高攀人家？别说是他，就是比他光景强的人家，也攀不上刘立本！

太阳已经偏过了头顶，西面的山把阴影投到了沟底，时分已到后晌了。玉德老汉仍坐在树荫下摸他的赤脚片儿，不知这事该怎样处理。

"哎！你一个人坐在这里思谋什么哩？"有一个人在背后说话。

玉德老汉转过头，看见是老光棍德顺。他很想和他拉拉话。他们虽然年龄相差不少，却是一辈子的老朋友了；旧社会扛长工找的常是一个事主家。他招招手说："德顺，你来坐一坐。我这阵心烦得要命！"

德顺一边往他身边坐，一边把肩上的锄头放下，说："我还忙着哩！今后晌要赶着把我那块自留地再锄一下，满地又草糊了！"他接过高玉德递过来的烟锅，问他："熬煎什么事哩？你有那么彪正个好儿子，光景一两年就翻上来了。加林实在是个好娃娃！别看他明楼、立本现在要红火哩，将来他们谁也闹不过加林的世事！"

"唉！"玉德老汉长叹一声，"你还夸他哩！这二杆子已经给我闯下乱子了！"

"什么乱子？"德顺一脸皱纹都缩到了眼角边上。

高玉德犹豫了一下，才说："这小子和刘立本那个二女子一块胡鬼混哩，现在满村都在风一股雨一股地传播，我不信你没听说？"

"我早看出来了！谁说他们鬼混哩？年轻人相好，这有个什么？"

"啊呀，你早知道了，为啥不给我早说？"高玉德生气地对老朋友头一拐，把他瞪了一眼。

"我还以为你知道这事哩！两个娃娃正好配一对！年轻人看见年轻人好嘛！"德顺老汉笑嘻嘻地对恼悻悻的玉德老汉说。

"老不正经！要好，也看怎个好哩！怎能黑天半夜胡逛哩！"

"哎呀，你这个老古板！咱又不是没年轻过！我一辈子没娶过老婆，年轻时候也混账过两天，别说而今的时兴青年了！"

"好你哩，别说诳话了！立本刚刚来给我发了一顿凶，还说要把我加林的腿打断哩！我看要出事呀！你看这该怎么办？"高玉德一脸愁相，一只手不断摸着赤脚片。

"你别管刘立本那两声吓唬话！刚能把狐子吓跑！他再逞强，也强不过他女子！只要巧珍看下加林，谁都挡不定！就是这话，不信你等着看！你甭愁了，你这人就是爱忧愁！我还忙着哩，你快回去吃饭喀！"

德顺老汉把烟锅交给高玉德，站起身一肩锄就走了，嘴里还有上气没下气地哼起信天游小曲。

高玉德看着他远去的背影，觉得他比自己年龄大得多，但身子骨可比自己硬朗。他在心里说：哼！天下光棍没忧愁！一个人饱了全家都饱了。你能说争气话哩！叫你也有个儿子看看吧！把你愁不死才怪哩！小时候急得大不了，大了又急得成不了事；更不要说给娘老子闯下一河滩乱子了！

高玉德老汉感到两腿不光疼，而且已经麻了，就站起来，一瘸一拐往家里走去。

高玉德进了家门，见加林正光上身躺在炕上看书。加林他妈不在，大概到旁边窑里睡觉去了。

老汉把锄往门圪垯里一挂，对正在看书的儿子说："你还看书哩！硬是书把你看坏了！这么大的小子，还不懂人情世故！你什么时候才不叫人操心啊……"

高加林坐起来，摸不着父亲这番话是什么意思。他看着父亲说："我怎啦？"

"怎啦？你做的好事嘛！今儿个刘立本跑到咱自留地找我，说你和巧珍长了短了的，说满村都在议论你们两个的没脸事！"高玉德又蹲在脚地上，用手摸起了脚。

高加林脑子一下子嗡嗡直响。他把手里的书放到炕上，半天才说："我的事你不要管，众人愿说啥哩！"

高玉德抬起苍白头，说："你小子小心着！刘立本说要往断打你的腿哩！"

高加林牙咬住嘴唇，轻蔑地冷笑了一声，说："既然是这样，我会叫他更不好看！"

高玉德站起来，走前一步，痛心疾首地对儿子说："你千万不要再给我闯乱子了！你早早死了心！咱这光景怎能高攀人家嘛！人家是什么光景？这一条大马河川都是拔梢的！"

高加林把两条光胳膊交叉帮在结实的胸脯上，对一脸可怜相的父亲说："谁高攀谁呢？爸，你一辈子真没出息！你甭怕！这事我做的，由我做主！"

高玉德看着儿子那张倔强的脸，痛苦地叫道：

"我的憨娃娃呀，你总有一天要跌跤的……"

第九章

高明楼从公社开罢会，独个儿一人在简易公路上步行往回走——他家的自行车被二小子三星推到学校去了。车子是他主动让儿子推去的。儿子当了教师，各方面都要体面一些，没个车子不行！

高家村的当家人五十岁已出头，但走起路来精神还蛮好。他一身旧蓝咔叽布制服，颜色已经灰白；单布帽檐下面，一张红堂堂的脸上，两只眼睛炯炯有神。

明楼此刻走在路上，心情儿不太美气。这次公社召开的还是落实生产责任制的会议。看来形势有点逼人了。旁的许多村已经有联产到劳的。公社赵书记一再要叫大队书记们解放思想，能联产到户、到劳的，要尽快实行。

"名词不一样了，可这还不是单干哩？"高明楼心里不满地想。

实际上，他自己也清楚，现时的新政策的确能多打粮，多赚钱。尤其是山区，绝大部分农民都拥护。

他不满意这政策主要是从他自己考虑的。以前全村人在一块，他一天山都不出，整天圪蹴在家里"做工作"，一天一个全劳力工分，等于是脱产干部。队里从钱粮到大大小小的事他都有权管。这多年，村里大人娃娃谁不尊他怕他？要是分成一家一户，各过各的光景，谁还再尿他高明楼！他多年来都是指教人的人，一旦失了势，对他来说，那可真不是个味道。更叫他头疼的是，分给他那一份土地也得要他自己种！他就要像其他人一样，整天得在土地上劳苦了。他已多年没劳动，一下子怎能受了这份罪？

在强大的社会变化的潮流面前，他感到自己是渺小的。他高明楼挡不住社会的潮流。但他想，能拖就拖吧，实在不行了再说，最起码今年是分不成了！

他一路思谋着，不知不觉已经快到村子了。

"明楼，你回来了？"

高明楼听见公路边的山坡上，有人给他打招呼。

他抬头一看，是德顺老汉。德顺虽然比他死去的父亲小六七岁，但两个人年轻时相好过，他一直叫老汉干大。他虽然是村里的领导，面子上的人情世故他都做得很圆滑，因此对德顺老汉常显出尊重的样子。

"干大，你今年自留地的庄稼还不错嘛！能打不少粮哩！"他站下，朝上面的德顺老汉随便这么说。

"多给我一点地，我还能打更多的粮哩！明楼，人家旁的村都往开分哩，咱们村怎还不见动静？这多少年众人交混在一起，都要二流子哩，一个哄一个哩，而今虽说分成两个组，实际上和没分差不多！"

"干大，不要急嘛！咱集体搞了多少年，一下子就能分个净毛干？这几天两个组麦地都快翻完了吧？"明楼转了话题问老汉。

德顺老汉把锄放下，拿着旱烟锅下来了；老光棍大概不想给书记建个什么议。他总是这样，爱管个闲事，常动不动给干儿在生产上指拨。明楼一般说来还听他的——一辈子的老庄稼人嘛，说什么都在行。

明楼现在看老汉从坡上下来了，知道他又要给他建议什么了，只好耐下心等他唠叨一阵。

他给德顺老汉抽了一根纸烟，两个人就圪蹴在了路畔上。

德顺老汉在明楼的打火机上吸着烟，说："明楼，现时麦地都翻完了，马上就是白露，光一点化肥种麦子怎行？往年这时候，都要到城里去拉一些茅粪，今年你怎不抓这件事？"

明楼摇摇头："往年一个队，说做什么，统一就安排了，今年分成两个组，你长我短的，怎个弄？再说，两个组都还有没锄二遍的地呢，人手怕抽不出来。"

"这有什么难的？这几天先少去两个人嘛！两个组合在一起拉，拉回来两家都能用。"

明楼想了一下，说："这也行。还像往年一样，你把这事领料上。先套上两个架子车，前村连你先去两个人，再让后村巧珍到城里用她姨家的空窑，给你们晚上做一顿饭。过几天等地里的活消停了，再多套几个架子车，两个组多去一些人。你看这行不行？"

"行，我去！前村先叫加林去。队里这一段苦重，娃娃没惯了，叫歇息几天；拉粪活总轻一点。"

提起加林，明楼脸有点红，嘴里很快"嗯嗯"着同意了德顺老汉的安排。

老汉见他的"建议"被干儿采纳了，就站起身又锄地去了。

明楼也把纸烟把子一丢，思思谋谋又起身往回走。

德顺老汉刚才提起加林，使他又不由得想到这个被他赶回生产队的本村后生了。

加林是高明楼眼看着长大的。他小时候就脾气倔犟，性子很硬，人又聪敏，在庄前村后，显得比他同年龄的娃娃都强。高明楼在那时候就对这娃娃很感兴趣。加林城里上学时，每逢星期六回来，他常爱到加林家串门。他虽是个老百姓，还爱关心点国际大事，加林正好这方面又懂得多，常给他说这个国家那个国家的事，把个高明楼听得半夜不回家。他常在心里感叹：高玉德命好！一辈子死没本事，可生养下一个足劲儿子！他自己的两个儿子太平庸了。老大上了两年学，笨得学不进去，老是一年级，最后只好回来当了农民。不是他在村里的威望，刘立本怎能把巧英给他的儿子？三星不是他用队里的东西在公社、县

人生

347

上巴结下几个干部，也怕连初中都上不了。按成绩不行，可那二年是推荐。现在总算把高中混完了。

二儿子高中毕业后，他着实发愁了。旁的工作一眼看见不行——而今入公家的门难！他决心要给儿子谋求个民办教师的位位；他决不愿意两个儿子都当农民。有个教师儿子，他在门外也体面。再说，三星也从没吃过苦，劳动他受不了，弄不好会成个死二流子！

他原来想两全其美，和公社教育专干马占胜商量，看能不能下旁的村一个教师，叫三星上；最好不要叫三星顶加林。他有恻隐之心。他盘算过，别看村里几十户人家，他谁也不怕，但感到加林虽然人小，可心硬人强，弄不好，将来说不定会成为他的仇人，让他一辈子不得安生！再说，他老了，加林还年轻，他就是现在对自己没法，但将来得了势，儿孙手里都要出气呀！他的两个儿子明显不是加林的对手！因此他不想惹这后生，想尽量不下加林的教师。

可马占胜马上嘲笑他想得太美了！是的，哪个村愿把位置让给他们村呢？就这样，他只好狠着心把加林的教师下了，让三星上。

但这以后，这件事总是他个心病。尽管高玉德老两口比以前更巴结他了，可高加林明显地在仇恨他。加林刚开始劳动，听说手上的血把镢把都染红了，谁也说不下他，照样拼命，说要让手烂得更厉害些！他听后心里忍不住打了个冷战。心想：妈呀，这小子的心残着哩！他从这件事上，更看出加林不是个松动货。于是他的心病越来越加重了。

高明楼之所以好多年统辖高家村，说明他不是个简单人。他老谋深算，思想要比一般庄稼人多拐好多弯。

高明楼一路低头走着，思谋着这件事，觉得没什么好办法能使他的心灵安宁一些。

他走到大马河河湾的岔路上，抬起头向村里照了照，突然看见他亲家刘立本圪蹴在一棵老枣树下抽卷烟。他心想：大概到内蒙古又买了匹便宜马，等着给他能哩！

刘立本在亲家母家里吃完饭，就圪蹴在这里等上了明楼。

女儿给他做下的丢脸事，使他感到自己的个子都低了几寸。他现在想让明楼先把加林收拾一顿，把这事先镇压下去。然后得马上给巧珍找人家。今年能出嫁就出嫁，最迟不能拖过明年。女子大了，不寻人家，说出事就出事！他还想让明楼出面，说服巧珍和马店的马拴结亲。他是书记，面子大！

高明楼走到枣树下，很自然地蹲在了立本的对面。两亲家先让了一番烟。

明楼嫌卷烟太硬，立本嫌纸烟没劲。两个人只好各吸各的。

"怎样？又买了便宜货了吧？能挣多少钱？"明楼问他的生意人亲家。

"挣钱顶个球！"立本粗鲁地叫道，情绪败坏地把头一拐。

"我头一次听你把钱不当一回事。"明楼脸上露出一丝讽刺的笑容，同时也不知道亲家有什么不高兴。看他满脸气呼呼的样子，就问："你有什么不顺心的事？你今年钱挣得快把口袋都撑破了，还不满意吗？而今这政策正是你的好政策！"他又不由得露出讽刺的笑容。

"好你哩，不要挖苦我了。我现在滚油浇心哩！"刘立本两条胳膊朝亲家一摊，脸上显出一副哭相。

高明楼一看他这样子，也认真起来，说："哭了半天还不知道你哭谁哩！你说你倒究出了什么事嘛！"

刘立本把正在抽的半截子卷烟扔到旁边的草地上，难受地说："巧珍给我做下丢脸事了！"

"那么好个娃娃，弄下什么事了？"高明楼惊讶地问。

"唉，真叫人没法提！高玉德那个缺德儿子勾引我巧珍，黑地里在外面疯跑，弄得满村都风风雨雨的。你看我这人现在活成个甚了！"刘立本咽了一口唾沫，难受地把头倒勾了下来。

高明楼一下子笑了："哈呀，我还以为是什么事哩！不就是他们两个谈恋爱吗？"

"狗屁恋爱！连个媒人也没经，黑天半夜在外面鬼混，把先人都羞死了！"刘立本抬起头，气愤地吼叫起来。

高明楼把刘立本溅在他脸上的唾沫星子揩掉，说："立本，你整天走州过县做买卖，思想怎还这么古板？你没吃过猪肉，连猪哼哼都没听过？现在的年轻人还像咱们过去那样吗？你还没见的多着哩！我前几年每年都要到大寨参观一回，路过西安、太原，看见城市的青年男女，在大街上的稠人广众面前胳膊套胳膊走路哩！开始看见还觉得不文明，后来看惯了才觉得人家那才是文明……"

刘立本听了亲家这一番话，又气又失望。他原来还想叫明楼训一顿高加林，想不到明楼竟然指教起他来了。他嘴唇子抖着说："加林是个什么东西？文不上武不下的，糟蹋我巧珍哩！"

高明楼眼一瞪："怕人家加林看不下巧珍哩！只要人家看下了，你能都能不过来哩，还说人家糟蹋你女子哩！"

"加林有个什么出息？又不会劳动，又不会做生意，将来光景一烂包！"

"人家是高中生，你女子斗大字不识一升！"

"高中生顶个屁！还不是要戳牛屁股？"刘立本轻蔑地一撇嘴，并且又加添说，"牛屁股都不会戳！"

高明楼身子往立本旁边挪了挪，开始苦口婆心劝解起亲家来：

"好立本哩，你的目光太短浅了。你根本不能小看加林。不是我说哩，这一条川道里，和他一样大的年轻人，顶上他的不多。他会写，会画，会唱，会拉，性子又硬，心计又灵，一身的大丈夫气概！别看你我人称'大能人''二能人'，将来村里真正的能人是他！他什么学不会？他要是愿意做，怕你骑上马都撵不上他哩！现在我把他的教师下了，为的是叫三星上。这事明说哩，我做得有点强。以后有空子，我还要给他找个营生干哩！要是他和巧珍结婚了，不是和我也成亲戚了吗？"

刘立本对他这一番话根本不以为然。他鼻子里哼了一声说："看高玉德那是什么家庭？塌墙烂院，家里没一件值钱东西！高玉德又死没本事，加林他能什么哩？"

"哈呀！值钱东西是哪里来的？还不是人挣的？只要人立得住，什么东西也会有！至于高玉德有本事没本事，那碍不了大事。巧珍是寻女婿哩，又不是寻公公！你别看他家现在穷，加林能把家立起来的！你我当年是什么样子？旧社会，你老子和我老子还都不是给地主刘国璋扛长工吗？"

刘立本仍然没有被他亲家的雄辩折服，反而一闪身站起来，火气十足地说："你别给我灌清米汤了！我长眼睛着哩！难道我自己看不清高玉德家的前程吗？他那不成器的儿子，我看不下！你能说光面子话哩！巧珍是我的女子，我不能把她往黑水坑里垫！"

"你看不下，可巧珍能看下哩！看你还有什么办法！"高明楼也站起来，觉得他亲家已经有点可笑了。

"我没办法？我把他龟子孙的腿往断打呀！"

"咦呀？看把你能的！……好亲家哩，你这阵在气头上，我没办法说服你。不过，你也别太逞能了！这而今都是自由恋爱，法律保护婚姻哩！只要娃娃们同意，别说娘老子，就是天王老子也管不住！你敢动手动脚，小心公安局的法绳！"高明楼终究是大队书记，懂得法律政策，立刻将这武器拿出来警告他亲家。

刘立本的确被他这话唬住了。他怔了半天，在自己的脑袋上狠狠拍了一巴掌，转过身丢下明楼，独自一个人扯大步走了。两亲家今天第一次没把话说到一块!

高明楼在他后面慢慢往家里走。他心想：刘立本做生意算个把式，其他方面实在不精明。

按明楼的想法，巧珍最好能和加林结亲。一方面，他觉得巧珍能寻这么个女婿，也的确不错了；另一方面，他很愿意加林和他大儿子成担子，将来和立本三家亲套亲，联成一体，在村里势众力强。这样一来，加林和他成了亲戚，也就不好意思为下了教师而恨他了。本来，高明楼刚听立本说这件事，心里有点高兴——他一路上正盘算怎样平息加林仇恨他的火焰哩！现在他看亲家对此事这样坚决地反对，也就摸不来事情的结局倒究会怎样了。

第十章

早晨，太阳已经冒花了，高加林才爬起来，到沟里石崖下的水井上去担水。他昨晚上一夜翻腾得没睡好觉，起来得迟了。

石头围了一圈的水井，脏得像个烂池塘。井底上是泥糊子，蛤蟆衣；水面上漂着一些碎柴烂草。蚊子和孑孓充斥着这个全村人吃水的地方。

他手里的马勺犹豫了半天，终于还是没有舀水。他索性赌气似的和两只桶一起蹲在了井台边。

此刻他的心情感到烦躁和压抑。全村正在用各种各样的风言风语议论他和巧珍的"不正经"；还听说刘立本已经把巧珍打了一顿，事情看来闹得更大了。眼前他又看见水井脏成这样也没人管（大家年年月月就喝这样的水，拿这样的水做饭），心里更不舒畅了。

所有这一切，使他感到沉重和痛苦：现代文明的风啊，你什么时候才能吹到这落后闭塞的地方？

他的心躁动不安，又觉得他很难在农村待下去了。可是，别的出路又在哪里呢？

他抬起头，向沟口望出去，大山很快就堵住了视线。天地总是这么的狭窄！

他闭住眼，又由不得想起了无边无垠的平原，繁华热闹的大城市，气势磅礴的火车头，箭一样升入天空的飞机……他常用这种幻想来满足自己的精神需要。

当他睁开眼睛的时候，他仍然在现实中。他看了看水井，脏东西仍然没有沉淀下去。他叹了一口气，想：要是撒一点漂白粉也许会好一点。可是哪来的这东西呢？漂白粉只有县城才能搞到。

他的腿蹲得有点麻了，就站起来。

他忍不住朝巧珍垴畔上望了望。他什么人也没看见。巧珍大概出山去了；或者被她父亲打得躺在炕上不能动了吧？要么，就是她害怕了，不敢再站在他们家垴畔上那棵老槐树下望他了——他每次担水，她差不多都在那里望他。他们常无言地默默一笑，或者相互做个鬼脸。

突然，高加林眼睛一亮：他看见巧珍竟然又从那棵老槐树背后转出来了！她两条胳膊静静地垂着，又高兴又害臊地望着他，似乎还在笑！这家伙！

她的头向他们家垴畔上面扬了扬，意思叫加林看那上面。

加林向山坡上望去，见刘立本正在撅着屁股锄自留地。

高加林立刻感到出气粗了。刘立本之所以打巧珍，还放肆地训斥他父亲，实际上是眼里没他高加林！"二能人"仗着他会赚几个钱，向来不把他这一家人放在眼里。

加林决定今天要报复他。他要和巧珍公开拉话，让他看一看！把他气死！

他故意把声音放大一点喊："巧珍，你下来！我有个事要和你说！"

巧珍一下子惊得不知该怎办。她下意识地先回过头朝她家的垴畔上看了看。刘立本不知听见没听见，但仍然在低头锄他的地。

巧珍终于坚决从坡里下来了。她甚至连路都不走，从近处的草洼里连跑带跳转下来，径直走向井台。

她来到他面前，鞋袜和裤管被露水浸得湿淋淋的。她忐忑不安地扣着手指头，小声问："加林哥……什么事？村子上面有人看咱两个呢，我爸……"

"不怕！"加林手指头理了一下披在额前的一绺头发说，"专门叫他们看！咱又不是做坏事哩……你爸打你了吗？"

他有点心疼地望着她白嫩的脸庞和亭亭玉立的身姿。

巧珍长睫毛下的眼睛里闪着泪花，含笑咬着嘴唇，不好意思地说："没打……骂了几句……"

"他再要对你动武，我就对他不客气了！"加林气呼呼地说。

"你千万不要动气。我爸刀子嘴豆腐心，不敢太把我怎样。你别生气，我们家的事有我哩！"巧珍扑闪着漂亮的眼睛，劝解她心爱的人。她看了看他身边的空水桶，问："你怎不舀水哩？"

加林下巴朝水井里努了努，说："脏得像个茅坑！"

巧珍叹了一口气，说："没办法。就这么脏，大家都还吃。"她转而忍俊不禁地失声笑了，"农村有句俗话，说不干不净，吃了没病……"

加林没笑，把桶从井边提下来，放到一块石头上，对巧珍说："干脆，咱两个到城里找点漂白粉去。先撒着，罢了咱叫几个年轻人好好把水井收拾一下。"

"我也跟你去？一块去？"巧珍吃惊地问。

"一块去！你把你们家的自行车推上，我带你，一块去！咱们干脆什么也别管了！村里人愿笑话啥哩！"加林看着巧珍的眼睛，"你敢不敢？"

"敢！你送桶去！我回去推车子，换个衣服。你也把衣服换一换！你别光给水井讲卫生，看你的衣服脏成啥了！你脱下，明天我给你好好洗一洗。"

加林高兴得脑袋一扬，用农村的粗话对他的情人开了一句玩笑："实在是个好老婆！"

巧珍亲昵地�‌起嘴，朝加林脸上调皮地吹了一口气，说："难听死了……"

他们各自都怀着无比激动的心情，各回各家去了。

对于巧珍来说，在家里人和村里人众目睽睽之下，跟加林骑一个车子去逛县城，这无疑是一个大胆的挑战。对于她目前的处境来说，这需要多大的勇气啊！她之所以不怕父亲的打骂，不怕村里人笑话，完全是因为她对加林的痴迷的爱情！只要跟着加林，他让她一起跳崖，她也会眼睛不闭就跟他跳下去的！

对高加林来说，他做出这个决定，是对他所憎恨的农村旧道德观念和庸俗舆论的挑战；也是对傲气十足的"二能人"的报复和打击！

加林把空水桶放到家里，从箱子里翻出那身多时没穿的见人衣裳。他拿香皂洗了脸和头发，立刻感到容光焕发，浑身轻轻飘飘的。他对着镜子梳了梳头发，觉得自己强悍而且英俊！

他父亲出了山，母亲上了自留地，家里没人。他在一个小木箱里取出几块钱装在口袋里，就出门在埝畔上等巧珍——后村人出来都要经过他家门前埝畔下的小路。

巧珍来了，穿着那身他所喜爱的衣服：米黄色短袖上衣，深蓝的确良裤子。乌黑油亮的头发用花手帕在脑后扎成蓬松的一团，脸白嫩得像初春刚开放的梨花。

他俩肩并肩从村中的小路上向川道里走去。两个人都感到新奇、激动，谁连一句话也不说；也不好意思相互看一眼。这是人生最富有的一刻。他们两个黑夜独自在庄稼地里的时候，他们的爱情只是他们自己感受。现在，他们要把自己的幸福向整个世界公开展示。他们现在更多的感受是一种庄严和骄傲。

巧珍是骄傲的：让众人看看吧！她，一个不识字的农村姑娘，正和一个多才多艺、强壮标致的"先生"，相跟着去县城啰！

加林是骄傲的：让一村满川的庄稼人看看吧！大马河川里最俊的姑娘，著名的"财神爷"刘立本的女儿，正像一只可爱的小羊羔一般，温顺地跟在他的身边！

村里立刻为这事轰动起来。没出山的婆姨女子、老人娃娃，都纷纷出来看他们。对面山坡和川道里锄地的庄稼人，也都把家具撇下，来到地畔上，看村里这两个"洋人"。有羡慕得哑巴嘴的，有敲怪话的，也有撇凉腔的。正人君子探头缩脑地看；粗鲁俗人垂涎欲滴地看。更多的人都感到非常新奇和有意思。尤其是村里的青年男女，又羡慕，又眼红；川道一组锄地的两个暗中相好的姑娘和后生，看着看着，竟然在人背后一个把一个的手拉住了！

高加林和刘巧珍知道这些，但也不管这些，只顾走他们的。一群碎脑娃娃在他们很远的背后，嘻嘻哈哈，给他们扔小土疙瘩，还一哇声有节奏地喊："高加林、刘巧珍，老婆老汉逛县城……"

高玉德老汉在对面山坡上和众人一块锄地。起先他还不知道大家跑到地畔上看什么新奇，也把锄搁下过来看了。当他看见是这码子事时，很快在大家的玩笑和哄笑声中跌跌撞撞退回到玉米地里。他老脸臊得通红，一屁股坐在锄把上，两只瘦手索索地抖着，不住气地摸起了赤脚片。他在心里暗暗叫道：乱子！乱子！刘立本这阵在哪里呢？要是叫"二能人"看见了，不把这两个疯子打倒在地上才怪哩！

刘立本此刻就在他家垴畔上的自留地里。所有这一切"二能人"也都看见了。不过，高玉德老汉的担心过分了。"二能人"正像他女子说的，刀子嘴豆腐心。他此刻虽然又气又急，但终于没勇气在众人的目光下，做出玉德老汉所担心的那种好汉举动来。他也只是一屁股坐到锄把上，双手抱住脑袋，接二连三地叹起了气……

第二天早晨，高家村的水井边发生了一场混乱。早上担水的庄稼人来到井边，发现水里有些东西。大家不知道这是何物，都不敢舀水了，井边一下子聚了好多人。有人证实，这些"白东西"是加林、巧珍和另外几个年轻人撒进去的。有人又解释，这是因为加林爱干净，嫌井水脏，给里面放了些洗衣粉。有的人又说不是洗衣粉，是一种什么"药"。

天老子呀！不管是洗衣粉还是药，怎能随便给水井里放呢？所有的人都用粗话咒骂：高玉德的嫩小子不要这一村人的命了！

有人赶快跑到前村去报告高明楼——让大队书记来看看吧！更多担水的人都在急躁地议论和咒骂。那几个和加林一起"撒药"的年轻庄稼人给众人解释，井里撒的是漂白粉，是为了讲卫生的。众人立刻把他几个骂了个狗血喷头：

"你几个瞎眼小子，跟上疯子扬黄尘哩！"

"你妈不讲卫生，生养得你缺胳膊了还是少腿了？"

"胡成精哩！把龙王爷惹恼了，水脉一断，你们喝尿去吧！"

那几个拥护加林这次卫生革命的人，不管众人怎骂，都舀了水，担回家去了；但他们的父亲立刻把他们担回的水，都倒在了院子里。

水井边围的人越来越多了。而刘立本家里正在打架：刘立本扑着打巧珍；巧珍她妈护着巧珍，和老汉扭打在一起。亏得巧英和她女婿正在他们家，好不容易才把架拉开！刘立本气得连早饭也不吃，出去搞生意去了——他是从自家窑后的小路上转后山走的，生怕水井边的人们看见他。

高加林听说井边发生了事，要出来给乡党们说明情况，结果被他爸他妈一人扯住一条胳膊，死活不让他出门。老两口先顾不上责备儿子，只是怕他出去在井边挨打。

这时候，刘立本的三女儿巧玲从后沟里拿一本书走出来。她刚考完大学，在家里等结果。她起得很早，到后沟里背英语单词去了，因此刚才家里打架的事，她并不知道。现在她看见井边围了这么多人，就好奇地走过来打问出了什么事。

有人马上嘲讽地说："你二姐和你二姐夫嫌水井脏，放了些洗衣粉。你们家大概常喝洗衣粉水吧？看把你们脸喝得多白！"

巧玲的脸刷地红到了耳根。她虽然还不到二十岁，但个子已经和巧珍一般高。她和她二姐一样长得很漂亮，但比巧珍更有风度。巧玲早已看出她二姐在爱加林——现在知道她真的和加林好了。她对加林也是又喜欢又尊重，因此为二姐能找这么个对象，心里很高兴。昨晚给水井里撒漂白粉的事，她也知道。于是她就试图拿学校里学的化学原理给众人说漂白粉的作用。

她的话还没完，有人就粗鲁地打断了她："哼！说得倒美！你趴下先喝上一口！和你二姐夫一样咬京腔哩！伙穿一条裤子！"

众人哄然大笑了。

巧玲眼里转着泪花子，羞得掉转身就跑——愚昧很快就打败了科学。

这时，听到消息的高明楼，赶忙先跑到巧珍家问情况。本来他想去问加林，但想了一下，还是没去，先跑到亲家家里来了。

他一进亲家的院子，看见他们家四个女人都在哭。刘立本已经不见了踪影。他的大儿子正笨嘴笨舌劝一顿丈母娘，又劝一顿小姨子。

明楼叫她们都别哭了，说事情有他哩！

他在巧珍和巧玲嘴里问明情况后，很快折转身出了刘立本家的大门，扯大步向沟底的水井边走去。

高明楼来到井边，众人立刻平静下来；他们看村里这个强硬的领导人怎办呀。

明楼把旧制服外衣的扣子一颗颗解开，两只手叉着粗壮的腰，目光炯炯有神，向井边走去，众人纷纷把路给他让开。

他弯腰在水井里象征性看一看，然后掉过头对众人说："哈呀！咱们真是些榆木脑瓜！加林给咱一村人做了一件好事，你们却在咒骂他，实实地冤枉了人家娃娃！本来，水井早该整修了，怪我没把这当一回事！你们为什么不担这水？这水现在把漂白粉一撒，是最干净的水了！五大叔，把你的马勺给我！"

高明楼说着，便从身边的一个老汉手里接过铜马勺，在水井里舀了半马勺凉水，一展脖子喝了个精光！

这家伙用手摸了一把胡楂子上的水，笑哈哈地说："我高明楼头一个喝这水！实践检验真理呢！你们现在难道还不敢担这水吗？"

大家都嘿嘿地笑了。

气势雄伟的高明楼使众人一下子便服帖了。大家于是开始争着舀水——赶快担回去好出山呀，太阳已经一竿子高了！

第十一章

高加林在他的"卫生革命"引起一场风波以后，心情便陷入了很大的苦闷中。

夜晚，他有时也不主动去找巧珍了，独自一个人站在村头古庙前那棵老椿树下面，望着星光下朦胧的、连绵不断的大山，久久地出神。全村人都已入了梦乡，看不见一星灯火；夏夜的风把他的头发吹得纷乱。

有时，在一种令人沉重的寂静中，他突然会听见遥远的地平线那边，似乎隐隐约约有些隆隆的响声。他抬头看，天很晴，不像是打雷。啊，在那遥远的地方，此刻什么在响呢？是汽车？是火车？是飞机？不知为什么，他总觉得这声音好像是朝着他们村来的。美丽的憧憬和幻想，常使他短暂地忘记了疲劳和不愉快；黑暗中他微微咧开嘴巴，惊喜地用眼睛和耳朵仔细搜索起远方的这些声音来。听着听着，他又觉得他什么也没有听见；才知道这只不过是他的一种幻觉罢了。他于是就轻轻叹一口气，闭住眼睛靠在了树干上。

巧珍总会在这样的时候，悄悄地来了。他非常喜欢她这样不出声地、悄然地来到他身边。他把他的胳膊轻轻搭在她的肩头。她的爱情和温存像往常一样，给他很大的安慰。但是，已不能完全冲刷掉他心中重新又泛起的惆怅和苦闷了。过去那些向往和追求的意念，又逐渐在他心中复活。他现在又强烈地产生了要离开高家村，到外面去当个工人或者干部的想法——最好把巧珍也能带出去！

他虽然这样想，不知为什么，又不想告诉巧珍。

其实，聪敏的巧珍最近已经看出了他的心思。从内心上讲，她不愿意让加林离开高家村，离开她；她怕失去他——加林哥有文化，可以远走高飞；她不识字，这一辈子就是土地上的人了。加林哥要是工作了，还会不会像现在一样爱她？

但是，当她看见亲爱的人苦闷成这个样子，又很想叫他出去工作。这样他就会高兴和愉快的。要是加林高兴和愉快，她也就感到心里好受一些。她想加林哥就是寻了工作，也再不会忘了她的；她就在家里好好劳动，把娃娃抚养好。将来娃娃大了，有个工作的老子，在社会上也不受屈。再说，自己的男人在门外工作，她脸上也光彩。

这样想的时候，她就很希望加林哥出去工作，好让他少些苦恼。可是，她又认真一盘算，觉得根本没门！现时这号事都要有腿哩！加林哥当个民办教师，都让瞎心眼子高明楼挤掉了，更不要说找正式工作了。

这一天晚上，还是在那棵老椿树下，当她看见加林还是那么愁眉苦脸时，就主动对他说：

"加林哥，你干脆想办法去工作去！我知道你的心思！看把你愁成啥了！我很想叫你出去！"

加林两只手抓住她的肩头，长久地看着她的脸。亲爱的人！她在什么时候都了解他的心思，也理解他的心思。

他看了她老半天，才开玩笑说："你叫我出去，不怕我不要你了吗？"

"不怕。只要你活得畅快，我……"她一下子哭了，紧紧抱住他，像菟丝子缠在草上一般，说，"你什么时候也甭把我丢下……"

加林下巴搁在她头上，笑着说："你啊！看你这样子，好像我已经有工作了！"

巧珍也抬起头笑了。她抹去脸上的泪水，说："加林哥，真的，只要有门道，我支持你出去工作！你一身才能，窝在咱高家村施展不开。再说，你从小没劳动惯，受不了这苦。将来你要是出去了，我就在家里给咱种自留地、抚养娃娃；你有空了就回来看我；我农闲了，就和娃娃一搭里来和你住在一起……"

加林苦恼地摇摇头："咱们别再瞎盘算了，现在要出去找工作根本不行。咱还是在咱的农村好好打主意……你看你胳膊凉得像冰一样，小心感冒了！夜已经深了，咱们回！"

他们像往常一样，相互亲了对方，就各回各家去了。

高加林进了家门，发现高明楼正坐在他们家炕栏石上，和他父亲拉话。

见他进门来，他父亲马上说："你到哪里去了？你明楼叔等了你半天！"

高明楼对他咧嘴笑了笑，说："也没什么事喀！唉，加林！咱这农村，意识就是落后！你好心给水井里放了些漂白粉，人还以为你下了毒药呢！真是些榆木脑瓜！"

他父亲笑嘻嘻地对高明楼说："全凭你了！要不是你压茬，那一天早上肯定要出事呀！"

他母亲也赶忙补充说："对着哩！咱村里的事，就看他明楼叔拿哩！"

加林坐在脚地的板凳上，也不看高明楼，说："也怪我。我事先没给大家说清楚。"

高明楼吐了一口烟，说："事情已经过去了，再不提了，过两天两个组都抽几个人，把水井整修一下，把石堰再往高垒一些。哈呀！不整修再不行了！我前一个月看见一头老母猪躺在里面洗澡哩！"他两个手指头把纸烟把子捏灭，丢在脚地上，"我今黑夜来是想和你商量个事。是这，咱准备到城里拉一点茅粪，好准备种麦。后组里正锄地，人手抽不出来；准备前组先去两个人。我考虑了一下，想让你和德顺老汉去，不知你愿意不愿意？"

加林没说话。

他父亲赶忙对他说："你去！你明楼叔给你寻了个苦轻营生嘛！晚上只拉一回，用不了两三个小时，白天一天就歇在家里。往年大家都抢着去做这营生哩！"

高明楼又掏出一根烟，在煤油灯上吸着，看着低头不语的加林说："你大概怕城里碰上熟人，不好意思吧？年轻人爱面子！其实，晚上嘛，根本碰不上！"

高加林抬起头，只说了两个字："我去。"

明楼一看他同意了，便从炕栏石上下来，准备起身了。高玉德慌忙赤脚片溜下炕，同时加林他妈也从灶火圪崂里撺出来，准备送书记。

高明楼在门口挡住他们，然后对后面的加林说："你大概还不知道，拉粪去的人还是老规程，在城里吃一顿饭，钱和粮由队里补贴。今年还是巧珍去做饭，城里她姨家有一孔空窑。"

高加林点点头，嗯了一声。

高玉德一听是巧珍去做饭，嘴张了几张，结结巴巴说："明楼！做饭苦轻，最好去个老汉！巧珍年轻，现在劳动正繁忙，后组的地还没锄完哩……"

高明楼想笑又没好意思笑出来。他对玉德老汉说："还是巧珍去合适。城里做饭的窑是她姨家的，生人去了怕不方便……"说完就拧转身走了。

德顺老汉和加林、巧珍在村对面的简易公路上套好架子车，已经临近黄昏；远远近近都开始模糊起来了。对面村子里，收工回来的人声和孩子们的叫闹声，夹杂着正在入圈的羊的咩咩声，组成了乡间这一刻特有的热闹和骚乱气氛。

德顺老汉一巴掌在驴屁股上打掉一只牛虻，过来把草垫子放到车辕上，说："甭怕臭！没臭的，也就没香的！闻惯了也就闻不见了。"他走到前面车子旁边，从怀里掏出一个扁扁的酒壶，抿了一口，诡秘地对加林和巧珍一笑，"你们两个坐在后面车上，我打头。吆牲灵我是老把式了，你们跟着就是。现在天还没黑，两个先坐开些！"他得意地眨眨眼，坐在了前面的车辕上。

后面车上的加林和巧珍被德顺老汉说得很不好意思，也真的别别扭扭一人坐在一个车辕上，身子离得很开。

德顺老汉"嘚儿"一声，毛驴便迈开均匀的步子，走开了。两辆车子一前一后，在苍茫的暮色中向县城走去。

德顺老汉在前面又抿了一口酒，醉意便来了，竟然张开豁牙漏气的嘴巴唱了两声信天游——

> 哎哟！年轻人看见年轻人好，
> 白胡子老汉不中用了……

加林和巧珍在后面车子上逗得直笑。

德顺老汉听见他们笑，摸了一下白胡子，说："啊呀，你们笑什么哩？真的，你们年轻人真好！少男少女，亲亲热热；我老了，但看见你们在一块，心里也由不得高兴啊……"

加林在后面喊："德顺爷，你一辈子为啥不娶媳妇？你年轻时候谈过恋爱没？”

"恋？爱？哼！我年轻时候比你们还恋的爱！"他又抿了一口酒，皱纹脸上泛起红潮，眼睛眯起来，望着东边山头上刚刚升起的月亮，不言传了。

驴儿打着响鼻，蹄子在土路上嘚嘚地敲打着。月光迷迷蒙蒙，照出一川泼墨似的庄稼。大地沉寂下来，河道里的水声却好像涨高了许多。大马河隐没在两岸的庄稼地之中，只是在车子路过石砭石崖的时候，才看得见它波光闪闪的水面。

高加林又在后面问："德顺爷，你说说你年轻时候的风流事嘛！我不相信你那时还会恋爱哩！"他朝身边的巧珍做了个鬼脸，意思是对她说：我激老汉哩！

德顺老汉终于忍不住了，抿了一口酒，说："哼！我不会恋爱？你爸才不会哩！那时我和你爸，还有高明楼和刘立本的老子，一块给刘国璋揽工，你爸年龄小，人又胆小，经常鼻涕往嘴里流哩！硬是我把你妈和你爸说成的……我那时已经二十几岁了，刘国璋看我心眼还活，农活不忙了，就打发我吆牲灵到口外去驮盐，驮皮货。那时，我就在无定河畔的一个歇脚店里，结交了店主家的女子，成了相好。那女子叫个灵转，长得比咱县剧团的小旦都俊样。我每次赶牲灵到他们那里，灵转都计算得准准的。等我一在他们村的前砭上出现，她就唱信天游迎接我哩。她的嗓音真好啊！就像银铃碰银铃一样好听……"

"唱什么歌哩？"巧珍插嘴问。

"听我给你们唱！"老汉得意地头一拐，就在前面醉心地唱起来了——

> 走头头的那个骡子哟三盏盏的灯，
> 戴上了那个铜铃子哟哇哇的声；
> 你若是我的哥哥哟招一招手，
> 你不是我的哥哥哟走呀走你的路……

老汉唱完，长长吐了一口气，说："我歇进那店，就不想走了。灵转背着她爸，偷得给我吃羊肉扁食，荞面饸饹……一到晚上，她就偷偷从她的房子里溜出来，摸到我的窑里来了……一天，两天，眼看时间耽搁得太多了，我只得又赶着牲灵，起身往口外走。那灵转常哭得像泪人一样，直把我送到无定河畔，又给我唱信天游……"

"大概唱的是《走西口》吧？对不对？"加林笑着说。

"对着哩！"说着，老汉又忍不住唱了起来。他的声音是沙哑的，似乎还有点哽咽；并且一边唱，一边吸着鼻涕——

　　哥哥你走西口，
　　小妹妹实难留；
　　手拉着哥哥的手，
　　送你到大门口。

　　哥哥你走西口，
　　小妹妹送你走；
　　有几句知心话，
　　哥哥你记心头：

　　走路你走大路，
　　万不要走小路；
　　大路上人马稠，
　　小路上有贼寇。

　　坐船你坐船后，
　　万不要坐船头；
　　船头上风浪大，
　　操心掉在水里头。

　　日落你就安生，
　　天明再登程；
　　风寒路冷你一个人，
　　全靠你自操心。

　　哥哥你走西口。
　　万不要交朋友；
　　交下的朋友多，
　　你就忘了奴——

有钱的是朋友，

没钱的两眼瞅；

哪能比上小妹妹我，

天长日又久……

德顺老汉上气不接下气地唱着。到后来，已经曲不成调，变成了一句一句地说歌词；说到后来，竟然抽抽搭搭哭起来了；哭了一阵，又嘿嘿笑出了声，说："啊呀，把它的！这是干甚哩！老呀老了，还老得这么不正相！哭鼻流水的，惹你们娃娃家笑话哩……"

巧珍不知什么时候已经靠在了加林的胸脯上，脸上静静地挂着两串泪珠。加林也不知什么时候，用他的胳膊搂住了巧珍的肩头。月亮升高了，远方的山影黑黝黝的，蒙上一层神秘的色彩。路两边的玉米和高粱长得像两堵绿色的墙；车子在碎石子路上碾过，发出轻微的沙沙声；路边茂密的苦艾散放出浓烈清新的味道，直往人鼻孔里钻。好一个夏夜啊！

"德顺爷，灵转后来干啥去了？"巧珍贴着加林的胸脯，问前面车子上黯然神伤的老汉。

德顺老汉叹了一口气："后来，听说她让天津一个买卖人娶走了。她不依，她老子硬让人家引走了……天津啊，那是到了天尽头了！从此，我就再也没见我那心上的人儿！我一辈子也就再不娶媳妇了。唉，娶个不称心的老婆，就像喝凉水一样，寡淡无味……"

巧珍说："说不定灵转现在还活着？"

"我死不了，她就活着！她一辈子都揣在我心里……"

车子拐过一个山峁，前面突然亮起了一片灯火，各种建筑物在月亮和灯火交织的光气里，影影绰绰地显露了出来——县城到了。

德顺老汉摸出酒壶抿了一口。他手里虽然不拿鞭子，也还像一个吆牲灵出身的把式那样，胳膊在空中一抡："嗬儿——"

两辆车子轻快地跑起来，驴蹄子嘚嘚地敲打着路面，拐上了大马河桥，向县城奔驰而去……

新中国 70 年优秀文学作品文库

中篇小说卷

第十二章

加林和德顺爷灌满一车子粪以后，老汉体力已经有点不支；加上又喝了不少酒，走路都摇摇晃晃的。加林硬把老汉送到巧珍做饭的窑里，让他坐到热炕头上歇着；他就一个人拉着另一个架子车去掏粪。

他拉着车，尽量不走大街，也尽量不走灯光明亮处。虽然已经到夜里，街巷里基本没什么行人，但他仍然紧张地防备着，生怕碰见熟人和同学。

他拉着架子车，在街道北头那边一些分散的机关单位之间转悠。这个季节，乡里来城里掏粪的人很多；有时在一个单位的厕所里，茅坑底上还刮不了一担粪。他已走了几个单位，架子车的大粪桶还没装满一半。

前面就是县广播站。他犹豫地站在了街角一个暗影里。他想起了他的同学黄亚萍。

他站了一会儿，决定还是不去广播站的厕所掏粪。

他远远地绕开路，向车站那边走去——那里过往人多，说不定厕所里粪要多一些。

他在灯光若明若暗的街道上走着，心里忍不住感叹：生活的变化真如同春夏秋冬，一寒一暑，差别甚远！三年前，这样的夜晚，他此刻或者在明亮温馨的教室里读书；或者在电影院散场的人群里，和同学们说说笑笑走向学校。要不，就是穿着鲜红的运动衣，潇洒地奔驰在县体育场的灯光篮球场上，参加篮球比赛，听那不绝于耳的喝彩声……

现在，他却拉着茅粪桶，东避西躲，鬼鬼祟祟，像一个夜游鬼一样。他忍不住转过头，又望了一眼灯光闪烁的广播站。黄亚萍此刻在干什么呢？读书？看电视？喝茶？

他很快觉得自己有点可笑了。自己现在这副样子，想这些干啥呢？他现在应该赶快把这车子粪装满才对。是的，人做啥就为啥操心哩！他现在的心思主要在掏粪上。哪个厕所要是没粪，他立刻失望丧气；哪个厕所里粪要是多一点，他高兴得直想笑！因为德顺爷爷就是这个样子，他感染了他，也使得他的心理渐渐自觉地成了这个样子。劳动啊，它是艰苦的，但也有它本身的欢乐！

高加林把粪车放在车站大门外，然后进去看厕所有没有粪。

他在厕所前面看了看，高兴得像发现了金子一般：厕所里的粪多得几乎几架子车也拉不完！

当他转到厕所后面的时候，一下子又不高兴了：不知哪里的生产队，已经在茅坑后面做了一个门，并且还上了锁。

高加林气愤地想：屎尿都有人霸占哩！他妈的，我今天要"反霸"了！

高加林的坏脾气遇到这类事最容易引逗起来。他拾起一块石头片，没有砸锁，而是把锁下面的铁扣环撬起来，打开了门。

他从车子上把粪担子和粪勺取下来，开始在车站厕所的茅坑里舀起了粪。

他刚担了一担粪灌到架子车上的粪桶里，正准备去担第二担，突然有两个壮实的年轻人也来拉粪了。他们一色的的确良裤子，红背心上面印着"先锋"两个黄字。

加林知道，这是城关"先锋"队的人。这个队是蔬菜队，富足是全县有名的。

这两个年轻人一看加林正在担粪，气呼呼地放下架子车，过来了。

"你为什么偷我们的粪？"其中一个已经挡住了加林的路。

"粪是你们的？"加林不以为然地反问。

"当然是我们的！"另一个在旁边喊叫。

"怎能是你们的？这是公共厕所，又不是你们队的人屙尿的！"

"放你妈的屁！"前面那个后生已经破口了。

"把嘴放干净！骂谁哩？"加林浑身的肌肉绷紧了。

"骂你哩！你小子知道不知道？我们为了这点粪，满年四季给车站上的干部供菜，一分钱都不要！你凭什么来偷？"旁边那个人横眉竖眼地朝他喊叫。

"放下两块钱！赔锁子！"前面那人双手叉腰，说。

"赔钱？"加林头一扭，"我还要担哩！你们这些粪霸！"说着就担着粪担往前走。

那两个人都握住了拳头。前面的那个眼明手快，当胸就给了高加林一拳。

加林两眼冒火，把粪担往地上一撂，拉起舀粪的粪勺，就向那后生砍去！

前面的人一跳，躲过去了，后面的那个刹那间也操起了粪勺。于是，三个掏粪的人就在车站的停车场上打了起来；长柄粪勺在空中飞舞，粪点子把三个人都溅了满身。迷蒙的月光静静地照耀着这个骚乱的场面。一个小伙子的脚被加林一粪勺打麻了，叫唤了一声蹲在了地下；而加林自己的脊背上却被另外一个人砍了一粪勺。

直到车站的人跑出来，才把架拉开。光头站长把双方劝说了半天，让加林不要拉了；说车站已经和先锋队订了"合同"，粪只能由他们拉。

加林在心里骂道："还有脸说'合同'哩！拿你这个臭厕所白换着吃菜哩！"

他觉得再要担这粪，肯定还要打架的。人家两个人，他一个人，打不过。再说，他们离队近，要是再叫来一群人，把他打不死才怪哩！

他于是只好把粪担放在车上，拉起架子车离开了车站。

这附近只剩副食公司没去拉了。他原来主要考虑他的另一个同学张克南在那里工作，所以没去。

现在他猛然记起，克南不是已经调到副食门市去工作了吗？他很快决定去副食公司的厕所再看看。

他拉着车子，闻见自己满身的臭气；衣服和头发上都溅满了粪便。脊背上被砍了一粪勺的地方，疼得火烧火燎。他也不管这些；他只想着赶快把这车子粪装满，好早点回村——德顺爷和巧珍大概已经等急了。

他把架子车放在副食公司的大门口上，先进去看厕所有没有粪。

他从来没到过这里，找了半天才把厕所找见。他看了看，粪并不多，也很稀，但还是可以把他的粪桶子装满的。可只有一个不方便处：厕所到大门口路不太好，有几个地方很狭窄，粪车拉不到厕所旁边。

他于是决定一担一担往出担，担出来再倒进车上的粪桶里。

高加林忙碌地从车上取下粪担，到后面的厕所里担出了第一担粪。

担过副食公司院子的时候，在院子东南角一棵泡桐树下坐着的几个人，连连呲巴起了嘴，哼哼唧唧，显然嫌臭味打扰了他们在院子里乘凉。

高加林自己也觉得很抱歉。但这是没法的事。他内心里希望这些干部原谅他。

第二回他把粪担出来的时候，情况仍然是这样。但他还是硬着头皮担。

第三回担出来的时候，有一个妇女出口了，声音很大，是故意说给他听的："迟不担，早不担，偏偏在这个时候担，臭死人了！"

高加林听见这刺耳话，忍不住脚步停住了。但他想，再有一两回车上的粪桶就装满了，忍着点，赶快装满就走。

当他把这担粪灌完，又担着空担子进了院子的时候，那妇女竟然站起来，朝他这边喊：

"担粪的！你把人臭死了！你到其他地方去担喀，甭在这里欺负人了！"

高加林一下子站在院子里，两只手气得索索抖，牙齿狠狠咬住了嘴唇：明明是她在欺负人，竟然反咬说他欺负人。

火气从他心里冒上来，又被他强压了下去。他刚才已经和别人打了一架，不愿再发生什么冲突和纠葛；而且车子上的粪桶再有一两担就能装满，忍一忍，今晚上的任务就完成了。

于是他就又去担粪了。

等这回担出来的时候，那妇女竟然又站起来，气更大了，嗓门更粗了，话也更难听了："你这人耳朵坏了？给你说了一遍你不听，还在这里担，讨厌死人了！"

她旁边一个似乎老一点的干部说："你不要费嘴舌了，叫担去；担完了就不臭了！"

"这些乡巴佬，真讨厌！"那妇女又骂了一句。

高加林这下不能忍受了！他鼻根一酸，在心里想：乡里人就这么受气啊！一年辛辛苦苦，把日头从东山背到西山，打下粮食，晒干簸净，拣最好的送到城里，让这些人吃。他们吃了，屁股一撅就屙就尿，又是乡里人来给他们拾掇，给他们打扫卫生，他们还这样欺负乡下人！

他对这个妇女产生了一种强烈的愤恨心理。

他一下子把一担茅粪放在副食公司的院当中，鼻子口里三股冒气向那棵泡桐树下走去。他要和那个放肆的女人辩几句。

当他快走到那几个人跟前的时候，那妇女先站起来，一下子不知这个愣后生要干什么呀。他旁边的几个老干部也紧张地站起来了。

高加林猛地停住了脚步，立刻感到惶愧不安了：天啊，这妇女竟然是张克南他妈！

他离她十几步远，已清楚地认出是她。他一下子不知如何是好了，前不好前，后不好后，两只手慌乱地扣起了手指头。不论怎样，他不能和克南他妈吵嘴呀！这事太叫人尴尬了！他想：怎办呀？给她道个歉？可他又没惹她！要不说个"对不起"？

正在他进退两难时，克南他妈竟然一指头指住他，问："你是哪里的？拉粪都不瞅个时候，专门在这个时候整造人呢！你过来干啥呀？还想吃个人？"

她显然已经记不得他是谁了。是的，他现在穿得破破烂烂，满身大粪；脸也再不是学生时期那样白净，变得粗粗糙糙的，成了地地道道的农民。他以前只去过克南家两三次，她怎能把他记住呢？

既然是这样，他高加林也就不想客气了。但他出于对老同学母亲的尊重，还是尽量语气平静地解释说："您不要生气，我很快就完了。这没有办法。我们在晚上进城拉粪，也是考虑到白天机关工作，不卫生；想不到你们晚上在院里乘凉哩……"

旁边那几个干部都说："算了，算了，赶快装满拉走……"

但克南他妈还气冲冲地说："走远！一身的粪！臭烘烘的！"

加林一下子恼了。他恶狠狠地对老同学他妈说："我身上是不太干净，不过，我闻见你身上也有一股臭味！"

克南他妈一下子气得满脸肉直颤，就要过来拉扯他了；亏得旁边那几个人硬把她挡住，然后叫加林不要闹了，去拉他的粪。

高加林掉转身，过去担起那担茅粪，强忍着泪水出了副食公司的大门。

他把粪倒进车子上的粪桶里，尽管还得两担才能满，他也不去担了，拉起架子车就走。

他拉着架子车，转到了通往街道的马路上，鼻子一阵又一阵发酸。城市的灯光已经渐渐地稀疏了，建筑物大部分都隐匿在黑暗中。只有河对面水文站的灯光仍然亮着，在水面上投下了长长的橘红色的光芒，随着粼粼波光，像是一团一团的火焰在水中燃烧。

高加林的心中也燃烧着火焰。他把粪车子拉在路边停下来，眼里转着泪花子，望着悄然寂静的城市，心里说：我非要到这里来不可！我有文化，有知识，我比这里生活的年轻人哪一点差？我为什么要受这样的屈辱呢？

这时候，他的目光向水文站下面灯火映红的河面上望去，觉得景色非常壮观。他浑身的血沸腾起来，竟扔下粪车子，向那里奔去。

快到河边的时候，他穿过一大片菜地。他知道这是"先锋"队的。想起刚才车站上的斗殴，他便鼻子口里热气直冒，跑过去报复似的摘了一抱西红柿。

他来到河边的一个被灯火照亮的水潭边，先把一抱西红柿抛到水里，然后他自己也跟着一纵身跳了下去。

他在水里憋着气，尽量使自己往下沉；然后又让身体慢慢浮上水面来。

他游了一阵，把西红柿一个个从水面上捞起，洗净，又扔到岸上。他自己也拖着水淋淋的衣服爬上来，一屁股坐下，抓起一个西红柿，狼吞虎咽吃了起来……

高加林折腾了半夜，才和德顺老汉、巧珍拉着两架子车茅粪回到村里。

巧珍先回了家。他和德顺老汉把粪倒在村前的粪坑里，拿土盖起来。

德顺老汉独个儿去经管牲口去了。他便怀着一颗怏怏不快的心回到了家里。

他父亲在前炕上拉呼噜；他母亲爬起来，问他怎这时候才回来？

他没有回答，在箱子里寻找干衣服。他母亲摸索着，从后炕头的针线篮里取出一封信递给他，说："你二爸来的。你先看，我睡呀，明早上再给我们念……"说完就躺下睡了。

高加林先没换衣服，赶忙拆开信，凑到煤油灯前看起来——

大哥、嫂嫂：

　　你们好！

　　我要告诉你们一个好事：组织已经同意了我的请求，让我转业到咱们地区工作了。现在听地方上来函说，初步决定安排让我在地区专署当劳动局长。

　　我是很高兴的，几十年离别家乡，梦里都常想回来。现在我也年过半百，俗话说，落叶归根；在家乡度过晚年是我最大的愿望。

　　我的几个孩子都已在新疆参加了工作，为了不给党增添麻烦，就让他们在当地工作吧，不转回来了。我和孩子妈，再有最小的加平，一共三口人回来。

　　我要是回到咱地区，等工作定下来，就准备回咱村子一回，看望你们。

　　余言见面再叙。

弟：玉智

高加林看完信，激动得在炕栏石上狠狠拍了一巴掌，大声喊：

"爸！妈！快醒一醒……"

第十三章

早饭时分，一辆草绿色的吉普车开进高家村，在村子中央那块空场地上停下来。

高玉德当兵走了几十年的弟弟回来了！消息风快就传遍了全村。村里的人，不论大人还是娃娃，纷纷丢下正在吃饭的碗，向高玉德家的破墙烂院里涌来了。

高家村好多年都没有这样热闹过。老婆老汉们拄着拐杖，媳妇们抱着吃奶娃娃，庄稼人推迟了出山的时间，学生娃们背着上学起身的书包，熙熙攘攘，大呼小叫，纷纷跑来看"大干部"。全村的狗不知这里发生了什么事，也吠叫着跟人跑来了。村子里乱纷纷的，比谁家娶媳妇还红火。

高玉德家的窑里已经挤满了人。更多的人都拥在院子里和塄畔上，轮流挤到门口，好奇地看他们村在门外的这个最大的人物。

加林妈在旁边窑里做饭。好多婆姨女子都在帮助她。有的拉风箱，有的切菜，有的擀面。遇到这样的事，所有的邻居都乐意帮忙。

高加林从叔父的提包里拿出许多糖，正给人群里的娃娃们散发。他尽量想保持一种含蓄的态度，但掩饰不住的兴奋仍然使他容光焕发，动作也显得比平时零碎了。

高玉德、高玉智两弟兄被一群年纪大的人包围在他家的脚地当中。玉智已经换上了地方干部的服装，比他哥看上去不是小十岁，而是小二十岁。他身材不高，但挺胖，红光满面，很少有皱纹。头发还是乌黑的，只是两鬓角夹杂几根白发。他笑容满面，辨认他小时候的伙伴们。这些人都已年过半百，又亲切又拘束地接过他双手敬上的纸烟。德顺老汉和另外一些长辈进来的时候，玉智把他们一个个搀扶着坐在炕栏石上，问他们的身体和牙口怎样？这些老汉们又都从炕栏石上溜下来，在他身上摸一摸，或者拍一拍，纷纷张开没牙的嘴抢着嚷嚷：

"啊，好身体……"

"听说你身上挂了不少彩？"

"有一阵子，你杳无音信，还传说你牺牲了呢！"

"哈呀，就听说你而今把官熬大了！"

……

高玉智笑呵呵地回答他们的问话。玉德老汉站在他旁边，嘴里噙着旱烟锅，一边笑，一边用瘦手抹眼泪。

陪同高玉智回村的县劳动局副局长马占胜同志，出去解了个手，就再挤不进高玉德家的院里了。

高加林在埝畔上碰见他，硬拉着他往回挤。但马占胜说："先等等。你叔父几十年第一次回家，村里人都想看他哩！你要是不忙，咱先到吉普车里坐一坐！"

加林今天很高兴，说他现在没什么事，就和老马向吉普车那边走去。

吉普车里已经挤满了一群娃娃。占胜要赶他们下来，加林拦住他说："算了，算了，娃娃们没见过这东西，叫坐一坐，咱先就在这树下站一会儿。"

占胜一条胳膊亲热地搂着加林的肩头，对他说："旁的事我先不和你拉搭；我先只对你说一句话，你的工作我们会很快妥善解决的……"

高加林的心猛一阵狂跳。这句话对他的神经冲击太大了！在他还没有反应明楼笑着说："加林，你还不回家招呼你二爸去？你爸你妈人老了，手脚不麻利，家里又再没个人……"他说完转过身，热情地和马占胜握起了手。

加林说："老马挤不到我家里，我陪他在这儿站一会儿。"

明楼说："你去你的。叫马局长先到我家里坐一坐。另外，你告诉你妈，你叔父头一顿饭在你们家吃，下一顿饭就不要准备了，我们家已经准备上了。啊呀，多不容易呀！玉智几十年闹革命不回家，说什么也得在我家里吃一顿饭！"他转过头对占胜说："玉智是我们村在门外最大的干部，是整个高家村的光荣！"

"高玉智同志现在是咱们地区的劳动局长，我的直接上级。"马占胜对高明楼说。

"我已经知道了！"高明楼一边说，一边让加林回家忙去，他便拉着马占胜到前村他们家去了。

吃过饭以后，加林跟着父亲和叔父上了祖父祖母的坟地。

祖坟在村子后面一个向阳的山坡上。两座坟堆上长满了茂密的蒿柴茅草——两位老人在这里已经长眠十几年了。

玉德老汉从随手提来的竹篮里取出一些馍和油糕，放在石头供桌上；又拿出一把黄表纸点着烧了；然后拉着玉智和加林跪下磕头。玉智稍犹豫了一下，但看见他哥脸像黑霜打了一般难看，就跟着跪下了。在这样的场合，劳动局长只得入乡随俗。

他们三个连磕了三个头。加林和他叔父站了起来。玉德老汉却一头扑在黄土地上，啊嘿嘿嘿嘿地哭开了，弄得他两个都很尴尬。听见他哥伤心的哭声，玉智也掏出手帕抹着不断涌出来的泪水。他从小离开父母亲，直到他们入土，他也再没见他们。他记起在他小时候老人们受的苦，又想到他以后一直没有在他们身边，也由不得失声痛哭起来。加林皱着眉头在一边看他们哭。

两弟兄哭了一阵后，玉智把他哥搀扶起来。玉德老汉哽哽咽咽说："咱老人……活的时候……把罪受了……"

高玉智非常内疚地说："我一直在外，没好好管老人，想起来心里很难过。这已经没法弥补了。现在，我已回到咱家乡工作了，以后我要尽量帮扶你们哩……有什么困难，你就说，哥！我要把对咱老人欠的情，在你和嫂子身上补起来……"

高玉德怔了一阵，说："我们老两口也是快入土的人，没什么要牵累你的。现在农村政策活了，家里有吃有穿，没什么大熬煎。要说大熬煎，就是你这个侄儿子！"他朝加林看了看："高中毕了业，就在村里劳动。人家有腿的，都走后门工作了，他……"

"你不是在村里教书着哩？"玉智转过头问加林。

没等加林回答，玉德老汉赶忙说："现在学生娃少了，用不了那么多教师，就回来了。"他生怕加林在他兄弟面前告高明楼。他不愿意让玉智知道明楼下了加林的教师。不管怎说，明楼是他们村的领导，不能惹！玉智屁股一拍就走了，但他们要和明楼在一个村生活一辈子哩！

高玉智沉默了一会儿，对他哥说："好哥哩，按说，你提出什么要求，我都要尊哩！但这件事你千万不要为难我！我任职后，地委和专署领导找我谈了话，说地区劳动局的前任局长，就是走后门招工太多，民愤很大，才撤换了的。领导说我刚从部队下来，又一直是做政治工作的，就让我担任了这个职务。这是信任我哩！我怎能辜负组织的信任，刚上任就做这些违法事呢？其他事怎样都可以，但这种事我可是坚决不能做啊！哥，你要理解我的心情哩……"

高玉德老汉听兄弟这么一说，思谋了半天，说："既然是这样，也就不能为难你了。唉……"老汉长叹了一口气，拍了拍膝盖上的土，便叫玉智和加林回村；他说走时明楼一再安咐，他们家的饭做好了，专门等着玉智哩……

高明楼此刻正和马占胜在他的"会客室"里拉话。

明楼现在心里很慌，生怕高加林给他叔父告他，说他走后门让自己儿子当了教师，而把他弄回队里参加了劳动。当时这事是他和占胜共同谋划的，因此这两个当事人现在首先就谈这事。

"万一这事让高局长知道了怎办？"明楼问正在喝茶的马占胜。

占胜咧嘴一笑："有个比教师更好的工作让他干，他还能再对咱说一长二短吗？"

"更好的工作？"明楼瞪起眼，"现时国家又不在农村招工招干，哪有比民办教师更好的工作？"

"正好最近地区给咱县上的小煤窑批了几个指标。当然，这几个指标本来没城关公社的，因为城关以前走的人太多了。"马占胜接过明楼递上的纸烟，点着吸了一口。

"加林恐怕不愿去掏炭！"

"谁让他掏炭哩？现在县委通讯组正缺个通讯干事，加林又能写，以工代干，让他就干这工作，保险他满意！"

"这恐怕要费周折哩！"

"我早把上上下下弄好了。到时填个表，你这里把大队章子一盖，公社和县上有我哩。反正手续做得合合法法，捣鬼也要捣得实事求是嘛！"

马占胜一句不通顺的笑话，不光逗笑了高明楼，他把自己也逗笑了。

两个人哈哈大笑了一番，明楼才问："高局长提起给加林找工作的事没？"

"啊呀！你就在高家村是个精明人！"马占胜讥讽地看了一眼高明楼，"而今办这类事，哪个笨蛋领导明说哩？这就看手下人的心眼活不活嘛！咱主动给领导把这种事办了，领导表面上还批评你哩，可心里恨不得马上把你提拔了！"

高明楼惊得张开嘴半天合不拢。他心里想：怪不得占胜年纪不大，三十刚出头，就从公社的一般干部提成副局长了！这人不得了，以后的前程大着哩！

正在他俩拉话的时候，三星已经引着高玉智进了院子。

明楼和占胜慌忙迎了出去。

高明楼把地区和县上的两位局长接进"会客室"，他老婆上茶，他的大媳妇敬烟点火。

高玉智本不想来这里，但他哥不让；让他一定得去吃这顿饭！说明楼是村里的领导人，不能伤了他的脸。再说，老先人都姓高！他只好来了。

高明楼让占胜先陪高局长喝茶抽烟，他过来在厨房里安咐他老婆和儿媳妇先别忙着上菜。

他出了院子，把正在院墙角里抽烟的三星叫过来，压低声音问：

"你怎不把你高大叔和加林也叫来？"

"你没给我安咐叫他两个嘛！"他儿子困惑地看着他爸恼悻悻的脸。

"糊脑松！实实的糊脑松！你他妈的把书念到屁股里了！你快给我再叫去！"

在上饭的前一刻，高玉德终于被三星捉着胳膊拉来了。

明楼慌忙出去，亲热地扶住他的另一条胳膊，问："加林怎不来？"

玉德老汉说："那是个犟板筋，不来就算了！"

高玉德立刻被明楼父子俩簇拥着进了窑，扶在了上席上；高玉智和马占胜分坐在两边。明楼在下席上落了座。

饭菜很快就上来了。偌大的红油漆八仙桌，挤满了碟子、盆子、大碗、小碗，山珍和海味都有，比县招待所的客饭要丰盛得多。这家伙不知从哪里搞来这么多稀罕东西！

明楼起来敬酒。第一杯满上，双手齐眉举起，敬到高玉德面前。

高玉德两只瘦手哆哆嗦嗦接过了酒杯。一杯酒下肚，老汉的五脏六腑搅成了一团！他看看高明楼满脸巴结的笑容，又看看身边的弟弟，老汉内心那无限的感慨，还用在这里细细摆出来吗？

半个月以后，高玉德的独生子高加林就成了国家正式工人；并且只去县煤矿报个到，而后就要在县委大院当干部了。他是怎样走到这一步的？中间经过些什么手续？这些连他自己也不知道。他只填了一张招工表，其余的事都由马占胜一手包办了。

生活在一瞬间就发生了巨大的转折！

村里人对这类事已经麻木了，因此谁也没有大惊小怪。高加林教师下了当农民，大家不奇怪，因为高明楼的儿子高中毕业了。高加林突然又在县上参加了工作，大家也不奇怪，因为他的叔父现在当了地区的劳动局长。他们有时也在山里骂现在社会上的一些不正之风，但他们的厚道使他们仅限于骂骂而已。还能怎样呢？

高加林离开村子的时候，他父亲正病着。母亲要待候他父亲，也没来送他。

只有一往情深的刘巧珍伴着他出了村，一直把他送到河湾里的分路口上。铺盖和箱子在前几天已运走了，他只带个提包。巧珍像城里姑娘一样，大方地和他一边扯一根提包系子。

他们在河湾的分路口上站住后，默默地相对而立。在这里，他曾亲过她。但现在是白天，他不能亲她了。

"加林哥，你常想着我……"巧珍牙咬着嘴唇，泪水在脸上扑簌簌地淌了下来。

加林对她点点头。

"你就和我一个人好……"巧珍抬起泪水斑斑的脸，望着他的脸。

加林又对她点点头，怔怔地望了她一眼，就慢慢转过了身。

他上了公路，回过头来，见巧珍还站在河湾里望着他。泪水一下子模糊了高加林的眼睛。

他久久地站着，望着巧珍白杨树一般可爱的身姿；望着高家村参差不齐的村舍；望着绿色笼罩了的大马河川道；心里一下子涌起了一股无限依恋的感情。尽管他渴望离开这里，到更广阔的天地去生活，但他觉得对这生他养他的故乡田地，内心里仍然是深深热爱着的！

他用手指头抹去眼角的泪水，坚决地转过身，向县城走去。

在前面，在生活的道路上，他将会怎样走下去呢？

第十四章

高加林进县城以后，情绪好几天都不能平静下来。一切都好像是做梦一样。他高兴得如狂似醉，但又有点惴惴不安。他从田野上再一次来到城市。不过，这一次进来非同以往。当年他来到县城，基本上还是个乡下孩子，在城市的面前胆怯而且惶恐。几年活跃的学校生活，使他渐渐把自己的思想感情和生活习惯与城市紧密地融合在了一起；他很快把自己从里到外都变成了一个城里人。农村对他来说，变得淡漠了，有时候成了生活舞台上的一道布景，他只有在寒暑假才重新领略一下其中的情趣。

正当他和城市分不开的时候，城市却毫不留情地把他遣送了出来。高中毕业了，大学又没考上，他只得又回到自己已经有些陌生的土地上。当时的痛苦对这样一个向往很高的青年人来说，是可想而知的，也是可以理解的。但这并不是通常人们说的命运摆布人。国家目前正处于困难时期，不可能满足所有公民的愿望与要求。

如果社会各方面的肌体是健康的，无疑会正确地引导这样的青年认识整个国家利益和个人前途的关系。我们可以回顾一下我国五十年代和六十年代初期对于类似社会问题的解决。令人遗憾的是，我们当今的现实生活中有马占胜和高明楼这样的人。他们为了个人的利益，有时毫不顾忌地给这些徘徊在生活十字路口的人当头一棒，使他们对生活更加悲观；有时，还是出于个人目的，他们又一下子把这些人推到生活的顺风船上。转眼时来运转，使得这些人在高兴的同时，也感到自己顺利得有点茫然。

高加林现在之所以高兴得如狂似醉，是他认识到，这次进县城，再不是一个匆匆过客了；他已经成了县城的一员。当然，他一旦到了这样的境地，就不会满足一生都待在这里。不过，眼下他能在这个城市占据一个位置，已经完全心满意足了。何况，他现在的这个位置在这个城市是多么瞩目啊！通讯干事，就是县上的"记者"；到处采访，又写文章又照相，名字还可以上报纸。县上开个大会，照相机一挎，敢在庄严神圣的主席台上平出平进！

他知道他今天这一切全仰仗马占胜同志。他叔父诚心诚意不给他办事！但是，他不办，有人替他办。他从自己人间天上一般的变化中，才具体地体验到了什么叫"后门"——后门，可真比前门的威力大啊！想到他是从"后门"进来的，心里也不免有些惴惴不安：现在到处都在反这东西！

但他很快又想：查出来的是少数！占胜说，哪个猫都沾腥哩！他让他放心，说出了事有他哩！于是他就尽量不往这方面想了。他觉得他既然已经成了国家干部，就要好好工作，搞出成绩来。这种心情也是真实的。他有时还把他的变化归到了党的关怀上，下决心努力为党工作——并且还庄严地想：干脆，明年就写入党申请书！

他的领导叫景若虹。老景比他大十几岁，瘦高个，戴一副白框眼镜。他"文化大革命"开始那年在省上师范大学中文系毕业。在高加林来之前，老景是县上唯一的通讯干事。

老景初次见面，给人的印象非常和蔼，表面上不多言语，但开口一谈吐，学问很大，性格内涵也很深。高加林很快就喜欢上了他，称他景老师。老景虽然没任命什么官，但不用说是他的当然领导。

上班后的头一两天，老景不让他工作；让他先整顿一下自己的行装和办公室，没事了出去玩一玩。

他和老景的办公室在县委的客房院里，四面围墙，单独开门。他和老景一人占一孔造价标准很高的窑洞。其余五孔窑洞是本县最高级的"宾馆"，只有省上和地委领导偶尔来一次，住几天。把通讯干事安排在这里办公，显示了县委领导对舆论宣传工作的重视。这里条件好，又安静，适合写文章。

高加林在外面晾晒完铺盖，放好了箱子。老景带他去县委办公室领了一套办公用具。桌椅板凳和公文柜在他来的前一天都已经摆好了。

所有这些弄好以后，高加林独个儿在窑里走来走去，这里看看，那里摸摸，忍不住嘴里哼起了他所喜爱的一首苏联歌曲《第聂伯河汹涌澎湃》；或者在镜子里照一会儿自己生气勃勃的脸。

一切都叫人舒心爽气！西斜的阳光从大玻璃窗户射进来，洒在淡黄色的写字台上，一片明光灿烂，和他的心境形成了完美和谐的映照。

全部安排好了。在县委的大灶上吃完下午饭，他就悠然自得地出去散步——先到他的母校县立中学。

正在假期，校园里没什么人。他徜徉在这亲切熟悉的地方，过去生活的全部事情都浮现在眼前了。手风琴的醉心的声音，学校运动会上的笑语喧哗，也在耳边喧响起来。当年同学们的脸庞一个个都历历在目。最后，他回忆的风帆才在黄亚萍的身边停下来。他和她在哪一块地方讨论过什么问题，说过什么话，现在想起来都一清二楚。

他在他经常去的几个地方分别按当年的姿势坐了坐，或躺一躺，忍不住热泪盈眶了。所有少年时期经历过的一草一木，在任何时候都会非常亲切地保留在一个人的记忆中，并且一想起就叫人甜蜜得鼻子发酸！

从学校里出来，他又去了县体育场——他是体育爱好者，是学校许多项运动队的队员。尤其是篮球，他和克南都是校队的主力。他曾在这里度过许多激动人心的傍晚！

他从体育场转出来，从街道上走了过去，像巡礼似的把城里主要的地方都转悠了一遍，最后才爬上东岗。

东岗长满了一片一片的小树林，有的树还是当年他们在清明节栽下的。山顶上是烈士陵园，埋葬着一百多名解放这座县城牺牲了的战士。那已经有些斑驳的石碑告诉人们，从那时到现在已经过去了三十多个年头。

这是县城风景最优美的地方。一般的市民兴趣都在剧院和体育场上。经常来这里的大部分是中学教师、医院里的大夫这样一些本城的知识分子。山岗很大，没几个人来，显得幽静极了。

高加林坐在一棵大槐树下。透过树林子的缝隙，可以看见县城的全貌。一切都和三年前他离开时差不多，只是街面上新添了几座三四层的楼房，显得"洋"了一些。县河上新架起了一座宏伟的大桥，一头连起河对面几个公社通向县城的大路，另一头直接伸到县体育场的大门上。

西边的太阳正在下沉，落日的红晖抹在一片瓦蓝色的建筑物上。城市在这一刻给人一种异常辉煌的景象。城外黄土高原无边无际的山岭，像起伏不平的浪涛，涌向了遥远的地平线……

当星星点点的灯火在城里亮起来的时候，高加林才站起来，下了东岗。一路上，他忍不住狂热地张开双臂，面对灯火闪闪的县城，嘴里喃喃地说："我再也不能离开你了……"

县城南面的一场暴风骤雨，给高加林提供了第一次工作的机会。

暴雨是早晨开始下的。城里雨也不小，但根据电话汇报，雨最大的地方是南马河公社。那里好几个村庄都被洪水淹没。初步统计，有三十多个人被洪水冲走，至今没有一点踪影；窑洞和房屋被水冲垮，许多人无家可归；全公社已经展开紧张的救灾活动……

为了及时报道救灾情况，正在患感冒的景若虹决定当天亲自去南马河公社。高加林坚决不让老景去；因为雨仍然在下着，老景感冒很重，淋雨根本不行。

加林硬不让老景去，而要求老景让他去。他对老景说，他第一次出去搞工作，这正是一个考验，就是稿子写不好，他也可以把材料收集回来让老景写。

景若虹只好同意了。

高加林没骑自行车，因为听说南马河的大部分路都被冲坏了。他穿了一件公用雨衣，裤子挽在半腿把上，冒雨向南马河公社赶去。

他一路上热血沸腾。他性格中有一种冒险精神——也可以说是英雄主义品格。这种精神在无聊的斗殴中显示是可悲的，但遇到这样的情况，却显得很可贵了。

他在这种时候，精力充沛，精神集中，动作灵敏，思路清晰，一刹那间需要牺牲什么，他就会献出什么！

他是黄昏前出发的，出城没走几里路，天就黑了。

雨在头上浇盖着，天黑得伸出手看不见巴掌。他尽管路不熟，但仍然几乎是小跑着向南马河走。嗓门眼渴得像要烧着火，他就随便伏在路边的水坑里喝上几口。脚不知什么时候碰破了，连骨头都感到生疼。但所有这一切反而增加了他的愉快心情——这绝不是夸大的说法！真的，高加林此刻感到他真正像个新闻记者了。他尽管一天记者也没当，但深刻理解这个行业的光荣就在于它所要求的无畏的献身精神。他看过一些资料，知道在激烈的战场上，许多记者都是和突击队员一起冲锋——就在刚攻克的阵地上发出电讯稿。多美！

高加林是县上第一个到达南马河公社的干部。县委副书记率领的救灾队伍比他迟到了整整五个钟头——已经临近天明了。

加林到南马河时，公社干部谁也不认识他。他自己给他们介绍说，他是县上新任通讯干事，赶来采访报道救灾情况的。大家一看这个二十刚出头的青年人浑身糊成个泥圪垯，脚上还流着血，立刻深受感动，赶忙给他做饭吃。公社干部们也是刚从灾情最重的一个大队回来，吃完饭，准备又起身到另一些大队去。他们一个个也都是浑身透湿，脸被泥糊得只露两只眼睛。公社书记刘玉海浑身负了七处伤，都用纱布缠着，简直就像刚从打仗的火线上下来一般。

他们硬让加林换身衣服，把脚包扎一下，然后由公社文书在家向他汇报情况，其余的人又都出发去做救灾工作了。

加林坚决不依，硬要跟大家一块去。他只从提包里拿出塑料袋包的笔记本和钢笔，就强行跟着他们出发了。公社文书开玩笑说，他要先给县上的通讯干事写一篇报道，表扬他的这种工作精神。

半路上，这支满身泥巴的队伍分成了几组，分别到几个大队去查看情况，组织救灾。

高加林和文书小马跟书记刘玉海到寺佛大队去。一路上，他们谁也看不见

人生

谁，摸索着相跟前进。河道里山洪的咆哮声震耳欲聋，雨仍然瓢泼似的倾泻着。公社文书一边跌跌爬爬，一边给他谈全公社已知的受灾情况和公社的救灾措施。高加林在心里记录着。书记刘玉海一声不吭，走在前边。

到寺佛大队后，他们刚一落脚，村里就跑来许多人，一个个哭鼻流泪，纷纷告诉刘玉海塌了多少窑，冲走了多少牲口，毁坏了多少庄稼……

刘玉海胳膊腿都缠着纱布，脸黑苍苍的，大声问队干部："人怎样？"

大家回答："人都在哩！"

刘玉海没受伤的左胳膊一抡，吼雷一般喊道："只要人在，什么也不怕！"

这一声把大家顿时喊得精神振奋了起来。刘玉海马上把队干部们拉在公社的灶火圪崂里，在地上圪蹴成一圈，商量起了救急的办法。

高加林也被刘玉海这一声喊叫强烈地震动了。他侧过头，看见圪蹴在庄稼人中间的刘玉海，形象就像《红旗谱》里的朱老忠一样粗犷和有气魄。他看到他浑身都带着伤，还这样操心老百姓的事，心里非常感动。生活中有马占胜、高明楼这样的奸猾干部，同时也有刘玉海这样的好干部啊！马占胜虽然给他走了后门，但他在内心里并不喜欢他。刘玉海虽然第一次见面，他就被这个人强烈地吸引住了。

他想起刚才老刘那声喊叫，灵感立刻来了。他把笔记本和钢笔从塑料袋里掏出来，写下了他的第一篇报道的题目：《只要有人在，大灾也不怕》。

他就着公窑里微弱的灯光，专心写起了这篇报道。外面哗哗的大雨和河道里的山洪声喧嚣成了一片巨大的声响，但他都听不见。他激动得笔杆抖颤，在本子上飞快地写着。消息报道的门路架数他都懂得——他经常读报，各种文体早都在心中熟悉了。

写完稿子后，他就跟刘玉海到救灾现场，泥一把水一把地和众人一起干了起来。

第二天早晨，他把他的报道托公社的邮递员送到了老景的手里。

晚上，他和刘玉海、文书一同回到公社，参加了一次紧急会议。会上，各队回来的干部分别汇报了情况。高加林第一次参加这样的会议，但他毫不拘束地向许多人提问，搜集具体的情况和一些英雄模范事迹。

会后，除过值班人员外，刘玉海给大家安排了三个钟头的睡觉时间，然后半夜里又准备出发。

高加林没有睡。他在煤油灯下又连续写了三篇短通讯和一篇综合报道。

他写完后，出来站在公社门前，舒展了一下胳膊腿。

这时候，县上的有线广播开始播音。首先是本县节目，广播上传来了黄亚萍圆润洪亮的普通话："……社员同志们，现在请听加林采写的报道：《只要有人在，大灾也不怕》……"亚萍的声音听起来有点激动，尤其是读到刘玉海那一段事迹时很动感情；播音节奏似乎也比平时要快一点。

高加林站在窑檐下，心咚咚地跳着，一直听完了他的第一篇报道——尊敬的景老师连一个字都没改！

一种幸福的感情立刻涌上了高加林的心头，使他忍不住在哗哗的雨夜里轻轻吹起了口哨。

第二天，加林收到老景一张纸条，上面简短写着几个字：你干得很出色。等着你的下一批报道。什么时候回县城，由你决定……

高加林遵照老景的指示，把南马河抗灾的报道一篇又一篇发回到县上。晚上和早晨，有线广播不时传来黄亚萍圆润洪亮的普通话声："……现在播送加林从南马河抗灾第一线采写的报道……"

一直到第五天，高加林才随县委的慰问团一起回到了城里。

第十五章

高加林从南马河回来以后，倒在床上就什么也不知道了。

他已经整整睡了一个晚上。第二天，他连早饭也没起来吃，继续睡。

他在迷糊中，突然听见好像有人敲门。起先他以为是敲老景的门。仔细一听，却是敲他的门。他想，大概是老景叫他哩！赶忙从床上起来，一边穿衣服，一边对门外说："景老师，你进来！"

门外传来一阵咯咯的笑声。一听是个女的！

他赶忙又朝门外喊："先等一等！"

他很快把衣服穿上，前去开门。

门一打开，他惊讶地后退了一步：原来是黄亚萍！

亚萍手扶住门框，含笑望着他。她已不像学校时那么纤弱，变得丰满了。脸似乎没什么变化，不过南方姑娘的特点更加显著：两道弯弯的眉毛像笔画出来似的。上身是一件式样新颖的薄薄的淡水红短袖，下身是乳白色筒裤，半高跟赭色皮凉鞋——这些都是高加林一瞥之中的印象。

黄亚萍走进高加林的办公室，说："你到县上工作了，为什么不来找我们？当了大记者，把老同学不放在眼里了！"

高加林慌忙解释说，他刚来，比较忙乱；接着很快又去了南马河；说他正准备这两天去看她和克南。

"克南怎没来？"加林一边给老同学倒水，一边问。

黄亚萍说："人家现在是实业家，哪有串门的心思！"

加林把茶杯放在黄亚萍面前，过去坐在床上，说："克南的确是个实业家，很早我就看出他发展前途很大，国家现在正需要这样的人才。"

"别说克南了，让他当他的实业家去！"亚萍开玩笑说，"说说你吧！你一定累坏了！南马河那些抗灾报道写得太好了，有几篇我广播录音时都流了泪……"

"没你说的那么好。头一次写这类文章，很外行，全凭景老师修改。"加林谦虚地说，但他心里很高兴。

"你比在学校时又瘦了一些。不过好像更结实了，个子也好像又长高了。"亚萍一边喝茶，一边用眼睛打量他。

加林被她看得有点不好意思，搪塞说："当了两天劳动人民，可能比过去结实一些……"

亚萍很快意识到了加林的局促，自己也不好意思地把目光从加林身上移开，低头喝起了茶水。

他们沉默了一会儿。

黄亚萍低头喝了一会儿茶，才又开口说："你到了城里，我很高兴，又有个谈得来的人了。你不知道，这几年能把人闷死。大家都忙忙碌碌过日子，天下事什么也不闻不问。很想天上地下地和谁聊聊天，满城还找不下一个人！"

"你说得太过分了。这样的人有的是，可能你不太熟悉的缘故。你太傲气了，一般人不容易接近你。"加林笑着说。

黄亚萍也笑了，说："可能有这方面的原因，但我的确感到生活过得有点沉闷。我希望能有一点浪漫主义的东西。"

"好在有克南哩……"加林自己也不知道为什么顺口说出了这句话。

"克南你又不是不知道！人心眼倒不坏，但我总觉得他身上有情趣的东西太少了。不过，这几年他还是给了我不少帮助……你大概知道我们后来的……情况。"黄亚萍的脸红了。

"从旁听到过一点。"加林说。

"你今天中午到我们家去吃饭吧！"黄亚萍抬起头，热情地邀请他。

加林赶忙说："不了，不了，我根本不习惯去生人家吃饭。"

"我是生人吗？"黄亚萍有点委屈地问他。

"我是说我不认识你父母亲。"

"一回生，二回熟！"

"谢谢你的好意，我不……"

"怕人？"

"嗯……"

"乡巴佬！"黄亚萍咯咯笑了。

高加林并没有为这句嘲笑话生气。他很高兴亚萍这种亲切的玩笑。以前在学校时，她就常开玩笑叫他乡巴佬。

"乡巴佬就乡巴佬。本来就是乡巴佬。"他高兴地看了一眼黄亚萍。

亚萍也看着他说："你实际上根本不像个乡下人了。不过，有时候又表现出乡里人的一股憨气，挺逗人的……你不去我们家吃饭就算了，但你可要常来广播站，咱们好好聊聊天，像过去在学校一样，行吗？"

高加林一时不知该如何回答。过去学校的生活又一幕一幕在眼前闪过。不过，那时他们还是孩子，都很单纯。而现在，他们都已二十多岁了，还能像过去那样无拘无束地交往吗？说心里话，他很愿意和亚萍交谈。他们性格中共同的东西很多，话也能说到一块。但他知道再很难像学生时期那样交往了。他们都已经成了干部，又都到了一个惹人注目的年龄。再说，她和克南已经是恋爱关系，他必须考虑到这个因素。

他犹豫了一下，见亚萍还看着他，等他说话，便支支吾吾说："有时间，我一定去广播站拜访你。"

"外交部的语言！什么拜访？你干脆说拜会好了！我知道你研究国际问题，把外交辞令学熟练了！"

高加林忍不住大笑了，说："你和过去一样，嘴不饶人！好吧，我一定去广播站找你！"

"你不去也行。我到你这里来！"

加林有点不高兴了，说："亚萍，我请求你不要经常来我这里。我刚工作，怕影响……很对不起……"

黄亚萍也马上觉得，她自己今天已经有点失去了分寸，便很快站起来，没什么合适的掩饰话，只好说："我开玩笑哩！你赶快休息吧，我走了……真的，有时间到广播站来拉拉话，咱们从学校毕业后，分别已经三年多了……"

高加林很诚恳地对她点点头。

黄亚萍从县委大院出来后，感到胸口和额头像火烧似的发烫。高加林的突然出现，把她平静的内心世界搅翻了！

中学毕业以后，她在县上参加了工作，加林回了农村，他们从此就分手了。分别后最初的一年，她时不时想起他。过去在学校他们一块那些很要好的交往情景，也常在她眼前闪来闪去。她有时甚至很想念他。她长这么大，跟父亲走过好几个地方上学，所有她认识的男同学，都没有像加林这样印象深刻。她原来根本看不起农村来的学生，认为他们不会有太出色的人。但和加林接触后，她改变了自己的看法。加林的性格、眼界、聪敏和精神追求都是她很喜欢的。

后来，他们分开了，虽然距离只有十来里路，但如同两个世界。毕业时，他们谁也没有相约再见的勇气啊！就这样，一晃就是三年。直到前不久她在车站送克南出差时，才又看见了他。那次见面，弄得她精神好几天都恍恍惚惚的。

高中毕业后，克南比在学校时更接近她了。他经常三一回五一回往广播站跑，给她送吃送喝。来了什么时兴货，也替她买来了。她起先很讨厌他这样。在学校时，克南就常找机会给她献殷勤，她总是避开了——她的交往兴趣主要在高加林身上。但是，现在她工作了，单位上人生地疏，她的傲性子别人又不好接近，也确实感到有点孤独。克南总算同学几年，相互也比较了解，后来她就渐渐和克南好起来。她发现克南做啥事有股实干劲，心地也很善良，尤其在生活方面，他是一个很周到的人。他身上有些东西她不喜欢，他自己也有所察觉，在她面前尽量克服着。他也真有闲心。她一般生病从不告诉父母亲，常一个人在单位躺着。但瞒不住克南。他立刻就像一个细心的护士和保姆一样守护在她身边。他做一手好菜，一天几换样侍候她吃。

她渐渐受了感动，接受了克南对她的爱情。双方父母也都很满意。这两年，他们的感情已经比较平稳地固定了下来。她对克南也开始喜欢了。他虽然风度不很潇洒，但长得也并不难看。标准的男子汉体格，肩膀宽宽的，这几年在副食部门工作，身体胖了一些，但并不是臃肿，反而增加了某种男子汉气概。她和他一同相跟着看电影，也是全城比较瞩目的一对。

前不久，军分区已基本同意亚萍父亲提出转业到老家江苏地方上工作的请求。父亲在那边的工作地点基本联系好了，在南京市内。亚萍是独生女，按规定，可以在父母身边工作。他父亲的一个老战友在江苏省级机关任领导职务，去年回老家时路过南京，这个叔叔听了她的播音，当时就让她到江苏人民广播电台当播音员。现在她要是回到南京，干这工作基本没问题。问题是克南。但他父亲已经给南京的许多老战友写了信，给克南联系工作单位，准备让克南和他们家一同调过去……

生活本来一切都是在平静、正常和满意中进行的。可是，现在却突然闯进来个高加林！

当亚萍第一次播送加林在南马河采写的抗灾报道时，才从老景那里知道，加林已经是县委的通讯干事了。她念着他那才气横溢的文章，感情顿时燃烧了起来，过去的一切又猛然地出现在她的眼前。她在录广播稿时，面对旋转的磁盘，的确落了泪，但并不完全是稿件的内容使她受了感动，而是她想起了她和加林过去在学校里的那些生活。她现在才清楚，她实际上一直是爱他的！他也是她真正爱的人！她后来之所以和克南好了，主要是因为加林回了农村，她再没有希望和他生活在一块儿。不必隐瞒，她还不能为了爱情而嫁给一个农民；她想她一辈子吃不了那么多苦！

现在，加林已经参加了工作，那个对她来说是非常害怕的前提已经不复存在。在同等条件下，把加林和克南放在她爱情的天平上称一下，克南的分量显然远远比不上加林了……于是，她今天早晨刚听说加林回来了，就忍不住跑来看望他……

现在她走在返回广播站的小路上，心情又激动又难受。她现在看见加林变得更潇洒了：颀长健美的身材，瘦削坚毅的脸庞，眼睛清澈而明亮，有点像小说《钢铁是怎样炼成的》里面保尔·柯察金的插图肖像；或者更像电影《红与黑》中的于连·索黑尔。

"如果我和他一块生活一辈子多好啊！"亚萍一边走，一边心里想。可是，她马上又觉得很难受，因为她同时想起了克南。

"哎呀，走路低着个头，小心跌倒！"

迎面一声话音，惊得亚萍抬起了头：她正想克南的事，克南他妈就在她眼前！她不喜欢克南他妈——药材公司副经理身上有一股市民和官场的混合气息。

克南妈把手里提的几条肥鱼扬了扬，说："中午来！南方人在咱这里真是受罪，一年都吃不上个鱼！这是副食公司刚从后山公社的水库里捞出来的……"

"伯母，我不去，我在你们家已经吃得太多了。"亚萍尽量笑着说。

"看这娃娃说的！我们家怎么成了你们家！"

亚萍一下子被克南他妈这句饶口的话逗笑了，也马上饶舌说："你们家怎么成了我们家？"

克南妈也被逗得哈哈大笑了。

亚萍对她说："我今天胃不舒服，不想吃饭。我要赶快回去躺一会儿。"

"要不要药？公司门市上新进了一种胃疼片，效果……"

"我有，不麻烦您了。"

亚萍说完，就匆匆从克南妈身边绕过去，向广播站走去。

她一进自己的房子，一下子就躺在床铺上。她从头下面拉出枕巾，把自己的脸蒙起来。

刚躺下不一会儿，就听见有人敲门。她厌烦地问："谁？"

"我。"克南的声音。

她烦躁地下去开了门。

克南一进来，高兴地对她说："中午到我家吃鱼去！刚打出来的鲜鱼！我买了几条，我妈已经提回去了……"

"你们母子就知道个吃！吃！你看你吃得快胖成个猪了！去年新织的毛衣，刚穿一冬，领子就撑得像桶口一般大！"黄亚萍气冲冲地又躺在了床上，拿枕巾把脸盖起来。

这一顿劈头盖脸的冰雹，打得张克南就像折了腰的糜子，蔫头耷脑地站在脚地上，不知如何是好；亲爱的亚萍今天发生了什么事？

他不知所措地两只手互相搓了一会儿，走过去，轻轻把蒙在亚萍脸上的枕巾揭开。

亚萍一把夺过去，又盖在脸上，大声喊叫说："你走开！"

张克南惶惑地倒退了两步，哭一般说："你今天倒究是怎了嘛……"

过了好一会儿，亚萍才坐起来，把脸上的枕巾抹下，尽量平静一点地对呆立在脚地上的克南说："你别生气。我今天身体有点不舒服……"

"那今天晚上的电影你能不能去看？"克南一边从口袋里掏电影票，一边说，"听人家说这电影可好哩！巴基斯坦的，上下集，叫《永恒的爱情》。"

黄亚萍叹了一口气，说："我去……"

第十六章

高加林立刻就在县城成了一个引人注目的人物。他的各种才能很快在这个天地里施展开了。地区报和省报已经发表了他写的不少通讯报道；并且还在省报的副刊上登载了一篇写本地风土人情的散文。他没多时就跟老景学会了照相和印放相片的技术。每逢县上有一些重大的社会活动，他胸前挂个带闪光灯的照相机，就潇洒地出没于稠人广众面前，显得特别惹眼。加上他又是一个标致漂亮的小伙子，更使他具有一种吸引力了。不久，人们便开始纷纷打问：新出现在这个城市的小伙子，叫什么？什么出身？多大年纪？哪里人？……许多陌生的姑娘也在一些场合给他飘飞眼，千方百计想接近他。

傍晚的时候，他又在县体育场大出风头。县级各单位正轮流进行篮球比赛。高加林原来就是中学队的主力队员，现在又成了县委机关队的主力。山区县城除过电影院，就数体育场最红火。篮球场灯火通明，四周围水泥看台上的观众经常挤得水泄不通。高加林穿一身天蓝色运动衣，两臂和裤缝上都一式两道白杠，显得英姿勃发；加上他篮球技术在本城又是第一流的，立刻就吸引了整个体育场看台上的球迷。

在一个万人左右的山区县城里，具备这样多种才能，而又长得潇洒的青年人并不多见——他被大家宠爱是很正常的。

很快，他走到国营食堂里买饭吃，出同等的钱和粮票，女服务员给他端出来的饭菜比别人又多又好；在百货公司，他一进去，售货员就主动问他买什么；他从街道上走过，有人就在背后指画说："看，这就是县上的记者！常背个照相机！在报纸上都会写文章哩！"或者说："这就是十一号，打前锋的！动作又快，投篮又准！"

高加林简直成了这个城市的一颗明星。

不用说，他的精神现在处于最活跃、最有生气的状态中。他工作起来，再苦再累也感觉不到。要到哪里采访，骑个车子就跑了。回到城里，整晚整晚伏在办公桌上写稿子。经济也开始宽裕起来了。除过工资，还有稿费。当然，报纸上发的文章，稿费收入远没有广播站的多；广播站每篇稿子两元稿费，他几乎每天都写——"本县节目"天天有，但县上写稿的人并不多。

他内心里每时每刻都充满了一种骄傲和自豪的感觉，自尊心得到了最大的满足。有时候也由不得轻飘飘起来，和同志们说话言辞敏锐尖刻，才气外露，得意的表情明显地挂在脸上。有时他又满头大汗对这种身不由己的冲动，进行严厉的内心反省，警告自己不要太张狂：他有更大的抱负和想法，不能满足于在这个县城所达到的光荣；如果不注意，他的前程就可能要受挫折——他已经明显地感到了许多人在嫉妒他的走红。

这样想的时候，他就稍微收敛一下。一些可以大出风头的地方，开始有意回避了。没事的时候，他就跑到东岗的小树林里沉思默想；或者一个人在没人的田野里狂奔突跳一阵，以抒发他内心压抑不住的愉快感情。

他只去县广播站找过一回黄亚萍。但亚萍"不失前言"，经常来找他谈天说地。起先他对亚萍这种做法很烦恼，不愿和她多说什么。可亚萍寻找机会和他讨论各种问题。看来她这几年看了不少书，知识面也很宽，说起什么来都头头是道；并且还把她写的一些小诗给他看。渐渐地，加林也对这些交谈很感兴趣了。他自己在城里也再没更能谈得来的人。老景知识渊博，但年龄比他大；他不敢把自己和老景放在平等地位上交谈，大部分是请教。

他俩很快恢复了中学时期的那种交往。不过，加林小心翼翼，讨论只限于知识和学问的范围。当然，他有时也闪现出这样的念头：我要是能和亚萍结合，那我们一辈子的生活会是非常愉快的；我们相互之间的理解能力都很强，共同语言又多……

这种念头很快就被另一种感情压下去了——巧珍那亲切可爱的脸庞立刻出现在他的眼前。而且每当这样的时候，他对巧珍的爱似乎更加强烈了。他到县里后一直很忙，还没见巧珍的面。听说她到县里找了他几回，他都下乡去了。他想过一段抽出时间，要回一次家。

这一天午饭后，加林去县文化馆翻杂志，偶然在这里又碰上了亚萍——她是来借书的。

他们在一张椅子上坐下来，马上东拉西扯地又谈起了国际问题。这方面加林比较特长，从波兰"团结工会"说到霍梅尼和已在法国政治避难的伊朗前总统巴尼萨德尔；然后又谈到里根决定美国本土生产和储存中子弹在欧洲和苏联引起的反响。最后，还详细地给亚萍讲了一条并不为一般公众所关注的国际消息：关于美国机场塔台工作人员罢工的情况，以及美国政府对这次罢工的强硬态度和欧洲、欧洲以外一些国家机场塔台工作人员支持美国同行的行动……

亚萍听得津津有味，秀丽的脸庞对着加林的脸，热烈的目光一直爱慕和敬佩地盯着他。

加林说完这些后，亚萍也不甘示弱，给他谈起了国际能源问题。她先告诉加林，世界主要能源已从煤转变到石油。但七十年代以来，能源消费迅速增多，一些主要产油地区的石油资源已快消耗殆尽；新的能源危机必然要在世界出现。另外，据联合国新闻处发表的一份文件说，一九五〇年，世界陆地面积有四分之一覆盖着森林，但到今天一半的森林已经在斧头、推土机、链锯和火灾之下消失了。仅在非洲，每年大约有五百万英亩森林被当作燃料烧掉。联合国粮农组织的调查表明，全世界有一亿多人口深受燃料严重短缺之苦……

黄亚萍口若悬河，侃侃而谈。她接着又告诉加林，除了石油，现在有十四种新能源和可再生能源的复合能源，即，太阳能、地热能、风力、水力、生物能、薪柴、木炭、油页岩、焦油砂、海洋能、波浪能、潮汐能、泥炭和畜力……

高加林听她滔滔不绝地讲述着，惊讶得半天合不拢嘴。他想不到亚萍知道的东西这么广泛和详细！

接着，他们又一块谈起了文学。亚萍犹豫了一下，从口袋里掏出一片纸，递给高加林说："我昨天写的一首小诗，你看看。"

高加林接过来，看见纸上写着：

> 赠加林：
> 我愿你是生着翅膀的大雁，
> 自由地去爱每一片蓝天；
> 哪一块土地更适合你生存，
> 你就应该把那里当作你的家园……

高加林看完后，脸上热辣辣的。他把这张纸片递给亚萍说："诗写得很好。但我有点不太明白我为什么应该是一只大雁……"

亚萍没接，说："你留着。我是给你写的。你会慢慢明白这里面的意思的。"

他们都感到话题再很难转到其他方面了；而关于这首诗看来两个人也不好再说什么，就都从椅子上站起来，准备分手了。两个人都有点兴奋。

亚萍先走了。加林把她送给他的诗装进口袋里，从后面慢慢出了阅览室的门。

他心情惆怅地怔怔站了一会儿；正准备到县水泥厂去采访一件事，一辆拖斗车的大型拖拉机吼叫着停在他身边。

加林惊讶地看见，开拖拉机的驾驶员竟然是高明楼当教师的儿子三星！

三星已从驾驶座上跳下来，笑嘻嘻地站在他面前。

"你怎么开起了拖拉机？"加林问。

"你走后没几天，占胜叔叔就把我安排到县农机局的机械化施工队了。现在正在咱大马河上川道里搞农田基建。"

"那你走了，谁顶你教书哩？"

"现在巧玲教上了。"三星说。

"她没考上大学？"

"没……"三星犹豫了一下，说，"巧珍看你来了。她就坐我的拖拉机下来的。我路过咱村，她正在公路边的地里劳动，就让我把她捎来……她在前面邮电局门前下车的，说到县委去找你……"

加林胸口一热，向三星打了个招呼，就转身急匆匆向县委走去。

高加林走到县委大门口的时候，见巧珍正在门口旋磨着朝县委大院里张望。她还没有看见他正从后面走来。

高加林望了一眼她的背影，见她上身仍穿着那件米黄色短袖。一切都和过去一样，苗条的身材仍然是那般可爱；乌黑的头发还用花手帕扎着，只是稍有点乱——大概是因为从地里直接上的拖拉机，没来得及梳。看一眼她的身体，高加林的心里就有点火烧火燎起来。

当巧珍看见他站在她面前时，眼睛一下子亮了，脸上挂上了灿烂的笑容，对他说："我要进去找你，人家门房里的人说你不在，不让我进去……"

加林对她说："现在走，到我办公室去。"说完就在头前走，巧珍跟在他后面。

一进加林的办公室，巧珍就向他怀里扑来。加林赶忙把她推开，说："这不是在庄稼地里！我的领导就住在隔壁……你先坐在椅子上，我给你倒一杯水。"他说着就去取水杯。

巧珍没有坐，一直亲热地看着她亲爱的人，委屈地说："你走了，再也不回来……我已经到城里找了你几回，人家都说你下乡去了……"

"我确实忙！"加林一边说，一边把水杯放在办公桌上，让巧珍喝。

巧珍没喝，过去在他床铺上摸摸，又揣揣被子，捏捏褥子，嘴里唠叨着："被子太薄了，罢了我给你絮一点新棉花；褥子下面光毡也不行，我把我们家那张狗皮褥子给你拿来……"

"哎呀，"加林说，"狗皮褥子掂到这县委机关，毛烘烘的，人家笑话哩！"

"狗皮暖和……"

"我不冷！你千万不要拿来！"加林有点严厉地说。

巧珍看见加林脸上不高兴，马上不说狗皮褥子了。但她一时又不知该说什么，就随口说："三星已经开了拖拉机，巧玲教上书了，她没考上大学。"

"这些三星都给我说了，我已经知道了。"

"咱们庄的水井修好了！堰子也加高了！"

"嗯……"

"你们家的老母猪下了十二个猪娃，一个被老母猪压死了，还剩下……"

"哎呀，这还要往下说哩！不是剩下十一个了吗？你喝水！"

"是剩下十一个了。可是，第二天又死了一个……"

"哎呀哎呀！你快别说了！"加林烦躁地从桌子上拉起一张报纸，脸对着，但并不看。他想起刚才和亚萍那些海阔天空的讨论，多有意思！现在听巧珍说的都是这些叫人感到乏味的话；他心里不免涌上了一股说不出的滋味。

巧珍看见他对自己这样烦躁，不知她哪一句话没说对，她并不知道加林现在心里想什么，但感觉他似乎对她不像以前那样亲热了。

再说些什么呢？她自己也不知道了。她除过这些事，还再能说些什么！她决说不出十四种新能源和可再生能源的复合能源！

加林看见巧珍局促地坐在他床边，不说话了，只是望着他。脸上的表情看来有点可怜——想叫他喜欢自己而又不知道该怎样才能叫他喜欢！

他又很心疼她了，站起来对她说："快吃下午饭了，你在办公室先等着，让我到食堂里给咱打饭去，咱俩一块吃。"

巧珍赶忙说："我一点也不饿！我得赶快回去。我为了赶三星的车，锄还在地里撂着，也没给其他人安咐……"

她从床边站起来，从怀里贴身的地方掏出一卷钱，走到加林面前说："加林哥，你在城里花销大，工资又不高，这五十块钱给你，灶上吃不饱，你就到街上食堂里买得吃去。再给你买一双运动鞋，听三星说你常打球，费鞋……前半年红利已经决分了，我分了九十二块钱呢……"

高加林忍不住鼻根一酸，泪花子在眼里旋转开了。他抓住巧珍递钱的手说："巧珍！我现在有钱，也能吃得饱，根本不缺钱……这钱你给你买几件时兴衣裳……"

"你一定要拿上！"巧珍硬给他手里塞。

他只好说："你如果再这样，我就恼了！"

巧珍看他脸上真的不高兴了，就只好委屈地把钱收起来，说："我给你留着！你什么时候缺钱花，我就给你……我要走了。"

加林和她相跟着出了门，对她说："你先到大马河桥上等我；我到街上有个事，一会儿就来了……"

巧珍对他点点头，先走了。

高加林飞快地跑到街上的百货门市部，用他今天刚从广播站领来的稿费，买了一条鲜艳的红头巾。他把红头巾装在自己随身带的挂包里，就向大马河桥头赶去。

高加林一直就想给巧珍买一条红头巾。因为他第一次和巧珍恋爱的时候，想起他看过的一张外国油画上，有一个漂亮的姑娘很像巧珍，只是画面上的姑娘头上包着红头巾。出于一种浪漫，也出于一种纪念，虽然在这大热的夏天，他也要亲自把这条红头巾包在巧珍的头上。

他赶到大马河桥头时，巧珍正站在那天等他卖馍回来的那个地方。触景生情，一种爱的热流刹那间漫上了他的心头。

他和她肩并肩走下桥头，转向大马河川道。

拐过一个山峁，加林看看前后没人，就站住，从挂包里取出那条红头巾，给巧珍拢在了头上。

巧珍并不明白她亲爱的人为什么这样，但她全身心感到了这是加林在亲她爱她！

她也不说什么，一下子紧紧抱住他，幸福的泪水在脸上刷刷地淌下来了……

高加林送毕巧珍，返回到街上的时候，突然感到他刚才和巧珍的亲热，已经远远不如他过去在庄稼地里那样令人陶醉了！

为了这个不愉快的体会，他抬起头，向灰蒙蒙的天上长长吐了一口气……

第十七章

黄亚萍的精神正处于激烈的动荡之中。她现在内心里狂热地爱着高加林，觉得她无论如何要和高加林生活在一块。她已经下决心要和张克南中断恋爱关系了。

问题是她父母亲将会怎样看待她的行为呢？她是他们的独生女儿，从小娇生惯养，父母亲抢着亲她，什么事上也不愿她受委屈。但是他们太爱克南了。这几年里，克南几乎像儿子一样孝敬他们；他们也像对待儿子一样对待他。她要是和克南断了关系，肯定会给父母亲的精神带来沉重的打击。再说，两家四个大人的关系也已经亲密得如同一家人一样。她父亲是军人，非常讲义气，一定认为这是天下最不道德的事！

不管怎样，她想来想去，还是决定非和克南断绝关系不可。不管父母亲和社会舆论怎样看，她对这事有她自己的看法。

在这个县城里，黄亚萍可以算得上少数几个"现代青年"之一。在她看来，追求个人幸福是一个人的权利和自由，"我是我自己的"，谁也没权力干涉她的追求，包括至亲至爱的父母亲；他们只是从岳父岳母的角度看女婿，而她应该是从爱情的角度看爱人。别说是她和克南现在还是恋爱关系；就是已经结婚了，她发现她实际上爱另外一个人，她也要和他离婚！

在她这方面，决心已经是下定了。现在她最苦恼的是，高加林是不是爱她呢？

从她个人感觉，高加林是很喜欢她的；而且他们在学校时就比一般同学相好。她想：就她各方面的条件来说，高加林也应该爱她！她长得虽然不像电影明星，但在这个城里就算数一数二的——她对自己的长相基本上是这样估计的。另外，她的家庭在社会上的地位和经济状况都比高加林强。更主要的是，他们很快要到南京去安家；她将会是江苏人民广播电台的播音员。她知道高加林是一个向往很远大的人，将来跟他们家去南京对他肯定有吸引力。不像张克南，在她父母面前不敢说，私下里还单独劝她不要去南京；说这地方已经人熟地熟生活过得很安乐——这人真没出息！

虽然她对加林爱她有一定的把握，但也不全尽然——有时候，他的脾气很古怪，常常有一些特别的行为。

但不管怎样，她要和他把问题谈明。她已经不能忍受了。最近以来，她吃不下去饭，晚上经常失眠，工作已经出了几次差错。大前天早晨，轮她值班，她一晚上失眠，快天明时才睡着，竟然连闹钟都没吵醒她，结果广播时间整整推迟了十五分钟。广播站长带着好几个人愣打门板才把她叫醒。因为这事，领导已经批评了她。

这天中午，她只吃了几口饭。想来想去，再不能拖下去了，于是就准备到县委去找高加林。

她刚要起身，克南却来了，气得她差点要哭出来。

"你怎又不高兴了？"克南自己也马上一脸愁相，"你最近是不是身上什么地方有病哩？干脆，我下午陪你到医院检查一下！"克南愁眉苦脸地看着她说。

"不要检查！我害的是心脏病！"亚萍往床上一躺，赌气地说，也不看他。

"心脏病？"克南慌了，"你什么时候得的？"

"哎呀！谁有心脏病？你真笨！你连个玩笑都听不来嘛！"亚萍又烦又躁地说。

"我看你不像是开玩笑，也就当成真的了。"克南松了一口气，笑着说。

他给自己倒了一杯水，坐在桌前的椅子上，说："亚萍，加林参加工作，来县上时间已经不短。我今天才突然想起，咱两个应该请他吃一顿饭。在学校时，咱们关系都不错，你和加林也谈得来，现在在县城里工作的同学也不多……就在国营食堂请他,那里我人熟,一个系统的,方便……"

黄亚萍躺在床上一句话也不说。

克南又问她:"你说行不行?"

躺在床上的黄亚萍转过脸,几乎是央告着说:"好克南哩,你不要扯这些了,我心烦得要命,你不要再折磨我了!你上班去,让我睡一会儿……"

克南见她这样,只好站起来。他走到门前,又折转身,准备亲一下亚萍。黄亚萍一下子把头蒙在被子里,喊叫说:"不要这样了!你快走!"

克南又失望又急躁地叹了一口气,走了。

黄亚萍躺在床上,好长时间爬不起来。她一刹那间觉得很痛苦:克南太老实了,他竟然看不出来她爱加林,还要请加林吃饭!

她觉得她对克南有点太残酷了。她暂时决定今天中午不去找加林谈了。

吃下午饭时,她心烦意乱地回到了家里。

他父亲正戴着老花镜,仔细地读报纸上的一篇社论,红铅笔在字行下一道一道画着。她母亲见她回来,赶忙从后边箱子里拿出一件衣服,说:"克南他爸去上海出差给你买的,克南妈才送来的,你试试……"

她把她妈递到手边的衣服一推,说:"先放一边去。我不舒服……"

她爸侧过头,眼睛从镜框上面瞅着她说:"亚萍,我看你最近好像精神不大对,像有什么心事?"

亚萍也不看父亲,拿梳子对着镜子认真地一边梳头发,一边说:"不久,我可能要做出一个重大的决定。不过,现在不告诉你们。"

"是不是要和克南结婚?"她母亲问她。

"不,离婚!"她说完,忍不住为这句话笑了。

她母亲也笑了,说:"永远是个调皮鬼!还没结婚就离婚哩!"

她父亲又低下头看报纸,笑眯眯地,嘴里也嘟囔了一句:"真是个调皮鬼……"

两位老人谁都没认真对待女儿的这句话——他们不久就会知道这句话意味着什么了。

黄亚萍现在进一步认定,她得尽快去找加林谈明她的心思。决不能再拖下去了!早一点解决了,所有的当事人精神上也就早一点解脱了。她不能再这样瞒着克南,也不能再这样折磨他了。

她梳完头,换了一身深蓝色学生装,晚饭也没吃,就从家里出来,径直向县委走去。

她来到通讯组，高加林不在办公室，门上还吊把锁。

是不是下乡去了？她感到很难受。她很快到隔壁窑洞问景若虹。老景告诉她，加林没有下乡，今天一天都在办公室写稿子，刚才吃完饭出去散步去了。

谁知道他现在在哪里散步呢？这再不好问老景了。

她犹豫了一下，还是开口问："老景，你知道高加林到什么地方散步去了？"

景若虹机警地看了她一眼，说："这我一下也说不准。有急事吗？"

"没……"黄亚萍一下子感到脸上热辣辣的。

她正准备转身走，景若虹突然拍了一下脑门，对她说："可能去东岗了，他常爱去那里溜达。"

"谢谢您。"亚萍向他点点头，便又从县委大院里出来了。

高加林此刻的确在东岗。

他靠在一棵槐树上，手指头夹着一根纸烟。他最近抽烟抽得很厉害。

整整写了一天稿子，头脑一直昏昏沉沉的。现在被野外的风一吹，又加上烟的刺激，脑子很快又清醒了。

他由不得又交替想起了黄亚萍和巧珍。他不知为什么，一闲下来就同时想这两个人。毫无疑问，亚萍已经给了他一些爱情的暗示。但他觉得又有点奇怪：她不是一直和克南很好吗？

从内心上说，亚萍以前一直就是他理想中的爱人。过去他不敢想，现在他也许敢想了，但情况又变得复杂了。她和克南已经恋爱了，而他也和巧珍恋爱了。想来想去，一切都好像已经无法挽回，他也就尽力说服自己不要再多考虑这事了。但亚萍一次又一次找他，除过语言的暗示，还用表情、目光向他表示：她爱他！

他已经是恋爱过的人，对这一切都非常敏感；而且亚萍简直等于给他明说了。

他的心潮早已开始激荡；并且感到一场风暴就要来临——他为之激动，又为之战栗！

一切将会怎样发展？什么时候闪电？什么时候吼雷？什么时候卷起狂风暴雨？

高加林靠在树干上，一边吸烟，一边胡思乱想。他觉得他想了许多问题，又觉得他什么也没想。

一场普遍的透雨落过以后，大地很快凉了下来。虽然伏天未尽，但立秋已经近二十天。在山区，除过中午短暂地炎热一会儿，一早一晚已经感到有点冷了。

高加林没有穿长袖衫，胳膊已冷得受不了。他于是便起身下山。

一层淡淡的雾气从沟底里漫上来，凉森森地带着一股潮气。他一边慢慢下山，一边向县城瞭望。城里又是灯火一片了。眼下已经没有多少人在外面乘凉，县城的大街小巷变得很清静，像洪水落下的河道。一盏又一盏橘黄色的路灯，静静地照耀着空荡荡的街面。只有十字街头还有一些人；那里不时传来卖小吃的摊贩无精打采的吆喝声……

高加林沿着一条小土路，刚下了一个小坡，看见前面上来了一个人。

他忍不住站下了。直等那人走近，他才大吃了一惊：原来是黄亚萍！

"你怎上这儿来了？"他又兴奋又惊讶地问。

亚萍两只手斜插在衣袋里，笑着说："这又不是你家的祖坟！别人为啥不能上来？"

"一说话就和打枪一样！"加林说，"天这么黑了，你一个人……"

"谁说我一个人？"

加林赶忙又向山下的小路上望了望，说："克南哩？怎不见他？"

"他又不是我的尾巴，跟我干什么？"

"那还有什么人哩？"

"你不是个人？"

"我？"

"嗯！"

加林一下子感到心跳得像要从胸腔里蹦出来似的。

亚萍声音突然变得非常轻柔地说："加林，你别怕，咱们一块坐一坐。"

高加林犹豫了一下，就和她一起走到旁边一片不太茂密的小杏树林里。

他们坐下来。两个人都摘了几片杏叶，在手里捏着，摸着，撕着，半天谁也没说话。

"我要走了……"亚萍突然开口说。

"到什么地方出差去？"加林转过头问。

"不是出差，是永远离开这里！"亚萍怔怔地望着灯火闪烁的城市，说。

"啊？"加林忍不住失口叫了一声。

"……我父亲很快就要转业到南京工作，我也要调过去。"亚萍转过头对加林说。

"你愿意走吗？"加林的眼睛紧紧盯着她的眼睛。

黄亚萍把脸稍微转开一点，憧憬似的望着星光灿烂的远方，喃喃地说："我当然愿意走！南方，是我的家乡，我从小生在那里，尽管后来跟父母到了北方，但我梦里都想念我的美丽的故乡……"她眼里似乎闪动着泪水，喃喃地念道:"江南好,风景旧曾谙。日出江花红胜火,春来江水绿如蓝。能不忆江南!……"

加林忍不住接着她念道:"江南忆,最忆是杭州。山寺月中寻桂子,郡亭枕上看潮头。何日更重游?……"

亚萍转过头,热烈地望着加林,说:"南京离杭州很近。上有天堂,下有苏杭。苏州就是江苏省的……"

"唉……"加林叹了一口气,"那些地方我这一辈子是去不成了!"

"你想不想去?"亚萍扬起头,脸上露出一种无法描述的微笑。

"我联合国都想去!"加林把手中的树叶一丢,把头扭到一边去。

"我是问你想不想去南京、苏州、杭州,还有上海?"

"不会有到那些地方出差的机会。"

"要是一个人在那些地方玩,也没什么意思!"亚萍说。

"你去不会是一个人,有克南陪你哩……"

"我希望不是他,而是你!"

高加林猛地回过头,眼睛像燃烧似的看着黄亚萍。

黄亚萍眼里泪花闪闪,激动地说:"加林!自从你到县里以后,我的心就一天也没有宁静过。在学校时,我就很喜欢你。不过,那时我们年龄都小,不太懂这些事。后来你又回了农村……现在,当我再看见你的时候,我才知道我真正爱的人是你!克南我并不反感,但我实际上对他产生不了爱情。实际上,我父母亲比我更爱他……咱们在一块生活吧!跟我们家到南京去!你是一个很有前途的人,在大城市里就会有大发展。我回去可能在省广播电台当播音员;我一定让父亲设法通过关系,让你到《新华日报》或者省电台去当记者……"

高加林低下头,一只手狠狠从地里拔出一棵羊角草,又随手扔到了坡底下;接着又拔出一棵,自己也跟着站起来。

亚萍也跟着站起来;她闪着泪光的眼睛一直在盯着他的脸。

加林手在自己的光胳膊上摸了一把,说:"我冷得实在受不了,咱们走吧……亚萍,你先别急,让我好好想一想……"

黄亚萍对他点点头。两个人转到小土路上,相跟着一前一后下了山……

第十八章

高加林预感到的暴风雨终于来到了。内心激烈的斗争是不可避免的。他虽然只有二十四岁，但已不是一个马马虎虎的人；而且往往比他同龄的青年人思想感情要更为复杂。

他在进行一场非常严重的抉择。

毫无疑问，黄亚萍和刘巧珍放在一起比较，不平衡是显而易见的——在他最初的考虑中，倾向就有了偏重。

他当然想和黄亚萍结合在一起。他现在觉得黄亚萍和他各方面都合适。她有文化，聪敏，家庭条件也好，又是一个漂亮的南方姑娘。在她身上弥漫着一种对他来说是非常神秘的魅力。像巧珍这样的本地姑娘，尤其是农村姑娘，他非常熟悉，一眼就能看到底。他认为她们是单纯的，也往往是单调的。

但是，黄亚萍他又了解又不了解。虽然一块交往很多，但她好像还有无数更多的东西他不知道。家庭出身和经济条件的差别，不同的生活环境和个人经历，使他们天然地隔了一层什么，这反而更增加了他对她的神秘感。他觉得她云雾缭绕，他不能走近她。中学时期的交往像雨后蓝天上美丽的彩虹一般，很快就消失了，变成了一种记忆中的印象。这印象以前也偶然从心头翻上来，叫他若有所失地惆怅一阵；但接着也就很快消失得无踪无影……

现在，这些过去曾幻想过的游丝断缕，突然就变成了一种实实在在的东西。黄亚萍已经向他表示了爱情。只要他现在愿意，他就将和她一块生活啰！生活啊，生活！有时候它把现实变成了梦想，有时候它又把梦想变成了现实！

但他不能不认真考虑他和巧珍的关系。他和她已经热烈地相爱了一段时间。巧珍爱他，不比克南爱亚萍差。所不同的是，亚萍说她对克南没有感情，而他在内心深处是爱巧珍的。巧珍的美丽和善良，多情和温柔，无私的、全身心的爱，曾最初唤醒了他潜伏的青春萌动；点燃起了他身上的爱情火焰。这一切，他在内心里是很感激她的——因为有了她，他前一段尽管有其他苦恼，但在感情生活上却是多么富有啊……

现在，当黄亚萍向他表示了爱情，并准备让他跟她去南京工作的时候，他才把爱情和他的前途联系在一起看了。他想：巧珍将来除过是个优秀的农村家庭妇女，再也没什么发展了。如果他一辈子当农民，他和巧珍结合也就心满意足了。可是现在他已经是"公家人"，将来要和巧珍结婚，很少有共同生活的情趣；而且也很难再有共同语言：他考虑的是写文章，巧珍还是只能说些农村里婆婆妈妈的事。上次她来看他，他已经明显地感到了苦恼。再说，他要是和巧珍结婚了，他实际上也就被拴在这个县城了；而他的向往又很高很远。一到县城工作以后，他就想将来决不能在这里待一辈子；要远走高飞，到大地方去发展自己的前途……现在，这一切就等他说个"愿意"就行了！

他反复考虑，觉得他不能为了巧珍的爱情，而贻误了自己生活道路上这个重要的转折——这也许是决定自己整个一生命运的转折！不仅如此，单就从找爱人的角度来看，亚萍也可能比巧珍理想得多！他虽然还没和亚萍像巧珍那样恋爱过，但他感到肯定要更好，更丰富，更有色彩！

他权衡了一切以后，已决定要和巧珍断绝关系，跟亚萍远走高飞了！

当然，他的良心非常不安——他还不是一个十恶不赦的坏蛋！克南方面他考虑得很少，主要在巧珍方面。他像一个疯子一样在自己的窑里转圈圈走；用拳头捣办公桌；把头往墙壁上碰……

后来，他强迫自己不朝这方面想。他在心里自我嘲弄地说："你是一个混蛋！你已经不要良心了，还想良心干什么……"

他尽量使他的心变得铁硬，并且咬牙切齿地警告自己：不要反顾！不要软弱！为了远大的前途，必须做出牺牲！有时对自己也要残酷一些！

现在，这个已经"铁了心"的人，开始考虑他和巧珍断绝关系的方式。他预想这是一个撕心裂胆的场面，就想用一种很简短的方式向过去告别。使他苦恼的是，巧珍一个字也不识，要不，给她写一封信是最好的断交方式了；这样可以避免双方面对面的痛苦。

他于是一整天躺在床上，考虑他怎样和巧珍断绝关系。

黄亚萍不失时机地来了，问他考虑得怎样？

他犹豫了好一会儿，才把他和巧珍的关系，大略地给亚萍说了一下。

黄亚萍听后，先是半天没说话。后来，她带着一脸的惊讶，说："你原来在农村想和一个不识字的农村女人结婚？"

"嗯。"加林肯定地点点头。

"这简直是一种自我毁灭！你一个有文化的高中生，又有满身的才能，怎么能和一个不识字的农村女人结婚？我真不理解你当时是怎样想的！"

"住嘴！"加林一下子愤怒地从床上跳起来，"我那时黄尘满面，平顶子老百姓一个，你们哪个城里的小姐来爱我？"

亚萍一下子被他的愤怒吓住了，半天才说："你这么凶！克南可从来都没对我发这么大的火！"

"你找你的克南去！"加林一下子躺在铺盖上，闭住了眼睛。一种新的烦恼涌上了心头。他心里也想："哼！巧珍从来也不这样对我说话……"

没过一会儿，亚萍来到他床边，手轻轻在他肩膀上推了一把。

高加林睁开眼，看见她眼里闪着泪光。

他仍在生气，不理她。

亚萍声音有点激动地说："加林！你千万别生气！你给我发火，我心里除不生气，反而很高兴！你不知道，张克南你就是把刀放在他脖颈上都发不起来火！有时，我真想叫这个人愤怒了，美美给我发一通火，把我骂一通，可你怎样骂他，挖苦他，他总是对你笑嘻嘻的，气得人只能流泪。我就喜欢你这种性格！男子汉，大丈夫，血气方刚……"

高加林暂时还不能知道，她这话倒究是真的还是为了与他和好而编的。但他看见亚萍两道弯弯的细眉下，一双眼睛泪汪汪的，心便软了，说："我这人脾气不好……以后在一块生活，你可能要受不了的。"

"加林！"亚萍一把抓住他的肩头，问，"那你是说，你愿意和我一块儿生活了？"

他恍惚地对她点了点头。

亚萍顺床边坐下，和他挨在一起。加林很快把自己的身子往开挪了挪。不知为什么，他此刻一下子又想起了巧珍。他觉得他这一刻无法接受黄亚萍这种表达感情的方式。

高加林沉默了一会儿，对亚萍说："我得要和巧珍把这事谈清楚……不瞒你说，我心里很不好受……请你原谅，我不愿对你说假话。"

"是的，你应该很快结束你们的不幸！"

"也可能是不幸的结束！"他像宿命论者一样回答她。

"我和克南好办，我给他写一封信就行了。在感情上我没有什么特别痛苦的，只不过同情和可怜他罢了。他倒是真心实意爱我……"

"克南是会很痛苦的……"加林叹了一口气。

"克南我先不考虑，我现在主要考虑我父母亲。他们一心喜欢克南，而且又都是老干部，道德观念完全是过去的……"

"你父亲肯定不会接受我！他们要门当户对的！我一个老百姓的儿子，会辱没他们的尊严！"加林又突然暴躁地喊着说。

亚萍用极温柔的音调说："你看你，又发脾气了。其实，我父母倒不一定是那样的人，关键是他们认为我已经和克南时间长了，全城都知道，两家的关系又很深了，怕……"

"那就算了！"加林打断她的话。

黄亚萍一下子哭了，站起来说："加林！你别这样发脾气行不行？我的事由我做主哩！我父母最后一定会尊重我的选择……现在我唯一要知道的是，你爱不爱我！是不是要和我好！"她说着，坚决地挨着他的身边坐下来了……

黄亚萍回到家里，按时作息的父母亲早已在他们的房间里睡着了。

她进了自己的房子，扭开灯，先坐在桌前的椅子上，什么也不做，静静地坐着——她的心在欢蹦乱跳！

她即刻又站起来，在镜子前立了一会儿。她看见自己在笑。

她又躺在床上；躺下后又马上坐起来。

她站在脚地当中，不知自己做什么好；思绪像浪花飞溅的流水一般活跃。先是一连串往事的片断从眼前映过，接着是刚才所发生的从头到尾的一切细节，然后又是未来各式各样幻想的镜头……

直到她洗完脸，脑子才稍微冷了一下。

晚上肯定又要失眠。失眠就失眠吧！反正明早上她不值班，另外一个人广播，她可以在家睡觉——至于明天上午能不能睡着，她也没有把握。

那么，现在该做什么呢？给克南写信？还是给父母亲"发表声明"？

父母亲已经睡着了。那么，就给克南先写信！

她刚拿出信纸、信封和钢笔，马上又改变了主意：不！还是先给父母亲谈谈！这是最主要的！让他们早一点知道更好！

于是她开了自己的门，出了院子。

这个睡不着觉的人也决心不让她父母亲睡了。

她敲了敲父母亲的门，叫道："爸爸，妈妈，你们起来，过我这边来一下！我有个要紧事要给你们说！"

里面的灯开了，听见一阵紧张的唏嘘声。站在外面的任性的女儿这时候抿嘴直笑，回到了自己的房子里。

她母亲先过来了。接着父亲一边穿外套，一边也跌跌撞撞进了她的房间。两个人都先后紧张地问她："出了什么事？"

黄亚萍看见父母亲都这么紧张，先忍不住笑了，然后又严肃起来，说："你们别紧张。这事并不很急，但有些震动性！"

父亲瞪起眼看着她，还没反应过来他的这个任性的小宝贝，为什么黑天半夜把他老两口叫起来。

她母亲揉了揉眼睛，也着急地对她说："哎呀，好萍萍哩！有什么事你就快说！你把人急死了！"

黄亚萍想了一下，说："事情很复杂，但今晚上我先大概说一下。详细情况将来我不说，你们也会追问的……是这样，我已经和另外一个男同志好了，并且已经在恋爱；因此我要和克南断绝关系……"

"什么？什么？什么？……"

她父母亲都从坐的地方站起来，惊慌失措地看着他们的女儿。

"对我来说，这已经不能改变了。我知道你们对克南很爱，但我并不喜欢他……"

一阵长时间的沉默。

她父亲半天才清醒过来，困难地咽了一口唾沫，悲哀地说："克南当初不是你引回来的？这已经两年多了，全城人都知道！我和老张，你妈和克南妈，这关系……天啊，你这个任性的东西！我和你妈把你惯坏了，现在你这样叫我们伤心……"老汉捶胸顿足，两片厚嘴唇像蜜蜂翅膀似的颤动着。

她母亲已伏在她的床上哭开了。

她父亲尽管爱她胜过爱自己，但看来今晚实在气坏了，猛烈地发起了火："你这是典型的资产阶级思想！你们现在这些青年真叫人痛心啊！垮掉的一代！无法无天的一代！革命要在你们手里葬送呀！……"老汉感情过于冲动，什么过分话都往出倒！

黄亚萍一下伏在桌子上哭起来。她父亲从来都没有这样骂过她；她一下子忍受不了。

母亲见女儿哭了，也哭着，过来数说起了老汉："就是萍萍不对，你也不能这样吼喊我的娃娃……"

"都是你惯坏的！"老军人咆哮着说。

"你没惯？"亚萍她妈也喊叫起来。

亚萍她爸一拧身出去了。出去后，他也没回房子去，站在院子里，掏出一根纸烟，在烟盒上敲得嘣嘣直响，也不往着点。

亚萍站起来，两只手硬把她母亲推出房子，然后关上了门。

她过去拿毛巾把脸上的泪水揩干净，然后坐到桌子前，开始给克南写信——

克南：

为了我们都好，我必须告诉你：我已经和加林相爱了，咱们的恋爱关系现在应该断绝；以后像过去一样，还是要好的同学和同志。

我知道你会很痛苦的。但你应该想想，为一个不爱你的女人而痛苦，是不值得的。你应该寻找真正爱你的人。我相信你会找到这样的人。我愿你得到幸福。

　　你自己应该知道，我在学校时就和加林感情好。现在我觉得我真正爱的人是他，而不是你。过去咱们两个之所以发展了关系，完全是因为你适时地关怀了我，使我受了感动。但这并不是爱情。

　　你是好人，也是一个出色的人。不要因为我影响你的发展。你也不要恨加林。如果你认为你受了伤害，这完全是我一个人造成的；是我追求加林，你恨我吧！

　　我在内心里永远感谢你。我还要告诉你：在我爱情以外所有友爱的朋友中，你是我的第一个朋友。如果你能原谅我，那么我请求你为我祝福。

亚萍写于匆忙中

第十九章

　　高加林把自行车放到路边，然后伏在大马河的桥栏杆上，低头看着大马河的流水绕过曲曲折折的河道，穿过桥下，汇入到县河里去了。

　　他在这里等着巧珍。他昨天让回村的三星捎话给巧珍，让她今天到县城来一下。他决定今天要把他和巧珍的关系解脱。他既不愿意回高家村完结这件事，也不愿意在机关。他估计巧珍会痛不欲生，当场闹得他下不了台。

　　前天，老景让他过两天到刘家湾公社去，采访一下秋田管理方面的经验，他就突然决定把这件事放在大马河桥头了。因为去刘家湾公社的路，正好过了大马河桥，向另外一条川道拐过去。在这里谈完，两个人就能很快各走各的路，谁也看不见谁了……

　　高加林伏在桥栏杆上，反复考虑他怎样给巧珍说这件事。开头的话就想了好多种，但又觉得都不行。他索性觉得还是直截了当一点更好。弯拐来拐去，归根结底说的还不就是要和她分手吗？

　　在他这样想的时候，听见背后突然有人喊："加林哥……"

　　一声喊叫，像尖刀在他心上捅了一下！

　　他转过身，见巧珍推着车子，已经站在他面前了。她来得真快！是的，对于他要求的事，她总是尽量做得让他满意。

　　"加林哥，没出什么事吧？昨天我听三星捎话说，你让我来一下，我晚上急得睡不着觉，又去问三星看是不是你病了，他说不是……"她把自行车紧靠加林的车子放好，一边说着，向他走过来，和他一起伏在了桥栏杆上。

高加林看见她今天穿了一身新衣服，浑身上下都打扮得漂漂亮亮的，顿时感到有点心酸。

他怕他的意志被感情重新瓦解，赶快进入了话题。

"巧珍……"

"唔。"她抬头看见他满脸愁云，心疼地问，"你怎么？"

加林把头扭向一边，说："我想对你说一件事，但很难开口……"

巧珍亲切地看着他，疼爱地说："加林哥，你说吧！既然你心里有话，你就给我说，千万别憋在心里！"

"说出来怕你要哭。"

巧珍一愣。但她还是说："你说吧，我……不哭！"

"巧珍……"

"唔……"

"我可能要调到几千里路以外的一个地方去工作了，咱们……"

巧珍一下子把手指头塞在嘴里，痛苦地咬着。过了一会儿，才说："那你……去吧。"

"你怎办呀？"

"……"

"我主要考虑这事……"

一阵长时间的沉默。两串泪珠静静地从巧珍的脸颊上淌下来了。她的两只手痉挛地抓着桥栏杆，哽咽着说："……加林哥，你再别说了！你的意思我都明白了！你……去吧！我决不会连累你！加林哥，你参加工作后，我就想过不知多少次了，我尽管爱你爱得要命，但知道我配不上你了。我一个字不识，给你帮不上忙，还要拖累你的工作……你走你的，到外面找个更好的对象……到外面你多操心，人生地疏，不像咱本乡田地……加林哥，你不知道，我是怎样爱你……"

巧珍说不下去了，掏出手绢一下子塞在了自己的嘴里！

高加林眼里也涌满了泪水。他不看巧珍，说："你……哭了……"

巧珍摇摇头，泪水在脸上刷刷地淌着，一串接一串掉在了桥下的大马河里。清朗朗的大马河，流过桥洞，流进了夏日浑黄的县河里……

沉默……沉默……整个世界都好像沉默了……

巧珍迅疾地转过身，说："加林哥……我走了！"

他想拦住她，但又没拦。他的头在巧珍的面前，在整个世界面前，深深地低下了。

她摇摇晃晃走过去，困难地骑上了她的自行车，然后就头也不回地向大马河川飞跑而去了。等加林抬起头的时候，眼前只剩下了满川绿色的庄稼和一条空荡荡的黄土路……

高加林也猛地骑上了他的车子，转到通往刘家湾公社的公路上。他疯狂地蹬着脚踏，耳边风声呼呼直响，眼前的公路变成了一条模模糊糊的、飘曳摆动的黄带子……

他骑到一个四处不见人的地方，把自行车猛地拐进了公路边的一个小沟里。

他把车子摔在地上，身子一下伏在一块草地上，双手蒙面，像孩子一样大声号啕起来。这一刻，他对自己仇恨而且憎恶！

一个钟头以后，他在沟里一个水池边洗了洗脸，才推着车子又上了公路。

现在他感觉到自己稍微轻松了一些。眼前，阳光下的青山绿水，一片鲜明；天蓝得像水洗过一般，没有一丝云彩。一只鹰在头顶上盘旋了一会儿，便像箭似的飞向了遥远的天边……

五天以后，高加林从刘家湾公社返回县城，就和黄亚萍开始了他们新的恋爱生活。

他们恋爱的方式完全是"现代"的。

他们穿着游泳衣，一到中午就去城外的水潭里去游泳。游完泳，戴着墨镜躺在河边的沙滩上晒太阳。傍晚，他们就到东岗消磨时间；一块天上地下地说东道西；或者一首连一首地唱歌。

黄亚萍按自己的审美观点，很快把高加林重新打扮了一番：咖啡色大翻领外套，天蓝色料子筒裤，米黄色风雨衣。她自己也重新烫了头发，用一根红丝带子一扎，显得非常浪漫。浑身上下全部是上海出的时兴成衣。

有时候，他们从野外玩回来，两个人骑一辆自行车，像故意让人注目似的，黄亚萍带着高加林，扬扬得意地通过了县城的街道……

他们的确太引人注目了。全城都在议论他们，许多人骂他们是"业余华侨"。

但是他们根本不理睬社会的舆论，疯狂地陶醉在他们罗曼蒂克的热恋中。

高加林起先并不愿意这样。但黄亚萍说，他们不久就要离开这个县城了，管别人愿怎样看他们呢！她要高加林更洒脱一些，将来到大城市好很快适应那里的生活。高加林就抱着一种"实习"的态度，任随黄亚萍折腾。

他的情绪当然是很兴奋的，因为黄亚萍把他带到了另一个生活的天地。他感到新奇而激动，就像他十四岁那年第一次坐汽车一样。

他当然也有不满意和烦恼。他和亚萍深入接触后，才感到她太任性了。他和她在一起，不像他和巧珍，一切都由着他，她是绝对服从他的。但黄亚萍不是这样。她大部分是按她的意志支配他，要他服从她。

有时正当他们愉快至极的时候，他就猛然会想起巧珍来，心顿时像刀绞一般疼痛，情绪一下子就从沸点降到了冰点，把个兴致勃勃的黄亚萍弄得败兴极了。亚萍一时又猜不透他为什么情绪会这么失常，感到很苦恼。于是，她为了改变他这状况，有时又想法子瞎折腾，使得高加林失常的现象愈加严重，这反过来又更加剧了她的苦恼。他们有时候简直是一种苦恋！

有一天上午，雨下得很大，县委宣传部正开全体会议。隔壁电话室喊高加林接电话。

加林拿起话筒一听，是亚萍的声音。她告诉他，她的一把进口的削苹果刀子，丢在昨天他们玩的地方了，让高加林赶快到那地方给她找一找。

加林在电话里告诉她，他现在正开会，而且雨又这么大，等中午休息的时候他再去。

亚萍立刻在电话里撒起了娇，说他连这么个事都如此冷淡她，她很难受；并且还在电话里抽抽搭搭起来。

高加林烦恼极了，只好到会议室给主持会的部长撒了个谎，说一个熟人在街上让他下来有个急事，他得出去一下。

部长同意后，他就回到宿舍找了那件风雨衣，骑了个车子就跑。

还没到街上，风雨衣就全湿透了。他冒着大雨，赶到县城南边他们曾待过的那个小洼地里。他下了车，在这地方搜寻那把刀子。

找了半天，他几乎把每一棵草都翻拨过了，还是没有找到。

虽然没有找见，这件事他想他已经尽了责任，就浑身透湿，骑着车子向广播站跑去，告诉她刀子没找见。

他推开亚萍的门，见她正兴奋地笑着，说："你去了？"

加林说："去了。没找见。"

亚萍突然咯咯地笑了，从衣袋里掏出了那把刀子。

"找见了？"加林问。

"原来就没丢！我故意和你开个玩笑，看你对我的话能听到什么程度！你别生气，我是即兴地浪漫一下……"

"混蛋！陈词滥调！"高加林愤怒地骂着，嘴唇直哆嗦。他很快转过身就走了。

黄亚萍这下才知道她的恶作剧太过分了，吓得不知如何是好，一个人在房子里哭了起来。

高加林回到办公室，换了湿衣裳，痛苦地躺在了床铺上。这时候，巧珍的身影又出现在了他的眼前，她那美丽善良的脸庞，温柔而甜蜜地对他微笑着。他忍不住把头埋在枕头里哭了，嘴里喃喃地一遍又一遍叫着她的名字……

第二天，黄亚萍买了许多罐头和其他吃的来找他，也是哭着给他道歉，保证以后再不让他生气了。

加林看她这样，也就和她又和好了。黄亚萍就像烈性酒一样，使他头疼，又能使他陶醉。不过，她对他的所有这些疯狂，也都是出于爱他——这点他是能强烈体验到的。在物质方面，她对他更是非常豁达的。她的工资几乎全花在了他身上；给他买了春夏秋冬各式各样的时兴服装，还托人在北京买了一双三接头皮鞋（他还没敢穿）。平时，罐头、糕点、高级牛奶糖、咖啡、可可粉、麦乳精，不断头地给他送来——这些东西连县委书记恐怕也不常吃。她还把自己进口带日历全自动手表给了他；她自己却戴他的上海牌表。这些方面，亚萍是完全可以做出牺牲的……

很快，他们就又进入了那种罗曼蒂克式的热恋之中。

正在高加林和黄亚萍这样"浪漫"的时候，他父亲和德顺老汉有一天突然来到他的住处。

两位老人一进他的办公室，脸色就都不好看。

高加林把奶糖、水果、糕点给他们摆下一桌子；又冲了两杯很浓的白糖水放在他们面前。

他们谁也不吃不喝。

高加林知道他们要说什么了，就很恭敬地坐在他们面前，低下头，两只手轮流在脸上摸着，以调节他的不安的心情。

"你把良心卖了！加林啊……"德顺老汉先开口说，"巧珍那么个好娃娃，你把人家撂在了半路上！你作孽哩！加林啊，我从小亲你，看着你长大的，我掏出心给你说句实话吧！归根结底，你是咱土里长出来的一棵苗，你的根应该扎在咱的土里啊！你现在是个豆芽菜！根上一点土也没有了，轻飘飘的，不知你上天呀还是入地呀！你……我什么话也敢对你说哩！你苦了巧珍，到头来也把你自己害了……"老汉说不下去了，闭住眼，一口一口长送气。

他爸接着也开了口："当初，我说你甭和立本的女子牵扯，人家门风高！反过来说，现在你把人活高了，也就不能再做没良心的事！再说，那巧珍也的确是个好娃娃，你走了，常给咱担水，帮你妈做饭，推磨，喂猪……唉，好娃娃哩！甭看你浮高了，为你这没良心事，现在一川道的人都低看你哩！我和你妈都不敢到众人面前露脸，人家都叫你是晃脑小子哩！听说你现在又找了个洋女人，咱们这个穷家薄业怎能侍候下人家？你，趁早散了这宗亲事……"

"人常说，浮得高，跌得重！"德顺老汉接着他爸又指教他说，"不管你到了什么时候，咱为人的老根本不能丢啊……"

"我常不上城，今儿个专门拉了你德顺爷，来给你敲两句钟耳子话！你还年轻，不懂世事，往后活人的日子长着哩！爸爸快四十岁才得了你这个独苗，生怕你在活人这条路上有个闪失啊……"他父亲说着，老眼里已经汪满了泪水。

两个老人一人一阵子说着，情绪都很激动。

高加林一直低着头，像一个受审的犯人一样。

老半天，他才抬起头，叹了一口气说："你们说得也许都对，但我已经上了这钩杆，下不来了。再说，你们有你们的活法，我有我的活法！我不愿意再像你们一样，就在咱高家村的土里刨挖一生……我给你们买饭去……"他站起来要去张罗，但两个老人也站起来，说他们人老腿硬，得赶快起身上路，要不赶天黑也回不到高家村。他们根本不想吃饭，实际上却还想对他说许多话；但现在一看他们再说什么也不顶事了——这个人已经有了他自己的一套，用他们的生活哲学已经不能说服他了。于是他们就起身告别。

高加林一看他们坚决要走，只好相伴着他们，一直把他俩送到大马河桥头。两位老人心情相当沉重地走了。

高加林自己也很难过。德顺爷和他爸说的话，听起来道理很一般，但却像铅一样，沉甸甸地灌在了他的心里……

不久，一个新的消息突然又使高加林欣喜若狂了：省报要办一个短期新闻培训班，让各县去一个人学习，时间是一个月。县委宣传部已决定让他去。

他听到这个消息后，德顺爷和他爸给他造成的坏情绪很快消失了。他一晚上高兴得没睡着觉——这可是他有生以来第一次出远门，进省会，去逛大城市呀！

走的那天，亚萍和他相跟着去车站。他身上穿的和提包里提的东西，全是她精心为他准备的。亚萍并且坚持让他穿上了那双三接头皮鞋。第一回穿这皮鞋走路，他感到又别扭又带劲……

当汽车从车站门口驶出来，亚萍的笑脸和她挥动的手臂闪过以后，他的心很快就随着疾驰的汽车飞腾起来，飞向了远方无边的原野和那飞红流绿的大城市……

第二十章

高家村的人好几天没有见巧珍出山劳动，都感到很奇怪，因为这个爱劳动的女娃娃很少这样连续几天不出山的；她一年中挣的工分，比她那生意人老子都要多。

不久，人们才知道，可爱的巧珍原来是遭了这么大的不幸！

立刻，全村人都开始纷纷议论这件事了，就像巧珍和加林当初恋爱时一样。大部分人现在很可怜这个不幸的姑娘；也有个别人对她的不幸幸灾乐祸。不过，所有的人都一致认为，刘立本的二女子这下子算彻底毁了：她就是不寻短见，恐怕也要成个神经病人。因为谁都知道，这种事对一个女孩子意味着什么；更何况，她对高玉德的小子是多么的迷恋啊！

可是，没过几天，村里人就看见，她又在田野上出现了，像一匹带着病的、勤劳的小牝马一样，又开始了土地上的辛劳。她先在她家的自留地里营务庄稼；整修她家菜园边上破了的篱笆。后来，也就又和大家一起劳动了，只不过一天到晚很少和谁说话；但是却仍然和往常一样，该做什么，就做什么。

刚强的姑娘！她既没寻短见，也没神经失常；人生的灾难打倒了她，但她又从地上爬起来了！就连那些曾对她的不幸幸灾乐祸的人，也不得不在内心里对她肃然起敬！

所有的人都对她察言观色。普遍的印象是：她瘦多了！

她能不瘦吗？半个月来，她很少能咽下去饭，也很难睡上一个熟觉。每天夜半更深，她就一个人在被窝里偷偷地哭；哭她的不幸，哭她的苦命，哭她那被埋葬了的爱情梦想！

她曾想到过死。但当她一看见生活和劳动过二十多年的大地山川，看见土地上她用汗水浇绿的禾苗，这种念头就顿时消散得一干二净。她留恋这个世界；她爱太阳，爱土地，爱劳动，爱清朗朗的大马河，爱大马河畔的青草和野花……她不能死！她应该活下去！她要劳动！她要在土地上寻找别的地方找不到的东西！

经过这样一次感情生活的大动荡，她才似乎明白了，她在爱情上的追求是多么天真！悲剧不是命运造成的，而是她和亲爱的加林哥差别太大了。她现在只能接受现实对她的这个宣判，老老实实按自己的条件来生活。

　　但是，不论怎样，她在感情上根本不能割舍她对高加林的爱。她永远也不会恨他；她爱他。哪怕这爱是多么的苦！

　　家里谁也劝说不下她，她天天要挣扎着下地去劳动。她觉得大地的胸怀是无比宽阔的，它能容纳了人世间的所有痛苦。

　　晚上劳动回来，她就悄然地回到自己的窑洞，不洗脸，不梳头，也不想吃饭，靠在铺盖卷上让泪水静静地流。她母亲，她大姐和巧玲轮流过来陪她，劝她吃饭，也和她一起流眼泪。她们哭，主要是怕她想不开，寻了短见。

　　刘立本睡在另外一个窑里长吁短叹。自从这事发生后，他就病了；头上被火罐拔下许多黑色的印记。他本来对巧珍和加林的事一直满肚子火气未消，但现在看见他娃娃已经成了这个样子，也就再不忍心对她说什么埋怨话了。村里和他家不和的人，已经在讥笑他的女儿，说她攀高没攀上，叫人家甩到了半路上，活该……这些话让仇人们去说吧！做父亲的怎能再给娃娃心上捅刀子呢？但他在心里咬牙切齿地恨高玉德的坏小子，害了他的巧珍！

　　人世间的事情往往说不来。就在这个时候，马店的马拴竟然正式托起媒人来，要娶巧珍。好几个媒人已经来过了，一看他家这形势，都坐一下就尴尬地走了。

　　又过了几天，马拴却在一个晚上又自己找上门来了。

　　刘立本一家看他这样实心，也就在另外一孔窑洞里接待了他。不管怎样说，在巧珍这样不幸的时候，这个小伙子却来求亲，使得刘立本一家人心里都很受感动。至于这事行不行，刘立本现在已不太考虑了。事到如今，立本已经再不愿勉强女儿的婚事。苦命的孩子已经受了委屈，他再不能委屈她了。

　　他老婆给马拴做饭，他拖着病蔫蔫的身子，来到巧珍的窑洞。

　　他坐在炕边上，无精打采地摸出一根卷烟，吸了两口又捏灭，对靠在铺盖卷上的女儿说："巧珍，你想开些……高玉德家这个坏小子，老天爷报应他呀！"他一提起加林就愤怒了，从炕上溜下来，站在脚地当中破口大骂，"王八羔子！坏蛋！他妈的，将来不得好死，五雷轰顶呀！把他小子烧成个黑木桩……"

　　巧珍一下子坐起来，靠在枕头上喘着气说："爸爸，你不要骂他！不要咒他！不要……"

　　刘立本住了口，沉重地叹息了一声，说："巧珍，过去了的伤心事就再不提它了，你也就不要再难过了。高加林，你把他忘了！你千万不要想不开，自己损蹋自己，你还没活人哩……以前爸爸想给你瞅人家，也是为了你好。从今往后，你的事爸爸再不强求你了。不过，你也不小了，你自己给自己寻个人家吧。心不要太高，爸爸害得你没念书，如今你也就寻个本本分分的庄稼人……唉，马拴这几天又托起了媒人往咱家跑，但这事我再不强求你了。你要是不同意，我就直截了当给他回个话，让他不要再来了……他今天又亲自到咱家……"

"他现在还在吗？"巧珍问她父亲。

"在哩……"

"你让他过来一下……"

她父亲看了她一眼，不知道她这是什么意思，就转身出去了。

不一会，马拴一个人进来了。

他看了一眼炕上的巧珍，很局促地坐在前炕边上，两只手搓来搓去。

"马拴，你真的要娶我吗？"巧珍问。

马拴不敢看她，说："我早就看下你了！心里一直像猫爪子抓一般……后来，听说你和高老师成了，我的心也就凉了。高老师是文化人，咱是个土老百姓，不敢比，就死了心……前几天，听说高老师和城里的女子恋上了爱，不要你了，我的心就又动了，所以……"

"我已经在村前庄后名誉不好了，难道你不嫌……"

"不嫌！"马拴叫道，"这有什么哩？年轻人，谁没个三曲两折？再说，你也甭怨高老师，人家现在成了国家干部，你又不识字，人家和你过不到一块儿。咱乡俗话说，'金花配银花，西葫芦配南瓜'。咱两个没文化，正能合在一块儿哩！巧珍，我不会叫你一辈子受苦的！我有力气，心眼儿也不死；我一辈子就是当牛做马，也不能委屈了你。咱乡里人能享多少福，我都要叫你享上……"粗壮的庄稼人说到这里，已经大动感情了，掏出火柴"啪"地擦着，才发现纸烟还没从口袋里取出来。

眼泪一下子从巧珍红肿的眼睛里扑簌簌地淌下来了，她说："马拴，你再别说了。我……同意。咱们很快就办事吧！就在这几天！"

马拴把掏出的纸烟又一把塞到口袋里，跳下炕，兴奋得满面红光，嘴唇子直颤。

巧珍对他说："你过去叫我爸过来一下。你不要过来了。"

马拴赶忙往出走，在门槛上绊了一下，几乎跌倒。

不一会儿，刘立本黯淡的病容脸上挂着一丝笑意走过来了。

巧珍很快对他说："爸爸，我已经同意和马拴结婚。我要很快办事！就在这三五天！"

人生

409

刘立本一下子不知所措了，说："这……时间这么紧，要不要两家简单地准备迎送一下？"

"爸爸，你告诉马拴，事情完全按咱的乡俗来。咱家里你们也准备一下。你和我妈当年结婚怎样过事，我结婚也就怎样过事！"

"我们那时是旧式的……"

"旧的就旧的！"她痛苦地喊叫说。

刘立本马上退了出来。他过来先把巧珍的意思给马拴说了。马拴说没问题，他即刻回去就准备，订吹手，准备席面，至于其他结婚方面的东西，他前两年就办齐备了。

刘立本送走马拴以后，很快跑到前村去找高明楼。

明楼听说巧珍已经同意和马拴结婚，先吃了一惊。然后对亲家说："也好！高加林现在位置高了，咱的娃娃攀不上了。马拴在庄稼人里头，也就是像样的……"

"现在主要是巧珍有点赌气，要按咱过去的老乡俗行婚礼，这……"

"不怕！"明楼决断地说，"就按娃娃的意思来！现在党的政策放宽了，这又不是搞迷信活动哩！你就按娃娃说的办！这几天要是忙不过来，叫我大小子和巧英给你们帮忙去……"

刘巧珍和马拴举行结婚仪式的这一天，高家村和马店两个村都洋溢着一种喜庆的气氛。两个村的大部分庄稼人都没有出山。在高家村这里，除过门中人当然被邀请为宾客以外，村里的一些外姓旁人也被事主家请去帮忙了。村里的大人娃娃都穿起了见人衣裳。即是不参加婚礼的村民，也都换上了干净衣服；因为看红火，在众人面前露脸，总得要体面一些。

高加林的父母亲当然是例外。高玉德老汉一早就躲着出山去了。加林他妈去了邻村一个亲戚家——也是躲这场难看。

全村只有一个人躺在自己家里没出门。这就是德顺老汉。重感情的老光棍此刻躺在土炕的光席片上，老泪止不住地流。他为巧珍的不幸伤心，也为加林的负情而难过。

娶亲仪式的开头首先在马店那里进行。马拴的一个姨姨和姑姑是引人的主要角色。另一个更主要的角色是马拴他大舅——男女双方的舅家都是属第一等宾客。吹鼓手一行五人走在前面。他们后面是迎新媳妇的高头大马，鞍前鞍后，披红挂彩。黑铁塔一样的马拴现在骑在马上——这叫"压马"，按规程新女婿要"压"到本村的村头，然后再返回自己家里等新媳妇回来。

马拴后面，是他姑和他姨，都骑着毛驴；他姑夫和姨夫分别给自己的老婆牵着驴缰绳。他舅作为"领队"断后，和媒人走在一起——媒人是两家的贵宾，既是引人的，又是送人的。

这支队伍一进高家村，吹鼓手长号一吹，接着便鼓乐齐鸣了；两个吹唢呐的人腮帮子鼓得像拳头一般大，吱哩哇啦吹起了"大摆队"。同时，在刘立本家的硷畔上，已经噼噼啪啪响起了欢迎的鞭炮声。

迎亲的人被接下不久后，第一顿饭就开始了；按习俗是吃饸饹。吹鼓手在院墙角里围成一圈，开始吹奏起慢板调。

刘立本家的院子里，硷畔上，窑顶上，此刻都挤满了看红火热闹的人。娃娃们大呼小叫，婆姨女子说说笑笑。

因为要赶时间，第一顿饭刚完，就开始上席。席面是传统的"八碗"，四荤四素，四冷四热；一壶烧酒居中，八个白瓷酒杯在红油漆八仙桌上转边摆开。第一席是双方的舅家；接下来是其他嫡亲；然后是门中人、帮忙的人和刘立本的朋亲。吹鼓手们一直在吹着——要等到所有的人吃完之后才能轮上他们……

就在里里外外红火热闹的时候，巧珍正一个人待在她自己的窑里。

她坐在炕头上，呆呆地望着对面墙壁的一个地方，动也不动。外面的乐器声，人的喧哗声，端盘子的吆喝声，都好像离她很远很远。

她想不到，二十二年的姑娘生活，就这样结束；她从此就要跟一个男人一块生活一辈子了。她决没有想到，她把自己的命运和马拴结合在一起；她心爱过的人是高加林！她为他哭过，为他笑过，做过无数次关于他的梦。现在，梦已经做完了……

她呆呆地坐了一会儿，感到疲乏得要命，就靠在铺盖上，闭住了眼。

渐渐地，她感到迷迷糊糊的，接着便睡着了。

门"吱哑"一声，把她惊醒了。

她侧转头，见是她妈进来了，手里拿着一摞衣服。

"把衣服换上，再洗个脸，梳个头。快起身了……"她妈轻声对她说。

她用手指头抹去了眼角两颗冰凉的泪珠，慢慢坐起来，下了炕。

这时候，外面的鼓乐突然吹奏得更快更热烈了，这意味着最后一席已经起场，吹鼓手正在结束他们的工作，准备吃饭了。

她妈只好赶紧把她扶在椅子上，给她换衣服。换完衣服，她就又倒了一盆热水，给她洗去满脸泪痕，然后就开始给她梳头。

就在这时，她妹妹巧玲进来了。她刚放学，也没去吃饭，就进来看她二姐。

漂亮的巧玲很像过去的巧珍，修长的身材像白杨树一般苗条，一张生动的脸流露出内心的温柔和多情；长睫毛下的两只大眼睛，会说话似的扑闪着。

巧珍看见她妹妹，便伸出自己的一只手，抓住了巧玲的手，非常动情地说："巧玲，好妹妹，你不要忘了二姐……你要常来看我。二姐没有念过书，但心里喜欢有文化的人……我现在只有看见你，心里才畅快一点……"

巧玲眼里转着泪花子，说："二姐，我知道你现在心里很苦……"

巧珍说："妹妹你放心，不管怎样，我还得活人。我要和马拴一块劳动，生儿育女，过一辈子光景……"

巧玲在巧珍面前蹲下来，两只手捏住巧珍的手说："二姐，你说得对。我以后一定会经常去看你的。我从小就爱你，虽然你没上过学，但你想的事很多，我虽然上了学，但受了你不少好影响，否则，我的性格很偏，也不会像今天这样开展……二姐！你也不要过分想以往的事了。对待社会，我们常说要向前看，对一个人来说，也要向前看。生活总是这样，不能叫人处处都满意。但我们还要热情地活下去。人活一生，值得爱的东西很多，不要因为一个方面不满意，就灰心。比如说我吧，梦里都想上大学，但没考上，我就不活人了吗？我现在就好好教书，让村里的其他娃娃将来多考几个大学生！就是不能教书，回村劳动了，该怎样还要怎样哩……"

已经在各方面开始成熟的巧玲，这一番话把巧珍说得眼睛亮了起来。她的手紧紧抓着巧玲的手，只是说："你一定常来看我，常给我说这些话……"

巧玲不住地给她点头，然后突然愤愤地说："高加林太没良心了！"

巧珍摇摇头，又痛苦地闭住了眼睛。

准备送人的巧英进来了。她让她妈赶紧收拾齐备，说已经准备起身了。

她妈让巧玲去吃饭。巧玲走后，她把窑里其他东西查看了一下，然后从后面箱子里拿出一块红丝绸，用发卡别在了巧珍的头上——这是蒙面的盖头。

太阳西斜的时候，娶亲的人马一摆溜从刘立本家的土坡里下来了。唢呐、锣鼓、号声、鞭炮声响成一片。出村的道路两旁和村里所有人家的硷畔上，都挤满了看热闹的人。娃娃们引着狗，在娶亲队伍的前后乱跑。

吹鼓手们在最前面鼓乐齐鸣，缓缓引路；紧跟着是男方娶亲的人马。新媳妇红丝绸盖头蒙面，骑在披红挂彩的高头大马上，走在中间。后面是送人的女方亲戚，按规矩是引人的一倍，几乎包括了刘立本两口子全部参加婚礼的亲戚。立本按乡俗把这支队伍送到坡下，就返回自己家里了——他一进大门，立刻长长舒了一口气……

娶亲的人马在通过村子的时候，行进得特别缓慢——似乎为了让这热闹非凡的一刻，更深刻地留在村民的记忆里……

巧珍骑在马上，尽量使自己很虚弱的身体不要倒下来；她红丝绸下面的一张脸，痛苦地抽搐着。

在估计快要出村的时候，她忍不住用手撩开盖头的一角：她看见了加林家的埝畔；她曾多少次朝那里张望过啊！她也看见了河对面一棵杜梨树——就在那树下，在那一片绿色的谷林里，他们曾躺在一起，抱过，亲过……别了，过去的一切！

她放下红丝绸，重新蒙住了脸，泪水再一次从她干枯的眼睛里涌出来了……

第二十一章

张克南把他的全部苦恼都发泄在了一根榆木树棒上。这根去了根梢的榆木树棒，就躺在他家院子的石炭和柴垛旁。

他们家现在做饭和今年一个冬天的引火柴，本来早已经绰绰有余，根本不需要劈柴了。就是缺少劈柴，他们向来谁又亲自动过手呢？没了买几担就行了，不需要张克南费这大的劲！

这根粗壮的榆木树棒，谁也不记得是哪一年躺在他们家院子的；也忘了是什么人给他们送来的。反正一直就在那里堵挡柴垛，防止摞好的劈柴倒下来。

张克南在接到黄亚萍断交信的第二天，就从副食门市部后边的院子里，带回一把长柄大斧头，一声不吭地破起了这根榆木棒。

在本地的树木中，榆树的纤维是最坚韧的，一般人谁也不做劈柴烧——因为很难破开。

张克南一下班就劈。他好多天实际上没有劈下来几块柴。他也根本不管劈下来了还是没有劈下来，反正只是劈。满头满身的汗，气喘得像拉风箱一般急促。但他一刻也不停地挥动着那把长柄斧头……

实在累得支持不住了，就回去仰面躺在床铺上，头枕着自己的两个手掌，闭住眼一句话也不说。

他母亲有时过来看他这副样子，也一句话不说，只是沉着脸瞅他两眼。她内心有些什么翻腾看不出来，只是戒了一年的烟又开始抽上了。克南他父亲正在县党校学习，经常不回家。这个独院整天都静得没有一点儿声响。

这一天，他拼命劈了一会儿榆树棒，又闭住眼躺在了床铺上，高大结实的身体像没有了气息似的，动也不动。

他母亲进来了。这次她开了口："南南，你起来！"

张克南好像没听见，仍然一动不动躺着。

"起来！我有个事要给你说！你像你没出息的父亲一样，二十几岁了，看窝囊成个啥！"

克南睁开眼，看了看母亲的阴沉脸，不说话，仍然躺着。

"我给你说！我前两天已经打问清楚了，高加林那小子是走后门参加工作的！是马屁精马占胜给办的！材料我都掌握了！"她脸上露出一丝捉摸不来的笑影。

张克南仍然没有理他母亲。他不知道这个事和自己的失恋有什么关系，淡淡地说："前门后门，反正都一样……"

"你这个窝囊废！我给你说，妈前几天已经给地委纪律检查委员会揭发控告了这件事。今天听县纪委你姜叔叔说，地纪委很重视这件事，已经派来了人，今天已经到了县上。他高加林小子完蛋了！"

张克南一闪身爬起来，眼瞪着他妈，喊："妈！你怎能做这事呢？这事谁要做叫谁做去吧！咱怎能做这事哩？这样咱就成了小人了！"

"放你妈的臭屁！你这个没出息的东西！爱人都叫人家挖走了，还说这一个钱不值的混账话！我为什么不揭发控告他狗日的，一个乡巴佬欺负到老娘的头上，老娘不报复他还轻饶他呀？再说，他走后门，违法乱纪，我一个国家干部，有责任维护党的纪律！"

"妈，从原则上说，你是对的。但从道义上说，咱这样做，就毁了！众人都长眼着哩！决不会认为你党性强，而是报私仇哩！咱不能用错纠错！"

他妈抢前一步，上来啪啪地打了张克南几个耳光，然后一屁股坐在床上哭起来了，嘴里伤心地喊叫说："我的命真苦啊！生下这么个不成器的东西……"

克南手摸着被母亲打过的脸，眼泪直淌，说："妈妈！你知道，我非常喜欢亚萍……我心里一直像刀割一般难受，我甚至想死！我也恨高加林！但我想来想去，这是没有办法的事！俗话说，'强扭的瓜不甜'。既然亚萍不喜欢我，喜欢高加林，我就是再痛苦也得承认这个现实。你知道，我心善，从小连别人杀鸡我都不敢看。我一生中最害怕和厌恶的就是屠宰场！我一听见猪的号叫，就头发倒竖，神经都要错乱了。因此，我也不愿看见在我的生活周围，在人与人之间，精神上互相屠杀……妈妈！我这人你了解，又不完全了解！我平时是有些窝囊，但我也有自己的生活原则，我虽然才二十五岁，但我已经经历了一些生活；我之所以社会上朋友多，大家也愿意和我交往，就因为我待人诚恳宽厚……我也有我自己的缺点，性格不坚强，在生活中魄力不够，视野狭窄，亚萍正是不喜欢我这些。但她并不知道，我还不至于就是一个堕落的人！亚萍！你不完全了解我啊……"

张克南两只手抓住自己的胸口，先是对他妈说，后来又对他看不见的亚萍说，脸痛苦地扭成了一种可怕的形象。他说完后，一下子倒在了床上，死沉沉的就像谁丢下了一口袋粮食……

很久以后，克南才从床上爬起来。他妈不知道什么时候走了，也不知道她到哪里去了。院子里静得像荒寺古庙一般。

克南出了门，在院墙根下急促地来回走了好长时间。

地上丢了十几根烟把子以后，他出了门，直接向广播站走去。

他找到黄亚萍，很快把他母亲给地纪委写信、地纪委已经派人到县里的情况，统统给亚萍说了，同时也说了他自己的所有心里话。他让亚萍看有没有办法挽救这个局面。

黄亚萍听完后，先顾不上急，出口就骂："你妈是个卑鄙的人！"

然后她眼里闪着泪光，对克南说："克南，你是个好人……"

高加林走后门参加工作的问题，被地纪委和县纪委迅速查清落实了。与此同时，高加林的叔父也知道了这件事，两次给县委书记打电话，让组织坚决把高加林退回去。

眼下，这样的问题一直就是公众最关心的。这事很快就在县城传开；街头巷尾，人们纷纷在议论。

在县委的一次常委会上，这件事被专门列入了议题。调查的人列席了常委会，详细汇报了这个事件的调查情况。

常委会的决定很快做出了：撤销高加林的工作和城市户口，送回所在大队；县劳动局副局长马占胜无视党的纪律，多次走后门搞不正之风，撤销其领导职务，调出劳动局，等候人事部门重新分配工作……

专门的文件很快下达到了有关单位。马占胜急得像热锅上的蚂蚁，到处拜访领导，托人求情，说让他好好检讨，请求县委不要给他处分。

后来，他看一切暂时都无济于事，就只好到处叫冤说："啊呀呀，这下舔屁股舔到他妈的刀刃上了……"

这几天，除过马占胜，另一个事中人黄亚萍也在四处奔跑，打探消息，找她父亲的朋友，看能不能挽回局面，不要让高加林回了农村。

当她看见县委下达的文件后，才知道局面是挽不回来了。

"完了！完了！一切都完了……"她在心里喊叫着，不知该怎么办。

她想不到生活的变化如同闪电一般迅疾；她刚刚开始了愉快，马上又陷入了痛苦！

她揪扯着自己的头发，在床上打滚。她无法忍受这个打击所带来的痛苦。

她痛苦的焦点在哪里呢？

这是不言而喻的：她真诚地爱高加林，但她也真诚地不情愿高加林是个农民！她正是为这个矛盾而痛苦！

如果有一个方面的坚定选择，她也就不会如此痛苦了：假若她不去爱高加林，那高加林就是下了地狱也与她无干；如果她为了爱情什么也不顾，那高加林就是下地狱她也会跟着下去！

矛盾是无法统一的。两个方面她自己认为都很重要：她爱高加林而又怕他当农民啊！

生活对于她这样的人总是无情的。如果她不确立和坚定自己的生活原则，生活就会不断地给她提出这样严峻的问题，让她选择。不选择也不行！生活本身的矛盾就是无所不在的上帝，谁也别想摆脱它！

黄亚萍觉得自己不知如何是好。加林本人不在，她又没有更亲密的朋友和她一块商量。克南倒是可以商量，但他又在他们之间处于这样的位置，根本不能去找。

她于是想起她亲爱的父亲。她现在只能和他谈这件事。

怎样和父亲谈呢？他本来就反对她离开克南而找加林。在这件事上，她已伤了他的心，他会怎样对待她目前的困难处境呢？

不管怎样，她还是去找父亲。

她回家去找他，他不在家。妈妈告诉她：父亲在办公室里。

她就又跑到了他的办公室。

她父亲正戴着老花镜，看《解放军报》。见她进来，就把老花镜摘下，放在报纸上。

"爸爸，高加林的事你知道不知道？"

"我怎不知道？常委会我都参加了……"

"这怎办呀嘛……"

"什么怎办呀？"

"我怎办呀！"

"你？"

"嗯……"

她父亲抬起头，望着窗户，沉默了半天。

他点燃一支烟，也不看她，仍然望着窗户说：

"你们现在年轻人的心思，我很难理解。你们太爱感情用事了。你们没有经受过革命生活的严格训练，身上小资产阶级的东西太多。正是这些东西，导致了你现在的处境……"

"爸爸，你先不要给我上政治课！你知道，我现在有多么痛苦……"

"痛苦是你自己造成的。"

"不！我觉得生活太冷酷了，它总是在捉弄人的命运！"

"不要抱怨生活！生活永远是公正的！你应该怨你自己！"老军人大声说着，激动地从椅子上站起来，长眉毛下的一双眼睛，炯炯有神地望着他的女儿。

黄亚萍跺了一下脚，拉着哭调说：

"爸爸，我想不到你一下子变得对我这样冷酷！我恨你！"

她父亲一下子心软了，走过来用粗大的手掌抚摸了一下她的头发，让她坐在椅子上，掏出手帕揩掉她眼角的泪水。然后他转过身，冲了一杯麦乳精，加了一大勺白糖，给她放在面前，说："先喝点水，你嗓子都哑了……"

他又坐进他办公桌前的圈椅里，手指头在桌子上嘣嘣地敲着，怔怔地看女儿一小口一小口喝那杯饮料。

半天，他才往椅背上一靠，长长出了一口气说："我不怀疑你对那个小伙子的感情。我虽然没见他，但知道我女儿爱上的人不会太平庸，最起码是有才华的人。因此，你那么突然地抛开克南，我和你妈妈尽管很难过，也感觉对老张一家人很抱愧，但我们仍然没有强行制止你这样做。爸爸一生在炮弹林里走南闯北，九死一生，多半辈子人了，才得了你这个宝贝。就你我而言，我把你看得比我重要；我不愿使你受一丝委屈。正因为这样，我对你的关心只限于不让你受委屈，而没有更多地教育你树立正确的人生观……"他突然停顿了下来，手在空中一挥，对自己不满地唠叨说："扯这些干啥哩！一切都为时过晚了！"

他吸了一口烟，回头看了看静静坐着的女儿，说：

"这事我已经考虑过了，这次你最好能听爸爸的。咱们马上要到南京，那个小伙子是农民，我们怎能把他带去呢？就是把他放到郊区农村当社员，你们一辈子怎样过日子？感情归感情，现实归现实，你应该……"

"你让我去和加林断吗？"黄亚萍抬起头，两片嘴唇颤动着。

"是的。听说他现在在省里开会，快回来了，你找他……"

"不，爸爸！别说了！我怎能去找他断绝关系呢？我爱他！我们才刚刚恋爱！他现在遭受的打击已经够重了，我怎能再给他打击呢？我……"

"萍萍，这种事再不能任性了！这种事也不允许人任性了！如果不能在一块生活，迟早总要断的，早断一天更好！痛苦就会少一点……"

"永远不会少！我永远会痛苦的……"

他父亲站起来，低着头在地上慢慢踱着步，接连叹了两口气，说："一生经历了无数苦恼事，哪一件苦恼事也没你这件事叫人这么苦恼……苦恼啊！"他摇摇头："本来，你和克南好好的，可是……噢，前天我刚收到老战友的信，说南京那里已经给克南联系下工作单位了……"

黄亚萍一下站起来，大声喊："现在你别提克南！别提他的名字……"她走过去，坐在父亲的圈椅里，拉过一张白纸来。

"你要干什么？"父亲站住问她。

"我要给加林写信，告诉他这一切！"

父亲赶忙走到她身边说："你现在千万不要给他写信！这么严重的事，让他知道了，在外面出了事怎办？他不是快回来了吗？"

黄亚萍想了一下，把纸推到一边。父亲的这个意见她听从了，说："按原来省上通知的时间，再一个星期就回来了。"

她走过去，把父亲墙上挂的日历"嚓嚓"地接连扯了七页。

第二十二章

经过平原和大城市的洗礼，高加林兴致勃勃地回到这个山区县城来了。

他下了公共汽车，出了车站，猛一下觉得县城变化很大，变得让人感到很陌生。城廓是这么小！街道是这么短窄！好像经过了一番不幸的大变迁，人稀稀拉拉，四处静悄悄的，似乎没有什么声响。

县城一点儿也没变。是他的感觉变了。任何人只要刚从喧哗如水的大城市再回到这样僻静的山区县城，都会有这种印象。

高加林出了车站，走在马路上，脚步似乎坚实而又自在。他觉得对他未来的生活更有自信心了。虽然时间很短暂，但他已经基本了解了外边的世界大概是怎一回事。他把眼前这个小世界和外面的大世界一比较，感到他在这里不必缩头缩脑生活。完全可以放开手脚……他的心情就像一个游了一次大海的人，又回到小水潭里一样。

他出车站没走几步，碰见了他们村的三星。他穿一身油污的工作服，羡慕地过来和他握手，问："回来了？"

高加林对他点点头，问："你干什么哩？"

三星说："我开的拖拉机坏了，今早上来城里修理，晚上就又到咱上川里去呀。"

"咱村和我们家里没什么事吧？"他随便问。

"没……就是……巧珍前不久结婚了……"

"和谁？"高加林感到头"嗡"地响了一声。

"和马拴……你在！我还忙着哩！"三星一看他脸色变得很难看，就赶忙走了。

高加林听到这个消息，心里一下子涌起一种说不出的难受滋味。他在马路上若有所失地站了好一阵。他想不到巧珍这样快就结婚了。听到一个爱过自己的姑娘和别人结了婚，这总叫人心里不美气。

他马上意识到，这样呆立在马路当中也不合适，就又提着包往县委走。不过，他走得很慢，脚步也有点沉重起来。他感到街上的人也都似乎有点怪眉怪眼地看他，就像他们知道他心里有什么不愉快似的。

其实，街上的人这样看他，完全是出于另外的原因——这一点要等他回到县委才能明白。

他回到办公室刚把东西放下，老景就过来了。他先问了他这次出去的一些情况，然后突然沉默了起来；脸上的表情也很不自然。高加林很奇怪。他看出了老景好像要和他谈什么，又感到难开口。

老景坐在他的椅子上，又沉默了一会儿，才终于把有关他"走后门"参加工作被揭发、县委已经决定让他回农村的前前后后，全部给他说了。并告诉他，是克南母亲给地纪委写信揭发的；还听说克南和他母亲吵了一架，反对她这样做……

高加林听完后，脑子一下子变成了一片空白。

他麻木地立在脚地当中，甚至不知道自己现在在什么地方。他后来只听见老景断断续续说，他曾找过县委书记，说他工作很出色，请求暂时用雇用的形式继续工作；但书记不同意，说这事影响太大，让赶快给他办清手续，让他立刻就回队；还听说他叔父打了电话，让组织把他坚决退回去……

老景什么时候走的？他不知道。当他确实明白过来他面临的是什么时，一下子反应不过来眼下他该做什么。

他先把烟掏出来，但没抽，扔到了门背后。烟扔掉后，又莫名其妙地掏出了火柴。他把火柴盒抽出来，"哗"一下全撒在了地上。然后，他又弯下腰，一根一根往火柴盒里拾；拾起以后，又撒在了地上，又拾……

一个钟头以后，他的脑子才恢复了正常。

事情马上变得单纯极了：他不就是又要回到他们村，回到土地上去当社员吗？

紧接着他第一个想到的是巧珍。他在桌子上狠狠砸了一拳，绝望地叫道："晚了！我这个混蛋……"

接下来他才想到了黄亚萍。她没有引起他过分的痛苦，只是嘴里喃喃地说了一句："生活啊，真是开了一个玩笑……"

是生活开了他一个玩笑，还是他开了生活一个玩笑？他不得而知。正像巧珍认为她和高加林的关系是做了一场梦一样，他感觉他和黄亚萍的关系也是做了一场梦。一切都是毫无疑问的：他现在又成了农民，他和黄亚萍中间，也就自然又横上了一条无法逾越的鸿沟。和亚萍结婚，跟她到南京去……这一切马上变成了一个笑话！即使亚萍现在对他的爱情仍然是坚决的，但他自己已经坚定地认为这事再不可能了；他们仍然应该回到各自原来的位置上。他尽管是个理想主义者，但在具体问题上又很现实。

至于他个人生活道路上这个短暂而又复杂的变化过程，他现在来不及更多地思考。他甚至觉得眼前这个结局很自然；反正今天不发生，明天就可能发生。他有预感，但思想上又一直有意回避考虑。前一个时期，他也明知道他眼前升起的是一道虹，但他宁愿让自己把它看作是桥！

他希望的那种"桥"本来就不存在；虹是出现了，而且色彩斑斓，但也很快消失了。他现在仍然面对的是自己的现实。

是的，现实是不能以个人的意志为转移的。谁如果要离开自己的现实，就等于要离开地球。一个人应该有理想，甚至应该有幻想，但也千万不能抛开现实生活，去盲目追求实际上还不能得到的东西。尤其是对于刚踏入生活道路的年轻人来说，这应该是一个最重要的认识。

可是，社会也不能回避自己的责任。我们应该真正廓清生活中无数不合理的东西，让阳光照亮生活的每一个角落；使那些正徘徊在生活十字路口的年轻人走向正轨，让他们的才能得到充分的发展，让他们的理想得以实现。祖国的未来属于年轻的一代, 祖国的未来也得指靠他们!

　　当然, 作为青年人自己来说, 重要的是正确对待理想和现实生活。哪怕你的追求是正当的, 也不能通过邪门歪道去实现啊! 而且一旦摔了跤, 反过来会给人造成一种多大的痛苦; 甚至能毁掉人的一生!

　　高加林的悲剧包含诸方面的复杂因素——-关于这一切, 就让明断的公众去评说吧! 我们现在仍然叙述我们的生活故事。

　　加林现在还顾不得考虑其他。他现在首先要考虑的是, 他怎样处理他和亚萍的关系。

　　实际上, 这件事他已经在心里决定了: 他要主动找黄亚萍断绝关系!

　　他洗了一把脸, 把那双三接头皮鞋脱掉, 扔在床底下, 拿出了巧珍给他做的那双布鞋。布鞋啊, 一针针, 一线线, 那里面缝着多少柔情蜜意! 他一下子把这双已经落满尘土的补口鞋捂在胸口上, 泪水止不住从眼睛里涌出来了……

　　他换了鞋, 就起身去找黄亚萍——现在中午已经下班了, 亚萍肯定在家里。他想他这是第一次上亚萍家, 也是最后一次。

　　正在他刚要出门的时候, 克南却突然进了他的办公室。

　　他们相对而立, 一阵长时间的沉默。

　　半天, 高加林才说: "你坐……"

　　克南坐在他办公桌旁边的一把椅子上。他自己也在床边坐下来。

　　"加林, 你现在一定很恨我……"克南没有看他, 说。

　　高加林也没有看他, 说: "不……你应该恨我!"

　　"你现在心里小看我! 认为我张克南是个小人!"

　　"不," 加林回过头, 认真说, "我了解你……关于这件事, 和你没关系。这我已经知道了。实际上, 就是你写信揭发我走了后门, 我也可以理解。因为是我首先伤害了你……你即使报复我, 也是正当的……"

　　张克南猛地抬起头来, 怔怔地看着高加林说: "你是一个有血性的人。尽管咱们性格不一样, 但我过去一直在内心很尊重你。我现在仍然尊重你。过去的事情已经过去了……我现在不知道眼前我该怎样帮助你。我知道你现在很痛苦, 亚萍也在痛苦……我不愿意你们痛苦……"

　　"你更痛苦!" 加林站起来, "现在让我们结束这个不幸的局面吧! 你和亚萍仍然恢复你们的一切。我现在唯一要求你的, 就是你能谅解我以前给你带来的痛苦……"

　　"不!" 克南也站起来, "尽管我爱亚萍, 亚萍实际上是爱你的! 我的痛苦已经过去了，一切我也都想通了……亚萍也不会离开你……"

"我要离开她！我要主动和她断绝关系！这我已经决定了！"

"她是爱你的……"

"我真正爱的人实际上是另外一个！"高加林大声说。

张克南惊讶地望着他，半天说不出话来了。

高加林又颓唐地坐在床边上，一绺乱蓬蓬的头发耷拉在他苍白的额头上。

克南沉默了一下，然后走到高加林面前，说："……加林，我们不说这些事了。我现在主要考虑你要回农村，生活会很艰苦的。我原来也知道，你们家并不太富裕……我们家经济情况好一点，你如果需要我……"

克南还没说完，高加林一下子愤怒地站起来，大声咆哮："别污辱我了！你滚出去！滚出去！"

克南一下子呆住了。

他眼里闪着泪花，看了一眼高加林，慢慢转过了身。

高加林又猛然走上前来，用一条胳膊搂住了他的肩膀，用一种亲切低沉的音调说："……克南，对不起。你怎能说这种话呢？如果我不了解你是出于一种真诚，我就马上会把你打倒在这里……原谅我，你走吧！我要马上找亚萍结束我们之间的一切。原谅我……"

他们在门外沉默地握手告别了。

黄亚萍听说高加林回来了，正准备去找他，想不到高加林已经找到她门上来了。

亚萍在大门口把他接回到自己房子里。她父母亲分别拿着糕点、纸烟、茶壶、茶杯，过来放在桌子上，就都退出去了。

亚萍把一杯茶放到他面前，着急地问："你知道了吗？"

高加林喝了一口茶，平静地说："知道了。"

黄亚萍一下子伏在他旁边的桌子上，呜咽着哭开了。

高加林从侧面看着她耸动着的圆润的肩膀，看着她烫过的蓬松柔软的头发，心里又忍不住隐隐作痛起来。他又记起省城的大街上、公园里，那些一对一对挽着胳膊走路的青年男女。当时他曾想过：不久，我和亚萍也会这样手挽着手，徜徉在南京的大街上；去长江边看朝霞染红的浪花；去雨花台捡五颜六色的雨花石……

他一边想着，一边难受地咽着唾沫。他一直向往的理想生活，本来已经就要实现，可现在一下子就又破灭了。他感到胸口一阵剧烈的疼痛，赶忙用拳头抵住。

亚萍抬起头来，满面泪痕说：

"你明天到地区去！找你叔父，让他重新考虑给你找个工作！"

加林点着一支烟，狠狠吸了一口，说：

"他原来就反对这样做。这次他也打了电话，让把我退回去。对他来说，这样做也是对的，我并不抱怨他。现在我更不准备去找他了。说来说去，路还得自己走。现在事情很简单，我只能再回到我们村去……"

"你不能回去！"她认真地叫道。

加林苦笑了："不是能不能回去，而是必须要回去！"

"回去可怎办呀……"亚萍抬起头，脸痛苦地对着天花板，喃喃地念叨着，两只手神经质地捋着头发。

"怎办呀？还能怎办呀！回去当农民！"

"我们怎办呀？"亚萍脸对着他的脸，像是问自己，又像是问加林。

"我已经想好了。我来找你，也就是说这事的！"加林站起来，走过去靠在墙上，"我们现在应该结束我们的关系。你还是和克南一块生活吧！他是非常爱你的……"

"不，我要和你在一块！"黄亚萍也站起来，靠在桌子上。

"这已经是不可能的了，我已经又成了农民，我们无法在一块生活。再说，你很快要到南京去工作了。"

"我不工作了！也不到南京去了！我退职！我跟你去当农民！我不能没有你……"亚萍一下子双手蒙住脸，痛哭流涕了。可怜的姑娘！她现在这些话倒不全是感情用事。她也是一个有个性的人，事到如今，完全可以做出崇高的牺牲。而她现在在内心里比任何时候都要更爱高加林！

高加林一口接一口地吸着烟，说：

"亚萍，怎能这样呢？我根本不值得你做这样的牺牲。就是你真的跟我去当农民，难道我一辈子的灵魂就能安宁吗？你一直娇生惯养，农村的苦你吃不了……亚萍，我知道你对我的感情是真诚的。为了这，我很感激你。我自己一直也是非常喜欢你的。但我现在才深切感到，从感情上来说，我实际上更爱巧珍，尽管她连一个字也不识。我想我现在不应该对你隐瞒这一点……"

亚萍突然惊讶而绝望地望着他的脸，一下子震惊得发呆了。

她麻木地呆立了好长时间，然后用袖口揩去脸上的泪水，向前走了两步，站在高加林面前，缓缓说："如果是这样，那么……我祝你们……幸福……"她向他伸出手来，两行泪水静静地在脸上流着。

加林握住她的手，说："巧珍已经和别人结婚了……现在让我来真诚地祝你和克南幸福吧！"

他说完，就把他的手从她的手里抽出来，转过身就往门外走。

亚萍在后边一把扯住他，伤心地说："你……再吻我一下……"

高加林回过头，在她的泪水脸上吻了吻，然后嘴里含着一股苦涩的味道，匆匆跨出了门槛……

高加林从黄亚萍家里出来以后，先没回自己的办公室，径直去县农机修配厂找来三星，让他把他的全部行李在当天晚上就捎回家里去了。然后他和老景一起把所有该办的手续全部办清，就一个人关住门在光床板上躺了下来……

第二十三章

在高三星把加林的铺盖行李捎回村的当天晚上，高家村的大部分人都知道了这件事。全村人都很感慨，谁也没有想到小伙子竟然落了这么个下场！

玉德老两口倒平静地接受了三星捎回来的铺盖卷，也平静地接受了儿子的这个命运。他们一辈子不相信别的，只相信命运；他们认为人在命运面前是没什么可说的。

对这事感到满意的是刘立本。他也认为这是老天爷终于睁了眼，给了高加林应得的报应。他当晚就很有兴致地跑到明楼家，向三星打问这件事的根根梢梢。

但他亲家却没有显出多少兴致来。听了这事，明楼反而显得心情很沉重。这倒不是说他同情高加林，而是他从这件事里敏感地意识到，社会对他们这种人的威胁越来越大了！就连占胜这样的精能人都说垮就垮了台，他一个不识字的农村干部又有多少能耐呢？谁知道什么时候，说不定也会清算到他的头上？另外，他的老心病也马上犯了。他认为高加林不管怎样，都已经在心里恨上了他；往后他们又要同在一个村里闹世事，这小伙子将是他最头疼的一个人。从这一点上说，明楼不愿让高加林回来，宁愿他在外面飞黄腾达去！

就在当晚村里各种人对高加林回村进行各种议论的时候，刘立本的老婆和她的大女儿巧英，却正在立本家一孔闲窑里策划一件妇道人家的伎俩……

第二天一大早，立本的大女儿巧英提了个筐子，出了村，来到大马河湾的分路口附近打猪草。这地方并没有多少猪能吃的东西，巧英弄了半天还没把筐底子铺满。

巧英实际上并不是来打猪草的！她要在这里进行她和她妈昨天晚上谋划过的那件事。两个糊涂的女人，为了出气，决定由巧英在今天把回村的高加林堵在这里，狠狠地奚落他一通！因为今天上午村里的男男女女都在这附近的地里劳动，所以在这个地方闹一下最合适。到时候，田野里的人就都会过来看热闹；而且很快就会在大马河上下川道传得刮风下雨！把他高加林小子的名誉弄得臭臭的！叫他再能！

这件事昨天晚上母女俩谋划时，被巧玲在门外听见了。有文化的高中生进去劝母亲和姐姐千万不要这样；说到时人家不会笑话高加林，而丢人的反倒会是她们！但两个不识字的妇道人家却把她臭骂了一通，弄得巧玲当晚上跑到学校另一个女老师那里睡觉去了。

巧英已经有了一个孩子，不像做姑娘时那般漂亮了，但仍然容貌出众。每逢跟集上会，竟然还有一些远地的陌生小伙子以为她是个姑娘，就倾心地向她求爱；她立刻就用农村妇女最难听的粗话把这些人骂得狗血喷头。和两个妹子不大一样，她从里到外都把父母的一切都全盘继承了，有时心胸狭窄，精明得有点糊涂；但心地倒也善良，还有一股泼辣劲儿。眼下这行为纯粹是一肚子气鼓起来的。

现在她一边心不在焉地打猪草，一边留心望着前川道的公路，心里盘算她怎样给高加林制造这场难看。她一直脸色阴沉，�’着个嘴，早已经像演员一样进入了角色。

她突然听见背后传来一阵慌乱的脚步声。回过头一看，竟然是大妹子巧珍！

这真的是巧珍。她穿一件朴素的印花布衫和一条蓝布裤，脚上是她自己做的布鞋；头发也留成了农村那种普通的"短帽盖"。她一切方面都变成一个农村少妇了，但看起来似乎倒比原来更惹人亲，更漂亮。对于本来就美的人，衣着的质朴更能给人增加美感。巧珍的脸上既没有通常新婚妇女那种特别的幸福光彩，但也看不出不久前那场不幸给她留下的阴影。

"你到这儿干啥来了？"巧英问妹子。

"姐姐，快回！你千万不能这样！人家笑话呀！"巧珍扯住巧英的袖口说。

"什么事笑话我哩？"巧英愚蠢地装出一副惊讶的样子。

"好姐姐哩！巧玲昨晚上跑到我那里，把什么事都给我说了。我昨晚上急得一夜没睡着。今早上，我跑到咱家里，把妈妈数说了一番，她也觉得不该；然后我就来……"

"你真是个受罪鬼！"巧英打断了她的话，一下子恨得牙咬住嘴唇，半天不言语了。过了好一会儿，她才愤愤地说："高加林不光辱没了你，把咱们一家人都拿猪尿泡打了，满身的臊气！你能忍了这口气，你忍着！我们可忍受不了！我今儿个非给他小子难看不可！"

"好姐姐哩！他现在也够可怜了，要是墙倒众人推，他往后可怎样活下去呀……"巧珍说着，泪水已经在眼眶里旋转起来。

巧英执拗地把头一拧，说："你别管！这是我的事！"说着，把手里的筐子往地上一丢，一屁股坐在一块石头上，双手狠狠把膝盖一抱，像一个粗野的男人一样。

巧珍一下子跪在巧英面前，把头抵在姐姐的怀里，哽咽着说："我给你跪下了！姐姐！我央告你！你不要这样对待加林！不管怎样，我心疼他！你要是这样整治加林，就等于拿刀子捅我的心哩……"

善良的品格和对不幸的妹妹的巨大同情心，使得巧英一下子心软了。她一只手上去抹自己眼里涌出的泪珠，另一只手亲热地摩挲着巧珍的头，说："珍珍，你不要哭了！姐姐知道你的心！姐姐不了……"她停了半天，突然又叹了一口气说："我心里知道你最爱他。唉！这坏小子要是早叫公家开除回来就好了……现在可怎办呀？我看得出来，这坏小子实际上心里也是爱你的！说不定他还要你哩，可现在……"

"不！"巧珍抬起泪水斑斑的脸，"这是不可能的，我已经结婚了。再说，我也应该和马拴过一辈子！马拴是好人，对我也好，我已经伤过心了，我再不能伤马拴的心了……"

巧英又长出了一口气，说："那你回喀。我也就回呀……"说着就站起来拿筐子。

巧珍也站起来，问："你公公在不在家？"

"在哩。怎啦？"巧英问。

"是这样的，我昨晚还听巧玲说，公社可能还要叫咱们学校增加一个教师。加林回来一下子又习惯不了地里的劳动，我想看能不能叫他再教书。马拴是校管委会的，他昨晚上说马店村里有他哩，说他一定代表马店村去给公社说。咱村里你公公拿事，我想拉你一块去求求明楼叔，让加林再去教书。你在旁边一定要帮我说话，你是他的儿媳妇，面子比我大……"

巧英惊讶地张开嘴，望着妹妹怔了半天。她一条胳膊挽起筐子，过来用另一条胳膊搂住巧珍的肩头，说："那咱们回！妹子，你可真有一副菩萨心肠……"

天还没有明时，高加林就赤手空拳悄然地离开了县委大院。

他匆匆走过没有人迹的街道，步履踉跄，神态麻木，高挑的个子不像平时那般笔直，背微微地有些驼了；失神的眼睛深陷在眼眶里，没有一点光气，头发也乱蓬蓬的像一团茅草。整个脸上像蒙了一层灰尘，额头上都似乎显出了几条细细的皱纹。

漂亮而潇洒的小伙子啊，一下子就好像老了许多岁！

到现在，高加林才感觉到自己像个一无所有的叫花子一般。他感觉到自己孤零零的，前不着村，后不靠店。他不知道自己从什么路上走来，又向什么路上走去……

当他走到大马河桥上的时候，他一下子有气无力地伏在了桥栏杆上。桥下，清清的大马河在黎明前闪着青幽幽的波光，穿过桥洞，汇入了初秋涨宽了的县河里。县河浑黄的流水平静地绕过城下，流向了看不见的远方。

他手抚着桥栏杆，想起第一次卖馍返回的时候，巧珍就是站在这里等他的；想起在这同一个地方，他不久前又曾狠狠心地和她断绝了关系……眼下他又在这里了，可是他现在还有什么呢？他幻想的工作和未来在大城市生活的梦想破灭了，黄亚萍又退回到了他生活的远景上；亲爱的刘巧珍被他冷酷地抛弃，现在已和别人结了婚。他真想一纵身从这桥上跳下去！

这一切怨谁呢？想来想去，他现在谁也不怨了，反而恨起了自己：他的悲剧是他自己造成的！他为了虚荣而抛弃了生活的原则，落了今天这个下场！他渐渐明白，如果他就这样下去，他躲过了生活的这一次惩罚，也躲不过去下一次惩罚——那时候，他也许就被彻底毁灭了……

严峻的现实生活最能教育人，它使高加林此刻减少了一些狂热，而增强了一些自我反省的力量。他进一步想：假如他跟黄亚萍去了南京，他这一辈子就会真的幸福吗？他能不能就和他幻想的那样在生活中平步青云？亚萍会不会永远爱他？南京比他出色的人谁知有多少，以后根本无法保证她不再去爱其他男人，而把他甩到一边，就像甩张克南一样。可是，如果他和巧珍结了婚，他就敢保证巧珍永远会爱他。他们一辈子在农村生活苦一点儿，但会活得很幸福的……现在，他把生活中最宝贵的东西轻易地丢弃了！他做了昧良心的事！爸爸和德顺爷的话应验了，他害了别人，也害了自己！他搅乱了许多人的生活，也把自己的生活搅了个一塌糊涂……

黎明不知什么时候已经静悄悄地来临了。县城的灯光先后熄灭，大地万物在一种自然柔和的光亮中脱去了夜的黑衣裳，显出了它们各自的面目。时令已进入初秋，山头和川道里的庄稼、树木，绿色中已夹杂了点点斑黄。

城里已经又开始熙熙攘攘了。一天的生活像往常一样开始了它的节奏。

高加林望了一眼罩在蓝色雾霭中的县城，就回过头，穿过桥面，拐进了大马河川道。

他走在庄稼地中间的简易公路上，心里涌起了一种从未体验过的难受。他已经多少次从这条路上走来走去。从这条路上走到城市，又从这条路上走回农村。这短短的十华里土路，对他来说，是多么的漫长！这也象征着他已经走过的生活道路——短暂而曲折！

他折了一枝柳树梢，一边走，一边轻轻抽打着路边的杂草，心想：他回到村里后，人们会怎样看他呢？他将怎样再开始在那里生活呢？亲爱的巧珍已经不在了！如果有她在，他也就不会像现在这样难受和痛苦了。她那火一样热烈和水一样温柔的爱，会把他所有的苦恼冲洗掉。可是现在……他忍不住一下子站在路上，痛不欲生地张开嘴，想大声嘶叫，又叫不出声来！他两只手疯狂地揪扯着自己的胸脯，外衣上的纽扣"嘣嘣"地一颗颗飞掉了……

早晨的太阳照耀在初秋的原野上，大地立刻展现出了一片斑斓的色彩。庄稼和青草的绿叶上，闪耀着亮晶晶的露珠。脚下的土路潮润润的，不起一点黄尘。高加林在路上摇摇晃晃地走着，走几步就站下，站一会儿再走……

离村子还有一里路的地方，他听见河对面的山坡上，有一群孩子叽叽喳喳地说话，其中听见一个男孩子大声喊："高老师回来喽……"他知道这是他们村的砍柴娃娃，都是他过去的学生。

突然，有一个孩子在对面山坡上唱起了信天游——

　　　　哥哥你不成材，

　　　　卖了良心才回来……

孩子们都哈哈大笑，叽叽喳喳地跑到后沟里去了。

这古老的歌谣，虽然从孩子的口里唱出来，但它那深沉的谴责力量，仍然使高加林感到惊心动魄。他知道，这些孩子是唱给他听的。

唉！孩子们都这样厌恶他，村里的大人们就更不用说了。

他走不远，就看见了自己的村子。一片茂密的枣树林掩映着前半个村子；另外半个村子伸在沟口里，他看不见。

他忍不住停下了脚，忧伤地看了一眼他熟悉的家乡。一切都是原来的样子——但对他来说，一切又都不一样了……

就在这时，许多刚下地的村里人，却都从这里那里的庄稼地里钻出来，纷纷向他跑来了。

他不知道这是怎一回事，村里的人们就先后围在了他身边，开始向他问长问短。所有人的话语、表情、眼神，都不含任何恶意和嘲笑，反而都很真诚。大家还七嘴八舌地安慰他哩。

"回来就回来吧，你也不要灰心！"

"天下农民一茬子人哩！逛门外和当干部的总是少数！"

"咱农村苦是苦，也有咱农村的好处哩！旁的不说，吃的都是新鲜东西！"

"慢慢看吧，将来有机会还能出去哩。"

……

亲爱的父老乡亲们！他们在一个人走运的时候，也许对你躲得很远；但当你跌了跤的时候，众人却都伸出自己粗壮的手来帮扶你。他们那伟大的同情心，永远都会给予不幸的人！

高加林忍不住热泪盈眶。他一句话也说不出来，只是掏出纸烟，给大家一人散了一根。

庄稼人们问候和安慰了他一番，就都又下地去了。

当高加林再迈步向村子走去的时候，感到身上像吹过了一阵风似的松动了一些。他抬头望着满川厚实的庄稼，望着浓绿笼罩的村庄，对这单纯而又丰富的故乡田地，心中涌起了一种深厚的情感，就像他离开它已经很长时间了，现在才回来……

当他从公路上转下来，走到大马河湾的分路口上时，腿猛一下子软得再也走不动了。他很快又想起，他和巧珍第一次相跟着从县城回来时，就是在这个地方分手的——现在他们却永远地分手了。他也想起，当他离开村子去县城参加工作时，巧珍也正是在这个地方送他的。现在他回来了，她是再不会来接他了……

他坐在一块石头上，身上像火烧着一般烫热。他用两只手蒙住眼睛，头无力地垂在胸前。他真不知道往后的日子怎么过呀？他嘴里喃喃地说："亲爱的人！我要是不失去你就好了……"泪水立刻像涌泉一般地从指缝里淌出来了……

好久，高加林才抬起头。他猛然发现，德顺爷爷正蹲在他面前。他不知道德顺爷爷是什么时候蹲在他面前的。他只是静静地蹲着，抽着旱烟锅。

他见他抬起头来，便笑眯眯地说："你还有眼泪呢？"接着一脸皱纹一下子缩到眼角边，摇了摇那白雪一般的头颅，痛心地说："娃娃呀，回来劳动这不怕，劳动不下贱！可你把一块金子丢了！巧珍，那可是一块金子啊！"

"爷爷，我心里难过。你先别说这了。我现在也知道，我本来已经得到了金子，但像土圪垯一样扔了。我现在觉得活着实在没意思，真想死……"

"胡说！"德顺爷爷一下子站起来，"你才二十四岁，怎么能有这么些混账想法？如果按你这么说，我早该死了！我，快七十岁的孤老头子了，无儿无女，一辈子光棍一条。但我还天天心里热腾腾的，想多活它几年！别说你还是个嫩娃娃哩！我虽然没有妻室儿女，但觉得活着总还是有意思的。我爱过，也痛苦过；我用这两只手劳动过，种过五谷，栽过树，修过路……这些难道也不是活得有意思吗？——拿你们年轻人的词说叫幸福。幸福！你小子不知道，我把我树上的果子摘了分给村里的娃娃们，我心里可有多……幸福！不是么，你小时候也吃过我的多少果子啊！你小子还不知道，我栽下一拨树，心里就想，我死了，后世人在那树上摘着吃果子，他们就会说，这是以前村里的光棍老汉德顺栽下的……"

德顺老汉大动感情地说着，像是在教导加林，又像是借此机会总结他自己的人生；他像一个热血沸腾的老诗人，又像一个哲学家；那只拿烟锅的、衰老的手在剧烈地抖动着。

高加林一下子站起来了。傲气的高中生虽然研究过国际问题，读过许多本书，知道霍梅尼和巴尼萨德尔，知道里根的中子弹政策，但他没有想到这个满身补丁的老光棍农民，在他对生活失望的时候，给他讲了这么深奥的人生课题。他望着亲爱的德顺爷爷那张老皱脸，一双失去光彩的眼睛里重新飘荡起了两点火星。

德顺爷爷用缀补丁的袖口揩了一下脸上的汗水，说："听说你今上午要回来，我就专门在这里等你，想给你说几句话。你的心可千万不能倒了！你也再不要看不起咱这山乡圪垯了。"他用枯瘦的手指头把四周围的大地山川指了一圈，说："就是这山，这水，这土地，一代一代养活了我们。没有这土地，世界上就什么也不会有！是的，不会有！只要咱们爱劳动，一切都还会好起来的。再说，而今党的政策也对头了，现在生活一天天往好变。咱农村往后的前程大着哩，屈不了你的才！娃娃，你不要灰心！一个男子汉，不怕跌跤，就怕跌倒了不往起爬，那就变成个死狗了……"

"爷爷，你的话给我开了窍，我会记住的，也会重新好好开始生活的。刚才我在前川碰见庄里的其他人，他们也给我说了不少宽心话。唉，我现在就担心高明楼和刘立本两家人往后会找我的麻烦，另眼看我……"

"啊呀，这你别担心！就是为了这事，我刚才还去明楼家找了他。我和他爸当年是拜把兄弟，我敢指教他哩！我已经把话给他敲明了，叫他再不要捣你的鬼……噢，我倒忘了给你说了！我刚才去明楼家，正碰见巧珍央求明楼，让他去公社做做工作，让你再教书哩！巧珍说得鼻涕一把泪一把！明楼当下也应承了。不知为什么，他儿媳妇巧英也帮巧珍说话哩。你不要担心，书教成教不成没什么，好好重新开始活你的人吧……啊，巧珍，多好的娃娃！那心就像金子一样……金子一样啊……"德顺老汉泪水夺眶而出，顿时哽咽得说不下去了。

高加林一下子扑倒在德顺爷爷的脚下，两只手紧紧抓着两把黄土，沉痛地呻吟着，喊叫了一声：

"我的亲人哪……"

原载《收获》1982年第3期

中国作家协会1981—1982年全国优秀中篇小说

人生

那五

邓友梅

一

"房新画不古，必是内务府。"那五的祖父做过内务府堂官，所以到他爸爸福大爷卖府的时候，那房子卖的钱还足够折腾几年。福大爷刚七岁就受封为"乾清宫五品挎刀侍卫"。他连杀鸡都不敢看，怎敢挎刀？辛亥革命成全了他。没等他到挎刀的年纪，就把大清朝推翻了。

福大爷有产业时，门上不缺清客相公。所以他会玩鸽子，能走马。洋玩意儿能捅台球，还会糊风筝。最上心的是唱京戏，拍昆曲。给涛贝勒配过戏，跟溥侗合作过《珠帘寨》。有名的琴师胡大头是他家常客。他不光给福大爷说戏、吊嗓，还有义务给他喊好。因为吊嗓时座上无人，不喊好透着冷清。常常是大头拉个过门，福大爷刚唱一句"太保儿推杯换大斗"，他就赶紧放下弓子，拍一下巴掌喊："好！"喊完赶紧再拾起弓子往下拉。碰巧福大爷头一天睡得不够，嗓子发干，听他喊完好也有起疑的时候：

"我怎么觉着这一句不怎么样哪？"

"嗯，味儿是差点，您先饮饮场！"大头继续往下拉，毫不气馁。

福大奶奶去世早，福大爷声明为了不让孩子受委屈，不再续弦。弦是没续，但今天给京剧坤伶买行头，明天为唱大鼓的姑娘赎身。他那后花园子的五间暖阁从没断过堂客。大爷事情这么忙，自然顾不上照顾孩子。

那五也用不着当老子的照顾。他有自己的一群伙伴：三贝子、二额驸、索中堂的少爷、袁宫保的嫡孙。年纪相仿，门第相当。你夸我家的厨子好，我称你府上的裁缝强。斗鸡走狗，听戏看花。还有比他们老子胜一筹的，是学会些摩登派的新奇玩意儿。溜冰、跳舞、在王府井大街卖呆看女人，上"来今雨轩"饮茶泡招待。他们从来不知道钱有什么可珍贵的；手紧了管他铜的瓷的、是书是画，从后楼上拿俩锦匣悄悄交给清客相公，就又支应个十天半月，直到福大爷把房产像卖豆腐似的一块块切着卖完，五少爷把古董像猫儿叼食似的叼净，债主请京师地方法院把他从剩下的号房里轰出来，才知道他这一身本事上当铺当不出一个大子儿，连个硬面饽饽也换不来。

福大爷一口气上不来，西天接引了，留下那五成了舍哥儿。

二

那五的爷爷晚年收房一个丫头，名唤紫云。比福大爷还小个八九岁。老太爷临去世，叮嘱福大爷关照她些。福大爷并不小气。把原来马号一个小院分给紫云，叫她另立门户，声明从此断绝来往。

紫云是庄子上佃户出身，勤俭惯了的，把这房守住了，招了一户房客。寡妇门前是非多，不敢找没根底的户搭邻居，宁可少收房钱，租与一家老中医。这中医姓过，只有老两口，没有儿女。老太太是个痨病底儿，树叶一落就马趴在床上下不了地。紫云看着大夫又要看病，又要伺候老伴，盆朝天碗朝地，家也不像个家，就不显山不露水地把为病人煎汤熬药、洗干涮净的细活全揽了过来。过老太太开头只是说些感激话，心想等自己能下地时再慢慢补付。哪知这病却一天重似一天。老太太有天就拉着紫云的手说："您寡妇失业的也不容易，天天伺候我我不落忍。咱们亲姐妹明算账。打下月起咱这房钱再涨几块钱吧！我不敢说是给您工钱，有钱买不下这份情意。"紫云一听眼圈红了，扶着老太太坐在床沿上说："老嫂子，我一个人好混，不在乎几块钱上。那边老太爷从收了我，没几年就走了。除去他，我这辈子没叫人疼过。想疼疼别人，也没人叫我疼。说真格的，我给您端个汤倒个水，自己反觉着比光疼自己活得有精神。您叫我伺候着，就是疼了我了。这比给我钱强！"

又过了两年，老太太觉着自己灯碗要干，就把过大夫支出去，把紫云叫到床边，挣扎着倚在床上要给紫云磕头。紫云吓得忙扶住她说："您这不是净意地折我的寿吗？"过老太太说："我有话对你说，先行个大礼！"紫云说："咱们俩谁跟谁呢？"于是过老太太就一把鼻涕一把泪地说，她和过大夫总角夫妻，一辈子没红过脸。现在眼看自己不行了。一想起丢下老头一个就揪心。这人鹰嘴鸭子爪，能吃不能拿。除去会看病，连钉个纽扣也钉不上。她看了多少年，没有紫云这么心慈面软的好人，要是能把老头交给她，她在九泉下也为紫云念佛。紫云回答说："老姐姐，您不就是放心不下过大夫吗？您把话说到这儿就行了。以后有您在，没有您在，我都把过大夫这个差事当正事办。您要还不放心，咱挑个日子，摆上一桌酒，请来左邻右舍，再带上派出所警察，我当众给过家的祖先磕个头，认过大夫当干哥哥！"

过老太太听了，对紫云又感激又有点遗憾。和过大夫一商量，过大夫却是对紫云钦敬不已。紫云借过端午的机会，挎了一篮粽子去看福大爷，委婉地说了一下认干亲的打算，探探福大爷的口气。福大爷说："从老太爷去世，你跟那家没关系了。别说认干亲，你就嫁人我们也不过问。"紫云擦着泪说："大爷虽然开通，我可不敢忘了太爷的恩典。"

六月初一摆酒认干亲，紫云不记得自己父母姓什么，多少年来在户口上只写"那氏"二字，席间她又塞给警察一个红包。请他在"那"字之下加个"过"字。正式写成过大夫的胞妹。

过老太太言而有信，这事办完不久就驾鹤西游了。紫云正式把家管了起来。人们为此对她另眼相看，称呼她云奶奶。

三

听说那五落魄，云奶奶跟哥哥商量，要把他接来同住。她说："不看金面看佛面。不能让街坊邻居指咱脊梁骨，说咱不仗义。"过大夫对这老妹妹的主张，一向是言听计从的。就到处打听那五的行止，后来总算在打磨厂一家客店找到了他。过大夫说明来意。本以为那五会感激涕零的，谁知那五反把笑容收了，直嘬牙花子：

"到您那儿住倒是行，可怎么个称呼法儿呢？我们家不兴管姨太太称呼奶奶！"

过大夫气得脸色都变了，恨不能伸手抽他几个嘴巴，甩袖走了出来。回到家不好如实说，只讲那五现在混得还可以，不愿意来，不必勉强吧！

云奶奶不死心，再三追问，过大夫无法，就如实告诉了她那五的原话。云奶奶叹口气说："他们金枝玉叶的，就是臭规矩！他爱叫我什么叫什么吧。咱们又不冲他，不是冲他的祖宗吗？他既混得还体面，不来就罢了。"

谁知过了几天，那五自己找上门来了。进门又是请安，又是问好，也随邻居称呼"云奶奶"，叫过大夫"老伯"。尽管辈分不对，云奶奶还是喜欢得坐不住站不住。云奶奶问他："我怕你在外边没人照顾，叫你搬来你怎么不来？"那五说："说出来臊死人，我跟人合伙做买卖，把衣裳全当了做本钱，本想货出了手，手下富裕点，买点什么拿着来看您，谁想这笔买卖赔了……"

云奶奶说："自己一家人，讲这虚礼干什么？来了就好。外边不方便，你就搬来住吧。"

那五难道是个会做买卖的人吗？

买卖是做了一次，但没成交。天津有个德国人，在中国刮了点钱，临回国想买点瓷器带走。到北京几处古玩店看了看，没有中意的。那五到古玩店卖东西，碰上他在看货，就在门外等着。等外国人出来，就上去搭讪，说自己是内务大臣家的少爷，倒有几宗瓷器想出手，可以约个时间看看。外国人要到他府上拜访，他说这事要瞒着家里进行，只能在外边交易。约定三天后在西河沿一家客店见面。那五并没瓷器。但他知道索家老七从家中偷出一套"古月轩"来，藏在连升客栈。索七想卖，又怕家里知道不饶他。那五就找索七说，现在有个好买主，买完就运出中国。不会暴露，又能出大价。你出面怕引起府上注意，我担这个卖主名义好了。事情成了，我按成三破四取佣金，多一个大子儿不要。可你得先借我几十块赎赎当，替我在这客栈包一间房，要不够派头，外国人就不出价儿。索七比那五还窝囊，完全依计照办。过大夫来找那五时，那五刚搬进客店，还在做发财梦，当然毫不热心。

索七嘴不严，这事叫廊房头条的博古堂古玩店知道了。博古堂掌柜马齐早知道索七偷出这套东西来，一直想弄到手，谈了几次都因为要价高没成交。可是东西看到过，真正的"古月轩"，跟他所收藏的几个小碗是一个窑。恰好德国人来他店中看货，他就悄悄吩咐大伙计，把几个"古月轩"的小碗摆到客厅茶几上。外国人看完货，他让到客厅去休息，假作毫不在意的样子，提起茶壶就往那"古月轩"碗里倒茶，并捧给了德国人。德国人接过茶碗一看，连口称赞，奇怪地说："你们柜上摆的瓷器并不好，怎么平常用的茶具反倒十分精美？"

马齐一听，哈哈大笑，说："你要喜欢，卖给你，比你认为不好的任何一种都便宜，连那一半钱也不值！"

德国人说："你开玩笑？"

马齐说："完全实话。"

德国人问："为什么？"

马齐说："这是假的。你看的不中意的那些是古瓷，这是当今仿制品！买瓷器不能光看外表！要听声，摸底儿，看胎！"他说着从前柜拿来一件瓷器，一边比较一边讲，把个外国人说得迷迷糊糊。最后他把没倒茶的两个碗叫学徒用绵纸包了，放到德国人跟前说："买卖不成仁义在，这一对不值钱的假货送你做纪念！"

那德国人把这碗拿回去，反复地看，没两天就把"假瓷"的特征全记在心里了。等他去客栈拜访那五时，那五一打开箱盖他就笑了起来。这不和博古堂送他的假货一模一样吗？但他却出于礼貌并不说破。问了一下价钱，贵得出奇。再看那五住得这么寒酸，也不像个贵胄子弟，连说"NO，NO"，起身走了。他很感激博古堂的掌柜教给他知识，到那儿把柜台上摆的假瓷器当真货如数买走，高高兴兴回德国了。

买卖不成，索七怪那五做派不像，逼着叫他还赎当的钱，也不肯付房间费。那五把赎出来的衣服又送回当铺，这才投奔云奶奶来。

过了不久，马齐终于由人说合，只花了卖假瓷器的一半钱，把索七的真货弄到了手。等索家发觉来追查时，他早以几倍的高价卖给天津出口商蔡家了。

四

云奶奶是自谦自卑惯了的，那五肯来同住，认为挺给自己争脸，就拿他当凤凰蛋捧着。那五虽说在外边已混得没了体面，在这姨奶奶面前可还放不下主子身份。嘴里虽称呼"云奶奶"，那口气态度可完全是在支使老妈子。他是倒驴不倒架儿，穷了仍然有穷的讲究。窝头个儿大了不吃，咸菜切粗了难咽，偶尔吃顿炸酱面，他得把肉馅分去一半，按仿膳的做法单炒一小碟肉末夹烧饼吃。云奶奶用体己钱把衣裳给他赎出来之后，他又恢复了一天三换装的排场。换一回叫云奶奶洗一回，洗一回还要熨一回。稍有点不平整，就皱着眉说："像牛嘴里嚼过似的，叫人怎么穿哪？"云奶奶请来这位祖宗，从早到晚手脚再没得闲的时候了。

过大夫仍住在南屋。那五来后，他尽量地少见他少理他，还是忍不住气。有天就借着说闲话儿的空儿对那五说："少爷，我们是土埋半截的人了，怎么凑合都行，可您还年轻哪，总得想个谋生之路。铁杆庄稼那是倒定了，扶不起来了。总不能等着天上掉馅饼不是？别看医者小技，总还能换口棒子面吃。您要肯放下架子，就跟我学医吧。平常过日子，也就别那么讲究了。"那五说："我一看《汤头歌》《药性赋》脑壳仁就疼！有没有简便点儿的？比如偏方啊，念咒啊！要有这个我倒可以学学。"过先生说："念咒我不会。偏方倒有一些，您想学治哪一类病的呢？"那五说："我想学打胎。有的大宅门小姐，有了私情怕出丑，打一回胎就给个百儿八十的！"过先生一听，差点儿背过气去！从此不再理他——那年头不兴计划生育、人工流产，医生把打胎看作有损阴德的犯罪行为！

五

那五在云奶奶家住了不到一个月，虽说饭来张口，衣来伸手，可耐不住这寂寞，受不了这贫寒。好在衣服赎出来了，就东投亲西访友想找个事由混混。也该当走运，他随着索七去捧角儿，认识了《紫罗兰画报》的主笔马森。马森见那五对梨园界很熟，又会摆弄照相机，就请那五来当《紫罗兰画报》的记者。

这《紫罗兰画报》专登坤伶动态，后台新闻，武侠言情，奇谈怪论。社址设在煤市街一家小店里。总共两个人。除去马森，还有个副主笔陶芝。这两人两个做派。马森是西装革履，陶芝是蓝布大褂。马森一天刮两次脸，三天吹一次风。陶芝头发披到耳后，满脸胡子拉碴。这办公室屋内只有两张小桌，三把椅子。报纸、杂志全堆在地下。那五上任这天，两位主笔请他到门框胡同吃了顿爆肚，同时就讲明了规矩：他这记者既不拿薪金也没有车马费。稿费也有限。可是发他一个记者证章，他可以凭这证章四出活动，自己去找饭辙。

那五一听，这不是涮人吗？但已答应了，也不好拒绝，决定试试看。他干了两个月，结识了几个同行，才知道这里大有门道。写捧角儿的文章不仅角儿要给钱，捧家儿也给钱。平常多遛遛腿儿，发现牛角坑有空房，丰泽园卖时新菜，就可以编一篇"牛角坑空房闹鬼"的新闻，"丰泽园菜中有蛆"的来信，拿去请牛角坑的房东和丰泽园掌柜过目。说是这稿子投来几天了，我们压下没有登。都是朋友，不能不先送个信儿，看看官了好还是私了好！买卖人怕惹事，房东怕房子没人敢租，都会花钱把稿子买下来。那五很得意，觉着又交上一步好运。

《紫罗兰画报》连载着言情小说《小家碧玉》，作者是正在发红的"醉寝斋主"。不知为什么，发到第十六回，斋主不送稿子来了。正好那五在报社。陶芝委托他去拜访醉寝斋主，带去稿费，索取下文。告诉那五这"醉寝斋"在莲花河后身十号。

六

这莲花河在石头胡同背后,一条窄巷,有三五户民宅。十号是个砖砌的古式二层楼,当中一个天井,院角有一条一踩乱晃、仅容一个人走动的楼梯。一转遭儿上下各有几间房子,家家房门口都摆着煤球炉子、水缸、土簸箕。那五正在院子观望,从楼梯上下来两个人。一个是烫着发、描着眉,穿一件半短袖花丝缏旗袍、软缎绣花鞋的女人;一个是穿灰布裤褂、双脸靸鞋、戴一顶面斗帽的中年男人。这两人一见那五,交换一下眼色就站住了。男人问:"先生,您找谁?"

那五说:"有个编小说的……"

"嗯!"男人用嘴朝楼梯下面一努,有点扫兴地冲女人一甩头,两人走了。那五弯腰绕到楼梯下,才看见有个挂着竹帘的小房。门口用白梨木刻了个横额"醉寝斋"。

这房里外两间。里间什么样,因为太黑,看不清楚。外间屋放着一张和这房子极不相称的铁梨木镶螺钿的书桌,两把第一监狱出产的白木茬椅子和一把躺椅。书桌上书报、稿纸、烟盒、烟缸、砚台、笔筒堆得严严实实。随着脚步声,从里间屋门口钻出一个又瘦又高、灰白面孔、留着八字胡的人来:"您找谁?"

"醉寝斋主先生住这儿?"

"就是不才,请坐,您从哪儿来?"

"报社,主笔叫我取稿子来了。"

"噢,坐,坐,这两天应酬太多,忙懵懂了,把您这个碴忘了!"

"哎哟,就等您的稿子出版哪!"

"甭忙,您坐一会儿,现写也来得及,上一段写到哪儿啦?"

"啊?"那五并没看这几版小说,红了脸。斋主一笑说道:"没关系,您不记得不要紧,我这儿有账!"

他坐到书桌前,从纸堆中拉出个蓝色的流水账本,翻了几页问:"在您那儿登的是《燕双飞》吧?"

那五说:"不,我们是《紫罗兰画报》,登的是《小家碧玉》。"

"《小家碧玉》。"斋主把账本掀到底,扔到一边,又拉过一本账来,翻了翻说,"啊呀,这《小家碧玉》在哪儿去了呢?噢,有了!"他又扔下这本账,从抽屉里找出本毛边纸钉的一厚册稿子,找到用金枪牌香烟盒隔着的一页,笑道:

"您好运气，不用现写，抄一段就完了。"马上铺下一张格纸，拿起毛笔，刷刷刷抄了起来。那五临来受了指教，便把一张一元钱的票子捏在手中，转眼斋主把稿子抄好，叠起来放进信封，那五便把那一元票子放在了桌上。斋主看了一眼钞票，却不动它，回身冲里屋喊道："来客人了，快沏茶呀！"

屋里走出个五十来岁的妇女，圆脸，元宝头，向那五蹲了蹲身说："早来了您哪，请坐您哪！这浅屋子破房的招您笑话。"就提起一把壶，伸手从桌上抄起那一元钱说："我打水去。"

那五问道："我看外边的小报上，全在登您的小说，你同时写几部呀？"

"八九部！"

"全写好了放在那儿？"

"不，写一段登一段，登一段吃一段。"

"刚才我看这《小家碧玉》不是全本都写好了吗？"

"噢，那是二手活。"

"什么是二手活？"

斋主告诉他，有人写了小说，可是没名气，登不出去。也有人写来消遣，却不愿要这名气。还有人写好了稿子，急着用钱，等不及一段段零登，他们就把稿子卖了，斋主买下来，整趸零售，能赚几分利！

那五奇怪地说："照这么说，只要有钱买稿，自己不动手也能出名喽？"

斋主说："当然，这是古已有之。明朝有个王爷，一辈子刻了多少部戏曲，没一个字是他写的！"

那五听了，眉开眼笑，拿真话当假话说："明儿一高兴我也买两部稿子，过过当名人的瘾。"

斋主正色说："像您这吃报行饭的，没点名气到哪儿都矮一头，玩不转，应该想办法创出牌子来。再说买来稿子您总得看，不光看还要抄。熟能生巧，没有三天力巴，慢慢自己也就会写了。写小说这玩意儿是一层窗户纸，一捅就破。"

说来说去，斋主把一部才买到手的武侠小说《鲤鱼镖》卖给了那五。要价一百大洋。那五正拿着甘子千造的假画要去当，这下就更鼓起了兴头。等他分到三百元当价后，从便宜坊出来就直接来到了"醉寝斋"，对斋主说："钱我是带来了，得先看看货啊？"

斋主说："您又老斗了不是？买稿子这玩意儿不能像买黄瓜，翻过来调过去看，再掐一口尝尝。您把内容看在肚子里，放下不买了，回头照这意思又编出一本来我怎么办？隔山买老牛，全凭的是信用。"

那五把钱在手里掂了又掂，拿不定主意。斋主一拍桌子说："罢了，我交你这个朋友了！"回身进里屋，从床下找出个破鞋盒子，在那里边掏出一本红格纸的稿本，拿到门外拍打拍打尘土，交给那五说：

"你先看看回目吧！"

那五看看回目，倒也火炽热闹。可掂掂分量，看看厚薄说：

"这哪能分一百段登啊？我一百块钱买下来，登三十段完了……"

斋主说："说您年轻不是？名利是一回事，可不能一块儿来。您不是先求名吗？这稿子写得好，保您一鸣惊人！出名以后再图利！"

那五把钱交了出去，夹着稿子出来，自己没顾上看就交给编辑部，请求逐段发表。马森收下，一放个把月，没有回音。他每次问，马森都说："还没看完，我看还不错。"可就不提发表的事。那五向陶芝打听消息。陶芝笑道：

"那人卖给你稿子，就没告诉你登稿子的规矩？"

那五问："我看咱们登醉寝斋主的稿子也没有什么规矩呀，不就发一段给一块钱吗？"

副主笔笑了起来，对他说："醉寝斋主好比马连良，是唱出名的了，他只要登台就不怕没人捧场。您哪，好比票友，票友唱戏不能挣钱，而要花钱。租场子自己出钱，请场面自己出钱，请人配戏自己出钱，临完还要请人吃饭、送票，人家才来捧场。演员唱戏为的是吃饭。票友唱戏是图出名，图找乐子！捧红了自然也能下海，可先得自己花钱打下底儿来。"

那五又掏出一百元，请陶芝给他开个名单，在宴宾楼请了一桌客，《鲤鱼镖》这才以"听风楼主"的笔名登载出来。自这天起，有些朋友见面就叫他"作家"，祝贺他"一鸣惊人"，说是重振家声大有把握了。那五嘴上谦虚，可心里就像装了四两烧刀子（白干酒）晕乎乎热腾腾，说话声音也变了，走道脚下也轻了，觉得二百大洋花得不屈。尽管那张假画露了马脚，逼他又卖了套西服才填上坑。有这成名成家的路子鼓劲，竟没挫了他的锐气。

小说登到七八段上，情形有点不对了。不知是陶芝开的名单不全，怠慢了什么人，还是有人故意为难。另外几家小报上，出现了评论《鲤鱼镖》的文章。这些文章连挖苦带骂。有说他偷的，有说他剽的，有说他"热昏妄语，不知天高地厚"的。还有人查出来"听风楼主者，某内务府堂官之后也。其祖上曾受恩于八卦门某拳师，故写小说贬形意而捧八卦"云云。那五有点沉不住气。他跑去找醉寝斋主。问他说："您这稿子犯了点什么忌讳吧？怎么招来这么多闲话呀？"斋主这本稿子本是花了十块钱买的一位烟客的，自己并没看过。就双手抱拳说："我说您一鸣惊人不是？这儿给您道喜哪！一有人挑眼您就快红了。当初我专门花钱请人写稿骂我呢！你想想，光登小说，你的名字不是三天才见一回报吗？别人一评论，骂也好，捧也好，一篇文章中你这名字就得提好几回，还怕众人记不住？再说，天下之事，成破相辅，大凡有人骂的，相应就会有人捧，他们斗气儿，您坐收渔人之利，岂不大喜？"

那五听了，觉得确有此理，又转愁为乐。可没乐了几天，这天一进编辑部，马森就递过一封信来说："五爷，这是您的信。咱们合作原本是好换好，您可千万别连累我们哥儿俩。给我们留下《紫罗兰画报》这块地盘混粥喝吧！"

口气这么重，那五自然是看作玩笑。等打开信封一看，他这才明白自己落在井口下，正往水深处坠呢。

这是一张宣纸八行朱栏，用浓墨行书写道：

"听风楼主那先生台鉴：兹定于本月初六，午后三时，在大栅栏福寿境土膏店烹茶候教。如不光临，谨防止戈。言出人随，勿谓言之不预也！"署名是"武存忠"。

他问马森："这武存忠好耳熟，是干什么的？"

马森没说话，把一张小报扔给他。那上边用红墨水圈了一篇小文章："武存忠年老体衰，力辞某县长镖师之聘！"下边说武存忠乃形意门传人，清末在善扑营当过拳勇，民国以后在天桥撂场子卖艺，"七七"事变后改行打草绳。近来有位县长以重金礼聘他去当保镖，他力辞不任。那五看完，马森加了一句："你听说前些年有个俄国大力士在中山公园摆擂台，谁要打败他，他让出十块金牌这件事不？"

那五说："不就是叫李存义扔下台去，摔折一条腿的那回吗？"

马森说："对了。武存忠是李存义的师哥！"

那五一听，后脊梁都潮了。带着哭声说："他见我一来劲，不得把我劈了吗？"

马森埋怨他说："登小说就登小说不结了，你胡扯八卦形意的门户之争干什么？"

那五说："老佛爷，我哪儿懂啊！那不是买来的稿本吗？"

陶芝见他怪可怜，就安慰说："你也别急，这路人多半倒讲情面。你去了多磕头少说话，他见你服了软，也未必会怎么样。"

马森说："你可不能不去，你要不去他敢来把这客店拆了，到时候咱包赔不起！"

打这天起，那五三天之内没吃过一顿整桩饭，没睡过一宿踏实觉。

七

初六这天，偏又是大热天，晒得树叶发蔫、马路流油。他一步挪不了三寸地来到大栅栏。从钱市拐进一个巷子，见一家门口大白瓷电灯罩上写着"福寿境土膏店"，就推门进去。迎门却是个楼梯，阴暗潮湿。他上了楼梯，这才看见两边都挂着白布门帘。掀开一个探探头，就有个中年胖子摇着蒲扇拦门坐着："您买烟？"

"我找个人，武存忠……"

"那边雅座二号。"

那五又掀帘进了另一间屋。这屋是一长条房子，被两排木隔扇隔着。每边四个小门，门上悬着半截布帘，帘上印着号头。他找到二号，轻轻问了声："武先生在吗？"

里边没有动静。这时过来个女招待，手中托着擦得锃亮的烟具，冲他努努嘴。那五感谢地点点头，掀帘走了进去。屋子很小，只有一张烟榻一把椅子，但收拾得干净雅致。榻上铺着凉席枕席，墙上挂着字画。一个穿白竹布裤褂，胸前留着长髯的老人仰面躺着，两目微合，似睡非睡，似醒非醒。

那五轻声说："武先生，我遵照您的吩咐来了！"

老头连眼皮都没哆嗦一下。那五迟疑片刻又退了出去，站在门外不知如何是好。恰好那女招待又走了过来。那五掏出一元钞票，往女招待围裙的口袋里一塞说："武先生高睡了。您找个地方叫我歇歇脚，等他醒了叫我一声。"

女招待笑笑，用手指指二号门，摇摇手，推那五一把，径自走了。

那五第二次又进到二号房，一声不响地站在榻前等武存忠睁眼。那五走了一路，早已热了。偏这大烟馆的规矩是既不许开窗户，又不能安电扇。他站在那儿只觉着脸上身上，汗珠像小虫似的从上往下爬。心里急得像有团火，却又不敢露出焦急相。站了足有五分钟，看老头还没有睁眼的意思，那五心一横就在榻前跪下了。

"武先生，武大爷，武老太爷！我跟您认错儿。我是个混蛋，什么也不懂，信口雌黄。您大人不见小人怪，犯不上跟我这样的人动肝火！我……"

老头绷着绷着，扑哧一声笑了出来。欠起身说："起来起来，别这样啊！"

"我这儿给您赔礼了！"那五就地磕了一个头，这才起来。武老头笑道，"看你写得头头是道，还以为你是个练家子呢！"那五说："我什么也不是，马勺上的苍蝇混饭吃！"武老头问道："既是这样，下笔以前也该打听打听，不能乱褒乱贬哪。"那五说："哎哟我的大爷，跟您说实话吧，那小说也不是我编的，我是买的别人的，图个虚名。没想惹您生了这么大气！"

老头哈哈笑了起来，那五一个劲服软，他早消了火了，口气和缓了一点说："你坐，会抽烟吗？"

那五坐下。武存忠问了他几句闲话。打听他家庭出身，听说他是内务府堂官的后人，不由得叹了口气。

"说起来有缘，那年我往蒙古去办差，回来时带了蒙古王爷送给你祖父的礼物。我到府上交接，你祖父还招待了我一顿酒饭。内院我当然见不着，就外院那排场劲我看了都眼晕哪！当时我就想，太过了，太过了！铁打的衙门流水的官，照这么挥金如土，是座金山也有掏空的日子。儿孙们不知谋生之难，将来会落到哪一步呢？你现在就凭胡诌乱扯混日子？"

那五红着脸点点头。

武存忠说："你还年轻，又识文断字，学点生计还来得及。家有万贯不如薄技在身。拉下脸面，放下架子，干点什么不行？凭劳动吃饭，站在哪儿也不比人低，比当巫来由不强吗？"

"是您哪！我爸爸死得早，没人教训我，多谢您教训我。"

武存忠见那五虽然油腔滑调，倒也有几分诚心感谢他的意思，就说："我在先农坛坛根住。攒钱买了架机器打草绳子。你别处混不上了，上我这儿来，你又识字，我正少个帮手！"

那五心想，他可太不把武大郎当神仙了，我这金枝玉叶，再落魄也不能去卖苦大力呀！可又不敢让武老头看出他瞧不起这行当，忙说："我现在还混得下去。将来短不了麻烦您！"

武存忠看出他不愿意，也不再劝。就告诉他小说这段公案算是了啦。原来有几个师兄弟很不忿，当真想找到《紫罗兰画报》把那报社砸了，是他把事按住，决定先和这"听风楼主"谈谈再作道理。他做主了结，别人也不会再缠着不放。那五连声称谢，又鞠了几个躬，这才告辞。武存忠挡住他说："别忙，既叫你来了不能叫你白来。中国的武术是衰落了，国家不振，百业必定萧条。不过各派里人才还是有一点。你出去宣传宣传，也给咱们习武的朋友们壮壮气儿。老朽是没什么真本事的，给你表演个小招儿解闷吧！老三！"

这时隔壁就有人虎声虎气地应声："在！"

"点灯去！"

武存忠下榻，提上鞋，紧紧腰上的板带领头出了二号门。这时走廊站着有四五个汉子。有两个年轻人搭过一张桌子来，女招待帮忙点上了三盏大烟灯。

这些精壮汉子，见了那五都互送眼色咧开嘴笑。那五有点胆怯。武存忠说："你甭担心，这都是我的徒弟。本来我们以为你是会个三门科四门斗的，提防着要交手。现在好了，和为贵，大家交个朋友吧！"

说话间就又聚来了几个闲人，把走廊围满了。

这大烟灯乃是山西出品，名叫"太谷灯"，一个个茶杯粗细，下边是个铜盏，上边的玻璃罩是用半寸厚的玻璃砖磨成，立在那儿像个去了尖的小窝头。平常要俯首向下，对准那圆口才能吹熄。女招待把它点亮之后，一个徒弟就把它从里向外摆成直溜溜的一排。武存忠自己看了看，亲自又校正了一下位置。然后退到五步开外，骑马蹲裆式站好，猛吸了一口气，板带之下腹部就鼓起个小盆。武存忠稍稍晃了晃膀子，站稳之后，"呼"的一口把气喷出。只见三个烟灯一齐火苗摇摆，挨次熄灭了。两边看的人齐声喊了声："好！"

武存忠双手抱拳说："献丑献丑。老了，不中用了。白招列位耻笑。"

那五两腿发颤，觉得连汗都变凉了。他挣扎着雇了辆三轮，回到编辑部。向两位上司报告这段险遇，两人听了同声祝贺，一同请他去丰泽园，要了几个菜、一壶酒为他压惊。席间马森把《鲤鱼镖》原稿奉还，说是不宜再往下刊登。同时也表示，那五已成了著名人物，《紫罗兰画报》树矮难栖金凤凰，收回了那个珐琅的记者证章。

八

自从当记者之后，那五自己在南城租了间小房，和紫云断绝了来往。这时眼看房钱既拿不出来，饭钱也没着落，厚着脸皮买了盒八大件，去看云奶奶。哪知几个月没见面，情况大变。老中医已经由于急症去世，院里一片凄凉景象。紫云奶奶正在给人成盆地洗衣裳。一见那五进门，就哭了，抽抽噎噎地说："我没照顾好你。叫你吃不爱吃，喝不爱喝的，把你气走了。可你也太心狠。再不好我们不也是亲眷吗？那家的人还剩下谁呢！别看家业旺腾的时候大门口车轿不断流，一败落下来谁还认这门亲？咱俩不亲还有谁亲？"几句话说得那五鼻子也酸溜溜的，低低叫了声："奶奶！"这一声不要紧，老太太又哭了！"哎哟，你别折我的寿。你要心疼我孤苦伶仃的，打今儿就别走了。我给人洗衣服做针线，怎么也能挣出两口人的吃喝来！等你成了家，我伺候你们两口子。有了孩子，我给你看孩子，只要不嫌我下贱就成！叫什么随便！"

那五答应下来。紫云高兴地连声念佛说："你只管待着，爱看书看书，爱玩就玩。只要你不走，我就有了主心骨了。你坐着，我给你打扫房子去！"

紫云把老中医住的房子给那五收拾好，叫他过来看，还有哪里不如意的，再给他拾掇。那五一看，屋中只有一床一桌一把椅子，倒也干净。外间屋还放着两个花梨木书架，上边堆满线装书。他随手翻了翻，除去些《灵枢经》《伤寒论》，就是几本《四书集注》《唐诗别裁》。紫云就说："别的全卖了发送老头了。就剩下这两架书，他的几个徒弟拦着不让卖，说要卖的话他们买，省得值仨不值俩地便宜了打鼓的。他们这一说，我琢磨兴许有值钱的书，就说等你来了再定。要卖要留等你的话。你拣拣，凡是你要的就留下，不要的送他们得了，老头临死，几个徒弟跑前跑后没少出力，我没什么报答人家的，这也算个人情。"

那五大大方方地说："您叫他们把书拉走，光把书架儿留给我就行。"

打这天起，紫云脸上有了点笑容。她把那五的衣裳全翻出来。该洗的，该浆的，补领子，缀纽扣，收拾得整整洁洁。有点余钱就给他几角，叫他到门口书摊上租小说看，那五租了几本《十二金钱镖》，看着看着，又想起醉寝斋主卖他稿子这事来，觉得不能这么便宜这老小子。这天推说要去看个朋友，向云奶奶要钱坐车。紫云把刚收来的两块钱工钱全给了他，说："出去散散心也好，省得憋闷出病来！可记住，别跟那些嘎杂子打连连，咱们是有名有姓的人家！"

一连气的粗茶淡饭，那五觉着肠子上的油都刮干了。出门先到东四拐角喝了碗炒肝。又到隆福寺吃了碗羊霜肠。这才坐电车奔珠市口。来到醉寝斋，一掀帘，斋主趿着鞋忙迎了出来。拉着手问："哟，您是发财了吧，怎么到处打听就问不出您的下落？"那五说："有您那本《鲤鱼镖》，我还能不发财吗？差点叫武存忠打折脊梁骨！"斋主说："这也怨你，哪有买来的文稿就一字不动往外登的？你把形意门八卦门这些词一改，编个什么雁荡派、剑门派不就百无一事了？这些旧话不用提，当前正有一注子财等你去取！"那五说："您可别拿我离嘻！"斋主说："信也罢不信也罢，你先坐一会儿，我去去就来。"斋主把那五稳住，倒上杯茶，走出门去，听脚步声是上了楼。过了一顿饭时，一边说着一边领进一个人来："您不总想见见那少爷吗？今天碰巧驾临茅舍了！我介绍一下，这位是贾凤楼老板！"

那
五

那五认出是头次来时指给他门的那个中年男人。忙站起身来，点了点头："咱们见过！"

"可不是吗？那天我眼睛一搭，就看着您出众！就看着您不凡！说句不怕您生气的话，我打心里不知怎么的就这么爱您！能让我当面和您叙谈一次，这辈子都不枉做人……"

"不敢当，不敢当，您太客气了！"

"这是打心眼里掏出来的真话！后来一打听，您敢情是那大人府上的少爷！我简直想打自己俩嘴巴；这么高贵的人物，我这种贱民怎么敢妄想攀附哪？"

斋主插言说："那少爷可就是文明开通，从不拿大！"

"是啊！我这高邻可再三介绍，说您不摆架子，最开通不过！我就说，您再来了，无论如何赏光到舍下去坐一会儿，咱们认识一下。"

那五说："您太抬爱了！我不过是沾祖上一点光，自己可是不成材的，您快坐！"

贾凤楼就笑着对斋主说："我看就请我那边坐吧。"

斋主对那五说："刚才我一提您来了，贾老板就派人叫菜，却之不恭，您就移步吧！"

那五推辞说："初次见面这合适吗？这么着，咱们上正阳楼，我请客！"

"不赏脸不是？"贾凤楼说，"我妹妹也想见您，要不叫她来劝驾？"

斋主就拉着那五胳膊，连搀带架，三人上楼去。

贾凤楼住着楼上四间房，他和他养妹各住一间，两间作客厅。凤楼把那五让进北边客厅。墙上悬挂着凤魁放大的便装照片和演出照片。镜框里镶着从报纸上剪下的，为凤魁捧场的文章。博古架上放着带大红穗子的八角鼓。一旁挂着三弦。红漆书桌蒙着花格漆布，放了几本《立言话刊》《三六九画报》和宝文堂出的鼓词戏考，戏码折子。茶几上摆着架带大喇叭的哥伦比亚牌话匣子。那五这才知道贾家兄妹是作艺的。坐下之后，斋主就介绍说："那少爷专听京评剧，不大涉足书曲界，您有空去听听，凤魁姑娘的单弦牌子曲，是正宗荣派，色艺双佳！"

那五欠身说："有机会一定领教。"

凤楼说："那少爷哪有工夫赏我们脸呢？舍妹的活儿太粗俗，有污耳音。"

"这可是客气话！"斋主一本正经地说，"凤魁不光艺术精湛，而且最讲情义，最讲良心。我常说，捧角儿的主儿要碰上凤姑娘，是修来的造化。"

那五心想：你别摆罗圈阵。捧大姑娘我爸爸最拿手，我有这心也没这力！

这时一掀门帘，贾凤魁进来了。

贾凤魁今天没涂脂粉，只淡淡地点了点唇膏，显得比头次见面年轻不少，多说也不过十七八岁。穿了件半截袖横罗旗袍，白缎子绣花便鞋，头发松松地往耳后一拢，用珍珠色大发卡卡住，鬓角插了一朵白兰花。她笑一笑，不卑不亢地双手平扶着大腿，微微朝那五一蹲身：

"迎接晚了，少爷多包涵，请那屋用点心吧。"

贾凤楼又把那五让到隔壁另一间客厅里，桌上已摆下了几个烧碟，一壶白酒，一壶花雕。

饮酒之间，无非还是说些奉承那五的话。那五几杯落肚，架子就放下来了。开始和贾凤魁说起逗趣的话来。凤魁既不接茬儿，也不板脸，仿佛她是个局外人。有时听他们说话拣个笑，有时两眼走神想自己的心思。

饭后贾凤楼又把客人往另一间客厅让。斋主推说赶稿儿，抢先溜了。凤魁要收拾残席，告便留下。那五也要告辞，贾凤楼拉住他说："我正有事相求，话还没说到正题上，您哪能走呢？"

那五只得又坐了下来。

贾凤楼让过一杯茶后，对那五说："如今有一注财，伸手可取，可就少个量活的，想借少爷点福荫。"

那五知道"量活"是做帮手的意思。就问："什么事呢？"

"有位暴发户的少爷，这些日子正拿钱砍舍妹。我们是卖艺不卖身的！"

那五说："可敬，可敬。"

贾凤楼说："话说回来，没有君子，不养艺人。人不能随他摆弄，钱可得让他掏出来。他们囤积居奇，钱也不是好来的，凭什么让他省下呢？"

那五说："有这么一说，可怎么才能叫他既摸不着人，又心甘情愿地花钱呢？"

贾凤楼说："得出来另一个财主，也捧舍妹，舍得拿钱跟他比着花！他既爱舍妹又要面子，不怕他不连底端出来。钱花净了还没压过对手，不怕他不羞惭而退！"

那五说："我明白了。您是叫我跟他比着往令妹身上扔钱！"

"着，着，着！"

那五一笑，嘲弄地说："这主意是极好，我对令妹也有爱慕之心，可惜就是阮囊羞涩。"

贾凤楼说："您想到哪儿去了？咱们是朋友，怎么说生分话？既叫您帮忙还能叫您破财吗？得了手我倒是要给您谢仪呢！"

那五这才郑重起来，精神抖擞地问："你细说说这里的门子。谢仪我不指望，可我为朋友决不惜两肋插刀！"

贾凤楼说："有这句话，事情成了一半了。打明儿起，您天天到天桥清音茶社听玩意儿去。到了那儿自有人给您摆果盘子送手巾帕，您都不用客气。等舍妹上台后，听到有人点段，您就也点。他点一段您也点一段，他赏十块，您可就不能赏十块，至少也得十五，多点二十也行！"

那五说："当场不掏钱吗？"

贾凤楼说："当然得现掏，不过您别担心，到时候我会叫人把钱暗地给您送去。我送多少，您赏多少，别留体己，别让茶房中间抽头就行！活儿完了，咱们二友居楼上雅座见面，夜宵是我的。亲兄弟明算账，谢仪我也面呈不误！"

那五兴致勃勃地说："行！赌好吧！"

"不过……"贾凤楼沉吟一下，压下声音说，"此事你知我知，万不可泄露。还有，您得换换叶子！"

"什么叫叶子？"

"就是换换衣裳。您这一身，一看是个少爷。少爷们别看手松，可底不厚，镇不住人。因为钱在他老子手里。花得太冲了还让人起疑。您得扮成自己当家、有产有业的身份。"

"行！"那五笑道，"装穷人装不像，做阔佬是咱的本色！"

"要不我头一眼就看着您不凡呢！"

临走，贾凤楼把个红纸包塞在那五手中说："进茶社给小费，总得花点。这个您拿去添补着用。"

那五客气地推辞了一下。贾凤楼说："亲是亲，财是财，该我拿的不能叫您破费！"

九

那五回到家，却跟云奶奶说，有个朋友办喜事，叫他去帮着忙活几天。云奶奶说："在家靠父母，出外靠朋友，朋友事上多上点心是好事。"那五说："可我这一身儿亮不出去呀！想找您拆兑俩钱，上估衣铺赁两件行头。"云奶奶说："估衣铺衣裳穿不合体，再说烧了扯了的他拿大价儿讹咱，咱赔不起。我这儿有爷爷留下的几件衣裳，都是好料子。我给你改改，保你穿出去打眼。"说着云奶奶就给那五量尺寸，然后从樟木箱中找出几件香云纱的、杭纺的、横罗的袍子、马褂，让那五挑出心爱的，连夜就着煤油灯赶做起来。那五舒舒服服睡了一觉，第二天一睁眼，衣裳烫得平平整整，叠好放在椅子上。他兴冲冲地爬起来试着一穿，不光合体，而且样式也新——云奶奶近来靠做针线过日子，对服装样式并不落伍。那五穿好衣服过去道谢，云奶奶已经出门买菜去了。他自己对着镜子左顾右盼，确像个极有资财的青年东家，只可惜少一顶合适的帽子，没钱买，赶紧去剪剪头，油擦亮点，卷儿吹大点，也顶个好帽子使唤。

这清音茶社在天桥三角市场的西南方，距离天桥中心有一箭之路。穿过那些摆地的卖艺场，矮板凳大布棚的饮食摊，绕过宝三带耍中幡的摔跤场，这里显得稍冷清了一点。两旁也挤满了摊子。修脚的、点痣子的、拿瘊子的、代写书信、细批八字、圆梦看相、拔牙补眼、戏装照相。膏药铺门口摆着锅，一个学徒耍着两根棒槌似的东西在搅锅里的膏药，喊着："专治五淋白浊，五劳七伤。"直到西头，才看见秫秸墙抹灰，挂着一溜红色小木牌幌子的"清音茶社"。门口挂着半截门帘，一位戴着草帽、白布衫敞着怀的人，手里托个柳条编的小笸箩，一面掂得里面硬币哗哗响，一面大声喊："唉，还有不怕甜的没有？还有不怕甜的没有？"

那五心想："怎么，这里改了卖吃食了？"

可那人又接着喊了："听听贾凤魁的小嗓子吧！绷瓷不叫绷瓷，品品那小味吧！早香瓜、喝了蜜，良乡栗子大鸭梨、冰糖疙瘩似的甜喽……"

灰墙上贴满了大红纸写的人名，什么"一斗珠""白茉莉"，有几个人名是用金箔剪了贴上的，其中有贾凤魁。

那五伸手一掀帘，拿笸箩的人伸胳膊挡住他问道："您贵姓？"

"我姓那呀，怎么着，听玩意儿还要报户口……"

那人并不理会那五的刺话，只把布帘一挑，高声喊道："那五爷到！"

里边就像回声似的喊了起来："那五爷到！""五爷来了，快请！""请咧！"有两三个茶房，一块儿拥了过来。先请安后带路，把那五让到正中偏左的一个茶桌旁，桌上已摆满了黑白瓜子，几片西瓜。一个茶房送来了茶碗，紧接着就有人送上一块洒了香水的热毛巾。那五伸手去接毛巾，一卷软软的东西就塞到了他手心上。那五擦过脸，低头一看，二十元纸币包着一张字条，上写"风雨归舟"。

那五定下神来，这才打量这茶社和舞台。

茶社不大，池子里摆着七八张桌子，桌子上多半有果盘。靠后边几桌空着。

前边儿桌子，多半都坐着三五个人。只和他斜吊角靠台边处的一桌上，也是单人独坐。看来比那五还小几岁。西服革履，结着大红地子绣金龙的领带。两廊和后排，全是窄条凳。那儿人倒是挤得满满的，不过一到段子快刹尾，就忽忽地往外走。等到打钱的过去，又呼呼地坐进来。

这舞台是没有后台的。台后墙上挂了些"歌舞升平""声遏青云"之类的幛幅，幛幅下边沿着半月形放了十来把椅子，椅子上坐着各种打扮、浓妆艳抹的女人。台前尽管有人在表演，坐着的人仍不断向台下点头、微笑、打招呼。

这时台上一个胖胖的女人，正在唱梅花大鼓"黑驴段"。她唱完，檀板一撩，歪着头鞠了个躬。台下响起掌声。几个茶房就举着笸箩向两廊和后排冲去，嘴里喊着："钱来，钱来！谢！"台口左边，像药店门口的广告板似的也竖着一块板，上边搭着白粉连纸写的演员姓名，在这纷乱声中，捡场的走过去掀过去一张，露出"贾凤魁"三个大字。这名字一露，那穿西装的青年就喊了一声："好！"随即伸起胳膊招了招手，一个茶房赶过去，弯着腰听他吩咐了几句什么，接过钱飞快地从人丛中钻到台口，抄起一个方木盘，捧着走上台高声喊："阎大爷点《挑帘裁衣》，赏大洋拾元！"台上坐着的女人，台下奔忙的茶房，立刻齐声喊道：

"谢！"

贾凤魁从座上袅袅婷婷走到台中，笑着朝那青年鞠了躬。

今天贾凤魁换了身行头，蛋青喇叭袖小衫，蛋青甩腿裤子，袖口、大襟、裤口都镶了两道半寸宽的绣花边，耳后接上假发，梳了根又粗又亮的大辫子，红辫根，红辫梢，坠了红流苏，耳朵上戴着一副点翠珠花长耳坠。那五心想："难怪方才坐下时没认出她来！"

正在出神，肋岔上叫人捅了一下。回头一看，是送毛巾的那个茶房：

"五爷！"茶房朝那二十元钞票努努嘴。

他急忙点头，把那卷钞票原封不动又给了茶房。茶房正步奔上台口，拿木板盘托着跑上台喊："那经理点个插曲《风雨归舟》，赏大洋二十块！"

台上台下又是一声吼。贾凤魁走上台前，朝那五鞠了一躬，笑嘻嘻不紧不慢地说了声："经理，我们这儿谢您哪！"

人们嗡嗡地议论成一片。刷地一下把视线投向了那五。那西装青年站起身来虎视眈眈朝那五盯了一眼，台上响起弦子声这才坐下。一霎时，那五感到自己又回到了家族声势赫赫的时代。扬眉吐气，得意之态不由自主、尽形于色。刚进门时候那股拿架子演戏的劲头全扫尽了，做派十分大方自然！

从这儿开始，茶房就拿着那二十元钞票一会儿放在盘子里送到台上，一会儿悄没声地装作送手巾给那五塞到手中，走马灯似的转个六够。后来那位阎大爷大概把带的钱扔干净了，就气哼哼地拍桌子往门外走。茶房一连声地喊："送阎大爷！"阎大爷回眼扫了一下那五，放大嗓子说："明天给我在前边留三个桌子，有几个朋友要一块儿来给凤姑娘捧场！"

那五听了这几句话，浑似三伏天喝了碗冰镇酸梅汤，打心里往外痛快。这几个月处处受人捉弄，今天也算尝到了捉弄人的美劲，连画儿韩那儿受的闷气似乎都吐出来了！不过随着这位冤大头出门，茶房取走那二十块钱再没往回送。没过够摆阔的瘾头。他勉强又听了两个段子，感到没兴头了，茶房送话儿来，贾凤楼正在二友居等他。他把几毛小费摆在桌上，起身走去。那茶房一边收钱一边又喊了声："那经理回府了！"他就在"送"的喊声中出了门。

贾凤楼在二友居门口等着那五，一路上楼一路说："天生来的凤子龙孙，那派头学是学不像的！您可帮了大忙了！"

虽说就两人吃夜宵，菜可叫了不少。临分手贾凤楼又塞给那五一个红包。到洋车上打开一看，原来就是那五使了多少遍的二十元钞票。那五算算，那位冤大头今天一晚上少说赏了也有一百五十块，分这点红未免太少。又一想，那家少爷跟这种下九流争斤论两有失身份，会叫他小看。忍了吧，捧角儿还挣钱，也算一乐！路过"信远斋"，他下车买了两盒酸梅料。云奶奶正给他等门。他把酸梅料送进堂屋说："给您尝尝鲜！"云奶奶乐得眼睛眯成一条缝。忙问：

"哪来的钱？"

"打牌赢的！"

"往后可别打牌，咱们赢得起可输不起，欠赌账叫人笑话。蚊子轰了，帐子撂下来了，冲个凉快歇着吧！大热的天够多累呀！"

十

那五连着上清音茶社去了十多天，阎大爷少说花了也有一千多块钱。这天竟干脆提个大皮包走了进来。一来一往点了足有十几段。天就耗晚了。警察局有夜禁令，不许超过十二点散场。管事的和贾凤楼下来说情，请二位爷明天再赏脸。那五摇了几下脑袋，算是应允了。阎大爷却不依不饶："你们不是就认识钱吗？大爷没别的，就几个闲钱，还没花完呢！"

这时园子乱了，艺人们也纷纷下了台，凤魁悄没声地走到那五身后拉他一把说:"要出事了,你还不快走!"那五这才从梦里醒来,急忙钻出了茶社。

那五来到门外,才觉出夜已深了。两边的小摊早已收了个一干二净。电车也收了。天桥左边又黑又背,他有点胆怯。就清了清嗓,唱单弦壮胆儿。

"山东阳谷县,有一个武大郎。身量儿不高啊二尺半长。跐着那板凳儿还上不来炕……"

"有跟车的没有?"一辆双人三轮从身后赶了上来。上边坐着一个穿灰裤褂的人,打着鼾声,脑袋摆来摆去。三轮车夫冲那五问:"上东城去的再带一个啊,收车了少算点!"

那五正想乘车,就问:"少算多少钱?"

"一块钱到东单!"

"一块还少算!"

"您往前后看看,花两块叫得着车叫不着?在这地方一个人溜达?不用碰上黑道儿上的哥儿们,碰上巡逻队查夜,你花一块钱运动费能放您吗?"

拉车的嘴里说话,可并不停车,露出有一搭没一搭的派头。车已超过那五去了,那五叫道:"我也没说不坐,你别走哇!"

三轮这才停下,推推车上那位说:"劳驾,边上靠靠,再上一个人!"

"什么再上一个人?"那人含糊不清地说,"你一个车拉几份客?"

"两份。您没看是双座的吗!"三轮车夫连推带搡,把那人往边上挪了挪,扶那五上去坐稳当,把车飞快地蹬起来。车出了东西小道,该往北拐了,他却一扭把向南开了下去。

"喂,拉车的,"那五喊道,"上东城,你往哪儿走!"

"老实坐着!"那睡觉的客人一把抓住那五的手,另一只手就掏出把亮晃晃的家伙杵在那五腰上,"再出声我捅了你!"

"哎哟,您……"

"住嘴!"

那五虽说住嘴了,可他哆嗦得车箱板咔咔直响,比说话声儿还大。拿刀的人掐了他大腿一把说:"瞧您这点出息,可惜二十多年咸盐白吃了!"

这车左拐右拐,三转两转来到一条大墙之下。这里一片树林,连个人影都没有。拉三轮的停了车,握刀的抓住那五胳膊把他拽下车来说:"朋友,漂亮点,有钱有表掏出来吧!"

那五语不成声地说:"表有一块,可是不走字,您爱要请拿走。钱可没有多少,我出来就带了两块钱车钱。"

拉三轮的说："大少爷，没钱能捧角儿吗？我盯了你可不止一天了！"

拿刀的说："少废话，搜！"

搜了个一佛出世二佛朝天，果然只有两块钱，一块连卖零件也没人要的老卡字表。拿刀的一怒啪啪打了那五两个嘴巴，厉声说："把衣裳脱下来！"

那五从里到外，脱得只剩一条裤衩。然后就垂手站在那儿乱颤。现在他不害怕了，可觉着冷了，上牙直打下牙。

拉三轮的说："皮鞋！"

那五说："您留双鞋叫我走道啊！"

拿刀的说："往哪儿走？上派出所报告去？脱下来！"

那五弯腰脱鞋，只觉后脑勺叫人猛击了一掌，就背过气去了。等他醒来，发现鞋倒还在脚上。可天还不亮，赤身露体的上哪儿去呢？只好站起来活动活动筋骨，浑身冻得都透心凉了。

慢慢地有了脚步声，有了咿咿呀呀喊嗓儿声。"我说驸马，你来到我国一十五载……"有人一边说白一边走了过来，听声儿是个女的。那五赶紧又躲到树后头。约莫过了半个时辰，天渐渐透白了，有个人弯腰驼背地从他身后慢慢走了过去，那五喊了声："先生……"

那人停下来，朝这边望望，走了过来。那五眼尖，还差六七步远就认出来是拉胡琴的胡大头！

"胡老师！"那五哇的一声哭了起来。

"怎么着？那少爷呀？怎么总不来园子采访了？上这儿练功来了！哭什么？云奶奶老了？"

"哪儿啊，我叫人给扒光了！"

"咳，这是怎么说的！"胡大头赶紧把自己大褂脱下来给那五披上，可他里边也只有一件没有袖儿的汗背心。看看那五，又看看自己说："不行，这一来不光您动不了窝，我也没法儿见人了。这么着，你先在这儿等会儿。我找左近人家去借件衣裳。你可别乱动。要不叫巡警看见说你有伤风化，还要罚大洋五毛！"

"这是到了哪儿了？还有巡警吗？"

"嗨，您怎么晕了，这不是先农坛吗！"

胡大头又把褂子要回去，穿得整整齐齐走了。那五端详一下方位。冤哉，这儿离清音园只隔着一道街，记得东边把角处还有个挂着红电灯罩的派出所！这时天大亮了，喊嗓的、遛弯的越来越多。那五躲在树下再也不敢动弹，那模样不像被人扒了，倒像他偷了别人的靴掖子！

不到一顿饭时，胡大头领着武存忠来了，武老头还有老远就喊："人在哪儿呢？人在哪儿呢？"那五闻声站了起来。武存忠定神一看，哈哈大笑。捋着胡子说："我当是谁呢，听风楼主啊，怎么上这儿喝风来了？快穿上衣裳嘛！再冻可成了伤风楼主了！"

那五接过武存忠的包袱，一看是块蓝粗布，先皱了皱眉头。打开再一看，是一身阴丹士林布裤褂，洗得泛了白，领子上还有汗渍，又吸了口气。武存忠说："这是我出门做客的衣裳，您将就着穿。干净不干净的不敢说，反正没虱子。"那五穿好衣裳，武存忠就请他们一道到家去吃点心。那五问："你们二位早就认识？"胡大头说："我天天在这坛根遛弯，常去看老先生打绳子，见面就点头，没说过话！"

武存忠的家就在坛根西边。远对着四面钟，门口一片空场，堆着几垛稻草。稻草垛之间，有两帮人练武。一帮是几个半大孩子，由一个青年人领着练拳。那青年手里拿根藤棍，嘴里叫着号："嘣，劈，专，炮，横！"另一帮是两个小丫头自己在练剑。一边自己念叨："仙人指路，太公钓鱼……"武存忠一边走路，一边指点："小辛，剑摆平，别耷拉头！""你们那炮拳怎么打的！高射炮啊！冲鼻子尖打！"说着话领他们进了个门道，门洞里就摆着架用脚踩的打绳机，地上放了好几盘才打好的粗细草绳。武存忠领他们穿过这里，走进一间小南屋。南屋迎门放好了炕桌，小板凳，桌中间摆了一盘鬼子姜，一盘腌韭菜，十来个贴饼子。武存忠在让座的工夫，他老伴又端来一盆看不见米粒的小米汤。

"没好的，就是个庄稼饭，"武存忠说，"那少爷也换换口味！"那五生长在北京几十年，真没想到北京城里还有这样的地方，这样的人家，过这样的日子。他们说穷不穷，说富不富，既不从估衣铺赁衣裳装阔大爷，也不假叫苦怕人来借钱，不盛气凌人，也不趋炎附势。嘴上不说，心里觉着这么过一辈子可也舒心痛快。

他问："武先生还有点嗜好？"

武存忠说："你是说抽大烟哪？我哪有那个福气，上一回是借地方办事，图那种地方不惹眼！我打一天绳子不够俩烟泡钱，一家人喝西北风去？也当喝风楼主吗？"

那五也笑了起来。喝了几口米汤，他缓过点劲来了，吃了口饼子，也觉着满口香甜。凑趣说："您这嚼谷还真是味，明儿我真来跟您学打绳子吧！"

"您吃不了那个苦！细皮白肉的，干一天手心上就磨得没皮了。您看看我这手是什么手？"

武存忠把一只小蒲扇似的手伸到那五面前，那五摸了把，"哟"了一声，真是又粗又厚。光有茧子没有皮，比焊水壶的马口铁还硬实。

胡大头问那五怎么会遇上恶人的？那五不好意思说和贾家兄妹连手作套摆弄人，只说听大鼓散场晚了，如何如何。大头问他在哪儿听的大鼓？那五说："清音茶社。"

大头摇了摇头说："唉！听大鼓东城有东安市场，西城有西单游艺社。这清音茶社可是您去的地方吗？"

那五说："反正消遣，哪儿不是唱大鼓呢？"

大头说："唱与唱可大有分别。清音茶社里献艺的是什么人？有淌河卖唱的，有的干脆就是小班的姑娘。还有是养人的卖了孩子，在这儿见世面！光叫人抢了几件衣裳还真便宜了！"

那五一听，暗中直咋舌，没想到这里还有许多说道。武存忠听到这里，笑笑说："您要说的是实话，这几件衣裳也许还能找回来。"

那五一听，喜出望外："老先生有把握？"

"那倒不敢说。"武存忠说，"多少有点路子。这天桥管界的合字号朋友，都跟派出所联着，他们有个规矩，不论抢来的偷来的，是现钱是衣物，十天之内不会动它，防备派出所有人来找。过了十天，他们或是卖或是分，照例给局子里一份喜钱。"

那五说："那么我马上去报案。"

武存忠说："只要一报案，当天可就销赃。东西留着不是等报案，凡是报案的都是没门子的。"

那五说："那怎么办呢？"

武存忠说："我也不知道怎么办，不过可以托人打听一下。还是那句话，得是偷的抢的。若是报私仇，斗势力，后边别有背景，派出所管不到这个范围，所以我问你是不是实话。"

那五脸红一阵，摇摇头说："话是实话。东西不用找了，这点玩意儿我买得起，犯不上再劳您费心。"

那
五

455

武存忠笑笑，再没说什么。

吃过饭，胡大头就要送那五回家，那五心想穿这一身苦大力的衣裳进城，难以见人，就说：

"我把衣裳穿走怎么办，不耽误武老先生用吗？麻烦您上云奶奶那儿给我取一身衣裳来。我在这儿等着。"

武存忠不明白那五的心理，忙说："你穿走吧，有空送来，没空先放在那儿，我不等穿。"

大头明白那五的意思，心里嫌他这股死要排场劲，就说："不瞒您说，我送您回家是顺路上票房去说戏。下午、晚上又都上园子，我哪有空再来接您呢！作艺吃饭的人，工夫就是棒子面，我哪有半天的闲工夫？"

那五只得和胡大头一同告辞。出来时草绳机已经开动了。只见满屋尘土草屑，呛得睁不开眼，那个叫号练拳的小伙子赤着胸背，一边踩踏板，一边往机器里续草。那两个练剑的小姑娘头上包了毛巾，蹲在地上盘绳子。那五看了看，觉着实在不是他能干的营生。疾走几步穿过那过道，让武老先生留步。

武存忠拉住那五的手说："我和您祖父有一面之缘，又比您虚长几岁，我就卖卖老，嘱咐您几句话。"

"您说，您说。"

"依我看家业败了，也未见得全是坏事。咱们满族人当初进关的时候，兵不过八旗，马不过万匹。统一天下全靠了个人心向上立志争强。这三百年养尊处优，把满洲人那点进取性全消磨尽了，大清不亡，实无天理。家业败了可也甩了那些腐败的门风排场，断了四体不勤五谷不分的命脉，从此洗心革面，咱们还能重新做个有用的人。乍一改变过日子的路数，为点难是难免的，再难可也别往坑蒙拐骗的泥坑里跳。尤其是别往日本人裤裆下钻。宣统在东北当了儿皇帝，听说北京有的贵胄皇族又往那儿凑。你可拿准主意。多少万有血性的中国人还在抗日打仗。他们的天下能长久吗？千万给自己留个后路！"

那五说："这您倒放心。政界的边我是一点也不敢沾。我没那个胆量！"

武存忠几句话说得那五脸上直变色，越琢磨越不是滋味。他忽然感觉到：原以为自己与贾凤楼合伙捉弄人的，到头来倒像是自己叫人捉弄了。原来自己不光办好事没能耐，做坏事本事也不到家！不由得叹了口气！

胡大头错会了意，就说："武先生说的是好话，你别挂不住。依我看，你也该找个正当职业，老这么没头苍蝇似的不是办法！前些天听说你又辞了画报的事。这我倒赞成。那些报棍子吃艺人、喝艺人，还糟蹋艺人，梨园界没有人不骂的！"

那五说："就算我想改弦更张，干什么去好呢？"

胡大头说："只要拉下脸来，别看不起卖力气活，路还是有的。"

那五想了想："您教我唱戏怎么样？"

大头笑了出来，说道："少爷呀少爷，您算是江山好改禀性难移了。这张口饭是这么好吃的吗？坐科是八年大狱呀！出来还要再认师傅，何况您都这么大岁数了。按我跟府上的交情，给您说几出戏算什么，可那能换饭吃吗？"

那五说："我也不求下海，也不想成名。能会几出在票房混混，分俩车钱，拿个黑杵儿就行！我小时候跟我爸爸学了几段，您不还说过我有本钱吗？"

胡大头看出这那五是不会安分守己一本老实地谋生活了，便不再进言。

云奶奶见那五半夜没回来，急得整宿没睡，一早起来就给菩萨上香，祷告许愿，求佛爷保佑少爷别出差错，让她死后难见老太爷，看到那五这么个打扮回来了，城不城乡不乡，粗布裤褂又大又肥，脚下却一双锃亮新皮鞋，实在哭不得笑不得。及至听说他遇了险，又哆哆嗦嗦地劝告，求那五安生在家，再也别去惹祸。她拿衣裳给那五换过。把武存忠的衣裳洗干净，压板正，又不声不响放了两块钱在那衣裳口袋内，等武存忠来取。过了两天，胡大头来了，说是来东城票房说戏，顺便把衣裳给武老头带回去。

云奶奶说："又劳动您了不是，好歹赏个脸，吃了饭再走，要不我心里不落忍。"

胡大头在府里原是见过这姨奶奶的，也就不客气。喝茶的工夫，那五又提学戏的事，大头哼哼哈哈，不说准话。过一会儿那五出去买菜去了，云奶奶就问："刚才怎么个话头儿？"

大头就说那五想跟他学戏。"老太太，您想想十年能出个状元，可未必出个好戏子，他这么大岁数了，能吃那个苦吗？这不是又云山雾罩吗？"

云奶奶说："胡大爷，看在我面上，您收了吧。我不求他能挣钱，只要有个准地方去，有件正经事拴住他，他没空再去招三惹四，您就积了大德了！"

大头想了一想，等那五回来时，就对他说："您要学戏也行，一是进票房跟大伙一块儿学，我不单教；二是你可别出去说你是我的徒弟！"

那五说："这都依您，就这票房得出钱，我有点发怵！"

大头说："这你放心，我带着你去，他们不能收费。"

从此那五就学了京戏。

这票房有穷富之分，票友有高下之别。一等票友，要有闲，有钱，还要有权。有闲才能下功夫，从毯子功练起；有钱才能请先生，拜名师，置行头；有权才能组织人捧场，大报小报上登剧照，写文章。二等的只有钱有闲，也能出名，可以租台子，请场面，唱旦的可以花钱拜名师。然后请姜妙香、言菊朋等名角傍着唱。三等的既无钱又无权，也要有条好嗓子，有个刻苦劲，练出点真本事，叫内外行都点头，方能混饭吃。那五算哪一等呢？他只是跟着胡大头，作为朋友，到票房玩玩。跟着转了两年，学会几出不用多身段的戏：《二进宫》《文昭关》《乌盆记》。别人花钱租行头、赁场子也没有让他过瘾的道理，所以一直没上过台。

日本投降前，云奶奶给人洗洗缝缝，还能挣口杂合面。国民党一回来，贪污盗窃，投机倒把，苛捐杂税，没有谁做新衣裳了，也没有谁把衣服送出去洗了。只得让那五搬到北屋与她同住，南房腾空，贴出一张招租的条儿去。这时房子也并不好租。因为解放军节节胜利，有钱人、当官的纷纷南逃，空下不少房子。普通百姓能将就则将就，物价一天三涨，谁还有心搬家换房？云奶奶当尽卖空，三天两头断顿儿了。

那五没机会上台，总得想法混饱肚子。那时社会上不光有唱戏的票友，还有"经历科"的票友，专门约业余演员凑堂会。那五先是经这些人介绍到茶馆唱清唱，后来又上电台去播音。茶馆只给很少一点车钱，电台连车钱也不给，但是可以代播广告收广告费。三个人唱《二进宫》，各说各的广告。杨波唱完"怕只怕，辜负了，十年寒窗，九载遨游，八进科场，七篇文章，没有下场"，徐延昭赶快接着说："妇女月经病，要贴一品膏，血亏血寒症，一贴就能好。"徐延昭唱完"老夫保你满门无伤"，杨波也别气似的忙说："小孩没有奶吃是最可怜的了，寿星牌生乳灵专治缺奶……"

电台有个难得的好处，就是广播时报名。唱上几回，那五的名字在听众中有了印象。南苑飞机场的地勤人员办个业余剧团，请正式的艺人来教戏没人敢去，转而找到电台。请清唱的人去教。说好管吃管住，一月给两袋面。那五一想，这比在电台磨舌头有进项，就应邀去了南苑。到那儿一看，所谓管住，不过是在康乐部地板上铺个草垫子，放两床军毯。而管吃呢，是开饭时上大灶上领两个馒头一碗白菜汤。想不干吧，又怕得罪老总们挨顿臭打。硬着头皮待下来了。好处也是有的，大兵们个个是老斗，你怎么教他怎么唱，决不会挑眼。

那五教了一个月，还没教完一出《二进宫》，解放军围城了。两边不断地打枪打炮。他一想不好，再不走国民党拉去当了兵可不是玩的，就押去挖战壕也受不了！死说活说要下两袋面来，离开飞机场，找个大车店先住下。这两袋面怎么弄走呢？跟大车吧，已经没有奔城里去的车了。雇三轮吧，三轮要一袋面当车钱，他舍不得。等他下狠心花一袋面时，路又不通了。急得他直拍着大腿唱《文昭关》。唱了两天头发倒是没白，可得了重感冒。接着又拉痢疾。大车店掌柜心眼好，给他吃偏方，喝香灰，烧纸，送鬼，过了一个多月才能下地，瘦得成了人灯。他那一袋面早已吃净，剩下一袋给掌柜作房钱。掌柜的给他烙了两张饼送他上路。就这么点路，他走了三天才到永定门。

来到家门口，大门插着，拍了几下门，里边有了回声，一个女的问："谁呀！"

那五听着耳熟，可不像云奶奶。看看门牌，号数不错。就说："我！"

"你找谁？"

"这是我的家！"

门哗啦一下打开了，是个年轻的女人。两人对脸一看，都哟了一声。还没等那五回过味来，那女人赶紧把门又推上了。那五使劲一推门，一个踉跄跌进门道里，那女人赶紧又把门关上，插好，朝那五跪了下去。

"五少爷，咱们远无冤近无仇的，您就放我条活命吧。以前的事是贾凤楼干的，我是他们买来挣钱的，没有拿主意的份儿呀！"

"别，别，凤姑娘，您这是打哪儿说起。我没招您惹您，您怎么找到我家里来了？"

云奶奶这时候赶到。直着眼看了一会儿，先把凤魁拉起来，又把那五扶起来。把两人都叫进屋，才问怎么档子事。那五说："我差点没死在外头，好容易挣命奔回来，我知道是怎么档子事？"

凤魁这才知道那五确是这一家的人，不是来抓她的，后悔吓晕了头，再也瞒不住自己身份了。这才说她租云奶奶房住时隐瞒了真情。她从小卖给贾家，已经给他们挣下了两所房子。现在外边城围得紧，里边伤兵闹得凶，没法演唱了，贾家又打算把她卖给石头胡同。楼下醉寝斋主暗暗给她送了信，她瞅冷子跑出来的。先在干姐妹家藏着，后来自己上这儿找了房。说完她就给云奶奶跪下磕头说："我都说了实话了。救我一命也在您，把我交给贾家图个谢礼也在您！我不是没有良心的人，您收下我，这世我报不了恩，来世结草衔环也报答您。"

云奶奶叹口气，拉起凤魁说："我也是从小叫人卖了的。要想害你早就把你撅出去了。你一没家里人看你，二没有亲朋走动，孤身一人，听见有人敲门就捂心口，天天买菜都不出门，叫我给你带，我是没长眼的？早觉着你有隐情了，只是看你天天偷着哭鼻子抹泪，咱娘俩又没处长，我不便开口问就是了。我没儿没女，你就做我闺女吧。不修今世修来世，我不干损德事！"

凤魁痛痛快快地叫了声："妈！"娘俩搂着哭起来了。那五说："你们认亲归认亲。这凤姑娘总这么藏着也不是事，纸里还能包住火吗？"

云奶奶说："你看这局势，说话不就改天换地了？那边一进城，这些坏人藏还藏不及，还敢再找人？放坏？"

那五沿途过了解放军几道卡子，看到了阵势。点头说："这话不假，那边兵强马壮，待人也和气，是要改天换地的样儿。"

云奶奶问凤魁和那五是怎么认识的。凤魁不肯说，云奶奶生了气："你还认我这妈不认了？"

凤魁说："少爷就是听过我的玩意儿。"

云奶奶说："不对，那不至于一见面你就吓得跪下！"

凤魁无奈，只好遮遮掩掩地说了一下那五架秧子的经过。云奶奶脸上红一阵白一阵什么也不说，只是拿眼看看那五。那五在一边又搓手，又跺脚，还轻轻地打了自己一个嘴巴说：

"我也叫人蒙在鼓里了不是！"

凤魁也替那五开脱说："这都是贾凤楼的圈套，五少爷是不知细情的！"

云奶奶朝门外作了个揖说："那家老太爷您也睁眼瞅瞅。这大宅门里老一代少一代净干些什么事哟！"

凤魁很讲义气，把她偷带来的首饰叫那五拿出去变卖了，三口人凑合生活。又过了个把月，北平和平解放了。云奶奶和凤魁这才舒了口气，可就是那五仍然愁眉不展的。凤魁问他：

"有钱有势的地痞恶棍怕八路，是怕斗争、怕共产。您愁个什么劲呢？"

那五说："你不出去，你也没看布告。按布告上讲，八路军在城市不搞乡下那一套。有钱的人倒未必发愁，可就是我没辙呀！八路军一来，没有吃闲饭这一行了，看样不劳动是不行了。"

凤魁说："您还年轻，学什么不行？拉三轮，淘大粪什么不是人干的？您读书识字，总还不至于去淘大粪吧！"

"说的也是，我就担心没有人要我。"

十三

过了些天，段上的巡警来宣布：凡是在北京的国民党军政人员，全算起义。在家眯着的可以到登记站报到。能分配工作的分配工作，要遣散的可以领两袋白面和一笔遣散费。那五在街上看看穿军装的八路和穿灰制服的干部，待人都挺和气。就把他从飞机场拣来当小褂穿的一件破军装叫云奶奶洗了洗，套在棉袄外边，坐车上南苑登记站去。登记站门口排了好长队。老的、少的、瞎子、瘸子都有，个个穿着破军装。那五就在后边也排上。好大工夫他才进了屋。屋里一溜四个桌子，每个桌子后边都坐着军管会的人。那五看到最后一张桌是个十几岁的小兵，就奔他去了。

"劳您驾，我报个到。"

"叫什么名字？"

"那五。"

"哪个部门的？"

"南苑飞机场，我是国民党空军。"

"什么职务？"

"教员！"

那小兵去到身后，从一大沓名册中找出一本翻了一遍，放下这本换了一本，又翻了一阵。

"你是什么教员？"

"唱戏的教员。"

"归哪一科？"

"没有科，票房的！"

这时另一个桌上有个四十多岁的人就走了过来，上下看看那五说："一个月多少饷？"

那五说："管吃管住，一个月两袋面。"

四十多岁的人对那小兵说："你甭翻了，国民党军队没这么个编制！"又对那五说："要有军籍才算起义士兵，你不在册。"

那五说："那么我归谁管呢？也得有个地方给我两袋面吧？"

四十多岁的说："你教什么戏？"

"国剧！我唱老生。这么唱：千岁爷……"

"知道了，你上前门箭楼，那儿有个戏曲艺人讲习会，他们大概管你！"

面虽没领到，可是摸到了解放军的脾气，这些人明知你是唬事儿，也不打你骂你。那五挺高兴。回家把军装脱了，又换上件棉袍，坐电车奔了前门。

前门对着火车站，人山人海。还有人在箭楼下泼了个冰场，用席围起来卖票滑冰。他好容易才找着道上了楼梯。刚一进门楼，就碰上一个二十多岁、白白净净、浑身灰制服又干净又板正的女干部。她问那五："您找谁？"

"听说这儿有个艺人学习班，我来登记。"

"噢，欢迎，进屋吧。"

原来门楼里还隔开了几间屋子。那五随女干部进了把头的一间。女干部在窗前坐下，让那五坐在她对面："叫什么名字？"

"那五。"

"什么剧种？"

"国剧，现在叫京剧。"

"哪个行当？"

"老生。"

"哪个班社的？"

"我，我没入班社。"

"那怎么唱戏呢？"

"上电台，也上茶馆。"

"您等等吧。"

女干部转身出去了。过了一会儿回来对他说："我打电话问了老梨园公会的人，没有您这一号啊！"

"我确实靠唱戏吃饭！"

"谁能证明呢？"

那五眼睛一转，立刻说："我师傅，我师傅是胡大头！我是胡大头的徒弟。"

女干部笑了："你师傅叫胡宝林吧？"

"哎，就是他。"那五心里直打鼓，他不知道胡大头还有别的名字，这名字是不是他。

女干部又出去了。一会儿领进一个人来，这人也穿一身崭新的灰制服，戴着帽子。那五一看正是胡大头。忙叫："师傅！"

"哎哟，我的少爷！"胡大头跺着脚说，"如今是新中国了，您也得改改章程不是？可不许再胡吹乱谤了！您算哪一路的艺人呀？"

那五说："算什么都好说，反正得有个地方叫我学着自食其力呀！"

胡大头说："您找武存忠去！他有俩徒弟是地下工作者。他们正成立草绳生产合作社，他能安排人。"

女干部听得有趣，忙问："这位先生，你到底是干什么的？"

胡大头说："他要填表可省事，什么也没干过！"

那五说："您怎么这么说呢？我不还当过记者吗？"

胡大头顶了他一句："对，您当过记者！还登过小说呢！"

女干部睁大眼睛问："真的，登过小说？"

那五说："登是登过，不过，没写好……"

女干部责任心很强，她虽然分工管戏曲，可是她那机关也有人管文学，就叫那五回家把他的原稿、当记者时的报纸全拿来，另外写一个履历表。

那五一看有缓。千恩万谢出了门。下午就把女干部要的东西全抱来了。他犹疑了一下，没说那本《鲤鱼镖》是买别人的。万一女干部说那书不好，再说明这来历也不迟。

女干部当晚就看了他的履历，又花几个晚上看了小说和报纸。终于得出结论：此人祖父时即已破产，成分应算城市贫民。平生未加入任何军、政、党派，政治历史可谓清楚。办的报纸低级黄色，但并没发表反共文章或吹捧敌伪或国民党的文章，不存在政治问题。小说虽荒诞离奇，但谈不到思想反动。文字却是老练流畅，颇有功底。对这样的旧文人，按政策理应团结、教育、改造。等那五三天后来问消息时，她已和某个部门联系好了，开封信叫他上一个专管通俗文艺的单位去报到。

正是：错用一颗怜才心，招来多少为难事！此后那五在新中国又演出些荒唐故事，只得在另一篇故事中再作交代。

原载《北京文学》1982年第4期

中国作家协会1981—1982年全国优秀中篇小说

那
五

高山下的花环

李存葆

记不清哪朝哪代哪位诗人，曾写过这样一句不朽的诗——"位卑未敢忘忧国"。

——作者题记

引子

在哀牢山中某步兵团三营营部，在赵蒙生的办公室里，我和他相识了。

寒暄之后坐下来，便是令人难挨的沉默。赵蒙生是这三营的指导员。他出生于革命家庭，其父是位战功赫赫的老将军，其母是位"三八"式的老军人。三年前在对越自卫反击战中，他荣立过一等功。三年多来，他毫不艳羡大城市的花红柳绿，默默地战斗在这云南边陲。另外，他还动员他当军医的爱人柳岚，也离开了大城市来到这边疆前哨任职。

在未见到他之前，军文化处的一位干事简介了上述情况之后，对我说："你要采访赵蒙生，难啊！他的性格相当令人琢磨不透。他的事迹虽好，却一直未能见诸报章，原因就是他多次拒绝记者对他的多次采访！"

脾气怪？搞创作的就想见识一下有性格的人物！

见我执意要去采访，文化处那位干事给赵蒙生所在团政治处打罢电话，又劝我说："李干事，算了，别去了，去也是白跑路。团政治处的同志说了，三天前赵蒙生刚收到一张一千二百元的汇款单，那汇款单是从你们山东沂蒙山区寄来的。赵蒙生为那汇款单的事两宿未眠，烦恼极了！"

一张汇款单为啥会引起将门之子的苦恼，这里面肯定有文章！于是，我更是毫不迟疑地乘车前往。

此时，我虽见到了他，但他一句"没啥可谈"，便使我吃了"闭门羹"。

坐在我们一旁的是营部书记（注：营部书记是做文书工作的，相当于排职干部）段雨国。像是为了要打破这尴尬的局面，他起身给我本是满着的茶杯，又轻轻添进一丝儿水。

赵蒙生仍是一声不吭。他是个非常英武的军人。从体形到面容，都够得上标准的仪仗队员。显然是因为缺乏睡眠的缘故，此时他那拧着两股英俊之气的剑眉下，一双明眸里布满了血丝，流露着不尽的忧伤和悲凉。难道还是为那汇款单的事而苦恼？也许他也受不了这样的沉闷，他摘下了军帽。我这才发现他额角右上方有道二指多宽的伤疤。我正琢磨着该怎样打破这僵局，想不到他竟开口了："听口音，您像山东人？"

"对，对。我老家离沂蒙山不远呢。"

"您在济南部队工作？"

"我是济南部队歌舞团的创作员。"

"那么，您怎么会来这云南……"

我连忙告诉他，三年前的初春，在总政文化部的统一组织下，我曾有幸来过这云南前线跟随参战部队，经历了那场世界瞩目的对越自卫还击战。我这次来的目的，是想访问一些三年前在战场上涌现出来的英雄人物，如今又是怎样生活和战斗的……

"噢。"他出于礼貌点了点头。

见采访火候已到，我忙说："赵教导员，您能否给我谈一谈，您是怎样说服您的爱人柳岚同志来边疆的……"

"啥？让我瞎吹柳岚呀！那真是可悲可叹！"他连连摇头，自嘲地接上道，"柳岚休探亲假去了，她现已超假二十多天未归队！我们正准备打报告给她处分。小段，你证实，这可不是瞎说吧！"

书记段雨国约有二十三四岁，白皙皙的脸蛋上挂着书生气。他很是认真地对我说："对。柳军医超假已二十二天了。可她有病假条。"

"那病假条绝对是骗人的鬼把戏！"赵蒙生愤慨地对我说，"柳岚军医大学毕业后分到我们这里还不到一年，就多次嚷着要脱军装转业，说这里绝对不是人住的地方。看来，要让她继续留在这边防，那是'蜀道之难，难于上青天'！"

他说罢，又陷入了痛苦的沉思之中。

　　眼下是三月，我临离开济南时刚见过一场大雪，而这地处亚热带的滇边，竟是酷热难当了。屋外，树上知了的叫声响成一片，我心中涌起阵阵燥热。看来，我这次采访也将是毫无收获了。

　　过了会儿，他竟又开口了："既然您是从山东来的，那么，先请您看看这……"

　　他递给我的，正是那张一千二百元的汇款单！汇款单是从山东沂蒙山区枣花峪大队寄来的。上面写有简短的附言：

　　　　蒙生：这是三年多来你寄给梁大娘的钱，现全部如数给你寄回，查收。

　　"汇款单是前天寄来的。我真搞不清梁大娘为啥把钱全部退给我……"赵蒙生用拳头捶了下头，脸抽搐着，痛苦异常。

　　沉默了一大会儿，他才静下心来对我说："在自卫还击战前前后后，我有过非同寻常的经历。也许有了那段经历，我才至今未离开边防前哨。"稍停，他望着我，"您要有兴趣的话，我倒可以把那段经历讲给您听听。"

　　我连连点头："好。您讲吧。"

　　他站起来："先请您看一下这两幅照片——"

　　我这才发现，他的办公桌上方的墙上，并排挂着两帧带相框的照片。他指着左边的相片说："这张放大了的六寸免冠照，是我要讲述的故事中的主人公。他名叫梁三喜，老家在山东沂蒙山。他原是我们三营九连连长，在还击战中壮烈殉国。当时，我是九连的指导员。"

　　还未等我仔细端详烈士的遗容，他又指着右面那张十二寸的大照片说："这是梁三喜烈士一家在他墓前的留影，这衣服上打着补丁的白发老人，是烈士的母亲梁大娘。这身穿孝服的年轻媳妇，是烈士的妻子韩玉秀。玉秀怀中抱着的是梁三喜未曾见过面的女儿，名叫盼盼。"

　　我们又坐下来。赵蒙生的表情仍很沉重。

　　我从旅行包里取出小型录音机，轻轻装上了磁带。然而，赵蒙生却向我摆了摆手："别急。在我讲述之前，我得向您提出三点要求，当您认为我的要求您能接受时，我才有可能对您讲下去。"

　　"哪三点呢？"我轻声问。

　　"其一，当您把我讲述的故事写给读者看的时候，我希望您不要用华丽的辞藻去打扮这个朴实的故事。要离部队的实际生活近些，再近些。文学是要有审美价值的，而朴实本身不就是美吗？"

想不到跟前这教导员竟如此有文学修养！他说的全乃行家之言，我当即点头同意。

"其二，当前读者对军事题材的作品不甚感兴趣。我看其原因是某些描写战争的作品却没有战争的真情实感，把本来极其尖锐的矛盾冲突磨平，从而失去了震撼读者心灵的艺术力量。别林斯基说过，缺乏戏剧性的长篇小说，是生气索然而沉闷的。这话有道理。但有的作者为追求戏剧性，竟凭空编造故事，读来则更令人感到荒诞不经。这里先请您放心，我的亲身经历，本身已具备了戏剧性。不过，在我进行必要的铺垫和交代时，您开始会感到有点儿沉闷，但希望您不要打断我的讲述。我请求您耐心地听下去。您最终便会知道，这个真实生活中发生的故事，即使石头人听了也会为之动情，为之落泪的！"说罢，他望着我，"您能不加粉饰地把它记录下来吗？"

我再次点头表示从命。

"其三，在这个故事中，我和我妈妈都扮演了极不光彩的角色。您必须如实描绘生活中的'这一个'，如果您稍将'这一个'加以美化的话，这个故事不是大减成色，便是不能成立了。因此，这是三点中至关紧要的一点。"

我大感不解。

这时，书记段雨国对我说："在教导员讲述的故事中，我也是个很不光彩的角色。但我也诚恳地企望，您切莫对我笔下留情！"

呵，又出来一位"这一个"，我更不解了！"我提的三点，尤其是第三点，您能接受吗？"赵蒙生催问我。

我急于听到下文，连忙点头同意。

以下，便是赵蒙生的讲述——

一

我记得非常清楚，那是一九七八年九月六日。

我离开军政治部宣传处，下到九连任指导员。我原来的职务是宣传处的摄影干事，那可是既美气又自在的差事呀。讲摄影技术，我不过是个"二混子"。加上我跟宣传处的几位同志关系处得也不太好，我要求下连任职，是他们巴望不得的事。

我不多的家当，两天前就由团后勤处的卡车捎到了九连。当团里用小车送我到九连走马上任时，我随身只带着个小皮箱。皮箱里装着一条大中华烟，还有一架"YASHIKA"照相机。那架进口照相机，是我八月份回家休假时，妈妈托人给我从侨汇商店里买的。当我把公家的照相机移交之后，高兴时我还可以玩玩这"YASHIKA"。

当时，九连的驻地并不在这边防前哨，离这里少说也有千里之遥。营房也是设在阒无人迹的深山沟里。

我和梁三喜及九连的排长们第一次见了面。

梁三喜两手紧紧握着我的手，煞是激动："欢迎你，欢迎你！王指导员入校半年多了，我们天天盼着上级派个指导员来！"

看上去，梁三喜是个"吃粮费米、穿衣费布"的大汉，比我这一米七七的个头，少说要高出两厘米。那黝黑的长方脸膛有些瘦削，带着憨气的嘴唇厚厚的，绷成平直的一线。下颌微微上扬。一望便知，他是顶着满头高粱花子参军的。

他望着我："指导员，有二十六七岁了吧？"

我说："咱可不是'选青'对象，都三十一啦！"

"这么说咱俩是同岁，都是属猪的。"他笑着，"可看上去，你少说要比我小七八岁呢！"

"连长，你也学会'逢人减岁，遇货加钱'啦！"站在我身旁的一位排长对梁三喜说罢，又滑稽地朝我一笑，"行啦，一个黑脸，一个白脸，你俩这一对猪，今后就在一个槽子里吃食吧！"

梁三喜忙给我介绍说："这是咱连的滑稽演员，炮排排长！"

"靳开来，靳开来！"炮排长靳开来握着我的手，"不是啥滑稽演员，是全团挂号的牢骚大王！"

梁三喜接着把另外三位排长一一给我介绍。

外表比我老气得多的梁三喜，又诚恳地对我笑着说："行呀，今后你吹笛儿，我捏眼儿，一文一武，咱俩配个搭档吧！"少停，他叹口气，"咳！副连长进了教导队，副指导员因老婆住院回去探家了。这不，连里就我和这四员大将连轴转，你来了，就好了。要不然，今年我的假就休不成了！"

靳开来接上道："连长，干脆，明天你就打休假报告，争取下个星期就走！别光给韩玉秀开空头支票了，让人家天天在家盼着你！"说罢，他转脸对我，"奶奶的，连队干部，苦行僧的干活！"

看来，我的搭档们都不是"唱高调"的人。这，还算是对我的心思。

紧急集合号声骤起。那刷刷的脚步声告诉我，要让我"宣誓就职"了。

"同志们！"梁三喜郑重地把我介绍给大家，"这是新来的赵指导员！"

如雷的掌声过后，队列里鸦雀无声。

我当摄影干事时曾下连拍摄过队列照片。但如此整齐的队列，我却第一次见到。四行队伍成四条笔直的一线，个个收颔挺胸，纹丝不动。连队是连长的镜子，我顿时觉得梁三喜可能是位带兵极严的连长……

"同志们，赵指导员是主动要求下到我们九连的！他从大机关里来，文化高，有水平！"他用威严的目光扫视了一下队列，与适才那轻言慢语的声调判若两人，"同志们不要有丝毫的误解，赵指导员既不是下连代职锻炼，更不是到这里来体验生活的，上级正式任命他为我们九连的指导员！他的行李和组织关系等等，全一锅端来了！今后，大家遇事要向他多请示，多报告。军人么，服从命令是天职，大家要坚决服从指导员的指挥！请指导员讲话。"

掌声又起。可爱的士兵们鼓掌也总是拿出拼刺刀的劲头！

"同志们！我……水平不高，我缺乏经验，我……愿和大家一起，把咱连的工作搞好。我……讲完了。"

我本是个侃侃而谈的人，但众目睽睽之下，我的"就职演说"却是如此简短。全连解散后，我仍觉得脸上热辣辣，心跳如鼓。柯涅楚克在《前线》一剧中塑造了一个绝妙的艺术典型客里空，眼下我在生活中正充当着客里空的角色。但我又缺乏客里空的演技——撒起谎来可以百倍认真而心不跳、脸不红。

演戏，我分明是在演戏！滑稽剧？恶作剧？还是真正的悲剧！指导员——党代表，我是在亵渎这神圣而光荣的称号啊！

有些城镇入伍的战士把参军当成"曲线就业"，我甘愿从军机关下到九连任职，玩的是"曲线调动"的鬼把戏。

我出生于军人之家。授衔时爸爸是少将，妈妈是中校。记得我上四年级时，我曾跟一位同龄的伙伴，为争论谁爸爸的官大而大动干戈："赵蒙生，别瞎吹，再吹你爸爸也是一个豆！俺爸爸是'双铁轨'，四个豆！"

"'双铁轨'顶啥用！"我反驳说，"我爸爸一个豆是金豆，是将军豆！你爸爸四个豆是银豆，是校官豆。银豆比起金豆来，差远了！"

"你瞎吹！"

"瞎吹？你回去问问你爸爸，我爸爸让他立正，他不敢稍息！"

于是乎，拳来脚往，俺俩打得不可开交。

这事让我爸爸知道了，我挨了爸爸一顿好揍，我从来没见爸爸发那样大的火。我哭着到妈妈怀中撒娇，谁知妈妈竟也一把推开我，让我站好，严厉地训斥我："什么官不官的，官再大也是人民的勤务员！记住，你是红军的后代，长大了要为人民服务！"……

那阵儿，爸爸妈妈对我要求极严。他们坐的小车从来都不让我坐，我穿的衣服也是姐姐穿下来之后改做的。妈妈经常给我讲述战争年代的艰辛生活和英雄人物，还有意识地给我买些这方面的画书。我印象最深的是《卓娅和舒拉的故事》，还有盖达尔的《帖木儿和他的伙伴们》。读了之后，我和小伙伴们便像帖木儿那样去做好事。清晨送身残的同学上学，放学后给烈军属买粮食，大冬天到教室里帮助工友生炉子。每逢暑假，老师便带我们到郊外过夏令营。面对熊熊燃烧的营火，我们憧憬着未来，崇拜卓娅和舒拉，更崇拜董存瑞……

六五年军衔取消了。然而，用童心可以拥抱生活的岁月却变得浑浊了。

六七年我参军时，爸爸已被关押起来。几经交涉，妈妈领我见到爸爸。妈妈悄声对爸爸说："总算有门路了，蒙生可以当兵了！"

爸爸从铁栅栏里伸出手，颤抖地抚摸着我的脸："孩子，莫哭，战士有泪不轻弹嘛。去吧，到有枪声的地方去锻炼！要记住你为啥叫蒙生，要记住你是军人的儿子！"

就这样，我来到了这个军。这个军是当年从山东南下过来的。军、师、团三级现任领导中，不少人是我爸爸的老部下。我曾洒泪感激正直豪爽的军中前辈，在爸爸蒙难之时，他们念及战争岁月的生死之交，对我精心关照……

十年动乱，摧残了多少人才。权力的反复争夺，又使多少人茅塞顿开，学得"猴精"呀！人为万物之灵，极具谋求生存的本领，是适应性最强的动物。在那你死我活的政治旋涡中，心慈的变得狠毒，忠厚的变得狡猾，含蓄的变得外露，温存的变得狂暴……造物主催化万物的奥妙，是在一个"变"字呀！

职位再高的人也是人，人都具有可塑性。妈妈本是军区卫生部副部长，不知从何时起，她已像"外交家"一样极善于周旋了。当五千年古国文明史上首屈一指的"演员"林彪摔死之后，我爸爸"华野山头黑干将"的问题澄清了，又恢复了职务。妈妈的"外交才华"，更是熠熠生辉……

妈妈的"外交内容"事无巨细，颇为繁杂。比如为老战友搞些难搞到的药品啦，补养品啦；又如哪位老同事想当候鸟，随着季节的变换要由北去南或由南去北疗养啦，妈妈便不遗余力地挂长途电话联系，把求上门来的老同事安排到称心之地……最能体现妈妈"外交才华"的是送女同胞参军。那阵儿，城里的父母们一面高呼"广阔天地，大有作为"，一面却在为子女们苦苦寻求出路。

尤其是女孩子，不管是高墙深宅的闺秀还是普通人家的千金，大都把穿上军装当作梦寐以求的最高理想。我的姐姐是六二年凭考分进了上海军医大学的，用不着妈妈再操心。我的两个妹妹是同一天穿上军装的，我们家一下便成了"全家兵"……

有人暗中估算过，说通过我妈妈的关系穿上军装的姑娘，足能编一个"红色娘子军连"。这实在太夸张了。我了解实情，妈妈送走的女兵也就是十多个，最多能编一个"娘子军班"。

"送走几个孩子当兵犯什么法？保卫祖国是她们神圣的权利和义务！"妈妈常在人面前这样说，"现在北极熊到处挑衅，当兵是去准备流血牺牲的！杨家将，一齐上。打起仗来，让你们瞧瞧俺赵家的全家兵！"

我当然不再相信妈妈的话是出自内心。但我却常常为有妈妈这样的大树作为荫庇，感到莫大的幸福和自豪！

然而，大也有大的难处。因我爱人柳岚上大学的事，妈妈竟遇上了难劈的柴。

七七年夏天，S军医大学来我们军招生。名额只有两个。原则上是通过推荐和考试择优录取。柳岚在军门诊部工作，妈妈费了好大的劲才使柳岚刚刚由护士提升为医助。这时，她又想上大学。于是，远在外军区的妈妈打长途电话来，把柳岚推荐上了。参加考试的有二十多位"娘子军"，柳岚考了个倒数第三，却被录取了。"娘子军"可是不好惹，一旦她们发现自己仅仅是些"陪衬角色"时，她们联名写信到处揭发，说柳岚提医助就是走的关系，这次上大学又走后门。什么"这次招生根本不是才华与智慧的选拔，而是权力与地位的竞争"，言辞尖刻得很。有人提出要组成联合调查组，揭开这次招生的内幕，坚决把柳岚追回来……

妈妈接到我的告急电话之后，像基辛格往返中东搞穿梭外交那样，火速赶到军里。

听我说明事态后，妈妈显得有点紧张，转眼便神态自若。她带着我，先后看望了爸爸的两位老部下。

"……老干部活到今天容易吗？是不是有人嫌我和蒙生他爸挨斗挨得还不狠，受罪受得还不够？是不是军里有人生个法子想整我们？群众有情绪，可以开导教育吃。柳岚的事我是不管，你们看着办！"临别，妈妈朝对方笑了笑，"哎，忘了对您说了。您那老三在我们军区司令部干得很出色呐，群众威信蛮高哞。听说快提副科长了。"

妈妈对爸爸的另一位老部下说："……柳岚考试分数是低了点，那还不是十年动乱造成的！她爸妈都是地方干部，前些年受的罪更是三天三夜也说不完。正因为柳岚文化差，才更应该让她上大学深造呃！不然，没有过硬的技术，怎能让她更好地为人民服务！这些话，你们当领导的得出面给同志们解释呀。"临别，妈妈握着对方的手，"呃，忘了跟您报喜了。您那四丫头在我们总院内二科，根本不用人操心，全凭自己干得好，前几天已入党了。对了，她可是到了找对象的年龄了。可怜天下父母心。这种事，我这当大姨的是得给你们老两口分点忧哪。放心，你们放心。"

一切都在谈笑之间。既不像低级说客那样赤裸裸地进行交易，更不像小商贩那样为头高头低去煞费苦心地拨弄秤砣。然而，我却深悉妈妈话中的潜台词："外交关系"按惯例都是对等的，看来无往非礼也！

柳岚的事总算平息下去了。

前两年要不是活动和等待柳岚提升医助，我和她早就调回爸妈身边去了。当柳岚上大学之后，我的调动便列入了妈妈的"议事日程"。

谁知这时，人称"雷神爷"的雷军长在十年靠边站之后，又重新回到军里任军长了！

对他的到任，我曾喜出望外。因为妈妈给我讲过，在抗日战争期间，她曾拼死救过"雷神爷"的命。现在只要你"雷神爷"点个头，我赵蒙生可以大摇大摆地调回去！

哪知"雷神爷"一到军里，便电闪雷鸣，喊里咔嚓，又是搞党委整风，又是抓机关整顿，那架势，即使是亲娘老子他也不买你的账！

团以下干部跨军区调动，在过去是极为罕见甚至是没有的事。可这些年，战士跨军区调动也不是奇闻了。按说，连职干部的跨军区调动，也是需要通过军区干部部的。可某些单位为了给某些人以方便，连职干部从师里便可直接调往外军区。这当然是违犯规定的。鉴于这种情况，有人在电话上给我妈妈出点子，说我要想调回去，得赶紧离开军机关，躲开"雷神爷"，千万不能在"雷神爷"眼皮底下干这种事！

干部处的花名册告诉我，这九连的指导员是空位。于是，通过关系，我便冠冕堂皇地来上任了。

这一切，连长梁三喜还蒙在鼓里呢！

吃过午饭，他领我围着营房到处转，看了连队的菜地、猪圈、豆腐房。边看他边给我当解说员。当他安排完下午各排的训练课目后，又回到连部给我介绍整个连队的思想状况……

他真的把我当成来九连扎根的指导员了！我俩面对面坐着，他轻言慢语地说，我装模作样地在小本上记……

不过，客里空的角色很难扮演，我真不知道这"曲线调动"的戏该怎样收场！

二

熄灯号响了。我和梁三喜隔着一张办公桌，各自躺在自己的铺上。

他告诉我：明天是星期二，早操课目是"十公里全副武装越野"。还说我乍从机关来到连队，怕一时难适应紧张的生活，他让我越野时只带上手枪就行，背包啥的就不必带了……

九连执行全训任务，是全团军事训练的先行连。步兵全训连队，往往比搞生产和打坑道的连队更艰苦，更消耗体力。对此，我当时既不甚了解，也没有吃大苦的思想准备。

我睡得正酣，猛觉有人在晃动我。听声是梁三喜："指导员，快，吹号了！"

我一骨碌爬起来，懵懵懂懂摸过军装穿上。想打背包也谈不上了，我连衣服扣儿都没顾上扣，提起手枪就蹿出连部。我已尽了最大努力，自认为动作也够麻利的了。可赶到集合点一看，梁三喜早已带着披挂整齐的战士们，像一队穿山虎一样嗖嗖远去了……

"指导员，连长让我留下等你。"说话还带着又尖又嫩的童音的司号员金小柱，边跑边不时回头呼唤我，"指导员，我认识路，快！"

启明星还没隐去，眼前黑魆魆的。蜿蜒山道，崎岖不平，看不清哪处高，哪处低。跑着跑着，我脚下打了个滑，一头摔倒了。全副武装的小金，不得不折回身来扶起我……

我在军机关里散漫邋遢是挂了号的。我天天早晨睡懒觉，有人开玩笑说我是政治部里的"一号卧龙"。我从来赶不上在机关食堂里吃早餐。柳岚从营养学的角度多次对我说，早饭特别重要。我也曾研究过人体每天需要多少热量，当然不会让自己的体内缺乏营养。每天睡足之后爬起来，先来一杯浓浓的橘子汁，再来两块美味巧克力或蛋糕啥的……咳！我"一号卧龙"啥时吃过眼前这种苦！不过，为了装装样子，我得咬紧牙关坚持一番……

当我跟在司号员小金身后，上气不接下气地爬到一架大山的半腰，离山顶还有一大截子路时，梁三喜已带着全连返回来了。

他在我面前停下，轻声对我说："比上次越野，又提前了两分多钟到达山顶。"

汗水已浸得我眼也睁不开。我抬起右臂用袖子抹了下脸，发现他携带着背包、挎包、手枪、水壶、小铁锹、指挥旗、望远镜等全副装备；另外，身上还挂着两支步枪，肩上还扛着一架八二无后坐力炮筒。

想不到这"瘦骆驼"样的连长，真能"驮"！

这时，三个掉队的战士赶到他身边，很难为情地把该属于他们携带的铁家伙，从连长身上取走了。

全连一个个都像刚从河里捞出来一般。梁三喜让炮排长靳开来头前带队，他和我走在队伍的后面。

"别着急，慢慢就适应了。"他谦和地对我说，"人么，总是各有特长。今后，军事训练方面我多抓些，你集中精力抓思想方面的工作。"

看来，他是个很能宽容人的人。

"行。"我有点受感动，点头答应着。

我身上仅带着一支手枪，返回连队途中，却直觉得双腿像灌满了铅，身子像散了架。出现了低血糖症状，热量已消耗殆尽。

后来，我精确计算过，在全副武装越野时，连里步兵班战士的负重尚不值得惊叹，八二无后坐力炮班的战士，每人负重是八十九斤！他们如牛负重，还得像战马一样火速驰骋，拼命冲杀呀……

在我下连之前，连里已进行了两周时间的轻武器射击预习。按规定，连里的干部也要参加射击考核，并须掌握本连的各种武器。

我既怕打得太差丢人现眼，也想过一次"枪瘾"，便耐着性子和战士们一起，胸贴大地背朝天，苦苦地熬了三天。

星期五这天，第三季度轻武器精度射击考核开始了。

梁三喜第一个上阵，取得了"全优"成绩。然而，战士们谁也没有感到惊讶。看来，这是连长的拿手戏，大家早已多次目睹。

我过去喜欢拨弄手枪，那不过是玩新鲜。眼下却使我没丢大丑。手枪射击我"猎"了个良好，除了轻机枪射击不及格，别的都及格了。

梁三喜脸上漾着笑："指导员，你还行哩！就预习了三天，不错，打得还算不错！"

接着，从一排开始逐班进行考核。一班、二班打得很理想。临到三班打靶时，战士段雨国九发子弹，只打了十七环……

讲到这，赵蒙生转脸对段雨国："喂，小段，你当时是个啥形象，你自己塑造一下吧。"

段雨国朝我笑了笑，说："说起我当时的形象，那真是令人啼笑皆非。我是从厦门市入伍的，爸爸是工艺品外贸公司的经理，妈妈也在外事口工作。我当时哪能吃得了连队生活的苦哇！因我读过几部外国小说，便自命是连里的才子。甚至还曾妄想要当中国的雨果。我当时尤其看不起从农村入伍的兵，说他们身上压根没有半个艺术细胞，全身都是地瓜干子味。结果，大家便给满身'洋味'的我起了个绰号——'艺术细胞'。连里所有的人都不在我眼里。一次，王指导员给全连上政治课，我在下面听我的袖珍收音机，使课堂骚动不安。王指导员让我站起来，命令我关死收音机。我当即把收音机的音量放得更大，并油腔滑调地说：'听，这是中央台，是党中央的伟大声音！怎么，不比你指导员那套节目厉害得多吗？'……仅此一事，您就能想象出我当时是个啥德行！好啦，在这个故事中，我是一个很次要的小角色，还是让教导员接下去对您讲吧。"

赵蒙生淡淡一笑，继续讲下去——

当时，三班战士围着小段，一片讥讽。

"喂，请问'艺术细胞'，你把子弹艺术到哪里去啦？"

"新兵老秤砣，每次打靶都拽班里的成绩！"

"呸！这种玩意儿还叫人，脸皮比地皮都厚！"

"嘴干净些！"段雨国抹了把他那在全连里唯一的长头发，用蔑视的目光望着众人，"不就是飞了几发子弹呿，老子不在乎！再说，打不准也不怪我，是枪不好！"

梁三喜走过来："你的枪咋不好？"

"不好就是不好呗，准星歪了！"段雨国挑逗般地望着梁三喜，"怎么，能换支枪让咱再打一次吗？也像你们连干一样，过过子弹瘾！"

梁三喜那厚厚的嘴唇嚅动了几下，我猜他必该动怒了。

然而，他二话没说，一下从小段身上抓过那支步枪，把八发子弹压进弹仓。他没有卧倒在靶台上，举枪便对准靶子，采用的是更见功夫的立姿射击。

一声哨响，靶场寂然。

"叭！叭！叭叭……"他瞬间便射击完毕。

战士们眼睛不眨望着正前方，等待报靶员挥旗报靶。只见报靶员从隐蔽处跃到靶子前瞧了会儿，扛起靶子飞也似的跑过来……

"让，让中国的雨果先生……"报靶员气喘吁吁，"自己瞧瞧！"

战士们围着靶子，欢呼雀跃："七十八环！七十八环！"

"喂，'艺术细胞'，瞧瞧这是不是艺术呀！"

"可爱的雨果先生，过来，过来瞧瞧哟！"

面对战士们的讥笑，段雨国原地不动，故意把头歪在一边："打八十环也没啥了不起！"

"你说啥？！"随着一声吼，只见炮排长靳开来拨开围成圈的战士们，像头发怒的狮子闯在段雨国面前。

靳开来中等偏上的个头，胖墩墩的。眉毛很浓，眼睛不大。眼神却像两道闪电似的，又尖又亮。他周身结实得像块一撞能出声的钢板，战士们说他是辆"轻型坦克"。他用两个指头点着段雨国的鼻尖儿："段雨国，又有啥高见，冲我靳开来说！"

段雨国眼皮一耷拉，不吱声了。

"说呀！"靳开来把两个指头收回，攥成拳头，"亏你段雨国不在我炮排！要是你在我炮排，两天内我不治得你'拉稀'，算我不是靳开来！"

是慑于"轻型坦克"的威力，还是识时务者为俊杰？段雨国乖乖地低下了头……

三

风吹日晒，摸爬滚打，我好不容易熬到星期六。

晚上，团电影组来连队放电影，片子是老掉牙的《霓虹灯下的哨兵》，我懒得去看。司号员小金帮我从伙房提来一大桶温水——再不冲个澡，我实在受不了啦！

下连六天来，尽管我流的汗水比连长梁三喜，甚至比战士段雨国都要少得多，但我的军装也是天天湿漉漉没干过。要不是昨天小金把我塞到床下的军装和内衣全洗了，眼下连衣服也没得换。

冲完澡，觉得身上轻松些了。我想把堆在地上的那全是汗碱的军装和内衣涮洗一下，但双臂酸疼懒得动手。我用脚把它们踢到床底下。也许明天小金又要抢去帮我洗，那就让他去学雷锋吧……

我晓得指导员应该是个艰苦朴素的角色。下连后我把抽烟的水平主动降低，由抽带过滤嘴的"大中华"降为"大前门"之类。趁眼下没人在，我打开我那小皮箱，先看了看那架"YASHIKA"照相机，又取出一盒"大中华"拆开。点上一支烟，我依在铺上吸起来。闭上眼，那五光十色"小圈子"里的生活，又频频向我招手……

前不久，七八月份。在军医大学的柳岚放暑假，我也趁机休假了。我和她同时回到了爸妈身边，回到了那令人向往的大城市。

孩提时的伙伴和朋友，纷纷登门邀请我和柳岚，到他们那个"小圈子"里光顾一番。

在部队里，我和柳岚已被人们视为"罗曼蒂克派"。可跟那"小圈子"里的红男绿女一比，才深感自惭形秽，才知道我俩还不是"阳春白雪"，仍是"土八路""下里巴人"！

"穿'黄皮'吃香的年代早过去了，快调回来吧！"

"喂，两位'老解'，还在部队学雷锋呀，瞧瞧我们是怎样学的吧！"孩提时的伙伴们，很友好地戏谑我和柳岚。

"小圈子"里举行家庭舞会：探戈、伦巴、迪斯科、贴面舞……

"小圈子"里比赛家庭现代化：小三洋、大索尼、雪花电冰箱……

香水、口红、薄如蝉翼的连衣裙，使看破红尘的男女飘飘然；威士忌、白兰地、可口可乐，令一代骄子筋骨酥软……

我和柳岚眼花缭乱。她以"患流感"为由续假在家多玩了十天，我也以"发高烧"为借口晚十天才回到军里。

理性告诉我，那"小圈子"里的生活是餍足而又空虚，富足却又无聊。本能在向往：我和柳岚完全具备可以那样生活的条件，何乐而不为！

……

"指导员，快出来！"炮排长靳开来进屋便喊道，"来，甩老K！"

听来头是电影散场了。初来乍到，出于礼貌，我摸起一盒没开封的"大前门"烟，从内屋走出来。

梁三喜和另外三位排长，也都进来了。大家围着四张长方桌拼起来的大办公桌坐了下来。

"砰"，靳开来把两副扑克按在桌上，顺手摸起我的"大前门"抽出一支，又朝桌中间一拍："指导员抽烟的水平不低，弟兄们，都犒劳犒劳！"说罢，他从口袋里掏出一盒没启封的"三七"，也朝桌子中间一放："今晚两盒烟抽不完，这场老 K 不罢休！"

看来他很讲义气。我发现，这"轻型坦克"完全不是发怒时的样子了，面部表情很生动。

梁三喜早已点起一支小指头肚般粗的旱烟。他重重地吸了一口，说："算了吧，都挺累的，今晚上不甩了。"

"我知道看了这场电影，你就没心思甩老 K 了！"靳开来斜觑着梁三喜，"怎么，要早躺下梦中会'春妮'呀！"

梁三喜淡淡一笑，轻轻地吐着烟。

"指导员，你还不知道吧，要是《霓虹灯下的哨兵》在这里连放一百场，连长准会看一百次的。你知为啥？"靳开来先卖个关子，接上说，"别瞧连长这副穷样儿，命好摊了个俊媳妇。媳妇姓韩名玉秀，长得跟电影上演春妮的演员陶……陶啥来？"

"陶玉玲。"显得最年轻的一排长说。

"对。全连一致公认，韩玉秀长得跟陶玉玲似的。心眼吆，比电影上的春妮还好。"靳开来朝我使了个眼色，"喏，你瞧，一提春妮，连长的嘴就合不拢了。"

的确，梁三喜的脸上已漾起美滋滋的笑。下连以来，我首次发现他的笑容是那样甜美。

"奶奶的！陈喜也不撒泡尿照照自己，摊上春妮那样的好媳妇还闹离婚！"靳开来仍饶有兴味地谈论刚看的电影，"要是咱摊上春妮那模样又俊、心眼又好的人当媳妇，下辈子为她变牛变马也值得！哪像咱那老婆，大麻袋包，分量倒是有！"

一排长"嘻嘻"地笑着："这话要是叫你老婆听见……"

"听见咋啦？她充其量不过是公社社办棉油厂的合同工，我靳开来的每句话，对她都是最高指示！"他说罢，抓起扑克，"不谈老婆了。来，甩老 K！争上游，还是升级？"

见梁三喜和我都没有甩老 K 之意，靳开来把扑克又放下了。他一本正经地对梁三喜说："连长，别苦熬了，你是该休假了。"

梁三喜看看我："等指导员再熟悉一下连队情况，我就走。"

"要走你得早些走，韩玉秀可是快抱窝了。"靳开来笑望着梁三喜，掰着指头算起来，"小韩是三月份来连队的，四、五、六……嗯，她是十二月底生孩子。你等她抱窝时回去，有个啥意思哟！"他诡秘地一笑，骂道："奶奶的！夫妻两地，远隔五千里，一年就那么一个月的假，旱就旱死了，涝就涝死了！"

三位排长笑得前仰后合。

梁三喜说："炮排长呀，你说话就不能文明点儿！"

"甩老K你们不干，谈老婆你又说不文明。那么，这星期六的晚上怎么熬？好吧，我说正事儿。"靳开来站起来，郑重其事地对我说，"指导员，你刚来还不了解我，我正想找你谈谈心。现在当着大家的面，我把心里话掏给你。你到团里开会时，请你一定替我反映上去，下批干部转业，说啥我靳开来也得走！为啥！某些领导对咱看不惯，把咱当成'鸡肋'！鸡肋吃，吃起来没啥肉很难啃，嚼嚼没有味儿可又舍不得扔。我靳开来不想当这种角色，等人家嚼完了再扔掉！转业回去不图别的，老婆孩子在一块，热汤热水！算了，不说了，回去挺尸睡大觉！"说罢，"牢骚大王"扭头而去。

不欢而散；另外三位排长见老K甩不成，也都走了。

梁三喜对我说："炮排长这个人呀，别听说话脏些，作风很正派。他当排长快六年了，讲资格是全团最老的排长了。论八二无后坐力炮和四〇火箭筒的技术，在全团炮排长中是坐第一把交椅的。他对步兵连的战术，也是呱呱叫。管理方法虽说生硬了些，但他对战士很有感情。实干精神那更是没说的。"停了会儿，梁三喜叹了口气，"咳！这人就是爱发牢骚，爱挑上面的刺，臭就臭在那张嘴上。连里和营里多次提议，想让他当副连长，可上面就是不同意。"

我没吱声。梁三喜面部悒郁地愣了会儿神，说："以后慢慢就互相了解了。不早了，休息吧。"

我俩回到内间屋。他搬过一个大纸箱，打开翻弄着，说要找出衣服明天好换洗一下。

他连个柳条箱也没有，看来这是他的全部家当。纸箱里，他的两套军装全旧了，有一套还打着补丁。下连后我听战士们反映，步兵全训连队的军装不够穿，他这当连长的当然也不例外。我见他纸箱里有个大塑料袋，塑料袋里装着件崭新的军大衣，便问他："这大衣是刚换发的？"

"不是。是去年'十一'换发的。"

他这当连长的为啥连块手表也没有？他为啥总是抽黑乎乎的旱烟末儿？我已知道他老家是沂蒙山，而我也是在当年炮火连天的沂蒙山中出生的呀！按说，我们这一文一武有好多话题可闲聊。然而，既然他还不晓得我是高干子弟，压根还不知我为啥要颠到这九连来，我可懒得跟他去谈啥沂蒙山……

躺在铺上，我浑身酸疼睡不安宁。听他也不时轻轻翻身儿。他大概认为我睡着了，划火柴抽起烟来。像他这样的人并不怕吃苦，大概也是感到寂寞难熬吧？是想"春妮"了？我猜。

……我不知不觉地迷糊过去了。外面哗哗的雨声又将我唤醒。蒙眬中，我听见他下床了。那扎腰带的声音告诉我，他要冒雨去查铺查哨。

当他轻手轻脚地走出去后，我心中涌起阵阵恻隐之情。是的，像他这样的连长，以及那些土头土脑的战士，无疑都是忠于职守的。对他们，我可以表示同情，怀有怜悯，甚至还可以赞美他们！但是，要让我长期和他们滚在一块，我却不敢想象……

咳！这被称为"熔炉"的连队，这真正的"大兵"生涯！没有"苦行僧"的功夫，我该怎样继续熬下去！我又恨起"雷神爷"来，要不是为了躲开他，我何用"曲线调动"来九连"修炼"呀！

四

单兵爆破、土工作业、排连进攻、刺杀对抗、周末会操……团司令部下连按"操典"逐一进行验收，指导员竟毫无例外地要做一名战斗员接受考核。

文部建设、季度总结、"双学"评比、党团发展、谈心次数……团政治处要求政治工作渗透在练兵场，指导员的工作包罗万象，很难胜任。

最令我望而生畏的是每星期二，早晨那"十公里全副武装越野"，尽管我几次都没跑到过目的地，但每遭下来，小腿肚儿准转筋，有一次还差点虚脱过去。另外，可供转化为热量的一日三餐，也常使我感到度日如年。馒头、大米、玉米面倒可放开肚皮吃，就是副食太差。我真不晓得造物主赐给人的胃都一样，为啥梁三喜他们竟吃得那般香甜。我几次试图让炊事班长改善一下生活，炊事班长叫苦不迭。说伙食标准没增加，物价日见涨。要改善也只能做些"金银卷"（白面、玉米面合制），把碗中菜用皮儿包起来（大包子）。

连队驻在深山沟，我有钱也没处下馆子。一次，我到团部开会时从服务社买回两包点心。人面前不敢吃，每次都是趁人不在时慌忙吞两块，那滋味就跟偷了人似的……

掰着指头数日子，我下连差两天还不到一个月。照照镜子：脸黑了！摸摸腮帮：人瘦了！每次冲澡时我都发现，身上的皮一层一层朝下蜕……

我已两次给妈妈写信，让她尽快展开"外交攻势"。妈妈来信说，她那头好说，准备安排我到军区新闻科当摄影记者，只是我这头还不行。她已给师里有关领导同志写过信打过长途电话，得到的回音是：眼下不是前几年，调动之事切不可操之过急，过急了太显眼，太显眼容易出漏子。让我在连队干半年再调不迟……

天，半年？那我就熬成"瘦骆驼"了！

这天中午，我到营部开会回连，全连已吃过午饭。我到饭堂把炊事班留给我的饭菜胡乱吃了些，便回到宿舍倚在铺上想心事。

猛然间，紧急集合号响了。我忙扎好腰带，走出连部。

只见全连列队站在饭堂门前。梁三喜面对全连，脸上"乌云翻滚"："……不像话！简直是不像话！"

想不到他的脾气竟是这样大，我第一次见他如此动怒。我不知连里出了啥不像话的事，便悄悄站在队列里洗耳恭听。

"馒头，有人把雪白的一个半馒头扔进了猪食缸！"他用手拍了拍心口窝，"同志们，扪心问一问，感情，我们还有没有劳动人民的感情？还有没有？！"

我呆了！适才我吃午饭时，炊事班给我留了三个馒头在碗里，我只吃了一个半，便把剩下的扔进了猪食缸……

"解散！"梁三喜怒吼着，把手一挥，"现场参观！"

战士们围着饭堂旁边的猪食缸，叽叽喳喳地议论着。

靳开来把目标对上了段雨国："段雨国，你这花花公子，说，这是不是又是你干的！"

段雨国大眼一瞪："吃柿子单拣软的捏，你就看我好欺侮！面对上帝起誓，谁扔的谁是乌龟蛋！"

三班长出面证实，说中午吃饭时没见段雨国扔馒头。靳开来才不吱声了。

梁三喜余怒未息："谁扔的，可个别找班长、排长讲一下。今晚各班都要召开班务会，好好议一下这种少爷作风！"

也许我对"公子""少爷"这样的字眼尤为敏感，我当下便认定是梁三喜借一个半馒头整我，是想转着圈子丢我的丑。我心中拱着一团火，扭头急步回到连部，气鼓鼓地倒在铺上。过了会儿，梁三喜进来了。我怒气冲冲地对他说："连长同志，要整我，明着来！不必效仿'文化大革命'来个发动群众！一个半馒头，是我扔的！"

"指导员，我……不知你去营部开会已回来了。我确实不知那馒头是你扔的。要知道是你，我会同你个别交换意见的。"梁三喜尴尬地解释。

我"腾"一下转过身去，把脸对着墙壁，又听他叹口气说："指导员，千万别为这事影响团结。我不是表白自己，我这个人……还没搞过那种背后插绊子的事。我和原来的王指导员共事三年多，俺俩争也争过，吵也吵过，有时也脸红脖子粗。但俺俩始终如同亲兄弟，团结得像一个人。"

我仍不吱声。停了阵，他讷讷地说："我这就让司号员小金去通知各班，晚上的班务会，不……不开了。"

为这事我三天没理梁三喜。

这事发生后的一天中午，三班战士段雨国趁梁三喜不在时溜进了连部。

"指导员，别理那'七撮毛'！"段雨国察言观色地望着我，"大上个月我把吃剩的一块馒头扔进了猪食缸，也是挨了'七撮毛'一顿好整！"

"什么'七撮毛'！"

"嘿嘿……是我用艺术手法给连长起的绰号。"段雨国得意地笑着。他从梁三喜那破旧的绿色军用牙缸里取出一支牙刷，"指导员，你瞧瞧，他用的这支牙刷像从垃圾堆里捡来的。一撮，两撮，三撮……哟，不是七撮，是九撮……这不，又掉下一撮来，那么，就叫他'八撮毛'吧！"

我没搭腔。和梁三喜一个月的相处，我虽没数过他用的牙刷还剩几撮毛，但我早已觉得他是个地地道道的乡巴佬，连一分钱也舍不得乱花。

"每月六十元钱的军官，他连支新牙刷都舍不得买！"段雨国把那"八撮毛"的牙刷扔进牙缸里，"攒钱，就知道攒钱，典型的小农民意识！世界已进入高消费的时代，听说日本人衣服穿脏了连洗都不洗，扔进垃圾堆里就换新的。可咱这里，'八撮毛'竟然借一个半馒头整人，真是滑天下之大稽也！"

看来段雨国是来寻找"同盟军"，跟我搞"统一战线"来了。尽管我对梁三喜已怀有成见，但指导员这职务的最起码的约束，我也不会跟段雨国这样的战士搞在一起。

见我不吭气，他又搭讪道："指导员，你还不赶快调走呀！"

我一惊："你听谁说我要调走？"

他笑笑："这还用谁说，我自己估计呗！"

我沉下脸来："你……"

"这怕啥哟。"少停，他问我，"指导员，听说你爸爸的官挺大，是六级，还是七级？"

"你瞎说些啥！"我有些火了。

"嘿嘿……你的事我多少知道一点呢。"他仍嬉皮笑脸，"事情明摆着，咱们跟'八撮毛'这些乡下佬在一起，哪有共同语言？哪有共同向往？年底，我就打报告要求复员！"他说罢，又跟我套近乎道，"指导员，你要买大彩电和收录机啥的，给我说一声就行。我爸妈都在外事口工作，买进口货对我段雨国来说，是小菜一碟！价格嘛，保准比市面上便宜一半……"

"我啥也不会托你买！请回吧。"

见我冷冰冰的样子，段雨国才怏怏而去。

……

十月中旬，梁三喜的休假报告批下来了。他几次打点行装要动身回沂蒙山，但几次又搁下了。

想走又觉得不能走，我看出他的心情是极为复杂和矛盾的。显然，他早已觉出我是个十二分不称职的指导员，他担心他走后我会把连队搞得一团糟……

这天，他去团部参加为期一天的军训会议，返回连里已是晚上八点多了。

灯下，他把军训会议的精神简要对我讲了一下，说转眼就是年终考核，劲可鼓不可泄。说罢，他望着我："指导员，我想明天就动身休假。这样，回来还误不了年终考核。你看呢？"

"那就走呗！"我漫不经心地回答他。

他把黑乎乎的旱烟末卷起一支，吸了两口，很难为情地对我说："指导员，我这个人有话憋在心里怪难熬的。前些日子我就听说过，这次去团部开会，我又听到关于你要调走的风言风语。"

我打了个愣。

他接上道："我想，这也可能是有人瞎传。不过，你真要调走的话，这假我暂时不休了。如果没有那回事，那我明天就动身。"

事情既已点破，我也就不在乎了。我没好气地对他说："休不休假，你自己看着办！至于有人议论我，舌头长在他们嘴里，我任凭他们说长道短！反正组织上还没通知我，让我调走！"

他没有再说啥。第二天，他没有动身。以后，他再也不跟我提休假的事了。

我和梁三喜以及连里其他干部之间的隔阂，越来越明显了。每逢星期六晚上，连部里空荡荡的，他们早就不愿和我凑到一块甩老K、谈老婆，逗笑取乐了。

一天，这里进行正常性的战备教育。按团政治处拟定的教育内容是：把越寇近年来在我广西和云南边境多次进行的武装挑衅，综合起来给战士们讲一次，以激发大家的练兵热情。我便找来一些报纸，念了几篇有关这方面内容的消息、通讯，以及我外交部对越南当局的照会，等等。我毫无个人发挥，完全是照本宣读……

下课后，炮排长靳开来竟一本正经地对我说："指导员，你讲得不错！飞机上挂暖瓶，你水平高得很咪！放心，啥时打起仗来，我们保证跟着你这当指导员的屁股后头，一个劲地往前冲！"

面对他的讥讽挖苦，我扭头而去……

我调动的事，妈妈抓得越来越紧了。每隔几天，我总会收到她的信。她在信中不断向我说明调动一事的进展，叹息她从来没遇到过这么难办的事……

我本想"曲线调动"的事连里是不会知道的。可世上没有不透风的墙。这时，尽管这里还没谁了解其全部内幕，但我来九连是为了调走这一点，不仅连里干部全知道，连消息灵通的部分战士也挤眉眨眼地晓得了。

我苦熬硬撑到十一月底。这天，我又收到妈妈一封信。她在信中告诉我，调动的事总算有眉目了。她让我一旦接到调令，务必尽快离开连队。她在信的结尾部分，煞是神秘地告诉我，说她听说我们这支部队可能有行动。但告诫我：切莫声张！切莫瞎传！

面对两个带叹号的"切莫"，我琢磨不透我们这支部队能有啥行动。不错，南边的形势是够紧张的，但那是小打小闹，枪声离我们这里还远着呢！我竟违背了妈妈的叮嘱，趁没人时悄悄把电话挂到师里那位帮我办调动的领导家里，当我把意思拐弯抹角地说明后，对方哈哈笑了起来，说他压根还没听到啥，说我妈妈的神经太过敏了……

我放心了。但我却一天也不愿在连队里熬了。我天天盼着调令来！

那是一个星期六的晚上，我心烦意乱地到山溪边散了会儿步返回营房。当我走到连部窗前时，听屋内梁三喜和靳开来在高声谈论，我便悄悄停下来。

靳开来："连长，除了那件大衣是新的，你总共就那么点破家当，又穷鼓捣啥！"

梁三喜："伙计，你也抽空拾掇拾掇吧，看来是快开拔了。"

靳开来："开拔？见鬼，往哪开拔？"

梁三喜："往南边！你不觉得该打一仗了？"

靳开来："仗看来是要打的。可全国这么多军队，你咋知我们这支部队要往前开？"

梁三喜："你别问了。等着瞧就行了。"

靳开来："连长，是不是上面已给你透风了？……怎么，对咱还保密呀！"

梁三喜："上面没谁给我透风。该咱连级干部知道的事，老百姓也差不多知道了。"

靳开来："那，你是……"

梁三喜："我是从指导员他母亲那里得来的消息。"

靳开来："活见鬼，那老娘儿们能给你啥消息！"

梁三喜："你真是个直肠子。你就没想想，为啥她对指导员的调动抓得那么急？我听团里的干部干事说，这些天指导员的母亲几乎天天往师里打电话……"

靳开来："嗯。有道理！听说那老娘儿们神通广大，她知道消息要比师长、军长还早呢！"

梁三喜："这不就得啦。我看部队在十天、八天之后要上前线！这事你千万要保密，决不能瞎嚷嚷。"

靳开来："奶奶的！只要是共产党坐天下，那老娘儿们胆敢在部队上前线时把她儿子调回去，看我靳开来不自费告状到北京！"

……

十天之后我终于拿到了调令！

然而，想不到梁三喜竟能料事如神！当我就要离开连队时，一声令下，我们这支部队果真要上前线，要开拔！

当天，炊事班一下便宰了四头猪，但却来不及吃了！

进亦难，退更难。我处在万分矛盾当中！

"滚蛋，你给我赶快滚蛋！"忠厚人梁三喜一下变成靳开来，他面对我劈头盖脸地痛骂，"奶奶娘！你可以拿着盖有红印章的调令滚蛋，我可以再请求组织另派一位指导员来！但是，养兵千日，用兵一时！军人，你不会不知道你穿着军装！现在，你正处在一道坎上，上前一步还好说，后退一步你是啥？有的是词儿，你自己去想！你自己去琢磨！"

五

长龙般的专列闷罐车载着武器和士兵，昼夜兼程。在九连坐的两节闷罐子里，有我这拿到调令没敢退却的指导员。

不用梁三喜直着骂，我当然也晓得，军人效命沙场，当应义无反顾。倘若我在这种时候离开这支部队，那将是对军人称号的最大玷污！众口啐我是"逃兵"算是遣词准确，破口骂我是"叛徒"也毫不过分……

部队开到云南边防线，大家才知道这所谓边防实际上是有边无防。可红河彼岸，我们用肉眼便可看到一个挨着一个的永备性、半永备性的碉堡工事。如果拿起望远镜，即能清晰地看见那瞄准我们胸膛的黑洞洞的射击孔。而我们这边，多年来却一直高喊把自己的国土，当作对方"最辽阔的大后方"……

如今，在迫不得已的情况下进行还击，一切都显得紧迫而仓促。一下拥来这么多部队，安营首先成了大问题。团以上指挥机关挤进了地方机关的办公室。连队则分散在深山沟里，用青竹、茅草、芭蕉叶和防雨布，搭成了各式各样的"营房"。为防空防炮，还常常住进那刚挖的又潮又湿的猫耳洞……

当我们九连听了边民有家不能归的控诉，现场参观了河口县托儿所被越寇用机枪横扫后的惨状后，求战书像雪片一样飞到连部。尽管上级不提倡写血书，连里还是有几位战士咬破了中指……可我这个当指导员的，人虽跟着九连来了，心里却仍在打小鼓。我懊丧自己自作自受，我后悔当初不该放着摄影干事的美差不干，来到这九连搞啥"曲线调动"！眼下，我唯一的希望是离开这战斗连队，回到军机关……

于是，我便悄悄找军里和我要好的同志，让他们侧面反映一下，以工作需要为名，把我重新调回军机关。恰在这时，军党委做出一个十分严厉的决定：凡在连队和基层单位的高干子女，一律不准调到机关里来。已经调的要坚决送回基层，个别因有利于打仗确实需要调的，不管他是干部还是战士，均需军党委审批才能调动。否则，按战时纪律予以追究。

我听后，心里凉了半截。

梁三喜对我的态度倒还够意思。在他骂我滚蛋时我没还嘴，见我跟着连队来了又没离开连队，他不仅没再向我投来鄙视的目光，反而像我刚下连时那样主动找我商量工作。我还觉察到，他已给连里的其他干部做过工作了；当我们坐着闷罐车朝前线开时，一路上靳开来曾不时地说些风凉话给我听。扬言说战场上他将瞄着我，一旦发现我有叛变的苗头，他会给我一粒"花生米"尝尝……而眼下，他见到我尽管脸还放不开，但大面上也总算说得过去了。

连队进入了临战前的突击性训练。为适应在亚热带山地丛林中作战，团里让我们九连练爬山，练穿林。这比那"十公里全副武装越野"，更够人喝一壶的。梁三喜累得嗓音嘶哑，眼球充血，嘴唇龟裂，那瘦削的脸膛更见消瘦了。就连被誉为"轻型坦克"的靳开来，脸颊也凹陷了。至于我，那就更不用提了。我累得晚上睡觉连衣服都懒得脱，常产生那种"还不如一颗流弹打来，便啥也不知道才好"的念头……

我和妈妈已有二十多天中断了联系。来到前线后，料她也无神通可施展了，我也就懒得再给她去信。这天，从后方留守处转来连队一批信件，其中有我三封。一封是柳岚从军医大学写来的，她在信中质问我为啥接到调令后还不回去，讥笑我是不是想当什么英雄了。她毫不掩饰地写道：现在的大学生宁肯信奉纽约伯德罗埃岛上的铜像（自由女神），也决不崇拜斯巴达克斯……另外两封信是妈妈写来的。头一封信她让我离开连队动身时给她拍个电报，她好派车到车站接我回家。第二封信她已觉出事情不妙，似乎也深知在这种时刻调我回去的利害关系。她问我是否因周围有不良反应才没走成，如果觉得实在不能调走，那就无论如何也得离开连队，重回军机关工作方为上策。

妈妈的"上策"和我的心思吻合了。

此时，我多么想赶快离开九连回军部啊！而重回军部的希望，只能寄托在雷军长身上。这时，我想起了妈妈多次给我讲过的她救过"雷神爷"一命的往事：

一九四三年秋。近三万名日寇纠合吴化文、刘桂堂（即刘黑七）等部的皇协军，对山东沂蒙山区进行大规模的拉网扫荡。当时，雷军长是山东军区独立团的一营营长，妈妈是团所属"地下医院"的指导员（因医院的所谓床位不过是一些堡垒户的炕头，故称地下医院）。一营在掩护山东分局机关和渤海银行机关转移时，被敌包围了。人称"雷神爷"的雷营长，率全营四百余众与敌展开血战。战斗从上午十时许打响直到黄昏，机关安全转移了。这时，"雷神爷"所率的四百余众尚存不足百人，而且大部挂了彩。"雷神爷"也多处负伤，奄奄一息倒在血泊中。担负救护伤员的妈妈，借着暮色的掩护，冒着纷飞的弹雨，在一片死尸堆里寻找还未死去的伤号。当妈妈用手一捂"雷神爷"的嘴，觉出"雷神爷"还有一丝呼吸，便将他背在身上，从死尸堆里一步一步爬了出来……

为躲过敌人的清剿，妈妈把"雷神爷"安置在一个非常隐蔽的山洞里。妈妈把一头乌发推成光头，从乡亲们那里借得一顶瓜皮式旧毡帽戴在头上，腰缠一根猪鬃绳腰带，扮成一个看山林的穷小子，日夜守护着"雷神爷"。妈妈千方百计地为"雷神爷"找药。没有绷带，她把自己唯一的一床被面用开水消毒后，撕成条条……

一个电闪雷鸣的雨夜，妈妈听到洞外有声声怪叫。出得洞来，借着一道闪电，妈妈发现有四五只狼睁着绿森森的眼睛，嗥叫着向洞口涌来。显然，是"雷神爷"的伤口腐烂，让野狼嗅到了味儿。妈妈将驳壳枪上了顶门火，但怕暴露目标又不敢鸣枪。她便抓过一把镐头立在洞口，与饿狼对峙，到天色破晓……

妈妈承受了一个女同胞极难承受的艰险，精心护理"雷神爷"，终于使"雷神爷"死而复生。

在"雷神爷"康复归队那天，他紧紧攥着我妈妈的手说："有恩不报非君子，我雷神爷走遍天涯海角，也忘不了你这女中豪杰！"

这真是生死之交！没有妈妈，你"雷神爷"能活到今天当军长吗？！要知道，我是妈妈唯一的儿子，尽管你"雷神爷"摆出副"铁面包公"的架势，可妈妈在最关键的时刻求你点事，难道你真会不帮忙吗？再说，我本来就是军机关里的人，军机关也要参战，调我回去并不是啥出大格的事吃！只要你"雷神爷"说一句"这是工作需要"，那就名正言顺了！

想到这些，我忙给妈妈写了封信，火速发出。

我们在阵地上度过了春节。这时，各连的干部配备进行了较大的调整。我们九连的副连长调到团司令部侦察股任参谋去了。曾发牢骚说自己是"鸡肋"的炮排长靳开来，被任命为副连长……

一个星期又熬过去了。我估计妈妈已收到我的信，我盼着妈妈快写信给"雷神爷"！

战前的训练已停止，各连都在反复检查携带的装备，开始养精蓄锐了。

迟了！我调回军部的事看来是办迟了！

二月十四晚上（后来才知道，此时距十七日凌晨发起进攻，只有五十小时），师里组织排以上干部看内参电影《巴顿》。

看完电影，已是夜里十一点了。师参谋长通过扩音器大声宣布，说军长正忙着最后审定我们师的作战方案，让大家静坐等待，一会儿军长要来讲话。

"嗬，我们的巴顿要来讲话了！"不知是谁这样小声喊了一句。

我知道，在座的好多人看完《巴顿》后，是很容易把军长跟巴顿将军联想在一起的。

少顷，人们探头探脑地说军长来了。我一瞧，正是"雷神爷"驾到！

雷军长身高顶多有一米七〇出头，是个干练的瘦老头儿，绝没有巴顿将军的块头。但他却比巴顿更令他的同僚和部属敬畏。他平时走路也按"每步七十五公分"的"操典"进行，腰板笔直，目光平视，一举一动都显出军人的英武和豪迈，将军的自信和威严。

他捷步登上土台子，师参谋长忙把麦克风给他左右矫正了一下。

军长用目光环视了一下这设在山间的露天会场，那俯瞰尘寰的架势告诉人们，他，他统帅的这个军，永远是天下无敌的！

这时，只见他脱下军帽，"砰"地朝桌子上一甩，震得麦克风动了一下。

仅此一甩帽，会场便骤然沉寂。静得像无波的湖水，连片树叶儿落下也会听得见。

在我们军里，谁没听说过雷军长"甩帽"的轶事啊！

那是一九六七年"一月风暴"席卷神州之后，军机关所在地 C 市的左派要夺市委的大权，"中央文革"小组顾问康生亲自打电话给军里，让军方支持 C 市左派夺权，并指出军里可派一名主管干部，任 C 市"三结合"红色新政权的第一把手。在此之前，军里派出的支左观察小组已把得来的情况报告过军长，军长已知道参加夺权的那位造反派头头，是个偷鸡摸狗的人物；而准备参加"三结合"的那位革命老干部，则是军长早就一见就烦的"滑头派"……

军长主持召开军党委会，把军帽猛地朝桌上一甩："不怕罢官者，跟我坐在这里开会！对那帮乌合之众要夺市委的大权，我雷某决不支持！怕丢乌纱帽者，请出去！请到红色新政权中去坐第一把交椅！"……

甩帽的后果：他丢了军长的职位，被押进了学习班。

C 市左派夺权后搞得实在太不像话。一年之后，连"中央文革"也不喜欢他们了。军长这才从禁闭式的学习班回到军里。但是，军长的职位早有人占了，他便成了个无行政职务的军党委常委。接着，林彪抓什么"华野山头"，他又一次在军党委会上甩帽，为陈老总评功摆好……

根据军党委会议记录，十年中军长曾四次甩过军帽。对于甩帽的后果，有几句顺口溜作了描述："军长甩军帽，每甩必不妙，不是蹲班房，就是进干校。"

眼前，这"雷神爷"为何又甩帽？人们目瞪口呆！

只见他在台上来回踱了两步又站定，双手抔腰，怒气难抑。

终于，炸雷般的喊声从麦克风里传出："骂娘！我雷某今晚要骂娘！！"

谁也不晓得军长为啥这般狂怒，谁也不知道军长要骂谁的娘！

他狂吼起来："奶奶娘！知道吗？我的大炮就要万炮轰鸣，我的装甲车就要隆隆开进！我的千军万马就要去杀敌！就要去拼命！就要去流血！！可刚才，有那么个神通广大的贵妇人，她竟有本事从几千里之外，把电话要到我这前沿指挥所！此刻，我指挥所的电话，分分秒秒，千金难买！可那贵妇人来电话干啥？她来电话是让我给她儿子开后门，让我关照关照她儿子！奶奶娘，什么贵妇人，一个贱骨头！她真是狗胆包天！她儿子何许人也？此人原是我们军机关宣传处的干事，眼下就在你们师某连当指导员！……"

顿时，我脑袋"嗡"地像炸开一样！军长开口骂的是我妈妈，没点名痛斥的就是我啊！

骂声不绝于耳："……奶奶娘！走后门，她竟敢走到我这流血牺牲的战场上！我在电话上把她臭骂了一顿！我雷某不管她是天老爷的夫人，还是地老爷的太太，走后门，谁敢把后门走到我这流血牺牲的战场上，没二话，我雷某要让她儿子第一个扛上炸药包，去炸碉堡！去炸碉堡！！……"

排山倒海的掌声淹没了"雷神爷"的痛骂，撼天动地的掌声长达数分钟不息……

军长又讲了些啥，我一句也听不清了。

那一阵更比一阵狂热的掌声，送给我的是嘲笑！是耻辱！！是鞭笞！！！

我差点晕了过去。我不知是梁三喜还是谁把我扶上了卡车，我也不知下车后是怎样躺进连部的帐篷的。

当我从痴呆中渐渐缓过来，我放声大哭。

"哭啥，哭顶个屁用！"梁三喜愤慨地说，"不像话，你母亲实在太不像话！她走后门的胆子太大了！"

我仍不停地哭。梁三喜劝慰我说："谁都会犯错误，只要你能认识到不对，就好。仗还没打，战场上有改正错误的机会。"

眼泪哭干了，我又处于痴呆的状态中。

天将破晓了，一片议论声又传进帐篷："军长骂得好，那娘儿们死不要脸！"

"战场上谁敢后退，就一枪先崩了他！"

是谁们在这样说呵，声音嘈杂我听不真。

"奶奶的！说一千，道一万，打起仗来还得靠咱这些庄户孙！"是靳开来在大声咋呼，"小伙子们，到时候我这乡下佬给你们头前开路，你们尽管跟在我屁股后头冲！死怕啥，咱死也死个痛快！"

"哼，连里出了个王连举，咱都跟着丢人！"啊，那又尖又嫩的童音告诉我，说这话的是不满十七岁的司号员金小柱！我下连后，小金敬我这指导员曾像敬神一般！可自打我拿到调令那天起，他常�‌着小嘴儿朝我翻白眼啊……

"别看咱段雨国不咋的，报效祖国也愿流点血！咱决不当可耻的逃兵！"啊，连"艺术细胞"段雨国也神气起来了……

我麻木的神经在清醒，我滚滚的热血在沸腾！奇耻大辱，大辱奇耻，如毒蛇之齿，撕咬着我的心！

我乃七尺汉子，我乃堂堂男儿！我乃父母所生，我乃血肉之躯！我出生在炮火连天的沂蒙战场上，我赵蒙生身上不乏勇士的基因！我晓得脸皮非地皮，我知道人间有廉耻！我，我要捍卫人的起码尊严！我要捍卫将军后代的起码尊严！！

我取出一张洁白的纸，一骨碌爬起来冲出帐篷。

我面对司号员小金："给我吹紧急集合号！"

小金惊呆了，不知所措。

"给我紧急集合！"

梁三喜跟过来轻声对小金说："吹号。"

面对全连百余之众，我狂呼："从现在起，谁敢再说我赵蒙生贪生怕死，我和他刺刀见红！是英雄还是狗熊，战场上见！"

说罢，我猛一口咬破中指，在洁白的纸上，噌！噌！噌！用鲜血写下了三个惊叹号——"！！！"

说到这，赵蒙生两手捂着脸，把头伏在腿上，双肩在颤动。我知道，他已陷进万分自责的痛苦中。

"咔"的一声响，又一盘磁带转完了。过了会儿，我才轻轻取出录好的磁带，又装进一盘。

良久，赵蒙生才抬起头来，放缓了声调，继续对我讲下去……

六

我们团受领的任务是打穿插。即：在战幕拉开之后，全团在师进攻的正面上，兵分数路从敌前沿防线的空隙间猛插过去，楔入纵深断敌退路，在保证大部队全歼第一道防线之敌的同时，为后续部队进逼敌第二道防线取得支撑点。

我们三营任团尖刀营，九连受命为营尖刀连。这就使我们九连一下在全团乃至全师——居于钢刀之刃，匕首之尖的位置上！

上级交给我们九连的具体任务是：在战幕拉开的当天，火速急插，务必于当天下午六时抵达敌364高地前沿，于次日攻占敌364高地，并死死扼守该高地。

从地图上看：由无名高地和主峰两个山包组成的364高地，距我边境线直线距离有四十余华里。位于通往越南重镇A市的公路左侧，是敌阻击我南取A市的重要支撑点。

据情报得知：364高地上有敌一个加强连扼守，阵地前设有竹签、铁丝网，布有地雷，高地上有敌炮阵地，多梯次的堑壕和明碉暗堡……

是军长要实践他第一个让我炸碉堡的诺言，还是因九连是全团军事训练的先行连，才使这最艰巨的任务一下便落到我们九连的头上？（全营各连曾为争当尖刀连纷纷求战，而营、团两级几乎是毫无争议地便拍板定了我们九连，并说是军长点头让九连先上）对于这些，我不愿去琢磨了。

全连上下部为当上了尖刀连而自豪。但大家更明白：摆在我们九连面前的，将是一场很难想象的恶仗！按照步兵打仗前的惯例：全连一律推成了锃亮的光头，一是为肉搏时不致被敌揪住头发，二是为头部负伤时便于救治。

炊事班竭尽全力为全连改善生活，并宣布在国内吃的最后一顿饭将是海米、猪肉、韭菜馅的三鲜水饺。我发现，即使每月拿六元津贴的战士，会抽烟的也大都夹起了带过滤嘴的高级香烟。连从来都抽劣等旱烟末的梁三喜，竟也破例买了两盒"红塔山"。靳开来对我已明显表示友好，他不知从哪里买来两瓶精装的"五粮液"，硬拉我和其他连、排干部一起醮一口……

人之常情呵，这一切都在告诉我，大家都想到将去决一死战，都想到这次将会流血牺牲。而在告别人生之前，要最后体味一下生活赐予人的芳香！这里已决定一排为尖刀排。党支部再次开会，商定连干谁带尖刀排。

团里搞新闻报道的高干事列席了我们的支委会。当上级把尖刀连的重任交给我们连之后，他便来到连里搜集求战书和豪言壮语。显然，一旦我们九连打出威风，那将是他重点报道的对象。

支委们刚刚坐下，靳开来便站起来说："这个会根本不需要再开哕！查查我军历史上的战例，副连长带尖刀排，已是不成条文的章程！既然战前上级开恩提我为副连长，给了我个首先去死的官衔，那我靳开来就得知恩必报！放心，我会在副连长的位置上死出个样子来！"

高干事没有往他的小本上记，这些牢骚话显然毫无闪光之处。

我沉痛表示："执行军长让我第一个炸碉堡的指示吧！这尖刀排，我来带！"

"指导员，你……"梁三喜严肃地望着我，"咋又提起那件事？尖刀排，哪能让你带！"

靳开来接上道："指导员，我靳开来已觉出你是个有种的人！已过去的事我不提了，也不准你再提起！从现在起，我们将患难相依，生死与共！指导员是连队的中枢神经，要死，第一个也轮不到你！"

他的话充满真诚的感情，我眼里一阵发热。

梁三喜刚提出要带尖刀排，就被靳开来大声喝住："连长，少啰嗦，要带尖刀排，比起我靳开来，你绝对没有资格！"

我和高干事都一愣。

靳开来接上对梁三喜道："当然，讲指挥能力，我靳开来从心里服你；论军事素质，你也比我靳开来高一筹！我说的资格是：我靳开来兄弟四个，死我一个，我老父老母还有仨儿子去养老送终，祖坟上断不了烟火。可你梁三喜，你家大哥为革命死得早，二哥为他人死得惨，惨啊！就凭这，不到万不得已，你梁三喜得活下来！"他转脸对我和高干事，"你们不知道连长家的事……咳！我这个人，就愿意把话说得白一些，尽管说白了的话怪难听。"

我心里沉甸甸的。下连这么久了，我竟对连长的身世一无所知！看来，连长家中不知遇到过啥样的不幸。而眼下我们已来不及去聊那些事了。

靳开来擦了擦发湿的眼睛："连长，我说句掏心话，全连谁'光荣'（前线战士把'光荣'作为牺牲的代名词）了，我都不会过分伤心，为国捐躯，打仗死的吃！唯独你，如果有个万一……你那白发老母亲，还有韩玉秀怎么办……咳！小韩该是早已经生了，可你还不知她生的是男是女啊！"

梁三喜摆了摆手，声音有些颤抖："副连长，别说那些了！"

我眼里阵阵发潮。怪我，都怪我这不称职的指导员，使连长早该休假却没休成！

"行了。别开马拉松会了。顺理成章，带尖刀排的事，听我的。"靳开来拍板定了音。

接着，我们又进一步设想行动后可能遇到的难题，议论着对付困难的办法。

散会时，靳开来对高干事笑了笑："喂，笔杆子！一旦我靳开来'光荣'了，你可得在报纸上吹吹咱呀！"说着，他拍了拍左胸的口袋，"瞧，我写了一小本豪言壮语，就在这口袋里，字字句句闪金光！伙计，怕就怕到时候我踏上地雷，把小本本也炸飞了，那可就……"

梁三喜："副连长！你……"

靳开来："开个玩笑吃！高干事又不是外人，怕啥？"……

一切都准备好了，但一切又是何等仓促。

二月十六日下午，从济南部队和北京部队调到我们团一大批战斗骨干，都是班长以下的士兵。团里照顾我们这尖刀连，一下分给我们十五名。显然，他们是从各兄弟部队风尘仆仆刚刚赶到前线。抱歉的是，我们既没有时间组织全连欢迎他们，甚至连他们的名字都来不及登记，就三三两两地把他们分到各班，让他们和大家一起去吃"三鲜水饺"去了！

夜幕降临，我们全连伏在红河岸边待命。

战斗打响前，最大权威者莫过于表的指针。人们越是对它迟缓的步伐感到焦急，它越是不肯改变它那不慌不忙的节奏。当它的时、分、秒针一起叠在十二点上时，正是十七日凌晨。

骤然，一声炮响，牵来万声惊雷，千百门大炮昂首齐吼！顿时，天在摇，地在颤，如同八级地震一般！长空赤丸如流星，远处烈焰在升腾，整个暗夜变成了一片深红色。瑰丽的夜幕下，数不清的橡皮舟和冲锋舟载着千军万马，穿梭往返，飞越红河……

此时，一种中华民族神圣不可侮的情感在我心中油然而生，我更感到自己愧为炎黄子孙！

全连在焦急的等待中迎来了破晓。早晨七时半，冲锋舟把我们送到红河彼岸。

刚过河，就看到从前沿抬下来的烈士和伤员，连里几个感情脆弱的战士掉泪了。

靳开来不知从哪里搞来一把傣家大刀。他把银灼灼的大刀当空一抡："掉啥泪？哭个球！把哭留给吃饱了中国大米的狗崽子们！看我们不搋得他们鬼哭狼嚎！"说罢，他转脸对为我们九连带路的华侨说："老哥，你在身后给我指路，一排，跟我来！"

尖刀排沿两山间的峡谷朝前插去。梁三喜和我率领大家急速跟进。

刚插进不多远，便遇上一群被我正面攻击部队打散的敌兵。他们用平射的高射机枪、枪榴弹、冲锋枪，三面朝我连射击。

"卧倒！"梁三喜一把将我搋倒，厉声下达命令，"三排，占领射击位置，打！"

梁三喜手中的冲锋枪打响了。少顷，三排的轻、重机枪一齐"咕咕咕"叫起来。

我刚端枪瞄准敌人，梁三喜转脸对我喊道："我带三排留下掩护，你带大家尽快甩开敌人！"

"我留下！"说着，我射出一串子弹。

"执行预定方案，少废话，快！"

梁三喜的话是不容反驳的！我的指挥能力，怎能同他相比啊！

我带二排和炮排匍匐前进躲过敌射界，纵身跃起，紧紧尾随尖刀排上前急插……

十时许，梁三喜才率三排跟了上来。他用袖子抹了抹满脸硝烟和汗水，沉痛地告诉我，有两名战士牺牲了，一名战士负了重伤。烈士遗体和伤号已交给担任收容任务的副指导员……

越南北部山区，草深林密，路少坡陡。杯口粗的竹子紧紧挤在一块，砍不断，推不倒，硬是像道道天然屏障。芭茅草、飞机草高达两米以上。草丛中夹着杂木，杂水中盘着带刺的长藤。节令刚过"雨水"，这里的气温竟高达三十四五度。这一切，都给我们急速穿插的尖刀连带来不可想象的困难。

我们心急火燎地沿无路可寻的山沟插进，只见尖刀排在前面停住了。跟上去一看，面前是三米多宽、两米多高的木薯林，钻过去无空隙，爬上去又经受不住人。靳开来手持傣家大刀，左右横飞，为全连砍通道路……

这时，营长在报话机中呼叫，问我们九连的位置，梁三喜忙展开地图，现地对照。一个扛着八二无后坐力炮的战士凑过来，瞄了几眼地图，一下用手在地图上指点说："在这儿，错不了，这就是我们九连的位置。"

梁三喜点了点头，看了看眼前这位昨天下午刚补进我连的战士，便对着报话机向营长报告了九连所处的位置。

报话机中传来营长焦急的声音："太慢！太慢！加快速度！要加快速度！"

"是！"梁三喜回答营长后，站定身对全连命令道："把背包、多余的衣服，统统扔掉！尖刀排继续头前开路，二、三排和连部的同志，协助炮排携带弹药！"

战士们立即照办了。梁三喜的决定无疑是十分正确的。步兵排每人负重六十多斤，炮排每人负重九十多斤，要加快穿插速度，是得扔掉一些不急需的玩意儿才行呵！当这一切办完之后，梁三喜问眼前那位识图能力极强的战士："你，是从哪个部队调来的？"

"北京部队。"

"叫啥名字？"

"嘿，说名字一时也记不准。我们刚补进来的十五名同志，就我自己是从北京部队来的。干脆，就叫我'北京'好了。"

这自称"北京"的战士，稍高的个头，长得挺秀气，浓眉下的眼睛一闪一眨，热情，深邃，奔放。显得煞是机灵聪敏。

"那好。你就跟在我身边行军。"梁三喜说。显然，他已觉得身边极需这位很有一套的战士。

我们加快了穿插速度。在通过一道山梁时，又两次遇到小股敌人的阻击。仍是由梁三喜率三排断后掩护，我们很快就甩开了敌人，拼死拼活地往前插……

营长不时地在报话机中询问我们的位置，每次都嫌我们行动迟缓。

下午三时许，营长又一次呼叫我们。战士"北京"又很快在地图上找到了我们的位置。

梁三喜向营长报告后，报话机里的营长火了："师、团首长对你们行动迟缓极不满意！极不满意！如不按时抵达指定位置，事后要执行战场纪律！执行战场纪律！！喊赵蒙生过来对话。"

梁三喜移动了一下，我蹲到报话机边。

"赵蒙生！赵蒙生！你战前的表现你清楚！刚才军长在报话机中向我询问过你的表现！你要当心，要当心！政治鼓动要抓紧，要抓紧！不然，战后你跳进黄河洗不清，洗不清！……"

我的头皮又嗖嗖发麻。梁三喜推开我。

"营长同志，政治鼓动很重要，很重要！但是我们没空多啰嗦！有啥指示，你快说！"

"梁三喜，你别嘴硬！战场纪律，对谁都是无情的！"

营长的喊话停止了。从尖刀排位置折回身来的靳开来，牢骚开了："娘的！让他们执行战场纪律好了！枪毙，把我们全枪毙！他们就知道用尺子量地图，可我们走的是直线距离吗？让他们来瞧瞧，这山，是人爬的吗？问问他们，路，哪里有人走的路！……"

"副连长，少牢骚！"梁三喜额角上的青筋一鼓一跳地蠕动着。

梁三喜厉声对战士们命令："武器弹药携带好，每人留下两顿饭的干粮，另外是水壶，水壶绝对不能丢！其余的，统统扔掉！"

……

没有亲身经历这场战争的人，压根儿想象不出我们这尖刀连在穿插途中的窘迫之状。为争取按时抵达指定地点，我们冒着热在亚热带高山密林中穿行，上山豁出命去爬，下山干脆坐下连滑加滚，一个个衣服全扯碎了，身上青一块、紫一块……

太阳沉下去了，四周影影绰绰，我已辨不出东西南北。腿早已不打弯了，我跟着大家死死地往前蹿。当听见梁三喜说已到达指定位置时，我一头栽倒了。

梁三喜架起我做惯性运动。我定了下神，见全连绝大部分战士也都倒在了地下。

梁三喜边架扶着我边命令："都起来，互相协助，活动一下。"他突然松开我，轻声呼唤："小——金，小金！"

我一看，只见司号员小金栽倒在面前的草丛中。

梁三喜晃动着小金："小金！金小柱……"

听不见小金的声音。

我和梁三喜忙把小金身上的装备卸了下来：冲锋枪、子弹带、十二枚手榴弹、飘着红缨穗的军号、两包压缩饼干、水壶。另外，还有沉重的四发八二无后坐力炮弹——显然，这是他在穿插途中，遵照连长的指示，从炮排战友身上，背到了他的背上……

梁三喜坐下把小金扶起，让小金倚在他怀中。他取过小金的水壶晃了下，听见有点响声，便将水壶对上小金的嘴："小金，醒醒，喝点水……"

小金嘴唇紧闭，毫无反应。

我忙给小金做人工呼吸，但无济于事。

我用手一摸，小金的心脏已停止了跳动！

梁三喜眼中涌出滴滴泪珠。他用毛巾擦拭着小金脸上的泥垢和汗渍。小金那长长的睫毛垂了下来，胖乎乎的两腮上，各有一个浅浅的小酒窝……

他还没来得及为全连进攻吹响冲锋号，他没能杀敌立功，就这样安详地睡去了，永远地睡去了。

事后，我反复想过，如果小金不给炮排背那四发炮弹，他也许不会……也许因为他太年轻，也许他的心脏或身体的某个部位本来有点小毛病，使他承受不了如此剧烈的穿插。啊，这位不满十七岁的士兵是累死在战场上的！

此刻，我抚摸着他那圆鼓鼓的手，抽泣着。我下连后，就是这双手，曾天天早晨给我打好洗脸水，把牙膏都给我挤在牙刷上；就是这双手，曾给我一次次地洗军装；也是这双手，在那"十公里全副武装越野"时，将摔倒的我扶了起来……我年龄几乎比他大一倍，可我……小金呀，原谅我吧，我不会是个永远都不称职的指导员，更不会成为"王连举"！

战争期间，时间是以分秒计算的。当我们到达364高地前沿时，已是晚上八点零二分。比上级指定的到达时间，误了一百二十二分钟！

然而，我们九连是问心无愧的。

七

梁三喜命令各班检查了装备，武器弹药没有丢损。只是大部分战士已把水壶和干粮全扔在穿插途中了。他让各排把仅有的干粮和水集中起来分配。吃了一顿半饥不饱的共产式的"大锅饭"之后，全连基本上粮尽水绝了。

我的水壶和干粮也在穿插途中扔掉了。梁三喜塞给我半包压缩饼干我没接，我瞒他说自己还有吃的。他把小金留下的水壶硬是塞给了我。我怎忍心喝小金留下的水啊！我把那半壶水连同小金为炮排背来的四发炮弹，一起交给了炮排……

夜，黑得像看不到边、窥不见底的深潭。

山崖下的灌木丛中，梁三喜召集各班、排长围拢在一起，研究下一步的行动。他在暗夜中铺开地图，借着圆珠手电笔那圆圆的光点，用手点了点由无名高地和主峰两个山包组成的364高地。接着，他让那位带路的华侨，谈一谈364高地敌人设防的情况。

我们的向导，是位三十四五岁的庄稼汉。穿插途中，我们派两位体格最棒的战士空手拉扯着他，才使他和我们一起赶到目的地。他是在越南当局反华、排华时蒙难回国的，他原来的家离这364高地不远。但遗憾的是，他对敌军事方面的布防所知甚少。他仅告诉我们，从七四年春开始，就看到有越南鬼子在前面的两个山包上构筑碉堡和工事。别的，他啥也不知道了……

面对敌人苦心经营的364高地，大家思忖着。

梁三喜已把战士"北京"视为连里的"高参"。此时，他对挨在他身边的"北京"说："'北京'同志，先谈谈你的想法吧。"

"那好。我先谈点不成熟的设想，以便抛砖引玉。"战士"北京"说，"我连现已脱离大部队，孤军揳入敌腹。在缺乏强有力炮火支援的情况下，要攻占面前的两个山头，谈何容易！敌人居高临下，以逸待劳，颇有'一夫当关，万夫莫开之势'。这就决定了我们的打法，切莫强攻，必须巧取。"

"说得很有道理。"梁三喜催促，"继续说下去。"

"现在我连已断粮缺水，一时又不能补充，行动必须迅速。趁敌尚未察觉我们，我建议战斗不应在明日，而宜在今夜展开。先拉开一个小小的战斗序幕。"

"序幕？"梁三喜问。

战士"北京"接上说："对。孙子云，'知己知彼，百战不殆'。这小小的序幕是：一、先设法破坏敌阵地前沿的雷区，撕开一道豁口，以便全连接敌；二、以步兵排实施火力佯攻，引敌暴露火力点的位置；三、我炮排和步兵排的爆破组，借暗夜接近敌火力点。在隐蔽好自己的前提下，离敌火力点愈近愈佳。这样，待明晨拂晓，便可以迅雷不及掩耳之势，夺下无名高地，取得立足点。然后，才有可能考虑下一步。"

想不到这年轻的战士"北京"，竟对兵家之事如此谙熟，我颇有些折服了。

大家小声议了一阵，一致认为战士"北京"的设想，切实可行。

这时，"北京"又说："入伍后，我一直在步兵连八二无后坐力炮班当战士。在北京部队时，我参加过几次师里组织的山地进攻实弹演习。要讲摧毁敌火力点，'八二无'堪称一绝。它最大射程一千米，绝就绝在进行肩炮直瞄发射时，我们可以把炮口当刺刀！山地作战，每块岩石下都可隐蔽自己。我打过多次百米内肩炮射击，根本不需瞄准，其准确程度如同把枪口直指敌人的肚皮，百发百中。眼下，我们是山地攻坚，如果采用远射程射击，倘若一炮打不准，敌碉堡里的机枪饶不了冲锋的步兵战友！我看，四〇火箭筒也定要在百米，甚至是五十米、三十米的距离上发射，做到弹无虚发。可别小瞧越南鬼子，他们打了多年的仗，拼起来是些亡命徒！因此，我们非得冒风险，下绝法子治他们不可！"

梁三喜说："'北京'同志说得十分有理。'八二无'和四〇火箭筒发射时要近些，再近些！必须做到一炮摧毁一个敌碉堡！不然，后果大家都清楚。一排长，行动还是从你们尖刀排开始，你们先用成捆的手榴弹，引爆敌人的地雷……"

靳开来急不可待："娘的！说干就干！先来十捆手雷，每捆十枚！"

梁三喜按住要行动的靳开来，又周密地进行了具体分工。

末了，梁三喜对我说："指导员，战斗要提前打响，按说应该报告营里。可在敌人鼻子底下用报话机呼叫，那就等于把我们的行动报告给了敌人。你看怎么办？"

我当即说："不必报告了。两座山头反正得我们去攻，早攻下来总比晚拿下来好！"

战士"北京"说："指导员说得极是。将在外，君命可有所不受。"

行动开始了。

靳开来率尖刀排把一捆捆手榴弹甩往雷区。随着手榴弹的爆炸，引来阵阵地雷的爆炸声……

迎着爆炸后呛人的梯恩梯味儿，全连在炸开的豁口上，迅速、安全地爬过了雷区。

这时，实施火力佯攻的三排，轻、重机枪早已一齐响起来。无名高地上敌各处的火力点喷吐出火舌。霎时间，山上山下一片枪声……

我默数着敌火力点，对梁三喜说："十二个，有十二个敌火力点。"

"不，还多，最少是十三个。"

按打响前的分工，梁三喜和我各带炮排的两个班和步兵排组成的爆破组，从无名高地左右两侧朝前运动，去潜伏到敌人的碉堡下。

靳开来和我一起行动。有他在，我心里坦然多了。此时，他这炮排长出身的副连长，手握着火箭筒，身背着火箭弹，跃跃欲试要去炸碉堡了。

三排的轻重机枪打打停停，各处的敌碉堡不时喷吐出火舌，为人们指引着行动的目标……

我正向前爬着，靳开来扯扯我的衣服，悄声对我说："别慌，你跟在我后面！"

近了，不时喷出火舌的碉堡，离我们越来越近了……

午夜时分，无名高地上完全静了下来。

"啾儿，啾儿……""唧唧，唧唧……"纺织娘，金钟儿，蛐蛐儿，还有一些不知名的虫儿，轻轻奏起了小夜曲。

我和靳开来偎依在山岩下的茅草丛中。

他是个不甘寂寞的人。他贴着我的耳根问："指导员，你，在想啥？"

"我……没想啥。"

他突然冒出一句："你，没想你老婆吗？"

"这种时候，我可顾不上想她了。"

"你老婆肯定很漂亮吧？洋味的？"

"带点洋味。不过，还是土气点的厚道。"

过了会儿，他又悄声自言自语："我那小男孩四岁了，长得跟我一个熊样。下月六号是他的生日。咳……真想能抱过他亲他几口。"

我们开始闭目养神。这时，我才觉出，被汗水多次浇透的军装已硬似铁甲，双腿沉得像两根木椽一样不能打弯，周身热辣辣地胀痛。

"叮零零……"头顶上传来电话铃声。接着是咿里哇啦的喊叫声。噢，是敌堡里的敌人打电话。神经一收缩，身上的疲惫感顿然消失了。

置身于敌人的碉堡之下，我才深深地感到，这里已绝对没啥将军后代和农民儿子的区分了。我们将用同样的血肉之躯，去承受雷，去承受火，去扑向死神，去战胜死神，一起去用热血为祖国写下捷报！

八

乳白色的晨雾像纱幔一样轻轻飘散，东方显出了朦胧的光亮。三颗红色信号弹腾空而起，梁三喜发出了冲锋的信号！

这时，卧在我身边的靳开来早已跃起身，他倚在岩石一侧，肩扛四〇火箭筒，眨眼间便扣响了扳机。但闻"轰"的一声巨响，敌碉堡刚喷出一缕火舌，便腾空飞上了天！

几乎是同时，离我有三十余米远的战士"北京"也肩起"八二无"，只见他身子一动，肩后便喷出长长的火龙（八二无后坐力炮发射时两头喷火，从后面喷出的火柱长达二十五米）。

"指导员，隐蔽！"随着靳开来的喊声，我忙卧倒在岩石下。被炸碎敌碉堡水泥块儿，像雨一般刷刷落在四周。

一声声巨响接二连三地传来，无名高地上腾起一股股硝烟气浪。显然，从左侧接敌的梁三喜他们，也进展顺利……

靳开来和战士"北京"朝前跃进，我率火力掩护组迅速占领了有利地形。这时，无名高地顶端右侧，又有两个碉堡喷出火舌……

"打！"我趴在轻机枪后扫射着，掩护组一齐压制敌火力，把敌人的火力引过来了。

靳开来和"北京"各扛着自己的家伙，分别绕到敌堡一侧，真是炮口当刺刀，他们离敌堡都只有五十米左右的样子。只听两声巨响，又见两个敌堡飞上了天！

声声巨响过后，我们纷纷跃起身，饿虎扑食般冲上了无名高地。这时，从左侧出击的梁三喜他们也扑过来了。

扼守在堑壕中的敌人想负隅顽抗，我们劈头盖脸便是一顿猛扫，既来不及喊啥"诺松空叶"（缴枪不杀），也来不及呼啥"宗堆宽洪毒兵"（我们宽待俘虏），当敌人还没明白过是咋回事时，便死的死，窜的窜了……

战斗进行得如此干净利落，前后只用了十多分钟！梁三喜激动地拍着战士"北京"的肩说："行！真不愧是从北京送来的战斗骨干！战后，我们首先为你请功！"说罢，他大声命令大家："赶快清理阵地，进入堑壕，防敌反冲锋！"

大家立即进入敌人遗弃的堑壕，做好战斗准备。

我当时万万没想到，战斗从这时起便进入了极其残酷的时刻。事后，我们才清楚，仅这无名高地上就驻有敌一个加强连，而主峰上则是敌人的团属迫击炮连的炮阵地。

眼下，主峰上的敌人把一发发炮弹倾泻到无名高地上。炮弹呼啸着，在我们占领的堑壕周围炸开。浓密的烟雾，像一团团偌大的黑纱，遮住了太阳，遮住了蓝天。罩在我们头顶上。泥土、石块、敌人丢弃的枪支，合着炮弹片的尖叫声，狂飞乱迸……

每当炮击过后，敌人便从三面发起冲锋。

由于我们取得了立足点，敌人的头两次反扑被我们压下去了。但是，连里已有八名同志牺牲，十一名同志负了伤。

敌人又一次极为疯狂地炮击之后，第三次反扑开始了。

我和靳开来每人抱着一挺轻机枪，带领一排扼守在阵地西侧。这时，三十余名敌人在他们的火力掩护下，喊着、叫着，分梯次向我们扑来。

我们向敌猛烈扫射。因敌三次反扑的时间相隔太短，不大会儿，我们的枪管都打红了，不能继续射击了。

"快，拿手榴弹来！多，要多！"靳开来把帽子一丢，亮出了光头。

幸好，敌人丢弃的阵地上，到处是成箱的弹药和横七竖八的枪支，而且全是中国制造。我忙搬过一箱手榴弹，递给靳开来几枚。

"拧开盖，全给我拧开盖！"靳开来吼叫着，顺手便甩出了几枚手榴弹，"换枪，都快换枪！"

眼前有靳开来这样的勇士，懦夫也会壮起胆来！是的，越怕死越不灵，与其窝窝囊囊地死，倒不如痛痛快快地拼！我把手榴弹盖一个个拧开，靳开来两手左右开弓，把手榴弹"嗖嗖"甩向敌群。战士们抓紧时机换了枪……

敌人射来的子弹暴雨般在我们面前倾泻，蝗虫般在我们身边乱跳。有几个战士又倒在堑壕边牺牲了。每分钟内，我们都承受着上百次中弹的危险！

……战争，这就是战争！它把人生的经历如此紧张而剧烈地压缩在一起了：胜利与失败、希望与失望、亢奋与悲恸、瞬间的生与死……这一切，有人兴许活上十年、五十年。不见得全部经历到，而战争中的几天，甚至几小时、几分钟之内，士兵们便将这些全部体味了！

阵地前又留下一片横倒竖歪的敌尸，敌人的第三次反扑，又被我们打退了。

主峰上的敌人已停止炮击，战场沉寂下来。

我和靳开来走至堑壕中间地段，碰上了梁三喜，见他左臂上缠着绷带，便知他在刚才打退敌人反扑时挂花了。我和靳开来忙察看他的伤口，他抬起左臂摇了摇："还不碍事，子弹从肉上划了一下，没伤着骨头。"

战士们把烈士遗体一个个安放在堑壕里。初步统计，全连伤亡已接近三分之一……

没有人再流泪了。是的，当看惯了战友流血时，血不能动人了！当看惯了生命突然离开战友时，活下来的人便没有悲伤了！只有一个念头，复仇！！

这时，梁三喜见三班战士段雨国倚在三班长怀中，便问："怎么，小段也负伤了？"

"没有。"三班长说，"他晕过去了，渴的。嗨，小段也算不简单，拂晓进攻时，他只身炸了一个敌碉堡。"

"看不出这小子也算有种！"靳开来不无夸奖地说。

我们坐了下来。梁三喜把他的半壶水送给三班长："快，全给他喝下去。"

三班长不接，梁三喜火了："战场上，少给我婆婆妈妈的！"

三班长把水壶里的水慢慢流进段雨国的嘴里。过了会儿，段雨国苏醒了。

三班长对小段说："这是连长的水，全连就他这半壶水了！"

段雨国慢慢睁开眼，望着梁三喜。他的嘴嚅动着，泪水顺着脸上淌下来……

我们尝到了上甘岭上的那种滋味。

在敌人反扑的间隙，梁三喜已两次派出战士在这无名高地周围到处找水，找吃的。别处均没发现有水，就敌人营房旁边有口井，但是，经过卫生员化验，井中已放上毒了。敌人已撤离的营房里，大米倒不少，一麻袋一麻袋的，麻袋上全印着"中国粮"的字样。可没有水，要大米有啥用啊！

时已中午，赤日当头，烤得我们连喘气都感到困难了。

三班长望了望我和梁三喜，嗫嚅地说："山脚下……有一片甘蔗地……"

靳开来像是没听见三班长的话，朝我伸出手："指导员还有烟吗？娘的，我的烟昨天穿插时跑丢了！"

我摇了摇头。出发前我带着两条烟，穿插时被我扔掉了。

梁三喜掏出他的"红塔山"，一看，还剩两支。他递给靳开来一支，将另一支折一半给了我。

靳开来点起烟，贪婪地吸了两口："指导员，是否让我去搞点'战斗力'回来？"

我当然知道他说的"战斗力"是什么，便站起来说："让我带几个战士去吧，搞它一大捆来！"

靳开来站起来把我按下："还用你去！你当指导员的能有这个话，我就高兴！这犯错误的事，我哪能让你们当正职的去干！反正我靳开来没有政治头脑已经出名了，如果不死在这战场上，回国后宁愿背个处分回老家！"

战前，上级曾严厉地三令五申：进入越南后，要像在国内那样，坚决执行三大纪律八项注意，不准动越南老乡的一针一线。违者，要加倍严肃处理。

靳开来又牢骚开了："自己的老百姓勒紧了裤腰带，却白白送给人家二百个亿！今天，奶奶的，我不信二百个亿就换不了一捆甘蔗。"说罢，他转脸对三班长，"带上三班，跟我走！"

靳开来跃出堑壕，带三班走了。

我和梁三喜有气无力地在堑壕里走着，察看各班、各排的情况。全连又有三个伤号，因流血过多和缺水牺牲了。活下来的同志们个个口干舌燥，偎依在烈日下的堑壕里，连说话的劲都没有了……

渴得要命。水，在这种情况下，不也可以说是战斗力的重要组成部分吗？！

梁三喜也坚持不住了，他和我坐下来。他倚在堑壕边上，长吁了口气。

猛然间，从高地右下方传来"轰"的一声响，我和梁三喜认为是主峰上的敌人又要进行炮击前的试射，忙一下站起来，让战士们进入射击位置，做好击退敌人反扑的准备。可等了会儿，却不见一点动静。

这时，三班长扛着一大捆甘蔗，跑进堑壕："不，不好了！我们回来的路上，副连长踩响了地雷！他……他干啥事都非得他走在前头不行，他……"三班长放声哭了。

不大会儿，三班的战士们把靳开来抬到堑壕边沿，我和梁三喜忙上前把靳开来接进堑壕里。

他躺在地上，左脚被炸掉了，浑身到处是伤。我们忙为他包扎。

他极度痛苦地翻了下身，把我们推开："不，不用包扎了……我，不行了。让……让大家吃……甘蔗吧……"

"副连长，你……"梁三喜一头扑在靳开来身上，抽泣起来。

靳开来用手抓摸着梁三喜的肩："连长，你……多保重！我……死了也没事，还有他们弟兄三个……"

"副连长……"我呜咽着。

靳开来侧脸望着我："指导员，我……是个粗人，说话冲，你……多原谅……"

"副连长……"我哭出声来了。

他吃力地用手指了指他左胸的上衣口袋："指导员，帮我拿……拿出来，不是什么豪言壮语，是……是全家福……"

我脑中倏地闪过他跟高干事说过的话，忙将手伸进他的口袋，拿出一看，是一张照片。照片上有他、他的妻子和一个四岁左右的小男孩……

我含泪忙把照片拿到他眼前，他用颤抖的手接过照片："我……要去了，让我最后再……再看一眼……"

赵蒙生哽咽着，讲不下去了。

过了会儿，他擦了擦泪对我说："副连长靳开来就是这样牺牲的。现在想起他来，使我揪心难过的并不全在于他的死。"

段雨国插话："回国后评功评模，指导员多次向团里为副连长请功。但是，副连长连个三等功也没能立上！"

赵蒙生接上说："如果按个人取得的战果评的话，我们副连长绝对可以评为战斗英雄！如果他口袋里果真有一小本豪言壮语，那就更能宣扬出去！可当我们如实把他在战场上的英勇表现写成材料报到团里，团里有人说：'靳开来此人，思想境界一贯不高，是个'牢骚大王'。战前提他当副连长，他说让他去送死！再说，他是为一捆甘蔗死的，严重地破坏了三大纪律八项注意且不说，死得不值得呢！'"

"值得，他死得完全值得！"段雨国嚷起来，"是人都会有缺点，他发牢骚也不是没缘由的！不管别人怎么说，副连长在我们九连的心目中，永远是大义凛然的英雄！没有他搞来的那捆甘蔗，我们当时都渴晕了，我们能攻上 364 高地主峰吗？！"

我们仨人都沉默了。

过了一大阵子，赵蒙生长叹了口气，接下去讲述这场未完的战斗。

九

战斗愈来愈残酷了。

当我们每人分到的两根甘蔗刚刚嚼完，主峰上的敌人居高临下，又一次向我们实施炮击。这次炮击比前几次更疯狂，更凶狠，炮击持续了长达半小时之久。无名高地上，我们作为依托和立足点的堑壕，前后左右，到处弹坑累累。扑面的硝烟使我们睁不开眼，浓重的梯恩梯味儿呛得我们喘不出气。

炮击刚停，主峰山半腰的两个敌堡，用平射的高射机枪、轻重机枪，向我们这无名高地扫射……

显然，敌人是要从南面反扑了！

"三排，压制敌火力！"梁三喜大声喊道。

我们刚从堑壕里探出头，便见一群敌人已爬上堑壕前的陡崖，离我们只有十几米了！"打！"梁三喜边喊边端起轻机枪，对着敌群猛扫！全速奋起向偷袭过来的敌群开火，瞬间，阵地前的敌人便被我们打得如同王八偷西瓜，滚的滚，爬的爬……

这群敌人是从主峰上下来的。他们趁炮击时我们无法观察，便越过主峰和无名高地间的凹部，偷袭到我们的阵地前沿。真险啊，如果我们稍迟几秒钟发现他们，他们就扑进我们的堑壕里来了！

当敌人的反扑又被我们打退后，敌我双方又平静下来。

这时，报务员跑到梁三喜跟前，说营长在报话机中呼叫九连。

梁三喜极其简要地向营长报告了我们攻下无名高地的经过。营长在报话机中告诉我们：营指挥所和营所属另外三个连队，离我们这无名高地直线距离还有十公里左右。预定的穿插计划因战局发展被打乱，他们已不能按预定方案按时到达预定位置了。眼下，三个连队正分头扼守山口要道，阻截从第一线溃逃下来的敌兵，保证大部队全歼逃敌。因此，他们一时腾不出兵力来支援我们。营长还收回了他昨天对我们的批评，并传达了师、团首长对我们九连的嘉奖令，说我们昨天的穿插速度是相当惊人的！……

是的，当他们也在我们昨天的穿插路上走一走时，他们便会晓得我们九连为啥误了一百二十二分钟！

"困难，你们有啥困难吗？"营长问。

"伤亡已超过三分之一，断粮断水！"梁三喜喊道，"水，主要是缺水！"

"坚持，你们想办法坚持！要坚持到明天头午，我们才能上去！"少停，营长喊道，"团首长指示，如果攻下主峰有困难，你们就坚守在无名高地上，等我们上去再说！"

"不行，我们不能在这无名高地上坚持！要死，也只有到主峰上去死！"

"怎么？你是梁三喜还是靳开来，牢骚不轻呀！"

"报告营长，靳开来已经牺牲，我是梁三喜！"梁三喜脸色铁青，"主峰上有敌人的迫击炮阵地，一个点地朝我们头上打炮，如果在这无名高地上坚持到明天头午，九连必将全连覆没！"

跟营长通罢电话，梁三喜对我说："指导员，召开个党员会吧。"

我忙通知党员开会。这时，一些不是党员的战士，也纷纷把他们早写好的火线入党申请书递到我手上，问我可不可以列席参加党员会。我眼里一热，忙说："可以，绝对可以！"

此时要求入党，绝不是去领取一张谋取私利的通行证，而是准备向党献出一腔热血！

梁三喜对围拢过来的党员、非党员说："我们不能再被动挨炮了，要主动出击！我提议组成党员突击队，去拿下面前的主峰，去占领敌炮阵地！"

战士"北京"接上说："连长的话极有道理。看来主峰上敌兵力并不多，他们主要是靠炮来杀伤我们。只有我们站在敌炮阵地上，我们九连才能有点安全感。"

梁三喜望了望众人，宣布了两道命令，任命战前刚晋升的炮排长为代理副连长，任命战士"北京"为代理炮排长。

说罢，他问我："来不及碰头商量了。指导员，你看怎样？"

我连连点头同意。眼下让谁升官，既不需升官者为自己"走后门"，更不需有人为升官者当说客，说文了叫"受命于危难之际"，说白了便是斩开来的话，给你个带头去死的差事！

战士"北京"对梁三喜说："连长，这种时候我是不会说虚的。说实话，让我指挥一个炮排，我还是颇能胜任的。不过，我用'八二无'去炸敌碉堡还有点绝招，因此，我觉得让我作为一名炮手去行动，更能见成效。"

梁三喜一听有理，点头同意了"北京"的要求。

以党、团员为主的突击队组成了。

梁三喜当即决定：由新任命的代理副连长和他带队，分头从主峰左右侧去攻占主峰。他让我和三排留下扼守无名高地，掩护他们出击……

"连长，你的胳臂已负过伤了！"我吼了起来，"如果你觉得我赵蒙生还有种，这突击队由我来带！"

"少废话！你有没有种，战场上大家不都看到了吗！"梁三喜的眼里射出不容分说的光，"可讲指挥能力，你还不过关！行了，趁敌还未炮击，要分秒必争！"他转脸对战士"北京"一挥手，"带足炮弹，你和弹药手们先是顺坡滑下去，速度越快越好！"

无名高地和主峰间是个"U"形，我阵地面前的坡崖坡陡七十多度，而坡崖又完全暴露在主峰之敌的射界下。当战士"北京"抱着"八二无"炮身，和弹药手们急速从坡崖上滑下去时，主峰山半腰的两个敌碉堡，便开始不停地封锁扫射……

"三排，压制吸引敌火力！"梁三喜命令。

三排对准敌碉堡开火，但狡猾的敌人并不理会，仍不时地朝我面前的坡崖实施拦阻扫射……

要通过这完全暴露在敌射界之下的坡崖，谈何容易啊！

梁三喜皱起眉头。稍停，他对突击队员们大声喊道："看着点！都按我的样子办！"

说罢，只见他把一挺轻机枪抱在怀中，趁敌射击间隙，飞身跃出堑壕，猛地朝山下滚进，滚进……

我惊呆了！一个基层指挥员在战斗最紧要的关头，他把忠诚、勇敢和智慧所包含的全部内容变为沉着，继而从沉着中又产生出这果断而不惜赴汤蹈火的行动！

他成功了。

突击队员们学着他的样子，瞅准敌射击间隙，一个个先后"噌噌"跃出堑壕，滚进，急速朝坡崖下滚进……

过了会儿，敌人停止扫射。无名高地上安静无事，我心中越发不安。我问自己："你不是立誓要血洗自己的耻辱吗？那你为啥不像梁三喜那样去冲锋？！"

敌人又开始拦阻扫射了。我抓过冲锋枪抱在怀中，对三排喊道："你们坚守，我过去！"

我大步跨出堑壕，横身倒在坡崖上，拼命往山下滚进……

我当时想的是：都是爹娘生的，连长梁三喜是人，我也是人，他能去做的事，我这当指导员的也应照着去做，才算称职！

也怪，滚到山间，除了感到周身麻木外，竟觉不得疼。

主峰上下全是一人多深的芭茅草，一接近它，便躲过了敌人的射界。我火速爬着赶上了梁三喜他们。梁三喜见我来了，也没责怪我。

三排仍不时向敌人射击，敌人也不断还击。我们在草丛中攀缘而上，去接近敌堡……

爬了一大阵子，猫起腰便看见敌堡了。

战士"北京"对梁三喜说："连长，距离最多有五十米。放心，绝对不用打第二炮，干吧！"

梁三喜点头同意。

战士"北京"当即把炮弹装进炮膛。少许，他肩起"八二无"炮身，"噌"地站起来，勾动了扳机！然而，没见炮口喷火！

战士"北京"一下卧倒在地。敌人的子弹"嗖嗖"从我们头顶上飞过……

"怎么？是臭弹？"梁三喜问。

"嗯。是发臭弹。""北京"说着，忙把臭弹退出炮膛。弹药手赶忙又递给他一发炮弹，他又将炮弹装进了炮膛。

稍停，他又肩起炮，猛地站起身，又一次勾响了扳机，却又一次没见炮口喷火！

"哒哒哒哒……"敌人一串子弹射来，战士"北京"一头栽倒在地上！

"'北京'！'北京'同志……"我和梁三喜同声呼唤着。

一切都发生在瞬息之间！

战士"北京"倒在血泊中，身上七处中弹。中的是平射过来的高射机枪子弹，处处伤口大如酒盅，喷出股股热血……

呵，倒下了，一个多么优秀的士兵又倒下了！他连哼一声也没来得及，眨眼间便告别了人生！他二十出头正年轻，芬芳的生活正向他招手！他是那样机敏果敢，他是多么富有才华！昨天晚上，他还以将军般的运筹帷幄，为我们攻打无名高地献出了令人折服的战斗方案！可此刻，他竟这样倒下了！他从北京部队奔赴前线补到我们连，到眼下才刚刚两天，我们还不知道他叫啥名字啊！五十米的距离上，他不瞄准也绝对有把握一炮一个敌碉堡！可臭弹，该死的两发臭弹！！

梁三喜怒对爬到眼前的弹药手："他的死，你要负责任！"

弹药手沉下头不吱声。我知道，梁三喜这是由极度悲恸产生的激怒，而激怒又变为这无谓的埋怨！在同生共死的战场上，有哪位弹药手愿意出现臭弹啊！

"怎么两发都是臭弹？唉！"

"早晨打无名高地时，就已出现过一发臭弹。"弹药手伤心地回答梁三喜，"为啥是臭弹，你看看弹身上的标号就晓得……"

梁三喜从战士"北京"身下的血泊中，取过那发退出膛的臭弹看了一眼，递给了我。我一看，只见弹身上印着：一九七四年四月出厂。

弹药手嘟囔说："'批林批孔'的年月里出的东西，还能有好玩意儿？那阵儿，到处都停工停产搞大批判，军工的工人也都不上班……"

啊，我心里一阵冷飕飕！那令人不寒而栗的动乱年月，不仅给人们造成了程度不同的精神创伤，还生产出这样的臭弹！如今臭弹造成的恶果，竟让我们在这生死攸关的战场上来吞食！

"奶奶的！"梁三喜气得像靳开来那样骂娘了，"要是再为了争权夺利，今天你搞他，明天他整你，甚至连死了两千多年的孔老二也拉出来批，我们就没个好！不用敌人打咱们，自己就把自己搞垮了台！"

这时，山左侧传来一声令人振奋的巨响，不用问，那是新上任的代理副连长带着战友们，把敌碉堡炸掉了！我们上面敌堡中的枪又急骤地响起来，一串串子弹从我们头顶上掠过……

梁三喜问弹药手："还有几发炮弹？"

弹药手说："还有九发。有六发是七四年四月出厂的。"

"真他娘的见鬼！扔了，把那六发全给我扔掉！"梁三喜气极了，厉声对弹药手，"你动作快点，给我拿发好弹来！"

梁三喜从战士"北京"身下双手摸过血染的炮身，把那发还在炮膛中的臭弹猛一下退出来，忿然甩出老远！他接过弹药手递过来的炮弹，一下装进了炮膛。

梁三喜肩起炮身。说时迟，那时快，他猛地站起来，眨眼间便见炮口喷火！炮弹"轰"地炸开，敌碉堡被炸得粉碎……

碎石泥尘还在刷刷下落，我们便跃起身，迎着硝烟气浪上前扑去！

上来了！上来了！从左右两侧出击的突击队员，还有从主峰正面待机冲锋的步兵一排，一齐呐喊着，冲上了山顶！

我们，终于站在了364高地主峰上！

"注意搜索残敌！"梁三喜命令说。

我放眼望去，山顶上敌堑壕里一片狼藉，空无一人。位于山顶右侧的炮阵地上，有十几门横倒竖歪的120迫击炮，遍地是待发的炮弹，还有那一箱箱未开封的炮弹箱摆在周围……这时，我才更觉出梁三喜判断的准确，决策的正确！如果不攻占这炮阵地，我们坚守在无名高地上是会全连覆没的！

山顶上到处是巉岩怪石。我们沿着堑壕南边向西搜索。

段雨国兴冲冲地来到我和梁三喜身边："连长，指导员，胜利啦，我们终于胜利啦！这次战斗，能写个很好的电影剧本！"

我望着段雨国那副乐样儿，真没想到他也攻上了主峰！

"隐——蔽！"只听身后的梁三喜大喊一声，接着我便被他猛踹了一脚，我一头跌进堑壕里！跟着传来"哒哒哒"一阵枪响……

当我从堑壕里抬头看时，啊！梁三喜——我们的连长倒下了！

我不顾一切地扑过去。

"连长！连长！"我一腚坐在地下，把他扶在我怀中……

他微微睁开眼，右手紧紧攥着左胸上的口袋，有气无力地对我说："这里……有我……一张欠账单……"

一句话没说完，他的头便歪倒在我的胳臂弯上，身子慢慢地沉了下去，他攥在左胸上的手也松开了……

我一看，子弹打在他左胸上，打在了人体最要害的部位，打在了他的心脏旁！他的脸转眼间就变得蜡黄蜡黄……

"连长！连长！"战士们围过来，哭喊着。

"连——长！"段雨国扑到梁三喜身上号啕起来，"连长！怪我……都怪我呀……"

梦，这该是场梦吧？战斗就要结束了，梁三喜怎么会这样离开我们！当理智告诉我，这一切已在瞬息间千真万确地发生了时，我紧紧抱着梁三喜，疯了似的哭喊着……

讲到这，赵蒙生两手攥成拳捶打着头，泪涌如注。他已完全置身于当时的场景中了。

我用手擦着不知啥时流下的泪，为梁三喜的死感到极为惋惜和沉痛。

过了良久，赵蒙生才抬起泪脸，喃喃地对我说："子弹，是一个躲在岩石后面的敌人射过来的。显然，梁三喜最先发现了敌人，如果他不踹我那一脚的话，他完全来得及躲开敌人，可是为了我，他……"

段雨国内疚地哽咽说："怪我，都怪我啊！怪我当时让胜利冲昏了头脑，才使指导员先顾了跟我说话，才使连长他……"

停了会儿，赵蒙生接上说："痛哭过后，我想起梁三喜临终前没说完的那句话，我从那热血喷涌的弹洞旁边，从他那左胸的口袋里，发现了这……"赵蒙生说着，从一本硬皮日记本里，拿出一片纸，用瑟瑟发抖的手递给我，"你……你看看……"

我接过一看，这是一张血染的纸条。这纸条是三十二开笔记本纸的小半页，四指见方。烈士的笔锋刚劲，字迹虽被血浸染过，但依然清晰可辨。只见上面写着：

我的欠账单

借：本连司务长 120 元

借：本团刘参谋 70 元

借：团后勤王处长 40 元

借：营孙副政教 50 元

……

梁三喜烈士留下的这张欠账单上，密密麻麻写着十七位同志的名字，欠账总额是六百二十元。

我顿感头皮麻嗖嗖的！眼下，我虽还不知梁三喜为啥欠了这么多的账，但我已悟出，为啥赵蒙生在前面的讲述中，一再讲到梁三喜抽的是黑乎乎的旱烟末，连块手表也没有，用的牙刷只剩"八撮毛"……

赵蒙生叹息了一声，对我说："三年多来，这血染的欠账单一直像沂蒙山中那古老的碾盘一样，重压在我的心上。每每看到它，我便百感交集。我常常这样想，梁三喜临终前那句没说完的话是：'这里有我一张欠账单，我欠的账还没偿还，还没偿还啊……'"

我们又陷入沉默中。

过了会儿，我问："那么，最后战斗是怎样结束的？"

赵蒙生仍在擦泪，没有回答我。

段雨国说："当时，一串子弹射来之后，我见连长倒在地上，我误认为连长是就地卧倒隐蔽。我抬头一望，见前面岩石上有个黑影，一晃便不见了。我跑过去一看，也没见敌人在哪里。这时，又过来几位战士，我们一齐搜索，才发现岩石右下侧有个洞口。我返回身来想报告连长时，见连长已牺牲在指导员的怀中。我扑上去就哭起来……当我含泪告诉指导员敌人已钻洞，指导员疯了般地站起来，喊着要手榴弹……"

赵蒙生摆手制止段雨国："算了，算了！不必讲那些了！"

"实事求是呒！总得让如实记录这个故事的作者同志，对这场战斗有个大概的了解。"段雨国接上对我说，"……指导员把十几枚手榴弹捆在一起，谁也拽不住他，他像疯了一样跑到洞口边，一下就钻进洞去。过了会儿，我们先是听到一阵枪声，接着是闷雷般的巨响。当时大家心想，指导员肯定牺牲了。我们打着手电，一个个钻进洞中，先把指导员抬了出来，见他额角上流着血，臀部也负了伤，他人事不醒了。接着，我们呼啦啦拖出九具敌尸，洞中的九名敌人，全让指导员那捆手榴弹给报销了！……"

"行了，别塑造我的形象了！"赵蒙生内疚地说，"比比梁三喜、靳开来、战士'北京'、司号员小金，我算个啥！我不过是让军长和战友们骂上战场的懦夫而已！如果说我还没有愧为炎黄子孙，那是烈士们用热血净化了我的灵魂。"停了停，他望着我，"不过，使我的心灵受到更大更剧烈震动的事情，还不是在战场上，而是在打完仗之后发生的。那石头人听了也会为之动情的故事，我当时万万想不到，你现在也绝对猜不到。让我给您继续讲下去吧——"

十

我们九连就打了这一仗。

当我抱着手榴弹闯进敌洞时，洞内漆黑啥也看不见。我贴着洞壁朝前摸，摸进十几米，才听见里面有动静。敌人显然也听到我进来了，射来一串子弹，却没有打中我。我便将一捆手榴弹拉了弦，扔了过去。之后，我就啥也不知道了。

后来，是代理副连长带领大家，像掏老鼠洞一样又掏了两个敌洞，又炸死了十三个敌人，战斗便胜利结束了。

我是被自己甩出去的那捆手榴弹炸晕的，伤得并不重。这时，我们营的七连奉命赶到364高地，接替了我们九连。

我先是被送到师战地医院，接着又转到国内。十几天后，我的伤就痊愈了。

整个部队班师回国，凯旋门前是人海鲜花，颂歌盈耳；庆功宴上是玉液琼浆，醇香扑鼻。当活下来的我重新体味生活的美好和芳香时，一想起连里殉国的英烈们，我的心情分外沉重。

部队展开了评功活动。军里决定报请军区，授予我们九连为"能攻善守穿插连"的荣誉称号。经过群众评议，我们九连党支部决定报请上级党委，分别授予梁三喜、靳开来，还有不知姓名的战士"北京"为战斗英雄称号……

对梁三喜和"北京"同志，团里没有争议。对靳开来，不管我们党支部怎样坚持，却连个三等功也不批！这时，有人竟提议授予我英雄称号，说我在战斗最困难的时刻，第一个只身闯进敌洞炸死九个敌人，称得上什么"模范指导员"！

我被刺眼的镁光灯和接踵来访的记者包围了。

记者们对我好像尤其感兴趣，连我的名字也具有特别的诱惑力。有位记者说我当年出生在沂蒙战场上，现在又在战场上立了功，很值得宣传。他以抢新闻的架势找到我，对我进行单独采访。并说他已想好了一篇通讯的题目：正题是《将门生虎子》，副题——记革命家庭熏陶下成长起来的英雄赵蒙生。他让我围绕着这个题目提供材料。我当即把我参战前后的情况如实给他说了一遍，一下打乱了他的构思。但他仍坚持要宣扬我，并说了一大套理由：什么报道要有针对性啦，用材料要去芜取精啦，因此不需面面俱到，要以正面表扬为主……

我坚决拒绝了他："要写，就真真实实地写，别做'客里空'式的文章！"

是的，战争刚刚打罢，烈士尸骨未寒，我怎敢用烈士的鲜血来粉饰打扮自己！

评功活动完结后，接着进行烈士善后工作。我们连在全团是伤亡最大的连队。团里派出专门的工作组，来帮助我们做这项工作。

烈士善后工作进行极为顺利。烈士的亲属们深知亲人是为国捐躯，个个深明大义，没有谁向我们提出过任何超出规定的要求。他们最关心的是亲人怎样牺牲的。我向他们一一讲述烈士的功绩，并把授给烈士的军功章捧献给他们……

但是，当我面对靳开来的妻子和那四岁的小男孩时，我为难了。我向烈士的遗妻和幼子，讲述了副连长怎样带尖刀排为全连开路，怎样炸毁了两个敌碉堡，又怎样坚守无名高地消灭敌人。当然，我省去了副连长带人去搞甘蔗的事，我只说副连长在阵地前找水踩响了地雷……

当靳开来的遗妻抬起泪眼望着我，对这位来自河南禹县一个公社社办棉油厂的合同工，我已无言安慰。所有烈士亲人都有一枚授予烈士的军功章（大部分是三等功）。唯独她没有……

我拭泪把我的一等功军功章双手捧给她："收下吧，这是我们九连授给一等功臣靳开来烈士的勋章！"

这位憨厚纯朴的女合同工，双手接过军功章捧在胸前凝望着。过了会儿，她才把这军功章连同靳开来烈士留下的那张全家福一起包进手帕，小心翼翼地珍藏起来。

她带着那四岁的小男孩，不声不响地离开了连队。

谢天谢地，她并不晓得连队是无权决定给谁立功的（哪怕是记三等功）！我默默祝愿，祝愿那枚军功章能使她在巨恸中获得一丝慰藉，也企望那四岁的孩童在晓明世事之后，能为父辈留给他的军功章而感到自豪！

烈士亲人们都一一返回了，唯独不见梁三喜和"北京"同志的亲属来队。团政治处已给山东省民政部门发了电报和函件，请他们尽快通知梁三喜烈士的亲属来队。战士"北京"的真实姓名，在部队回国后我们通过查找对号，得知他叫薛凯华。参战前一天从兄弟军区火速赶来的那批战斗骨干，团军务股存有一份花名册。当时把他们急匆匆分到各连后，几乎所有的连队都没有来得及登记他们的姓名。因此，全团有好几个连队都出现了烈士牺牲时不知其姓名的事情……

团、师、军三级党委，决定重点宣传梁三喜的英雄事迹。让我们连多方搜集梁三喜烈士的遗物、照片、豪言壮语以及有宣传价值的家信，等等，以便送到军区举办的英雄事迹展览会上展出。

当我着手组织搞这项工作时，确实作难了。

梁三喜的遗物，除了一件一次没穿过的军大衣外，就是两套破旧的军装。团里派人把两套旧军装取走了，因那打着补丁的军装，足能说明烈士生前身先士卒，带领全连摸爬滚打练硬功。团里听说梁三喜有支"八撮毛"的牙刷，又派人来连寻找，因那"八撮毛"的牙刷，足能说明烈士生前崇尚俭朴。然而，很可惜，在那拼死拼活的穿插途中，梁三喜已把牙刷、牙缸全扔在异国的土地上了……

至于照片，我们到处搜集，也没能找到梁三喜生前的留影。最后，我们从师干部科那里，从干部履历表中，才找到一张梁三喜的二寸免冠照。这为画家给烈士画像，提供了唯一的依据……

我是多么悔恨自己啊！我曾身为摄影干事，下连后还带着一架我私人所有的"YASHIKA"照相机，却未能为梁三喜摄下一张照片！

至于梁三喜写下的豪言壮语和信件，我们也一无所获。梁三喜是高中二年级肄业入伍的，按说他应该写下很闪光的文字。但是，我们只找到一本他平时训练用的备课笔记本，全是些军事术语，毫不能展现烈士的思想境界……

参战前后，他在戎马倥偬中为我们留下的，就是那张血染的欠账单！

这天，我把欠账单拿到团政治处，想让团领导们看一下。然而，无独有偶。团政治处的同志告诉我，这样的欠账单并不罕见。在全团牺牲的排、连干部中，有不少烈士欠着账。五连牺牲了四个干部，竟有三个欠账的。这些欠账的烈士，全是清一色从农村入伍的。他们欠账的数额不等，其中，梁三喜欠的账数额最多。

看来，我对从农村入伍的排、连干部，以及那些土里土气的士兵们的喜怒哀乐，还是多么不知内情啊！

时间又过去了几天，仍不见梁三喜烈士的母亲及妻子来队。我多次催团政治处打听联系。这天，政治处来电话告诉我，他们已数次给山东省民政部门去过长途电话，查问的结果是：梁三喜烈士的母亲梁大娘、妻子韩玉秀，她们抱着个刚出生三个多月的女孩，起程离家已十多天了。

呵，十多天了？乘汽车、坐火车，再乘汽车……我掰着指头算行程，她们祖孙三代早该赶到连队来了呀！莫不是路上出了啥事？那可就……

我后悔自己工作不细，恨当初为啥不建议团政治处，让连里派人赶往山东沂蒙山，去接她们祖孙三代来连队……

我们连驻地不远有公共汽车停车点，我派人到停车点接了几次没接到，我更是忧心忡忡，日夜不安……

这天中午，师里的丰田牌轿车开进连里。我一看，是妈妈来了！

我忙把妈妈迎进宿舍里，给她倒了杯水："妈……今天刚赶来？"我不知说啥是好。

"咳！坐飞机，乘火车，师里派车在车站接到我，我到师里坐了一会儿，就来了。"

我与妈妈相对而视，沉默无语。

妈妈比我临下九连回家休假见她时，明显消瘦了。她脸上失去了往常那乐悠悠的神采，眼圈周围有些发乌。

"你……怎么不给妈写信？"

"回国后事情太多。"

"你……你知道妈这些日子是怎样熬过来的呀！"妈妈眼泪汪汪，"妈是从报纸上……看到你们九连……妈才知道你没……"

我无言对答。

"那天晚上，妈要了三个多小时的电话，才……才好不容易要到'雷神爷'。谁知，竟挨了他一顿……臭骂，打那，妈就夜夜做噩梦，一会儿梦见'雷神爷'用手枪指着你，让你去……去炸碉堡，一会儿又梦见你满脸是血，呼唤着妈妈……"妈妈抹着泪，"妈知道在那种时候打电话也不应该，可'雷神爷'他……他也太不讲情面了！妈是快往六十岁上数的人了，生来也不是怕死鬼！可妈就你这么一个儿子呀，要死，妈宁愿替你去死！"妈妈伤心地抽泣起来。

我该说啥呀？我没有资格责怪亲爱的妈妈！

妈妈的老家在皖北。早年间外祖父一家一贫如洗，妈妈八岁上就卖给了地主当丫头。一九三八年，国民党政府为躲过日寇南逃，炸开了花园口黄河大堤，造成了豫东、皖北骇人听闻的黄泛。咆哮的洪水使外祖父一家全部丧生。妈妈当时十六岁，她是抱着地主家一只洗衣的木盆，才大难未死！当年秋，她只身流浪到沂蒙山投身革命，后来当过团卫生队的卫生员、护士长、"地下医院"的指导员，师卫生科长……再后来她随大军打济南，战淮海，长驱南下……妈妈参加过上百次战斗，满满一手帕勋章闪耀着她光辉的历程。她那九死一生的传奇经历，能写一部比砖头还厚的书啊！……

而我，只不过刚刚参加了一次战斗！

我感到心中燥热难挨，便摘下了军帽。

"天！这……这是怎的？"妈妈发现了我额角上的伤疤，"是……是枪伤？"

"不是。是被手榴弹片儿划了一下。"

"天呀！一点点……只差那么一点点就……"妈妈的声音在打抖，"疼，还疼吗？"

我摇了摇头。

望着不时拭泪的妈妈，我心中像打翻了个五味瓶。妈妈是那样宠我，疼我，爱我，到眼下还把我当成小伢儿一般！我也曾为有这样的妈妈，感到无比自豪、幸福、温暖！可眼下，妈妈的一举一动，竟使我有种说不出的滋味。就连戴在妈妈手腕上那块"欧米格"坤表，和那熠熠生辉的表链，过去我觉得那样受看，眼下却觉得有些刺眼了。

"蒙生呀，咱不穿军装往回调啦，省得央这个，求那个！"妈妈擦干泪说，"血，你也为祖国流了，问心，咱也无愧了！边境线上看来还安稳不了，干脆就脱了军装转业吧！"

我摇了摇头。

妈妈吃惊地望着我："怎么？你……"

"……"我不知该如何回答妈妈。

此时，我只是觉得：母爱是神圣的，也是自私的！

十一

我妈妈来队的第二天傍晚，我正和妈妈一起在宿舍里吃晚饭，段雨国急匆匆地闯进来："指导员，快，连长的一家来队了！"

我扔下碗筷，赶忙跟着段雨国来到接待烈士亲属住的房子里。

战士们正你出他进地忙乎着。见我进来，梁大娘和韩玉秀站了起来。床上睡着那刚出生三个多月的女娃。

段雨国对梁大娘说："大娘，这是我们指导员！"

老人直朝我点头："唔，唔。让你们操心了……"

梁大娘看上去年近七十岁了。穿一身自织自染的土布衣裳，褂子上几处打着补丁。老人高高的个，背驼了，鬓发完全苍白，面孔干瘦瘦的，前额、眼角、鼻翼，全镶满了密麻麻的皱纹。像是曾患过眼疾，老人的眼角红红的，眼窝深深塌陷，流露出善良、衰弱、接近迟钝的柔光，里面像藏着许多苦涩的东西。如果是在别的地方偶然遇上，我怎会相信这就是连长的母亲啊！

我连忙双手扶着老人："大娘，您快坐下吧。"

我把大娘扶到床沿坐下，转脸对韩玉秀说："小韩，您也坐下。"

玉秀刚坐下，床上的孩子醒了，哇哇直哭。玉秀忙转过身去给孩子喂奶，轻声哄着还啥事不知的孩子："盼盼，好闺女！莫哭，莫哭……"

"大娘，听说你们上路十几天了。怎么才到……"

没待我说完，段雨国贴着我的耳朵告诉我，大娘她们下了火车，是步行赶来连队的！

"啥？！"我心里打了个寒悸。

从火车站到连队驻地一百六十多华里，难道这祖孙三代是翻山越岭，一步一步挪来的？这时，我发现大娘和玉秀的鞋上、裤角上全沾满了南国殷红色的泥巴。昨天刚落过一场雨，路该是多难走哇！段雨国对梁大娘说："大娘，下了火车站不远就是汽车站，汽车能直接开到我们连的山脚下。怎么？你们没打听着有长途汽车站！"

玉秀小声说："打听着了。"

大娘接过话："庄稼人走点路，不碍事。"

"你们在路上走了几天呀？"段雨国又问。

"四天带一过晌。"玉秀边给孩子喂奶边说，"要不是老打听路，走得兴许还快些。"

我忙给段雨国递个眼色，不让他再问了。

在邀请烈士亲属来队时，团里已寄去了足够用的路费。这祖孙三代下了火车步行而来，是将路费用在别的事上了，还是为了省出几块钱？！梁三喜留下的那六百二十元的欠账单，足以使我晓得梁大娘一家的日子过得该是有多难……

炊事班长带着几个战士，端着刚出锅的面条和四碟儿菜走进来。他们把面条盛进碗里，让大娘和玉秀坐到桌前吃饭。

这时，大娘从床上摸过一个包干粮的包袱。包袱是用做蚊帐用的那种纱布缝的，沾满了旅途上的尘埃。大娘解开快空了的包袱，我一看，里面包着的是些黑乎乎的碎片儿，还有几个咸萝卜头。大娘用手抓着那些碎片儿，朝面条碗里放……

炊事班长上前抓住大娘的手："大娘！别吃这烂瓜干做的煎饼了！瞧，都挤成碎渣渣了……"

"带在路上吃没吃完。孩子，吃了不疼撒了疼，用汤泡泡还能吃。"大娘说着，又把那煎饼渣儿往碗里捧……

我眼里湿了。此时，只有此时，我才真正明白，梁三喜生前为啥因我扔掉那一个半馒头而大动肝火啊！

……

大娘和玉秀安歇后，我打电话报告团政治处值班室，说梁三喜烈士一家已来到连队。

接电话的是搞报道的高干事。他告诉我，一个月前，团政治处已给梁大娘和韩玉秀去过两次信，让她们来队时一定带上梁三喜生前的照片和写的家信。高干事让我务必抓紧时间问一问照片和家信带了没有。因为军区举办的"英雄事迹展览会"即将开馆展出，梁三喜烈士的照片和遗物都太少，军、师政治部已多次来电话催问此事……

次日早饭后，我又去看望大娘和玉秀。

屋内已坐着几位战士和几位班、排长。玉秀去年（七八年）三月间曾来过连队，他们跟她早就认识。

玉秀显得很是年轻，中上等的个儿，身段很匀称。脸面的确跟靳开来生前说的一样，酷似在《霓虹灯下的哨兵》中扮演春妮的陶玉玲。秀长的眉眼，细白的面皮，要不是挂着哀思和泪痕的话，她一定会给人留下一种特别温柔和恬静的印象。她上身穿件月白布褂，下身是青黑色的布裤，褂边和裤角都用白线镶起边儿，鞋上还裱了两绺白布（后来我才知道，她是按古老的沂蒙风俗，为丈夫服重孝）……

见我进屋，她站起来点了点头，脸上闪出一丝笑容，算是打招呼。然而，那丝笑就像在暴风雨中开放的鲜花一样，转眼便枯萎了，凋谢了，令人格外伤感。

大家都默默地抽烟，好像都不知该对烈士的老母和遗妻说啥才好。

昨天晚上，我已对全连讲过，关于梁三喜留下"欠账单"的事，谁要是有意无意地透露给烈士亲属知道，没二话都要受处分！大家含泪拥护我定的"军法令"……

此时，我琢磨着该怎样把话题引出来。我想应该先向大娘和玉秀介绍连长在战场上的英雄壮举，然后再问及照片和家信的事。但一看见床上躺着的那才三个多月的女娃和低头不语的玉秀，我的心就隐隐绞痛。

如果不是我下到九连搞"曲线调动"，上级派别的指导员来九连的话，梁三喜怎会休不成假呢！那样即使他在战场上牺牲了，他与妻子不也能最后见一面吗？再说，战场上梁三喜如果不是为了救我，他也不会……

"秀哪，队伍上不是打信说要三喜的照片啥的。"大娘对玉秀说，"你还不赶紧找出来。"

玉秀忙站起身，从床上拿过个蓝底上印着白点点的布包袱，从衣服里面找出半截旧信封递给我："指导员，别的没有啥，他就留下过这两张照片。一张是他五岁那年照的，一张是他参军后照的。"

我接过半截信封，先摸出一张照片，一看是梁三喜的二寸免冠照，这和从他的干部履历表中找到的照片，无疑是一个底版。

当我取出第二张照片看时，那变得发黄的照片使我一怔：照片上有位三十五六岁的农家妇女，墨黑的头发，绾着发髻，慈祥的笑脸，健康丰满。在她的怀前，偎依着两个一般大的小男孩。照片上方有行字：

大猫、小猫和母亲合影留念 1953 年 5 月于上海

"啊！"我像触了电一样惊叫一声。这照片我不也有一张吗？就夹在我上高小时用的那本相册里……

我脑子嗡嗡响，转身对着梁大娘："大娘，这照片上……"

大娘探过身来，用手指着照片："这边这个孩子叫大猫，就是俺那三喜。那边那个孩子叫小猫，是队伍上的孩子。这照片，是大娘俺有一年到上海去送小猫时，抱着两个孩子照的……"

霎时，我觉得眼前一阵发黑，周身像处在飘悠悠的云端里！呵，命运之神，你安排过芸芸众生多少幕悲欢离合啊……

在我十几岁之前，妈妈不止一次对我讲过：那是一九四七年夏，国民党向山东沂蒙山区发动了重点进攻。孟良崮战役之后，为彻底粉碎敌人的进攻，我主力部队外线出击去了。

这时，我出生了。妈妈生下我第三天，她患了"摆子病"（沂蒙土话：即疟疾），一点奶水也没有。我饿得哇哇直哭。地方政府派人把妈妈和我送到蒙山（沂蒙山是由沂山和蒙山两道纵横几百里的山脉组成的）脚下的一个山村里。村中有位妇救会长，是当时鲁中军区的"支前模范"。她也生了个小男孩，那男孩比我大

十天。就这样，那位妇救会长用两个奶头喂着两个孩子。为躲过还乡团的搜查，她把她的孩子取名大猫，叫我是小猫，说大猫小猫是她生的一对双胞胎……

妈妈也曾多次对我说过，那妇救会长待人可好啦，有奶水先尽我这小猫呷，宁肯让大猫饿得哭。妈妈在那妇救会长家中过了满月，治好了"摆子病"，接着又随军南下了……

直到我将近五岁时，那妇救会长才把我送到上海，送到爸妈身旁。当那妇救会长带着大猫悄悄走了之后，有十几天的时间，我天天哭着找娘，哭着找大猫哥哥……

"指导员，你……"

"指导员，你怎么啦？"

恍惚中，我听见战友们在喊叫我。

"大娘！"我呐喊了一声，扑进了梁大娘怀中。

大娘轻轻推开我："孩子，你……你这是咋啦？"

"大娘，我……我就是那个小猫！"

"啥？！"大娘一下放开我，用手擦擦红红的眼角，望望我，摇了摇头，"不，不会……吧。"

"是！大娘，我真是那个小猫！"我哭喊着。

"你……你真格是当年赵司令的孩子？"

"嗯。打孟良崮时，他是纵队司令员。"

"你妈姓吴？叫……"

"嗯。她名叫吴爽。"

大娘又愣了会儿，当我又伏进她怀中时，她用手抚摸着我的头，喃喃地说："梦，这不是梦吧……"

我伏在梁大娘怀中，心潮翻涌：呵，梁大娘，养育我成人的母亲！呵，梁三喜，我的大猫哥！我们原本都不是什么龙身玉体，我们原本分不出高低贫贱！我们是吃一个娘的奶水长大的，本是同根生啊！……

十二

这意外的重逢，使我的心灵受到多么剧烈的震动，是可想而知的。

当我拿着那颜色变得发黄的照片让妈妈看时，她也蓦然惊呆了。

妈妈让我领她来到梁大娘一家住的房子里。

梁大娘慢慢站起来,和妈妈对望着。显然,她俩谁也很难认出谁了!

一九五三年五月,当梁大娘把我送交爸妈身边后,头几年我们两家还常常有书信往来。逢年过节,妈妈总忘不了给梁大娘家寄些钱。我家也常常收到梁大娘从沂蒙山寄来的红枣、核桃、花生等土特产。后来,妈妈给梁大娘家写信逐年减少。十年动乱开始以后,更是世态炎凉,人情如纸,两家从此便音讯杳然,互不来往了……

"梁嫂,您……"颇具"外交才华"的妈妈,此刻竟笨口结舌了。

"老吴,果真是老吴不成?"梁大娘满脸皱纹绽出了笑容,"当年,你管俺叫梁嫂,让俺喊你爽妹子,是吧?"

"是。"妈妈应着。

"老吴!"梁大娘上前挪动了两步,用枣树皮般的双手,激动地抚摸着我妈妈的两只膀臂,"前些年那么乱腾,你能好胳臂好腿地活过来,不易哪!那帮奸臣,天打五雷轰的奸臣,可把你们整苦了哇……"

妈妈无言以对。

梁大娘上下打量着我妈妈:"一晃眼快三十年没见了。嗯,你没显老,没显老呀。赵司令(她称的是我爸爸当年的职务),他也好吧?"

"嗯。好。"妈妈点头应着。往常,每当别人说起爸爸挨斗的事,妈妈可总是滔滔不绝呀。

"只要你和老赵都好,俺和村里人也就放心啦。"梁大娘叹口气,"咳!刚乱腾那阵,有人到俺那里调查你和老赵,问你们是不是投过敌,俺当场就没给他们好颜色!沂蒙山人嘴是笨些,可不会昧着良心说话呀。在俺那一块,谁不知你和赵司令!好人,你们是天底下难寻的好人呵。打天下那阵,你们流过多少血哪……唉……唉……"梁大娘撩起衣襟擦了擦眼睛。

"梁嫂……您,坐下吧。"妈妈扶着梁大娘坐下。

我和玉秀也坐了下来。

此时,我看出妈妈的神情是极其复杂的,梁大娘对我们越是无怨言,我和妈妈越觉不是味。

妈妈望着梁大娘:"梁嫂,您一家也都……"

"这不,俺一家子都来了。"梁大娘心平气和地说,"这坐着的是儿媳妇玉秀,那睡着的是孙女盼盼。"

沉默。

"咳——"梁大娘长叹一声，对我妈妈说，"俺那老大你没见过他，可你知道他。他小名叫铁蛋，当儿童团长时起大号叫大喜。大喜八岁就给咱八路跑交通，十二岁叫汉奸抓了去……"

梁大娘不朝下说了。

这时，我想起童年时，妈妈曾给我绘声绘色地讲述过那铁蛋送信的故事。铁蛋八岁就当小交通员，送过上百次信，没出一次差错，老交通和首长们常夸铁蛋机灵。铁蛋十二岁那年，一次送情报让汉奸发现了。当铁蛋把纸条儿搓成团吞进肚里时，让汉奸抓住了。鬼子逼铁蛋的口供，汉奸用锤子把铁蛋满口的牙一个个全敲掉了，铁蛋没吐一点风声。鬼子把刺刀戳在铁蛋的鼻尖上，说再不开口就挑死他。铁蛋挺着啥也没说，被鬼子用刺刀活活地挑死了……

呵，沂蒙山的母亲！你不仅用小米和乳汁养育了革命，你还把自己的亲骨肉一个个交给了民族，交给了国家，交给了战争啊！

半晌，妈妈又问梁大娘："梁嫂，您不是还有个比蒙生他们大两岁的儿子，叫……叫栓……"

"你说俺那栓牢呀，他大号叫二喜。"梁大娘转脸对玉秀，"秀儿，二喜他是哪一年没的？"

"六七年'反逆流'的时候，二喜哥他……"

"这流那流俺说不上来，反正是那年夏天。那阵沂蒙山中老虎拉碾，一下子乱了套！老干部一个个都挨批挨斗，越是庄户人觉得好的老干部，越是没个好。你要不是跟他们击反啥流，他们就把你往死里搋！庄户人看不过，便护着老干部，成群结队地沿着沂河往南奔，躲进了大南边的马陵山①……

"一天深夜，当年在俺家住过的张县长躲进俺家来了。家里哪能藏住他，二喜便护着他连夜走了。他俩白天藏，夜里赶，一块上了马陵山……

"没多久，从济南府用大卡车拉来了'棒子队'，说是要剿灭'上了马陵山的土匪'②。那'棒子队'多的看不到头，望不见尾。那架势，比蒋该死当年重

_____

① 马陵山位于鲁南和苏北交界处。

② 1967年，篡夺了山东大权的第一把手，在全省发动了所谓"反逆流"运动，首先把黑手插进了临沂地区。一大批干部和群众被迫上了马陵山。当权者便把这些干部和群众诬蔑为"马陵山游击队土匪集团"，下令从山东各地抽调了大批武装起来的"棒子队"，开进了沂蒙山区。当权者提出的行动纲领是："不打则已，打则必歼。"据1978年12月2日《大众日报》载，当时临沂地区有四万多人被抓捕、关押、惨遭毒打，其中有五百多人被打死，有九千多人被打伤致残。当地驻军因不支持"反逆流"，有两千多名指战员也横遭毒打，有的被活活打死，有的被打伤致残。革命老根据地沂蒙山受到空前的浩劫，成为十年动乱中山东有名的"重灾区"。

点打咱沂蒙山半点也不差，甩了手榴弹，动了机关枪，也放了大炮。二喜是让人家用炮打死的。听说那一炮就打死了十多个庄稼汉，就地挖坑埋了。到现今，连二喜的尸首也不知埋在哪里……

"唉，不细说了。过去了，这些都过去了。唉……"

也许梁大娘的眼泪在早年间已经流尽，也许是因二喜的惨死已时隔十余年，老人轻声慢语讲这些事时，毫不像诉说她自己的命运，而像在讲述古老的《天方夜谭》。

妈妈用手帕擦了擦泪汪汪的眼。过了会儿，她声声发颤地对梁大娘说："难道梁大哥他，他也是在……动乱中……"

"你说三喜他爹呀。他是在杀树挖坑那一年……"

玉秀轻声打断婆婆的话："是'批林批孔'，不是杀树挖坑。"

"不管是咋说法，反正是'割尾巴'杀枣树那年春天，三喜他爹才得的气臌症。"梁大娘转脸对我妈妈说，"老吴，蒙生离开俺枣花峪时还小，记不得事。你知道俺枣花峪为啥叫枣花峪，就是仗着枣树多。光村南半山坡上那枣林子，就有两千三百多棵枣树。每逢枣花开时，喘口气都是香喷喷的。那片枣林子是俺村的命根子，当家的打油买盐指望它，大闺女小媳妇扯块花布也指望它呀……

"老吴，你知道，俺家三喜他爹推着小车往淮海运军粮时，腿上挨过蒋该死的炮弹片儿。办初级社后，他别的重活干不了，就一直在村南半山坡上看枣林子。那片枣林子，大炼钢铁时被伐了一些炼了铁，但还没有挖坑刨根。后来又栽上了枣苗，那片枣林子越长越喜人了……

"可到了杀树挖坑那年，上面派来了'割尾巴'小分队，硬逼着俺们伐了枣树修大寨田。眼看着枣树一棵棵被伐倒，三喜他爹心疼地趴在地上嗷嗷大哭。山上有棵最老的枣树，是蒋匪军当年上山伐木修工事时漏下的，村里人都叫它'老头树'。三喜他爹搂着那棵'老头树'，说啥也不让人家伐，说他宁可跟'老头树'一块遭斧头。结果，人家一脚把他蹬了个大轱辘子，他滚到一边就爬不起来了。他当场气晕了……

"左邻右舍用门板把他抬回家，打那他就得了气臌症。天天躺在炕上，'噗——噗——'，一口一口，不停地朝外捯气……

"转年夏天，一场大雷暴雨下来，全村老少修了一年的那大寨田，被大雨冲了个溜溜光。泥土全随着雨水流进了沂河，别说再回过头来栽枣树，山坡上连棵草也不爱长了……

"这事，村里人谁也没敢告诉三喜他爹。他躺在炕上一个劲地捣气。他一病就是两年多，可把在队伍上的三喜拽拉苦了。三喜一心想把他爹的病治好，一次次邮钱来，让我给他爹去抓药。那阵，三喜跟玉秀还没成亲，可多亏了玉秀忙里忙外地跑呀。洋药吃了又吃中药，熬了多少中药，玉秀最清楚不过了。到头来，钱花够了，三喜他爹也咽了气……"

啊，直到眼下，我才明白，梁三喜为啥会留下那六百二十元血染的欠账单！

停了会儿，梁大娘对我妈妈说："三喜他爹临死那阵还叨念，说杀枣树那当口，如果赵司令在就好了。按赵司令那脾气，准会给那帮人一顿匣子枪不可。"

我和妈妈都没作声。即使我爸爸当时在场，他又有啥法子呢？我清楚，这些年来，我爸爸也说过不少违心话，办过不少违心事啊！他当年那带棱角的"脾气"，早已在"大风大浪"中磨平了。像雷军长那样一次次敢"甩帽"的战将，毕竟是少见的啊！"老吴，一见面，俺不该给你提这些陈芝麻烂谷子的事，让你听了也伤心。"梁大娘望着我妈妈，"好啦，现在好啦！听说是毛主席过世时留下话要抓奸臣，托他老人家的洪福，共产党总算把奸臣抓起来了，一个个都抓起来了！往后，庄户人又有盼头，有盼头啦！"

这时，睡着的盼盼醒了，哭了起来。

玉秀忙起身把盼盼抱在怀里，给盼盼喂奶，盼盼仍不停地哭。

妈妈忙站起来："怎啦，别是孩子生病吧？"

"不是生病。"玉秀说着，用手轻轻掂打着怀中的盼盼，"好闺女，莫哭，莫哭……"

梁大娘说："是缺奶水。玉秀刚出满月，就听到了三喜的事。打那，奶水就不够孩子吃了。"

妈妈和梁大娘一家见面后，又看了梁三喜留下的欠账单，她难受得直掉泪。让我脱军装转业的事，她再没提起过。

对梁大娘一家，我和妈妈商量该怎样帮助她们。妈妈这次来，身上没带几个钱，因我一直想调回去，手头上也没有存款。

这天下午，炊事班长要到团后勤跟卡车进城拉菜，我便将我的"YASHIKA"照相机交给他，让他想法到委托商店里卖掉。我还让他以连队的名义先从团后勤借一千元现金，我有急用。

妈妈一再嘱咐炊事班长："呃，别忘了，买十袋奶粉，买四瓶橘子汁，再买个奶锅、奶瓶。"……

新建的烈士陵园就在我们九连驻地的山腰间。梁大娘一家来队的第三天上午，我和连里的同志们，陪梁大娘祖孙三代去瞻仰了梁三喜烈士的墓。她们婆媳俩像所有的烈士亲属来队时一样，只是默默地站在亲人的墓前，没有当着我们的面流一滴眼泪。所不同的是，梁大娘和怀抱着盼盼的玉秀，像举行仪式那样，围着梁三喜的坟，左转了七圈，右转了七圈。后来，我才明白，那是她们按沂蒙山古老的祭俗，给亲人"圆坟"……

两天后，炊事班长回来了。他把从团后勤借来的一千元现金和买来的奶粉等物全交给了我。加上手头上还有的一点钱，我留出六百二十元准备为梁三喜烈士还账，又凑够五百元，准备交给梁大娘。

我和妈妈又来到梁大娘一家住的屋子里。

妈妈拿过一袋奶粉拆开，给玉秀讲着奶粉和水的比例应是多少。然后，她往奶锅里倒一点奶粉，开始调制。弄好后，她将奶装进奶瓶，试了试冷热是否合适，便抱起盼盼，给盼盼喂奶。

盼盼大口大口地咂奶……

梁大娘站在旁边，乐了："在家时听他们年轻人说城里有这玩意儿，俺还不信哩。啧啧，这玩意儿是好……啧啧，人可真有本事，造的那奶头跟真的一样……啧啧，是好，是好……"

不大会儿，盼盼便咂饱了。妈妈把盼盼放在床上。盼盼睁着乌亮亮的眼睛望着我们，咧开小嘴，甜甜地笑了……

梁大娘更乐了，转脸对玉秀："秀哪，这下可不愁了，不愁了！"

此时，梁大娘愈是高兴，我愈是心酸。毋庸讳言，现代文明离梁大娘她们，还是何等遥远啊！

过了会儿，我把那五百元钱拿出来，放在大娘面前："大娘，这点钱，请您收下。"

"孩子，这……这可使不得！"梁大娘用那枣树皮样的手拿起钱，"使不得，这可使不得！"她硬是把钱塞回我的口袋里。

我三次把钱掏出，梁大娘十分执拗地又三次把钱塞还给我。

"梁嫂……"妈妈伤心地说，"您如果……还看得起我和蒙生，您就……把钱收下吧！"

"老吴呀，这你可就把话说远了！"梁大娘忙说，"你给盼盼买来了这么多奶粉，这就帮了俺的大忙了，哪好再花你们的钱。庄户人过日子好说，俺手头上还行，还行。不缺钱。"

当我和妈妈离开这屋时，我又把那五百元钱放在了床上。

玉秀火急地追出屋来："指导员，不行，这可不行。不但俺婆婆不依，俺也不能收。快，您拿着……真的，俺还有钱，有钱。"

我回到自己的屋里，有种说不出的难受。

妈妈讷讷自语："山里人，山里人的脾气哪……"

呵，山里人！难道我们不都是从山沟沟里出来的吗？我们的军队，是在山沟里成长壮大；人民的政权，是从山沟里走进高楼。山沟里养育出我们的一切啊！

前些年我曾一度把拜金主义当作圣经。此时，我才深深感到，人世间总还有比金钱和权势更珍贵的东西，值得我加倍去珍爱，孜孜去追求。

极度内疚中，我看了看另外那准备为梁三喜还账的六百二十元，我心中掠过一丝儿慰藉。然而，这慰藉很快又变为更难言状的悔恨。

是的，梁三喜烈士欠下的钱，我有财力悄悄替他偿还。可我和妈妈欠沂蒙山人民的感情之债，则是任何金钱珠宝所不能偿还的呀！

十三

这天下午，高干事骑着自行车来到连里。

一见面，他车子还没放稳，就很激动地对我说："大有文章可做，大有文章可做呀！"

丈二和尚摸不着头脑，我不知他为何如此兴奋。

"战士'北京'的亲属找到了！"

"在哪里？"我急问，"薛凯华的亲属来队了？"

"你先猜猜，你们的英雄战士'北京'，也就是薛凯华烈士……"高干事非常神秘地望着我，"你猜他的爸爸是谁？"

我想破头不知。

"雷军长！薛凯华是雷军长的儿子！"

"啊！！"我大为震惊。过了会儿，我有些不解地问："凯华咋姓薛？"

"军长的老伴姓薛呀，凯华是姓母亲的姓！"高干事滔滔不绝地说，"我听军里一位干事说，军长有四个女儿，只有凯华一个儿子。军长的大女儿和凯华姓薛，另外三个女儿姓雷。军长的大女儿姓薛，是因为战争年代，军长的家乡曾多次遭敌人的血腥屠杀，凡是军属都在劫难逃，所以他的大女儿便随了外祖父家的姓氏。至于凯华为啥姓薛，听说是因为军长对他唯一的儿子管教极严，当儿子上学取大名时，军长问儿子是喜欢爸爸还是喜欢妈妈，儿子毫不含糊地说喜欢妈妈。军长哈哈大笑了一阵，说：'那好，像你大姐一样，你也跟你妈姓吧！'于是，便给儿子取名薛凯华……"说到这，高干事突然问我，"呃，军长到你们连来了。怎么，你还没见到他？"

"没有。"

"这就怪了。"高干事愣了会儿，"军长乘吉普车先到的团里，他离开团时说要到你们九连来，我是跟在他的吉普车后头，一个劲地蹬车赶来的！"

我一听，忙和高干事走出屋，围着营区转了一圈，既没见有吉普车，也没见军长的影子。

回到连部，高干事这才顾上蘸湿了毛巾，擦了擦满脸的汗。

"听说军长早就得知凯华牺牲了，但直到眼下，他还没把儿子牺牲的消息写信告诉老伴。"稍停，高干事接着对我说，"凯华同志留下了一纸遗书，遗书是师里烈士收容队在埋葬他的遗体时，从他的上衣口袋里发现的。因遗书上署名只有'凯华'两字，当时谁也没想到他是军长的儿子。遗书原件现已在军长手里，这里有师宣传科的打印件。"说着，高干事拉开采访用的小皮夹，把一纸遗书递给我，"你看看吧，一纸遗书才华横溢，内涵相当深，相当深！"

我接过薛凯华的遗书，急切地读下去。

亲爱的爸爸：

　　我从北京部队赶赴前线，与您匆匆一见，未及细述。儿知道，爸爸战前的时间，可谓分秒千金也。

　　遵爸爸所嘱，我已来到这担任穿插任务的九连。等待我们九连的将是一场啥样的恶仗，现在不管对您还是对我们九连来说，都还是个"X"。

　　去年冬，爸爸在《军事学术》上读到我写的两篇千字短文，来信对我倍加鼓励，并夸我有可能是个将才。不，亲爱的爸爸，您的凯华不瞒您说，我不但想当未来的将军，更想成为未来的元帅！

　　嗬，您二十一岁的凯华口气多大呀！不管此乃"野心"也罢，雄心也好，反正我极推崇闻名世界的这一兵家格言："不想成为将军的士兵不是好士兵。"诚然，绝非所有的士兵都能成为将军和元帅的。举目当今世界，眼花缭乱的现代物质文明，对我们这一代骄子有何等的诱惑力呀！但是，我的信条是：花前月下没有将军的摇篮，卿卿我我中产生不出元帅的气质；

恋栈北京的士兵，则不可能成为未来的元帅！未来的元帅应出自深悉士兵含义的士兵，应来自血与火的战场！基于此种认识，我才请求离开京都，奔赴前线，来做一场"未来元帅之梦"。

亲爱的爸爸，您去年推荐我读的几部外国军事论著，我大都早已读过。爸爸年已五十有七，尚能潜心研究外军，儿感到可钦可佩。爸爸在写给我的信中云："一介武夫，是不可能胜任未来战争的！"此语出自爸爸笔下，儿感到尤为振奋！有人把军人视为头脑最简单的人，错了，大错特错了！且不说张翼德的丈八蛇矛和关云长的青龙偃月刀，即便小米加步枪的时代也一去不返了！现代科学技术日新月异，世界列强又把科学尖端首先运用于军事。小小地球，日行八万里，转速何等惊人！现代战争，向我们的元帅和士兵，提出了多少全新的课题！如果我们的双脚虽已踏上波音747的舷梯，但大脑却安睡在当年的战马背上，那是多么危险呀！前些年儒家多遭劫难，但我却企望，我们的元帅和将军，个个都能集虎将之雄风和儒家之文采于一身！

亲爱的爸爸，写到这里，我不能不对我的父辈们怀有隐隐怜心。当新中国的礼炮鸣响之时，你们正值中年，如果从那时，你们便以攻克敌堡的精神去攻占军事科学高峰，那么，现在的你们则完全会是另一番风采！然而，一场场政治运动的角逐，一次次"大风大浪"的旋涡，既卷走了你们宝贵的年华，也冲走了中华民族多少物质的和精神的财富啊！更有甚者，有人乱中谋私利，把人民交付的权力当作美酒啜饮，那就更令人可悲可叹了！

爸爸，我知道，用牢骚去对待昨天是无济于事的。那么，让你们老一代带领我们新一代，赶紧去抢救明天吧！

亲爱的爸爸：马上就要集合了，您戎马生涯大半生，打仗意味着什么，毋庸儿赘言。如果战场上我作为一名士兵而献身，当然不需举国为我这"未来的元帅"举行葬礼。不过，能头枕祖国的巍巍青山，身盖南疆殷红的泥土，我虽死而无憾，也无愧于华夏之后代，黄帝之子孙了。

此次战争胜券稳操，凯旋指日可待。

祝爸爸健康长寿！

您的爱子：凯华敬上

1979年2月16日下午四时

爸爸：参战前连里包的"三鲜"水饺，眼下尚未出锅，容我再赘几笔：

高
山
下
的
花
环

假如我在战斗中牺牲，望爸爸缓一些日子再把我牺牲的消息告诉我最亲爱的妈妈。如果说爸爸那种"棍棒底下出孝子"的严厉父爱不会使儿沦为纨绔子弟的话，那么，妈妈的拳拳慈母之情，则更使儿倍觉人间的温暖。此时，一想起妈妈，儿就泪湿信笺，在爸爸蒙难之时，是妈妈带我闯过了生活的险关驿站！妈妈的心脏不太好，她实在承受不了更多的压力了。

另：妈妈曾多次让我改为父姓，一旦我牺牲，儿愿遵从母命。望爸爸转告组织。

再：当爸爸站在我墓前的时候，我望爸爸切莫为儿脱帽哀悼，只要爸爸对着儿的墓默默望几眼，儿则足矣！这是因为，爸爸脱帽容易使儿想起爸爸"甩帽"。"十年"中，爸爸每次"甩帽"都横遭罹难！儿在九泉之下，祝愿爸爸永远发扬"甩帽"精神，但儿却惧怕那常常惹爸爸"甩帽"的年月会卷土重来！不过，谁要再想给中华民族酝酿悲剧，历史已不答应，十亿人民也决不会答应。看来，我的担心又是多余的。

儿：凯华又及

一纸遗书，令我荡气回肠！"赵指导员，你……"高干事见我热泪滴滴，有些不解。我并非感情脆弱，我在战场上目睹了凯华的大智大勇，此时的激动，是局外人根本不能体会的呀！

屋外传来吉普车响。我和高干事出屋一看，正是军长坐的吉普车，却不见军长在车中。司机告诉我们，军长从团里又到了营里看了看，他现在已到烈士陵园去了，一会儿就到连里来。

我和高干事沿着新修起的路，直奔山腰间新建的烈士陵园。

只见军长站在写有"薛凯华烈士之墓"的石碑前，默默为薛凯华致哀。许是遵照儿子的遗言，他没有脱帽。过了会儿，他后退一步，庄重地抬起右手，为长眠的儿子致军礼。良久，他才把右手缓缓垂下……

我和高干事轻轻走过去，只见军长老泪横流，大滴大滴的泪珠洒落在他的胸前……

"遵照凯华的遗愿，你们给团政治处写份报告，把凯华的姓……改过来吧。"军长声音嘶哑地对我说，"另外，我拜托你们，给凯华换一块墓碑，把'薛'字改为'雷'字……"

我擦了擦泪眼，连连点头应着。

这时，高干事打开照相机，要为军长在烈士墓前拍照，被军长挥手制止了。

"你，是团里的报道干事？"

"是！"高干事立正回答。

"宣传凯华一定要实事求是。"

"是。"

"不要在凯华改随父姓上做文章，报道中还是称他为薛凯华。"

"是。"

"凯华就是凯华，文章中不要出现我的名字。半点都不要借凯华来吹捧我。"

"是。"

"关于九连副连长靳开来没有立功的问题，请你给我搞份调查报告。"

"是。"

"十天之内寄给我。"

"是。"

"战场上，靳开来打得不错吆。"

"是。"

"你俩先回去吧，"军长对我们说，"我在这里再停一会儿……"

我和高干事离开了烈士陵园。当我俩走十几步回头望时，只见军长低头蹲在凯华的墓前，一手按着石碑，浑身瑟瑟颤抖。当我们转身朝山下走时，隐隐约约听见军长在抽泣……

十四

我把凯华是军长之子的事告诉了妈妈，妈妈先是愕然，后是叹息，半晌没说一句话。

我从妈妈住的屋里走出来，站在营区外的路旁等候军长。不大会儿，军长从山上下来了。

军长先看望了梁大娘一家，才来到连部坐下。他让我向他汇报了梁大娘一家的遭遇，并看了梁三喜留下的欠账单。他指示让我抽空多跟梁大娘和韩玉秀唠唠家常，连里要尽量帮助梁大娘一家解决些具体困难，有些长期需要解决的问题，可通过部队组织反映给地方政府……

开晚饭时，军长亲自去把梁大娘一家请到连部里，陪着梁大娘一家吃饭。军长让我喊我妈妈一块来就餐，但妈妈推说她身体不舒服，没来……

吃过饭，军长让我带他到我妈妈住的屋里。

"吴大姐，大驾光临，有失远迎呀！"军长进门便嚷道，"不过，我知道你吴大姐是有意躲开我！"

半倚在床上的妈妈忙坐起来，朝军长点了点头。

"我这次到九连来，一是想在凯华的墓前站站，但主要还是想见见你这吴大姐！不过，有言在先，我老雷可不是来负荆请罪的！"军长说罢，坐了下来。

妈妈尴尬无语。

"吴大姐，老实对你说，我老雷早有思想准备。准备打完仗后，你哭着来跟我算账，跟我来要儿子！"军长点起一支烟，重重地抽了一口，"蒙生虽没死在战场上，但也是九死一生吆！"

"老雷，您别……"

"不。你听我把话说完。不错，我在电话上臭骂了你一通，我那是忍无可忍！你可以恨我'雷神爷'不近人情，但我老雷至今不悔！吴大姐哪，你的胆量可真不小呀！你出面打电话，你为啥不让我那指挥千军万马的老首长跟我打交道？他可以给我下指示，让我执行吆！但是，我量他不会，也量他不敢！那种时候，你竟敢占用我前沿指挥所的电话，托我办那种事，你……你，你就没想想其中的利害关系吗？！"军长激动地用手指"咚咚"敲打着桌面。压了压火，他接上说，"要是时间后退三十几年，如果我'雷神爷'托你大姐办那种军人最忌讳的事，你会咋办？骂我一通，扇我两耳刮子，那是轻的！给我一粒枪子，算我活该！当年是个啥样情景？'妻子送郎上战场，母亲送儿打东洋'吆！那首歌，还是你吴大姐一句一拍教我唱会的，唱得热血沸腾吆！"

"老雷，您别说了……"妈妈啜泣起来。

"不。我今晚的话多着呢！你这次来，我满足你的要求。我老雷没有忘记我当年说过的话：有恩不报非君子！没有你吴大姐把我从死尸堆里背出来，我'雷神爷'能活到今天当军长吗？！"军长一下拧死烟蒂，站了起来，"行呀！只要蒙生本人也同意，你这遭来可以把他领回去！穿着军装回去可以，脱掉军装回去也行！我老雷办事图干脆，这次，我签字！我画圈！"

"老雷……"妈妈哭出声来了。

"但是，签字画圈之后，我的吴大姐呀，我老雷得让你扪心问一问！那么办了，是报你的恩呢，还是把你往泥坑里推呢？那么办了，死去的烈士会不会答应？养育我们的人民能不能答应？！别的不说，单说四三年秋在沂蒙山的那场突围战，我带的那个营是整整四百人哪！可一仗下来，当吴大姐你把我从死尸堆背回来后，活下来的有多少？只有四十三个幸存者，刚过十分之一呀……"

军长的声音沙哑了。他掏出手帕擦了擦发湿的眼睛，又坐了下来。他又点起一支烟，轻轻地喷吐着。

妈妈不停地拭泪，军长看看她，放缓了声调："在延安整风的时候，我们曾学过郭老写的《甲申三百年祭》。那时候体会还不深。现在回过头来看，打天下，坐天下，居功骄傲，贪安逸，图享受，会毁掉一切的！前些年我靠边站，得空啃了几本古书，我反复诵读过杜牧的《阿房宫赋》，杜牧就秦王朝的灭亡，发出这样的感叹：'秦人不暇自哀，而后人哀之。后人哀之而不鉴之，亦使后人而复哀后人也。'我们党作为工人阶级的先进部队，当然不可与历代农民起义相提并论。不过，两千多年封建特权的劣根性，资产阶级腐朽发霉的毒菌，在我们党内还是很有些市场呵！我们还有没有'倒退'之虞呢？是否还要让我们的后人来'哀'我们呢？这完全取决于我们自己！"军长抽了口烟，看看我，"经过十年动乱后，现在有人指责青年一代'看破了红尘'。那么，我们这些老家伙中有没有所谓'看破红尘'的？依仗权势，胡作非为，互开后门，损公肥己……发展下去，不得了哇！老百姓有句土话，叫作上梁不正下梁歪。我们这些老家伙不做出样子来，咋去教育青年一代？蒙生现在是功臣了，我不好再批评他。他过去之所以那样，固然有他自己的原因，可吴大姐呀，难道你这当妈妈的就没有责任吗？"

妈妈含泪点了点头。

军长望着我妈妈："你八岁卖给地主当丫头，我七岁就给东家放牛。现在给青年人忆苦思甜，怕是起不到明显作用了。但我们这些老家伙常想想过去的苦，那还是很有好处的。'忘记过去，就意味着背叛'，列宁算是把话说到家了！"军长弹了弹烟灰，又吸了口烟，"六五年我到北京开会时，和陈老总进行过一次长谈。当谈到我们当年在山东时，陈老总意味深长地说，在他进棺材之前，他忘不了山东父老！当然，我们的陈老总不单是指山东父老，他指的是人民！要说报恩，我们要一辈子报答人民的大恩大德，而不是把我们当成人民的救世主！革命，是人民用小米喂大的；胜利，是人民用小车推出来的呀！"

一弯月儿在窗棂上探出头来，投进点点银辉，屋内，静极了。

"今天见到梁大娘，别提我心里是啥滋味儿。"军长深沉地说，"吴大姐，你的蒙生是吃着梁大娘的奶长大的。可你看看梁大娘穿的那身衣裳，你再看看梁三喜留下的那欠账单，你就不难想象出，她们还过着啥样的日子啊……"

军长的眼里闪着泪光，妈妈也在抹泪。

"不错。吴大姐，十年动乱中，你我这些老家伙们都吃过苦，挨过整。可我要说，受苦受难最厉害的不是我们，是梁大娘那样的老百姓！不必隐讳，就是我在蹲班房时，我吃的用的也比梁大娘她们好得多，甚至可以说没法比……咳！"军长喟然长叹一声，"我那凯华十五岁时和他四姐一起，到延安延川县插队，住在我当年的一个老房东家里。七七年春那阵我还没复职，我专程去米脂县看望我那老房东。谁会相信呀，老房东全家八口人，却只有五个吃饭的碗，他们连吃饭的黑碗都买不全。当时，我……延安，那更是养育革命的圣地啊！"

"老雷，别……别说了……"

"我……不说了。说起来我真想大哭一场！前些年老百姓身上的肉早已不多，可'尾巴'倒不少，一个劲地割，割，割！自己'出有车，食有鱼'，过得舒舒服服的，咋就不睁眼看看老百姓？别说党性了，问问我们的良心何在？！革命，共产党因为穷才革命。治穷，本是共产党人的天职呵……"

屋内的空气又凝结了，沉重得像铅块，压得我透不过气来。

我轻声对军长说："这次打仗，我们团里有许多烈士留下了欠账单，他们都是从农村入伍的。"

"这件事情，我们是要向中央报告的。"军长说，"极'左'路线，可把老百姓害苦了。"

过了五六分钟，军长的情绪才平静下来。这时，他问起我们九连的战斗情况，我一一作了汇报，并向他重点介绍了梁三喜和靳开来参战前后的表现……

军长听罢又站起来："这真是位卑未敢忘忧国！像梁三喜他们，尽管十年动乱给他们留下了难言的苦楚，但当祖国需要他们的时候，他们一个个都以身许国！"军长激动地挥着右手，"我们的民族是伟大的，这就是伟大之所在！我们的事业是有希望的，这就是希望之所在！鲁迅说'唯有民魂是值得宝贵的'，梁三喜他们，真正称得上是我们的民族之魂！"过了会儿，军长又坐下来，他看了看表，"不早了，夜深了。"

他又简单地问起凯华牺牲时的情况，我回答了他。但那两发臭弹的事，我却压根没敢告诉他。我不忍心让这位虎将再怒发冲冠地"甩帽"了。

这时，炊事班长推门进来，慌慌张张地对我说："指导员，韩玉秀不见了！"

我一听，急忙奔出屋。见梁大娘站在院子里，我问她是咋回事，她说她打了个盹，拉开灯睁眼一看，就不见玉秀了……

边境线上时有越寇的特工队员潜进来活动。我顿时慌得六神无主。战士们也都起来了，我忙带大家在营区周围寻找，也没见玉秀在哪里。

"玉秀她，会不会到三喜的坟上去了。"梁大娘对我说，"自打听到三喜没了，玉秀怕俺伤心，她没敢当俺的面哭过……"

我忙带着几个战士赶到烈士陵园。

一钩弯月斜挂中天。当我们离梁三喜的坟还有十几米远时，见一个人趴在坟上。无疑，那是玉秀。我让大家停下来。

山崖下，竹林中，草丛里，传来虫儿的声声低吟，却听不见玉秀的哭声。

过了一大会儿，我们才轻轻走近梁三喜的坟前，只见玉秀把头伏在坟上，周身战栗着，在无声地悲泣……

"小韩，您……哭吧，哭出声来吧……"我呜咽着说，"那样，您会好受些……"

玉秀闻声缓缓从坟上爬起来："指导员，没……没啥，俺觉得在屋里闷……闷得慌……"她抬起袖子擦了擦泪光莹莹的脸，"没啥。俺和婆婆快该回家了，俺……俺想来坟上看看……"

满天星斗像泪人的眼睛，一闪一眨。苍穹下的一切，在我面前全模糊了。

十五

次日，军长离开连队到军区开会去了。临行前他又一再嘱咐，让我们好好关照梁大娘一家。

梁大娘和韩玉秀在连里又住了一个星期，便说啥也待不住了，非要回去不可。我知道是无法挽留她们了。再说，住在连里，举目便是烈士新坟，这对她们也是精神的折磨。我想，一切留待今后从长计议吧，让她们早些回去，或许还好些。团里也同意我的想法。

梁大娘一家明天早饭后就要离开连队了。

这天下午，团政治处主任来到连里，一是来为梁大娘一家送行，二是要代表部队组织，问一下梁大娘家有哪些具体困难。因为，对于像梁三喜烈士这样不够随军条件的直系亲属及子女，抚恤的事需部队和地方政府联系商量。据我们了解，在农村中，对家中有劳力的烈士父母，一般是可照顾可不照顾；对烈士的爱人及子女，按各地生活水准不同，有的每月照顾五元，有的每月照顾八元……情况不等。团里想把梁大娘一家无依无靠的情况，充分向地方政府反映一下，以取得民政部门对梁大娘一家特殊的照顾。

梁三喜烈士没给给他的亲人留下什么遗产。他的两套破旧军装被作为有展览价值的遗物征集之后，团后勤又补发了两套新军装。再就是他生前用塑料袋精心保管的那件军大衣。

我拿着那件军大衣和两套新军装，准备交给韩玉秀。

当我和政治处主任走至梁大娘一家住的房前时，玉秀正坐在水龙头下洗床单和军衣。这些天，不管我和战士们怎样劝阻，玉秀不是帮炊事班洗笼屉布，就是替战士们拆洗被子，一刻也不闲着。

"小韩，快别洗了。"我对玉秀说，"快进屋来，主任代表组织，要跟您和大娘谈谈。"

玉秀不声不响地站起来擦擦手，跟我和主任进了屋。

我把那两套新军装和塑料袋里的军大衣，放在玉秀的床上："小韩，这是连长留下的……"

玉秀用手一触那盛军大衣的塑料袋，"啊！"地尖叫一声，扭头跑出屋去。

我忙跟出来："小韩，您……怎么啦？"

玉秀满脸泪花，两手插在洗衣盆里，用劲搓揉着盆中的衣服。

"小韩……您？主任要跟您谈谈。"

她上嘴唇紧咬着下嘴唇，没有回答我。

"蒙生啊，你让她洗吧。"屋内的梁大娘对我说，"早就跟同志们唠叨过，玉秀要干活，你们谁也别拦挡她。她啥时也闲不住的，让她闲着她心里更不好受。洗吧，让她洗吧。明日她想给同志们洗，也洗不成了……"

从玉秀身上，我看到了中国女性忍辱负重、值得大书特书的传统美德！可此时，梁三喜留下的军大衣为何引起她那般伤痛，我困惑不解……

"蒙生，别喊她了。有啥话，你们就跟俺说吧。"梁大娘又说道。

我和主任面对梁大娘坐了下来。

主任把组织上的意图，一一给梁大娘讲了。

大娘摇了摇头："没难处，没啥难处。"

我和主任再三询问，大娘仍是摇头："真的，没啥难处。如今有盼头了，庄户日子好说。"

面对憨厚而执拗的老人，我和主任无话可说了。

梁大娘望着我和主任："有件事，大娘想请你们帮俺说说。"

"大娘，您说吧。"主任打开小本，郑重地准备记下来。

"咳！"梁大娘叹了口气，"说起来，俺梁家真是祖上三辈烧过高香，才摊上玉秀那样的好媳妇呀！你们都见了，要模样她有模样，要针线她有针线。家里的事她拿得起，外面的活她拢得下。她脾气好，性子温，三村五疃都夸俺命好有福……"大娘撩起衣襟擦了擦眼，"可一说起玉秀，大娘心里就难受，俺这当婆婆的对不起她呀！她过门前，三喜他爹病了两年多，俺手头上紧……她过门时，别说给她做衣服，俺连……连块布头都没扯给她，她就嫁到俺梁家来了……"

梁大娘难受得说不下去了。

停了阵，梁大娘又断断续续地说："……去年入冬俺病了，病了一个多月。俺本想打封信让三喜回去趟，可玉秀怕误了三喜的工作，说来回还得破费，就没给三喜打信说俺病了。那阵玉秀快生了，是她拖着那重身子，到处给俺寻方取药，端着碗一口一口喂俺吃饭……又擦屎又端尿的……唉，大娘这辈子没有闺女，就是亲生的闺女又会怎样，也……也比不上她呀！眼下，媳妇待俺越是好，大娘俺心里越是难受……"

梁大娘不停地用衣襟擦着眼角，我心里涌起阵阵痛楚。良久，她抬起脸来看着我和主任："玉秀她今年才二十四岁，大娘俺不信老封建那一套。再说，三喜也留下过话，让玉秀她……可就是有些话，俺这当婆婆的不好跟媳妇说。你们在外边的同志，懂的道理多，你们帮俺劝劝玉秀，让她早……早寻个人家吧……"

"娘！您……"玉秀一下闯进屋，双膝"扑通"跪在婆婆面前，猛地用手捂住婆婆的嘴，哭喊着："娘！您别……别说……俺伺候您老一辈子！"

梁大娘紧紧抱着儿媳："秀哪，那话……当娘的早晚要……跟你说，娘想过，还是……还是早说了好……"

"娘！……"玉秀又用手捂着婆婆的嘴，把头紧紧贴在婆婆怀里，放声哭着。

"秀，哭吧……把憋在肚里的眼泪全……全哭出来吧……"梁大娘也流泪了，她抚摸着儿媳的头发，"哭出来心里就好受了……"

玉秀戛然止住哭声，抽泣起来。

主任已转过脸去不忍目睹，他手中的记事本和笔不知啥时落在了地上。我用双手捂着脸，只觉得泪水顺着指缝流了下来……

……

炊事班长三天前便得知梁大娘一家要回去，他借跟团后勤的卡车进城拉菜的机会，买回了连队过节也难吃到的海米、海参、木耳、冰冻对虾等，准备做一餐为梁大娘一家送行的饭。

是的，世上任何山珍海味，珍馐佳肴，大娘和玉秀都有权利享用，也应该让她们尝一尝!

翌日晨。团里派来吉普车,要把梁大娘一家直接送到火车站。

营首长来了。我妈妈也过来了。各班还选派了一个代表,和大娘一家一起就餐。桌子上摆着二十多盘子菜。炊事班长说"起脚饺子图吉利",还包了不少水饺。

我妈妈替玉秀抱着盼盼,用奶瓶给盼盼喂奶。

我们不停地把各种菜夹到大娘和玉秀碗里,让大娘和玉秀多吃点菜。但是,夹进碗里的各种菜都冒出了尖,大娘和玉秀却没动一下筷子……

在场的人谁心里都明白,这桌菜并不是供大家享用的,其作用只不过是借劝饭让菜,来掩饰大家心中的伤感罢了。

在大家一再劝让下,大娘只吃了两个饺子,喝了几口饺子汤。玉秀只吃了一个饺子,喝了一口汤,便说她早晨吃不下饭,她不饿。她饱了。

战士们已陆陆续续来到连部,要为大娘一家送行。昨晚,我已给大家讲过,在大娘一家离开连队时,让大家把眼泪忍住……

这时,段雨国竟第一个忍不住抹起泪来。他一抹泪,好多战士也忍不住掉泪了。

梁大娘站起来:"莫哭,都莫哭……庄稼人种地,也得流几碗汗擦破点皮,打江山保江山,哪有不流血的呀!三喜他为国家死的,他死得值得……"

大娘这一说,段雨国更是哭出声来,战士们也都跟着哽咽起来。有人捅了段雨国一下,他止住了哭。大家也意识到不该在这种时候,当着大娘和玉秀的面流泪。

屋内静了下来。

"秀哪,时辰不早了。别麻烦同志们了,咱该走了。"停了停,大娘对玉秀说,"秀,你把那把剪子拿过来。"

玉秀从蓝底上印着白点点的布包袱里,拿出做衣服用的一把剪子,递给了梁大娘。

大娘撩起衣襟。这时,我们发现,大娘衣襟的左下角里面缝进了东西,鼓鼓囊囊的。大娘拿起剪子,几下便铰开了衣襟的缝……

我们不知大娘要干啥,都静静地望着。

只见大娘用瘦骨嶙峋的手,从衣襟缝里掏出一沓崭新的人民币,放在了桌上!

我们一看,那全是十元一张的厚厚一沓人民币,中间系着一绺火红的绸布条儿。

接着，又见大娘从衣襟缝隙里，摸出一沓发旧的人民币，也全是十元一张的……

大娘这是要干啥？我惊愕了！大娘身上有这么多钱，可她们祖孙三代下了火车竟舍不得买汽车票，一步步挪了一百六十多里！

大娘看看我，指着桌上的两叠钱说："那是五百五十块，这是七十块。"

这时，玉秀递给我一张纸条："指导员，这纸条留给您，托您给俺办办吧。"

我接过纸条一看，是梁三喜留给她们的欠账单！这纸条和那血染的纸条是一样的纸，原是一张纸撕开的各一半……

顿时，我的头皮嗖嗖发麻！

梁大娘心平气静地说："三喜欠下六百二十块的账，留下话让俺和玉秀还上。秀，你把三喜留下的那封信，也交给蒙生他们吧。"

玉秀把一封信递给了我。

呵，我们在此时，终于见到了梁三喜烈士的遗书！遗书如下：

玉秀：

你好！娘的身子骨也很壮实吧？昨天收到你的来信，内情尽知。因你的信是从部队留守处转到这里的，所以从你写信那天到眼下，已过去一个月的时间了。

你来信说你很快就要生了。那么，我们的小宝贝眼下该是快出满月啦。我遥遥祝福，祝福你和孩子都平安无事！娘看到她的小孙子（小孙女）呱呱问世，准是乐得合不拢嘴了。

秀：从去年六月开始，我每次给你写信都说我很快就回家休假，你也天天盼着我回去。然而，由于种种原因，眼下新的一年又过去一个月了，我并没能回去。尽管你在来信时对我没有丝毫的抱怨，但我从心里觉得，我实在对不起你！一个月前，我给你去信时说我们连要外出执行任务，别的没跟你多说。现在我告诉你，我们连离开原来的驻地，坐火车赶到这云南边防线来了。来到一看，越南鬼子实在欺人太甚，常常入侵我领土，时时惨杀我边民！我们国家十年动乱刚结束，实在腾不出人力、物力来打仗，但这一仗非打不可了！别说我们这些当兵的，就是普通老百姓来这里看看也会觉得，如再不干越南小霸一家伙，我们作为中国人的脸是会没处放的！

当你接到这封信时，我们就已经杀上自卫还击的战场了！

秀：咱俩出生在同一个山村枣花峪，你比我小八岁，虽说不上青梅竹马，可也是互相看着长大的。自咱俩建立关系和结婚以来，只红过一次脸。你当然会清楚地记得，那是去年三月你来连队后的一天夜里。我跟你开了个玩笑，说我说不定哪一天会上战场，会被一颗子弹打死的。想不到这话惹恼了你，你用拳头捶着我的胸膛，说我"真狠"，"真坏"！之后，你哭了，哭得是那样伤心。我苦苦劝你，你问我以后还说不说那样的话，我说不说了，你才止住了泪。你说："两口人，谁也不能先死，要死，就一块死！"秀：我知道你爱我爱得那样无私，那样纯真，那样深沉！

但是，军人毕竟是战争的产儿，没有战争就不会有军人！秀：现在我可不是跟你开玩笑了，我不得不告诉你，这极有可能是我写给你的最后一封信了！

秀：咱俩结婚快三年了。连我回家结婚那次休假在内，我休过两次假，你来过一次连队。我们生活在一起的时间，总共还不到九十天！去年你来连队要回去的最后一个晚上，你悄悄抹了一夜泪（眼下看来，那很可能是我们最后一次见面和最后一次在一起了）。我知道你是那样舍不得离开我，我也很想让你多住些天。但你既挂着咱娘一个人在家不行，又惦着农活忙，还是起程了。当你泪汪汪一步三回头地上了车，我当时心里也说不出地难受。艰苦并不等于痛苦，平时连队干部的最大苦衷，莫过于夫妻遥遥相盼，长期分居两地呀！我当时想过，干脆转业回老家算了，咱不图在部队上多拿那点钱，那点钱还不如你来我往扔在路上的多！家中日子虽苦，咱们苦在一处，不是比啥都好吗？！但转念一想，如果都不愿长期在连队干，那咋行？兵总得有人带，国门总得有人守，江山总得有人保啊！

秀：我赤条条来到这个人世间，吸吮着山村母亲的奶汁长大成人。如果从经济地位来说，我这"土包子"连长同他人站在一起，实在够"寒碜"人的了！但我却常常觉得我比他人更幸福，我是生活中的幸运儿！之所以有这样的感觉，那是因为有了你，我亲爱的秀！每当听到战友们夸奖和赞美你时，我心里就甜丝丝的。又岂止是甜丝丝的，你，是我莫大的自豪和骄傲！但是，每当想起你，阵阵酸楚也常常涌上我的心头。一是因为我家的那些遭遇，更是因为咱的家乡还太贫穷，你跟上我，没过一天宽裕日子呀！尽管我是被人们称为"大军官"的人，又是个月薪六十元的连职干部，可我却没能给你买过一件衣服，更别说什么像样的料子和尼龙了。然而，你却常常安慰我："有身衣裳穿着就行了，比上不足，比下咱还有余呢！"……秀：此时想起这一切，我真不知该怎样感谢你，我只能说，你对我，你对俺梁家的高恩厚德，我在九泉之下也绝不会忘记的！头一次给你写这么长的信，但仍觉话还没有说尽。营里通知我去开会，回来抽空再接上给你写。

玉秀：如果我在战场上牺牲，下面的话便是我的遗嘱：

当我死后，你和娘作为老革命根据地的人民，深信你们是不会给组织和同志们添麻烦的。娘只有我这么一个儿子了，她本人也曾为革命做出过贡献，一旦我牺牲，政府是会妥善安排和照顾她的。她的晚年生活是会有保障的。望你们按政府的条文规定，享受烈士遗属的待遇即可。但切切不能向组织提出半点额外的要求！人穷志不能短。再说我们的国家也不富，我们应多想想国家的难处！尽管十年动乱中，有不少人利用职权浑水摸鱼已捞满了腰包（现在也还有人那么干），但我们绝不能学那种人，那种人的良心是叫狗吃了！做人如果连起码的爱国心都没有，那就不配为人！

秀：你去年来连队时知道，我当时还欠着近八百元的账，现在还欠着六百二十元（欠账单写在另一张纸条上，随信寄给你）。我原想三四年内紧紧手，就能把账全还上，往后咱们的日子就好过多了。可一旦我牺牲，原来的打算就落空了。不过，不要紧。按照规定，战士、干部牺牲后，政府会发给一笔抚恤金，战士是五百元，连、排职干部是五百五十元。这样，当你从民政部门拿到五百五十元的抚恤金后，还差七十元就好说了。你和娘把家中喂的那头猪提前卖掉吧。总之，你和娘在来部队时，一定要把我欠的账一次还清。借给我钱的同志们大都是我知心的领导和战友，他们的家境也都不是很宽裕。如果欠账单的名单中，有哪位同志也牺牲了，望你务必托连里的同志将钱转交给他的亲属。人死账不能死。切记！切记！

秀：还有一桩比还账更至关紧要的事，更望你一定遵照我的话办。这些天，我反复想过，我们上战场拼命流血为的啥？是为了祖国人民生活得更美好！在人民之中，天经地义也应该包括你——我心爱的妻子！秀：你年方二十四岁，正值芳龄。我死后，不但希望你坚强地活下去，更盼望你美美满满地去生活！咱那一带文化也是比较落后的，但你是个初中生，望你敢于蔑视那什么"忠臣不事二主，烈女不嫁二夫"的封建遗训，盼你毅然冲破旧的世俗观念，一旦遇上合适的同志，即从速改嫁！咱娘是个明白人，我想她绝不会也不应该在这种事上阻拦你！切记！切记！不然，我在九泉之下是不会瞑目的！！

秀：我除了给你留下一纸欠账单外，没有任何遗产留给你。几身军装，摸爬滚打全破旧了。唯有一件新大衣，发下两年来我还一次没穿过，我放在一个塑料袋里装着。我牺牲后，连里的同志是会将那件军大衣交给你的。那么，那件崭新的军大衣，就作为我送给你未来丈夫的礼物吧！

秀：我们连是全训连队，听说将担任最艰巨的战斗任务。别了，完全有可能是要永别了！

你来信让我给孩子起名儿，我想，不论你生的是男是女，就管他（她）叫盼盼吧！是的，"四人帮"被粉碎了，党的三中全会也开过了，我们已经看到了未来美好的曙光，我们有盼头了，庄户人的日子也有盼头了！

秀：算着你现在已出了月子，我才敢将这封信发走。望你替我多亲亲他（她）吧，我那未见面的小盼盼！

顺致

军礼！

三喜

1979年1月28日

捧读遗书，我泪涌如注，我怎么也忍不住，我号啕起来……

我用瑟瑟发颤的手拿起那五百五十元抚恤金，对梁大娘哭喊着："大娘，我的好大娘！您……这抚恤金，不能……不能啊……"

屋内一片呜咽声。在场的人们都已完全明白，是一桩啥样的事发生了！

段雨国大声哭着跑出去将他的袖珍收音机拿来，又一把撸下他手腕上的电子表，"砰"地按在桌子上："连长欠的钱，我们还！"

"我们还！"

"我们还！！"

"我们还！！！"

……泪眼中，我早已分不清这是谁，那是谁，只见一块块手表，一把又一把人民币，全堆在了我面前的桌子上……

当一片撕心裂胆的哭声渐渐沉下，我嗓音发哽地哀求梁大娘："大娘，我是……吃着您的奶长大的……三喜哥欠的钱，您就……让我还吧……"

梁大娘用手背抹了抹眼睛，苍老的声音嘶哑了："……孩子们，你们的好意，俺和玉秀……领了，全都领了！可三喜留下的话，俺这当娘的不能违……不然，三喜他在九泉之下，也闭不上眼……"

不管大家怎样哭劝，大娘说死者的话是绝对不能违的！她和玉秀把那六百二十元钱放下，上了车……

我妈妈已哭得昏厥过去，不能陪梁大娘一家上火车站了。战士们把东倒西歪的我，扶进了吉普车内……

走了！从沂蒙山来的祖孙三代人，就这样走了！

啊，这就是我们的人民，我们的上帝！

尾声

赵蒙生讲述的往事，已深深把我打动了。

我们啜泣着，谁也不再说话。

良久的沉默过后，赵蒙生擦了擦发红的泪眼，声音发涩地对我说："就是因为那些，三年多来，我一直把梁大娘视为亲娘。我每月领到薪金后的第一桩事，便是给梁大娘写一封问安的家信，并汇去三十元钱。自然，我是有条件一次给大娘汇去上百元，甚至几百元的，但我没有那样做。我知道梁大娘并不稀罕别人的钱，我所以这样，是为了让大娘得到些精神上的安慰，让她老人家时时知道，边防线上还有一个她当年用奶汁喂大的儿子，还月月没忘了向她老人家尽一点点孝心呀！可眼下，大娘她……"赵蒙生拿起放在桌上的那一千二百元的汇款单，用手拍了下头，"为啥？大娘为啥把钱全给我退回来了？难道大娘一家的生活，真的不需要点添补吗？不是，不是啊……"

段雨国望着我，轻声说："去年春天，我那阵还在九连当文书，连里推选我当代表，让我和教导员一起，专程去沂蒙山看望过梁大娘一家。由于实行了生产责任制，经济政策放宽了，梁大娘一家不再为吃犯愁了，穿得也比过去好些了。但是，我和教导员也都看到了，大娘家铺的炕席，竟有十几处补着蓝布补丁。大娘和玉秀，连领新炕席都舍不得花钱买呀！"

"为啥？这到底是为啥？"赵蒙生面对汇款单，又大声自问，"难道大娘是不宽恕我这不肖子孙吗？不会，不会的！再说，这三年多来，我没有啥事瞒着过大娘呀……"

"那是绝对不会的！"书记段雨国对赵蒙生说罢，转脸对我说，"李干事，你回山东后快去采访梁大娘吧，梁大娘真是有颗菩萨般的慈母心啊！去年春上，我和教导员去看望她老人家时，甭提大娘对我们有多好啦。吃，她怕我们吃不好；睡，她怕我们睡不宁。顿顿尽力给我们做好吃的，还悄悄把那下蛋的母鸡也宰了两只！不然，我和教导员还会多住两天的，怕再住下去把大娘累垮了，我们才不敢多停留。"

赵蒙生对段雨国说："小段，你再帮我琢磨琢磨，大娘她为啥把钱全给退回来啊？"

段雨国长长的睫毛忽闪了两下："前几天，我读过一篇小说。小说中的主人公说过：'接受施舍会使人变得卑微，被人怜悯是最痛苦的事情。'梁大娘和韩玉秀是很有骨气的人，会不会……"

"啥？！"赵蒙生霍地站起来，一把抓起段雨国胸前的衣扣，"你这小知识分子，你说的啥？！你……你……"

面对骤然狂怒的教导员，段雨国结结巴巴地说："教导员，我……我……"

赵蒙生放开段雨国，满脸火辣猩红："施舍？怜悯？别说我小小赵蒙生，我要放声问，谁，谁有权力施舍梁大娘？！谁，谁有资格怜悯梁大娘？！天经地义，她早就应该过上好日子，顺理成章，她有权利也有资格享受幸福的晚年！"

说罢，他一下坐在椅子上，两手按着额头，又痛苦地沉默了。

段雨国低下头，自责地说："教导员，我……我说错了。"

吃晚饭的时间早过了。这时，通信员进来送给赵蒙生几份报刊和一封信，催我们去吃饭。

赵蒙生拆开信看了会儿，把信递给我："你，看看这封信吧。"

信是赵蒙生的母亲吴爽同志寄来的。大意是：柳岚这次超假，确系患病。柳岚患的是急性肺炎，已住院二十天，绝不是通过关系开啥病假条欺骗组织。这，她当妈妈的愿以老党员的党性来证实。信中说柳岚现已病愈，近几天便可归队。但说柳岚的思想问题仍很严重，一心想脱军装回城市。当妈妈的希望赵蒙生不要光是吹胡子瞪眼，要多做柳岚的思想工作。吴爽同志还写道，她已办了离休手续，近些天她准备起程到沂蒙山，去看望梁大娘一家……

见我看完信，赵蒙生说："去年夏天，柳岚从军医大学毕业时，一心想分配到爸妈身边。我和她进行了反复的思想交锋，甚至闹到要离婚的地步，她才不情愿地来到这边防前哨。在这件事上，我妈妈还是起了好作用的，她提前把柳岚要回城市的后门全堵死了。我对柳岚的态度，也许有些过火。别说她，就是我本人又怎样呢？我也毕竟是生活在现实中的人啊！三年多来，在脱不脱军装转业回城的问题上，我也动摇过，彷徨过。但是，一想起牺牲的烈士们，一想起梁大娘一家，我就感到无地自容。不过，要让柳岚也住这里待下去，看来是难，难哪！"

我在营部住了一夜。九连的营房离营部只有一溪之隔。第二天，赵蒙生带我来到九连。头午，我召开了个座谈会。过午，全连停课采集花卉，我也参加了。

明天是清明节，九连要用鲜花扎成花环，敬献到烈士墓前。

云南边陲，四季花事不败。清明前后，又是花事最盛的时节。山上山下，路旁溪边，到处是花儿绽蕾舒萼。风里飘着幽香，空气里含着甜汁。傍晚时分，采集花卉的战士们汇集到溪边来了。

晚霞映照着从深山中流来的一泓清溪，溪中溢红流彩。大家坐在溪旁，用火红的攀枝，洁白的山茶，金黄的云槐，天蓝的杜鹃，还有一束束颜色各异的野花，扎成一个个五彩缤纷、群芳荟萃的花环。然后，大家把扎好的花环立在溪中，将一串串珍珠般的溪水，洒落在花环上……

段雨国从营部跑过来，对赵蒙生说："教导员，梁大娘来信了！信我已看了，那汇款单的事……干脆，让李干事先看看吧！"

我接过信，读起来：

蒙生：

你身体好，同志们的身体也都好吧！每次给你回信，都是玉秀写。这次因为大娘要说到她的事，就让俺村小学的孙老师给俺写这封信。

前两天，大娘托人到邮局把你三年多来汇给俺的钱给你寄回去了，总共一千二百元，你收到了吧？蒙生：俺村老少没有不夸你的，说你心眼好，一直没忘了你大娘。大娘把钱给你寄回去，你可别多心呀。

一是因为大娘家的日子，现在是确实好过了。公家每月发给俺、玉秀、盼盼每人五元钱，合起来就是十五元。加上现在搞责任田，大娘一家三口包的地，收的也不少。村里有拥军优属小组，你大娘家包的地，都是种时先种，收时先收，不等俺和玉秀动手，他们就抢着给干了。老解放区，有这么个传统。现在你大娘不但不欠钱了，左邻右舍急着用钱时，还常常从你大娘这里拿几块呢！

二是前线上一直还不安稳，你们风里雨里站岗放哨，多么不容易啊！三喜当连长回家时对俺说过，连里有不少战士有困难，家里遇上啥病呀灾的，有的战士就犯难。可三喜那时手头上紧巴，拿不出钱来帮他们救急。所以大娘掂量来掂量去，还是把你三年多来寄来的这一大笔钱给你寄回去。万一哪个战士家遇上难处，你把这些钱铺排在他们身上，让他们安心保国，大娘觉得更合适。

蒙生：往后你可千万别再给大娘寄钱了。你心里有你这个大娘，大娘俺就觉得啥也有了。

另外，去年大娘打信跟你要柳岚的相片，你寄来了。大娘一瞧她那俊眉俊眼的模样，就喜得受不了，你来信说她在前线不安心，你说她的那些话，大娘俺不依你！你可别虎二呱叽地老训她。女人家比不上你们男子汉，夜里你可别让她去站岗！别说她是城里长大的，连俺玉秀都说，让她在那深山老林里住，她夜里都害怕。这些，你可得依着大娘的话去办！

再就是，这些日子大娘遇上了顶欢喜的事，玉秀的事已有着落，见眉目了。俺村里有个民办教师小陈，两年前他父母都过世了。小陈还没成家，他和俺玉秀是同岁。小陈心眼实，人长得也受看，配俺玉秀正合适。村里人撮合着要把玉秀许给小陈，小陈挺愿意，还说要上门来养俺的老。可就是玉秀心里还总惦念着三喜，一直不点头。也算巧了，你妈最近来信说她退休了，就要来看俺，俺本不想让你妈来回破费，但眼下俺盼着你妈来。她来了让她开导开导玉秀。只要你妈一来，大娘俺不管玉秀她点不点头，由俺和你妈给她做主，立时就欢欢喜喜地把她的婚事办了，到那时，你大娘这辈子就啥心事也没有了，没有了……

……

朝阳，头顶着一抹橄榄色的云冠，露出了慈祥的笑脸。霞光给青山绿水披上了斑斓的彩衣。

赵蒙生带领着九连全体同志和我，抬着一个个用鲜花编织成的花环，徐徐来到烈士陵园。

大家把花环一个个敬献在烈士墓前。

松柏掩映的烈士陵园里，到处有人工精心培育的花丛。在梁三喜烈士的墓前，是一簇叶茂花盛的美人蕉。硕大的绿叶之上，挑起束束俏丽的花穗，晨露在花穗上滚动，如点点珠玉闪光……

和梁三喜烈士的墓碑并排着的是：九连副连长靳开来烈士的墓碑、八二无后坐炮班战士雷凯华烈士的墓碑、不满十七岁的司号员金小柱烈士的墓碑……

默立在这百花吐芳的烈士墓前，我蓦然间觉得：人世间最瑰丽的宝石，最夺目的色彩，都在这巍巍青山下集中了。

……

原载《十月》1982 年 6 期

中国作家协会 1981—1982 年全国优秀中篇小说

高
山
下
的
花
环